LA MORT, ENTRE AUTRES

La Tour d'Abraham, 1993.
Cinq ans de réflexion, 1998.
Le Sang des hommes, 1999.
Le Chiffre de l'alchimiste, 2007.
La Paix des dupes, 2007.
La Trilogie berlinoise, 2008.

www.lemasque.com

Philip Kerr

LA MORT, ENTRE AUTRES

Traduit de l'anglais par Johan-Frédérik Hel Guedj

ÉDITIONS DU MASQUE
17, rue Jacob 75006 Paris

Titre original

The One from the Other

publié par G.P. Putnam's Sons
(Penguin Group)

Ouvrage publié sous la direction de
Marie-Caroline Aubert

ISBN : 978-2-7024-3314-0

© 2006, Philip Kerr.
© 2009, Éditions du Masque, département des éditions Jean-Claude Lattès,
pour la traduction française.

Pour Jane

Seigneur, accorde-nous la grâce d'accepter avec sérénité ce que l'on ne peut changer, le courage de changer ce qui devrait l'être, et la sagesse de faire la distinction entre l'un et l'autre.

Reinhold Niebuhr

Prologue

Je me souviens du temps qu'il faisait, en ce mois de septembre. Le beau temps de Hitler, disait-on alors. Comme si les éléments eux-mêmes étaient disposés à se montrer cléments envers Adolf Hitler – comble d'ironie. Je me souviens encore de ses vociférations, quand il réclamait des colonies pour l'Allemagne. Ce fut peut-être la première fois que nous l'entendîmes utiliser cette formule du Lebensraum – l'« espace vital ». Personne ne songea un instant que notre espace vital ne pourrait voir le jour que si d'autres trouvaient la mort.

Je vivais et je travaillais dans ce périmètre que nous appelions Berlin. Il y avait là amplement de quoi s'occuper, pour un détective privé. Rien que des personnes portées disparues, naturellement. Et la plupart d'entre elles étaient des Juifs. Assassinés dans de sombres ruelles, pour la plupart, ou expédiés dans un KZ, un camp de concentration, sans que les autorités aient pris la peine de rien notifier à leur famille. Cette manière de procéder divertissait grandement les nazis. Certes, officiellement, les Juifs étaient encouragés à émigrer, mais comme ils avaient interdiction d'emporter leurs biens avec eux, ils étaient peu nombreux à s'y risquer. Toutefois, pour réussir à sortir leur argent d'Allemagne, certaines personnes eurent recours à d'habiles stratagèmes.

Parmi ceux-là, citons l'astuce du Juif qui, avant de partir pour l'étranger, « en vacances », déposa auprès d'un tribunal allemand un gros colis cacheté, contenant toutes sortes de valeurs, étiqueté « testament et dernières volontés » d'untel et untel. Ensuite, ce Juif « décéde-

rait » dans un pays étranger et prierait un tribunal local, français ou
britannique, de requérir auprès du tribunal allemand le transfert du
colis contenant ses « dernières volontés » et son « testament ». Les tribunaux allemands étant dirigés par des juristes allemands, ils s'empres-
saient de déférer aux requêtes d'autres juristes, fussent-ils français ou
anglais. Et, de la sorte, bon nombre de Juifs furent assez chanceux pour
se retrouver avec suffisamment d'argent liquide ou de valeurs pour
entamer une nouvelle vie dans un nouveau pays.

Cela peut sembler difficile à croire, mais en réalité, un autre de ces
stratagèmes fut élaboré par le service des Affaires juives de la Police de
sécurité – le SD. Cette astuce-là était perçue comme un bon moyen
d'aider les Juifs à quitter l'Allemagne et, au passage, d'enrichir certains
officiers du SD. C'était ce que l'on appelait la manœuvre du tocher, ou
colporteur juif, et j'en fis une première fois l'expérience avec le tandem
de clients le plus étrange qui ait jamais croisé mon chemin.

Paul Begelmann était un homme d'affaires juif fortuné qui possédait plusieurs garages et concessions automobiles un peu partout en Allemagne. Et le SS Sturmbannführer Dr Franz Six était à la tête du
service des Affaires juives du SD. Je fus convoqué pour les rencontrer
dans les trois modestes bureaux en enfilade du service, au palais Hohen-
zollern, Wilhelmstrasse. Derrière le bureau de Six trônait une photo du
Führer, ainsi que toute une série de diplômes juridiques des universités
de Heidelberg, Königsberg et Leipzig. Six avait beau être un escroc et un
nazi, c'était un escroc et un nazi extrêmement qualifié. Il ne ressemblait
guère à l'idéal de l'Aryen selon Himmler. La trentaine, le cheveu noir,
une petite moue satisfaite et pas plus l'air juif qu'un Paul Begelmann.
Il sentait vaguement l'eau de Cologne et l'hypocrisie. Sur son bureau
était posé un buste de Wilhelm von Humboldt, fondateur de l'université
de Berlin et célèbre pour avoir défini les limites de l'intervention d'un
État. Je ne suis pas certain que le Sturmbannführer Six n'aurait pas été
d'accord avec lui sur ce point.

Begelmann était plus âgé et plus grand, les cheveux bruns et bouclés,
et les lèvres charnues, aussi roses que deux tranches de porc en conserve.
Il était souriant, mais ses yeux démentaient ce sourire. Les pupilles
étaient étroites, des pupilles de chat, comme s'il était impatient de sortir
du champ du projecteur du SD. Dans ce bâtiment, et entouré de tous ces
uniformes noirs, il avait l'air d'un enfant de chœur essayant de se lier

d'amitié avec une meute de hyènes. Il ne disait pas grand-chose. C'était Six qui monopolisait la parole. J'avais appris qu'il était originaire de Mannheim. Mannheim – où se trouve une église jésuite réputée. Son fringant uniforme noir, voilà ce qui frappait chez Six. Pas du tout le voyou typique du SD. Plutôt l'allure d'un jésuite.

– Herr Begelmann a exprimé son souhait d'émigrer en Palestine, m'apprit-il d'un ton doucereux. Naturellement, il s'inquiète de son affaire ici, en Allemagne, et de l'impact que sa cession pourrait avoir sur l'économie locale. Donc, afin d'aider Herr Begelmann, ce service a envisagé une solution à son problème. Une solution en vue de laquelle vous pourriez nous aider, Herr Gunther. Nous avons proposé qu'il n'émigre pas « en bonne et due forme », mais plutôt qu'il reste un citoyen allemand travaillant à l'étranger. Dans les faits, il travaillera en Palestine en qualité de délégué commercial de sa propre société. De cette manière, il pourra percevoir un salaire et toucher sa part des bénéfices tout en satisfaisant à la politique de notre administration, qui consiste à encourager l'émigration juive.

Je ne doutai pas que ce pauvre Begelmann ait accepté de partager ses bénéfices non pas avec le Reich, mais avec Franz Six. J'allumai une cigarette et fixai l'homme du SD avec un sourire cynique.

– Messieurs, j'ai le sentiment que vous allez connaître ensemble un bonheur parfait. Mais je peine à voir en quoi vous avez besoin de moi. Je ne célèbre pas l'union des couples. J'enquête sur eux.

Six s'empourpra légèrement et lança un regard gêné à Begelmann. Il avait du pouvoir, mais pas le genre de pouvoir susceptible de menacer un individu de mon acabit. Il avait l'habitude de malmener les étudiants et les Juifs, et pourtant la besogne consistant à malmener un Aryen de sexe masculin et d'âge adulte paraissait au-dessus de ses forces.

– Il nous faut quelqu'un… quelqu'un à qui Herr Begelmann puisse se fier… pour se charger d'une lettre de la Wassermann Bank, ici, à Berlin, et la remettre à l'Anglo-Palestine Bank, à Jaffa. Nous attendons de cette personne qu'elle ouvre des lignes de crédit auprès de cette banque et contracte un bail pour une propriété située à Jaffa, qui soit susceptible d'abriter les locaux d'un nouveau hall d'exposition automobile. Ce bail aidera à confirmer l'importance du nouveau projet d'entreprise de Herr Begelmann. Nous demandons aussi à notre agent d'assurer le transport de certains avoirs vers l'Anglo-Palestine Bank de Jaffa. Natu-

rellement, en échange de ces services, Herr Begelmann est disposé à verser des honoraires substantiels. Mille livres sterling, payables à Jaffa. Et naturellement, le SD s'occupera de tous les papiers et documents nécessaires. Vous vous rendriez là-bas en qualité de représentant officiel de Begelmann Automobiles. Officieusement, vous agirez en tant qu'agent confidentiel du SD.

— Mille livres. C'est beaucoup d'argent, dis-je. Mais qu'arrivera-t-il si la Gestapo me pose des questions ? Certaines de mes réponses risquent de ne pas leur plaire. Avez-vous pensé à cela ?

— Bien entendu, répliqua Six. Me prenez-vous pour un idiot ?

— Moi non, mais de leur part, cela reste du domaine du possible.

— Il se trouve que j'envoie deux agents en Palestine pour y mener une mission d'inspection qui a été autorisée, et au plus haut niveau. Dans le cadre de ses compétences actuelles, notre département a été prié d'étudier la faisabilité d'une émigration forcée en Palestine. Pour la SIPO, vous feriez partie de cette mission. Si la Gestapo devait vous poser des questions à ce sujet, vous seriez parfaitement en droit de leur répondre ce que leur répondront ces deux autres individus : il s'agit d'une affaire de renseignement. Que vous êtes porteur d'ordres émanant du général Heydrich. Et que, pour des motifs de sécurité opérationnelle, vous n'êtes pas habilité à discuter de cette affaire. (Il s'interrompit et alluma un petit cigare à l'odeur âcre.) Vous avez déjà eu l'occasion de travailler pour le compte du général, n'est-ce pas ?

— J'essaie encore d'oublier cet épisode. (Je secouai la tête.) Avec tout le respect qui vous est dû, Herr Sturmbannführer, si deux de vos hommes sont déjà en partance pour la Palestine, alors en quoi puis-je vous être utile ?

Begelmann se racla la gorge.

— Si vous voulez bien m'autoriser à dire un mot, je vous prie, Herr Sturmbannführer ? fit-il prudemment et avec un fort accent hambourgeois.

Six haussa les épaules et secoua la tête avec une expression d'indifférence. Begelmann me regarda, muet de désespoir. Il avait le front luisant de sueur et je ne croyais pas que c'était seulement à cause de ce temps de septembre exceptionnellement chaud.

— C'est que, Herr Gunther, votre réputation d'honnêteté vous a précédé.

— *Sans mentionner le dévouement que vous mettez en général à vous offrir pour cible*, ajouta Six.

Je le regardai et hochai la tête. J'en avais assez de me montrer poli avec cet escroc qui agissait sous couvert de la loi.

— *Ce que vous êtes en train de me raconter, Herr Begelmann, c'est que vous ne vous fiez pas à ce service ou aux gens qui travaillent pour lui.*

Le pauvre Begelmann prit un air peiné.

— *Non, non, non, non, non*, se récria-t-il. *Ce n'est pas cela du tout.*

Mais je m'amusais trop pour lâcher cet os.

— *Et je dois dire que je ne saurais vous en blâmer. C'est une chose que de se faire dévaliser. C'en est tout à fait une autre quand le voleur vous demande de l'aider à transporter le butin dans la voiture avec laquelle il va s'enfuir.*

Six se mordit la lèvre. Il aurait préféré que ce fût ma veine jugulaire, je le voyais bien. La seule raison qui l'empêchait d'intervenir, c'était que je n'avais pas encore refusé. Il devinait sans doute que je m'en abstiendrais. Un millier de livres, c'est un millier de livres.

— *Je vous en prie, Herr Gunther.*

Six avait l'air très content de laisser à Begelmann le soin de me supplier.

— *Si vous nous aidiez, ma famille tout entière vous serait extrêmement reconnaissante.*

— *Mille livres*, dis-je. *J'ai bien retenu ce détail.*

— *Cette rémunération ne vous convient pas, peut-être ?*

Begelmann consulta Six du regard, comme pour solliciter son avis. Il n'en reçut aucun. Six était juriste, pas maquignon.

— *Bon sang, non, Herr Begelmann*, dis-je. *La somme est généreuse. Non, ce doit être moi, j'imagine. Dès qu'une certaine race de chien vient me caresser dans le sens du poil, ça me démange.*

Mais Six refusait de se sentir insulté. À cet égard, c'était un juriste typique. Disposé à faire abstraction de toutes les émotions humaines à seule fin de gagner de l'argent.

— *J'espère que vous n'entendez pas vous montrer grossier envers un haut responsable du gouvernement allemand, Herr Gunther*, dit-il sur le ton de la réprimande. *Le langage que vous employez pourrait laisser croire que vous êtes hostile au national-socialisme. Une attitude qui n'est pas très saine par les temps qui courent.*

Je secouai la tête.

— Vous m'avez mal compris, me défendis-je. J'avais un client, l'an dernier. Il s'appelait Hermann Six. L'industriel. Il a fait preuve de fort peu d'honnêteté à mon égard. Vous n'êtes pas l'un de ses parents, j'espère.

— Hélas, non. Je viens d'une famille très pauvre de Mannheim.

Je regardai Begelmann. Je me sentais désolé pour lui. J'aurais dû dire non. Au lieu de quoi je dis oui.

— Très bien, je vais m'en occuper. Mais vous avez intérêt à être à la hauteur, vous autres. Je ne suis pas du style à pardonner et à oublier. Et je n'ai jamais tendu la joue gauche.

Je ne tardai pas à regretter de m'être laissé entraîner dans la combine du colporteur juif de Six et de Begelmann. Le lendemain, j'étais seul à mon bureau. Dehors, il pleuvait. Mon associé, Bruno Stahlecker, était sorti pour une affaire, à ce qu'il m'avait raconté, ce qui signifiait sans doute qu'il était allé s'accouder à un bar dans le quartier de Wedding. On frappa à la porte et un homme entra. Il portait un manteau en cuir et un chapeau à large bord. Mettez cela sur le compte de mon sens de l'odorat, mais avant même qu'il ne m'ait montré la petite plaque métallique d'identification, qu'il tenait dans le creux de sa main, je compris qu'il était de la Gestapo. Il avait environ vingt-cinq ans, une calvitie naissante, une petite bouche de travers et la mâchoire anguleuse, à l'ossature délicate, et j'en conclus qu'il avait davantage l'habitude de donner des coups que d'en recevoir. Sans un mot, il lâcha son chapeau humide sur mon sous-main, déboutonna son manteau pour révéler un costume bleu marine impeccable, s'assit sur la chaise située en face de moi, sortit ses cigarettes et en alluma une — tout cela en me dévisageant comme un aigle scrute un poisson.

— Joli chapeau, dis-je au bout d'un moment. Où l'avez-vous volé ? (Je le lui expédiai sur les genoux.) Ou vous vouliez juste nous tenir informés, mes roses et moi, qu'il pleut dehors ?

— À l'Alex, on m'a prévenu que vous étiez un type coriace, répondit l'autre et, d'une chiquenaude, il lâcha sa cendre sur mon tapis.

— *J'étais déjà coriace quand j'y étais, à l'Alex* — Il s'agissait du quartier général de la police, sur l'Alexanderplatz. *À moi aussi, ils m'ont remis une de ces petites plaques. N'importe qui peut se faire passer pour un dur quand il a dans sa poche l'insigne en forme de sous-bock de la* KRIPO. (Je haussai les épaules.) *Mais si c'est ce qu'on dit de moi là-bas, alors ce doit être vrai. Les vrais flics, comme les flics de l'Alex, ne mentent jamais.*

La petite bouche se crispa sur un sourire qui n'était que lèvres, sans les dents, telle une cicatrice que l'on vient de recoudre. Il porta sa cigarette à sa bouche, comme s'il suçait l'extrémité d'un fil avant de le passer par le chas d'une aiguille. À moins que ce chas ne soit ma prunelle.

— Donc, le bouledogue qui a capturé Gormann l'étrangleur, c'est vous.

— C'était il y a très longtemps, nuançai-je. On attrapait bien plus facilement les meurtriers avant l'arrivée de Hitler au pouvoir.

— Ah ? Comment cela ?

— Primo, ils ne grouillaient pas en tous sens comme c'est le cas aujourd'hui. Deusio, il me semble que l'on y accordait plus d'importance. En ce temps-là, protéger la société me procurait une réelle satisfaction. De nos jours, je ne saurais plus où donner de la tête.

— C'est étrange, on dirait que vous désapprouvez ce que le Parti a fait pour l'Allemagne.

— Pas du tout, protestai-je, désormais plus économe de mon insolence. Je ne désapprouve rien de ce qui est fait pour l'Allemagne.

J'allumai l'une de mes cigarettes, je le laissai compléter le double sens de ma réponse et me divertis à l'idée de mon poing cueillant la mâchoire pointue de ce gamin.

— Portez-vous un nom, ou le réservez-vous uniquement à vos amis ? Vous ne les avez pas oubliés, non ? Tous ces gens qui vous envoyaient une carte pour votre anniversaire ? À supposer naturellement que vous vous souveniez encore de la date.

— Vous pourriez peut-être devenir mon ami, dit-il, souriant.

Je détestais ce sourire. Ce sourire-là me soufflait qu'il détenait quelque chose sur mon compte. Il y avait dans son iris une sorte d'étincelle qui jaillissait du globe oculaire comme la pointe d'une épée.

— Peut-être que nous pourrions nous entraider. C'est à ça que servent les amis, non ? Peut-être que je vais vous rendre un service, Gunther, et *vous vous sentirez si foutrement reconnaissant que vous m'enverrez une de ces cartes d'anniversaire dont vous me parliez. Cela me plairait. Avec un petit mot à l'intérieur.*

Je soufflai un peu de fumée dans sa direction. Son numéro de petit dur commençait à me fatiguer.

— *Je crois que vous n'apprécieriez pas mon sens de l'humour, répliquai-je. Mais j'accepte volontiers que l'on me démontre le contraire. Cela me changerait agréablement que la Gestapo me prouve que j'ai eu tort.*

— *Je suis l'inspecteur Gerhard Flesch.*

— *Ravi de faire votre connaissance, Gerhard.*

— *Je dirige le service des Affaires juives de la SIPO, ajouta-t-il.*

— *Vous savez quoi ? J'avais moi aussi envisagé d'en créer un ici, ironisai-je. Tout d'un coup, j'ai l'impression que tout le monde veut avoir son service des Affaires juives. Ce doit être bon pour le business. Le SD, les Affaires étrangères, et maintenant la Gestapo.*

— *Les sphères d'intervention du SD et de la Gestapo sont clairement délimitées par un ordre de répartition des fonctions signé du Reichsführer-SS, rétorqua Flesch. Au plan opérationnel, le SD est chargé de soumettre les Juifs à une étroite surveillance, pour ensuite nous en rendre compte. Mais en pratique, il y a une furieuse lutte de pouvoir entre le SD et la Gestapo, et ce conflit n'est nulle part aussi vif que dans le domaine des Affaires juives.*

— *Tout cela me paraît fort intéressant, Gerhard. Mais je ne vois pas en quoi je puis vous être utile. Enfin, quoi, je ne suis même pas juif, moi.*

— *Ah non ? fit Flesch avec un sourire. Alors permettez-moi de m'expliquer. Nous avons entendu circuler une rumeur selon laquelle Franz Six et ses hommes étaient à la solde des Juifs. Ils acceptent des pots-de-vin et, en échange, facilitent l'émigration sémite. Tout ce qui nous manque à ce jour, c'est une preuve. C'est là que vous entrez en jeu, Gunther. Vous allez nous apporter cette preuve.*

— *Vous surestimez mon ingéniosité, Gerhard. Remuer la merde n'est pas mon fort.*

— *Cette mission exploratoire du SD en Palestine. Pourquoi vous rendez-vous là-bas, au juste ?*

— *J'ai besoin de vacances, Gerhard. J'ai besoin de prendre le large et d'aller goûter à leurs oranges. Il paraît que le soleil et les oranges, c'est très bon pour la peau. En plus, je songe à me convertir. Je me suis laissé dire qu'ils pratiquaient la circoncision à Jaffa, et non sans un certain talent, si on le leur demande avant l'heure du déjeuner. Allons, Gerhard, ajoutai-je en secouant la tête. C'est une affaire de renseignement. Vous savez que je ne peux en parler avec personne à l'extérieur du service. Si cela ne vous plaît pas, eh bien faites remonter vos questions jusqu'à Heydrich. C'est lui qui édicte les règles, pas moi.*

— *Les deux hommes avec lesquels vous allez voyager, reprit-il en cillant à peine, nous aimerions que vous les ayez à l'œil. Histoire de veiller à ce qu'ils n'abusent pas de la confiance dont ils jouissent. Je suis même autorisé à vous offrir la prise en charge de certains de vos frais, à hauteur de mille marks.*

Tout le monde jetait de l'argent à mes pieds. Un millier de livres par-ci. Un millier de marks par-là. Je me sentais l'égal d'un haut fonctionnaire du ministère de la Justice du Reich.

— *C'est très généreux de votre part, Gerhard. Mille marks, c'est une très jolie part du gâteau. Naturellement, vous ne seriez pas la Gestapo si vous ne me donniez pas aussi un aperçu du fouet auquel j'aurai droit si je n'ai pas autant de goût que prévu pour les sucreries.*

Flesch sourit, une fois encore, de son sourire sans dents.

— *Il serait très malheureux que vos origines raciales fassent l'objet d'une enquête, souligna-t-il en écrasant son mégot dans mon cendrier.*

Quand il se pencha en avant, puis se redressa sur sa chaise, son manteau en cuir grinça, c'était le bruit de la pluie qui tombe à verse, comme s'il venait de l'acheter à la boutique cadeaux de la Gestapo.

— *Mes deux parents étaient très pratiquants. Je ne vois pas en quoi vous pourriez me le reprocher.*

— *Votre grand-mère maternelle, reprit-il. Il n'est pas impossible qu'elle ait été juive.*

— *Relisez votre Bible, Gerhard. Si vous voulez bien vous donner la peine de remonter assez loin, nous sommes tous juifs. Mais en l'occurrence, vous vous trompez. Elle était catholique. Et très pieuse, à ce que je sais.*

— *Pourtant, elle s'appelait Adler, n'est-ce pas ? Anna Adler ?*

— *Adler, oui, c'est exact. Et donc ?*

— *Adler est un nom juif. Si elle était encore de ce monde, elle aurait probablement l'obligation d'ajouter Sarah à son patronyme, afin que nous puissions la reconnaître pour ce qu'elle était. Une Juive.*

— *Et quand bien même Adler serait un nom juif – pour être franc, je n'en ai pas la moindre idée –, je ne serais juif qu'à un huitième. Et en vertu de la section 2, article 5 des lois de Nuremberg, je ne serais pas juif, fis-je en souriant de toutes mes dents. Votre fouet n'a pas la mèche assez cinglante, Gerhard.*

— *Une enquête se révèle souvent un coûteux désagrément, répliqua Flesch. Même pour une entreprise authentiquement allemande. Et il se commet parfois des erreurs. Avant que les choses ne rentrent dans l'ordre, il pourrait s'écouler des mois.*

Je hochai la tête, admettant qu'il y avait du vrai dans ce qu'il venait de dire. Personne ne fermait sa porte à la Gestapo. Pas sans de graves conséquences. Je n'avais guère d'autre choix que le désastre ou l'inacceptable. Une alternative très allemande. Nous savions tous les deux que je ne pouvais que me plier à leurs désirs. En même temps, cela me laissait dans une position inconfortable, et c'était un euphémisme. Après tout, je suspectais déjà très fortement Franz Six de se garnir les poches avec les shekels de Paul Begelmann. Mais je n'avais aucune envie d'être mêlé à une lutte de pouvoir entre le SD et la Gestapo. D'un autre côté, rien ne permettait d'avancer que les deux hommes du SD que j'accompagnais en Palestine étaient malhonnêtes. En tout état de cause, ils me soupçonneraient certainement d'être un espion et, par conséquent, me traiteraient avec méfiance. Il y avait de fortes chances pour je ne découvre absolument rien. Mais ce rien satisferait-il la Gestapo ? Il n'y avait qu'un seul moyen de le savoir.

— *Très bien, repris-je. Mais je ne vous servirai pas la soupe et je ne raconterai pas toutes sortes de mensonges. Je n'en suis pas capable. Je n'essaierai même pas. S'ils sont véreux, je vous dirai qu'ils sont véreux, et moi, je me dirai que c'est là le rôle d'un détective privé. Peut-être que j'en perdrai un peu le sommeil, peut-être pas. Mais s'ils sont honnêtes, ça n'ira pas plus loin, compris ? Je ne piégerai personne sous prétexte de vous fournir un quelconque avantage, à vous et aux requins-marteaux de Prinz-Albrecht-Strasse. Je ne ferais jamais ça, même si vous et vos meilleurs brise-mâchoires me l'ordonnaient. Et puis vous pouvez le garder, votre gâteau. Je m'en voudrais d'y goûter. Je vais me charger de votre sale petite besogne, Gerhard. Mais pas question de biseauter les cartes. On joue franc-jeu. C'est clair ?*

— C'est clair. (Flesch se leva, boutonna son manteau et coiffa son chapeau.) Profitez bien de votre voyage, Gunther. Je ne suis jamais allé en Palestine. Mais j'ai entendu dire que c'était magnifique.

— Peut-être que vous devriez y aller vous-même, repris-je avec enjouement. Je parie que vous adoreriez. Vous vous adapteriez en un rien de temps. En Palestine, tout le monde a son service des Affaires juives.

Je quittai Berlin au cours de la dernière semaine de septembre, et traversai la Pologne en train, jusqu'au port de Constanța, en Roumanie. Ce fut là, en embarquant à bord du steamer Romania, *que je rencontrai les deux hommes qui effectuaient aussi ce voyage vers la Palestine. Il s'agissait de deux sous-officiers — des sergents du SD — et ils se faisaient passer l'un et l'autre pour des journalistes travaillant au* Berliner Tageblatt, *un quotidien qui avait appartenu à des Juifs jusqu'en 1933, quand les nazis l'avaient confisqué.*

Le sous-officier responsable était Herbert Hagen. L'autre s'appelait Adolf Eichmann. Hagen avait dans les vingt ans, un visage juvénile d'intellectuel, un diplôme universitaire décerné par un établissement chic. Eichmann affichait quelques années de plus et aspirait à devenir autre chose que le représentant d'origine autrichienne de la filiale de la Standard Oil qu'il était avant d'intégrer le Parti et la SS. Les deux hommes faisaient de bien curieux antisémites, étrangement fascinés par le judaïsme. C'était Eichmann qui avait le plus d'expérience et d'ancienneté au sein du service des Affaires juives : il parlait le yiddish et consacra l'essentiel de la traversée à lire l'ouvrage de Theodor Herzl intitulé L'État juif. *Ce voyage était aussi son idée, et il semblait à la fois surpris et aux anges que ses supérieurs en aient accepté le principe, sachant qu'il n'était lui-même jamais sorti d'Allemagne et d'Autriche. Hagen était un nazi plus idéologue et un sioniste convaincu, adhérant pleinement à cette croyance selon laquelle il « n'existait pas de plus grand ennemi pour le Parti que le Juif » — ou des sornettes du même acabit — et que la « solution de la question juive » résidait nécessairement dans la « déjudaïsation totale » de l'Allemagne. L'écouter parler me faisait horreur. Tout cela me paraissait de la folie pure. C'étaient là des phrases que l'on aurait pu lire dans les pages d'une Alice maléfique au Pays des merveilles.*

Les deux hommes me considéraient avec suspicion, mais je m'y étais préparé, et pas seulement parce que je venais de l'extérieur du SD et de leur singulier département, mais aussi parce que j'étais plus âgé qu'eux – de presque vingt ans, dans le cas de Hagen. Et, en manière de plaisanterie, ils ne tardèrent pas à me donner du « Papi », sobriquet que je portai de bonne grâce – au moins de meilleure grâce que Hagen. En guise de représailles, et au grand amusement d'Eichmann, je ne tardai pas à le surnommer Hiram Schwartz, un nom inspiré par l'auteur d'un journal intime. En conséquence, lorsque nous atteignîmes Jaffa, autour du 2 octobre, Eichmann m'appréciait déjà plus que son jeune collègue moins expérimenté.

Cependant, en tant qu'individu, Eichmann n'avait rien de très impressionnant et, sur le moment, je me dis qu'il devait avoir meilleure allure en uniforme. En fait, je finis par en conclure que le port de l'uniforme devait constituer le principal motif de son intégration au sein des SA, puis des SS, car je doutais qu'il fût de constitution assez athlétique pour s'enrôler dans l'armée régulière, si tant est qu'une telle armée ait existé, à l'époque. D'une taille inférieure à la moyenne, il avait les jambes arquées et était d'une maigreur extrême. Sa mâchoire supérieure comportait deux couronnes, et ses longues dents de vieille rombière étaient lestées de nombreux plombages. Sa tête évoquait un crâne, copie presque conforme de l'insigne à tête de mort de la casquette SS, osseuse à l'extrême, avec des tempes particulièrement creuses. Une chose qui me frappa, c'était qu'il avait l'air très juif – d'ailleurs, peut-être était-ce la raison de son antipathie envers les Juifs.

Dès que le Romania eut accosté à Jaffa, les choses ne se déroulèrent pas au mieux pour les deux hommes du SD. Les Britanniques avaient dû suspecter que Hagen et Eichmann appartenaient au renseignement allemand et, après maintes palabres, ils leur accordèrent l'autorisation de descendre à terre vingt-quatre heures seulement. Pour ma part, je ne rencontrai aucun problème de cet ordre, et on me délivra promptement un visa qui me permettait de séjourner trente jours en Palestine. Voilà qui n'était pas dépourvu d'ironie, car j'avais l'intention de rester quatre ou cinq jours au plus. Cela contraria fort Eichmann, dont les projets sombraient désormais dans la plus totale confusion. Dans la voiture à cheval qui nous conduisit du port jusqu'à l'hôtel Jérusalem, à la lisière de la fameuse « colonie allemande » de la ville, il se répandit en invectives.

— *Et maintenant, qu'allons-nous faire ? se lamentait-il. Toutes nos réunions les plus importantes sont prévues pour après-demain. À ce moment-là, nous aurons rembarqué sur le bateau.*

En mon for intérieur, je souriais, ravi de sa consternation. Chaque revers du SD faisait mon affaire. J'avais un motif au moins d'être satisfait, puisque cela me soulageait de la corvée d'avoir à inventer je ne sais quelle histoire pour la Gestapo. Je ne pouvais guère espionner des hommes à qui l'on avait refusé leur visa. Je pensais même que la Gestapo risquait de trouver l'épisode assez amusant, au point de me pardonner l'absence d'informations plus concrètes.

— *Peut-être que Papi pourrait les rencontrer, lui, proposa Hagen.*

— *Moi ? dis-je. Laissez tomber, Hiram.*

— *Je ne comprends toujours pas comment il se fait que vous ayez eu un visa et pas nous, protesta Eichmann.*

— *C'est parce qu'il vient en aide à ce yid pour le Dr Six, évidemment, ronchonna Hagen. Le Juif a probablement arrangé ça tout exprès pour lui.*

— *Ce n'est pas impossible, concédai-je. Ou alors il se pourrait que vous, les gars, ne soyez pas très doués pour ce style d'activité. Si vous l'étiez, vous n'auriez sans doute pas choisi une couverture qui vous présente comme travaillant l'un et l'autre pour un journal nazi. Qui plus est, un journal nazi volé à ses propriétaires juifs. Vous auriez pu vous décider pour quelque chose d'un peu moins voyant. (Je souris à Eichmann.) Représentant de commerce dans le pétrole, par exemple.*

Hagen saisit l'allusion. Mais Eichmann était trop vexé pour se rendre compte qu'on l'asticotait.

— *Franz Reichert, fit-il. De l'Agence de presse allemande. Je peux lui téléphoner, à Jérusalem. À mon avis, il saura comment mettre la main sur Fievel Polkes. Mais je n'ai pas la moindre idée de la manière de contacter Hadj Amin. (Il soupira.) Qu'allons-nous faire ?*

Je haussai les épaules.

— *Qu'auriez-vous fait à la minute présente si vous aviez obtenu votre visa de trente jours ? lui demandai-je.*

Eichmann haussa les épaules à son tour.

— Nous nous serions rendus dans la colonie allemande franc-maçonne de Sarona, enfin, je suppose. Nous serions montés au mont Carmel. Et puis on se serait mis en quête de certaines colonies agricoles juives de la vallée de Jezreel.

— Eh bien, je vous conseillerais de faire exactement ce que vous venez de me dire. Appelez Reichert. Expliquez-lui la situation et ensuite retournez au bateau. Il appareille pour l'Égypte demain, exact ? Bon, quand vous arriverez là-bas, rendez-vous à l'ambassade britannique au Caire, et vous y déposerez une nouvelle demande de visa.

— Il a raison, approuva Hagen. C'est exactement ainsi qu'il faudrait procéder.

— Nous pouvons déposer une nouvelle demande, s'écria Eichmann. Bien sûr. Nous pourrons obtenir un visa au Caire, et ensuite revenir ici par voie de terre.

— Tout comme les enfants d'Israël, ajoutai-je.

La voiture à cheval quitta les rues étroites et crasseuses de la vieille ville, s'engagea sur une chaussée plus large et prit de la vitesse en direction de la cité nouvelle de Tel-Aviv. En face d'un clocher et de plusieurs cafés arabes se dressait l'Anglo-Palestine Bank, où j'étais censé rencontrer le directeur, lui remettre les lettres d'introduction de Begelmann, et celle de la Wassermann Bank, sans parler du coffre que le même Begelmann m'avait confié pour que je le sorte d'Allemagne. Je n'avais aucune idée de ce qu'il contenait, mais à en juger par son poids, il ne s'agissait certainement pas d'une collection de timbres. Je ne voyais aucun intérêt à retarder ma visite à la banque. Surtout pas dans un endroit comme Jaffa, qui paraissait rempli d'Arabes à la mine hostile. Il se pouvait qu'ils nous prennent pour des Juifs, naturellement. Parmi la population palestinienne locale, les Juifs n'étaient pas vraiment appréciés. Je priai donc le cocher de s'arrêter et, le coffre sous le bras, les lettres en poche, je descendis, laissant Eichmann et Hagen continuer vers l'hôtel avec le reste de mes bagages.

Le directeur de la banque était un Anglais, un dénommé Quinton. Ses bras étaient trop courts pour sa veste et ses cheveux blonds si fins qu'ils en disparaissaient presque. Il avait le nez retroussé, cerclé de taches de rousseur, et un sourire de jeune bouledogue. Lors de notre entretien, je ne pus m'empêcher de penser au père de Quinton, veillant de près au choix du professeur d'allemand de son fils. J'en déduisis que ce professeur devait être fort compétent, car le jeune Quinton parlait un allemand excellent, émaillé de quantité d'inflexions passionnées. On eût dit qu'il récitait La destruction de Magdebourg *de Goethe*.

Quinton me conduisit à son bureau. Une batte de cricket était accrochée au mur, ainsi que plusieurs photographies d'équipes de cricket. Un ventilateur tournait lentement au plafond. Il faisait chaud. La fenêtre du bureau offrait une jolie vue sur le cimetière mahométan et, au-delà, sur la mer Méditerranée. L'heure sonna au clocher voisin, de l'autre côté de Howard Street, et le muezzin de la mosquée appela les fidèles à la prière. J'étais bien loin de Berlin.

Armé d'un coupe-papier en forme de cimeterre, il décacheta les enveloppes que l'on m'avait confiées.

— Est-il vrai qu'en Allemagne les Juifs n'ont pas le droit de jouer Beethoven ou Mozart ? demanda-t-il.

— Il leur est interdit de jouer de la musique de ces compositeurs lors d'événements culturels juifs, répondis-je. Mais ne me demandez pas de justifier la chose, monsieur Quinton. J'en serais incapable. Si vous voulez mon avis, le pays tout entier a perdu la raison.

— Vous devriez essayer de vivre ici, rétorqua-t-il. Ici, les Juifs et les Arabes n'arrêtent pas de se bagarrer. Avec nous au milieu. C'est une situation intenable. Les Juifs haïssent les Britanniques parce qu'ils ne les autorisent pas à venir vivre en Palestine en plus grand nombre. Et les Arabes nous haïssent d'avoir autorisé quelques Juifs à mettre le pied sur cette terre. Pour le moment, nous avons cette chance qu'ils se haïssent plus qu'ils ne nous détestent. Mais un jour, ce pays tout entier va nous exploser à la figure, nous en repartirons, et ce sera encore pire qu'avant. Retenez bien mes propos, Herr Gunther.

Tout en parlant, il lisait les lettres et triait divers feuillets, dont certains étaient vierges et ne comportaient qu'une signature. Ensuite, il m'expliqua ce qu'il était en train de faire.

— Ce sont des lettres d'accréditation, expliqua-t-il. Et des échantillons de signatures pour l'ouverture de nouveaux comptes en banque. L'un d'eux est destiné à devenir un compte joint réservé au Dr Six et à vous-même. Est-ce exact ?

Je fronçai le sourcil, n'appréciant guère l'idée de partager quoi que ce soit avec le chef du service des Affaires juives du SD.

— Je ne sais pas, admis-je.

— Eh bien, c'est à partir de ce compte que vous devrez retirer l'argent nécessaire au paiement du bail locatif d'une propriété située ici, à Jaffa, expliqua-t-il. Ainsi que vos propres honoraires et frais de mission. Le solde sera payable au Dr Six, sur présentation d'un livret bancaire que je vais vous remettre à son intention. Et de son passeport. Veillez à ce qu'il ait bien saisi la marche à suivre, je vous prie. La banque insiste pour que, si de l'argent doit lui être versé en main propre, le détenteur du livret bancaire décline son identité en présentant son passeport. Est-ce clair ?

J'opinai.

— Puis-je voir le vôtre, Herr Gunther ?

Je le lui tendis.

— Le meilleur interlocuteur susceptible de vous aider à trouver un local commercial à Jaffa s'appelle Solomon Rabinowicz, reprit-il. (Il jeta un coup d'œil à ma pièce d'identité et en nota le numéro.) C'est un Juif polonais, mais franchement, dans ce pays exaspérant, je ne connais pas de personnage possédant plus de ressources que lui. Il occupe un bureau dans Montefiore Street. À Tel-Aviv. C'est à environ huit cents mètres d'ici. Je vous donnerai son adresse. Toujours en partant du principe que votre client ne préférera pas des locaux situés dans le quartier arabe. Ce serait chercher les embêtements.

Il me rendit mon passeport et, d'un hochement de tête, désigna le coffre de M. Begelmann.

— Je suppose que ce sont là les valeurs de votre client ? Celles qu'il souhaite entreposer dans notre chambre forte en attendant son arrivée dans ce pays.

De nouveau, j'opinai.

— L'une de ces lettres comporte un inventaire des biens que renferme ce coffre, continua-t-il. Souhaitez-vous contrôler cet inventaire, avant de me le remettre ?

— Non, répondis-je.

Quinton fit le tour de son bureau et prit le coffre.

— Bon Dieu, ce que c'est lourd, souffla-t-il. Si vous voulez bien m'attendre ici, je vais demander que l'on vous prépare votre livret bancaire. Puis-je vous proposer du thé ? Ou de la citronnade, peut-être ?

— Un thé, ce sera très bien.

Mon affaire à la banque conclue, je continuai à pied jusqu'à l'hôtel, où je constatai que Hagen et Eichmann étaient déjà sortis. Je pris un bain froid, je me rendis à Tel-Aviv, rencontrai M. Rabinowicz et lui donnai instruction de trouver des locaux convenables pour Paul Begel-mann.

Je ne revis pas les deux hommes du SD avant le petit déjeuner, le len-demain matin, quand ils descendirent, l'air pas très frais, en quête d'un peu de café noir. Ils avaient prolongé la soirée dans un night-club de la vieille ville.

— Trop d'arak, maugréa Eichmann à mi-voix. C'est la boisson locale. Une sorte de grappa parfumée à l'anis. À éviter, dans la mesure du possible.

Je souris et allumai une cigarette, mais je chassai la fumée d'un revers de main — apparemment, l'odeur lui donnait la nausée.

— Avez-vous mis la main sur Reichert ? m'enquis-je.

— Oui. En réalité, il était avec nous hier soir. Mais pas Polkes. Il risque donc de se présenter ici et de nous chercher. Cela vous ennuie-rait-il de le recevoir, rien que cinq ou dix minutes, et de lui expliquer la situation ?

— Quelle est la situation ?

— Nos projets changent de minute en minute, hélas ! En fin de compte, il se peut que nous ne revenions pas ici. Reichert a l'air de penser que nous n'aurons pas plus de chance d'obtenir un visa au Caire que nous n'en avons eu ici.

— Voilà une nouvelle qui me désole, dis-je, mais je n'étais pas désolé du tout.

— Signalez-lui que nous sommes partis pour Le Caire, insista Eich-mann. Et que nous descendrons au National Hotel. Suggérez-lui de venir nous retrouver là-bas.

— Je ne sais pas. Je n'ai franchement aucune envie de m'impliquer dans tout ceci.

— Vous êtes allemand, lâcha-t-il. Vous êtes impliqué, que cela vous plaise ou non.

— Oui, mais c'est vous le nazi, pas moi.

Eichmann eut l'air choqué.

— Comment pouvez-vous travailler pour le SD sans être nazi ?

— Nous vivons dans un drôle de monde, répliquai-je. Mais ne le répétez à personne, surtout.

— Écoutez, recevez-le, je vous en prie, insista Eichmann. Ne serait-ce que par souci de courtoisie. Je pourrais laisser une lettre à son intention, mais cela ferait tellement meilleur effet si vous l'informiez de vive voix.

— Et d'ailleurs, qui est ce Fievel Polkes ?

— Un Juif de Palestine qui travaille pour la Haganah.

— Et la Haganah, qu'est-ce que c'est ?

Eichmann sourit d'un air las. Il était pâle et transpirait abondamment. Je me sentais presque navré pour lui.

— Vous ne savez pas grand-chose sur ce pays, n'est-ce pas ?

— Suffisamment pour obtenir un visa de trente jours, rétorquai-je sans détours.

— La Haganah est une milice juive, à la fois groupe militaire et service de renseignement.

— Autrement dit une organisation terroriste.

— Si vous voulez, admit Eichmann.

— Très bien, fis-je. Je vais le rencontrer. Par souci de courtoisie. Mais j'aurai besoin de tout savoir. Je refuse de rencontrer l'un de ces meurtriers si je ne connais que la moitié de l'histoire.

Eichmann hésita. Je savais qu'il ne me faisait pas confiance. Mais soit il avait trop la gueule de bois pour s'en soucier, soit il avait fini par comprendre qu'il n'avait pas d'autre choix que de jouer franc-jeu avec moi.

— La Haganah souhaite que nous lui fournissions des fusils qu'ils utiliseront contre les Britanniques, ici, en Palestine, commença-t-il. Si le SD continue de promouvoir l'émigration juive d'Allemagne, ils proposent aussi de nous procurer des informations sur les troupes britanniques et les mouvements de navires en Méditerranée orientale.

— Les Juifs aideraient leurs propres persécuteurs ? m'écriai-je avec un rire. Mais c'est grotesque. Non ?

— Au contraire, répondit Eichmann, qui ne riait pas du tout. Le SD a déjà financé plusieurs camps d'entraînement sionistes en Allemagne. Des endroits où de jeunes Juifs peuvent se former aux techniques de l'agriculture qui leur seront nécessaires pour cultiver cette terre. La terre palestinienne. Une Haganah financée par le national-socialisme n'est qu'un prolongement possible de cette même politique, parmi d'autres.

Et c'est l'une des raisons de ma venue ici. L'évaluation des individus qui commandent la Haganah, l'Irgoun et les autres milices juives. Écoutez, je sais que c'est difficile à croire, mais ils éprouvent apparemment une aversion encore plus vive envers les Britanniques qu'envers nous.

— Et comment Hadj Amin s'intègre-t-il à ces projets ? C'est un Arabe, n'est-ce pas ?

— Hadj Amin, c'est l'autre face de la médaille, poursuivit Eichmann. Au cas où notre politique pro-sioniste ne fonctionnerait pas. Nous avions projeté de rencontrer le Haut Comité arabe et certains de ses membres — principalement Hadj Amin — ici, en Palestine. Mais il semble que les Britanniques aient ordonné la dissolution du comité et l'arrestation de ses membres. Le commissaire de district adjoint de Galilée aurait été assassiné à Nazareth, voici quelques jours. Alors maintenant, Hadj Amin se cache dans la vieille ville de Jérusalem, mais il va essayer d'en sortir en douce et de nous rencontrer au Caire. Donc, comme vous pouvez le constater, ici, à Jaffa, Polkes est à peu près le seul dont il faille encore s'inquiéter.

— Rappelez-moi de ne jamais jouer aux cartes avec vous, Eichmann, dis-je. Ou, dans le cas contraire, m'assurer que vous aurez retiré votre veste et remonté vos manches.

— Contentez-vous de suggérer à Fievel Polkes de venir au Caire. Il comprendra. Mais surtout, je vous en conjure, ne mentionnez pas le Grand Mufti.

— Le Grand Mufti ?

— Hadj Amin, précisa Eichmann. C'est lui, le Grand Mufti de Jérusalem. La plus haute autorité religieuse de Palestine. Les Britanniques l'ont nommé en 1921. Ce qui fait de lui l'Arabe le plus puissant de ce pays. C'est aussi un antisémite enragé, qui ferait passer le Führer pour un amoureux des Juifs. Hadj Amin a proclamé le djihad contre eux. C'est pourquoi la Haganah et l'Irgoun aimeraient le voir mort. Et c'est aussi pourquoi il vaut mieux que Fievel Polkes ne sache pas que nous prévoyons de le rencontrer. Il aura vent de la chose, évidemment. Mais ça, c'est son problème.

— J'espère simplement que cela ne deviendra pas le mien, ironisai-je.

Le lendemain du départ d'Eichmann et Hagen pour Alexandrie par bateau, Fievel Polkes se présenta à l'hôtel Jérusalem et les demanda.

Polkes était un Juif polonais, d'environ trente-cinq ans, qui fumait comme un pompier. Il portait un costume tropical fripé et un chapeau de paille. Il aurait mérité de se raser, mais pas autant que le Juif russe qui l'accompagnait, et qui fumait aussi comme un pompier. Celui-ci avait une bonne quarantaine d'années, des rochers en guise d'épaules et un visage buriné pareil à celui des gargouilles aux arc-boutants des cathédrales. Il s'appelait Eliahu Golomb. Ces deux messieurs portaient leur veste boutonnée, alors qu'il régnait une chaleur cuisante, comme tous les jours. Quand un homme garde sa veste boutonnée par un jour de canicule, cela veut dire en général une chose, et une seule. Après que je lui eus expliqué la situation, Golomb pesta en russe et, désireux de calmer les esprits — après tout, ces deux individus étaient des terroristes —, je les dirigeai vers le bar et proposai de leur payer un verre.

— Très bien, fit Polkes, qui s'exprimait en bon allemand. Mais pas ici. Allons autre part. J'ai une voiture dehors.

Je faillis refuser. Boire un verre avec eux au bar de l'hôtel, c'était une chose. J'estimais que c'en était tout à fait une autre de m'en aller je ne sais où avec ces gaillards dont les vestes boutonnées me signifiaient qu'ils étaient armés, et probablement dangereux. Voyant mon hésitation, Polkes ajouta un mot.

— Tu seras tout à fait en sécurité, mon ami. Ce sont les Britanniques que nous combattons, pas les Allemands.

Une fois dans la rue, nous sommes montés à bord d'une berline Riley bicolore. Golomb prit le volant et s'éloigna de l'hôtel en conduisant à une allure modérée, comme un homme qui tient à ne pas attirer l'attention. Nous avons roulé vers le nord puis vers l'est, traversé une colonie allemande de villas élégantes baptisée le Petit Walhalla avant de franchir la voie ferrée en direction de Haschachar Herzl. Ensuite, de nouveau à gauche, pour emprunter Lilien Blum, où nous nous sommes arrêtés devant un bar attenant à un cinéma. Nous étions, me dit Polkes, dans le centre de la banlieue résidentielle de Tel-Aviv. L'air sentait la mer et la fleur d'oranger. Tout paraissait plus propre et plus ordonné qu'à Jaffa. Plus européen, en tout cas. Et j'en fis la remarque.

— Naturellement, ici, vous vous sentez chez vous, admit Polkes. Seuls des Juifs vivent ici. Si cela ne tenait qu'aux Arabes, ce pays tout entier vaudrait à peine mieux qu'une pissotière.

Nous entrâmes dans un café dont la vitrine était couverte de mots en hébreu. Il s'appelait le Kapulski. La radio diffusait ce que j'aurais défini comme de la musique juive. Une femme, une véritable naine, passait la serpillière sur le sol carrelé. Au mur était accrochée une photo d'un vieil homme aux cheveux en désordre, vêtu d'une chemise à col ouvert, qui ressemblait à Einstein, mais sans la moustache attrape-soupe. Je n'avais aucune idée de qui c'était. À côté de la photo, il y en avait une autre, d'un personnage qui ressemblait à Karl Marx. Je reconnus cette figure, uniquement parce qu'Eichmann avait un portrait de lui dans ce qu'il appelait son fichier juif : il s'agissait de Theodor Herzl. Le barman nous suivit du regard, nous passâmes derrière un rideau de perles et entrâmes dans une arrière-salle à l'atmosphère moite, remplie de caisses de bière et de chaises empilées sur les tables. Polkes descendit trois chaises sur le plancher pendant que Golomb sortait trois bières d'un cageot. Il fit sauter les capsules avec ses pouces et les posa sur la table.

— *Joli tour de main, observai-je.*

— *Vous devriez le voir ouvrir une boîte de pêches au sirop, dit Polkes.*

Il faisait chaud. Je retirai ma veste et remontai mes manches. Les deux Juifs gardèrent les leurs, plus légères que la mienne. D'un signe de tête, je désignai leurs aisselles.

— *Ça va, dis-je à Polkes. J'ai déjà vu un pistolet. Si j'ai les vôtres sous les yeux, je ne vais pas en faire des cauchemars.*

Polkes traduisit en hébreu et, tout sourires, Golomb opina. Il avait de grandes dents jaunes, comme s'il avait pour habitude de mâcher de l'herbe au dîner. Ensuite, il retira sa veste, et Polkes l'imita. Ils portaient l'un et l'autre un Webley, aussi gros que la patte postérieure d'un chien. Nous avons tous les trois allumé une cigarette, goûté nos bières chaudes et échangé des regards. J'étais plus attentif à Golomb, puisqu'il semblait être le patron. Enfin, Polkes s'expliqua.

— *Eliahu Golomb est membre du Conseil du haut commandement de la Haganah. Il est favorable à la politique juive radicale de votre gouvernement, car la Haganah est d'avis que cela renforcera la population juive de Palestine. Avec le temps, cela ne peut signifier qu'une chose : les Juifs finiront pas dépasser les Arabes en nombre, après quoi il ne nous restera plus qu'à nous approprier ce pays.*

J'ai toujours eu horreur de la bière chaude. Et je déteste boire à la bouteille. Chaque fois que je suis contraint de boire à la bouteille, ça me met dans une colère noire. Je préfère m'abstenir.

— Qu'une chose au moins soit très claire, dis-je. Ce gouvernement n'est pas le mien. Je déteste les nazis, et si vous aviez deux sous de bon sens, vous en feriez autant. Ce n'est qu'une bande de sales menteurs et n'allez pas croire un traître mot de ce qu'ils racontent. Vous avez foi en votre cause. C'est parfait. Mais il y a très peu de choses en Allemagne qui méritent que l'on croie en elles. Sauf peut-être qu'une bière devrait toujours être servie froide et avec un faux col digne de ce nom.

Polkes traduisit tout ce que je venais de répondre et, quand il eut terminé, Golomb hurla quelque chose en hébreu. Mais je n'avais pas terminé ma diatribe.

— Vous voulez savoir en quoi ils croient, les nazis ? Les gens comme Eichmann et Hagen ? Ils croient que l'Allemagne vaut la peine que l'on trompe, que l'on escroque et que l'on triche pour elle. Et si vous êtes d'un autre avis, vous faites une belle paire d'idiots. En ce moment même, ces deux clowns nazis se préparent à rencontrer votre ami, le Grand Mufti, au Caire. Ils vont conclure un accord avec lui. Et le jour suivant, ils concluront un accord avec vous. Là-dessus, ils rentreront en Allemagne et attendront de voir lequel Hitler va choisir.

Le barman arriva chargé de trois bières fraîches servies dans des verres, qu'il posa sur la table. Polkes sourit.

— Je crois qu'Eliahu vous a à la bonne, remarqua-t-il. Il a envie de savoir ce que vous fabriquez en Palestine. Avec Eichmann et Hagen.

Je lui répliquai que j'étais détective privé et leur parlai de Paul Begelmann.

— Et juste pour que vous sachiez qu'il n'y a rien de noble dans tout cela, ajoutai-je, je me fais payer une somme tout à fait coquette pour le dérangement.

— Vous ne me paraissez pas être un homme entièrement motivé par l'argent, releva Golomb, par l'intermédiaire de Polkes.

— Je n'ai pas les moyens d'avoir des principes. Pas en Allemagne. Les gens à principes finissent dans le camp de concentration de Dachau. J'ai été à Dachau. Cela ne m'a pas plu.

— Vous avez été à Dachau ? s'étonna Polkes.

— L'an dernier. Une visite éclair, si j'ose dire.

— *Y avait-il beaucoup de Juifs, là-bas ?*

— *Un tiers environ des prisonniers. Le reste, c'étaient des communistes, des homosexuels, des témoins de Jéhovah, et quelques Allemands avec des principes.*

— *Et vous, vous apparteniez à quelle catégorie ?*

— *J'étais un homme qui exerçait un métier. Comme je vous l'ai dit, je suis détective privé. Et quelquefois cela m'amène à perdre pied. Cela peut très facilement vous arriver, en Allemagne, à l'heure actuelle. Je l'oublie moi-même de temps en temps.*

— *Peut-être aimeriez-vous travailler pour nous ? me proposa Golomb. Il serait utile de connaître l'état d'esprit de ces deux hommes que nous étions supposés rencontrer. Et tout particulièrement utile de savoir ce qu'ils sont convenus avec Hadj Amin.*

Je ris. Visiblement, ces derniers temps, tout le monde avait envie de me voir espionner quelqu'un. La Gestapo voulait que j'espionne le SD. Et maintenant la Haganah voulait que j'espionne pour son compte. Par moments, je me demandais si je ne m'étais pas trompé de métier.

— *Nous pourrions vous payer, poursuivit Golomb. L'argent, chez nous, ce n'est pas ce qui manque. Fievel Polkes ici présent est notre homme à Berlin. Vous pourriez prendre rendez-vous tous les deux, de temps à autre, et échanger des informations.*

— *Je ne vous serais d'aucune utilité, lui assurai-je. Pas en Allemagne. Comme je vous l'ai expliqué, je ne suis qu'un détective privé qui essaie de gagner sa vie.*

— *Alors aidez-nous ici, en Palestine, reprit Golomb.*

Il avait une voix grave et rocailleuse, qui s'accordait tout à fait avec l'abondant système pileux du personnage. Il avait l'allure d'un ours domestiqué.

— *Nous vous conduirons à Jérusalem en voiture et, de là, vous et Fievel pourrez prendre un train pour Suez, et ensuite pour Alexandrie. Nous vous paierons ce que vous souhaiterez. Aidez-nous, Herr Gunther. Aidez-nous à faire quelque chose de ce pays. Tout le monde déteste les Juifs, et à juste titre. Nous ne connaissons ni ordre ni discipline. Depuis trop longtemps, nous nous débrouillons tout seuls. Notre seul espoir de salut réside dans un mouvement d'immigration générale en Palestine. L'Europe, pour les Juifs, c'est fini, Herr Gunther.*

Polkes acheva de traduire, avec un geste désabusé.

— Eliahu est un sioniste très extrémiste, ajouta-t-il. Mais il n'est pas rare d'entendre des points de vue similaires chez les membres de la Haganah. Pour ma part, je n'accepte pas ce qu'il raconte des Juifs, qui mériteraient cette haine. Mais il a raison de souligner que nous avons besoin de votre aide. Combien voulez-vous ? En livres sterling ? En marks ? En souverains d'or, éventuellement ?

— Je ne vous aiderai pas pour de l'argent, répliquai-je en secouant la tête. Tout le monde m'en propose, de l'argent.

— Mais vous allez nous aider, insista Polkes. N'est-ce pas ?

— Oui, je vais vous aider.

— Pourquoi ?

— Parce que j'ai été à Dachau, messieurs. Je ne vois pas de meilleure raison de vouloir vous aider. Si vous aviez vu, vous comprendriez. Et c'est pour cela que je vais vous aider.

Le Caire était le diamant serti sur le manche de l'éventail du delta du Nil. C'était en tout cas ce que prétendait mon guide Baedeker. Pour moi, l'endroit évoquait un objet beaucoup moins précieux – davantage comparable au trayon sous la panse de la vache qui nourrissait le représentant de chaque tribu d'Afrique, continent dont il était la plus vaste cité. « Cité », le mot me paraissait toutefois trop étriqué. Elle m'évoquait bien plus qu'une simple métropole. C'était comme une île – un bastion historique, religieux et culturel, une ville qui constituait le modèle de toutes celles qui avaient surgi de terre après elle, mais aussi leur opposé. Le Caire me fascinait et m'effrayait tout à la fois.

Je descendis au National Hotel, dans le quartier d'Ismaïlia, situé à un peu plus de cinq cents mètres à l'est du Nil et du Musée égyptien. Fievel Polkes résidait au Savoy, à l'autre bout de la même rue, côté sud. Le National n'était pas beaucoup plus petit qu'un village de taille respectable, avec des chambres aussi vastes que des pistes de bowling. Certaines d'entre elles, noyées dans une odeur âcre, avaient été transformées en fumoirs de narguilés, où une dizaine d'Arabes s'asseyaient à même le plancher, fumant des pipes de la taille et de la forme de cornues de laboratoire. Un grand panneau d'affichage de l'agence Reuters trônait dans le hall de la réception, et, à votre entrée dans le salon, vous auriez pu vous attendre à découvrir Lord Kitchener, chef de la première mission exploratoire en Palestine occidentale, assis dans un fauteuil, lisant son journal et torsadant entre ses doigts sa moustache calamistrée.

Je laissai un message pour Eichmann et, plus tard, je les retrouvai, Hagen et lui, au bar de l'hôtel. Ils étaient accompagnés par un troisième Allemand, le Dr Franz Reichert, qui travaillait pour l'Agence allemande d'information à Jérusalem, mais qui rapidement nous pria de l'excuser et prit congé, invoquant des douleurs d'estomac.

— Une chose qu'il a mangée, peut-être, remarqua Hagen.

J'écrasai une mouche qui s'était posée dans le creux de ma nuque.

— À moins que ce ne soit la chose en question qui l'ait mangé, rétorquai-je.

— Nous étions au restaurant Le Bavarois, hier soir, m'expliqua Eichmann. Près de la gare centrale. Je crains fort que l'endroit n'ait rien de très bavarois. La bière était correcte. Mais le Wienerschnitzel, à mon avis, ce devait être de la viande de cheval. Ou même du chameau.

Hagen lâcha un geignement et se tint le ventre quelques instants. Je leur annonçai que j'avais amené Fievel Polkes avec moi et qu'il était descendu au Savoy.

— C'est là que nous aurions dû nous installer, se plaignit Hagen. Je sais pour quelle raison Polkes est venu au Caire, ajouta-t-il aussitôt. Mais vous, Papi, pourquoi êtes-vous là ?

— Tout d'abord, je ne crois pas que notre ami juif ait tout à fait cru vous trouver ici, lui confiai-je. Vous pouvez appeler cela une preuve de bonne foi si vous voulez. Mais ensuite, mes affaires se sont conclues plus vite que prévu, et je me suis dit que je risquais de ne jamais profiter d'une occasion pareille de voir l'Égypte. Donc me voici.

— Merci, fit Eichmann. Je vous suis reconnaissant de l'avoir amené jusqu'ici. Sans quoi nous ne l'aurions très certainement jamais rencontré.

— Gunther est un espion, insista Hagen. Pourquoi l'écouter ?

— Nous avons déposé une demande de visa palestinien, m'informa Eichmann, ignorant la réflexion de son jeune acolyte. Et nous avons encore essuyé un refus. Nous déposons une nouvelle demande demain, dans l'espoir d'être reçu par un fonctionnaire consulaire qui ne déteste pas les Allemands.

— Ce ne sont pas les Allemands que les Britanniques détestent, nuançai-je. Ce sont les nazis.

Je marquai un temps de silence. Ensuite, me rendant compte que l'occasion était trop belle de m'attirer leurs bonnes grâces, j'ajoutai :

— *Mais qui sait ? Peut-être le fonctionnaire sur lequel vous êtes tombé la dernière fois était-il un youpin.*

— *En fait, reprit Eichmann, je crois qu'il était écossais.*

— *Alors, écoutez, dis-je en affectant un ton de sincérité un peu lasse, autant que je sois franc avec vous. Ce n'est pas votre patron, Franz Six, qui m'a prié de vous espionner. C'est Gerhard Flesch. Du service des Affaires juives de la Gestapo. Il m'a menacé, si je refusais d'enquêter sur mes origines raciales. Naturellement, tout ça, c'est du bluff. Il n'y a pas de youpins dans ma famille. Mais vous savez ce que c'est, avec la Gestapo. Ils peuvent vous soumettre à toutes sortes d'épreuves rien que pour prouver que vous n'êtes pas juif.*

— *Je ne vois personne qui ait moins l'air juif que vous, Gunther, m'assura Eichmann.*

J'eus un haussement d'épaules résigné.

— *Il veut des preuves que votre service est corrompu, repris-je. Enfin, évidemment, j'aurais pu lui apporter la réponse avant même notre départ d'Allemagne. Je veux dire, au sujet de mon rendez-vous avec Six et Begelmann. Mais je me suis abstenu.*

— *Alors, qu'allez-vous lui raconter ? s'enquit Eichmann.*

— *Pas grand-chose. Que vous n'avez pas obtenu votre visa. Que je n'ai pas eu l'occasion de surprendre de grandes malhonnêtetés, si ce n'est que vous trichez sur vos notes de frais. Enfin, il faut bien que je lui donne du grain à moudre*

Eichmann opina.

— *Oui, c'est très bien. Ce n'est pas ce qu'il cherche, c'est sûr. Il en veut davantage. S'approprier toutes les fonctions de notre service. (Il me flanqua une tape sur l'épaule.) Merci, Gunther. Vous êtes vraiment un type en or. Vous le saviez ? Oui. Allez donc lui raconter que je me suis acheté un beau costume tropical, passé en note de frais. Ça va le foutre en rogne.*

— *Vous l'avez acheté, en effet, et passé en note de frais, dit Hagen. Sans parler de tout le reste. Une véritable cargaison. Des casques coloniaux, des moustiquaires, des bottes de marche. Il a rapporté plus de matériel que l'armée italienne tout entière. Sauf la seule et unique chose dont nous aurions vraiment besoin. Nous n'avons pas de pistolets. Nous* sommes sur le point de rencontrer certains des terroristes les plus dangereux du Moyen-Orient, et nous n'avons aucun moyen de nous protéger.

Eichmann tirait une tête de six pieds de long, ce qui, chez lui, n'était pas difficile. En temps normal, l'expression de son visage s'apparentait à une sorte de grimace et, en règle générale, sa bouche était crispée en un éternel rictus. Chaque fois qu'il me regardait, je le croyais sur le point de m'annoncer qu'il n'aimait pas ma cravate.

— Je suis désolé, dit-il à son acolyte. Je te l'ai dit. Ce n'était pas ma faute. Mais au point où nous en sommes, je ne vois pas trop ce que nous pourrions y faire.

— Nous sommes allés à l'ambassade d'Allemagne et je leur ai réclamé des armes, m'apprit Hagen. Mais ils refusent de nous en remettre sans une autorisation en bonne et due forme émanant de Berlin. Or, si nous demandions cette autorisation, cela nous ferait passer pour un tandem d'amateurs.

— Vous ne pouvez pas vous rendre chez un armurier et en acheter une ?

— Les Britanniques sont tellement inquiets de la situation en Palestine qu'ils ont suspendu toutes les ventes d'armes en Égypte, m'expliqua Hagen.

J'avais cherché un moyen de m'immiscer dans leur rencontre avec Hadj Amin. Et maintenant je voyais comment m'y prendre.

— Je peux vous procurer une arme, leur annonçai-je.

Je connaissais l'homme qui m'en prêterait une.

— Comment ça ? voulut savoir Eichmann.

— J'ai été flic, à l'Alex, lui répondis-je habilement. Il y a toujours des moyens de se procurer des armes à feu. Surtout dans une ville aussi immense que celle-ci. Il suffit de savoir où chercher. Les voyous sont les mêmes partout en ce monde.

Je rendis visite à Fievel Polkes dans sa chambre du Savoy.

— J'ai trouvé un moyen d'être présent à leur rendez-vous avec Hadj Amin, lui annonçai-je. Ils ont peur d'Al-Istiqlal et de la confrérie des Frères musulmans. Et ils ont peur de la Haganah. Car ils se sont débrouillés, je ne sais trop comment, pour laisser leurs armes en Allemagne.

– Ils ont raison d'avoir peur, confirma Polkes. Si vous n'aviez pas accepté de les espionner, nous aurions pu tenter de les assassiner. Pour ensuite en attribuer la responsabilité aux Arabes. Nous avons déjà procédé de la sorte. Il est fort possible que le Grand Mufti ait une idée similaire et nous impute la responsabilité d'on ne sait trop quoi. Vous devriez être prudent, Bernie.

– Je leur ai proposé d'aller acheter une arme en m'adressant à la pègre cairote, l'informai-je. Et je leur ai offert mes services de garde du corps.

– Savez-vous où ça s'achète ?

– Non. J'espérais plus ou moins pouvoir vous emprunter ce Webley que vous avez sur vous.

– Pas de problème, fit Polkes. Je peux fort bien m'en procurer un autre.

Il retira sa veste, déboucla son baudrier, et me tendit son équipement. Le Webley pesait le poids d'une encyclopédie, et il était presque aussi difficile à manier.

– C'est un .45 à brisure avec mécanisme à double action, expliqua-t-il. Si vous devez tirer avec, souvenez-vous juste de deux choses. Primo, il a un recul de mule. Deusio, il a un certain pedigree qui s'y rattache, si vous voyez à quoi je fais allusion. Alors arrangez-vous pour le jeter dans le Nil, dans la mesure du possible. Et encore un conseil. Soyez prudent.

– Vous me l'avez déjà dit.

– Je suis sérieux. Ce sont ces salopards qui ont assassiné Lewis Andrews, le haut-commissaire provisoire de Galilée.

– Je croyais que c'était des gens de chez vous.

Polkes me sourit à pleines dents.

– Pas cette fois-ci. Désormais, nous sommes au Caire. Le Caire n'est pas Jaffa. Ici, les Britanniques regardent où ils mettent les pieds. Si Hadj Amin pense que vous pourriez passer un accord avec nous, il n'hésitera pas à vous tuer tous les trois ; alors même si ce qu'il raconte vous déplaît, faites semblant. Ces gens-là sont fous. Des fanatiques religieux.

– Tout comme vous, n'est-ce pas ?

– Non, nous ne sommes pas seulement des fanatiques. Il y a une différence. Nous n'espérons pas que Dieu soit content de nous voir brûler la cervelle de quelqu'un. Eux, si. C'est ce qui fait d'eux des fous.

Le rendez-vous eut lieu dans la vaste suite qu'Eichmann s'était réservée au National Hotel.

Plus petit d'une tête que tous les autres hommes présents dans la pièce, le Grand Mufti de Jérusalem portait un turban blanc et une longue robe noire. C'était un homme tout à fait dénué d'humour, avec un air suffisant, attisé sans nul doute par la flagornerie dont faisait montre son entourage de disciples. Pour moi, le plus curieux fut de constater à quel point il ressemblait à Eichmann. Un Eichmann avec une barbe grisonnante, peut-être. Ce qui expliquait sans doute pourquoi ils s'entendaient si bien.

Hadj Amin était accompagné de cinq hommes vêtus de costumes tropicaux d'un brun grisâtre et coiffés de tarbouches, la version égyptienne du fez. Son interprète était un individu à la moustache grise dans le style hitlérien, pourvu d'un double menton et d'yeux d'assassins. Il était muni d'une lourde canne sculptée et, comme les autres Arabes – à l'exception de Hadj Amin lui-même –, il portait un baudrier.

Hadj Amin, qui avait un peu plus de quarante ans, parlait uniquement l'arabe et le français, mais l'allemand de son interprète était bon. Le journaliste allemand, Franz Reichert, maintenant rétabli de ses maux de ventre, se chargeait de traduire en arabe pour le compte des deux hommes du SD. Assis près de la porte, j'écoutais la conversation en affectant d'être vigilant, ce qui me semblait opportun étant donné le rôle de garde du corps du SD que je m'étais attribué. L'essentiel des propos émanèrent de Hadj Amin lui-même, et ce que j'entendis était profondément troublant – notamment en raison du profond dégoût que suscitait en moi la profondeur de son antisémitisme. Hagen et Eichmann n'appréciaient guère les Juifs. C'était chose courante en Allemagne. Ils plaisantaient sur leur compte et voulaient les voir exclus de la vie publique, mais, à mes yeux, l'antisémitisme de Hagen restait naïf et celui d'Eichmann était à peine plus que de l'opportunisme. En revanche, Hadj Amin haïssait les Juifs comme le chien devait haïr le rat.

– Les Juifs, déclara le Grand Mufti, ont transformé la vie en Palestine à telle enseigne que, si on leur laisse la bride sur le cou, cela conduira inévitablement à l'élimination de tous les Arabes. Cela ne nous gêne pas que les gens viennent dans notre pays en qualité de visiteurs. Mais le Juif vient en Palestine comme un envahisseur venu de l'étranger. Il vient en sioniste, en individu paré de tous les colifichets de

la vie européenne moderne, qui, en soi, constituent un affront aux idéaux les plus sacrés de l'islam. Nous ne voulons pas d'eux. Nous voulons que notre pays demeure tel qu'il était avant que les Juifs ne se mettent à affluer ici par cohortes entières. Nous ne voulons pas du progrès. Nous ne voulons pas de la prospérité. Le progrès et la prospérité sont les ennemis du véritable islam. Et l'on a déjà trop parlementé. Avec les Britanniques, avec les Juifs, avec les Français. Maintenant, nous parlementons avec les Allemands. Mais je vais vous dire ceci : désormais, c'est l'épée, et rien d'autre, qui décidera du sort de ce pays. Si c'est la politique de l'Allemagne de soutenir le sionisme, alors vous devez avoir conscience d'une chose : notre politique vise à massacrer tous les sionistes et ceux qui soutiennent le sionisme, jusqu'au dernier.

« Mais je ne suis pas venu ici pour menacer votre Führer, Herr Eichmann. L'Allemagne n'est pas un pays impérialiste comme la Grande-Bretagne. Dans le passé, elle n'a pas fait de mal à un seul État arabe ou musulman. Pendant la grande guerre, elle s'est alliée à l'Empire ottoman. J'ai moi-même servi au sein de l'armée ottomane. L'Allemagne n'a jamais combattu que nos ennemis impérialistes et sionistes. Les Français. Les Britanniques. Les Russes. Les Américains. Ce pour quoi votre peuple a droit à notre gratitude et notre admiration. Seulement, il ne faut plus nous envoyer de Juifs, Herr Eichmann.

« J'ai lu le grand livre du Führer. Dans une traduction, uniquement. Toutefois, messieurs, je crois pouvoir me flatter de connaître la pensée de votre Führer. Il déteste les Juifs à cause de la défaite qu'ils ont fait subir à l'Allemagne en 1918. Il déteste les Juifs parce que c'est le Juif Chaïm Weizmann qui a inventé le gaz toxique qui l'a rendu invalide pendant la guerre en lui infligeant cette cécité temporaire. Rendons grâce à Dieu, il en a été délivré. Il déteste les Juifs parce que c'est le Juif qui a amené l'Amérique dans la guerre aux côtés des sionistes britanniques et qui a contribué à la défaite de l'Allemagne. Je ne le comprends que trop bien, messieurs, car je hais le Juif, moi aussi. Je hais le Juif d'avoir persécuté Jésus, qui était un prophète de Dieu. Par ce fait, pour un musulman, tuer un Juif lui assure une entrée immédiate au paradis, en l'auguste présence de Dieu tout-puissant.

« Et donc, mon message au Führer est le suivant : Les Juifs ne sont pas seulement les ennemis les plus farouches des musulmans, ils sont aussi un élément corrupteur permanent en ce monde. Savoir identifier

cela a été la plus grande révélation que le Führer ait apportée au monde. Agir dans le droit fil de cette révélation sera, je le crois, le plus grand legs qui se puisse transmettre. Agir de façon décisive. Car ce n'est pas une solution au problème juif en Allemagne et en Europe que de continuer à les exporter vers la Palestine. Il faut réfléchir à une autre méthode, messieurs. Une solution qui mette fin à toutes les solutions. C'est le message que vous devez transmettre à vos supérieurs. Le meilleur moyen de traiter le problème juif, c'est d'assécher la source en Europe. Et je fais au Führer ce serment solennel. S'il promet de liquider toute la population juive de Palestine, je l'aiderai à détruire l'Empire britannique. Il faut tuer tous les Juifs, partout.

Même Eichmann semblait un peu choqué par les propos du Grand Mufti. Hagen, qui prenait des notes, resta bouche bée, stupéfait devant la froide simplicité de ce que proposait Hadj Amin. Reichert était lui aussi interloqué. Néanmoins, ils parvinrent à se ressaisir et promirent au Mufti de transmettre fidèlement ses réflexions à leurs supérieurs, à Berlin. Des lettres officielles furent échangées. Après quoi, Eichmann conclut la réunion en promettant à Hadj Amin que, s'étant désormais rencontrés, ils se reverraient. On ne s'était accordé sur rien de réellement important, et pourtant j'avais l'impression que les propos du Mufti avaient fait une réelle impression sur les deux hommes du SD.

Quand la réunion fut terminée, après que le Grand Mufti et son entourage eurent quitté la suite d'Eichmann au National – son traducteur arabe glissant une plaisanterie sur les Britanniques, qui croyaient avoir cantonné Hadj Amin dans les lieux saints de Jérusalem (qu'ils n'osaient naturellement pas violer en y pénétrant pour l'y rechercher) –, nous échangeâmes des regards, allumâmes des cigarettes et secouâmes la tête, encore un peu plus éberlués.

— Jamais je n'ai entendu pareille folie, dis-je en me dirigeant vers la fenêtre et en observant la rue en contrebas, où Hadj Amin et ses hommes montaient dans un fourgon d'aspect anonyme aux flancs bardés de panneaux de bois. Une folie totale. Ce bonhomme est totalement givré.

— Oui, acquiesça Hagen. Et pourtant, j'ai aussi perçu dans sa folie une certaine logique froide, ne trouvez-vous pas ?

— Une logique ? répétai-je, un rien incrédule. Qu'entendez-vous par « logique » ?

— Je suis d'accord avec Gunther, dit Reichert. Tout cela m'a fait l'effet d'une pure folie. Comme une histoire sortie de la Première Croisade. Je veux dire, ne vous méprenez pas sur mes propos, je ne suis pas un partisan des Juifs, mais franchement, vous ne pouvez pas liquider une race entière.

— Staline a liquidé toute une classe de citoyens en Russie, observa Hagen. Et même deux ou trois, si vous prenez le temps de les compter. Il aurait pu se concentrer sur les Juifs, comme il l'a fait sur les paysans, les koulaks et la bourgeoisie. Et les liquider, eux, de préférence. Il a consacré ces cinq dernières années à laisser mourir de faim les Ukrainiens. Rien n'interdit de penser que l'on pourrait faire mourir de faim les Juifs, exactement de la même manière. Bien entendu, ce genre de méthode soulève d'énormes problèmes pratiques. Enfin, sur le fond, mon opinion demeure inchangée. Nous devrions essayer de les envoyer en Palestine. Ce qui leur arrivera une fois là-bas ne nous concerne guère.

Hagen s'approcha de la fenêtre et alluma une cigarette.

— Toutefois, je crois qu'il faut résister à tout prix à l'instauration d'un État juif indépendant en Palestine. C'est un élément que j'ai compris depuis notre arrivée ici. Un tel État pourrait effectivement être en mesure d'exercer des pressions diplomatiques sur le gouvernement allemand. De suborner les États-Unis pour les entraîner dans une guerre contre l'Allemagne. Il convient de s'opposer à cette éventualité.

— Mais vous n'avez certainement pas changé d'opinion au sujet d'un sionisme de facto, intervint Eichmann. Je veux dire, c'est clair, il va bien falloir expédier ces salopards quelque part. On peut exclure Madagascar. Ils n'iraient jamais là-bas. Non, ce sera ici, ou sinon, ce sera l'autre solution… celle dont parlait Hadj Amin. Or, je ne vois personne au sein du SD approuver pareille solution. C'est trop tiré par les cheveux. Ça a l'air de sortir d'un film de Fritz Lang.

Reichert prit la lettre du Mufti. Deux mots étaient inscrits sur l'enveloppe : Adolf Hitler.

— Pensez-vous qu'il y ait fait allusion, dans sa lettre ? s'enquit-il.

— Je crois que cela ne fait aucun doute, affirmai-je. La question serait plutôt : qu'allez-vous en faire ?

— Il est exclu que nous ne remettions pas cette missive à nos supérieurs.

Hagen semblait choqué par l'idée même de ne pas acheminer la lettre du Grand Mufti, plus choqué par ma suggestion implicite que par tout ce qu'avait exprimé le Grand Mufti.

— *Cela ne serait absolument pas convenable. C'est de la correspondance diplomatique.*

— *Moi, tout cela ne m'a franchement pas semblé si diplomatique, ironisai-je.*

— *Peut-être pas. Néanmoins, cette lettre doit repartir pour Berlin. C'est en partie pour cela que nous sommes venus, Gunther. Il nous faut quelque chose à montrer à la suite de notre mission ici. Surtout maintenant, sachant que nous sommes surveillés par la Gestapo. Truquer ses notes de frais, c'est une chose. Arriver jusqu'ici et cavaler en tous sens, pour rien, c'en est une autre. Cela nous couvrirait de ridicule aux yeux du général Heydrich. Nos carrières au sein du SD ne s'en remettraient pas.*

— *Non, en effet, je n'avais pas songé à cela, admit Eichmann, dont le carriérisme était aussi affirmé que celui de Hagen.*

— *Heydrich est peut-être un salopard, observai-je. Mais ce salopard est aussi un malin. Trop malin pour lire cette lettre sans en conclure que le Mufti est un givré total.*

— *Cela se peut, dit Eichmann. Cela se peut, oui. Heureusement, cette lettre n'est pas adressée à Heydrich, n'est-ce pas ? Elle est adressée au Führer, fort heureusement. Il saura parfaitement comment répondre à ce que…*

— *Entre fous, on se comprend, lâchai-je. C'est ce que vous suggérez, Eichmann ?*

Horrifié, Eichmann faillit s'étouffer.

— *Pas un instant, bredouilla-t-il, je n'oserais penser…*

Rougissant jusqu'à la racine des cheveux, très mal à l'aise, il lança un coup d'œil à Hagen et à Reichert.

— *Messieurs, je vous en prie, croyez-moi. Ce n'est pas du tout ce que j'avais en tête. J'éprouve la plus grande admiration pour le Führer.*

— *Mais bien sûr, Eichmann, que vous admirez le Führer, fis-je, rassurant.*

Enfin, il me dévisagea.

— *Vous ne direz rien à Flesch de tout ceci, n'est-ce pas, Gunther ? Je vous en prie, vous ne direz rien à la Gestapo ?*

— *Cela ne me viendrait jamais à l'idée. Écoutez, oublions cela. Qu'allez-vous décider, concernant Fievel Polkes ? Et la Haganah ?*

Eliahu Golomb rejoignit Polkes au Caire pour la rencontre avec Eichmann et Hagen. Il y arriva juste à temps, avant que les Britanniques ne ferment la frontière après un certain nombre d'attentats à la bombe commis en Palestine par des Arabes et des Juifs. Avant la réunion, je retrouvai Golomb et Polkes à leur hôtel et leur rapportai tout ce qui s'était dit lors de l'entretien avec Hadj Amin. Pour commencer, Golomb appela les plaies du ciel sur la tête du Mufti. Ensuite, il me demanda mon avis sur la façon de manier Eichmann et Hagen.

— *À mon avis, vous devriez les amener à croire que, dans n'importe quelle guerre civile avec les Arabes, ce sera la Haganah qui vaincra,* lui conseillai-je. *Les Allemands admirent la force. Et ils aiment les vainqueurs. Les Britanniques sont les seuls à apprécier les perdants.*

— *Nous vaincrons,* proclama Golomb.

— *Ils n'en savent rien,* le prévins-je. *Je pense que ce serait une erreur de leur demander une aide militaire. Cela passerait pour un signe de faiblesse. Vous devez plutôt les convaincre que vous êtes beaucoup mieux armés que vous ne l'êtes en réalité. Racontez-leur que vous possédez de l'artillerie. Racontez-leur que vous disposez de tanks. Et que vous avez des avions. Ils n'ont aucun moyen de contrôler si c'est vrai.*

— *En quoi cela nous aidera-t-il ?*

— *S'ils vous croient capables de gagner,* poursuivis-je, *ils estimeront que leur soutien indéfectible du sionisme est la bonne politique. S'ils vous imaginent perdants, alors, franchement, personne ne peut prévoir où ils risquent d'envoyer les Juifs d'Allemagne. J'ai entendu mentionner Madagascar.*

— *Madagascar ?* s'écria Golomb. *Ridicule !*

— *Écoutez, tout ce qui compte, c'est que vous les convainquiez de la viabilité d'un État juif, qui ne constituerait pas une menace pour l'Allemagne. Vous ne voulez pas qu'ils repartent pour Berlin en se figurant que le Grand Mufti a raison, n'est-ce pas ? Qu'il faut massacrer tous les Juifs de Palestine ?*

Quand elle eut finalement lieu, la rencontre se déroula en des termes assez corrects. J'écoutai parler Golomb et Polkes, qui me faisaient l'effet de fanatiques. Mais ainsi qu'ils l'avaient déjà souligné, ils ne s'expri-

maient pas comme des fanatiques religieux ou des fous. Après le Grand Mufti, n'importe qui aurait paru raisonnable.

Quelques jours plus tard, nous appareillâmes pour Alexandrie, à bord du vapeur italien Palestrina, *à destination de Brindisi, avec escales à Rhodes et au Pirée. De Brindisi, nous prîmes un train et fûmes de retour à Berlin le 26 octobre.*

Je n'avais plus revu Eichmann depuis neuf mois quand, travaillant sur une affaire qui me conduisit à Vienne, je tombai sur lui, Prinz-Eugen-Strasse, dans le onzième arrondissement, au sud de ce qui deviendrait plus tard Stalin Platz. Il sortait du palais Rothschild, qui, après l'invasion populaire de l'Autriche par la Wehrmacht en mars 1938, avait été saisi à la famille juive éponyme qui en était propriétaire. C'était désormais le quartier général du SD en Autriche. Eichmann n'était plus un sous-officier de bas étage, mais un sous-lieutenant – un Untersturmführer. Il marchait d'un pas vif et coulé. Les Juifs fuyaient déjà le pays. Pour la première fois de sa vie, Eichmann détenait un réel pouvoir. Ce qu'il était allé raconter à ses supérieurs, à son retour d'Égypte, avait dû faire forte impression.

Nous parlâmes une ou deux minutes seulement, avant qu'il ne monte à l'arrière d'une voiture d'état-major et ne s'éloigne. Je me rappelle m'être dit, voilà l'homme à l'allure la plus juive qui ait jamais revêtu l'uniforme SS.

Après la guerre, chaque fois que j'ai revu son nom dans un journal, c'était toujours ainsi que je pensais à lui. L'homme à l'allure la plus juive qui ait jamais revêtu l'uniforme SS.

Il y a autre chose que j'ai toujours gardé en mémoire à son sujet, un propos qu'il m'avait tenu à bord du bateau pour Alexandrie, quand il avait eu le mal de mer. C'était une chose dont Eichmann était très fier. Quand il vivait à Linz, jeune garçon, il avait fréquenté la même école qu'Adolf Hitler. Cela explique peut-être pour partie ce qu'il est devenu. Je ne sais pas.

1

Nous n'étions qu'à un jet de pierre de ce qui était naguère le camp de concentration. Mais quand nous indiquions le chemin, nous préférions ne pas le mentionner, sauf en cas d'absolue nécessité. Situé du côté est de la ville médiévale de Dachau, l'hôtel était niché au bout d'une petite rue de traverse pavée et bordée de peupliers, séparée de l'ancien KZ – désormais transformé en camp d'accueil pour les réfugiés allemands et tchèques fuyant les communistes –, près du canal de la rivière Würm. C'était une construction en bois et en pierre, une villa résidentielle de trois étages, avec un toit aux deux versants très pentus couverts de tuiles orange et un balcon débordant de géraniums rouges qui courait tout autour du premier étage. Le genre d'endroit à avoir connu des jours meilleurs. Depuis que les nazis, puis les prisonniers de guerre allemands, avaient quitté Dachau, personne ne fréquentait plus cet hôtel, sauf peut-être à l'occasion un ingénieur du bâtiment aidant à superviser la démolition d'un camp dont j'avais été moi-même pensionnaire durant quelques semaines très désagréables de l'été 1936. Les élus du peuple bavarois ne voyaient pas la nécessité de préserver les vestiges du camp pour d'éventuels visiteurs. La plupart des habitants de cette ville, moi compris, étaient pourtant d'avis que le camp représentait la seule possibilité de rapporter de l'argent à la municipalité de Dachau. Mais il y avait peu de chances que cela arrive, tant que l'on n'édifiait pas de mémorial et qu'une fosse commune, où cinq mille corps étaient ensevelis, demeurait anonyme. Les visiteurs se tenaient à l'écart et, en dépit de mes efforts avec les géraniums, l'hôtel périclitait. Aussi, lorsqu'un coupé Buick Roadmaster tout neuf s'arrêta dans notre petite allée dallée de briques, je me dis que ces deux hommes, sans doute perdus, avaient dû s'arrêter pour demander la direction de la caserne de la 3e Armée américaine, même s'il paraissait peu probable qu'ils aient pu la manquer.

Le conducteur descendit de la Buick, s'étira comme un enfant et leva les yeux vers le ciel, comme s'il était surpris que l'on puisse entendre des oiseaux dans un lieu comme Dachau. Je m'étais moi-même souvent fait cette réflexion. Le passager resta sur son siège, le regard fixé droit devant lui, regrettant probablement de ne pas être ailleurs. Je compatissais et, si j'avais été le propriétaire de cette rutilante voiture verte, j'aurais certainement continué ma route. Aucun des deux hommes ne portait l'uniforme, mais le conducteur était franchement mieux habillé que son passager. Mieux habillé, mieux nourri, et plutôt en meilleure santé – c'est du moins ce qu'il me sembla. Il gravit les marches avec l'élégance d'un danseur de claquettes, puis franchit le seuil comme s'il était le propriétaire des lieux, et je me surpris à saluer d'un signe de tête cet homme sans chapeau, à la peau hâlée, lunetté, au visage de grand maître d'échecs occupé à calculer tous les mouvements de pièces possibles. Il n'avait pas du tout l'air perdu.

– Êtes-vous le gérant ? me demanda-t-il, sans consentir beaucoup d'efforts pour s'exprimer avec un accent allemand correct, et sans même m'accorder un regard en attendant ma réponse.

Il parcourut d'un œil nonchalant ce décor d'hôtel qui était censé rendre les lieux plus accueillants, mais ce n'était valable que si vous étiez en ménage avec une trayeuse de vaches. Il y avait là des clarines, des rouets, des peignes à carder, des râteaux, des pierres à affûter et un grand tonneau de bois sur lequel était posé un numéro vieux de deux jours du *Süddeutsche Zeitung* et un exemplaire très ancien du *Münchener Stadtanzeiger*. Les murs étaient agrémentés de quelques aquarelles de scènes rurales du cru, issues d'un temps où des peintres plus talentueux que Hitler étaient venus à Dachau, attirés par le charme singulier de la rivière Amper et du Dachauer Moos – un vaste marais à présent asséché en sa quasi-totalité et transformé en terres arables. Tout cela était à peu près aussi kitsch qu'un coucou doré.

— Oui, on peut dire que je suis le gérant, fis-je. Du moins tant que ma femme sera souffrante. Elle est hospitalisée à Munich.

— Rien de grave, j'espère, reprit l'Américain, toujours sans me regarder.

Les aquarelles paraissaient l'intéresser davantage que la santé de ma femme.

— J'imagine que vous cherchez la caserne de l'armée des États-Unis, dans l'ancien KZ. Vous avez quitté la route au virage, alors que vous auriez juste dû traverser le pont et passer de l'autre côté du canal. C'est à moins de cent mètres d'ici. Derrière ces arbres.

Cette fois, il me regarda, et ses yeux se firent aussi espiègles que ceux d'un chat.

— Des peupliers, n'est-ce pas ?

Il se pencha pour regarder par la fenêtre, en direction du camp.

— Je parie que vous en êtes très content. Je veux dire, c'est à peine si vous étiez au courant, pour ce camp, hein ? Très commode.

Préférant ignorer ce ton implicitement accusateur, je le rejoignis à la fenêtre.

— Et moi qui pensais que vous aviez dû vous perdre.

— Non, non. Je ne suis pas perdu. C'est bien l'endroit que je cherchais. C'est-à-dire, si nous sommes à l'hôtel Schroderbrau.

— C'est ici, en effet.

— Alors nous sommes au bon endroit.

L'Américain devait mesurer à peu près un mètre soixante-quinze, avec des mains et des pieds assez petits pour sa taille. Sa chemise, sa cravate, son pantalon et ses chaussures étaient tous dans diverses tonalités de brun, et la veste en tweed de couleur claire était joliment coupée. Sa Rolex en or me laissa penser qu'il devait sans doute avoir dans son garage, là-bas, en Amérique, une autre voiture d'un modèle encore supérieur à cette Buick.

— Je souhaiterais prendre deux chambres pour deux nuits, continua-t-il. Pour moi et pour mon ami, dans la voiture.

— Je crains que nous ne soyons pas un hôtel approuvé par les Américains, précisai-je. Je risque de perdre ma licence.

— Si vous ne dites rien, je ne dirai rien non plus, promit-il.

— Ne croyez pas que ce soit de l'impolitesse, insistai-je, me risquant à employer le peu d'anglais que j'avais appris tout seul. Mais pour être franc, nous sommes sur le point de fermer. C'était l'hôtel de mon beau-père, jusqu'à sa mort. Nous l'avons géré, mon épouse et moi, sans grand succès. Pour des raisons évidentes. Et maintenant qu'elle est malade... (Je haussai les épaules.) Comme cuisinier, je ne vaux pas grand-chose, comprenez-vous, monsieur, et je vois bien que vous êtes homme à apprécier son confort. Vous seriez bien mieux dans un autre établissement. Peut-être le Zieglerbrau ou le Hörhammer, à l'autre bout de la ville. Ils sont tous deux approuvés par les Américains. Et ils ont d'excellents cafés. Surtout le Zieglerbrau.

— Dois-je en conclure que vous n'avez aucun autre client dans votre hôtel ? me demanda-t-il sans tenir compte de mes objections et de mes efforts pour m'exprimer en anglais. Son accent allemand était certes à peu près nul, mais sa grammaire et son vocabulaire étaient plus qu'honorables.

— Non, fis-je. La maison est vide. Comme je vous le disais, nous sommes sur le point de fermer.

— Je vous demandais cela uniquement parce que vous n'arrêtez pas de répéter « nous ». Votre beau-père est mort et vous m'expliquiez que votre femme était à l'hôpital. Mais vous continuez d'utiliser le « nous ». Comme s'il y avait quelqu'un d'autre ici.

— Une habitude d'hôtelier. Il n'y a que moi et mon impeccable sens du service.

L'Américain sortit une demi-bouteille de whisky de la poche de sa veste et me la tendit de sorte que je puisse lire l'étiquette.

— Ce sens impeccable du service irait-il jusqu'à inclure deux verres propres ?

— Deux verres ? Bien sûr.

Je n'arrivais pas à deviner ce qu'il voulait. Il ne donnait franchement pas l'impression d'avoir besoin de deux chambres à prix modique. S'il avait un rat crevé collé sous ses richelieus bien cirées, je n'en reniflais pas encore l'odeur. En outre, je n'avais rien contre l'étiquette figurant sur son flacon de whisky.

— Et votre ami, dans la voiture ? Il ne va pas se joindre à nous ?

– Lui ? Oh, il ne boit pas.

J'entrai dans le bureau et attrapai deux verres. Avant que j'aie pu lui demander s'il allongeait son whisky avec de l'eau, l'Américain avait rempli les deux verres à ras bord. Il leva le sien dans la lumière et prononça lentement ces mots :

– Vous savez, j'aimerais pouvoir me rappeler à qui vous me faites penser.

Je laissai filer sans relever. C'était une réflexion que seul un Américain ou un Anglais aurait pu proférer. En Allemagne, aujourd'hui, personne n'a aucune envie de rappeler quelque chose ou quelqu'un à qui que ce soit. Le privilège de la défaite.

– Cela me reviendra, ajouta-t-il en secouant la tête. Je n'oublie jamais un visage. Mais ce n'est pas important.

Il but son whisky et repoussa le verre de côté. Je goûtai le mien. J'avais raison. C'était du bon, et je le lui dis.

– Écoutez un peu, reprit-il. Il se trouve que votre hôtel convient fort bien à mes besoins. Comme je vous l'ai indiqué, il me faut deux chambres pour une ou deux nuits. Cela dépendra. De toute manière, j'ai de l'argent à dépenser. De l'argent liquide.

Il sortit une liasse de deutschemarks flambants neufs de sa poche arrière, les libéra d'une pince à billets en argent et compta cinq coupures de vingt sur le bureau, devant moi. Cela équivalait à peu près à cinq fois le tarif en vigueur pour les deux chambres et les deux nuits.

– Le genre d'argent que les questions trop nombreuses effarouchent, ajouta-t-il.

Je terminai mon verre et glissai un regard en douce vers le passager, toujours assis dans la Buick, et tâchai de jauger le personnage à distance, en plissant les paupières, car j'étais devenu un peu myope. Mais l'Américain me devança.

– Vous vous interrogez sur mon ami, observa-t-il. S'il ne serait pas du style chagrin, par hasard. (Il remplit encore les deux verres, avec un large sourire.) Ne vous bilez pas. Nous ne débordons pas d'affection l'un pour l'autre, si c'est à cela que vous pensiez. Tout le contraire, en réalité. Si jamais vous lui demandiez l'opinion qu'il a de moi, cette enflure vous répondrait sûrement qu'il ne me supporte pas.

— Charmant compagnon de voyage, remarquai-je. Comme je dis souvent, un voyage à deux vous laisse deux fois plus de souvenirs heureux.

Je pris mon verre, mais ne touchai pas aux cent marks, du moins avec la main. Mes yeux, eux, ne cessaient d'y revenir, et l'Américain s'en aperçut.

— Allez-y. Prenez-le, cet argent. Nous savons l'un et l'autre que vous en avez besoin. Cet hôtel n'a plus vu un client depuis que mon gouvernement a mis fin aux poursuites judiciaires contre les criminels de guerre à Dachau, en août dernier. Cela remonte à presque un an, n'est-ce pas ? Pas étonnant que votre beau-père se soit suicidé.

Je ne répliquai rien. Mais je commençais à la sentir monter, l'odeur du rat crevé.

— C'était sûrement dur, continua-t-il. Très dur. Maintenant que les procès sont terminés, qui aurait envie de venir passer ses vacances par ici ? Je veux dire, Dachau, ce n'est pas exactement Coney Island, hein ? Évidemment, rien ne vous interdit d'espérer un coup de chance. Vous pourriez avoir quelques Juifs poussés par l'envie de flâner par ici, un retour aux sources.

— Venez-en au fait.

— Très bien. Herr Kommissar Gunther.

Il vida son verre et sortit de sa poche un étui à cigarettes en or. Je pris la cigarette que l'on m'offrait et le laissai me donner du feu avec une allumette qu'il gratta du bout de l'ongle, faisant jaillir la flamme à mi-distance de mon visage.

— Vous feriez mieux d'être prudent, avec ce genre d'exercice, lui suggérai-je. Vous risqueriez d'abîmer votre manucure.

— Ou alors vous vous chargeriez de me l'abîmer vous-même ? Non ?

— Possible.

Il éclata de rire.

— Ne jouez pas les durs avec moi, mon pote, répliqua-t-il. On a déjà essayé. Les Boches qui ont tenté le coup sont encore occupés à s'extraire des esquilles de la bouche.

— Je ne sais pas trop. Vous ne m'avez pas l'air si coriace. À moins que ce ne soit la mode, cette saison, le style coriace et chic ?

— Ce que vous savez ou pas m'importe assez peu, mon cher Bernie. Accordez-moi une minute, et je vais vous raconter ce que je sais. J'en sais beaucoup. Vous êtes arrivés de Berlin, l'automne dernier, votre femme et vous, pour aider son vieux à diriger cet hôtel. Il s'est suicidé, juste avant Noël, et elle a craqué. Et vous étiez Kriminal Kommissar à l'Alex, à Berlin. Un flic. Comme moi.

— Vous n'avez pas l'allure d'un flic.

— Merci, je vais prendre cela comme un compliment, Herr Kommissar.

— C'était il y a dix ans. Et je n'étais qu'inspecteur. Ou détective privé.

L'Américain eut un brusque signe de tête vers la fenêtre.

— Le type, dans la voiture, il est menotté au volant. C'est un criminel de guerre. Ce que vos journaux allemands appelleraient une Veste rouge. Pendant la guerre, il était stationné ici, à Dachau. Il travaillait au crématoire, à brûler les corps, ce qui lui a valu une condamnation à vingt ans. Si vous voulez mon avis, il méritait la corde. Ils la méritaient tous. Enfin, si on l'avait pendu, il ne serait pas là, dehors, à m'aider dans mes investigations. Et je n'aurais pas eu le plaisir de vous rencontrer.

Il relâcha un filet de fumée vers les poutres sculptées du plafond, puis repêcha un brin de tabac sur sa langue, si loquace et si rose. J'aurais pu lui flanquer un uppercut sec, comme ça il en aurait déjà perdu le bout. J'étais du côté du type dans la voiture. Celui qui ne supportait pas l'Amerlot. Je détestais les manières de ce Yankee et l'avantage qu'il pensait détenir sur moi. Mais tout ça ne valait pas le coup de lui démonter la tête. J'étais en zone américaine, et nous savions l'un et l'autre qu'ils pourraient fort bien me causer des tracas. Je n'avais pas envie d'avoir des ennuis avec les Américains. Surtout après les embêtements que j'avais eus avec les Ivans. Donc je suis resté les poings le long du corps. En plus, il subsistait encore cette menue question des cent marks. Cent marks, c'était cent marks.

— Il semblerait que le type dans la voiture ait été un ami du père de votre femme, reprit l'Américain en se retournant et entrant dans le bar de l'hôtel. J'imagine que ses copains de la SS et lui ont pas mal fréquenté cette maison.

Je vis son regard photographier les verres sales sur le comptoir, les cendriers remplis à ras bord, les taches de bière séchée sur le plancher. Tout cela m'appartenait. Ce bar était le seul endroit de l'établissement où je me sentais réellement chez moi.

— J'imagine que c'étaient des jours meilleurs, hein ? fit-il en rigolant. Vous savez, vous devriez reprendre le collier, Gunther. Redevenir flic. Vous n'avez rien d'un hôtelier, ça, c'est certain. Bon Dieu, j'ai vu des sacs à cadavres plus accueillants que cet endroit.

— Personne ne vous oblige à rester et à fraterniser, lui lançai-je.

— Fraterniser ? (Il rigola encore.) C'est de ça qu'il s'agirait, entre nous ? Non, je ne crois pas. Fraterniser implique une dimension fraternelle. Je ne ressens tout simplement rien de cet ordre envers un individu capable de séjourner dans une ville pareille, vieux.

— Ne vous tracassez pas pour ça, rétorquai-je. Je suis fils unique. Pas du tout le genre fraternel. Franchement, je préférerais encore vider ces cendriers que d'avoir à discuter avec vous.

— Wolf, le type dans la voiture, continua l'Américain, était vraiment un garçon entreprenant. Avant de brûler les corps, il en extrayait tout, la moindre dent en or, en s'aidant d'une pince. Pour les alliances, il utilisait un sécateur qui lui servait à couper les annulaires. Il disposait même d'une paire de pincettes spéciales pour fouiller les parties intimes des macchabées, en quête de rouleaux de billets de banque, de bijoux et de pièces d'or. C'est sidérant, ce qu'il réussissait à dénicher. Assez pour remplir une caisse de vin vide qu'il a enterrée dans le jardin de votre beau-père avant la libération du camp.

— Et vous voulez creuser pour la ressortir de là ?

— Je ne vais rien creuser du tout. (Il pointa le pouce vers la porte d'entrée.) C'est lui qui va creuser, s'il a deux sous de jugeote.

— Qu'est-ce qui vous fait croire que la caisse est encore là ?

Il haussa les épaules.

— On peut parier que Herr Handlöser, votre beau-père, ne l'a jamais retrouvée. Si c'était le cas, cet endroit serait en bien meilleur état. Et il n'aurait sans doute jamais imité Anna Karénine en posant la tête sur le rail de la ligne d'Altomünster. Je parie qu'il a patienté moins longtemps qu'elle. Ça, c'est le truc que vous réussissez vraiment bien, vous, les Boches. Les trains. Je dois vous reconnaître ça. Tout marche encore comme une horloge dans ce foutu pays.

— Et les cent marks sont destinés à quoi ? À ce que je n'ouvre pas le bec ?

— Bien sûr. Mais pas comme vous le supposez. Voyez-vous, c'est un service que je vous rends là. À vous, et à tous les autres en ville. Vous voyez, Gunther, si jamais le bruit court que quelqu'un a enterré une caisse d'or et de bijoux dans votre jardin, là, derrière cette maison, alors n'importe qui, en ville, risque d'avoir des tracas avec des types qui vont se mettre à chercher des trésors partout. Des réfugiés, des Britanniques, des soldats américains, des Allemands poussés par le désespoir, des Russes trop rapaces, vous n'avez que l'embarras du choix. Voilà pourquoi l'affaire est traitée de manière officieuse. C'est aussi simple que ça.

— Parler de trésor, cela risque aussi de relancer les affaires, remarquai-je en retournant à la réception où les cent marks se trouvaient encore. Cela pourrait rameuter du monde en ville, et pas qu'un peu.

— Et quand ils n'auront rien trouvé ? Réfléchissez-y. Les choses pourraient tourner au vinaigre. C'est déjà arrivé.

J'opinai. Je ne peux prétendre ne pas avoir été tenté d'accepter son argent. Mais à dire vrai, je ne voulais d'aucune manière être lié avec de l'or qui était sorti de la bouche d'un humain. Aussi repoussai-je les billets dans sa direction.

— Si vous voulez bêcher, libre à vous, lui dis-je. Et vous avez le droit de faire ce que vous voudrez de vos trouvailles. Mais l'odeur de votre argent ne me plaît pas. Cela ressemblerait trop à ma part du butin. Je n'en ai pas voulu à l'époque, ce n'est certainement pas maintenant que je vais changer d'avis.

— Eh bien, eh bien, ironisa l'Américain. C'est pas rien, ça ! Un Boche avec des principes ! Nom de Dieu, je croyais qu'Adolf Hitler vous avait tous supprimés, les gars.

— C'est trois marks la nuit, annonçai-je. Chacun. Payables d'avance. L'eau chaude ne manque pas, de jour comme de nuit, mais si vous voulez autre chose qu'une bière ou une tasse de café, c'est en supplément. La nourriture est toujours rationnée pour les Allemands.

— Très bien. Et avec mes excuses. Vous en ferez ce que vous voudrez. Je me suis trompé sur votre compte.

— Et avec les miennes. Vous en ferez aussi ce que vous voudrez. (Je me versai encore un peu de son whisky.) Chaque fois que je lève les yeux vers cette rangée d'arbres, je me souviens de ce qui s'est passé derrière.

2

L'homme de la voiture, de taille moyenne, avait le cheveu noir, les oreilles décollées, le regard vague et abattu. Il portait un costume en tweed épais et une simple chemise blanche, mais pas de cravate, sans nul doute pour l'empêcher d'essayer de se pendre. Il ne m'adressa pas la parole et je ne lui adressai pas la parole non plus. Quand il entra dans l'hôtel, sa tête me donna l'impression de s'enfoncer dans ses épaules comme si – je ne vois pas d'autre explication – il pliait sous le fardeau de la honte. Mais je me fais peut-être des idées. En tout cas, je me sentais désolé pour lui. Si les cartes avaient été distribuées différemment, c'est moi qui aurais pu être assis à sa place dans la Buick de l'Américain.

Il y avait une autre raison de se sentir désolé pour lui. Il avait l'air fiévreux et malade. Guère en état de creuser un trou dans mon jardin. J'en fis part à l'Américain, occupé à sortir quelques outils du coffre caverneux de la Buick.

– J'ai l'impression qu'il devrait plutôt être à l'hôpital, remarquai-je.

– Et c'est là qu'il ira, tout de suite après ça, me promit-il. S'il trouve la caisse, alors il aura de la pénicilline. (Il haussa les épaules.) Si je n'avais aucune prise de ce genre sur lui, il n'aurait pas coopéré.

– Je croyais que vous, les Amerlots, vous étiez censés respecter les Conventions de Genève.

– Oh ! mais nous les respectons, nous les respectons ! affirmat-il. Seulement ces types ne sont pas des soldats ordinaires, ce sont des criminels de guerre. Certains d'entre eux ont assassiné des milliers de personnes. Ces gars-là se sont placés en dehors de la protection de Genève.

Nous suivîmes Wolf dans le jardin, où l'Américain jeta les outils dans l'herbe et lui ordonna de s'y mettre. C'était une chaude journée. Trop chaude pour plonger les mains dans la terre ou ailleurs – sauf au fond de ses poches, à la rigueur. Wolf s'appuya un moment contre un arbre, le temps de se repérer, et laissa échapper un soupir.

– Je crois que c'est l'emplacement, pile ici, chuchota-t-il. Je pourrais avoir un verre d'eau ? Ses mains tremblaient et la sueur perlait de son front.

– Apportez-lui un verre d'eau, voulez-vous, Gunther ? dit l'Américain.

Je m'exécutai et, à mon retour, je trouvai Wolf la pioche à la main. Il arma son bras, planta l'outil dans la pelouse et faillit basculer. Je le rattrapai par le coude et l'aidai à s'asseoir. L'Américain allumait une cigarette, apparemment pas concerné.

– Prends ton temps, Wolf, mon camarade, lança-t-il. Rien ne presse. C'est pour ça que j'ai prévu de rester deux nuits, voyez-vous ? Du fait qu'il n'est pas dans la meilleure forme pour se lancer dans des tâches de jardinage.

– Cet homme n'est en état d'effectuer aucun travail manuel, répliquai-je. Regardez-le. Il tient à peine debout.

D'une chiquenaude, l'Américain expédia son allumette en direction de Wolf avec un ricanement de dérision.

– Et vous vous figurez qu'il lui est arrivé de dire ça aux gens qui étaient emprisonnés à Dachau ? Ça me ferait mal. Probable qu'il les achevait d'une balle dans la tête, sur place, là où ils s'écroulaient. Pas une mauvaise idée, ça, d'ailleurs. Ça m'épargnerait la corvée de le ramener à l'hôpital de la prison.

– Ce n'est pas vraiment le but de l'exercice, si ? Je croyais que vous vouliez juste ce qui est enterré là.

– Bien sûr, mais ce n'est pas moi qui vais creuser. Ces chaussures que vous voyez là viennent de chez Florsheim.

Avec colère, je pris la pioche des mains de Wolf.

– Si j'ai la moindre chance d'être débarrassé de vous avant ce soir, m'écriai-je, je vais m'en charger moi-même.

Et je plantai la pointe de la pioche dans l'herbe, comme si c'était le crâne de l'Américain.

— Ça, Gunther, c'est votre problème.

— Si je ne m'en charge pas moi-même, c'est lui qui va finir dans ce trou.

Je maniai de nouveau l'instrument.

— Merci, camarade, chuchota Wolf et, s'asseyant sous l'arbre, il s'y adossa et ferma les yeux, la paupière palpitante.

— Ah ! vous les Boches, fit l'Américain avec un sourire. Vous vous serrez les coudes, hein ?

— Cela n'a rien à voir avec le fait d'être allemand, dis-je. J'aurais probablement agi de même pour n'importe qui, même quelqu'un que je n'aimerais pas, tenez, même vous.

Je m'affairai environ une heure avec la pioche, puis avec la pelle, jusqu'à ce qu'à environ un mètre quatre-vingts de profondeur, je heurte quelque chose de dur. Ça rendait le son d'un cercueil, et cela en avait la consistance. L'Américain s'approcha vivement du bord, se pencha au-dessus du trou, scrutant la terre. Je continuai de creuser et finis par soulever une caisse de la taille d'une petite valise, que je déposai à ses pieds. Elle pesait lourd. Quand je levai les yeux, je vis qu'il tenait en main un trente-huit. Une arme spéciale de la police, un revolver à canon court.

— Ce n'est pas dirigé contre vous, m'assura-t-il. Mais un homme qui creuse pour découvrir un trésor risque forcément de considérer qu'il en mérite une part. Surtout un homme qui a eu la noblesse de refuser cent marks.

— Maintenant que vous y faites allusion, l'idée de vous réduire la figure en purée à coups de pelle se révèle assez tentante.

Il me fit signe avec son arme.

— Alors vous auriez intérêt à la jeter, juste au cas où.

Je me baissai, ramassai la pelle et la lançai sur le parterre de fleurs. Je glissai la main dans ma poche et, le voyant se raidir un brin, je ris.

— Du genre nerveux, pour un dur à cuire, non ? (Je sortis un paquet de Lucky, en allumai une.) J'en conclus qu'en réalité, ces Boches qui en seraient encore à s'extraire des esquilles de la bouche ont juste eu l'imprudence de croquer des os de lapin. Soit c'est ça, soit vous me menez en bateau.

– Maintenant, voilà ce que je veux que vous fassiez, reprit-il. Sortez de ce trou, ramassez cette caisse et portez-la dans la voiture.

– Vous et votre manucure, me moquai-je.

– C'est cela, oui. Moi et ma manucure.

Je grimpai hors du trou et le dévisageai, avant de baisser les yeux sur la caisse.

– Vous êtes un beau salopard, ça, c'est certain, lâchai-je. Mais des salopards, j'en ai croisé, en mon temps… parmi les plus grands, de bien plus grands que vous… et je sais de quoi je parle. Il existe quantité de raisons pour abattre un homme de sang-froid, mais refuser de porter une caisse jusqu'à une voiture n'est pas du nombre. Donc je vais rentrer dans la maison, me laver et me servir une bière, et vous, vous pouvez aller vous faire voir en enfer.

Je lui ai tourné le dos et j'ai marché vers la maison. Il n'a pas pressé sur la détente.

Quelque cinq minutes plus tard, je regardai par la fenêtre de ma salle de bains, et je vis Wolf porter la caisse, lentement, jusqu'à la Buick. Quant à l'Américain, toujours armé de son revolver, et lançant des coups d'œil nerveux vers les fenêtres de l'hôtel, comme si j'avais pu le viser avec un fusil, il ouvrit la malle arrière et Wolf y laissa retomber la caisse. Ensuite, les deux hommes montèrent dans la voiture et démarrèrent en vitesse. Je redescendis au rez-de-chaussée, allai me chercher une bière au bar puis fermai la porte d'entrée à clef. L'Américain avait eu raison sur un point. J'étais un hôtelier médiocre. Il était temps de le reconnaître et d'en tirer les conséquences pratiques. Je dégottai un bout de papier et, en lettres capitales, y inscrivis : FERMÉ JUSQU'À NOUVEL ORDRE. Ensuite, je collai l'écriteau sur la vitre de la porte et regagnai le bar.

Deux heures et deux fois plus de bières plus tard, j'attrapai l'un de ces nouveaux trains électriques qui mènent à la gare centrale de Munich. De là, je traversai à pied le centre-ville dévasté par les bombardements, jusqu'à l'angle de Ludwigstrasse où, face aux ruines calcinées du palais Leuchtenberg et de l'Odeon, jadis les meilleures salles de concert munichoises, je pris un tram vers le nord, en direction de Schwabing. Là, la quasi-totalité des bâtiments me renvoyaient à ma propre personne – seule leur façade était encore debout, si bien que, dans son aspect général, la rue semblait à peu près intacte, alors qu'en réalité tout était endommagé en profondeur, ravagé par les incendies. Il était grand temps de procéder à quelques réparations. Mais je ne voyais pas comment j'arriverais à mes fins en m'y prenant de la sorte. Au début des années trente, travaillant en qualité de détective exclusif de l'hôtel Adlon, j'en avais appris un peu concernant la gestion d'un grand hôtel, mais cela m'avait médiocrement préparé à la gestion d'un petit. L'Amerlot avait raison. Il fallait que je renoue avec ce que je connaissais le mieux. J'allais annoncer à Kirsten mon intention de mettre l'hôtel en vente et de redevenir détective privé. Naturellement, c'était une chose de le lui annoncer ; s'attendre à ce qu'elle manifeste le moindre signe de compréhension en était une autre. Et si je conservais encore une façade, Kirsten, elle, m'apparaissait comme une vraie ruine, le vestige de celle qu'elle était jadis.

Le grand hôpital public se trouvait à la limite nord de Schwabing. Il tenait lieu d'hôpital militaire américain – en d'autres termes, les Allemands devaient aller se faire soigner ailleurs. C'est-à-dire, sauf les fous, que l'on recevait à l'Institut de psychiatrie Max Planck, rattaché à l'établissement hospitalier. C'était juste derrière l'enceinte principale, dans Kraepelinstrasse. Je lui rendais visite aussi souvent que je le pouvais, sachant que je gérais un hôtel, ce qui, ces derniers temps, m'avait imposé de venir seulement un jour sur deux.

La chambre de Kirsten jouissait de la vue sur le parc Prinz Luitpold au sud-est, mais je n'aurais pu définir sa situation comme confortable pour autant. Les fenêtres de la chambre étaient protégées par des barreaux, et les trois autres femmes avec qui elle la partageait étaient toutes gravement perturbées. La pièce puait l'urine et, de temps à autre, l'une ou l'autre des trois femmes hurlait à vous percer le tympan, partait d'un rire hystérique ou m'accablait de propos innommables. En plus, les lits étaient infestés par la vermine. Kirsten présentait des marques de piqûres aux bras et aux cuisses et j'avais moi-même été piqué en une occasion. La femme que j'avais épousée était à peine reconnaissable. Au cours des dix mois suivant notre départ de Berlin, elle avait vieilli de dix ans. Ses cheveux étaient longs, gris et sales. Ses yeux ressemblaient à deux ampoules électriques éteintes. Elle était assise sur le bord de son châlit en fer et observait fixement le sol en linoléum vert, comme si c'était l'objet le plus fascinant qu'elle ait jamais vu. Elle avait l'air d'un pauvre animal empaillé dans la collection anthropologique du musée de la Richard-Wagner-Strasse.

Après la mort de son père, Kirsten était tombée dans un état de dépression généralisée et s'était mise à boire beaucoup et à soliloquer. Au début, j'ai supposé qu'elle croyait que je l'écoutais, mais j'avais vite acquis la douloureuse conviction que tel n'était pas le cas. En somme, j'avais été content qu'elle cesse de parler toute seule. Le seul ennui, c'était qu'elle avait totalement cessé de parler et, quand il était devenu clair qu'elle s'était retirée en elle-même, j'avais appelé le médecin, qui avait prescrit une hospitalisation immédiate.

— Elle souffre de schizophrénie catatonique aiguë, voilà ce que le Dr Bublitz, le psychiatre traitant de Kirsten, m'avait appris une semaine après son admission. Ce n'est pas du tout rare. Après ce que l'Allemagne a subi, qui pourrait s'en étonner ? Un cinquième ou presque de nos patients souffre de cette forme de catatonie. Nijinski, le danseur et chorégraphe, souffrait du même mal que Frau Handlöser.

Comme le médecin de famille de Kirsten la suivait depuis qu'elle était petite fille, il l'avait inscrite à l'Institut Max Planck sous son nom de jeune fille. C'était là une erreur qui ne paraissait pas près d'être rectifiée, à ma grande contrariété. Et quand le médecin l'avait appelée Frau Handlöser, j'avais renoncé à le corriger.

— Va-t-elle se rétablir ? avais-je demandé au docteur Bublitz.

— C'est difficile à dire.

— Bon, et Nijinski, comment se porte-t-il ces temps-ci ?

— La rumeur de sa mort a couru. Mais il est encore en vie. Même s'il reste sous surveillance psychiatrique.

— Je suppose que cela répond à ma question.

— Au sujet de Nijinski ?

— Au sujet de ma femme.

Ces jours derniers, j'ai rarement ou même jamais revu le Dr Bublitz. Je suis surtout resté assis au côté de Kirsten. Je lui ai brossé les cheveux, lui ai allumé une cigarette de temps en temps, que je lui glissais au coin de la bouche, où elle restait jusqu'à ce que je la retire, sans qu'elle ait tiré une seule bouffée. Parfois, le filet de fumée qui lui remontait le long du visage la faisait cligner de l'œil, et c'était le seul signe de vie qu'elle montrait, et plus ou moins la raison qui me poussait à faire ça. D'autres fois, je lui lisais le journal, ou un livre ; et, à une ou deux reprises, parce qu'elle avait l'haleine chargée, je lui ai même brossé les dents. C'est à cette occasion que je lui ai fait part de mes projets concernant l'hôtel et moi-même.

— Il faut que je fasse quelque chose de mon existence, lui expliquai-je. Je ne peux pas rester plus longtemps dans cet hôtel. Sinon, nous allons tous les deux finir ici. Donc, après mon départ, je vais aller voir l'avocat de la famille et je vais mettre l'hôtel en vente. Ensuite, contre cette garantie, j'irai emprunter un peu d'argent à Herr Kohl, de la Wechselbank, histoire de pouvoir lancer une petite affaire de mon cru. En qualité de détective privé, naturellement. Je n'ai franchement aucun talent pour diriger un hôtel. Le métier de policier est le seul que je connaisse. Je vais louer un bureau et un petit appartement ici, à Schwabing, afin de pouvoir être près de toi. Comme tu le sais, ce quartier de Munich me rappelle toujours un peu Berlin. Et puis, ce n'est pas cher, évidemment. À cause de tous les dégâts des bombardements. Quelque part à proximité de Wagmullerstrasse, à l'extrémité sud d'Englischerstrasse, ce serait l'idéal. La Croix-Rouge bavaroise a ses bureaux là-bas, et c'est là que tous les gens commencent par se rendre quand ils sont à la recherche d'une personne portée disparue. À mon sens, en se spécialisant dans ce domaine, il doit y avoir moyen de gagner correctement sa vie.

Je n'attendais pas un mot de la part de Kirsten et, à cet égard, on ne peut pas dire qu'elle m'ait déçu. Elle resta le regard vissé au sol, comme si les nouvelles que je lui annonçais étaient les plus déprimantes qu'elle ait entendues depuis des mois. Comme si la vente d'un hôtel qui périclitait, à Dachau, était la pire décision d'affaires que l'on puisse prendre. J'observai un temps de silence, pinçai sa cigarette entre mes lèvres et en tirai une bouffée avant de l'écraser sur la semelle de ma chaussure et de glisser le mégot dans la poche de ma veste – la chambre était déjà suffisamment sale comme ça.

— Il y a beaucoup de gens disparus, en Allemagne, ajoutai-je. Tout comme lorsque les nazis étaient au pouvoir. (Je secouai la tête.) Mais Dachau, je ne peux plus. Pas tout seul. J'en ai assez, pour l'éternité. Vu ce que je ressens à la minute où je te parle, c'est moi qui devrais être ici, pas toi.

Je sautai au plafond. L'une des autres femmes venait de pousser un cri perçant, puis elle alla se poster face au mur, où elle resta jusqu'à la fin de ma visite, en se balançant sur ses talons comme un vieux rabbin. Elle savait peut-être quelque chose que j'ignorais. On dit que la folie n'est que la faculté de lire l'avenir. Et si nous savions maintenant ce que nous saurons alors, cela suffirait sans doute à nous faire hurler. Dans la vie, toute la difficulté consiste à maintenir la séparation entre les deux le plus longtemps possible.

3

Il fallait que j'obtienne un certificat de dénazification du ministère de l'Intérieur, dans Prinzregentenstrasse. N'ayant jamais été véritablement membre du parti nazi, cela ne présentait pas trop de problème. Au Praesidium de la Police, sur Ettstrasse – où je devais faire contresigner ce certificat –, il y avait quantité de mastards qui, comme moi, avaient été SS, sans parler des autres, tous d'anciens de la Gestapo ou du SD. Heureusement pour moi, les autorités d'occupation n'étaient pas d'avis que le transfert ès qualités de la KRIPO, la police criminelle, ou de l'ORPO, la police en uniforme, vers ces organisations de police nazies suffisait à disqualifier un homme et à l'empêcher de devenir un officier de police de la République fédérale d'Allemagne alors naissante. Seuls les plus jeunes, qui avaient entamé leur carrière dans la SS, la Gestapo ou le SD, étaient confrontés à de réelles difficultés. Toutefois, même en ce cas, il subsistait des moyens de contourner la loi de Libération de 1946 qui, si elle avait été appliquée aussi rigoureusement qu'elle avait été conçue, aurait interdit à l'Allemagne de posséder un seul policier. Un bon flic reste un bon flic, même s'il a été une crapule nazie.

Je trouvai un petit bureau dans Galeriestrasse, une rue qui s'étendait à l'ouest de Wagmullerstrasse. L'endroit me semblait correspondre exactement à ce que je cherchais. Mes locaux étaient situés en face d'un petit bureau de poste et au-dessus d'une librairie spécialisée dans les livres anciens ; et je partagerais l'étage avec un dentiste et un numismate. Je me sentais aussi respectable que possible dans un immeuble qui conservait encore sa peinture camouflage contre les raids aériens alliés. Le bâtiment avait été une modeste annexe du ministère de la Guerre de Ludwigstrasse, et j'exhumai d'un vieux placard des portraits moisis de Hitler et de Göring, un sac de grenades vide, une cartouchière et un casque M42, le fameux modèle à visière acérée, qui se trouvait être de ma taille – soixante-huit. Devant la porte de l'immeuble, il y avait une station de taxis et un kiosque qui vendait des journaux et du tabac. Mon nom figurait sur une plaque en cuivre et ma boîte aux lettres était fixée au mur, au rez-de-chaussée. J'étais paré.

Je sillonnai le centre de Munich en laissant ma nouvelle carte de visite dans des bureaux et à des gens susceptibles, le cas échéant, d'orienter le flux des affaires dans ma direction. La Croix-Rouge, le Bureau allemand d'information de la Sonnenstrasse, l'Institut culturel d'Israël dans Herzog-Max-Strasse, l'American Express Company de Brienner Strasse et le Bureau des objets trouvés, au siège central de la police. Je me mis même à la recherche de quelques anciens camarades. Il y avait là un ancien flic, un dénommé Korsch, qui travaillait comme rédacteur-reporter à *Die Neue Zeitung*, un journal américain ; et l'une de mes anciennes secrétaires, Dagmarr, qui contribuait à veiller sur les archives municipales, dans Winzererstrasse. Mais surtout, je visitai les cabinets de quantité d'avocats munichois, à l'intérieur et autour du palais de Justice. S'il y avait bien une corporation à qui l'occupation américaine réussissait, c'était les avocats. Le monde pourrait un jour connaître sa fin, il y aurait encore des avocats pour traiter les pièces du dossier.

Ma première affaire munichoise émanait d'un avocat et, par une étrange coïncidence, elle concernait les Vestes rouges de la prison de Landsberg. D'ailleurs, l'affaire suivante aussi, ce qui n'était sans doute pas une coïncidence. Et peut-être même celle qui suivit. N'importe laquelle aurait suffi à chambouler mon existence, mais l'une d'elles seulement y parvint. Et encore aujourd'hui, j'ai un peu de mal à affirmer qu'elles n'étaient pas liées entre elles.

Erich Kaufmann était avocat, néoconservateur, membre du Cercle des juristes de Heidelberg, l'organisme central de coordination pour la libération des prisonniers de Landsberg. Le 21 septembre 1949, je me rendis dans les bureaux cossus de Kaufmann, près du palais de justice, sur Karlsplatz, un autre bâtiment public en réfection. Le vacarme des bétonnières, des marteaux, des scies et des bennes de levage heurtant le sol à vide rendait Karlsplatz aussi assourdissante qu'un champ de bataille. Je me souviens de la date parce que c'était le lendemain du jour où Alfred Loritz, le populiste de droite, s'était levé au nouveau Parlement en exigeant une amnistie immédiate et générale de tous les criminels de guerre, sauf les plus coupables – il désignait par là ceux qui étaient déjà morts ou en fuite. Je lisais un article à ce sujet dans le *Süddeutsche Zeitung* quand la secrétaire de Kaufmann, une sorte de sirène, vint me chercher pour me guider dans la suite palatiale qu'il appelait modestement son bureau. Je ne sais ce qui me surprit le plus : le bureau, l'article du journal ou la secrétaire ; cela faisait un bon bout de temps qu'un être aussi séduisant que cette Fräulein ne m'avait plus caressé de ses cils. J'attribuai cela à mon nouveau costume, que j'avais acheté chez Oberpollinger. Il m'allait comme un gant. Le costume de Kaufmann était de meilleure qualité. Il lui allait comme un costume.

Je lui donnai la soixantaine. Mais je n'eus pas à pousser la devinette très loin pour comprendre qu'il était juif. D'abord, il y avait une inscription en hébreu sur une petite plaque à côté de la porte. Cela me fit plaisir. Les choses en Allemagne redevenaient normales. Par rapport à une étoile de David jaune barbouillée sur sa fenêtre, c'était un changement bienvenu. Je n'avais aucune idée du sort qui avait été le sien sous le régime nazi, et ce n'était pas le genre de question que vous posiez. Mais au cours des quelques années écoulées depuis la disparition dudit régime, il avait fort bien réussi, à l'évidence. Ce n'était pas seulement son costume qui était de meilleure qualité que le mien, mais aussi tout le reste. Ses chaussures me semblaient être sur mesure, il avait les ongles impeccablement manucurés, et son épingle de cravate ressemblait à un cadeau d'anniversaire de la reine de Saba. Même ses dents étaient meilleures que les miennes. Il tenait ma carte de visite entre ses doigts boudinés. Et il alla droit au but, sans perdre de temps avec ces politesses qui infestent trop souvent la vie des affaires à Munich. Je ne m'en formalisai pas le moins du monde. Je ne suis pas très amateur de politesses. Plus depuis mon séjour dans un camp de prisonniers de guerre russe. En outre, j'étais pressé de me mettre en affaires, moi aussi.

— Je voudrais que vous interrogiez un soldat américain, commença Kaufmann. Un simple soldat de la 3ᵉ Armée. Il s'appelle John Ivanov. Il est gardien à la Prison numéro un des criminels de guerre. Vous savez où cela se trouve ?

— Landsberg, j'imagine.

— Exact. C'est précisément là. Sondez-le, Herr Gunther. Découvrez quel genre de personnage c'est. Fiable ou pas fiable. Honnête ou malhonnête. Un opportuniste ou un individu sincère. Je pars du principe que vous respectez la confidentialité de vos clients ?

— C'est évident, fis-je. Je ne pourrais pas être moins bavard, même si j'étais Rudolf Hess.

— Alors, en confidence, je vous informe que le soldat Ivanov a proféré un certain nombre d'allégations concernant le traitement des Vestes rouges. Et que les exécutions des prétendus criminels de guerre, en juin de l'année dernière, auraient été délibérément bâclées par le bourreau, afin que ces hommes mettent plus de temps à mourir. Je vais vous donner une adresse où vous pourrez prendre contact avec Ivanov. (Il dévissa un stylo à plume en or et écrivit sur un morceau de papier.) Au fait, à propos de votre remarque concernant Hess. Je n'ai aucun sens de l'humour, Herr Gunther. Il a fini écrasé sous les coups des nazis. Au sens littéral du terme, je vous assure.

— Franchement, mon propre sens de l'humour n'est pas non plus à son zénith, lui avouai-je. Le mien, c'est sous les coups des Russes qu'il a fini écrasé. Comme ça, vous saurez que je ne plaisante pas en vous indiquant le montant de mes honoraires, soit dix marks par jour, plus les frais. On règle deux jours d'avance.

Il ne cilla pas. Avec lui, les nazis avaient sûrement joué à ce jeu-là un bon paquet de fois. Pour ce qui était de ciller, ils étaient très forts. Mais cela suffit à me persuader que je m'étais peut-être vendu à un prix trop modeste. Du temps de Berlin, j'avais toujours préféré entendre mes interlocuteurs se plaindre un petit peu de mes honoraires. De la sorte, j'évitais les clients qui voulaient m'envoyer à la pêche. Il déchira la page de son calepin et me la tendit.

– Il est signalé sur votre carte de visite que vous parlez un peu l'anglais, Herr Gunther. Vous parlez bien un peu l'anglais ?

– *Yes*, répondis-je.

– Le témoin parle un allemand élémentaire, je crois, donc un peu d'anglais pourrait vous aider à mieux le connaître. À gagner sa confiance, pourquoi pas. Les Américains ne sont pas très forts en langues étrangères. Ils ont une mentalité d'insulaires, tout comme les Anglais. Les Anglais parlent bien l'allemand, quand ils le parlent. Mais les Américains considèrent surtout l'apprentissage des langues étrangères comme une perte de temps. L'équivalent du football, alors que le leur n'est en réalité qu'une étrange variété de catch.

– Ivanov m'évoque un nom russe, remarquai-je. Il parle peut-être le russe. Je parle un excellent russe. Je l'ai appris dans un camp.

– Vous faisiez partie des chanceux. Je veux dire, vous en êtes revenu. (Il me regarda un long moment, comme s'il me jaugeait.) Oui, vous avez eu de la chance.

– En effet, admis-je. Je suis en bonne santé, malgré l'éclat d'obus que j'ai encore dans la jambe. Et j'ai reçu un coup sur la tête, il y a de ça deux ans. De temps à autre, ça me démange le cuir chevelu. En général, dès que quelque chose n'est pas logique. Comme à la minute, par exemple.

– Oh ? Et qu'est-ce qui n'est pas logique ?

– Pourquoi un Juif se soucierait-il du sort de quelques criminels de guerre de bas étage ?

– C'est une question recevable. Oui, je suis juif. Mais cela ne signifie pas que je souhaite prendre ma revanche, Herr Gunther.

Il quitta son fauteuil et se rendit à la fenêtre, m'invitant d'un signe de tête péremptoire à le rejoindre.

Ce faisant, j'avisai au passage la photographie de Kaufmann dans un uniforme de soldat allemand de la Première Guerre, et un doctorat de l'université de Halle dans son cadre. L'ayant rejoint, je pus constater que son costume gris clair à rayures était de qualité encore supérieure à ce que j'avais imaginé. Il retira ses lunettes à monture en écaille de tortue de couleur claire – je perçus alors le bruissement soyeux de l'étoffe –, et il les essuya vigoureusement sur le col de sa chemise. Je m'intéressai davantage à lui qu'à la vue plongeante qu'offrait la fenêtre de son bureau sur Karlsplatz. Je me sentais comme Esaü auprès de son frère Jacob, le plus gentil des deux.

— C'est le palais de justice et les nouveaux tribunaux, me rappela-t-il. D'ici un an ou deux… peut-être moins, si Dieu le veut bien, parce que ce bruit me rend fou… ces deux bâtiments seront redevenus tels qu'ils étaient auparavant. Vous y pénétrerez, vous y assisterez à l'audience d'un procès sans savoir que l'édifice a été détruit par les bombes alliées. Ce qui peut suffire pour un bâtiment. Mais la loi, c'est autre chose. Elle est issue du peuple, Herr Gunther. Placer la miséricorde avant la justice, avec une amnistie de tous les criminels de guerre, voilà qui favorisera un nouveau départ pour l'Allemagne.

— Cela s'applique-t-il aux criminels de guerre comme Otto Ohlendorf[1] ?

— Cela s'applique à tous les prisonniers, insista-t-il. Je suis juste un individu parmi tant d'autres, y compris des Juifs, selon qui la purge politique imposée par les autorités d'occupation a été injuste, à presque tous égards, et a monstrueusement échoué. Il faut mettre un terme le plus vite possible à la poursuite des prétendus fugitifs et libérer le reste des prisonniers, afin que nous puissions tirer un trait sur les tristes événements de cette période malheureuse. J'ai l'intention, avec un groupe d'avocats et de personnalités de l'Église qui partagent cet état d'esprit, de déposer une pétition auprès du haut-commissaire américain au sujet de ces prisonniers de Landsberg. Réunir des preuves des mauvais traitements infligés à ces prisonniers constitue un préalable nécessaire à notre intervention. Et le fait que je sois juif n'a absolument rien à voir avec tout cela. Me suis-je clairement fait comprendre ?

J'appréciais qu'il prenne la précaution de m'administrer une petite leçon sur la nouvelle République fédérale. Voilà un certain temps que personne ne s'était plus donné cette peine pour mon édification personnelle. Qui plus est, il était un peu tôt dans notre relation professionnelle pour jouer au plus fin avec lui. Il était homme de loi, et parfois, quand vous jouez au plus fin avec un homme de loi, on appelle cela un outrage et l'on vous jette en prison.

---

1. Condamné à mort au procès de Nuremberg, pendu, connu pour ses exactions en Crimée et dans le Caucase.

Je me rendis donc à Landsberg, je rencontrai le soldat de première classe Ivanov, puis je retournai voir Kaufmann et ce fut l'occasion de glisser toutes les remarques un peu futées qui me venaient à l'esprit. Et lui, il fut forcé de rester là, à les endurer. Il s'agissait de ce que nous, détectives privés, appelons un rapport et, venant de moi, un rapport peut donner l'impression d'un outrage si l'on n'a pas l'habitude de mes manières de faire. Surtout quand rien ne correspondait à ce qu'il avait réellement envie d'entendre. Pas s'il devait parvenir un jour à sauver des individus comme Otto Ohlendorf de la pendaison. Car Ivanov était un menteur, un tricheur et, pire que tout, un abruti – un gorille inutile qui cherchait à régler quelques minables comptes avec l'armée des États-Unis et à se faire payer dans le cadre de ce marché.

– Pour commencer, je ne suis pas convaincu qu'il ait jamais travaillé à Landsberg, lui annonçai-je. Il ne savait pas que Hitler y avait été emprisonné en 1924. Ou que le château était de construction récente, remontant tout juste à 1910. Il ignorait que les sept hommes pendus à Landsberg en juin 1948 étaient des médecins nazis. Et puis il a prétendu que le bourreau était un dénommé Joe Malta. En fait, Malta a quitté l'armée en 1947. À Landsberg, ils ont un nouveau bourreau, dont l'identité est gardée secrète. Et puis il m'a soutenu que la potence était située à l'intérieur. Alors qu'elle est à l'extérieur, à proximité des toits. Si l'on a réellement travaillé là-bas, ce sont des choses que l'on sait. D'après moi, il n'était en poste qu'au camp des personnes déplacées.

– Je vois, acquiesça Kaufmann. Vous avez fait preuve de beaucoup de méthode, Herr Gunther.

– J'ai rencontré des hommes plus malhonnêtes que lui, m'empressai-je d'ajouter, concluant mon rapport sur une note de délectation. Mais seulement en prison. Le seul moyen de transformer Ivanov en témoin convaincant serait de s'assurer qu'il y ait un billet de cent dollars glissé dans la Bible sur laquelle il prêtera serment.

Kaufmann garda le silence un moment. Après quoi il ouvrit le tiroir de son bureau et en sortit une caisse, où il préleva ce qu'il me devait, en espèces.

– Vous avez l'air content de vous, fit-il enfin remarquer.

— Je suis toujours content de moi quand j'ai fait du bon travail.

— Vous n'êtes pas sincère, insista-t-il. Allons. Nous savons l'un et l'autre que cela ne s'arrête pas là.

— Alors disons-le, oui, si vous voulez, je suis assez content de moi.

— Vous ne croyez pas à un nouveau départ de l'Allemagne ?

— Pour l'Allemagne, oui. Pas pour des gens comme Otto Ohlendorf. Être un salaud n'était pas une condition nécessaire à l'admission au sein de la SS, mais cela y contribuait certainement. Je suis payé pour le savoir. Pendant un temps, j'ai moi-même été dans la SS. C'est peut-être en partie la raison pour laquelle je me sens déphasé par rapport à votre nouvelle République fédérale. Et c'est peut-être aussi que je suis un peu vieux jeu. Mais voyez-vous, il y a quelque chose, chez un homme qui a massacré des centaines de milliers d'hommes, de femmes et d'enfants, qui ne déplaît foncièrement. Et j'ai tendance à penser que le meilleur moyen d'assurer un excellent départ à la nouvelle Allemagne serait de continuer dans cette voie et de le pendre, lui et les gens de son acabit.

4

Kaufmann ne me faisait nullement l'effet d'un homme venimeux. Tout juste pontifiant et, je crois, un brin irrité que je l'aie asticoté à propos de l'aide qu'il apportait aux Vestes rouges. Je le soupçonnai donc de m'avoir adressé mon client suivant, en sachant qu'il me déplairait, et aussi que je ne pouvais pas me permettre de l'éconduire. Pas au moment où je me relançais dans les affaires. Peut-être espérait-il même me faire changer d'avis sur le meilleur moyen de garantir les meilleurs débuts qui soient à la République fédérale.

À la suite de ce coup de téléphone, on me donna instruction de prendre un train pour Starnberg, où une voiture viendrait me chercher. Tout ce que je savais du client, c'était qu'il s'agissait du baron von Starnberg, personnage extrêmement riche, ancien directeur aujourd'hui à la retraite d'I. G Farben, naguère le plus grand fabricant de produits chimiques au monde. Certains dirigeants d'I. G Farben avaient été traduits en justice à Nuremberg pour crimes de guerre, mais von Starnberg n'était pas du nombre. Je n'avais aucune idée de la mission qu'il voulait me confier.

Le train entama l'ascension de la vallée de la Würm et traversa quelques-uns des plus beaux paysages de la campagne bavaroise avant d'arriver, au bout d'une demi-heure, à Starnberg. C'était un changement très plaisant après avoir respiré la poussière des chantiers de Munich. Starnberg était une assez petite bourgade construite en espaliers à la pointe nord du Würmsee, un lac long d'une trentaine de kilomètres et large de près de deux. L'eau d'un

bleu saphir était émaillée de voiliers qui brillaient comme des diamants dans le soleil matinal. Il était dominé par le vieux château des
ducs de Bavière. C'était peu de dire que la vue était spectaculaire.
Après avoir contemplé Starnberg une minute, je n'avais plus qu'une
envie, soulever le couvercle du pot et m'empiffrer de framboises à
la crème.

Une vieille Maybach Zeppelin m'attendait à la gare. Le chauffeur eut la bonté de m'installer sur la banquette arrière, et non dans
la malle, ce qui aurait sans doute été son premier réflexe pour un
quidam voyageant par le train. Après tout, il y avait assez de chrome
à l'arrière pour fournir à Lone Rangers suffisamment de balles pour
le siècle prochain.

La maison était située à environ cinq minutes de route, à l'ouest
de la gare. Une plaque en cuivre, apposée sur l'un des piliers en
forme d'obélisque du portail d'entrée, annonçait une villa, mais sans
doute juste parce que ces gens répugnaient, par pudeur, à user du
mot « palais ». Il me fallut une minute entière pour grimper les
marches jusqu'à la porte d'entrée, où m'attendait un gaillard habillé
pour danser joue contre joue avec Ginger Rogers, prêt à me débarrasser de mon chapeau et à me servir de guide dans les plaines de
marbre qui s'étendaient devant nous. Il demeura à mes côtés jusqu'à
la bibliothèque, avant de faire silencieusement volte-face et de se
remettre aussitôt en chemin vers le vestibule, dans l'espoir d'y parvenir avant la tombée de la nuit.

Campé à l'autre bout de la bibliothèque, un homme en apparence de petite taille finit par se révéler d'une haute stature quand je
me retrouvai suffisamment près pour l'entendre me proposer un
verre de schnaps d'une voix puissante. Je répondis « oui » et je
l'observai mieux, tandis qu'il manipulait une énorme carafe en verre
rehaussée d'or, si grosse qu'on l'eût dite gardée par les Sept Nains. Il
portait des lunettes et une espèce de barbe blanche d'excentrique, ce
qui me laissa penser que j'allais devoir boire mon schnaps dans une
éprouvette.

— La vieille église paroissiale de notre ville, m'expliqua-t-il d'une
voix de gorge, le larynx comme chargé d'une demi-tonne de gra-
vier, renferme un maître-autel rococo tardif signé par Ignaz Gunther. Auriez-vous un lien de parenté ?

– Ignaz était la brebis galeuse de la famille, Herr Baron, lui répondis-je d'un ton enjoué. Dans la bonne société, nous ne parlons jamais de lui.

Le baron partit d'un gloussement, qui se transforma en toux et se prolongea jusqu'à ce qu'il parvienne à allumer une cigarette et à reprendre son souffle. Dans le même temps, il réussit à me serrer la main, mais seulement du bout des doigts, à m'offrir une cigarette dans un étui en or aussi épais qu'un dictionnaire sur la table d'une bibliothèque, à lever son verre à ma santé, à boire une gorgée de son schnaps et à attirer mon attention sur la photographie de studio d'un jeune homme au visage poupin qui devait avoir le début de la trentaine. Il ressemblait plus à une star de cinéma qu'à un SS Sturmbannführer. Le sourire était de pure porcelaine. Le cadre était en argent massif, ce qui, à côté de l'étui à cigarettes en or, finit par me convaincre que quelqu'un avait dû contraindre la maison Starnberg à réduire son train de vie.

– Mon fils, Vincenz, m'annonça le baron. Dans cet uniforme, on pourrait trop facilement le considérer comme ma brebis galeuse. Mais il est tout sauf cela, Herr Gunther. Tout sauf cela. Vincenz a toujours été un si gentil garçon. Dans le chœur, à l'église. Et il possédait tant d'animaux de compagnie, quand il était jeune, qu'on aurait pris ses appartements pour un zoo.

J'aimais assez cela : ses appartements. Voilà qui en disait long sur l'enfance de Vincenz von Starnberg. Et j'aimais assez l'allemand que parlait le baron, celui que parlaient les gens avant d'employer des mots comme « Lucky Strike », « Coca-Cola », « okay », « jitterbug », « bubble gum » et, pire que tout, « buddy ».

– Êtes-vous père de famille, vous-même, Herr Gunther ?

– Non, monsieur.

– Eh bien, qu'est-ce qu'un père est censé dire de son fils unique ? Je sais au moins une chose : il est loin d'être aussi mauvais qu'on l'a dépeint. Je suis persuadé que vous êtes bien placé pour le comprendre, Herr Gunther. Vous avez été SS, vous aussi, n'est-ce pas ?

– J'étais policier, Herr Baron, rectifiai-je, avec un sourire pincé. Au sein de la KRIPO jusqu'en 1939, quand, afin de nous rendre plus efficaces … c'est du moins ce que l'on nous a expliqué… nous avons fusionné avec la Gestapo et le SD, pour former une nouvelle entité de la SS, le RSHA… l'Office central de sécurité du gouvernement. Je crains hélas qu'aucun de nous n'ait eu beaucoup le choix dans cette affaire.

— Non, en effet. Accorder ce choix aux gens n'était pas le point fort de Hitler. Nous avons tous eu à accomplir des actes qui ne nous plaisaient guère, sans nul doute. Mon fils aussi. Il était avocat. Un avocat prometteur. Il a intégré la SS en 1936. À l'inverse de vous, c'était de sa propre initiative. Je lui ai conseillé un peu de circonspection, mais c'est le privilège d'un fils de ne pas écouter les conseils de son père avant qu'il ne soit trop tard. Les pères s'y attendent de la part de leurs fils. Et c'est d'ailleurs pour cela que nous vieillissons et pour cela que nous nous faisons des cheveux blancs. En 1941, il est devenu le commandant en second d'une unité mobile de tueurs en Lituanie. Voilà. Le mot est lâché, je l'ai prononcé. Ils baptisaient cela autrement. Action spéciale, ou je ne sais quelle ineptie. Mais c'est de meurtres de masse qu'il a été accusé. Dans des circonstances normales, Vincenz n'aurait jamais trempé dans une chose aussi horrible. Mais comme tant d'autres, il s'est senti lié par l'obligation du devoir, en raison du serment qu'il avait prêté au Führer, la plus haute autorité de l'État allemand. Vous devez comprendre qu'il a fait ce qu'il a fait par souci de respecter ce serment et l'État, mais toujours animé d'un sentiment intérieur très aigu de désapprobation.

— Vous voulez dire qu'il s'est borné à obéir aux ordres, résumai-je.

— Exactement, renchérit le baron, préférant ignorer ou ne remarquant simplement pas le sarcasme dans le ton de ma voix. Les ordres sont les ordres. C'est un fait, et vous ne pouvez y échapper. Les gens comme mon fils sont les victimes de jugements de valeur historiques, Herr Gunther. Et rien ne ternit davantage l'honneur de l'Allemagne que ces prisonniers enfermés à Landsberg. Parmi lesquels mon fils. Ces Vestes rouges, comme les appellent les journaux, constituent le plus grand obstacle à la restauration de notre souveraineté nationale. Que nous devons obtenir si nous voulons contribuer un jour, comme le souhaitent les Américains, à la cause de la défense de l'Occident. Je fais allusion, naturellement, à la guerre prochaine contre le communisme.

Je hochai poliment la tête. C'était ma deuxième leçon en autant de semaines. Mais celle-ci était plus facile à retenir. Le baron von Starnberg n'appréciait pas les communistes. Au vu du cadre qui nous entourait, cela relevait pour le moins de l'évidence. Si j'avais vécu là, moi non plus, je n'aurais pas apprécié les communistes. Ce n'était pas que je les aimais, mais possédant moi-même fort peu de biens, j'avais avec eux plus de points communs que le baron, qui en possédait tant. Et qui n'était pas du tout disposé à mettre la main à la poche pour contribuer à la guerre contre le communisme, tant que l'Amérique traiterait son fils comme un vulgaire criminel de droit commun.

— A-t-il déjà été jugé ? lui demandai-je.

— Oui. Il a été condamné à mort, en avril 1948. Mais à la suite d'une requête adressée au général Clay, cette sentence a été commuée en peine d'emprisonnement à vie.

— Alors je ne vois vraiment pas ce que je peux faire, lui répondis-je poliment, en négligeant d'ajouter qu'à mes yeux la « brebis galeuse » du baron avait déjà été plus chanceuse qu'il n'était raisonnablement permis de l'espérer. Après tout, il n'a pas nié avoir commis ces actes. Je me trompe ?

— Non, point du tout, admit-il. Comme je vous l'ai exposé, sa défense s'est fondée sur le principe de la force majeure. Qu'il ne pouvait agir autrement qu'il a agi. Nous souhaitons maintenant attirer l'attention du gouverneur de la prison sur le fait que Vincenz n'avait rien contre les Juifs à titre personnel. Voyez-vous, après avoir obtenu son diplôme, il est devenu chargé de cours en droit à l'université de Heidelberg. Et, en 1934, il a veillé à ce que des mesures prises par la Gestapo contre un étudiant qui avait abrité des Juifs à son domicile soient suspendues. Il s'agissait d'un certain Wolfgang Stumpff, et je voudrais que vous le retrouviez, Herr Gunther. Il le faut, afin de nous permettre d'adjoindre à une requête de libération anticipée de Vincenz son témoignage concernant cette affaire des Juifs de Heidelberg. (Le baron soupira.) Mon fils n'a que trente-sept ans, Herr Gunther. Il a encore toute sa vie devant lui.

Je me servis encore un peu de l'excellent schnaps du baron afin de chasser ce goût que j'avais dans la bouche. L'alcool m'aida aussi à réfréner une remarque peu délicate à propos de Vincenz qui lui, au moins, avait encore une vie devant lui, à l'inverse de nombreux Juifs lituaniens dont il avait supervisé la mise à mort – par pur respect de son serment d'officier SS. À présent, je ne doutais plus guère qu'Erich Kaufmann fût l'auteur de cette prise de contact avec ce nouveau client.

– Vous me dites que c'est arrivé en 1934, baron ? repris-je. (Il opina.) Il a coulé beaucoup d'eau sous les ponts. Comment savez-vous si ce garçon, ce Stumpff, est encore en vie ?

– Voilà deux semaines, ma fille Helene Elisabeth a entrevu Wolfgang Stumpff dans un tram, à Munich.

Je fis de mon mieux pour gommer un accent de surprise dans ma voix.

– Votre fille était dans un tram ?

Le baron sourit mollement, comme s'il concevait toute l'absurdité d'une telle idée.

– Non, non. Elle était dans sa voiture. Elle quittait la Glyptothèque, le musée de la sculpture. Elle était arrêtée à un feu rouge, elle a levé les yeux et elle l'a vu à la fenêtre du tram. Elle en est tout à fait certaine.

– La Glyptothèque. C'est dans le quartier des musées, non ? Voyons un peu. Le tram numéro 8, de Karlsplatz à Schwabing. Le numéro 3, et le numéro 6, qui desservent aussi Schwabing. Et la ligne 37, de Hohenzollernstrasse en direction du monument à Maximilian. J'imagine qu'elle n'a pas retenu le numéro de ce tram ? (Le baron secoua la tête, et je l'imitai.) Peu importe. Je vais vous le retrouver, ce Stumpff.

– Si vous y parvenez, je vous paierai mille marks, m'annonça-t-il.

– Parfait, parfait, mais quand je l'aurai trouvé, tout reposera sur vous et vos avocats, baron. Je ne plaiderai pas en faveur de votre fils. Cela vaudra mieux ainsi. Mieux pour votre fils, mais plus important, mieux pour moi. Je constate que j'ai suffisamment de mal à dormir la nuit sans en plus intervenir en faveur d'un meurtrier en masse.

— Personne ne me parle sur ce ton, Herr Gunther, s'écria le baron avec raideur.

— Vous auriez intérêt à vous y habituer, baron, rétorquai-je. Nous sommes en république, maintenant. L'auriez-vous oublié ? En outre, je suis le type qui sait exactement comment débusquer l'atout que votre fils conserve dans sa manche.

Ce n'était que du bluff, pour éviter à ses narines délicates d'avoir l'air encore plus pincé qu'elles ne l'étaient déjà. J'étais allé trop loin, agitant ma conscience en face de lui comme le matador sa cape. Maintenant, il me restait à le persuader que ma brusquerie n'était qu'un trait de mon caractère, et que j'étais largement à la hauteur de la besogne, et au-delà.

— Je suis content que vous m'ayez offert cette prime, car cela ne me prendra que quelques jours, sans quoi, à dix marks la journée, plus les frais, le jeu n'en aurait peut-être pas valu la chandelle.

— Mais comment cela ? J'ai déjà effectué quelques recherches de mon côté.

— Je pourrais vous expliquer comment. Mais ensuite, je serais au chômage. Bien entendu, il va falloir que je m'entretienne avec votre fille.

— Cela va de soi, cela va de soi. Je vais la prévenir, qu'elle s'attende à votre visite.

La vérité, c'était que j'ignorais par où commencer. Il y avait 821 000 habitants à Munich. La plupart d'entre eux étaient catholiques, assez peu loquaces à tous égards, y compris au confessionnal.

— Avez-vous besoin d'autre chose ? s'inquiéta-t-il — mon insolence était complètement oubliée, à présent.

— Vous pourriez me verser une avance, lui précisai-je. Pour trente marks, le reste de ma semaine vous appartient, ainsi que le réconfort de savoir que la requête de mise en liberté de votre fils est pour ainsi dire déjà dans le train pour Landsberg.

5

En Allemagne, on tient un dossier pour presque tout. Nous sommes un peuple méticuleux, observateur et bureaucratique, et nous nous comportons parfois comme si la documentation et les mémorandums étaient les traits distinctifs de la civilisation véritable. Même quand cela concernait le meurtre systématique d'une race entière, il existait des statistiques, des minutes, des photographies, des rapports et des transcriptions. Des centaines, voire des milliers de criminels de guerre auraient pu s'opposer avec succès à leur condamnation, s'il n'y avait eu cette obsession allemande des numéros, des noms et des adresses. Quantité de dossiers ont été détruits sous les raids aériens alliés, c'était vrai, mais j'avais la certitude de pouvoir trouver quelque part le nom et l'adresse de Wolfgang Stumpff.

Je commençai par le siège central de la police, en me rendant successivement au service d'enregistrement des adresses et au bureau des passeports, mais sans y déceler aucune trace de l'individu. Ensuite, j'allai vérifier au ministère de l'Intérieur, sur Prinzregentenstrasse. Je recherchai son nom à la Société des juristes allemands. Je savais que Stumpff était originaire de Munich et qu'il avait fait des études de droit pour devenir avocat. Je le tenais du baron lui-même. Et, en partant du raisonnement qu'il était hautement improbable qu'il ait pu traverser la guerre sans servir dans l'armée, mon étape suivante me conduisit aux Archives d'État de Bavière, dans Arcisstrasse, où sont conservés des dossiers remontant jusqu'à l'an 1265. Ces documents n'avaient subi aucun dégât. Mais là non plus, je n'eus pas de chance, si ce n'est de découvrir que les archives de l'armée bavaroise avaient été déplacées à Leonrodstrasse, et ce fut finalement là que je découvris ce que je cherchais, dans les Listes militaires – les noms des officiers de Bavière. Par ordre alphabétique, pour toutes les années. C'était un magnifique spécimen de registre, manuscrit, à l'encre d'un rouge sombre. Hauptmann Wolfgang Stumpff, de la 1re Gebirgsdivision, anciennement la Division bavaroise de montagne. J'avais maintenant un nom, une adresse, le nom du commandant de régiment de Stumpff – j'empruntai même sa photographie.

L'adresse, dans le district de Haidhausen, à l'est de Munich, n'existait plus, l'endroit ayant été totalement détruit le 13 juillet 1944. Du moins, c'était ce que m'indiquait l'écriteau placé devant les ruines. Et, temporairement à court d'idées, je décidai de consacrer une après-midi à circuler en tram – en empruntant de préférence les numéros 3, 6, 8 et 37, muni de la photographie de Stumpff que j'avais soustraite à son fichier. Mais avant cela, j'avais un rendez-vous avec la fille du baron, devant la Glyptothèque.

Helene Elisabeth von Starnberg portait une jupe beige longue jusqu'aux genoux, un pull jaune juste ajusté pour vous permettre de savoir qu'elle était une femme, et une paire de gants de conduite en peau de porc. Nous eûmes une conversation agréable. Je lui montrai le cliché que j'avais dérobé aux archives de l'armée.

– Oui, c'est lui, me confirma-t-elle. Évidemment, quand cette photo a été prise, il était beaucoup plus jeune.

– Vous ne saviez pas ? Ce portrait est vieux d'au moins mille ans. Je le sais, parce que, d'après Hitler, c'est ce que devait durer le Reich.

Elle sourit et, l'espace d'un instant, il me fut difficile de croire qu'elle avait un frère qui avait vécu et travaillé dans le plus bas des culs-de-basse-fosse de l'enfer. Blonde, naturellement. Comme si elle était descendue de Berchtesgaden. Il était aisé de voir où Hitler avait développé son goût des blondes, s'il en avait jamais rencontré comme Elisabeth von Starnberg. Quoi qu'il en soit, c'était une créature d'un autre monde. J'avais pu me méprendre sur son compte, mais ma première pensée à son sujet, qu'elle n'était jamais montée dans un tram, n'était pas de celles que je serais capable de me chasser de l'esprit. J'essayai de me représenter la chose, mais cela ne tenait pas debout. J'aboutissais toujours à la vision d'une tiare dans une boîte de biscuits.

— Êtes-vous parent avec Ignaz Gunther ? me demanda-t-elle.

— Mon arrière-arrière-grand-père. Mais je vous en prie, ne le répétez à personne.

— Promis, me jura-t-elle. Il a sculpté quantité d'anges, vous savez. Certains d'entre eux sont assez réussis. Qui sait ? Peut-être finirez-vous par être notre ange, Herr Gunther.

Je supposai qu'elle entendait par là l'ange de la famille von Starnberg. C'était peut-être une chance que la journée soit belle et mon humeur amène, mais je m'abstins de lui répliquer, quelque peu grossièrement, que si je venais en aide à son frère, c'était que je devais être un ange noir, le nom que l'on employait pour désigner les SS. Possible. Mais surtout, si je ne relevai pas, c'était parce qu'elle était jolie comme un cœur – avec ce que les gens appelaient un teint de pêche, du temps où ils n'avaient pas encore oublié l'aspect et la saveur de ce fruit délicieux.

— Il existe un joli groupe d'anges gardiens sculptés par Ignaz Gunther dans le Burgersaal, m'apprit-elle en désignant le côté opposé de Königsplatz. Ils ont survécu aux bombardements, on ne sait trop comment. Vous devriez y jeter un coup d'œil, un de ces jours.

— Je n'y manquerai pas, lui promis-je en m'effaçant, car elle ouvrait déjà la portière de sa Porsche et grimpait dedans. Derrière le pare-brise, elle me fit un signe d'une main élégamment gantée, lâcha la bride de son quatre-cylindres à plat et démarra en trombe.

Je traversai Karlsplatz côté sud et le « Stachus », l'épicentre du trafic automobile munichois, baptisé du nom d'une auberge qui se dressait là jadis. Je longeai Neuhauser Strasse en direction de Marienplatz, l'une et l'autre gravement endommagées pendant la guerre. Des passages spéciaux avaient été aménagés pour les piétons sous les échafaudages, et les nombreuses béances entre les immeubles détruits par les bombes avaient été comblées par des boutiques temporaires de plain-pied. Ces échafaudages rendaient le Burgersaal aussi anonyme qu'une bouteille de bière vide. Comme tout le reste de ce quartier de Munich, la chapelle était en cours de restauration. Chaque fois que je marchais dans la ville, je me félicitai d'avoir eu la chance de passer l'essentiel de l'année 1944 avec l'armée du général Ferdinand Schorner, en Russie Blanche. Munich avait été durement touchée. Le 25 avril 1944 avait été l'une des pires nuits de l'histoire de la capitale bavaroise. La quasi-totalité de la chapelle avait brûlé. Le maître-autel était parti en fumée, et pourtant, les sculptures de Gunther avaient survécu. Mais avec leurs joues roses et leurs mains délicates, elles ne correspondaient guère à ma conception de l'ange gardien. Ces anges-là avaient l'air d'un duo de jeunes prostitués dans un établissement de bains publics à Bogenhausen. Je ne pensais pas être un descendant d'Ignaz, mais deux cents ans après, en ce domaine, qui peut être sûr de quoi que ce soit ? Mon père n'avait jamais été entièrement certain de l'identité de sa mère, et à plus forte raison de son père. De toute manière, j'aurais sculpté ce groupe autrement. Mon idée de l'ange gardien supposait qu'il soit armé d'une panoplie plus mortelle qu'un sourire hautain, un élégant petit doigt dressé et un œil tourné vers les portes du Paradis en guise de soutien. Mais ça, c'est tout moi. Même à ce jour, quatre ans après la fin de la guerre, ma première pensée, à mon réveil, c'est encore de me demander où j'ai posé mon fusil KAR 98.

Je ressortis de l'église et je montai aussitôt dans un tram numéro 6, qui se dirigeait vers Karlsplatz, au sud. J'aime bien les trams. Vous n'avez pas à vous soucier de leur faire le plein d'essence, et on peut sans crainte les laisser garés dans une rue insalubre et louche. Si vous n'avez pas les moyens de vous payer une voiture – et, à l'été 1949, à part les Américains et le baron von Starnberg, peu de gens en avaient –, le tram, c'est parfait. Et puis, les trams vont exactement là où vous voulez : il suffit d'avoir la sagesse d'en choisir un qui se rende près de votre destination. Je ne savais pas où se rendait Wolfgang Stumpff, ni d'où il venait, mais je me figurais avoir plus de chances de le voir à bord d'un de ces trams-là que dans certains autres. Le travail de détective ne requiert pas toujours un cerveau de la taille de celui de Wittgenstein. Je pris le numéro 6 jusqu'à Sendlinger-Tor-Platz, où j'en descendis pour attraper un numéro 8 qui repartait dans le sens opposé. Il remontait toute la Barer Strasse, jusqu'à Schwabing, et je continuai aussi loin que Kaiserplatz et l'église Sainte-Ursule. À ma connaissance, il y avait là d'autres sculptures d'Ignaz Gunther, mais voyant un trente-sept qui arrivait dans Hohenzollernstrasse, je sautai à bord.

Je me disais qu'il ne servait à rien de circuler dans chaque tram jusqu'à son terminus. J'augmentai les probabilités de repérer Wolfgang Stumpff en empruntant surtout ceux qui sillonnaient le centre de Munich, où le flux de voyageurs était plus important. Parfois, être un détective implique de jouer les statisticiens et de calculer ces probabilités. Je m'installais parfois à l'impériale, parfois en bas. En haut, c'était mieux, car vous pouviez fumer, mais cela vous interdisait de voir l'intérieur de la partie du tram où le gros de la foule montait et descendait. La quasi-totalité des hommes montaient au premier, car ils étaient presque tous fumeurs, et si des femmes fumaient, elles préféraient ne pas le faire dans un tram. Ne me demandez pas pourquoi. Je suis détective, pas psychologue. Je n'avais pas envie de parier que Stumpff ne soit pas fumeur, mais je me figurais que la fille du baron n'aurait jamais vu Stumpff s'il avait été à l'étage supérieur. Pas depuis la fenêtre d'une Porsche 356 – c'était trop bas. Elle aurait pu l'apercevoir sur le pont supérieur si elle avait roulé en cabriolet, mais pas en coupé, jamais de la vie.

Pourquoi entrer dans de tels détails ? Parce que c'étaient ces petits éléments routiniers qui me permettaient de renouer avec la nature intrinsèque du travail de policier. Les pieds endoloris, un peu de sueur dans le creux des reins et dans la coiffe de mon chapeau, et surtout l'entraînement de mon œil de voyeur. Je m'étais remis à observer les visages. À scruter des têtes apparemment ordinaires, sur le siège en face du mien, en quête d'un trait distinctif. La plupart des gens en ont un, si vous savez les observer d'assez près.

Je faillis presque le manquer en descendant à l'étage inférieur. À l'intérieur, le tram était plein. L'homme avait des yeux noirs, intenses, un front dégagé, la bouche fine, le menton boutonneux, et un nez canin qu'il pointait de manière à laisser croire qu'il était sur la piste de quelque chose. Il me rappelait énormément Georg Jacoby, le chanteur et, pendant un court instant, je me serais presque attendu à ce qu'il entonne « La femme de mon rêve ». Mais le trait distinctif de Wolfgang Stumpff était aisément repérable. Il lui manquait un bras.

Je le suivis à la descente du tram, puis dans la gare de Holz-kirchner. Là, il prit un train de banlieue en direction du sud, vers Munich-Mittersendling. J'en fis autant. Ensuite, il marcha à peu près mille cinq cents mètres vers l'ouest, dans Zielstattstrasse, jusqu'à une coquette petite villa moderne en bordure d'un carré d'arbres. Je surveillai la maison un moment, puis je vis une lumière s'allumer dans une chambre, à l'étage.

Je me moquais de savoir si Vincenz von Starnberg passerait vingt années en prison à Landsberg ou non. Je me moquais de savoir s'ils le pendraient dans sa cellule avec des poids attachés aux chevilles. Je me moquais de savoir si son père mourrait le cœur brisé. Je me moquais de savoir si Stumpff accepterait volontiers d'apporter à son ancien camarade d'université un certificat de bonne moralité ou non. Mais je sonnai quand même à la porte, après m'être dit et redit que j'allais m'abstenir. Je n'allais pas lui servir un laïus au nom du SS Sturmbannführer von Starnberg ou de son père le baron. Non, même pas pour mille marks. Mais cela ne m'ennuyait pas de prononcer un petit laïus au nom de la peau de pêche. Passer pour une espèce d'ange aux yeux bleus et pâles d'Elisabeth von Starnberg, voilà une perspective qui ne me dérangeait nullement.

6

Trois jours plus tard, je reçus un chèque certifié tiré sur le compte personnel du baron à la banque Delbrück & Co., pour un montant de mille deutschemarks. Cela faisait un bail que je n'avais pas gagné de somme respectable, et je laissai le chèque un moment sur mon bureau, histoire de l'avoir sous les yeux. De temps à autre, je le regardais et je me disais que les affaires reprenaient réellement. Je me sentis bien dans ma peau. Pendant une heure.

Le téléphone sonna. C'était le Dr Bublitz, à l'Institut de psychiatrie Max Planck. Il m'annonçait que Kirsten était malade. Après un accès de fièvre, son état avait empiré, et on l'avait transférée à l'Hôpital général de la ville, près de Sendlinger-Tor-Platz.

Je sortis du bureau en courant, sautai dans un tram, puis et traversai Nussbaum-Garten, jusqu'à la clinique pour femmes de Maistrasse. La moitié de l'endroit avait l'air d'un chantier de construction, l'autre moitié d'une ruine. Je traversai une cohorte de bétonnières, contournai une redoute en brique et en bois de charpente toute neuve, et montai les marches de pierre. L'écho des martèlements se répercutait bruyamment dans la cage d'escalier de l'hôpital avec une force monotone, comme si un pic-vert préhistorique creusait un trou dans un arbre gigantesque. Dehors, un tandem de marteaux piqueurs achevait une bataille pour la prise du dernier terrier à renard de Munich. Et quelqu'un fraisait la dent d'un géant qui souffrait depuis fort longtemps, tandis qu'un autre sciait la jambe de son épouse qui souffrait elle aussi depuis encore plus longtemps. De l'eau éclaboussait la cour, à l'extérieur, comme surgie d'une grotte souterraine. Un mineur de fond silicosé ou un ouvrier métallurgiste accidenté auraient apprécié la paix et le calme de cet endroit, mais pour quiconque était encore doté de tympans, la Clinique pour femmes, avec toutes ses fenêtres ouvertes, résonnait du vacarme de l'enfer.

Kirsten se trouvait dans une chambre particulière à l'écart de la salle commune. Elle avait de la fièvre, et le teint jaune, les cheveux collés au crâne comme si elle venait de les laver. Ses yeux étaient fermés, sa respiration courte et rapide. Elle paraissait extrêmement malade. L'infirmière à ses côtés portait un masque. D'après ce que je pus discerner de son visage, cela semblait être une bonne idée. Un homme en blouse blanche surgit près de moi.

— Êtes-vous son plus proche parent ? clama-t-il d'une voix tonitruante.

Costaud, il avait des cheveux blonds avec une raie au milieu, des lunettes à verres sans monture, une moustache à la Hindenburg, un col dur avec lequel vous auriez pu trancher des épis de maïs, et un nœud papillon tout droit sorti d'une boîte de chocolats.

— Je suis son mari. Bernhard Gunther.

— Son mari ? Il consulta ses notes. Fräulein Handlöser est mariée ? Il n'y en a aucune trace ici.

— Quand son médecin de famille nous a adressés ici, au Max Planck, il a oublié ce détail, lui expliquai-je. Nous ne l'avions peut-être pas invité au mariage, allez savoir. Ça arrive, ce genre de choses. Écoutez, peut-on laisser cela de côté pour le moment ? Qu'est-ce qu'elle a ?

— Malheureusement, nous ne pouvons pas négliger cet élément, Herr Gunther, reprit le docteur. Il y a des règlements à respecter. Je ne peux discuter de l'état de Fräulein Handlöser qu'avec son plus proche parent. Auriez-vous votre certificat de mariage sur vous, le cas échéant ?

— Pas sur moi, non, lui répondis-je patiemment. Mais je l'apporterai avec moi lors de ma prochaine visite. Cela vous convient ?

Je me tus et, pendant quelques instants, je dus subir le regard scrutateur et indigné du médecin.

— Elle n'a personne d'autre que moi, plaidai-je. Personne d'autre ne lui rendra visite, je peux vous l'assurer.

J'attendis. Toujours aucune réaction.

— Et si tout cela vous dérange, alors répondez au moins à cette question. Si elle n'était pas mariée, pourquoi porterait-elle encore une alliance ?

Le médecin jeta un coup d'œil par-dessus mon épaule. En voyant l'alliance au doigt de Kirsten, il se plongea de nouveau dans ses notes, comme si elles pouvaient contenir une indication sur l'attitude correcte à adopter en la circonstance.

— Vraiment, c'est d'une complète irrégularité, décréta-t-il. Toutefois, vu son état, je crains fort d'être obligé de vous croire sur parole.

— Je vous remercie, docteur.

Il joignit les talons et me salua sèchement, d'un hochement de la tête. Je me dis qu'il avait dû recevoir son diplôme de médecine dans un hôpital de Prusse, un de ces établissements où l'on vous remet des bottes d'équitation à la place d'un stéthoscope. Mais à la vérité, c'était là une scène assez courante en Allemagne. Les médecins allemands se sont toujours considérés comme les égaux de Dieu. En réalité, c'est sans doute encore pire que cela. Dieu se prend probablement pour un médecin allemand.

— Je suis le docteur Effner, me confirma-t-il. Votre épouse… Madame Gunther… est dans un état grave. Elle ne va pas bien. Elle ne va pas bien du tout, Herr Gunther. Elle a été transférée ici la nuit dernière. Et nous faisons de notre mieux. Vous pouvez en avoir la certitude. À mon avis, vous devez préparer au pire, monsieur. Oui, au pire. Elle risque de ne pas passer la nuit.

Il s'exprimait à la cadence d'un canon, c'étaient des salves de mots, courtes et virulentes, comme s'il avait appris comment se comporter envers les malades aux commandes d'un Messerschmitt 109.

— Nous allons la soulager, bien sûr. Mais tout ce qui peut être fait l'a été. Vous comprenez ?

— Êtes-vous en train de m'annoncer qu'elle risque de mourir ? lui demandai-je, quand je pus enfin riposter.

— Oui, Herr Gunther. C'est ce que je m'efforce de vous expliquer. Elle est dans un état critique, comme vous le constatez par vous-même.

— Mais enfin, qu'est-ce qu'elle a ? m'écriai-je. Je veux dire, je l'ai vue il y a quelques jours à peine, et elle semblait aller bien.

— Elle a contracté une fièvre, me signala-t-il, comme si aucun autre éclaircissement n'était nécessaire. Une forte fièvre. Comme vous pouvez le constater, même si je vous déconseille de l'approcher de trop près. Sa pâleur, cet essoufflement, son anémie, ses ganglions enflés… tous ces symptômes me conduisent à supposer qu'elle souffre d'une mauvaise grippe.

— La grippe ?

— Les vieux, les vagabonds, les prisonniers et les gens qui sont internés ou mentalement retardés, comme votre épouse, sont particulièrement vulnérables au virus de la grippe.

— Elle n'est pas mentalement retardée, protestai-je en lui lançant un regard noir. Elle est déprimée. C'est tout.

— Ce sont les faits, monsieur, martela le docteur Effner. Les maladies respiratoires sont la cause de décès la plus fréquente chez les individus mentalement retardés. Vous ne pouvez pas discuter les faits, Herr Gunther.

— J'irais même en discuter avec Platon, Herr Doktor, lui rétorquai-je en me mordant la lèvre, ce qui m'aida à ne pas mordre Effner au cou. Surtout si les faits sont faux. Et je vous saurais gré de ne pas évoquer la mort avec tant d'empressement. Elle n'est pas encore morte. Au cas où vous ne l'auriez pas remarqué. À moins que vous ne soyez le style de médecin qui préfère étudier les patients plutôt que les guérir.

Le Dr Effner souffla profondément par les narines, qu'il avait dilatées, se mit encore plus au garde-à-vous – si un tel exploit était possible –, et enfourcha la selle de son cheval.

— Comment osez-vous suggérer une telle énormité, s'exclama-t-il. L'idée même que je ne me soucie pas de mes patients. C'est scandaleux. Scandaleux. Nous faisons tout notre possible pour… Fräulein Handlöser. Je vous souhaite le bonjour, monsieur.

Il consulta sa montre d'un rapide coup d'œil, tourna promptement les talons et s'éloigna au petit galop. Lui balancer une chaise m'aurait fait du bien, mais cela n'aurait pas aidé Kirsten, ni aucun des autres patients. Et puis il y avait déjà suffisamment de bruit comme ça dans la cour de ce chantier.

7

Je suis resté plusieurs heures à l'hôpital. L'infirmière me promit de m'appeler si la situation venait à empirer, et comme le seul et unique téléphone se trouvait à mon bureau, cela m'imposait d'y camper au lieu de regagner mon appartement. En outre, Galerie-strasse était plus proche de l'hôpital que Schwabing. C'était à une vingtaine de minutes à pied. Et moitié moins aux heures où les trams circulaient.

Sur le trajet du retour, je m'arrêtai à la brasserie Pschorr de Neu-hauser Strasse, pour prendre une bière et une saucisse. Je n'étais d'humeur à avaler ni l'une ni l'autre, mais cela correspond à une vieille habitude de flic de manger et de boire dès que vous en avez la possibilité, et non quand vous avez faim. Ensuite, au bar, j'achetai un quart de litre de Peste Noire, je l'empochai et je me remis en route. Cet anesthésique était l'antidote contre ce qui m'attendait. J'avais déjà perdu une première femme de la grippe, lors de la pan-démie de 1918. Et j'avais vu suffisamment d'hommes périr en Russie pour en reconnaître tous les signes. Les mains et les pieds virant doucement au bleu. Ces glaires dans la gorge dont elle ne par-venait pas à se débarrasser. La respiration accélérée, et puis cette manière de retenir son souffle, avant de respirer à nouveau, trop vite. Et une vague odeur de décomposition. La vérité, c'était que je n'avais aucune envie de moisir là et de la regarder mourir. Je n'en avais pas le cran. En réalité, je préférais conserver le souvenir d'une Kirsten pleine de vie, mais je savais la vérité tout autre. J'étais un lâche. Trop couard pour vivre ça à ses côtés. Kirsten aurait pu s'attendre à mieux de ma part. Et moi aussi, je croyais être capable de mieux.

J'entrai dans mon bureau, allumai la lampe sur la table, posai la bouteille près du téléphone, et puis je m'allongeai sur un sofa en cuir vert crissant, que j'avais rapporté du bar de l'hôtel. À côté du sofa se dressait un fauteuil de lecture en cuir capitonné assorti, avec des accoudoirs craquelés ; tout près du fauteuil, un bureau à cylindre et, sur le sol, un boukhara élimé vert, provenant tous les deux de mon bureau à l'hôtel. Une table de conférence et quatre chaises occupaient l'autre moitié de mes locaux. Sur le mur étaient accrochés deux cartes de Munich encadrées. Une petite bibliothèque contenait des annuaires téléphoniques, des horaires de train et diverses brochures et catalogues que j'avais récupérés au Bureau de renseignement allemand sur Sonnenstrasse. Tout cela présentait une image quelque peu enjolivée de la réalité, mais à peine. Exactement le genre d'endroit où vous risquiez de tomber sur le type d'homme qui n'a pas le cran de rester au chevet de son épouse et d'attendre sa mort.

Au bout d'un petit moment, j'allai boire un godet de Peste Noire et retournai m'affaler dans le canapé. Kirsten avait quarante-quatre ans. Beaucoup trop jeune pour mourir de quoi que ce soit. L'injustice de la chose me semblait véritablement écrasante, et cela seul aurait suffi à pulvériser ma foi en Dieu, à supposer qu'elle existe. Peu de gens étaient revenus des camps de prisonniers de guerre soviétiques en croyant à autre chose qu'à la propension de l'humanité à l'inhumanité. Mais ce n'était pas seulement l'injustice de sa mort prématurée qui me perturbait. C'était aussi la malchance totale qui allait de pair. Perdre deux femmes de la grippe, c'était plus que de la malchance. Cela m'évoquait plutôt une forme de perdition. Survivre à une guerre comme celle que nous venions de traverser, où tant de civils allemands avaient péri, pour succomber à une banale grippe, voilà qui, en un sens, relevait de l'invraisemblable. Plus encore qu'en 1918, quand tant d'autres en étaient morts, eux aussi. Mais enfin, ce genre de chose semble toujours injuste du point de vue des survivants.

On frappa un coup à la porte. J'ouvris, pour me trouver nez à nez avec une grande et jolie femme. Elle me sourit, l'air hésitant, à moi, d'abord, et au nom inscrit sur le verre dépoli de la porte, ensuite.

— Herr Gunther ?

— Oui.

— J'ai vu de la lumière, de la rue, m'expliqua-t-elle. J'ai téléphoné, tout à l'heure, mais vous étiez sorti.

Sans les trois cicatrices en arc de cercle à la joue droite, c'eût été une vraie beauté. Ces marques me rappelaient les trois petits accroche-cœur de Zarah Leander dans un vieux film, une histoire de torero, qui était l'un des préférés de Kirsten. *La Habanera.* C'était en 1937, je crois. Il y avait de cela un millier d'années.

— Je n'ai pas encore trouvé de secrétaire, m'excusai-je. Je n'ai pas ouvert ce bureau depuis très longtemps.

— Vous êtes détective privé ?

Elle avait posé la question avec une nuance de surprise, et me dévisagea intensément, quelques secondes, comme si elle tâchait d'évaluer quel genre d'homme j'étais et si elle pouvait ou non compter sur moi.

— C'est ce qui est écrit sur la porte, fis-je, conscient de ne pas me montrer sous mon jour le plus crédible.

— J'ai peut-être commis une erreur, s'excusa-t-elle, effleurant du regard la bouteille posée sur le bureau. Pardonnez-moi de vous avoir dérangé.

En n'importe quelle autre circonstance, je n'aurais pas oublié mes bonnes manières et les leçons de l'école des séducteurs, je l'aurais installée dans un fauteuil, j'aurais rangé la bouteille et je lui aurais demandé poliment quel était le problème. En lui offrant, pourquoi pas, un verre et une cigarette pour lui calmer les nerfs. Au moment de franchir le seuil d'un cabinet de détective privé, il n'était pas rare que les clients hésitent. Surtout les femmes. La rencontre avec un détective – le spectacle du costume à deux sous, une bouffée d'odeur corporelle et d'eau de Cologne trop forte – peut suffire à persuader le client potentiel qu'il vaut parfois mieux ignorer ce qu'il croyait vouloir apprendre. Il y a trop de vérité en ce monde. Et trop de salauds qui sont prêts à vous la délivrer de plein fouet. Mais au plan des manières, je restai limité, et tout à fait dépourvu de charme.

Une épouse mourante peut avoir sur vous ce genre d'effet. Par pur réflexe, je me suis effacé, comme pour l'inviter silencieusement à changer d'avis et à entrer, mais elle ne broncha pas. Elle avait sans doute flairé mon haleine alcoolisée et perçu dans mes prunelles la lueur liquide de l'apitoiement sur soi, et elle avait dû en conclure que j'étais ivre. Là-dessus, elle pivota sur un de ses hauts talons si élégants.

— Bonsoir, me lança-t-elle. Je suis navrée.

Je sortis sur le palier et suivis du regard ses escarpins qui claquaient sur le lino.

— Bonsoir vous-même, dis-je.

Elle ne se retourna pas. Elle n'ajouta rien de plus. L'instant suivant elle avait disparu en laissant derrière elle un sillage parfumé. Je m'emplis les narines des dernières traces de cette apparition, les aspirai jusqu'au creux de mon ventre et dans ces régions essentielles de mon corps, celles qui faisaient de moi un homme. L'homme que j'étais censé être. Après les miasmes de l'hôpital, cela changeait agréablement.

8

Kirsten est morte juste après minuit, heure à laquelle je m'étais suffisamment anesthésié pour que la nouvelle semble à peu près supportable. Les trams ne circulant plus, je retournai à l'hôpital à pied, juste pour me prouver que j'en étais capable, comme n'importe quel type normal. J'avais vu ma femme en vie : je n'éprouvais pas le besoin de la voir morte, mais l'hôpital y tenait. J'apportai même notre certificat de mariage. Je pensais qu'il valait mieux en finir avant qu'elle n'ait cessé d'avoir figure humaine. La rapidité de la chose me sidère toujours. Un être humain est là, aussi plein de vie qu'un panier de chatons et, quelques heures plus tard, il a l'air d'une vieille figurine de cire du Panoptikum de Hambourg.

Je fus reçu par une autre infirmière, par un autre médecin, aussi. Après le personnel de jour, l'un et l'autre représentaient déjà un léger mieux. L'infirmière était un peu plus agréable à regarder. Le médecin était visiblement plus humain, même dans l'obscurité.

— Je suis tout à fait désolé pour votre épouse, me chuchota-t-il, ce qui me parut témoigner d'un respect tout à fait de circonstance, avant de me rendre compte que je me trouvais au milieu de la salle, à côté du bureau de l'infirmière de nuit, entouré de femmes endormies qui n'étaient certainement pas aussi malades que ma femme l'avait été. Nous avons tenté tout ce que nous avons pu, Herr Gunther. Mais elle était réellement très diminuée.

— La grippe, n'est-ce pas ?

— Il semblerait.

À la lumière de la lampe de bureau, il paraissait très mince, le visage rond et blanc, et des cheveux roux qui rebiquaient. Il m'évoquait une silhouette dans un jeu de massacre.

— C'est curieux, ne trouvez-vous pas ? remarquai-je. Je veux dire, à ma connaissance, personne d'autre n'a contracté la grippe.

— En fait, nous avons enregistré plusieurs cas. Nous en avons un dans la salle voisine. Nous craignons fort que le mal ne se propage. Inutile de vous rappeler, bien sûr, la dernière grave épidémie de grippe, en 1918. Et le nombre de morts. Vous vous en souvenez, n'est-ce pas ?

— Mieux que vous.

— Rien que pour cette raison, les autorités d'occupation tiennent à contenir toute propagation éventuelle de l'infection. C'est pourquoi nous voudrions solliciter votre autorisation d'ordonner une crémation immédiate. Pour empêcher le virus de se répandre. Je sais que vous vivez une épreuve pénible, Herr Gunther. Perdre votre femme à un si jeune âge, ce doit être effroyable. Je devine trop bien ce que vous devez ressentir en cet instant. Mais nous ne vous demanderions pas votre pleine et entière coopération en cette affaire si nous ne considérions pas que c'est important.

Il y mettait toute l'émotion requise, et ce n'était pas superflu, après le cours magistral d'indifférence glaciale dont avait fait étalage son entêté de collègue, le Dr Effner. Je le laissai s'emballer encore un peu, ne souhaitant pas couper court à son épanchement de compassion avec les véritables pensées qui m'agitaient, à savoir qu'avant de virer timbrée à l'Institut Max Planck Kirsten avait été dépressive, toujours ivre, et, avant cela, un genre de roulure, surtout avec les Américains. À Berlin, immédiatement après la guerre, je l'avais soupçonnée d'avoir plus ou moins joué les racoleuses, faisant ça pour le chocolat et les cigarettes. Certes, elles étaient nombreuses dans ce cas, mais peut-être avec un plaisir un peu moins évident. En un sens, il paraissait aller de soi que les Américains en usent à leur guise avec Kirsten dans la mort. Après tout, il en allait déjà ainsi quand elle était en vie. Quand le médecin eut achevé de me chuchoter son petit laïus, je hochai la tête.

— Très bien, nous procéderons comme vous l'entendez, docteur. Si vous estimez cela vraiment nécessaire.

– Eh bien, ce n'est pas tant moi que les Amerlots, m'avoua-t-il. Après ce qui s'est produit en 1918, ils redoutent vraiment une épidémie dans la ville.

Je soupirai.

– Quand voulez-vous faire ça ?

– Dès que possible. C'est-à-dire, tout de suite. Si cela ne vous ennuie pas.

– J'aimerais d'abord la voir.

– Oui, oui, naturellement. Mais ne vous avisez pas de la toucher, d'accord ? On ne sait jamais, ajouta-t-il en me tendant un masque chirurgical. Il vaut mieux porter ceci, juste au cas où. Nous avons déjà ouvert les fenêtres pour aérer la chambre, mais il est inutile de prendre le moindre risque.

9

Le lendemain, je me rendis à Dachau pour voir l'avocat de la famille de Kirsten et lui annoncer la nouvelle. Krumper s'était occupé de la vente de l'hôtel, mais sans succès jusqu'à présent. Apparemment, personne n'avait plus envie d'acheter un hôtel à Dachau que d'y prendre une chambre. Le cabinet de l'avocat donnait sur la place du marché. De la fenêtre qui s'ouvrait derrière son bureau, on jouissait d'une jolie vue sur St-Jakob, l'hôtel de ville et la fontaine qui m'avait toujours évoqué un urinoir. Le bureau de l'avocat était lui aussi un vrai chantier, sauf qu'au lieu de briques et de planches s'empilaient dossiers et livres.

Krumper était cloué dans un fauteuil roulant à cause d'une blessure à la hanche reçue lors d'un des nombreux raids aériens sur Munich. Portant monocle et doté d'une voix de dessin animé, ce grincheux avait l'air miteux, mais il était compétent. Je l'aimais bien, en dépit du fait qu'il était né à Dachau et qu'il y avait vécu toute son existence sans jamais penser à s'inquiéter de ce qui se tramait du côté est de la ville. Du moins le prétendait-il. Il fut désolé d'apprendre la mort de Kirsten. Les avocats sont toujours désolés de perdre un bon client. J'attendis que ses témoignages de sympathie se tarissent, puis je lui demandai si, à son avis, il fallait que je baisse le prix de vente de l'hôtel.

— Je ne crois pas, répondit-il avec circonspection. Je suis certain que quelqu'un finira par l'acheter, mais peut-être pas pour exploiter un hôtel. D'ailleurs, une femme est venue hier pour se renseigner. Elle avait quelques questions auxquelles je n'ai pas été capable de répondre, et j'ai pris la liberté de lui remettre votre carte de visite. J'espère que vous n'y voyez pas d'inconvénient, Herr Gunther.

— Avait-elle un nom ?

— Elle m'a dit s'appeler Frau Schmidt.

Il posa sa pipe, ouvrit d'un coup sec la boîte à cigarettes posée sur son bureau et m'invita à en prendre une. Je lui donnai du feu, j'allumai la mienne, et il continua.

— Une jolie femme. Grande. Très grande. Avec trois petites cicatrices sur le côté du visage. Des éclats d'obus, sans doute. Mais ça ne semblait pas du tout la préoccuper. N'importe quelle autre femme aurait laissé pousser ses cheveux pour qu'on ne les remarque pas. Eh bien, pas elle. Et cela ne gâchait pas du tout son allure. Mais aussi, toutes les femmes n'ont pas cette assurance, n'est-ce pas ?

Krumper venait de me décrire la femme qui s'était présentée à mon bureau la veille au soir. Et j'avais dans l'idée que l'achat d'un hôtel était le cadet de ses soucis.

— Non, en effet, acquiesçai-je. Elle fait peut-être partie d'une société de duellistes, comme le Teutonia Club. Elle affiche ses cicatrices, histoire de se rendre plus attirante aux yeux de je ne sais quel butor, la rapière à la main. C'était quoi, les sornettes que racontait le Kaiser au sujet de ces vieux clubs ? La meilleure éducation qu'un jeune homme puisse recevoir pour sa vie future.

— Vous peignez là un tableau très haut en couleurs, Herr Gunther, commenta l'avocat en palpant une discrète cicatrice à la pommette comme s'il avait profité, lui aussi, de cette sorte d'éducation que vantait le Kaiser.

Il demeura silencieux quelques secondes, et ouvrit un dossier qui se trouvait sur son bureau encombré.

— Votre épouse a laissé un testament. Elle lègue tout à son père. Depuis le décès de ce dernier, elle n'en avait pas rédigé de nouveau. Mais de toute manière, étant son plus proche parent, vous héritez de la totalité. L'hôtel. Quelques centaines de marks. Quelques photos. Et une voiture.

— Une voiture ? (Pour moi, c'était une découverte.) Kirsten possédait une voiture ?

— Celle de son père. Il a réussi à la cacher pendant toute la guerre.

— À mon avis, il s'y entendait assez pour cacher les choses, dis-je en songeant à la caisse que son ami le SS avait ensevelie dans le jardin – j'étais convaincu qu'il devait être au courant, contrairement à ce que croyait mon visiteur américain.

— Dans un garage de Donauwörther Landstrasse.

— Vous voulez parler de ce vieux marchand de pneus Fulda, sur la route de Kleinberghofen ? (Krumper hocha la tête.) Quel genre de voiture ?

— Je ne m'y connais pas beaucoup en automobiles, reconnut l'avocat. Je l'ai vu avec, avant la guerre. Il en était très fier, ça oui. Une sorte de cabriolet deux tons. Bien entendu, l'affaire marchait mieux, à l'époque, et il avait les moyens de l'entretenir. Au début de la guerre, il a même enterré les roues, pour empêcher qu'on la réquisitionne. (Krumper me tendit un jeu de clefs.) Et je sais qu'il en a pris soin, même s'il ne la conduisait plus. Je suis persuadé qu'elle sera en bon état de marche.

Quelques heures plus tard, je regagnai Munich au volant d'une Hansa 1700 deux portes qui avait belle allure, aussi belle que le jour où elle avait quitté les ateliers Goliath de Brême. Je me rendis tout droit à l'hôpital, je récupérai les cendres de Kirsten, puis je refis le trajet jusqu'à Dachau et au cimetière de Leitenberg, où je devais rencontrer l'employé local des pompes funèbres, Herr Gartner. Je lui remis ce qui me restait d'elle après sa crémation et je pris des dispositions pour un court service en sa mémoire, l'après-midi suivante.

À mon retour dans mon appartement de Schwabing, j'essayai encore un peu de cet anesthésique. Cette fois, cela ne fonctionna pas. Je me sentais aussi solitaire qu'un poisson dans une cuvette de toilette. Je n'avais pas de parents, et pas d'amis à qui parler, hormis le type dans le miroir de la salle de bains, celui qui d'ordinaire me souhaitait le bonjour, le matin. Dernièrement, il avait cessé de m'adresser la parole, même lui, et j'avais l'impression qu'il me saluait trop souvent d'un sourire sarcastique, comme si ma présence lui était devenue odieuse. Nous étions peut-être tous devenus odieux. Nous tous, les Allemands. Les Américains nous regardaient tous avec un mépris silencieux, à l'exception peut-être des fêtardes et des putes. Et vous n'aviez pas besoin d'être Hanussen, le voyant extra-lucide de Hitler, pour lire dans les pensées de nos nouveaux protecteurs et amis. Comment avez-vous pu permettre une chose pareille ? nous demandaient-ils. Comment avez-vous pu faire ce que vous avez fait ? C'est une question que je me suis souvent posée. Je n'ai jamais trouvé de réponse. Je crois qu'aucun de nous n'aura jamais de réponse. Quelle réponse acceptable pourrait-il jamais y avoir ? C'était juste arrivé un jour en Allemagne, il y a de cela environ mille ans.

10

Une semaine plus tard, elle était de retour. La grande jeune femme. Les grandes valent toujours mieux que les petites, surtout celles qui semblent avoir la préférence des hommes de petite taille – en réalité, elles ne sont pas si grandes, elles en ont juste l'allure. Celle-là ne devait pas atteindre l'arceau du panier sur un terrain de basket-ball, mais tout ça tenait à ses cheveux, à son chapeau, à ses hauts talons et à sa morgue. Elle en avait à revendre. Elle donnait autant l'impression d'avoir besoin d'aide que Venise de pluie. C'est un truc que j'apprécie chez un client. Ça me plaît de me faire bonimenter par un interlocuteur peu habitué à des mots formules telles que « s'il vous plaît » et « je vous remercie ». Cela fait ressortir le quarante-huitard en moi. Et même quelquefois le spartakiste.

– J'ai besoin de votre aide, Herr Gunther, me déclara-t-elle, en s'asseyant avec précaution sur le rebord de mon sofa en cuir vert tout craquelé. Elle garda sa mallette un moment, la maintenant contre son ample poitrine comme un plastron de cuirasse.

– Oh ? Qu'est-ce qui vous fait croire ça ?

– Vous êtes détective privé, n'est-ce pas ?

– Oui, mais pourquoi moi ? Pourquoi ne pas recourir aux services de Preysings, dans Frauenstrasse ? Ou de Klenze, dans Augustinerstrasse ? Ils sont l'un et l'autre plus gros que moi.

Elle parut interloquée, comme si je lui avais demandé la couleur de ses sous-vêtements. J'eus un sourire encourageant, en me disant que tant qu'elle resterait assise sur le bord de ce sofa, j'en serais réduit aux devinettes.

— Ce que je m'efforce de comprendre, Fräulein, c'est si vous m'avez été recommandée par quelqu'un. Dans ce métier, c'est le genre de chose que l'on aime savoir.

— Pas Fräulein. Frau Warzok. Britta Warzok. Et oui, vous m'avez été recommandé.

— Ah ? Et par qui ?

— Si cela ne vous ennuie pas, je préfère ne pas vous le dire.

— Mais vous êtes la dame qui s'est présentée chez Herr Krumper la semaine dernière. Mon avocat. Vous l'avez questionné au sujet de mon hôtel. Sauf que cette fois-là, vous vous appeliez Mme Schmidt, je crois.

— Oui. Pas très original de ma part, j'en conviens. Mais je n'étais pas sûre de vouloir vous engager. J'étais déjà venue ici à deux reprises et vous étiez sorti, et je ne souhaitais pas laisser un message dans votre boîte aux lettres. Le concierge m'a signalé que vous possédiez un hôtel à Dachau, d'après ce qu'il savait. J'ai pensé vous y trouver. J'ai vu l'écriteau « À vendre », et ensuite je me suis rendue au cabinet de maître Krumper.

Tout cela pouvait être en partie vrai, et je ne relevai pas. Pour le moment. Je me délectais trop de son embarras et de ses longues jambes élégantes pour l'effaroucher et la faire fuir. Mais je ne voyais aucun mal à la titiller un peu.

— Et pourtant, quand vous êtes venue ici l'autre soir, continuai-je, vous disiez avoir commis une erreur.

— J'ai changé d'avis. C'est tout.

— Vous avez changé d'avis une première fois, cela pourrait vous reprendre. Et me laisser dans une situation délicate. Vu mon activité, cela peut se révéler gênant. Il me faut avoir la certitude de votre détermination dans cette affaire, Frau Warzok. Il ne s'agit pas de l'achat d'un chapeau. Une fois qu'une enquête est en cours, il n'y a pas moyen de revenir en arrière. Vous ne serez pas en mesure de rapporter l'article au magasin et d'expliquer qu'il ne vous plaît pas.

— Je ne suis pas idiote, Herr Gunther. Et je vous en prie, ne me parlez pas comme si je n'avais pas réfléchi aux conséquences de mes actes. Venir ici n'a pas été facile. Vous ne pouvez pas savoir à quel point tout ceci est difficile. Sinon, vous vous montreriez moins

condescendant. (Elle s'exprimait avec une froideur dénuée d'émotion.) C'est le chapeau ? Je peux le retirer, s'il vous dérange.

— J'aime beaucoup votre chapeau. (Je lui souris.) Je vous en prie,
gardez-le. Et si mon attitude vous a offensée, j'en suis navré. Mais
pour être franc, on croise dans cette profession une flopée de gens
qui vous font perdre votre temps, et mon temps est précieux.
J'exerce mon activité seul et, si je travaille pour vous, cela m'inter-
dira de travailler pour quelqu'un d'autre. Un autre qui pourrait
avoir beaucoup plus besoin de mon aide que vous. C'est ainsi.

— Cela m'étonnerait que quelqu'un puisse avoir davantage
besoin de vous que moi, Herr Gunther, m'assura-t-elle, la voix fré-
missante pour toucher ma corde sensible. (Je lui offris une cigarette.) Je ne fume pas, affirma-t-elle en secouant la tête. Mon...
médecin me certifie que c'est mauvais.

— Je sais. Mais à mon sens, c'est l'un des moyens les plus élégants qui soient de se suicider. Et qui vous laisse le temps de mettre
de l'ordre dans vos affaires. Alors, quel serait le problème, Frau
Warzok ?

— Vous en parlez comme si c'était votre intention. De vous suicider.

— J'étais sur le front russe, madame. Après un truc pareil, chaque
journée vous apparaît comme un cadeau. (Je haussai les épaules.)
Alors mangez, buvez, car demain nous pourrions être envahis par les
Russes, et là, nous regretterions tous de ne pas être morts, surtout si
nous ne le sommes pas. En fait nous le serions déjà, car nous vivons
désormais dans un monde atomique, et il suffit juste de six minutes,
et pas de six ans, pour tuer six millions de gens. (Je pinçai ma cigarette entre mon majeur et mon index et lui souris de toutes mes
dents.) Alors quelques clopes, cela pèse quoi, en face d'un nuage en
forme de champignon ?

— Alors vous avez survécu à tout ça ?

— Naturellement. Nous avons tous survécu à tout ça.

Je ne réussissais pas à les voir, mais je savais qu'elles étaient là. Le
petit carré de voilette noire, sur le flanc du chapeau, masquait les
trois cicatrices de sa joue.

— Vous aussi, semble-t-il.

Elle effleura son visage du bout des doigts.

— En réalité, j'ai vraiment eu de la chance.

— Il serait difficile de considérer cela sous un autre angle.

— Il y a eu un raid aérien, le 25 avril 1944, me rappela-t-elle. À ce que l'on raconte, quarante-cinq bombes explosives de forte puissance et cinq mille bombes incendiaires sont tombées sur Munich. L'une de ces bombes a fracassé un tuyau, dans ma maison. J'ai été blessée par trois anneaux en cuivre chauffés au rouge qui ont été arrachés de mon chauffe-eau. Mais ils auraient aussi bien pu m'atteindre aux yeux. C'est sidérant, ce qu'on peut surmonter, n'est-ce pas ?

— Si vous le dites.

— Herr Gunther, je veux me marier.

— N'est-ce pas un peu soudain, ma chère ? Nous venons à peine de nous rencontrer.

Elle sourit poliment.

— Il subsiste juste un écueil. Je ne sais pas si mon précédent époux est encore en vie.

— S'il a disparu pendant la guerre, dis-je, vous auriez plutôt intérêt à vous renseigner auprès du Bureau d'information de l'armée. Le Wehrmacht Dienststelle se trouve à Berlin, au 179, Eichborndamm. Numéro de téléphone : 41904.

Je connaissais ce numéro car, à la mort du père de Kirsten, j'avais essayé de savoir si son frère était vivant ou mort. La découverte de sa mort – il avait été tué en 1944 – n'avait pas peu contribué à la détérioration de l'état mental de ma femme.

Frau Warzok secoua la tête.

— Non, il ne s'agit pas de cela. À la fin de la guerre, il était encore en vie. Au printemps de 1946, nous étions à Ebensee, près de Salzbourg. Je ne l'ai fréquenté qu'une courte période, comprenez-vous. Nous ne vivions plus ensemble, pas comme mari et femme. Plus depuis la fin de la guerre.

D'un coup sec, elle tira un mouchoir de la manche de son tailleur sur mesure, et le garda en boule dans le creux de la main, comme en attente, comme si elle prévoyait de fondre en larmes.

— Avez-vous parlé à la police ?

– La police allemande considère qu'il s'agit d'une affaire autrichienne. Et la police de Salzbourg estime que je devrais m'en remettre aux Américains.

– Les Amerlots ne le rechercheront pas, eux non plus, lui assurai-je.

– En fait, si, cela se pourrait. Elle ravala son émotion, avant de prendre une profonde inspiration. Oui, je pense qu'ils pourraient avoir un intérêt à le rechercher.

– Ah ?

– Pourtant, à propos de Friedrich, je ne leur ai rien dit. C'est son nom. Friedrich Warzok. Il est galicien. La Galicie faisait partie de l'Autriche, jusqu'à la guerre austro-prussienne de 1866, après quoi l'autonomie lui a été accordée. Ensuite, après 1918, la province a été intégrée à la Pologne. Friedrich est né à Cracovie, en 1903. C'était un Polonais très autrichien, Herr Gunther. Puis très allemand, après l'élection de Hitler.

– Alors pourquoi les Américains s'intéresseraient-ils à lui ?

Tout en posant la question, je commençais à deviner la réponse.

– Friedrich était un homme ambitieux, mais pas un être fort. Pas au plan intellectuel, en tout cas. Physiquement, il était très solide. Avant la guerre, il était tailleur de pierres. Et plutôt qualifié. C'était un homme très viril, Herr Gunther. Je suppose que c'est ce qui m'a conquise. Quand j'avais dix-huit ans, j'étais moi-même très vigoureuse.

Je n'en doutai pas un instant. Il n'était que trop facile de l'imaginer vêtue d'une jupette blanche, une couronne de lauriers dans les cheveux, exécutant d'intéressantes figures en maniant le cerceau dans un joli film de propagande du Dr Goebbels. Jamais la vigueur féminine n'était apparue aussi blonde et aussi saine.

– Je vais être franche avec vous, Herr Gunther, reprit-elle, puis elle se tamponna l'œil avec le coin de son mouchoir. Friedrich Warzok n'était pas un homme bon. Durant la guerre, il a commis des actes terribles.

– Après Hitler, aucun de nous ne peut prétendre avoir la conscience tranquille, concédai-je.

– C'est très aimable à vous de dire cela. Mais il y a des choses que l'on doit faire pour survivre. Et ensuite, il y en a d'autres qui ne sont pas du tout de l'ordre de la survie. Cette amnistie qui est en discussion au Parlement. Mon mari n'en bénéficierait pas, Herr Gunther.

— Je n'en serais pas trop sûr, nuançai-je. Si quelqu'un d'aussi mauvais qu'Erich Koch est prêt à risquer de sortir de sa cachette pour revendiquer la protection de la nouvelle Loi fondamentale, alors n'importe qui peut en faire autant. Peu importent les actes qu'il a commis.

Erich Koch avait été gauleiter de Prusse orientale et commissaire du Reich pour l'Ukraine, théâtre de certaines actions épouvantables. Je le savais parce que j'en avais vu un bon nombre de mes propres yeux. Koch misait sur la protection de la nouvelle Loi fondamentale de la République fédérale, qui proscrivait à la fois la peine de mort et l'extradition pour tous les nouveaux cas de crimes de guerre. Koch était actuellement détenu dans une prison de la Zone britannique. Seul le temps révélerait s'il avait ou non pris là une habile décision.

Je commençais à entrevoir où cette affaire (et mon nouveau métier) me conduisait. Le mari de Frau Warzok était mon troisième nazi d'affilée. Et, grâce à des spécimens comme Erich Kaufmann et le baron von Starnberg, dont j'avais reçu une lettre personnelle de remerciements, tout indiquait que je devenais déjà l'homme vers qui l'on se tournait en cas de difficultés concernant les Vestes rouges ou un criminel de guerre en fuite. Cela ne me plaisait pas trop. Ce n'était pas pour cela que j'avais repris le collier. Et si Frau Warzok, en face de moi, m'avait raconté que son mari n'avait rien contre les Juifs à titre personnel, ou qu'il était la simple victime des « jugements de valeur de l'Histoire », j'aurais pu l'envoyer balader. Mais jusqu'à présent, elle n'avançait rien de tel. Bien au contraire, car elle enfonça le clou.

— Non, non, Friedrich est un homme malfaisant, me répéta-t-elle. Jamais ils ne pourraient accorder l'amnistie à un homme pareil. Pas après ce qu'il a fait. Et tout ce qu'il endure, il le mérite. Rien ne me ravirait davantage que de le savoir mort. Croyez-moi.

— Oh, je vous crois, je vous crois ! Pourquoi ne me racontez-vous pas ce qu'il a fait ?

— Avant la guerre, il était dans le Freikorps, et ensuite il a intégré le Parti. Puis il a rejoint la SS, où il a accédé au grade de Hauptsturmführer. Il a été transféré au camp de Lemberg-Janowska, en Pologne. Et là, c'en était terminé de l'homme que j'avais épousé.

Je secouai la tête.

— Je n'ai jamais entendu parler de Lemberg-Janowska.

— Estimez-vous heureux, Herr Gunther. Janowska, ce n'était pas pareil que les autres camps. Cela a débuté par un complexe d'usines rattaché aux Usines allemandes d'armement de Lvov. On y recourait au travail forcé, celui des Juifs et des Polonais. Ils étaient environ six mille, en 1941. Friedrich est allé là-bas dès le début de 1942 et je l'ai accompagné, au moins quelques jours. Le commandant était un dénommé Wilhaus, et Friedrich est devenu son second. Il y avait là douze ou quinze officiers allemands, comme mon mari. Mais la plupart des SS, les gardes, étaient des Russes qui s'étaient portés volontaires pour servir au sein de la SS, un moyen pour eux d'échapper aux camps de prisonniers de guerre.

Elle secoua la tête et referma un peu plus la main sur son mouchoir, comme si elle cherchait à extraire des souvenirs émus de ce carré de tissu.

— Après l'arrivée de Friedrich à Janowska, d'autres Juifs sont arrivés. Beaucoup d'autres Juifs. Et la philosophie… si je puis parler de philosophie à propos de Janowska… la philosophie du camp a changé. Obliger des Juifs à produire des munitions est devenu bien moins important que de simplement les tuer. Ce n'était pas une mise à mort systématique comparable à ce qui se pratiquait à Auschwitz-Birkenau. Non, c'était juste du meurtre individuel, avec tous les moyens qui passaient par la tête des hommes de la SS. Pour disposer de son Juif, chaque SS avait sa méthode préférée. Et tous les jours il y avait des exécutions par balle, par pendaison, par noyade, par empalement, par éviscération, par crucifixion – oui, la crucifixion, Herr Gunther. Vous ne pouvez pas vous l'imaginer, n'est-ce pas ? Mais c'est la vérité. Des femmes étaient poignardées à mort, ou taillées en pièces à la hachette. Des enfants servaient de cibles de tir. J'ai entendu dire que ces hommes prenaient des paris pour savoir s'il était possible de fendre un enfant en deux d'un seul coup de hache. Chaque SS était obligé de tenir le décompte du nombre de ses victimes, afin que l'on puisse en établir la liste. Trois cent mille personnes ont été tuées de cette manière, Herr Gunther. Trois cent mille personnes assassinées avec brutalité, de sang-froid, par des sadiques rigolards. Et mon époux était l'un d'eux.

Elle parlait sans me regarder, les yeux fixés au sol, et une larme ne tarda pas à couler le long de son joli nez, avant de s'écraser sur le tapis. Et puis une autre.

— À un certain stade... je ne sais pas exactement quand, car Friedrich a cessé de m'écrire, au bout d'un moment... il a repris le commandement du camp. Et on peut affirmer qu'il a veillé à ce que les choses se poursuivent dans le même esprit. Il m'a bien écrit une fois, en effet, pour m'apprendre que Himmler leur avait rendu visite et qu'il était satisfait du déroulement des opérations à Janowska. Le camp a été libéré par les Russes en juillet 1944. Wilhaus est mort, à présent. Je crois que les Russes l'ont abattu. Fritz Gebauer, qui en avait exercé le commandement avant Wilhaus, a été traduit en justice à Dachau et condamné à la réclusion à perpétuité. Il est enfermé à la prison de Landsberg. Mais Friedrich s'est enfui en Allemagne, où il est resté jusqu'à la fin de la guerre. Nous avons eu quelques contacts à cette époque. Mais notre mariage avait pris fin et, si je n'avais pas été catholique, j'aurais certainement divorcé.

« Fin 1945, il a disparu de Munich et je n'ai plus entendu parler de lui avant mars 1946. Il était en fuite. Il m'a contactée et m'a réclamé de l'argent, pour partir, loin. Il était en relation avec une association d'anciens camarades... l'ODESSA. Et il attendait de nouveaux papiers d'identité. Je possède un peu d'argent, Herr Gunther. Donc, j'ai accepté. Je voulais qu'il sorte de mon existence, pour toujours. À l'époque, il ne me serait pas venu à l'idée que je me remarierais. Mes cicatrices n'étaient pas telles que vous les voyez aujourd'hui. Un chirurgien s'était donné beaucoup de mal pour me restituer un visage présentable. J'ai dépensé l'essentiel du reste de ma fortune à le payer.

— Cela en valait la peine, observai-je. Il a fait du bon travail.

— C'est aimable à vous de me dire cela. Et maintenant, j'ai rencontré quelqu'un d'autre. Un homme honnête, que je souhaiterais épouser. Donc je veux savoir si Friedrich est mort ou vivant. Voyez-vous, il m'a dit qu'il m'écrirait dès son arrivée en Amérique du Sud. C'est là qu'il se rendait. C'est là qu'ils vont, presque tous. Mais il ne m'a jamais écrit. D'autres, qui se sont enfuis avec lui, ont bel et bien averti leur famille, et ils sont désormais en sécurité en Argentine et au Brésil. Mais pas mon mari. J'ai pris conseil auprès du cardinal Josef Frings, à Cologne, et il m'affirme qu'il ne saurait y avoir de remariage devant l'église catholique sans une preuve de la mort de Friedrich. Et je me suis dit, puisque vous avez vous-même fait partie de la SS, que vous pourriez avoir plus de chances de découvrir s'il est vivant ou mort. S'il se trouve en Amérique du Sud.

— Vous êtes bien informée, remarquai-je.

— Pas moi. Mon fiancé. C'est ce qu'il m'a dit, en tout cas.

— Et que fait-il ?

— Il est avocat.

— J'aurais dû le savoir.

— Qu'entendez-vous par là ?

— Rien. Vous savez, Frau Warzok, tous ceux qui ont intégré la SS ne sont pas aussi chaleureux et câlins que moi. Certains de ces anciens camarades n'apprécient pas les questions, même de la part d'individus dans mon style. Ce que vous me demandez pourrait se révéler dangereux.

— Je vous en sais gré, m'assura-t-elle. Nous vous récompenserons de votre peine. Il me reste un peu d'argent. Et mon fiancé est un avocat fortuné.

— Il en existe d'autres ? À l'avenir, j'ai idée que tout le monde va devenir avocat. Forcément. (J'allumai une cigarette.) Une affaire comme celle-ci, cela peut être coûteux, notez. En dépenses. En frais de langue.

— En frais de langue ?

— Quantité de gens ne diront ou ne feront rien tant qu'ils n'auront pas sous les yeux une image de la déesse Europe et son taureau.

Je sortis un billet de banque et je lui montrai le sésame en question. Cette image-ci.

— J'imagine que vous êtes vous-même du nombre.

— Moi, je suis une machine à sous, comme toute chose et comme tout le monde ces derniers temps. Y compris les avocats. Je prends dix marks par jour, plus les frais. Pas de factures. Votre comptable ne va pas apprécier, mais on n'y peut rien. Acheter des informations, ce n'est pas comme des achats de fournitures de bureau. Et je demande une avance. C'est la partie désagrément. Vous voyez, je peux toujours faire chou blanc, et c'est chaque fois un désagrément pour le client quand il découvre qu'il a payé pour pas grand-chose en échange.

— Que penseriez-vous de deux cents marks ?

— Deux cents, c'est déjà mieux que cent.

— Et une prime substantielle si vous découvrez la moindre preuve que Friedrich est vivant ou mort.

— Substantielle jusqu'où ?

— Je ne sais pas. Je n'y ai pas vraiment réfléchi.

— Le cas échéant, ce serait une bonne idée de vous y mettre. Je travaille mieux comme ça. Si je dégottais quelque chose, combien cela vaudrait-il, pour vous ? Si vous réussissiez à vous marier, par exemple.

— Je vous verserais cinq mille marks, Herr Gunther.

— Avez-vous songé à offrir cette somme au cardinal ? lui suggérai-je.

— Vous voulez dire, comme pot-de-vin ?

— Non, pas « comme », Frau Warzok. Je veux parler d'un pot-de-vin tout court, pur, simple, net et précis. Cinq mille marks, cela paie une pléthore de rosaires. Bon sang, c'est ainsi que les Borgia ont fait fortune. Tout le monde sait ça.

Frau Warzok eut l'air choqué.

— L'Église n'est plus comme cela, protesta-t-elle.

— Ah non ?

— J'en serais incapable. Le mariage est un sacrement indissoluble.

Je haussai les épaules.

— Si vous le dites. Avez-vous une photographie de votre mari ?

Elle sortit trois clichés d'une enveloppe et me les tendit. Le premier était un portrait classique, pris en studio, d'un homme à l'œil scintillant, le visage éclairé d'un grand sourire. Les yeux étaient un petit peu trop rapprochés, mais à part cela, rien chez lui n'aurait pu laisser supposer que ce visage était celui d'un meurtrier psychopathe. Il avait l'allure d'un banal rond-de-cuir. C'était l'aspect effarant des camps de concentration et des groupes d'action spéciale.

C'étaient des types ordinaires – des avocats, des juges, des policiers, des éleveurs de volailles et des tailleurs de pierre – qui s'étaient chargés de toutes ces tueries. Sur la deuxième photo, les choses prenaient un tour plus affirmé : un Warzok légèrement arrondi, ses multiples mentons débordant du col de la tunique, se tenait au garde à vous, bien raide, la main droite prise dans la poigne d'un Heinrich Himmler rayonnant. Warzok mesurait à peu près trois centimètres de moins que Himmler, lui-même accompagné d'un SS Gruppenführer que je ne reconnus pas. La troisième photo, datant du même jour, était un plan plus large de six officiers SS, dont Warzok et Himmler. Il y avait des ombres sur le sol, et apparemment le soleil brillait.

– Celles-ci remontent au mois d'août 1942, m'expliqua Frau Warzok. Comme vous pouvez le voir, on a fait visiter Janowska à Himmler. Wilhaus s'était saoulé, et la visite a été un peu moins cordiale qu'il n'y paraît. Himmler n'approuvait pas réellement toute cette cruauté gratuite. C'est du moins ce que m'a soutenu Friedrich.

Elle plongea la main dans sa serviette, pour en extraire une page dactylographiée.

– C'est une copie de certains éléments qui figuraient dans son dossier d'état de services au sein de la SS. Son matricule. Son numéro de membre du Parti. Ses parents… morts, tous les deux, donc vous pouvez écarter les pistes qui conduiraient dans cette direction. Il avait une petite amie, une Juive nommée Rebecca, qu'il a assassinée juste avant la libération du camp. Il n'est pas exclu que vous obteniez des informations de la part de Fritz Gebauer. Je n'ai pas essayé.

Je jetai un coup d'œil au document qu'elle avait préparé. Elle s'était montrée fort minutieuse, je devais lui accorder cela. Ou alors, c'était le fiancé. De nouveau, je regardai les photos. Ce n'était pas facile de l'imaginer dans un lit avec cet homme qui serrait la main de Himmler, mais j'avais déjà croisé des couples plus improbables. Je voyais bien ce que Warzok en avait retiré. Il était petit, elle était grande. En cela, au moins, il restait conforme à son type. Il était plus difficile de saisir en quoi elle y avait trouvé son compte. En règle générale, les femmes grandes épousaient des hommes courts sur pattes parce qu'ils n'étaient pas à court d'argent, en tout cas. Les tailleurs de pierre ne gagnaient pas beaucoup. Même pas en Autriche, où les tombes sont plus ornementées que presque partout ailleurs en Europe.

— Je ne saisis pas, lui avouai-je. D'abord et avant tout, pourquoi une femme comme vous a-t-elle épousé un pareil morveux ?

— Parce que j'étais enceinte. Sinon, je ne l'aurais pas fait. Après notre mariage, j'ai perdu l'enfant. Et je vous l'ai dit. Je suis catholique. Chez nous, on est unis pour la vie.

— D'accord. Je veux bien avaler ça. Mais supposons que je le trouve. Ensuite, que se passe-t-il ? Y avez-vous pensé ?

Ses narines se pincèrent et son visage prit une expression de dureté que je ne lui avais jamais vue. Elle ferma les yeux un instant, retira le gant de velours qu'elle portait, et me révéla la main de fer qu'il n'avait pas cessé de recouvrir.

— Vous avez mentionné Erich Koch, me rappela-t-elle. Mon fiancé a cru comprendre que, depuis sa sortie de la clandestinité, en mai, les Britanniques... il est emprisonné dans leur zone d'occupation... étudient les demandes d'extradition de la Pologne et de l'Union soviétique, pays où Koch a commis ses crimes. En dépit de la Loi fondamentale, et de toutes les amnisties que la République fédérale pourrait entériner, mon fiancé est d'avis... un avis bien informé... que les Britanniques approuveront son extradition en zone russe. Vers la Pologne. S'il devait être jugé coupable par un tribunal de Varsovie, il encourrait sans aucun doute la peine capitale, en vertu de la loi polonaise. Une sentence que l'Allemagne aurait plutôt tendance à désapprouver, d'un point de vue judiciaire. Nous nous attendons à ce que Friedrich Warzok subisse le même sort.

Je lui fis un grand sourire.

— Là, c'est déjà plus clair. Je vois maintenant ce que vous aviez en commun, vous deux. En réalité, vous êtes une femme tout à fait impitoyable, n'est-ce pas ? À l'exemple d'une de ces Borgia dont je vous parlais. Lucrèce. Impitoyable, et belle, avec ça.

Elle rougit.

— Doit-on vraiment se soucier du sort d'un homme pareil ? me lança-t-elle en brandissant la photographie de son mari.

— Pas particulièrement. Je vais vous aider à rechercher votre mari, Frau Warzok. Mais je ne vous aiderai pas à lui passer un nœud coulant autour du cou… même s'il le mérite mille fois.

— Qu'est-ce à dire, Herr Gunther ? Vous êtes délicat, sur ces questions-là ?

— Cela se pourrait, admis-je. Et si je le suis, c'est parce que j'ai vu pendre des hommes, et j'en ai vu que l'on abattait d'une balle. J'en ai vu réduits en charpie et j'en ai vu mourir de faim, ou grillés au lance-flammes, ou écrasés sous les chenilles d'un Panzer. C'est drôle, mais au bout d'un moment, vous vous apercevez que vous en avez trop vu. Des choses que vous ne pouvez pas faire semblant de ne pas avoir vues, parce qu'elles sont toujours là, gravées à l'intérieur de vos paupières quand vous vous endormez. Et vous vous dites que vous préféreriez ne plus les voir. Et vous y parvenez, évidemment, car aucune des bonnes vieilles excuses ne vaut plus un clou. Et puis, il ne suffit pas de juste se raconter qu'on n'y pouvait rien et que les ordres étaient les ordres et s'attendre à ce que les gens gobent ça comme ils l'ont toujours fait. Alors oui, je suppose que je suis devenu un peu délicat. Après tout, regardez un peu où nous a conduits notre impitoyable brutalité.

— Vous êtes sacrément philosophe, non ? Pour un détective.

— Tous les détectives sont philosophes, Frau Warzok. Ils sont bien obligés. C'est ce qui leur permet de faire le tri dans le discours de leur client entre ce qu'ils peuvent gober sans risque et ce qu'il vaut mieux jeter. Lequel est aussi fou que Nietzsche et lequel est juste aussi fou que Marx. Quel client, je veux dire. Vous parliez de deux cents, à titre d'avance.

Elle se pencha pour attraper sa mallette, sortit son portefeuille et compta quatre effigies de dames assises, dans le creux de ma main.

— J'ai aussi apporté un peu de ciguë, ajouta-t-elle. Si vous n'acceptiez pas de vous charger de l'affaire, je vous aurais menacé de la boire. Mais si vous trouvez mon mari, vous pourriez éventuellement la lui donner. En guise de cadeau d'adieu.

Ma réponse fut un grand sourire. J'aimais lui sourire. Elle était le style de cliente à qui j'étais obligé de montrer les dents, rien que pour lui rappeler que j'étais capable de mordre.

— Je vous ferai un reçu, promis-je.

Notre marché conclu, elle se leva, et son corps délectable laissa échapper un nuage de parfum qui s'insinua dans mes narines. Sans ses talons et son chapeau, je calculai qu'elle devait être à peu près de ma taille. Mais tant qu'elle les portait, je me sentais comme son eunuque favori. J'imaginais bien que c'était l'effet recherché.

— Soyez sur vos gardes, Herr Gunther, me conseilla-t-elle, en tendant la main vers la poignée de porte.

Très M. Bonnes Manières, je l'y précédai.

— Je le suis toujours. J'ai eu l'occasion de beaucoup m'entraîner.

— Quand entamerez-vous votre chasse ?

— À voir vos deux cents marks, tout de suite.

— Et comment, et par où allez-vous commencer ?

— Je vais sans doute retourner quelques pierres et voir ce qu'elles cachent. Avec six millions de Juifs assassinés, ce ne sont pas les cailloux qui manquent, en Allemagne.

11

Le travail du détective, c'est un peu comme entrer dans une salle de cinéma quand la projection a déjà commencé. Vous ne savez pas ce qui s'est déjà passé, vous essayez de vous repérer dans le noir et, inévitablement, vous marchez sur les pieds d'un spectateur ou vous l'empêchez de voir. Parfois, les gens vous injurient, mais en règle générale ils se contentent de soupirer ou de vous inviter bruyamment à faire silence, remuent les jambes, déplacent leurs manteaux et s'arrangent ensuite pour faire mine de vous ignorer. Poser des questions à la personne assise à côté de vous peut entraîner toutes sortes de conséquences, allant du récit complet de l'intrigue et du générique à la tape sur la bouche, d'un revers de programme roulé en tube. Bref, vous achetez votre billet, et vous tentez votre chance.

La chance, c'était une chose. Forcer la mienne, c'en était une autre. Je n'allais pas m'aventurer à poser des questions au sujet d'anciens camarades sans un complice pour me tenir compagnie. Les hommes qui risquent la potence ont tendance à se montrer un peu sourcilleux sur leur vie privée. Depuis mon départ de Vienne, je ne possédais plus d'arme à feu. Je décidai qu'il était temps de m'équiper pour toutes les occasions.

En vertu de la loi nationale-socialiste de 1938, on ne pouvait acheter des armes de poing qu'après dépôt d'une demande de permis d'acquisition d'armes à feu, et la plupart des messieurs que j'avais croisés au cours de mon existence en possédaient une d'un type ou un autre. Mais à la fin de la guerre, le général Eisenhower avait ordonné que toute l'artillerie détenue par des personnes privées en Zone américaine soit confisquée. Dans la Zone soviétique, les choses étaient encore plus strictes : un Allemand en possession d'une simple cartouche s'exposait à être abattu sommairement. En Allemagne, il était aussi difficile de se procurer un pistolet qu'une banane.

Je connaissais un type, un dénommé Stuber – Faxon Stuber –, qui conduisait un taxi d'exportation et était capable de mettre la main sur un tas d'articles, essentiellement en se fournissant auprès des GI américains. Marqués des initiales ET, les « export taxis » étaient réservés à l'usage exclusif des personnes en possession de tickets d'échanges étrangers, les FEC. Je ne savais pas trop comment le père de Kirsten se les était procurés, mais j'avais découvert quelques-uns de ces FEC dans la boîte à gants de la Hansa. Je supposais qu'il les avait conservés pour acheter de l'essence au marché noir. J'en utilisai une partie pour décider Stuber à me livrer un pistolet.

C'était un homme petit, d'une vingtaine d'années, qui portait une moustache aussi fine qu'une colonne de fourmis et une casquette de service d'officier de la SS, de couleur noire, d'où l'on avait retiré tous les insignes et autres cordons de visière. Aucun des Américains qui montaient dans l'ET de Stuber n'aurait pu identifier cette casquette. Moi, si, car j'avais bien failli en porter une moi aussi. En réalité, j'avais été obligé de coiffer la version grise de la casquette de troupe qui faisait partie de l'uniforme M37 de la SS après 1938. Je m'imaginais que Stuber l'avait dénichée quelque part ou que quelqu'un la lui avait donnée. Il était trop jeune pour avoir été dans la SS. Et trop jeune pour conduire un taxi. Dans sa petite main blanche, l'arme qu'il m'avait apportée était visiblement une arme à feu, mais dans ma grosse main gantée, l'objet ressemblait davantage à un pistolet à eau.

– J'ai parlé d'une arme à feu, pas d'un pistolet à patates.

– Qu'est-ce que vous racontez ? C'est un Beretta calibre vingt-cinq. Un joli petit pistolet. Il y a huit balles dans le chargeur et je vous ai dégotté la boîte de pilules qui va avec. Le canon est monté sur charnière, ce qui vous permet de glisser la première balle dedans, ou de la retirer en toute facilité. Treize centimètres de longueur et pile trois cent vingt grammes.

– J'ai déjà vu des côtelettes d'agneau plus grosses.

– Pas sur votre carte de rationnement, Gunther, rétorqua Stuber.

Il ponctua son bon mot d'un sourire béat, comme s'il dévorait un steak tous les soirs de la semaine. Vu la qualité de ses passagers, c'était probablement le cas.

– Pour vous trimballer dans cette ville, il ne vous faut pas autre chose, comme flingue, sauf si vous prévoyez d'aller faire un tour du côté d'OK Corral.

– J'apprécie les armes plutôt voyantes, continuai-je. Le genre qui va inspirer à un homme matière à réflexion. Avec ce petit pistolet à amorces, personne ne va me prendre au sérieux, à moins que je ne tire le premier. Ce qui va en quelque sorte à l'encontre du but recherché.

– Ce petit pistolet est plus percutant que vous n'imaginez, insista-t-il. Écoutez, si vous voulez du plus gros, je peux vous l'obtenir. Mais il y aura de l'attente. Et j'avais cru comprendre que vous étiez pressé.

Nous roulâmes quelques minutes, le temps que je réfléchisse. Il avait raison sur un point. J'étais pressé. Finalement, avec un soupir, j'acceptai.

– D'accord, je prends.

– Si vous voulez mon avis, c'est l'arme idéale, me soutint-il. Un pistolet d'affaires. Commode. Discret.

Il présentait l'objet davantage comme un sésame pour l'entrée au Herrenklub que comme un hochet pour nouveau-né. Ce que c'était en réalité. L'étui piqué de strass dans lequel il était glissé était assez éloquent. Un quelconque GI avait très certainement dû le confisquer à une greluche qu'il ravitaillait. Elle l'avait peut-être pris au piège avec l'intention de lui soutirer quelques marks de plus, et il le lui avait arraché des mains. J'espérais simplement que ce n'était pas justement un calibre recherché par les gars de la balistique, au Praesidium. Je balançai l'étui à Stuber et je descendis de son taxi dans Schellingstrasse. J'estimais qu'une course gratuite jusqu'à mon escale suivante, c'était bien le moins qu'il pourrait m'accorder, après m'avoir vendu le pistolet de poche d'une fêtarde.

Je franchis les portes du *Die Neue Zeitung* et je priai le rouquin au visage taillé à la hache, derrière le bureau de la réception, de m'appeler Friedrich Korsch. En attendant qu'il descende, je jetai un œil à la une. Il y avait un article sur Johann Neuhausler, l'évêque auxiliaire protestant de Munich, qui s'était engagé auprès de divers groupes, tous occupés à obtenir la remise en liberté des Vestes rouges de Landsberg. Selon l'évêque, les Américains « ne le cédaient en rien aux nazis au plan du sadisme », et il évoquait un gardien de prison américain – sans le nommer – dont la description des conditions régnant à Landsberg « défiait l'entendement ». J'avais ma petite idée sur l'identité de cet Américain, et cela me rendait furieux de voir un évêque répéter les mensonges et les vérités tronquées du soldat de première classe John Ivanov. Un comble. À l'évidence, mes efforts en direction d'Erich Kaufmann avaient été vains.

Friedrich Korsch avait été jeune Kriminalassistent au sein de la KRIPO quand j'étais Kommissar à l'Alex de Berlin, en 1938-1939. Je ne l'avais plus revu depuis presque dix ans quand, un jour de décembre dernier, j'étais tombé sur lui à la sortie du Spöckmeier, un bar à bière de Rosenstrasse. Il n'avait pas changé d'un iota, à part le bandeau de cuir sur l'œil. Avec son long menton et sa moustache à la Douglas Fairbanks, il avait l'allure d'un boucanier et d'un fier-à-bras, ce qui aurait pu être une bonne chose chez un journaliste travaillant pour un journal américain.

Nous allâmes nous installer à l'Osteria Bavaria – jadis le restaurant préféré de Hitler – et nous nous disputâmes pour savoir qui paierait l'addition, non sans prendre le temps de nous remémorer le passé en refaisant le décompte des vivants et des morts. Mais quand je lui confiai que je soupçonnais la source de l'évêque Neuhausler à l'intérieur de Landsberg d'être un menteur et un escroc, Korsch refusa catégoriquement que je parle de régler la note.

– Pour une info comme celle-là, le journal prendra le déjeuner à sa charge, m'annonça-t-il.

– C'est dommage, regrettai-je. Parce que c'est moi qui espérais te soutirer quelques informations. Je recherche un criminel de guerre.

– Ah ? Tu recherches tout le monde, alors ?

– Un dénommé Friedrich Warzok.

– Jamais entendu parler.

– Il a été un temps le commandant d'un camp de travail près du ghetto de Lvov. Un endroit qui s'appelle Lemberg-Janowska.

– Cela m'évoquerait plutôt un nom de fromage.

– Ça se situe dans le sud-est de la Pologne, non loin de la frontière ukrainienne.

– Une terre misérable, lâcha Korsch. C'est là que j'ai perdu mon œil.

– Comment faut-il s'y prendre, Friedrich ? Comment se lance-t-on à la recherche d'un tel homme ?

– C'est quoi, ton angle d'attaque ?

– Mon client est une femme. Elle veut se remarier.

– Elle ne peut pas se contenter d'obtenir une attestation du Bureau d'information de la Wehrmacht ? Ils sont très obligeants, franchement. Même pour les anciens SS.

– Il a été vu vivant en mars 1946.

– Donc tu veux savoir si une enquête quelconque a pu être menée.

– C'est exact.

– Tous les crimes de guerre commis par nos anciens amis et supérieurs font actuellement l'objet d'investigations alliées. Même si l'on dit qu'à l'avenir elles seront conduites par les bureaux des procureurs d'État. Toutefois, pour l'heure, le meilleur endroit par où commencer, c'est le registre central du SHAEF, où sont enregistrés les criminels de guerre et les suspects en matière de sécurité. Ce que l'on appelle les registres CROWCASS. Il en existe une quarantaine. Mais ils ne sont pas ouverts au public. La véritable responsabilité de ces enquêtes relève de la Direction des services juridiques de l'armée, qui traite les délits commis sur tous les théâtres militaires pendant la guerre. Ensuite, il y a la CIA. Ils disposent d'une sorte de registre central. Mais ni les services juridiques de l'armée, ni la CIA ne sont facilement accessibles pour une personne privée comme toi, j'en ai peur. Il y a le Centre des documents américains de Berlin Ouest, bien sûr. Je crois possible pour un particulier d'accéder à des pièces, là-bas. Mais uniquement sur autorisation du général Clay.

— Non, merci, ai-je fait. Le blocus est peut-être levé, mais je préfère autant que possible rester à l'écart de Berlin. À cause des Russes. J'ai dû quitter Vienne pour échapper à un colonel du renseignement russe qui envisageait de me recruter pour le MVD, enfin, les services secrets soviétiques, quel que soit le nom qu'ils portent aujourd'hui.

— C'est resté le MVD. Naturellement, si tu n'as pas envie d'aller à Berlin, il y a toujours la Croix-Rouge. Ils ont organisé un service de recherches international. Mais c'est réservé aux personnes déplacées. Ils pourraient être au courant de quelque chose. Ensuite, il y a les organisations juives. La Brinnah, par exemple. À l'origine, c'était un organisme destiné à faire entrer et sortir les réfugiés clandestinement mais, depuis la création de l'État d'Israël, ils sont devenus beaucoup plus actifs dans la chasse aux anciens camarades. Il semblerait qu'ils ne se fient pas aux Allemands ou aux Alliés pour s'acquitter de cette besogne. Peux pas dire que je le leur reproche. Ah, oui, et il y a un type à Linz qui dirige sa propre organisation de chasse aux nazis, avec de l'argent privé émanant des Américains. Un nommé Wiesenthal.

Je secouai la tête.

— Je n'ai pas l'intention d'aller déranger une de ces organisations juives. Pas avec mon passé.

— C'est sans doute plus sage. Je ne vois pas un Juif acceptant d'aider un ancien de la SS. Et toi ?

Il éclata d'un rire tapageur.

— Non, je vais m'en tenir aux Alliés, pour le moment.

— Es-tu absolument sûr que Lvov soit en Pologne ? D'après moi, tu vas t'apercevoir que c'est une ancienne ville polonaise qui fait maintenant partie de l'Ukraine. Juste histoire de te compliquer encore un petit peu plus la besogne.

— Et le journal ? m'enquis-je. Tu dois bien avoir un accès aux Amerlots, sous une forme ou une autre. Tu ne pourrais pas dénicher quelque chose ?

— Si, je suppose que oui, admit Korsch. Bien sûr, je vais jeter un coup d'œil.

Je notai le nom de Friedrich Warzok sur un bout de papier et, au-dessous, le nom du camp de travail de Lemberg-Janowska. Korsch le plia et le glissa dans sa poche.

— Qu'est-ce qu'il est advenu d'Emil Becker ? me demanda-t-il. Tu te souviens de lui ?

— Les Amerlots l'ont pendu à Vienne, il y a environ deux ans.

— Crimes de guerre ?

— Non. Mais en fait, s'ils avaient cherché, ils auraient certainement trouvé quelques preuves.

Il eut une mimique désabusée.

— Nous avons tous d'assez vilaines traces au visage, si tu regardes d'assez près.

Je haussai les épaules. Je n'avais pas questionné Korsch sur ses faits et gestes pendant la guerre. Je savais juste qu'il avait vu le bout du conflit avec le grade de Kriminalinspektor du RSHA[1], ce qui signifiait qu'il avait été en affaire avec Gestapo. Il me semblait futile de gâcher un déjeuner d'une parfaite courtoisie en l'interrogeant à ce sujet. Et pour sa part, il ne manifesta pas non plus la moindre curiosité sur mes propres activités.

— Alors, il s'agissait de quoi ? reprit-il. Pourquoi l'ont-ils pendu ?

— Pour le meurtre d'un officier américain. J'ai entendu dire qu'il était lourdement impliqué dans le marché noir.

— Ça, je veux bien y croire, s'écria-t-il. Qu'il ait trempé dans le marché noir. (Il leva son verre de vin.) Enfin, quoi qu'il en soit… À sa mémoire.

— Oui, fis-je en levant le mien. À Emil. Le misérable salopard. (Je vidai mon verre.) Et d'ailleurs, par simple curiosité, comment un costaud dans ton genre s'est-il transformé en journaliste ?

— J'ai quitté Berlin juste avant le blocus. J'ai reçu le tuyau de la part d'un Russe qui me devait une faveur et je suis descendu par ici. On m'a offert un boulot de correspondant pour les affaires criminelles. Les horaires sont à peu près inchangés, mais c'est beaucoup mieux payé. J'ai appris l'anglais. Je me suis trouvé une femme, j'ai eu un fils. J'ai une jolie maison à Nymphenburg. (Il secoua la tête.) Berlin, c'est terminé. D'ici à ce que les Russes s'en emparent, ce n'est plus qu'une question de temps. Très franchement, la guerre me semble dater d'un millier d'années. Et si cela ne t'ennuie pas que

---

1. Reichssicherheitshauptamt, Office central de la sécurité du Reich. Organisation créée en 1939 par la fusion du SD, de la Gestapo et de la Kriminalpolizei.

je te dise ça, toutes ces salades autour des crimes de guerre, bientôt, ça ne pèsera plus très lourd. Ça ne pèsera même rien du tout. Dès que l'amnistie sera entrée en vigueur. C'est ce que tout le monde souhaite, maintenant, non ?

J'opinai. En quel honneur aurais-je contesté le souhait de tout le monde ?

12

Je sortis de Munich et roulai vers l'ouest et la cité médiévale de
Landsberg. Avec son hôtel de ville, sa porte gothique bavaroise et sa
célèbre forteresse, c'était un lieu historique. La ville était relativement intacte car, durant la guerre, les bombardiers alliés s'en étaient
tenus à distance respectueuse, afin d'éviter de tuer des milliers de
travailleurs étrangers et de Juifs détenus dans pas moins de trente et
un camps de concentration disséminés aux alentours. Après le
conflit, ces mêmes camps avaient été utilisés par les Américains pour
accueillir des personnes déplacées. Le plus vaste existait encore, avec
plus de mille personnes déplacées d'origine juive. Bien qu'elle fût
nettement moins grande que Munich et Nuremberg, le Parti nazi
avait considéré Landsberg comme l'une des trois villes les plus
importantes d'Allemagne. Avant les hostilités, c'était un lieu de
pèlerinage pour la jeunesse allemande. Non pas tant pour des
raisons architecturales ou religieuses, à moins que vous ne considériez le nazisme comme une forme de religion, mais parce que les
gens souhaitaient voir la cellule de Landsberg où le futur Führer,
emprisonné là pendant presque une année après le putsch avorté de
la brasserie en 1923, avait écrit *Mein Kampf*. D'après tous les témoignages, le futur chancelier avait vécu très confortablement dans
cette prison. Bâtie en 1910, à l'intérieur du mur d'enceinte de la
forteresse médiévale, elle était une des plus modernes d'Allemagne,
et Hitler y aurait été traité davantage avec les égards dus à un hôte
de marque que comme un dangereux révolutionnaire. Les autorités
lui avaient permis de recevoir des amis et donné la possibilité

d'écrire son livre. Sans ce séjour à Landsberg, le monde n'aurait peut-être jamais entendu parler d'Adolf Hitler.

En 1946, les Américains avaient rebaptisé Landsberg « Prison des criminels de guerre numéro un ». Après Spandau à Berlin, c'était l'établissement pénitentiaire le plus important du pays, où étaient enfermés plus d'un millier de ces criminels condamnés après les procès de Dachau, presque une centaine de condamnés des procès de Nuremberg, et plus d'une dizaine de détenus transférés après une série de procès intentés à des prisonniers de guerre japonais, à Shanghai. Plus de deux cents criminels de guerre ont été pendus à la Prison numéro un, et la quasi-totalité des corps a été enterrée à proximité, dans le cimetière de la chapelle de Spottingen.

Entrer à Landsberg pour rendre visite à Fritz Gebauer ne fut pas simple. J'avais dû téléphoner à Erich Kaufmann, avaler l'amère potion de l'humilité pour le persuader de contacter les avocats de Gebauer et les convaincre que j'étais un interlocuteur de confiance.

— Oh ! je pense que l'on peut se fier à vous, Herr Gunther ! m'avait répondu Kaufmann. Vous avez fait du bon travail pour le baron von Starnberg.

— Le peu que j'ai fait, j'ai été payé pour. Et joliment, en plus.

— Il vous arrive aussi de retirer une certaine satisfaction du travail bien fait, non ?

— Dans une certaine mesure, cela m'arrive, oui, admis-je. Mais dans ce cas précis, pas trop. Pas autant que j'en ai eu à travailler sur votre affaire.

— En démontrant le manque de fiabilité du soldat de première classe Ivanov ? J'aurais cru qu'étant vous-même un ancien SS vous auriez eu très envie de voir vos anciens camarades sortis de prison.

C'était le signal que j'attendais.

— C'est vrai, avouai-je, en reprenant à mon compte la leçon qu'il m'avait administrée à mon bureau, mais dans une version expurgée. J'étais dans la SS. Mais cela ne signifie pas que je me désintéresse de la justice, Herr Doktor. Des hommes qui ont assassiné des femmes et des enfants méritent d'être en prison. Les gens doivent avoir conscience que les méfaits seront punis. C'est ma conception d'une Allemagne saine.

— Beaucoup de gens estimeraient que la plupart de ces individus étaient des prisonniers de guerre qui n'accomplissaient que leur devoir, Herr Gunther.

— Je sais. En ce sens, je suis un individu perverti. Un anticonformiste.

— Voilà qui me semble malsain.

— Cela se pourrait. D'un autre côté, il est facile d'ignorer un individu dans mon genre. Même si j'ai raison. Mais il n'est pas si facile d'ignorer l'évêque Neuhausler. Même quand il a tort. Imaginez l'atteinte portée à ma satisfaction professionnelle quand j'ai lu ce qu'il a déclaré à propos des Vestes rouges dans les journaux. C'était comme si personne ne lui avait soufflé qu'Ivanov n'était qu'un filou et un voleur, qui prêchait pour sa paroisse et rien d'autre.

— Neuhausler est la créature de gens bien moins scrupuleux que moi, Herr Gunther, m'assura Kaufmann. Vous vous rendez bien compte, je l'espère, que je n'ai rien à voir avec tout cela.

— Je m'y efforce.

— Des personnages comme Rudolf Aschenauer, pour n'en citer qu'un.

J'avais déjà entendu ce nom. Aschenauer était à Nuremberg l'avocat et le conseil juridique de presque sept cents prisonniers de Landsberg, dont le tristement célèbre Otto Ohlendorf, et il était membre du Parti allemand, situé très à droite sur l'échiquier.

— En réalité, me précisa Kaufmann, pour vous faire entrer à Landsberg et rencontrer Gebauer, je vais devoir parler à Aschenauer. Il est l'avocat de Gebauer. Il était l'avocat de tous ceux que l'on a accusés du massacre de Malmedy.

— Gebauer serait l'un d'eux ?

— C'est pour cela que nous voulons le sortir de cette prison américaine. Je suis certain que vous comprenez pourquoi.

— Oui. Dans ce cas particulier, je dois pouvoir.

Je garai ma voiture et montai jusqu'à l'esplanade du château, devant la guérite à l'entrée de la forteresse, où je montrai au GI américain en faction mes papiers et une lettre émanant du cabinet d'Aschenauer. En attendant qu'il retrouve mon nom sur la liste des visiteurs du jour, je lui souris avec amabilité et testai mon anglais.

– C'est une belle journée, non ?

– Va te faire foutre, sale Boche !

Je ne me départis pas de mon sourire. Je ne savais pas au juste ce qu'il venait de me répondre, mais à son expression, je compris qu'il n'avait guère envie de se montrer amical. Après avoir repéré mon nom sur sa liste, il me lança mes papiers et me désigna un bâtiment blanc de quatre étages, au toit mansardé de tuiles rouges. À distance, cela ressemblait à une école. Vu de près, cela ressemblait exactement à ce que c'était : une prison. De même à l'intérieur. Toutes les prisons dégagent les mêmes odeurs : cuisine médiocre, cigarettes, sueur, urine, ennui et désespoir. Un autre policier militaire imperturbable m'escorta vers une salle avec vue sur la vallée de la Lech. Une vision de verdure luxuriante en ces derniers jours de l'été. C'était une terrible journée pour être en prison, à supposer qu'il y ait un bon jour pour s'y trouver. Je m'assis sur une chaise minable, à une table minable, et j'approchai un minable cendrier. Ensuite, l'Américain sortit, referma la porte à clef derrière lui, et je sentis un gentil nœud de chaleur se nouer au creux de mon ventre. Et je m'imaginai ce que cela avait dû être de faire partie de l'Unité Malmedy, à la Prison numéro un des prisonniers de guerre.

Malmedy était cet endroit de la forêt des Ardennes belges où, durant l'hiver 1944, lors de la bataille des Ardennes, quatre-vingt-quatre prisonniers de guerre américains avaient été massacrés par une unité de Waffen-SS. L'unité SS tout entière était désormais détenue à Landsberg – soixante-quinze de ses hommes, en tout cas, qui purgeaient là de longues peines d'emprisonnement. Nombre de ces soldats avaient ma sympathie. Il n'est pas toujours possible de capturer beaucoup de prisonniers, en plein assaut. Et si vous laissez un homme s'enfuir, il y a toujours le risque, plus tard, de vous retrouver en situation de le combattre de nouveau. La guerre n'était pas un jeu réservé à des gentlemen, où la parole donnée était honorée. Pas la guerre que nous avions livrée. Et, dans la mesure où ces hommes de la SS avaient livré l'une des batailles les plus sanglantes de la Deuxième Guerre mondiale, cela n'avait guère de sens de les accuser de crimes de guerre. À cet égard, Kaufmann avait raison. Mais je n'étais pas sûr que ma sympathie s'étendrait à Fritz Gebauer. Avant de servir sur le front avec la Waffen-SS, l'Obersturmbannführer Gebauer avait été le commandant de Lemberg-Janowska. À un moment, il avait dû se porter volontaire pour combattre sur le front de l'Ouest, ce qui requérait un certain courage – peut-être même un certain dégoût envers la besogne qui lui incombait dans ce camp de travail.

La clef tourna dans la serrure et la porte en métal s'ouvrit. Je me retournai et vis pénétrer dans la pièce un homme de trente-cinq à quarante ans, et d'incroyablement belle allure. Grand, large d'épaules, Fritz Gebauer avait une attitude presque aristocratique et réussissait, de manière assez mystérieuse, à donner l'impression que sa veste rouge de prisonnier était une veste de smoking. Il s'inclina légèrement, avant de s'asseoir en face de moi.

– Merci d'avoir accepté cette rencontre, fis-je en posant un paquet de Lucky Strike et quelques allumettes sur la table. Vous fumez ?

Gebauer lança un regard au soldat qui était resté avec nous.

– Est-ce autorisé ? demanda-t-il en anglais.

Le soldat opina, et Gebauer sortit du paquet une cigarette qu'il fuma avec un air de gratitude.

– D'où êtes-vous ? me demanda-t-il.

– Je vis à Munich. Mais je suis né à Berlin. J'y vivais encore il y a deux ans.

– Moi aussi, me répondit-il. J'ai réclamé que l'on me transfère dans une prison berlinoise, afin que ma femme puisse me rendre visite, mais cela ne semble pas possible. (Il haussa les épaules.) Mais que leur importe ? Les Amerlots. Pour eux, nous sommes la lie de l'humanité. Pas du tout des soldats. Des meurtriers, voilà ce que nous sommes. Et il y a en effet quelques meurtriers parmi nous, il convient de l'admettre. Les tueurs de Juifs. En ce qui me concerne, je n'ai jamais apprécié ce genre d'actes. J'étais moi-même sur le front de l'Ouest, où les massacres de Juifs n'ont pas pesé lourd.

– Malmedy, n'est-ce pas ? relevai-je, en allumant une cigarette à mon tour. Dans les Ardennes.

– C'est exact. Ce fut un combat désespéré. Nous étions vraiment le dos au mur. C'était tout ce que nous pouvions tenter pour nous protéger, sans compter avec une centaine d'Amerlots qui se sont rendus.

Il inhala profondément, puis leva les yeux vers le plafond de couleur verte. Quelqu'un s'était donné la peine d'assortir la peinture des murs et du sol.

— Naturellement, les Amerlots se moquent de savoir que nous ne disposions pas d'installations où détenir des prisonniers. Et personne ne songe une minute à suggérer que les hommes qui se sont rendus étaient des lâches. Nous ne nous serions pas rendus. En aucun cas. C'était cela, la SS, n'est-ce pas ? Ma loyauté, c'est mon honneur, n'est-ce pas ? Pas ma sauvegarde. (Il tira une bouffée de sa cigarette.) Aschenauer m'a indiqué que vous étiez vous-même un SS. Vous devez donc comprendre de quoi je parle.

Gêné, je lançai un regard au garde américain. Je n'avais pas trop envie d'évoquer mon passage dans la SS devant un MP américain.

— Je préférerais vraiment ne pas en parler, lui avouai-je.

— Vous pouvez vous exprimer librement, devant lui, m'affirma Gebauer. Il ne parle pas un mot d'allemand. Comme la plupart des Américains. Même les gradés sont trop paresseux pour l'apprendre. De temps à autre, on rencontre un officier de renseignement qui le parle, mais en général, ils n'en voient pas l'utilité.

— D'après moi, ils considèrent qu'apprendre notre langue dévaloriserait leur victoire.

— Oui, c'est peut-être vrai. À cet égard, ils sont pires que les Français. Mais mon anglais ne cesse de s'améliorer.

— Le mien aussi. C'est un peu une langue bâtarde, non ?

— Ce n'est guère surprenant, quand vous constatez le croisement des races qui a eu lieu. Je n'ai jamais vu des gens aussi divers sur le plan racial. (Il secoua la tête avec lassitude.) Les Amerlots sont une drôle d'espèce. À certains égards, évidemment, ils sont tout à fait admirables. Mais à d'autres, ils sont complètement stupides. Prenez cet endroit. Landsberg. Nous enfermer ici, et nulle part ailleurs. Là où le Führer a écrit son grand livre. Pas un d'entre nous qui n'en tire un certain réconfort. Moi-même, je suis venu ici, avant la guerre, pour voir sa cellule. Ils ont retiré la plaque de bronze qui était fixée sur sa porte, bien sûr. Mais nous savons tous précisément où elle est située. De la même manière qu'un musulman connaît la direction de La Mecque. C'est une chose qui contribue à nous soutenir. Qui préserve notre moral.

— Pour ma part, j'étais sur le front russe, lui confiai-je.

C'était une façon de lui présenter mes lettres de créance. Je ne jugeai pas approprié de mentionner ma période de service au sein du Bureau allemand des crimes de guerre, à Berlin. Où nous avions enquêté sur les atrocités allemandes autant que sur les atrocités russes.

— J'étais officier de renseignement, attaché à l'armée du général Schorner. Mais avant la guerre, j'étais policier à l'Alex.

— Je connais bien l'Alex, dit-il, en souriant. Avant la guerre, j'étais avocat, à Wilmersdorf. Je me rendais de temps à autre à l'Alex pour l'interrogatoire de tel ou tel voyou. Comme j'aimerais y retourner, aujourd'hui.

— Vous avez intégré la Waffen-SS, mais auparavant, vous êtes passé par un camp de travail. Lemberg-Janowska.

— C'est exact. Avec le DAW, le Deutsche Ausrüstung-Werk. Le complexe des Usines d'armement allemandes.

— C'est à propos de votre temps de service là-bas que je voulais m'entretenir avec vous.

À ce souvenir, l'espace d'un instant, son visage se creusa de dégoût.

— C'était un camp de travail construit autour de trois usines, à Lvov. Le nom du camp provenait de l'adresse de l'usine : 133, rue Janowska. Je m'y suis rendu en mai 1942 pour y prendre le commandement de ces usines. Quelqu'un d'autre était en charge du camp d'habitation où vivaient les Juifs. Et les choses, là-bas, étaient assez pénibles, je crois. Mais je n'avais que la responsabilité de l'usine. Autrement dit, il y a eu certaines frictions entre l'autre commandant et moi pour déterminer le partage réel des responsabilités. À strictement parler, j'aurais dû toutes les endosser. À l'époque, j'étais lieutenant, et l'autre type était sous-lieutenant. Toutefois, il se trouvait que son oncle était un major-général SS, Friedrich Katzmann, chef de la police de Galicie, un homme très puissant. C'est en partie à cause de cet autre commandant, Wilhaus, que j'ai quitté Janowska. Ce type me détestait ; pure jalousie, je suppose. Il voulait tout contrôler. Et il aurait tenté n'importe quoi pour se débarrasser de moi. Il n'allait pas tarder à manigancer quelque chose, à m'attribuer des actes que je n'avais pas commis. Donc j'ai décidé de me sortir de là, tant que c'était encore à ma portée. Et, après tout, rien ne méritait que je reste là-bas. C'était l'autre raison de mon départ. L'endroit était affreux. Et je ne pensais pas pouvoir rester et servir en conservant mon honneur. J'ai donc postulé pour rejoindre la Waffen-SS, et vous savez le reste.

Il me prit une autre cigarette.

— Il y avait un autre officier dans ce camp. Friedrich Warzok. Vous souvenez-vous de lui ?

— Je me souviens de Warzok. C'était l'homme de Wilhaus.

— Je suis détective privé, expliquai-je. Sa femme m'a prié de me renseigner, afin de découvrir s'il est vivant ou mort. Elle veut se remarier.

— Une femme sensée. Warzok était un porc. Ils étaient tous des porcs. Et elle, pour avoir épousé ce salopard, ce doit être une truie.

— C'est que vous ne l'avez jamais rencontrée.

— Vous voulez dire que ce n'est pas une truie ? (Il sourit.) Bon, bon. Non, je ne l'ai jamais rencontrée. Je savais qu'il était marié. En fait, il nous racontait toujours que sa femme était une beauté. Mais il ne l'a jamais amenée là-bas. Du moins pas tant que j'y étais. À l'inverse de Wilhaus. Lui, il avait son épouse et sa petite fille qui vivaient sur place. Vous arrivez à y croire ? Je n'aurais pas laissé ma femme et mon enfant même à quinze kilomètres de cet endroit. La quasi-totalité de ce que vous avez entendu au sujet de Warzok est probablement vraie.

Il posa sa cigarette dans le cendrier, croisa les mains derrière la tête, et se redressa contre le dossier de sa chaise.

— En quoi puis-je vous aider ?

— En mars 1946, Warzok vivait en Autriche. Sa femme pense qu'il a pu recourir au réseau de ses anciens camarades pour s'enfuir. Depuis lors, elle n'a plus eu de nouvelles de lui.

— Elle devrait s'estimer heureuse.

— Elle est catholique. Le cardinal Josef Frings lui a dit qu'elle ne pouvait se remarier sans une preuve de la mort de Warzok.

— Le cardinal Frings, hein ? C'est un brave homme, le cardinal Frings, fit-il avec un sourire. Ici, vous n'entendrez personne dire du mal de Frings. L'évêque Neuhausler et lui sont ceux qui déploient le plus d'efforts pour nous faire sortir.

– Je veux bien le croire. Il n'empêche, j'espérais pouvoir obtenir de vous quelques informations susceptibles de m'aider à découvrir ce qu'il serait devenu.

– Quelle sorte d'information ?

– Oh, je ne sais pas. Le genre d'homme qu'il était. Si vous aviez un jour discuté de ce qui risquait d'arriver après la guerre. S'il vous avait parlé de ses projets.

– Je vous l'ai dit. Warzok était un porc.

– Pouvez-vous m'en dire un peu plus ?

– Vous voulez des détails ?

– S'il vous plaît. Tous les détails que vous voudrez.

Il eut un geste fataliste.

– Comme je vous l'ai indiqué, quand j'étais là-bas, Lemberg-Janowska n'était qu'un camp de travail comme un autre. Et je ne pouvais employer qu'un nombre limité d'ouvriers dans l'usine si je ne voulais pas qu'ils se marchent les uns sur les autres. Et pourtant, ils continuaient de nous en expédier tant et plus. Des milliers de Juifs. Au début, nous transférions notre surplus de Juifs à Belzec. Mais au bout d'un moment, on nous a prévenus que ce n'était plus acceptable, et que nous devions régler le problème nous-mêmes. Pour moi, ce que cela signifiait était tout à fait clair, et je vous le dis franchement, je ne voulais pas me mêler de ça. Je me suis donc porté volontaire pour aller servir sur le front. Mais avant mon départ, Warzok et Rokita – une autre créature de Wilhaus – ont transformé les lieux en camp d'extermination. Enfin, rien qui soit à l'échelle industrielle, comme dans certains autres endroits, Birkenau par exemple. À Janowska, il n'y avait pas de chambres à gaz. Ce qui confrontait des salopards comme Wilhaus et Warzok à un sacré problème. Comment tuer le surplus de Juifs du camp. On a décidé de les conduire dans des collines derrière le camp d'habitation, où on les abattait. De l'usine, on pouvait entendre les pelotons d'exécution. Toute la journée, sans interruption. Et parfois une partie de la nuit. Eux, c'étaient les plus chanceux. Ceux qu'ils abattaient. Il est vite apparu que Wilhaus et Warzok aimaient tuer. Et non contents de faire abattre quantité de Juifs par les pelotons d'exécution, ces deux-là se sont mis à en tuer pour leur propre plaisir. Certaines personnes se lèvent le matin et font de l'exercice. L'exercice, selon Warzok, consistait à se promener dans le camp armé d'un pistolet et à tirer sur des prisonniers au hasard. Quelquefois, il pendait des femmes par les cheveux, elles lui servaient de cibles de tir. Pour lui, tuer, c'était comme allumer une cigarette, boire un café ou se moucher. Un geste totalement ordinaire. C'était un animal. Il me haïssait. Ils me haïssaient tous les deux, Wilhaus et lui. Wilhaus a prié Warzok de réfléchir à de nouvelles manières de supprimer ces Juifs. Et Warzok a obtempéré. Au bout d'un petit moment, ils avaient tous leur façon préférée de tuer. Après mon départ, je crois qu'ils avaient même mis sur pied un hôpital pour y mener des expériences. En utilisant des femmes juives pour effectuer des recherches sur diverses procédures cliniques.

« En tout cas, voici ce que j'ai entendu. Le camp a été démantelé dans les dernières semaines de 1943. L'Armée rouge n'a pas libéré Lvov avant juillet 1944. Beaucoup de détenus de Janowska ont été transférés au camp de concentration de Majdanek. Si vous voulez découvrir ce qui est arrivé à Warzok, vous allez devoir vous entretenir avec quelques autres individus qui ont travaillé à Janowska. Des hommes comme Wilhelm Rokita. Il y en avait un autre, un dénommé Wepke, je ne me souviens pas de son prénom mais je sais qu'il était Kommissar de la Gestapo, et en termes amicaux avec Warzok. Warzok était aussi l'ami de deux types du SD. Un Scharführer Rauch et un Oberwachtmeister Kepich. Il se peut qu'ils soit vivants ou morts. Je n'en ai aucune idée.

— La dernière fois que l'on a aperçu Warzok, c'était à Ebensee, près de Salzbourg. Son épouse dit qu'il a été aidé dans sa fuite par d'anciens camarades. L'ODESSA.

Gebauer eut une moue désapprobatrice.

— Non, ce ne pouvait pas être l'ODESSA. L'ODESSA et la Camaraderie, ce sont deux entités distinctes. L'ODESSA est essentiellement une organisation dirigée par les Américains, pas par les Allemands. Au bas de l'échelle, oui, elle utilise des gens qui opèrent pour la Camaraderie, mais au sommet, c'est la CIA. La CIA a mis sur pied le réseau ODESSA pour aider certains nazis à s'échapper quand ils pouvaient se révéler utiles autrement que comme agents anticommunistes. Et je ne vois pas comment Warzok aurait pu être utile en tant qu'agent de la CIA. Premièrement, il ne connaissait rien au renseignement. S'il est parvenu à s'échapper, c'est la Camaraderie, ou la Toile d'araignée comme on l'appelle parfois, qui a pu l'y aider. Pour découvrir où il aurait filé, vous allez devoir interroger l'une des araignées de la toile.

Je choisis mes mots avec soin.

— Ma défunte épouse a toujours eu peur des araignées. Vraiment peur. Chaque fois qu'elle tombait sur l'une de ces bestioles, je devais m'en occuper. Le plus curieux, maintenant qu'elle est morte, c'est que je ne vois plus jamais d'araignées. Je ne saurais pas où les chercher. Et vous ?

Gebauer me sourit largement.

— Tout va bien, il ne parle vraiment pas un traître mot d'allemand, dit-il en se référant au garde, puis il secoua la tête. On entend circuler des informations, ici, au sujet de la Camaraderie. Pour être franc, j'ignore si ce sont des tuyaux fiables. Après tout, aucun de nous n'est jamais parvenu à s'évader. On nous a capturés et bouclés dans cet endroit. Je vais finir par penser que vous vous lancez là dans une entreprise périlleuse, Herr Gunther. Très périlleuse. C'est une chose de profiter d'une filière d'évasion secrète, c'en est tout à fait une autre de poser des questions à ce sujet. Avez-vous songé aux risques que vous courez ? Oui, même vous, un homme qui a fait partie de la SS. Après tout, vous ne seriez pas le premier SS à coopérer avec les Juifs. Il y a un type, à Linz, un chasseur de nazis nommé Simon Wiesenthal, qui se sert d'un informateur SS.

— Je prends le risque.

— Si vous cherchiez à vous faire porter disparu en Allemagne, continua Gebauer avec précaution, la meilleure méthode serait d'aller consulter les experts en la matière. La Croix-Rouge bavaroise est très efficace pour retrouver les personnes disparues. Je me suis laissé dire qu'ils excellent à atteindre le résultat inverse. Leurs bureaux sont à Munich, si je ne me trompe ?

— Dans Wagmullerstrasse.

— Là-bas, il faudra vous adresser à un prêtre, un certain père Goto-vina. Vous lui montrerez un billet de train aller simple pour n'importe quelle destination régionale, avec la lettre *s* imprimée deux fois sur la même ligne. Peissenberg, par exemple. Ou Kassel, si vous étiez par là-bas. Ou encore Essen. Il faudra barrer toutes les autres lettres du billet de chemin de fer, afin que seules restent les lettres *ss*. La première fois que vous vous adresserez à ce prêtre, ou à n'importe quel autre membre de la Camaraderie, vous devrez lui tendre ce billet. En même temps, vous lui demanderez s'il peut vous recommander un endroit où descendre dans la ville correspondant au billet que vous aurez acheté. C'est vraiment tout ce que je sais, sinon qu'on vous posera des questions apparemment innocentes. S'il vous demande quel est votre cantique préféré, il faudra lui répondre « Combien tu es grand ». Je ne connais pas ce cantique, moi-même, mais j'en connais l'air. C'est plus ou moins le même que celui du « Horst Wessel Lied ».

Je voulus le remercier, mais il m'en dissuada.

— Il se pourrait que j'aie besoin de votre aide un jour, à mon tour, Herr Gunther.

J'espérais qu'il se trompait. Mais là encore, ce n'est jamais qu'un boulot, et en effet, j'aurais peut-être à lui venir en aide, si jamais il faisait appel à moi. Il n'avait pas eu de chance, voilà tout. Primo, un autre officier, le lieutenant-colonel SS Peiper, était à la tête de cette unité Waffen-SS à Malmedy. L'exécution des prisonniers s'était faite sur l'ordre de ce Peiper, pas sur celui de Gebauer. Deusio – du moins d'après ce que j'avais lu dans les journaux –, l'unité avait déjà subi beaucoup de pertes et se trouvait soumise à une forte tension. Dans ces circonstances, condamner Gebauer à une peine d'emprisonnement à perpétuité semblait un peu sévère, à tout le moins. Cet ancien officier avait raison. Quels autres choix avaient-ils ? Se rendre sur un théâtre d'opérations comme celui des Ardennes, c'était comme d'imposer à un cambrioleur de veiller sur votre maison pendant que vous étiez en vacances. Sur le front russe, personne ne s'attendait à ce que l'on ramasse des prisonniers. En règle générale, nous abattions les leurs et ils abattaient les nôtres. J'avais été parmi les chanceux. Pas Gebauer, et cela s'arrêtait là. La guerre était ainsi faite.

En sortant de Landsberg, je me sentais tel Edmond Dantès après un séjour de treize ans au château d'If, et je repris la route de Munich à toute allure, comme si une fortune en or et en bijoux m'attendait à mon bureau. Toutes les prisons me font cet effet-là. Rien que deux heures enfermé au trou et je cherche déjà une scie à métaux. Je n'étais pas de retour depuis très longtemps quand le téléphone sonna. C'était Korsch.

— Où étais-tu ? me lança-t-il. Je t'ai appelé toute la matinée.

– C'est une belle journée. J'ai eu envie d'aller au jardin Anglais. M'offrir une glace. Cueillir quelques fleurs.

C'était bien de cela que j'avais envie. Quelque chose d'ordinaire et d'innocent, au grand air, un endroit où l'on n'a pas à respirer l'odeur des hommes, toute une journée. Je n'arrêtais pas de penser à Gebauer, plus jeune que moi et confronté à la perspective d'une vie entière en prison, à moins que l'évêque et le cardinal n'intercèdent en sa faveur et en celle des autres. Que n'aurait pas donné Fritz Gebauer pour une boule de crème glacée et une promenade jusqu'à la pagode chinoise ?

– Et toi, comment t'es-tu débrouillé avec les Amerlots ? demandai-je à Korsch, tout en me plantant une cigarette entre les lèvres et en grattant une allumette sur le bois du tiroir de mon bureau. Rien sur Janowska et Warzok ?

– Apparemment, les Soviets ont mis en place une commission spéciale d'enquête sur le camp, m'annonça-t-il.

– Ce n'est pas un peu inhabituel ? Pourquoi iraient-ils se fourrer dans un truc pareil ?

– Parce que si c'étaient des officiers et des sous-officiers allemands qui dirigeaient le camp, ce sont surtout des prisonniers de guerre russes qui s'étaient portés volontaires pour servir avec les SS qui ont commis l'essentiel de ces tueries. Et quand je dis l'essentiel, je le pense. Pour eux, c'était une affaire de quantité. En tuer le plus grand nombre possible aussi vite que possible, parce que c'était ce qu'on leur avait ordonné, sous peine de mort. Mais avec nos anciens camarades, les officiers, c'était une autre histoire. Pour eux, tuer était un plaisir. Le dossier concernant Warzok contient très peu d'éléments. La majorité des dépositions de témoins concernent le commandant de l'usine du camp, Fritz Gebauer. Celui-là, Bernie, il m'a l'air d'un vrai salopard.

– Dis-m'en davantage sur lui, fis-je, sentant mon estomac se serrer.

– Ce joli cœur aimait étrangler les femmes et les enfants de ses mains nues, poursuivit Korsch. Et il aimait ligoter les gens, les enfermer dans un tonneau d'eau toute la nuit, en plein hiver. La seule raison pour laquelle il purge une perpétuité pour ce qui s'est passé à Malmedy, c'est que les Russes refusent de laisser leurs témoins se rendre en Zone américaine pour y déposer devant le tribunal. Sans quoi, il aurait probablement été pendu, comme Weiss, Eichelsdorfer et quelques autres.

Martin Weiss avait été le dernier commandant de Dachau, et Johann Eichelsdorfer était le principal responsable du Kaufering IV – le plus grand de tous les camps implantés aux environs de Landsberg. Apprendre que l'homme avec qui j'avais passé la matinée, un être que j'avais considéré comme appartenant à l'espèce des individus honnêtes, était en réalité aussi mauvais que ces deux-là m'a laissé avec un sentiment de déception non seulement à son égard, mais aussi envers moi-même. Je ne sais pourquoi cela me surprit à ce point. S'il y avait une chose que j'avais apprise pendant la guerre, c'était que des pères de familles honnêtes et respectueux des lois étaient capables de commettre les meurtres et les actes de brutalités les plus bestiaux.

— Tu es toujours là, Bernie ?

— Je suis toujours là.

— Après le départ de Gebauer en 1943, le camp de Janowska a été dirigé par Wilhaus et Warzok, et plus personne n'a prétendu qu'il s'agissait d'un camp de travail. Exterminations en masse, expérimentations médicales, tout ce que tu voudras, ils l'ont fait à Janowska. Wilhaus et quelques autres ont été pendus par les Russes. Et d'ailleurs, ils ont filmé l'exécution. Ils les ont installés sur des camions, des haltères autour du cou, et puis ils ont démarré. Warzok et certains sont encore en vadrouille. L'épouse de Wilhaus, Hilde, est recherchée par les Russes. Tout comme un capitaine SS, un dénommé Gruen. Un Kommissar de la Gestapo, Wepke. Et deux sous-officiers, Rauch et Kepich.

— Qu'a fait la femme de Wilhaus ?

— Elle a assassiné des prisonniers pour distraire sa fille. Alors que les Russes se rapprochaient, Warzok et les autres se sont repliés vers Plaszow, puis le camp de Gross-Rosen, une carrière non loin de Breslau. D'autres sont partis pour Majdanek et Mauthausen. Après ça, qui sait ? Si tu veux mon avis, Bernie, rechercher Warzok, c'est chercher une aiguille dans une botte de foin. Si j'étais toi, je m'arrangerais pour oublier, et je me dénicherais un autre client.

— Alors c'est une chance qu'elle m'ait sollicité au lieu de toi.

— Elle doit sentir vraiment bon.

— Meilleur que toi et moi.

— Cela va sans dire, Bernie. Avec les Amerlots, le gouvernement fédéral préfère que nous fassions profil bas. Pour ne pas effaroucher les nouveaux investisseurs qui viennent par ici. C'est pourquoi ils veulent mettre un terme à toutes ces investigations sur les crimes de guerre. Pour que nous puissions tous tourner la page et gagner un peu d'argent. Tu sais, Bernie, je parie que je pourrais t'arranger quelque chose ici, au journal. Un bon détective privé ne leur serait pas inutile.

— Pour ces articles puisés à des sources anonymes qui ne gâcheront le petit déjeuner de personne ? C'est ça ?

— Sur les communistes, rectifia-t-il. C'est ça que les gens ont envie de lire. Des histoires d'espionnage. Des articles sur la vie en Zone russe, et à quel point c'est terrible. Ou sur les complots visant à déstabiliser le gouvernement fédéral.

— Merci, Friedrich, mais non. Si c'est réellement ce qu'ils ont envie de lire, je finirais sans doute par enquêter sur moi-même.

Je raccrochai et allumai une cigarette avec le mégot de la précédente, histoire de m'aider à considérer tout ça en détail. C'est toujours ainsi que je procède quand je travaille sur une affaire qui commence à présenter un intérêt à mes yeux, mais aussi à ceux de quelques autres. Des gens comme Friedrich Korsch, par exemple. Certaines personnes fument pour se détendre. D'autres pour stimuler leur imagination ou pour se concentrer. Dans mon cas, c'était un mélange des trois. Et plus j'y réfléchissais, plus mon imagination me soufflait que non seulement on venait de me conseiller de laisser tomber une affaire, mais qu'en plus on s'était empressé de tenter de m'acheter avec une offre d'emploi. Je tirai une bouffée de ma cigarette, puis je l'écrasai dans le cendrier. La nicotine était une drogue, non ? Je fumais beaucoup trop. Cette idée ne tenait pas debout. Korsch essayant de m'avertir, puis de m'acheter ? À coup sûr, c'était ma drogue qui me la soufflait, non ?

Je sortis me payer un café et un cognac. C'étaient des drogues, ça aussi. Peut-être qu'ainsi je verrais les choses différemment. Cela valait la peine d'essayer.

13

Wagmullerstrasse donnait dans Prinzregentenstrasse, entre le Musée national et la Maison de l'art. Côté jardin Anglais, la Maison de l'art abritait à présent le Club des officiers américains. Après des travaux de restauration considérables, le Musée national venait tout juste de rouvrir, et l'on pouvait y voir de nouveau les trésors de la ville que personne n'avait vraiment envie d'admirer. Wagmullerstrasse se trouvait dans Lehel, un quartier de rues résidentielles et tranquilles, construites pour les familles aisées durant la révolution industrielle allemande. Lehel était resté un coin tranquille, mais seulement parce que la moitié des maisons étaient en ruines. L'autre moitié avait subi ou subissait encore des réparations, et ces habitations-là étaient occupées par les nouveaux riches munichois. Même sans uniforme, on les identifiait facilement à leur coupe de cheveux en brosse, à leur bouche toujours occupée à mâcher du chewing-gum, à leur rire braillard, de vrais braiments d'ânes, à leur pantalon d'une ampleur invraisemblable, à leur étui à cigarettes élégant, à leurs chaussures anglaises si confortables, à leurs appareils Kodak Brownie télescopiques et, surtout, à leur air plus ou moins aristocratique – cette allure d'absolue préséance qui émanait d'eux comme un nuage d'eau de Cologne.

L'immeuble de la Croix-Rouge – quatre étages de pierre du Danube d'un calcaire jaunâtre – était planté entre une boutique chic qui vendait de la porcelaine de Nymphenburg et une galerie d'art. À l'intérieur, tout n'était que mouvement. On tapait sur des claviers de machines à écrire, on ouvrait et refermait bruyamment des armoires de classement, on remplissait des formulaires, des gens descendaient l'escalier et d'autres montaient par un ascenseur à porte grillagée. Quatre ans après la fin de la guerre, la Croix-Rouge en traitait encore les séquelles humaines. Juste pour rendre les lieux encore plus intéressants, ils avaient laissé entrer les peintres et je n'eus pas à lever les yeux au plafond pour savoir qu'ils le peignaient en blanc – il y avait des taches partout sur le sol en lino marron. Derrière un bureau d'accueil qui ressemblait à un comptoir dans une brasserie, une femme aux cheveux nattés, le visage aussi rose qu'un jambon, rabrouait un homme qui aurait pu être ou ne pas être juif. Je n'ai jamais été capable d'établir le distinguo.

Le problème semblait surtout venir du fait que la moitié seulement des propos qu'il lui tenait étaient en allemand. Le reste, qu'il proférait en visant le sol en lino, pour le cas où elle aurait compris ses jurons, était en russe. Je sanglai mon armure, je montai sur mon cheval blanc et je pointai ma lance vers ce jambon femelle.

– Je peux peut-être vous aider, proposai-je, avant de m'adresser à l'homme en russe.

Il s'avéra qu'il recherchait son frère, qui avait été déporté au camp de concentration de Treblinka, puis à Dachau, avant de finalement aboutir dans l'un des camps de Kaufering. Il n'avait plus un sou et avait besoin de rejoindre le camp de personnes déplacées de Landsberg. Il avait espéré que la Croix-Rouge l'y aiderait. Le regard que le jambon posait sur lui m'autorisait à en douter, aussi remis-je cinq marks au vieil homme et lui indiquai-je comment se rendre à la gare de Bayerstrasse. Il se confondit en remerciements et me livra aux crocs du jambon.

– Alors, de quoi s'agissait-il ? voulut-elle savoir.

Je le lui expliquai.

– Depuis 1945, un total de seize millions de demandes de recherches concernant des personnes disparues ont été soumises à la Croix Rouge, répliqua-t-elle, répondant à l'accusation qu'elle lisait dans mon regard. Un million neuf cent mille personnes, de retour au pays après la guerre, ont été interrogées au sujet de ces portés disparus. Il nous manque encore soixante-neuf mille prisonniers de guerre, un million cent mille soldats de la Wehrmacht, et presque deux cent mille civils allemands. Cela signifie qu'il existe des procédures appropriées à respecter. Si nous versons cinq marks à tous les trublions qui arpentent les trottoirs et franchissent cette porte avec une histoire mélodramatique à souhait, nous allons être à sec en peu de temps. Vous seriez surpris de constater le nombre de ceux qui entrent ici en prétendant chercher un frère depuis longtemps disparu, alors que tout ce qu'ils veulent, c'est de quoi se payer un verre.

— Eh bien, c'est un véritable coup de chance qu'il m'ait soutiré cinq marks, à moi, et pas à la Croix-Rouge, plaisantai-je. Je peux me permettre de les perdre.

Je lui souris avec chaleur, mais l'humeur de la dame n'était pas du tout au dégel.

— Et que puis-je faire pour vous ? s'enquit-elle avec froideur.

— Je cherche le père Gotovina.

— Avez-vous un rendez-vous ?

— Non, avouai-je. Je pensais lui épargner le tracas de venir me rendre visite au Praesidium.

— Au Praesidium de la police ?

Comme la majorité des Allemands, le jambon conservait une certaine crainte pour tout ce qui touchait à la police.

— Dans Ettstrasse ?

— Avec le lion de pierre devant l'entrée, oui. C'est exact. Vous y êtes déjà allée ?

— Non, répondit-elle, maintenant plus que désireuse de se débarrasser de moi. Prenez l'ascenseur, c'est au deuxième étage. Vous trouverez le père Gotovina au Service des passeports et des visas. Pièce 29.

À première vue, le liftier n'avait pas l'air beaucoup plus âgé que moi. C'était seulement ensuite, quand vous aviez découvert la jambe unique et la cicatrice au visage, qu'un troisième coup d'œil vous informait sur son âge véritable – il ne devait pas avoir plus de vingt-cinq ans. Je montai dans la cabine avec lui et j'annonçai « deuxième », puis il passa à l'action, avec la mine sinistre et déterminée de l'individu bien entraîné qui manie un Flak 38 de 20 mm – le canon antiaérien doté de pédales et d'un siège repliable. En sortant au deuxième étage, j'eus la tentation de lever les yeux pour voir s'il n'avait atteint aucune cible. Je m'en abstins, et c'était tout aussi bien, car dans le cas contraire, j'aurais trébuché sur l'homme occupé à repeindre une plinthe qui courait tout le long d'un couloir aussi grand qu'une piste de bowling.

Le Service des passeports et des visas était un véritable État dans l'État. Encore d'autres machines à écrire, d'autres armoires de classement, d'autres formulaires à remplir, et d'autres femmes bien en chair. Chacune d'elles donnait l'impression d'avoir avalé pour le petit déjeuner un colis de la Croix-Rouge, papier d'emballage et ficelle compris. Il y avait un type debout, à côté d'un appareil photo muni d'un objectif de 50 mm, avec soufflet et déclencheur souple. Dehors, par la fenêtre, on jouissait d'une vue dégagée vers le monument de l'Ange de la Paix, sur la rive opposée de l'Isar. Érigé en 1899 pour commémorer la guerre franco-prussienne, il n'avait pas signifié grand-chose à l'époque, et n'en signifiait certainement pas davantage aujourd'hui.

Étant détective, je repérai le père Gotovina quelques secondes après avoir franchi la porte. Plusieurs indices les désignaient. Le costume noir, la chemise blanche, le crucifix suspendu autour du cou, le petit halo blanc du col d'ecclésiastique. Son visage évoquait moins Jésus que Ponce Pilate. Les sourcils épais et noirs étaient ses seuls ornements pileux. Le crâne ressemblait au dôme rotatif de l'observatoire de Göttingen, et chaque oreille privée de lobe à l'aile du démon. Les lèvres étaient aussi charnues que les doigts, et le nez aussi large et crochu que le bec d'une pieuvre géante. Il avait un grain de beauté sur la joue gauche, de la taille et de la couleur d'une pièce de cinq pfennigs, et des yeux noisette, du même noisette que la crosse d'un Walther PPK. L'un de ces deux yeux-là me cueillit comme l'alène d'un savetier et il vint à moi, presque comme s'il pouvait renifler le flic à mes souliers. Cela aurait pu être aussi aisément le cognac de mon haleine. Mais je ne l'imaginais pas plus s'abstenant de boire qu'en choriste des Jeunes Chanteurs de Vienne. Si les Médicis avaient encore engendré des papes, le père Gotovina aurait pu être de ceux-là.

— Puis-je vous aider ? s'enquit-il d'une voix aussi onctueuse que de la cire liquide, les lèvres tendues sur une rangée de dents aussi blanches que son col, ce qui devait passer pour un sourire du temps de la Sainte Inquisition.

— Père Gotovina ?

Il hocha la tête, presque imperceptiblement.

— Je me rends à Peissenberg, lui glissai-je en lui montrant le billet de chemin de fer que j'avais acheté un peu plus tôt. Je me demandais si vous ne connaîtriez pas là-bas un endroit où je pourrais descendre.

Il jeta un bref regard au billet mais ses yeux ne manquèrent pas la manière dont le nom « Peissenberg » avait été modifié.

— Je crois qu'il y a là-bas un très bon hôtel, me répondit-il. Le Berggasthof Greitner. Mais il est probablement fermé, en ce moment. Pour la saison de ski, vous êtes un peu en avance, Herr…

— Gunther, Bernhard Gunther.

— Bien sûr, il y a là-bas une belle église qui, d'ailleurs, offre une vue panoramique très remarquable et très considérable sur les Alpes bavaroises. Il se trouve que le prêtre est l'un de mes amis. Il pourrait être en mesure de vous aider. Si vous venez à l'église du Saint-Esprit vers cinq heures cet après-midi, je vous remettrai une lettre d'introduction. Mais je vous préviens, c'est un musicien passionné. Si vous passez un certain temps à Peissenberg, il va vous enrôler de force dans le chœur de l'église. Il vous obligera pour ainsi dire à chanter des cantiques pour le souper. Avez-vous un cantique favori, Herr Gunther ?

— Un cantique préféré ? Oui, sans doute « Combien tu es grand ». Je crois que c'est l'air que j'apprécie entre tous.

Il ferma les yeux, avec un air de piété médiocrement simulé.

— Oui, approuva-t-il, c'est un cantique charmant, n'est-ce pas ? Il opina. À cinq heures, alors.

Je pris congé et ressortis du bâtiment. Je pris vers le sud et l'ouest et traversai le centre-ville, vaguement dans la direction de l'église du Saint-Esprit, mais plus précisément dans celle de la Hofbräuhaus, sur le Platzl. J'avais besoin d'une bière.

Avec son toit rouge en comble brisé, ses murs roses, ses fenêtres en arcades et ses lourdes portes en bois, la Hofbräuhaus avait un aspect arts et traditions populaires, presque une allure de conte de fées et, chaque fois que je passais devant, je m'attendais plus ou moins à voir le bossu de Notre-Dame descendre du toit en se balançant pour venir au secours d'une infortunée bohémienne et l'enlever en pleine place pavée (à supposer qu'il y ait encore des Gitanes en

Allemagne). Mais cela aurait pu tout aussi bien pu être le Juif Süss, qui se serait balancé sur cette place de marché médiévale. Munich est ce genre de ville. Étroite d'esprit. Même un peu rustique et primitive. Ce n'est pas un hasard si Hitler a débuté là, dans une autre brasserie, la Burgerbräukeller, à quelques rues de la Hofbräuhaus, dans Kaufingerstrasse. Mais l'écho de la voix de Hitler n'expliquait qu'en partie pourquoi je fréquentais peu la Burgerbräu. La raison principale était que je n'aimais pas la bière Löwenbräu. Je préférai la bière plus brune de la Hofbräuhaus. La cuisine y était meilleure, aussi. Je commandai une soupe de pommes de terre à la bavaroise, suivie d'un jarret de porc aux beignets de pomme de terre et d'une salade maison au bacon et au chou. J'avais des coupons de viande en réserve.

Plusieurs bières et un pudding plus tard, je me rendis à l'église du Saint-Esprit, dans Tal. Comme tout le reste à Munich, elle avait subi une sévère raclée. Le toit et la voûte avaient été complètement détruits et la décoration intérieure dévastée. Mais on avait redressé les piliers de la nef et refait la toiture, et cela suffisait pour permettre la reprise des services. Il y en avait un en cours lorsque j'entrai dans l'église à moitié déserte. Un prêtre qui n'était pas Gotovina se tenait debout face au maître-autel encore impressionnant, l'écho de sa voix flûtée se répercutant dans tout l'intérieur squelettique de l'église comme celle de Pinocchio pris au piège dans le ventre de la baleine. Je sentis ma lèvre et mon nez se retrousser d'une aversion toute protestante. Je détestais l'idée d'un Dieu qui pouvait tolérer d'être adoré de la sorte, avec cette voix chantante, suraiguë, romaine. Et pourtant, je ne me suis jamais proclamé protestant. Plus depuis que je sais épeler le nom de Friedrich Nietzsche.

Je trouvai le père Gotovina sous ce qui restait de la tribune d'orgue, à côté de la pierre tombale en bronze du duc Ferdinand de Bavière. Je le suivis dans un confessionnal en bois qui ressemblait plus à une cabine de photomaton ornementée. Il écarta un rideau gris et entra. Je l'imitai, de l'autre côté, et m'agenouillai devant le grillage, dans la posture qui plaisait à Dieu, présumai-je. Il y avait juste assez de lumière dans ce confessionnal pour que je puisse entrevoir le sommet du crâne en boule de billard du prêtre. Ou du moins un carré de ce crâne – un petit carré de peau luisant qui m'évoquait le couvercle d'une bouilloire en cuivre. Dans la pénombre et l'étroitesse du confessionnal, sa voix avait un ton particulièrement démoniaque. Il la posait sans doute sur un grill graisseux et la laissait fumer sur un feu de bois de noyer blanc, quand il se mettait au lit, le soir.

— Parlez-moi un peu de vous, Herr Gunther, me pria-t-il.

— Avant la guerre, j'étais Kommissar dans la KRIPO. C'est par cette voie que j'ai rejoint la SS. Je suis parti pour Minsk, en tant que membre d'un groupe d'action spéciale commandé par Arthur Nebe. J'avais le grade d'Oberleutnant SS.

J'omis de lui détailler ma période de service auprès du Bureau des crimes de guerre et mes fonctions d'officier de renseignement au sein de l'Abwehr. La SS n'avait jamais apprécié l'Abwehr.

— Il y a eu beaucoup de travail accompli à Minsk, observa le père Gotovina. Combien en avez-vous liquidé ?

— Je faisais partie d'un bataillon de police. Notre responsabilité consistait à traiter les escouades de meurtriers du NKVD.

Gotovina eut un gloussement.

— Vous n'avez aucune raison de jouer les saintes-nitouches avec moi, Oberleutnant. Je suis de votre côté. Et pour moi, que vous en ayez tué cinq ou cinq mille, cela ne fait aucune différence. De toute manière, vous accomplissiez l'œuvre de Dieu. Le Juif et le bolchevik seront toujours deux synonymes. Seuls les Américains sont trop stupides pour le comprendre.

Dans l'église, le chœur entamait ses chants. Je les avais jugés avec trop de sévérité. Ils étaient bien plus doux à l'oreille que les propos du père Gotovina.

— J'ai besoin de votre aide, mon père.

— Naturellement. C'est pourquoi vous êtes ici. Mais avant de vouloir courir, il faut savoir marcher. Je dois avoir la certitude que vous êtes celui que vous prétendez être, Herr Gunther. Quelques questions simples devraient suffire. Rien que pour ma tranquillité d'esprit. Par exemple, pouvez-vous me répéter votre serment de loyauté, votre serment de SS ?

— Je pourrais vous le répéter. Mais je n'ai jamais eu à prêter serment. En tant que membre de la KRIPO, mon intégration à la SS a été plus ou moins automatique.

– Permettez-moi d'insister. J'aimerais vous entendre le prononcer.

– Très bien. (Les mots me restèrent presque coincés dans la gorge.) « Je te jure loyauté et bravoure, à toi, Adolf Hitler, Führer et chancelier du Reich. Je te voue, à toi, et à ceux que tu as nommés pour me commander, obéissance jusqu'à la mort, si Dieu le veut. »

– Vous le récitez joliment, Herr Gunther. Tout comme un catéchisme. Et pourtant, vous n'avez jamais eu à prêter serment ?

– À Berlin, les choses n'étaient pas tout à fait les mêmes que dans le reste de l'Allemagne. Les gens ont toujours traité ces questions-là avec un peu plus de décontraction. Mais j'imagine que je ne suis pas le premier SS à vous révéler qu'il n'a jamais prêté serment.

– Je tiens peut-être à vous sonder, admit-il. Pour voir à quel point vous êtes sincère. La sincérité, c'est encore ce qu'il y a de mieux, vous ne croyez pas ? Après tout, nous sommes dans une église. Mentir, ici, ce serait inconvenant. Songez à votre âme.

– Ces temps-ci, je préfère ne pas du tout y songer. Du moins pas sans un verre à la main.

Là aussi, j'étais sincère.

– *Te absolvo*, Herr Gunther, proclama-t-il. Vous vous sentez mieux, maintenant ?

– Comme si l'on venait de me retirer un grand poids des épaules, avouai-je. Des pellicules, probablement.

– C'est bien, souffla-t-il. Le sens de l'humour, ce sera important, dans votre nouvelle existence.

– Je ne veux pas d'une nouvelle existence.

– Pas même à travers le Christ ?

Il rit de nouveau. Ou alors c'était juste qu'il s'éclaircissait la gorge, pour en dissiper certains sentiments plus raffinés.

– Parlez-moi encore un peu de Minsk.

Il avait changé de ton. Il était moins enjoué. Plus sérieux et professionnel.

– Quand la ville est-elle tombée aux mains des forces allemandes ?

– Le 28 juin 1941.

– Que s'est-il passé ensuite ?

– Vous le savez ou vous voulez le savoir ?

— Je veux savoir ce que vous savez, vous, rectifia-t-il. Afin de percer un petit orifice, un judas dans votre personnage, afin de voir si vous serez *persona grata* ou *non grata*. Minsk.

— Voulez-vous connaître les détails, ou le tableau à grands traits ?

— Peignez-moi donc l'édifice entier, voulez-vous ?

— Très bien. Dans les quelques heures qui ont suivi l'occupation de la ville, quarante mille hommes et jeunes garçons ont été regroupés pour recensement. On les a gardés dans un champ cerné de mitrailleuses et de projecteurs. Ils appartenaient à toutes les races. Juifs, Russes, Gitans, Ukrainiens. Au bout de quelques jours, les médecins, les avocats et les universitaires juifs ont été priés de s'identifier. L'intelligentsia, soi-disant. Deux mille d'entre eux ont obtempéré. Et je crois que ces mêmes deux mille ont été conduits dans un bois voisin et abattus.

— Et naturellement vous n'avez joué aucun rôle dans cet épisode, observa le père Gotovina, qui s'exprimait comme s'il s'adressait à un pleurnicheur, à un geignard.

— En fait, j'étais encore dans la ville. Occupé à enquêter sur d'autres atrocités. Celles-ci commises par les Russes, en l'occurrence.

Dans le cadre du service qui se déroulait à l'extérieur du confessionnal, le prêtre prononça le mot « Amen ». Je le marmonnai à mon tour. En un sens, il me semblait tout indiqué, puisque j'évoquais Minsk.

— Combien de temps après votre arrivée le ghetto de Minsk a-t-il été instauré ? demanda Gotovina.

— Moins d'un mois après. Le 20 juillet.

— Et comment ce ghetto a-t-il été créé ?

— Il s'étendait sur une petite quarantaine de rues, je crois, en incluant le cimetière juif. On l'avait entouré d'épaisses rangées de fil de fer barbelé et de plusieurs miradors. Et cent mille personnes ont été transférées là depuis des villes aussi lointaines que Brême et Francfort.

— En quoi Minsk était-il un ghetto singulier ?

— Je ne suis pas certain de comprendre la question, mon père. Il n'y avait rien d'habituel dans ce qui s'est produit là-bas.

– Ce que j'entends par là, c'est l'endroit où la plupart des Juifs de ce ghetto ont trouvé la mort. Dans quel camp ?

– Oh, je vois ! Non. Je crois que la plupart des gens de Minsk ont été tués à Minsk. Oui, c'est en cela qu'il sort de l'ordinaire. Quand le ghetto a été liquidé, en octobre 1943, il ne restait plus que huit mille personnes. Sur les cent mille présentes à l'origine. Malheureusement, je n'ai aucune idée de ce qui est arrivé aux huit mille.

Tout cela se révélait bien plus compliqué que je ne l'avais supposé. L'essentiel de ce que je venais de lui raconter sur Minsk, je l'avais appris quand j'étais affecté au Bureau des crimes de guerre et, en particulier, grâce à l'affaire Wilhelm Kube. En juillet 1943, Kube, commissaire général SS en charge de la Ruthénie Blanche, qui englobait Minsk, avait déposé une plainte officielle devant le Bureau, en soutenant qu'Eduard Strauch, commandant local du SD, avait personnellement assassiné soixante-dix Juifs employés par Kube et subtilisé leurs objets de valeur. J'avais été chargé de l'enquête. Strauch, qui était certainement coupable de ces meurtres – et de beaucoup d'autres – s'était défendu en formulant une autre allégation contre Kube, selon laquelle son chef aurait laissé plus de cinq mille Juifs échapper à leur liquidation. Il se trouve que Strauch avait raison, mais il ne s'était pas attendu à obtenir vengeance. Et il a sûrement assassiné Kube en cachant une bombe sous son lit, en septembre 1943, avant que je n'aie eu l'occasion de formuler la moindre conclusion. Malgré tous mes efforts, ce crime perpétré contre Kube a été promptement attribué à la servante russe de ce dernier, qui a été aussitôt pendue. Soupçonnant Strauch de complicité dans le meurtre de Kube, j'avais ensuite lancé une autre enquête, pour finalement recevoir l'ordre de la Gestapo de lâcher l'affaire. J'ai refusé. Peu de temps après, on m'a signifié mon transfert sur le front russe. Mais je me sentais incapable de rien révéler de tout cela au père Gotovina. Il n'avait certainement aucune envie d'apprendre que j'avais éprouvé de la compassion pour le sort de ce pauvre Kube. Si ce n'est à la grâce de Dieu.

– En y repensant, dis-je, je me souviens de ce qu'il est advenu de ces huit mille Juifs. Six mille ont été envoyés à Sobibor. Et deux mille ont été rassemblés et tués à Maly Trostinec.

– Et nous avons tous vécu plus heureux ensuite, lâcha Gotovina, et il rit. Pour quelqu'un qui n'a eu affaire qu'aux escouades de
la mort du NKVD, vous me semblez en savoir énormément sur ce
qui s'est passé à Minsk, Herr Gunther. Vous savez ce que je pense ?
Je pense que vous êtes tout simplement trop modeste. Ces dernières
années, vous avez dû cacher votre lampe sous le boisseau. Comme
cela est écrit dans Luc, chapitre 11, versets 33 à 36.

– Ainsi, vous avez donc bien lu la Bible ! m'écriai-je, plus qu'un
peu étonné.

– Évidemment. Et maintenant je suis prêt à jouer les Bons
Samaritains, à vous aider. De l'argent. Un nouveau passeport. Une
arme, si cela peut vous servir. Un visa pour où vous voudrez, à
condition que ce soit l'Argentine. C'est là que résident la plupart de
nos amis, désormais.

– Comme je vous l'ai déjà expliqué, mon père, je ne veux pas
d'une existence nouvelle, répétai-je.

– Alors que voulez-vous, au juste, Herr Gunther ?

Je le sentis se raidir en me posant cette question.

– Je vais vous expliquer. Je suis devenu détective privé. J'ai une
cliente qui recherche son mari. Un SS. À ce jour, elle aurait dû recevoir une carte postale de Buenos Aires, mais en plus de trois ans et
demi, elle n'a jamais eu de nouvelles. Elle m'a engagé pour l'aider à
découvrir ce qui lui est arrivé. La dernière fois qu'elle l'a vu, c'était
à Ebensee, près de Salzbourg, en mars 1946. Il était déjà pris en
charge par la Toile d'araignée. Dans un repaire, en lieu sûr. En
attente de recevoir ses nouveaux papiers d'identité et ses billets pour
la traversée. Elle ne veut pas lui nuire. Tout ce qu'elle souhaite, c'est
savoir s'il est encore en vie ou s'il est mort. Dans cette dernière
hypothèse, elle voudrait se remarier. Mais pas si c'est l'inverse.
Voyez-vous, l'ennui, mon père, c'est qu'elle est comme vous. Une
bonne catholique.

– C'est une histoire sympathique.

– Elle m'a plu.

– Je m'en doute.

Il partit d'un rire tout à fait différent. Cette fois, on aurait dit
celui d'un déséquilibré.

– L'abruti qu'elle veut épouser, c'est vous.

J'attendis qu'il ait fini de rire. J'étais sans doute sous le choc. Ce n'est pas tous les jours que vous rencontrez un prêtre capable de retrousser les lèvres en un rictus à la Peter Lorre.

— Non, mon père, la situation est exactement telle que je vous l'ai expliquée. À cet égard au moins, je suis comme un prêtre. Les gens me soumettent leurs problèmes et j'essaie de les régler. La seule différence, c'est que je ne reçois pas tellement d'aide de la part du type que vous avez là-haut sur votre maître-autel.

— A-t-elle un nom, cette mère de famille ?

— Elle s'appelle Britta Warzok. Son mari se nomme Friedrich Warzok.

Je lui indiquai ce que je savais de Friedrich Warzok.

— Je l'aime déjà, me fit le père Gotovina. Trois ans sans un mot ? Il se pourrait fort bien qu'il soit mort.

— Pour être franc, je ne pense pas qu'elle soit en attente de bonnes nouvelles.

— Alors pourquoi ne pas lui dire ce qu'elle a envie d'entendre ?

— Ce serait contraire à l'éthique, mon père.

— Il vous a fallu pas mal de cran pour me parler ainsi, me signifia-t-il calmement. Un trait que j'admire chez un homme. La Camaraderie se laisse, dirons-nous, facilement alarmer. Cette affaire de Landsberg, avec les Vestes rouges, cela n'arrange rien. Sans parler de la perspective d'autres exécutions. La guerre est terminée depuis quatre ans, et les Amerlots veulent encore pendre du monde, comme je ne sais quel crétin de shérif dans un médiocre western.

— Oui, je vois en quoi cela peut rendre certains de mes anciens camarades un peu nerveux, reconnus-je. Il n'y a rien de tel que la potence pour faire ravaler ses scrupules à un homme.

— Je vais voir ce que je peux trouver, me promit-il. Retrouvez-moi après-demain à la galerie d'art, à côté de la Croix-Rouge. À trois heures. Si je suis en retard, vous aurez toujours de quoi vous occuper.

Plusieurs fidèles passèrent devant le confessionnal. Le père Gotovina tira le rideau et sortit se mêler à eux. J'attendis une minute, et je le suivis en me signant, sans autre motivation que ma volonté de ne pas me faire remarquer. Je me sentais bien sot. Encore un type de comportement humain fort singulier destiné aux manuels d'anthropologie. Comme d'osciller devant un mur, s'agenouiller dans la direction d'une ville du Moyen-Orient ou tendre le bras en hurlant « Sieg Heil ». Rien de tout cela n'a de sens, si ce n'est celui de créer quantité d'ennuis chez autrui. S'il est une vérité que l'Histoire m'a enseignée, c'est qu'il est dangereux de croire trop fortement en quoi que ce soit. Surtout en Allemagne. L'ennui, chez nous, c'est que nous prenons la croyance beaucoup trop au sérieux.

14

Deux jours se sont écoulés. Un vent du sud porteur d'une zone d'intense haute pression s'était abattu sur la ville. Du moins, c'est ce que le speaker de la météo de Radio-Munich nous annonça. Il nous apprit qu'il s'agissait du fœhn, chargé d'une forte électricité statique pour avoir déjà soufflé à travers les Alpes avant de nous atteindre. En marchant dans Munich, vous le sentiez, ce fœhn chaud et déshydraté, vous dessécher le visage et vous mettre les larmes aux yeux. Ou alors c'est que je cédais trop à la bouteille.

Les Américains prenaient le fœhn plus au sérieux que tout le monde, naturellement, et gardaient leurs enfants à l'intérieur comme s'il était porteur de substances plus mortelles que de simples ions positifs. Peut-être savaient-ils quelque chose que le reste d'entre nous ignorait. Tout était possible, maintenant que les Russes avaient fait exploser leur bombe atomique le mois précédent. Le fœhn renfermait peut-être quantité d'éléments vraiment inquiétants. Quoi qu'il en soit, ce vent était d'une grande utilité. Les Munichois le tenaient pour responsable de toutes sortes de maux. Ils rouspétaient tout le temps après lui. Certains prétendaient qu'il aggravait leur asthme, d'autres qu'il déclenchait des douleurs rhumatismales, et bon nombre d'entre eux se plaignaient des migraines qu'il provoquait. Si le lait avait un drôle de goût, c'était le fœhn. Et si la bière était éventée, c'était encore le fœhn. Là où j'habitais, à Schwabing, la femme qui occupait le rez-de-chaussée prétendait que le fœhn créait des interférences avec le signal de sa radio. Et dans le tram j'entendis même un homme soutenir qu'il s'était bagarré à cause du fœhn. Après les Juifs, que l'on rendait responsables de tout, cela leur faisait un changement, j'imagine. Le fœhn rendait certainement les gens plus grincheux et plus irritables que d'habitude. C'est peut-être à cause de lui que le nazisme a fait ses débuts à Munich. Je n'ai jamais entendu parler de gens ni irritables ni grincheux qui tentaient de renverser un gouvernement.

C'était par une de ces journées que je retournai Wagmuller-strasse et que je restai planté devant la vitrine de la galerie d'art, voisine des bureaux de la Croix-Rouge. J'arrivai en avance sur l'horaire convenu. En règle générale, pour ce style de rendez-vous, j'arrive forcément en avance. Si la ponctualité est la politesse des rois, je suis plutôt du genre à arriver sur place une ou deux heures avant, histoire de voir s'il n'y a pas une mine sous le tapis rouge.

La galerie s'appelait Oscar & Shine. La plupart des marchands d'art de Munich tenaient boutique dans le quartier de Brienner Strasse. Ils achetaient et vendaient des œuvres de la Sécession viennoise et des post-impressionnistes munichois. Je le sais parce que je l'avais lu un jour sur la vitrine d'une galerie de Brienner Strasse. Celle-ci avait l'air un peu différente des autres. Surtout à l'intérieur. Cet intérieur ressemblait à celui de ces bâtiments Bauhaus que les nazis considéraient d'un si mauvais œil. Évidemment, ce n'était pas juste la cage d'escalier et les murs autoportants qui avaient un aspect futuriste. Les tableaux de l'exposition étaient également modernes, ce qui revient à dire qu'ils flattaient autant l'œil qu'un bâton taillé en pointe.

Je sais ce que j'aime. Et l'essentiel de ce que j'aime n'est pas de l'art. J'aime les photos et les bibelots. Jadis, j'ai même possédé une joueuse de banjo en zinc, école française. Ce n'était pas une sculpture, juste une vieillerie qui traînait sur le manteau de ma cheminée à côté d'une photographie de Gath, ma ville natale au pays des Philistins. Et si je veux qu'une image me parle, je vais voir Maureen O'Hara dans un film de Tarzan.

Tandis que je baguenaudais en traînant les pieds dans la galerie, j'étais étroitement surveillé par l'œil périscopique d'une femme en tailleur de laine noir sur mesure que, grâce au fœhn, elle devait sans doute regretter de porter. Elle était mince, un peu trop mince, et le long fume-cigarette en ivoire qu'elle tenait à la main aurait pu aussi bien être l'un de ses doigts osseux, eux-mêmes de couleur ivoire. Elle avait les cheveux longs, bruns, touffus, noués derrière sa tête si fine, composant un chignon en forme de miche de pain à vingt-cinq pfennigs. Elle vint à moi, les bras croisés, dans une posture défensive, pour le cas où elle aurait à me transpercer avec l'un de ses coudes pointus. D'un hochement de tête, elle désigna le tableau que j'évaluais avec tout mon discernement attentif et mon bon goût, tel un de ces connaisseurs un brin efféminés.

— Qu'en pensez-vous ? me demanda-t-elle en pointant son fume-cigarette en direction du mur.

J'inclinai la tête sur le côté, dans le vague espoir qu'un angle de vue légèrement différent sur ce tableau puisse m'inciter à surenchérir, tel Bernard Berenson. Je tâchais de me représenter le cinglé, l'enflure qui avait peint ça, mais je ne pouvais m'empêcher de penser à un chimpanzé ivre. J'ouvris la bouche pour dire quelque chose. Et je la refermai. Il y avait une ligne rouge qui partait dans un sens, une ligne bleue dans l'autre, et une ligne noire qui essayait de faire croire qu'elle n'entretenait aucun rapport avec les deux autres. C'était bel et bien une œuvre d'art moderne. Cela, au moins, j'en étais convaincu. Qui plus est, selon toute évidence, elle avait été exécutée avec le métier et le talent d'un individu qui avait soigneusement étudié la fabrication du réglisse. L'afficher sur ce mur devait sans doute donner de quoi réfléchir aux mouches qui s'engouffraient par la fenêtre ouverte pour échapper au fœhn. Je la regardai encore, et je m'aperçus qu'elle me parlait, vraiment. Elle me disait : « Ne rigole pas, mais un idiot va verser une forte somme pour m'acheter. » Je pointai le mur du doigt.

— Je pense que vous devriez faire nettoyer cette tache d'humidité, avant qu'elle ne s'agrandisse.

— C'est un Kandinsky, me rétorqua-t-elle, sans un battement de cil, ses cils de la taille d'un râteau. Kandinsky était l'un des artistes les plus influents de sa génération.

— Et lui, d'où tirait-il ses influences ? De Johnnie Walker ? Ou de Jack Daniel's ?

Elle sourit.

— Là. Je savais que vous en seriez capable, avec un peu de bonne volonté. Je ne peux pas en dire autant de Kandinsky.

— Il y a des gens qui aiment ça.

— Ah, pourquoi ne le disiez-vous pas ? J'en prendrai deux.

— Je serais ravie que vous en achetiez déjà un, m'avoua-t-elle. Les affaires sont un peu molles, aujourd'hui.

— C'est le fœhn, lui dis-je.

Elle se déboutonna et s'éventa avec un pan de sa veste de tailleur. Pour ma part, cela ne me déplut pas. Non seulement à cause de la brise parfumée qu'elle libéra, mais aussi pour le chemisier décolleté en soie qu'elle portait dessous. Si j'avais été un artiste, j'aurais appelé cela de l'inspiration. Enfin, j'aurais donné à la chose le nom que les artistes emploient quand ils voient les tétons d'une fille pointer à travers son chemisier telles deux patères dans une chapelle. Quoi qu'il en soit, elle valait bien un morceau de fusain et une feuille de papier.

— J'imagine, me fit-elle, et elle se souffla au front une goulée d'air et de fumée de cigarette. Dites-moi, êtes-vous entré ici pour jeter un œil ou juste histoire de rire ?

— Probablement un peu des deux. En tout cas, c'était ce que recommandait feu Lord Duveen.

— Pour un grossier parvenu, vous êtes drôlement bien informé, non ?

— La véritable décadence implique de ne rien prendre trop au sérieux, lui déclarai-je. Et surtout pas l'art décadent.

— C'est réellement votre opinion, sur cette œuvre ? Qu'elle est décadente ?

— Je vais être franc, continuai-je. Je n'aime pas ça du tout. Mais je suis enchanté de voir cette œuvre exposée, sans que cela provoque l'intervention d'individus qui en savent aussi peu en matière d'art que j'en sais moi-même. Regarder ce tableau me fait l'effet de scruter l'intérieur du crâne d'un être qui serait en désaccord avec moi sur presque tous les plans. Cela me met mal à l'aise, fis-je en secouant tristement la tête, et je soupirai. C'est ça, la démocratie, je suppose.

Un autre client entra. Un client mâcheur de chewing-gum. Il portait d'énormes chaussures de marche et un Kodak Brownie à objectif rétractable. Un vrai connaisseur. Un type avec beaucoup d'argent, en tout cas. La fille le rejoignit et l'escorta pour un petit tour des tableaux. Et, peu après, le père Gotovina fit son apparition. Nous sortîmes de la galerie pour nous rendre au jardin Anglais, où nous nous assîmes sur un banc, à côté du monument Rumford. Nous allumâmes nos cigarettes et ignorâmes le vent chaud qui nous soufflait au visage. Un écureuil arriva dans le chemin en bondissant, comme une étole de fourrure en cavale, et s'immobilisa près de nous dans l'espoir d'une bouchée de quelque chose. D'une chiquenaude, Gotovina expédia son allumette, puis la pointe d'une botte noire bien cirée à ce pendule de fourrure. Cet homme d'église n'était visiblement pas un amoureux de la nature.

— J'ai effectué quelques recherches concernant le mari de votre cliente, me confia-t-il, sans m'accorder un regard.

Dans le soleil éclatant de l'après-midi, sa tête était couleur d'ambre, comme un bon bock de bière, ou même comme un Doppel. Il gardait la cigarette entre ses lèvres tout en parlant, et elle tressautait telle la baguette d'un chef d'orchestre rappelant à l'ordre l'orchestre frondeur d'hydrangeas, de lavandes, de gentianes et d'iris déployé en face de lui. J'espérais qu'ils obéiraient à ses commandements, juste au cas où il essaierait de leur flanquer un coup de pied, de la même manière qu'il avait tenté de chasser l'écureuil.

— À la Ruprechtskirche, à Vienne, poursuivit-il, il y a un prêtre qui s'occupe d'un autre organisme de charité pour les vieux camarades comme vous. Il est italien. Le père Lajolo. Il ne se souvient que trop bien de Warzok. Il semblerait qu'il se soit présenté avec un billet de train pour Güssing, juste après Noël 1946. Lajolo l'a conduit en lieu sûr, à Ebensee, le temps d'attendre la délivrance d'un nouveau passeport et d'un visa.

— Un passeport émanant de qui ? lui demandai-je par curiosité.

— De la Croix-Rouge. Du Vatican. Je ne sais pas, au juste. L'un des deux, vous pouvez miser là-dessus. Le visa était pour l'Argentine. Lajolo ou l'un de ses collaborateurs s'est rendu à Ebensee, lui a remis les papiers, un peu d'argent, et un billet de train pour Gênes. C'est là que Warzok était censé embarquer à bord d'un paquebot pour l'Amérique du Sud. Warzok et un autre ancien camarade. Sauf qu'ils ne se sont jamais présentés. Personne ne sait ce qu'il est advenu de Warzok, mais l'autre type a été retrouvé mort dans les bois, près de Thalgau, quelques mois plus tard.

— Quel était son nom ? Son vrai nom.

— SS Hauptsturmführer Willy Hintze. C'était l'ancien chef adjoint de la Gestapo à Thorn, une ville de Pologne. Hintze était enseveli dans une fosse peu profonde. Nu. On lui avait tiré une balle dans la nuque alors qu'il était agenouillé au bord de la tombe. On avait jeté ses vêtements sur son corps. Une exécution.

— Warzok et Hintze partageaient-ils le même repaire ?

— Non.

— Se connaissaient-ils, d'une époque antérieure ?

— Non. Ils se seraient rencontrés pour la première fois à bord de ce navire en partance pour l'Argentine. Lajolo en a déduit que les deux cachettes étaient repérées et il les a donc fermées toutes les deux. On en a conclu que Hintze avait connu un sort identique à celui de Warzok. Le Nakam les avait eus.

— Le Nakam ?

— Après 1945, la Brigade juive – des volontaires de Palestine qui avaient intégré une unité spéciale de l'armée britannique – avait reçu l'ordre de l'armée juive alors naissante, la Haganah, de former un groupe secret d'assassins. L'un de ces groupes, basé à Lublin, a pris le nom de Nakam, un mot hébreu qui signifie « vengeance ». Ils se sont juré de venger la mort de six millions de Juifs.

Le père Gotovina retira sa cigarette de ses lèvres, et elles se retroussèrent en un rictus qui finit par gagner les narines et les yeux. J'ose affirmer que s'il avait existé des muscles capables de contrôler les oreilles, il les aurait embrigadées dans ce rictus, elles aussi. Le ricanement du prêtre croate aurait relégué ce pauvre Conrad Veidt en deuxième position, et Bela Lugosi, figure sournoise au cou cassé, en troisième.

— Rien de bon ne peut provenir d'Israël, proclama-t-il, sur un ton qui sentait le soufre. Surtout pas du Nakam. L'un des premiers plans échafaudés par ces Juifs consistait à empoisonner les réservoirs de Munich, Berlin, Nuremberg et Francfort, et à mettre à mort plusieurs millions d'Allemands. Vous m'avez l'air incrédule, Herr Gunther.

— C'est juste que les histoires de Juifs qui empoisonnent les puits des chrétiens circulent depuis le Moyen Âge, lui rappelai-je.

– Je puis vous assurer que je suis parfaitement sérieux. Cette histoire est réelle. Heureusement pour vous et moi, le commandement de la Haganah a eu vent de ce plan et, en soulignant le nombre de Britanniques et d'Américains qui auraient alors trouvé la mort, contraignit le Nakam à y renoncer. (Gotovina éclata de son rire de psychopathe.) Des maniaques. Et ils se demandent pourquoi nous avons essayé d'éliminer les Juifs d'une société digne de ce nom.

D'une autre chiquenaude, il lança son mégot sur un malheureux pigeon, croisa les jambes et ajusta son crucifix autour de son cou musculeux, avant de continuer son explication. C'était comme d'avoir une conversation avec Tomœs de Torquemada.

– Mais le Nakam n'était pas tout à fait disposé à abandonner ses projets d'empoisonner un grand nombre d'Allemands. Ils ont élaboré un autre plan visant à empoisonner un camp de prisonniers de guerre proche de Nuremberg, où étaient internés trente-six mille SS. Ils se sont introduits par effraction dans une boulangerie qui fournissait du pain à ce camp, et ils ont introduit du poison dans deux mille miches. Grâce à Dieu, ce chiffre était nettement inférieur au total de ce qu'ils avaient projeté de contaminer. Et pourtant, il n'empêche que plusieurs milliers d'hommes ont été touchés, et au moins cinq cents sont morts. Vous pouvez me croire sur parole. C'est un fait historique, établi.

Il se signa et leva les yeux au ciel au moment où un nuage glissait devant le soleil, nous plongeant tous les deux dans une flaque d'ombre, comme deux âmes damnées issues des pages de Dante.

– Après quoi, ils se sont cantonnés au meurtre pur et simple. Avec l'aide des Juifs du renseignement britannique et américain, ils ont mis sur pied des centres de documentation à Linz et à Vienne, et se sont mis à pister les prétendus criminels de guerre, en se servant de l'organisation de l'émigration juive comme d'une couverture. Au début, ils ont suivi à la trace des hommes que l'on relâchait des camps de prisonniers de guerre. Ils étaient faciles à surveiller, surtout grâce aux tuyaux fournis par les Alliés. Et puis, dès qu'ils ont été prêts, ils ont commencé leurs exécutions. Au début, ils en ont pendu quelques-uns. Mais un de ces hommes a survécu, de sorte qu'ensuite ils ont toujours adopté le même modus operandi. Une fosse peu profonde, une balle dans la nuque. Comme s'ils cherchaient à imiter ce que tous les bataillons de l'Ordre avaient accompli en Europe orientale.

Gotovina esquissa un sourire où perçait une certaine admiration.

— Ils ont été très efficaces. Le nombre d'anciens camarades assassinés par le Nakam se situe entre mille et deux mille. Nous le savons parce que certains membres de notre groupe viennois ont réussi à capturer l'un d'eux et, avant de mourir, il leur a révélé ce que je viens de vous dire. Ainsi, voyez-vous, c'est des youpins qu'il faut vous méfier, maintenant, Herr Gunther. Pas des Britanniques, pas des Amerlots. Tout ce qui les préoccupe, eux, c'est le communisme. D'ailleurs, à l'occasion, ils ont même aidé les nôtres à sortir d'Allemagne. Non, à l'heure actuelle, ce sont ces petits gars juifs dont vous devez vous soucier, surtout ceux qui n'ont pas l'air de Juifs. Apparemment, celui qu'ils ont capturé et torturé à Vienne avait l'air d'un parfait aryen. Vous savez ? Comme un frère de l'acteur Gustav Froelich, en mieux.

— Et ma cliente, dans tout ça ?

— Vous ne m'avez pas écouté, Gunther ? Warzok est mort. S'il était encore vivant, il danserait le tango, et ça, c'est un fait avéré. S'il était là-bas, elle aurait eu de ses nouvelles, croyez-moi.

— Je veux dire, que va-t-elle faire, aux yeux de l'Église catholique ?

Gotovina eut un haussement d'épaules.

— Qu'elle attende encore un petit moment et ensuite, elle déposera une requête de procédure judiciaire officielle, pour déterminer si elle est libre ou non de nouer les liens d'un second mariage.

— Une procédure judiciaire ? Vous voulez dire avec des témoins et tout cela ?

Gotovina détourna le regard, avec une moue de dégoût.

— Laissez tomber, Gunther, me conseilla-t-il. Si l'archevêque savait ne serait-ce que le dixième de ce que je viens de vous raconter, il me dépouillerait de mon col romain. Il est donc exclu que je répète un jour le moindre de mes propos. Ni devant un tribunal de droit canon, ni devant elle, ni même devant vous.

Il se leva et me considéra de haut. Avec le soleil dans le dos, il semblait à peine présent, ce n'était plus que la silhouette d'un homme.

— Et je vais compléter par un conseil, à titre gracieux. Laissez tomber, tout de suite. Laissez tomber l'affaire. La Camaraderie n'apprécie guère les questions et elle n'aime pas les fouineurs… Même les fouineurs qui croient pouvoir s'en tirer à bon compte parce qu'ils ont un jour eu un tatouage sous le bras. Les gens qui posent trop de questions sur la Camaraderie finissent par mourir. Me suis-je clairement fait comprendre, fouineur ?

— Voilà un certain temps déjà que je n'avais pas été menacé par un prêtre, remarquai-je. Maintenant, je sais ce qu'a ressenti Martin Luther.

— Luther rien du tout, oui, fit Gotovina, l'air de plus en plus courroucé. Et ne me contactez plus. Même pas si David Ben Gourion vous demandait de creuser un trou dans son jardin, à minuit. Compris, fouineur ?

— Compris, aussi sûrement que si ça venait de la Sainte Inquisition, avec un joli petit ruban et un sceau de plomb gravé à l'effigie de saint Pierre.

— Oui, certes, mais ce sceau tiendra-t-il ?

— C'est pour cela qu'il est en plomb, non ? Pour que les gens se le tiennent pour dit ?

— Je l'espère. Mais vous avez le visage d'un hérétique, Gunther. Ce n'est pas la figure idéale pour qui aurait tout intérêt à ne pas fourrer son nez dans certaines affaires dont il n'a pas à se mêler.

— Vous n'êtes pas la première personne à me le dire, mon père.

Je me levai. Quand on me menace, je me sens mieux armé en position debout. Mais quant à mon visage, Gotovina avait raison. De voir sa tête de basilic, et sa croix, et son col me donnait envie de rentrer tout droit chez moi et de dactylographier quatre-vingt-quinze indulgences pour les clouer sur la porte de son église. J'ai tâché de lui témoigner ma gratitude pour ce qu'il venait de me dire, et même un peu ma contrition, mais, je le savais, je passerais juste pour un réfractaire et un arrogant.

— Enfin, merci quand même, je vous sais gré de votre aide et de vos bons conseils. Un peu de guidance spirituelle est bon pour nous tous. Même pour les incroyants de mon espèce.

— Ce serait une erreur de ne pas me croire, répondit-il avec froideur.

— Je ne sais pas ce que je crois, mon père. (Cette fois, je me montrai délibérément obtus.) Vraiment, je l'ignore. Tout ce que je sais, c'est que la vie vaut mieux que tout ce que j'en ai vu jusqu'ici. Et probablement mieux que tout ce que j'en verrai après ma mort.

— Cela ressemble à de l'athéisme, Gunther. Toujours une posture dangereuse, en Allemagne.

— Ce n'est pas de l'athéisme, mon père. C'est seulement ce que nous, Allemands, nous appelons une vision du monde.

— Laissez de telles choses à Dieu. Oubliez le monde et occupez-vous de vos affaires, si vous avez deux sous de bon sens.

Je le regardai s'éloigner, jusqu'à l'extrême limite du parc. L'écureuil réapparut. Les fleurs se détendirent. Le pigeon secoua la tête, comme pour se ressaisir. Le nuage glissa plus loin et l'herbe retrouva son scintillement.

— Ce n'est pas saint François d'Assise, leur déclarai-je à tous. Mais ça, vous le saviez sans doute déjà.

15

Je regagnai mon bureau et composai le numéro de téléphone que m'avait communiqué Frau Warzok. Une voix grave et bougonne, peut-être féminine, un peu moins sur ses gardes que toute la prison de Spandau, me répondit que Frau Warzok n'était pas chez elle. Je laissai mon nom et mon numéro de téléphone. La voix les répéta sans une erreur. Je voulus savoir si je parlais à la domestique. La voix m'expliqua qu'elle était bien la domestique. Je reposai le combiné et je tentai de me la représenter, et chaque fois elle m'apparaissait sous les traits de Wallace Beery en robe noire, armé d'un plumeau dans une main et serrant le cou d'un homme dans l'autre. J'avais entendu parler des femmes allemandes se déguisant en hommes pour éviter d'être violées par les Russes. Mais c'était la première fois que me venait en tête l'idée qu'un champion de catch homo ait pu se présenter comme la camériste de Madame, et pour une raison exactement inverse.

Une heure s'écoula, au rythme de la circulation qui défilait devant la fenêtre de mon bureau. Plusieurs voitures. Quelques camions. Une motocyclette de la police militaire US. Tous roulaient lentement. Sur le trottoir d'en face, les gens entraient dans le bureau de poste et en sortaient. Rien n'était très rapide non plus, à l'intérieur de ce bureau. Quiconque, à Munich, avait déjà attendu l'arrivée d'une lettre le savait. Le taxi en bas de la maison, à la station, vivait ce moment avec encore plus de lenteur que moi. Mais lui, il pouvait au moins courir le risque de filer au kiosque se prendre quelques cigarettes et un journal du soir. Je savais que si je faisais ça, j'allais louper son appel. Au bout d'un petit moment, je décidai de faire sonner le téléphone. J'enfilai ma veste et je franchis la porte, que je laissai ouverte, et je me dirigeai vers les toilettes. En arrivant devant, je marquai un temps d'arrêt, quelques secondes, juste pour m'imaginer ce que j'aurais pu fabriquer là-dedans ; et là, le téléphone se mit à sonner. C'est un vieux truc de détective, mais on ne le voit jamais dans les films, pour une raison qui m'échappe.

C'était elle. Après la domestique, sa voix me faisait l'effet de celle d'un enfant de chœur. Elle respirait fort, comme si elle avait couru.

– Vous venez de monter un escalier ? dis-je.

– Je suis un peu nerveuse, c'est tout. Vous avez trouvé quelque chose ?

– Un tas de choses. Voulez-vous revenir ici ? Ou dois-je me rendre chez vous ?

J'avais sa carte de visite entre les doigts. Je la levai à hauteur de mon nez. Elle dégageait un léger parfum d'eau de lavande.

– Non, me répondit-elle avec fermeté. Je ne préfère pas, si cela ne vous ennuie pas. Nous avons des décorateurs, ici. C'est un peu compliqué pour l'instant. Tout est recouvert de housses. Non, pourquoi ne pas nous retrouver au Walterspiel de l'hôtel Vier Jahreszeiten.

– Êtes-vous certaine qu'ils acceptent les marks, là-bas ? ironisai-je.

– En réalité, non. Mais c'est moi qui paie, donc vous n'avez pas à vous en préoccuper, Herr Gunther. J'aime assez cet endroit. C'est le seul de Munich où ils savent préparer un cocktail correct. Et j'ai le sentiment, quelles que soient les nouvelles que vous m'annoncerez, qu'il va me falloir une boisson corsée. Disons dans une heure, cela vous convient ?

– J'y serai.

Je raccrochai, soucieux de l'empressement qu'elle avait mis à m'interdire de venir lui rendre visite dans sa maison de Ramersdorf. Je craignais qu'elle n'ait une autre raison de ne pas vouloir de moi là-bas, et pas nécessairement liée à ce que j'avais à lui dire. Peut-être me cachait-elle quelque chose. Je décidai de vérifier l'adresse de Bad Schachener Strasse dès que notre rendez-vous serait terminé. Et peut-être la suivrais-je, le cas échéant.

L'hôtel se trouvait quelques rues au sud de mon bureau, sur Maximilianstrasse, non loin du Residenztheater, qui était encore en pleine reconstruction. De l'extérieur, il était imposant mais n'attirait pas le regard, ce qui était en soi remarquable puisque l'établissement avait été presque complètement détruit par un incendie, après un bombardement en 1944. Il fallait rendre hommage aux ouvriers munichois du bâtiment. Avec assez de briques et d'heures supplémentaires, ils seraient sans doute parvenus à rebâtir Troie.

Je franchis la porte d'entrée disposé à faire bénéficier ces lieux de mon expérience approfondie de la gestion hôtelière. Le marbre et le bois abondaient dans la décoration intérieure, assortis aux visages et aux expressions des pingouins qui travaillaient là. Un Américain en uniforme se plaignait bruyamment en anglais de quelque chose au concierge, qui croisa mon regard dans le vain espoir que je puisse flanquer un coup de poing derrière l'oreille à cet abruti et l'obliger à la mettre un peu en sourdine. Vu ce qu'ils facturaient la nuit, je me dis qu'il allait sans doute devoir se faire une raison. Une espèce de croque-mort en jaquette vint se placer à ma hauteur comme un poisson-pilote et, inclinant le buste, me demanda s'il pouvait m'aider. C'était ce que l'on appelle le service dans les grands hôtels, mais cela me fit juste l'effet d'un excès de zèle, comme s'il s'étonnait qu'un individu aux épaules aussi larges que les miennes ait le culot d'imaginer une seconde pouvoir frayer avec le style de clients qu'ils avaient ici. Je souris et je m'efforçai de gommer toute goguenardise de ma voix.

– Oui, merci. J'ai rendez-vous avec quelqu'un au restaurant. Le Walterspiel.

– Un client de l'hôtel ?

– Je ne pense pas.

– Vous n'ignorez pas que cet hôtel n'accepte que les devises étrangères, monsieur.

J'aimais qu'il me donne du monsieur. C'était fort convenable, de sa part. Il m'avait sans doute jeté cet os parce que j'avais pris un bain le matin. Et probablement parce que j'étais un peu trop costaud pour qu'il se risque à m'intimider.

– Je suis au courant, oui. Maintenant que vous m'en parlez, cela ne me plaît guère, mais je suis au courant. La personne avec qui j'ai rendez-vous est au courant, elle aussi. Je lui ai mentionné le fait quand elle m'a suggéré cet endroit. Et quand j'ai objecté qu'il existait cent établissements qui valaient mieux qu'ici, elle m'a répondu que ce ne serait pas un problème. J'en ai déduit qu'elle me confirmait être en possession de devises étrangères. Je n'ai pas encore véritablement vu la couleur de son argent, mais dès son arrivée, que diriez-vous de fouiller son sac à main, vous et moi, histoire de pouvoir vous tranquilliser un peu l'esprit quand vous nous verrez boire votre alcool ?

— Je suis certain que ce ne sera pas nécessaire, monsieur, me répliqua-t-il avec raideur.

— Et ne vous inquiétez pas, ajoutai-je. Je ne commanderai rien tant qu'elle ne sera pas arrivée.

— À partir du mois de février, l'an prochain, l'hôtel acceptera les deutschemarks.

— Eh bien, espérons qu'elle sera là avant.

— Le Walterspiel se trouve sur votre gauche, monsieur.

— Merci. J'apprécie votre serviabilité. J'ai longtemps été dans l'hôtellerie, moi aussi. J'ai été le limier de service de l'hôtel Adlon à Berlin, pendant un temps. Mais vous savez quoi ? Je trouve que cet endroit bat l'Adlon à plate couture, côté efficacité. Là-bas, personne n'aurait jamais eu la présence d'esprit de demander à quelqu'un comme moi s'il avait ou non les moyens. Ça ne leur aurait pas traversé l'esprit. Continuez. Vous faites du bon travail.

Je traversai la réception en direction du restaurant. Il y avait une autre entrée donnant sur Marstallstrasse et une rangée de chaises tapissées de soie pour les clients qui attendaient leur voiture. Je jetai un coup d'œil à la carte et aux prix, puis je m'assis sur l'une de ces chaises pour attendre l'arrivée de ma cliente avec ses dollars, ses bons de change étrangers, ou ce qu'elle avait prévu d'utiliser quand elle verserait la rançon correspondant aux tarifs pratiqués au Walterspiel. Le maître d'hôtel me lança un bref regard et me demanda si je dînerais ici ce soir. Je lui répondis que je l'espérais, et notre dialogue s'arrêta là. Son œil torve se fixa plutôt sur une forte femme assise sur une autre chaise de la rangée. Je dis forte, mais en réalité je veux dire grosse. C'est ce qui arrive quand vous êtes resté marié un certain temps. Vous cessez de dire le fond de votre pensée. C'est la seule raison pour laquelle les gens restent mariés. Tous les mariages réussis reposent sur quelques hypocrisies nécessaires. Ce n'est que dans les mariages ratés que les gens se disent tout le temps la vérité.

La femme assise en face de moi était grosse. Et puis elle était affamée. Je le voyais bien, car elle n'arrêtait pas de dévorer ce qu'elle sortait de son sac à main, dès qu'elle se croyait à l'abri des regards du maître d'hôtel : un biscuit, une pomme, un morceau de chocolat, un autre biscuit, un petit sandwich. La nourriture surgissait de son sac comme certaines femmes en font sortir un poudrier, du rouge à lèvres et un tube d'eye-liner. Elle avait la peau très pâle, une enveloppe blanche et molle sur de la chair rose, et on eût dit qu'elle venait d'être plumée. De lourdes boucles d'oreilles d'ambre lui pendaient de part et d'autre du crâne comme deux toffees. En cas d'urgence, elle les aurait sans doute croquées, elles aussi. La regarder manger un sandwich, c'était comme regarder une hyène dévorer un jarret de porc. Tout paraissait graviter autour de son entonnoir à strudel.

— J'attends quelqu'un, m'expliqua-t-elle.

— Quelle coïncidence.

— Mon fils travaille pour les Amerlots, continua-t-elle d'une voix pâteuse. Il m'invite à dîner. Mais je n'aime pas entrer là-dedans avant qu'il n'arrive. C'est tellement cher.

Je hochai la tête, non parce que j'étais d'accord avec elle, mais juste pour lui laisser entendre que ce ne serait pas impossible. J'avais dans l'idée que si jamais je restais un peu trop longtemps immobile, elle allait me croquer, moi aussi.

— Tellement cher, répéta-t-elle. Je mange déjà maintenant, comme ça, quand nous serons attablés, je n'aurai plus trop faim. C'est un tel gaspillage, je trouve. Tout cet argent, rien que pour un dîner. (Elle s'attaqua à un autre sandwich.) Mon fils est le directeur d'American Overseas Airlines, sur Karlsplatz.

— Je connais, lâchai-je.

— Que faites-vous dans la vie ?

— Je suis détective privé.

Ses yeux s'illuminèrent et, l'espace d'un instant, je crus qu'elle allait m'engager pour mener l'enquête sur un gâteau manquant.

C'était donc une chance que Britta Warzok ait choisi cet instant pour franchir la porte de Marstallstrasse.

Elle portait une jupe longue noire, une veste blanche sur mesure cintrée à la taille, de longs gants noirs, des escarpins blancs à hauts talons et un chapeau blanc qu'on eût dit emprunté à un coolie chinois élégamment vêtu. Il masquait d'une ombre fort efficace les cicatrices qu'elle avait à la joue. Autour du cou, c'étaient cinq rangs de perles et, accrochée à son bras, l'anse de bambou d'un sac à main qu'elle ouvrit alors que nous en étions encore aux salutations pour en sortir cinq marks. Le billet alla au maître d'hôtel qui l'accueillit avec une servilité digne d'un courtisan à la cour de l'électrice de Hanovre. Alors qu'il s'abaissait encore davantage, je jetai un œil au contenu du sac à main de Britta, par-dessus son bras. Cela me suffit pour entrevoir un flacon de Miss Dior, un chéquier de la Hamburger Kreditbank et un automatique calibre .25 qui ressemblait comme une petite sœur à celui que j'avais glissé dans la poche de ma veste. Je ne savais pas de quoi je m'inquiétais le plus, au juste – du fait qu'elle ait sa banque à Hambourg ou du hochet plaqué nickel qu'elle trimballait.

Je la suivis dans la salle du restaurant, guidé par le sillage de son parfum, des hochements de tête déférents et des regards admiratifs. Je ne pouvais reprocher ces regards à personne. Outre Miss Dior, il émanait d'elle une aura de confiance en soi, toute la grâce et le maintien d'une princesse qui se rend à son couronnement. Je suppose que c'était sa taille qui lui valait d'être le centre de l'attention. Sa taille et sa beauté naturelle. Cela n'avait certainement rien à voir avec le type qui marchait derrière elle en s'accrochant au rebord de son chapeau comme si c'était la traîne de sa robe.

Nous nous assîmes. Le maître d'hôtel, qui semblait la connaître, nous tendit des cartes aussi grandes que des portes de cuisine. Elle déclara qu'elle n'avait pas faim du tout. Moi, si, mais par égard pour elle, je lui signifiai que je n'avais pas faim non plus. Il est malaisé d'annoncer à une cliente que son mari est mort quand on a la bouche pleine de saucisse et de choucroute. Nous commandâmes des rafraîchissements.

– Vous êtes venue ici très souvent ? m'enquis-je.

— Assez souvent, avant la guerre.

— Avant la guerre. (Je souris.) Vous ne m'avez pas l'air si vieille.

— Oh, mais si ! Flattez-vous tous vos clients, Herr Gunther ?

— Juste les plus laids. Ils en ont besoin. Pas vous. C'est pourquoi je ne vous flattais en rien. Je constatais un simple fait. Vous ne paraissez pas avoir plus de trente ans.

— J'en avais tout juste dix-huit quand j'ai épousé mon mari, Herr Gunther. En 1938. Voilà. Je vous ai révélé mon âge. Et j'espère que vous avez honte de vous de m'avoir vieillie d'un an. Surtout à l'âge que j'ai. Dans quatre mois, je passerai le cap de la trentaine.

Les boissons arrivèrent. Elle avait choisi un Alexander, assorti à son chapeau et à sa veste. J'avais commandé un Gibson, histoire de croquer l'oignon. Je la laissai goûter son cocktail avant de lui annoncer ce que j'avais découvert. Je lui formulai la chose sans détour, sans le moindre euphémisme, sans dérobades polies, jusque dans les détails de cet escadron juif de la mort forçant Willy Hintze à creuser sa propre tombe et à s'agenouiller au bord avant d'être abattu d'une balle dans la nuque. Après ce qu'elle m'avait raconté à mon bureau — leur espoir, à elle et à son fiancé, si Warzok était en vie, qu'il soit capturé et extradé vers un pays où on l'on pendait la quasi-totalité des criminels de guerre nazis —, j'étais à peu près certain qu'elle saurait supporter la nouvelle.

— Et vous pensez que c'est ce qui est arrivé à Friedrich ?

— Oui. L'homme avec qui je me suis entretenu en est plus ou moins certain.

— Pauvre Friedrich, soupira-t-elle. Pas une manière très plaisante de mourir, n'est-ce pas ?

— J'ai vu pire, observai-je. (J'allumai une cigarette.) Je pourrais vous dire que je suis désolé, mais cela me paraîtrait un peu déplacé. Et pour un certain nombre de raisons.

— Pauvre, pauvre Friedrich, répéta-t-elle.

Elle vida son verre et en commanda un autre pour chacun. Elle semblait avoir les yeux humides.

— Vous prononcez presque ces mots-là comme si vous les pensiez. Presque.

– Disons simplement qu'il a eu ses bons côtés, n'est-ce pas ? Oui, au début, il a vraiment su me montrer de bons côtés. Et maintenant, il est mort.

Elle sortit son mouchoir et, d'un geste très mesuré, elle l'appliqua au coin de chaque œil.

– Le savoir est une chose, Frau Warzok. Le prouver de manière satisfaisante devant un tribunal ecclésiastique en serait tout à fait une autre. La Camaraderie… les gens qui ont essayé d'aider votre mari… ne sont pas du style à prêter serment sur quoi que ce soit, sauf éventuellement sur un poignard SS. L'homme que j'ai rencontré me l'a clairement signifié, en des termes sans équivoque.

– Méchant bonhomme, hein ?

– Comme une verrue ordinaire.

– Et dangereux.

– Je n'en serais pas autrement surpris.

– Vous a-t-il menacé ?

– Oui, je crois que oui, fis-je. Mais si j'étais vous, je ne m'en inquiéterais pas outre mesure. Recevoir des menaces, pour quelqu'un comme moi, fait partie des risques du métier. Cela ne m'a pour ainsi dire pas effleuré.

– Je vous en prie, soyez prudent, Herr Gunther. Je n'aimerais pas avoir votre disparition sur la conscience.

La seconde tournée arriva. Je terminai mon premier verre et je le déposai, vide, sur le plateau du serveur. Au même moment, la grosse dame et son fils qui travaillait pour l'American Overseas Airlines sont entrés et se sont assis à la table voisine. J'avalai en vitesse l'oignon de mon cocktail, avant que la grosse dame n'ait pu me le réclamer. Le fils était allemand. Mais le costume en gabardine couleur lie-de-vin qu'il portait évoquait une illustration de mode masculine du magazine *Esquire*. Ou alors un night-club de Chicago. La veste était trop grande, avec de larges revers et des épaules encore plus larges, le pantalon baillait, l'entrejambe coupé très bas, et se resserrait spectaculairement à la cheville, comme pour mettre en valeur ses souliers marron et blanc. La chemise était blanche, unie, la cravate, d'un rose électrique. Pour compléter l'ensemble, une double chaîne de clef de longueur exagérée pendait à une étroite ceinture en cuir. Supposant que la mère n'irait pas la dévorer, j'imaginais qu'elle considérait son fils comme la prunelle de ses yeux. Il n'aurait sûrement rien remarqué, car son œil à lui rampait déjà sur le corps de Britta Warzok comme une langue invisible. Une seconde après, il reculait sa chaise, posait sa serviette de la taille d'une taie d'oreiller, se levait et s'approchait de notre table, comme s'il la connaissait. Tout sourire, comme si sa vie en dépendait, et s'inclinant avec raideur, ce qui ne collait absolument pas avec le costume décontracté qu'il portait, il dit :

— Comment allez-vous, chère madame ? Munich vous plaît ?

Frau Warzok le regarda d'un œil vide. Il s'inclina de nouveau, presque comme s'il espérait que ce mouvement lui rafraîchisse la mémoire.

— Felix Klingerhoefer ? Vous ne vous souvenez pas ? Nous nous sommes rencontrés dans l'avion.

Elle secoua la tête.

— Je pense que vous me prenez pour une autre, Herr… ?

J'en aurais presque ri à gorge déployée. L'idée que l'on puisse confondre Britta Warzok avec une autre, sauf éventuellement l'une des Trois Grâces, était trop absurde. Surtout avec ces trois cicatrices au visage. Il eût été plus facile d'oublier Eva Braun.

— Non, non, insista Klingerhoefer. Il n'y a pas d'erreur.

J'allai tacitement dans son sens, jugeant plutôt maladroit de sa part à elle de prétendre ainsi avoir oublié son nom, alors qu'il venait à peine de le lui mentionner. Je gardai le silence, attendant de voir comment tout cela allait tourner.

Ignorant totalement son interlocuteur, Britta Warzok se tourna vers moi.

— De quoi parlions-nous, Bernie ?

Je trouvai curieux qu'elle choisisse ce moment précis pour m'appeler par mon petit nom, et pour la première fois. Je ne lui rendis pas son regard. Au lieu de quoi, je ne quittai pas Klingerhoefer des yeux, dans l'espoir de l'encourager à ajouter un mot. Et même je lui souris, je crois. Qu'il ne se figure pas que j'allais le rudoyer. Mais il était égaré comme un chien sur un morceau de banquise flottante. Et, s'inclinant une troisième fois, il marmonna quelques mots d'excuses avant de regagner sa table, le visage virant à la couleur de son étrange costume.

– Il me semble que je vous parlais des individus bizarres que ce métier m'amène à fréquenter.

– N'est-ce pas justement le cas ? chuchota-t-elle en lançant un regard nerveux dans la direction de Klingerhoefer. Honnêtement. Je ne vois pas d'où il sort l'idée que nous nous serions déjà rencontrés. Je ne l'ai jamais vu.

Honnêtement. J'adore quand des clients s'expriment ainsi. Surtout les femelles. Tous mes doutes sur sa sincérité en furent instantanément levés, comme il se doit.

– Dans ce costume, je pense que je me serais souvenue de lui, insista-t-elle – remarque tout à fait superflue.

– Sans nul doute, acquiesçai-je en observant l'homme. Vous vous en seriez certainement souvenue.

Elle ouvrit son sac et en sortit une enveloppe qu'elle me tendit.

– Je vous avais promis une prime. La voici.

Je glissai un œil à l'intérieur de l'enveloppe. Il y avait dix billets de banque, et ils étaient tous de couleur rouge. Cela ne faisait pas cinq mille marks. Mais c'était quand même une somme plus que généreuse. Je lui dis que c'était trop généreux.

– Après tout, soulignai-je, cette preuve n'aide pas tellement votre cause.

– Au contraire, me répliqua-t-elle. Cela m'aide grandement. (Elle se tapota le front d'un ongle impeccable.) Ici. Même si cela n'aide pas ma cause, comme vous dites, vous n'imaginez pas à quel point cela m'apaise. De savoir qu'il ne reviendra pas. (Et, prenant ma main, elle la porta à ses lèvres et l'embrassa avec ce qui me semblait être une réelle gratitude.) Je vous remercie, Herr Gunther. Je vous remercie, beaucoup.

– C'était un plaisir, lui assurai-je.

Je rangeai l'enveloppe dans la poche intérieure de ma veste que je boutonnai, pour plus de sûreté. J'aimais cette façon de m'embrasser la main. J'aimais cette prime, aussi. J'aimais le fait qu'elle me l'ait payée en billets de cent marks. De jolis billets neufs, ornés de cette dame lisant un livre à côté d'un globe terrestre monté sur son support. J'aimais aussi son chapeau et ses trois cicatrices au visage. J'aimais à peu près tout chez elle, sauf son petit pistolet dans son sac à main.

J'éprouve presque autant d'aversion envers les femmes qui se promènent avec un pistolet que j'en éprouve envers les hommes porteurs d'une arme. Le pistolet et le petit incident avec Herr Klingerhoefer – sans oublier la manière dont elle m'avait empêché d'aller chez elle – m'amenaient à penser que Britta Warzok n'était pas si limpide qu'elle voulait le faire croire. Et comme elle vous fixait avec l'aplomb d'une Cléopâtre, cela me provoqua une crampe dans un muscle, que je ressentis subitement le besoin d'étirer.

– Vous êtes une catholique assez stricte, Frau Warzok, n'est-ce pas ?

– Malheureusement, oui. Pourquoi me posez-vous cette question ?

– Juste parce que je parlais de votre dilemme avec un prêtre, et il a recommandé que vous recouriez au bon vieux procédé jésuite de l'équivoque. À savoir dire une chose et en penser une autre, pourvu que l'on serve une bonne cause. C'est apparemment ce que recommandait le fondateur des Jésuites, Ulrich Zwingli. Selon ce prêtre à qui je m'adressais, Zwingli traite de ce sujet dans un ouvrage intitulé *Exercices spirituels*. Vous devriez peut-être le lire. Selon lui, un péché plus grand que le mensonge lui-même serait la mauvaise action résultant d'un mensonge que l'on tairait. En l'occurrence, votre position de belle jeune femme qui veut se marier et fonder une famille. Le prêtre avec lequel je me suis entretenu estime que si vous acceptiez d'oublier le fait d'avoir vu votre époux vivant au printemps 1946, vous n'auriez plus qu'à obtenir du Dienststelle qu'il le déclare mort, et vous n'auriez ensuite aucune obligation de solliciter l'église. Et maintenant que vous savez qu'il est vraiment mort, quel mal y aurait-il à cela ?

Frau Warzok haussa les épaules.

– Ce que vous m'exposez là est intéressant, Herr Gunther. Nous nous entretiendrons peut-être avec un jésuite et nous verrons ce qu'il recommande. Mais je serais incapable de mentir sur un sujet pareil. Pas à un prêtre. Je crains fort que, pour une catholique, il n'y ait pas de raccourcis faciles.

Elle termina son verre, puis s'essuya les lèvres avec sa serviette.

– C'est juste une suggestion.

Elle replongea la main dans son sac, posa cinq dollars sur la table et fit mine de s'en aller.

– Non, je vous en prie, ne vous levez pas, me dit-elle. J'ai honte de vous avoir privé de dîner. Je vous en prie, restez et commandez quelque chose. Vous avez là de quoi vous offrir ce que vous souhaitez. Finissez au moins votre verre.

Je me levai, je lui baisai la main et la regardai partir. Elle n'eut pas un regard pour Herr Klingerhoefer, qui rougit de nouveau, tripota sa chaînette et gratifia sa mère d'un sourire forcé. J'étais tenté de la suivre. Mais j'avais aussi envie de rester pour voir ce que je pourrais soutirer à Klingerhoefer. Klingerhoefer l'emporta.

Tous les clients sont des menteurs, me répétai-je. Je n'en ai pas encore rencontré un seul qui n'ait pas traité la vérité comme s'il s'agissait d'une denrée rationnée. Et le détective qui comprend que son client est un menteur sait toute la vérité qui l'intéresse, car il détiendra l'avantage. Cela ne m'intéressait pas de savoir toute la vérité sur Britta Warzok, à supposer que cela existe. Comme n'importe quel autre client, elle devait avoir ses raisons de ne pas tout me révéler. Et puis je manquais un peu de pratique. Elle n'était que ma troisième touche depuis que j'avais ouvert mon cabinet munichois. Il n'empêche, j'aurais dû un peu moins me laisser éblouir par elle. Ainsi, j'aurais été moins étonné, non pas de la surprendre à mentir de manière aussi éhontée, mais de la prendre en train de mentir tout court. Elle n'était pas plus catholique de stricte observance que je ne l'étais moi-même. Une catholique de stricte observance n'aurait pas nécessairement su qu'Ulrich Zwingli était, au seizième siècle, le chef de file du protestantisme. Mais elle aurait certainement su que c'était Ignace de Loyola qui avait fondé l'ordre des Jésuites. Et si elle avait pu mentir à propos de son catholicisme, c'est qu'elle était tout à fait prête à mentir au sujet de tout le reste aussi. Y compris sur ce pauvre Klingerhoefer. Je ramassai les dollars et me rendis à sa table.

Frau Klingerhoefer paraissait avoir surmonté toutes ses réserves préalables concernant le prix d'un dîner au Walterspiel et opérait sur un gigot d'agneau comme un mécanicien s'en serait pris à un jeu de bougies rouillées, à la clef et au marteau. Elle ne s'arrêta pas de manger un seul instant. Pas même quand je m'inclinai pour dire bonjour. Elle ne se serait sûrement pas arrêtée, même si l'agneau avait lâché un bêlement et s'était inquiété de l'étable où retrouver la Vierge Marie. Son fils, Felix, lui, s'était acoquiné avec du veau, et le découpait en petits triangles proprets, comme dans le dessin humoristique de ce journal où l'on voyait toujours Staline se tailler des quartiers d'une carte d'Europe.

— Herr Klingerhoefer, fis-je. Je crois que je vous dois des excuses. Ce n'est pas la première fois que ce genre d'incident se produit. Voyez-vous, la dame est bien trop vaniteuse pour porter des lunettes. Il est tout à fait possible que vous vous soyez déjà rencontrés, en effet, mais je crains que sa myopie l'empêche de vous reconnaître. Quel que soit l'endroit où vous avez fait connaissance. Dans un avion, avez-vous dit, je crois ?

Poliment, Klingerhoefer se leva.

— Oui. Dans un avion, en provenance de Vienne. Mes affaires m'y conduisent fréquemment. C'est là qu'elle habite, n'est-ce pas ? À Vienne ?

— C'est ce qu'elle vous a raconté ?

— Oui, me répondit-il, manifestement désarmé par ma question. Aurait-elle des ennuis ? Ma mère m'a expliqué que vous étiez détective.

— C'est exact, je suis détective. Non, elle n'a aucun ennui. Je veille sur sa sécurité personnelle. Comme une sorte de garde du corps, ajoutai-je avec un sourire. Elle vole. Et moi, je circule en train.

— Une si jolie femme, constata Frau Klingerhoefer, en évidant la moelle de l'os de l'agneau avec la pointe de son couteau.

— Oui, n'est-ce pas, qu'elle est jolie ? m'écriai-je. Frau Warzok divorce de son mari. D'après ce que je sais, elle n'a pas encore décidé si elle allait rester à Vienne. Ou venir vivre ici, à Munich. C'est la raison pour laquelle j'ai été un petit peu surpris qu'elle vous ait dit habiter à Vienne.

L'air pensif, Klingerhoefer secoua la tête.

— Warzok ? Non, je suis sûr que ce n'est pas le nom sous lequel elle s'est présenté.

— J'imagine qu'elle a dû employer son nom de jeune fille.

– Non, c'était vraiment Frau autre chose, m'assura-t-il. Et pas Fräulein. Je veux dire, une jolie femme comme elle. C'est la première chose à laquelle vous prêtez l'oreille. Savoir si elle est mariée ou non. Surtout quand vous êtes célibataire, et aussi désireux de vous marier que je le suis.

– Tu vas te trouver quelqu'un, lui certifia sa mère, en léchant la moelle à même le couteau. Tu dois juste te montrer patient, c'est tout.

– Était-ce Frau Schmidt ? demandai-je, car c'était le nom qu'elle avait utilisé lors de sa première prise de contact avec Herr Krumper, l'avocat de ma défunte épouse.

– Non, ce n'était pas Schmidt. Ce nom-là aussi, je m'en serais souvenu.

– Schmidt, c'était mon nom de jeune fille, me précisa la mère, toujours serviable.

Je m'attardai une seconde, dans l'espoir qu'il finisse par se rappeler le nom sous lequel elle s'était présentée. En vain. Et, au bout d'un moment, je m'excusai une fois encore et me dirigeai vers la porte.

Le maître d'hôtel se précipita vers moi. Ses coudes levés très haut le propulsaient en avant, comme un danseur.

– Tout s'est-il bien passé, monsieur ?

– Oui, fis-je, en lui tendant les dollars de Britta. Dites-moi une chose. Avez-vous déjà vu cette dame ?

– Non, monsieur. Ici ou ailleurs, je me serais souvenu d'elle, vous pensez.

– J'ai juste eu l'impression que vous l'aviez déjà rencontrée. (Je plongeai la main dans ma poche et j'en sortis un billet de cinq marks.) Ou peut-être serait-ce cette dame-ci que vous auriez reconnue ?

Le maître d'hôtel sourit, l'air un peu gêné.

– Oui, monsieur, admit-il. Celle-là, je crois, j'en ai bien peur.

– Vous n'avez aucune raison d'avoir peur, le rassurai-je. Elle ne mordra pas. Pas cette dame-ci. Mais si jamais vous revoyez l'autre, j'aimerais être tenu informé.

Je lui glissai le billet et ma carte de visite dans la poche poitrine de sa jaquette.

– Oui, monsieur. Mais comment donc, monsieur.

Je sortis dans Marstallstrasse avec le vague espoir de pouvoir apercevoir Britta Warzok montant à bord d'une voiture, mais elle était partie. La rue était déserte. Je la priai d'aller au diable et repartis à pied, rejoindre l'endroit où j'avais laissé ma voiture.

Tous les clients sont des menteurs.

16

En marchant jusqu'au bout de Marstallstrasse, avant de déboucher dans Maximilianstrasse, je réfléchissais déjà à la façon dont j'allais occuper la journée du lendemain. Ce serait un jour sans criminels de guerre nazis, sans Vestes rouges, sans prêtres croates tortueux et sans veuves riches et mystérieuses. J'allais consacrer la matinée à ma femme, en m'excusant de l'avoir jusque-là négligée. J'allais rendre visite à Herr Gartner, le fossoyeur, et lui communiquer les mots que je voulais faire graver sur la plaque commémorative dédiée à Kirsten. Et j'allais m'entretenir avec Krumper et lui conseiller de baisser le prix de vente de l'hôtel. À nouveau. Peut-être ferait-il beau, au cimetière. Je ne pensais pas que Kirsten se formaliserait si, dans le jardin du souvenir où ses cendres étaient dispersées, un rayon de soleil venait me caresser le visage. Ensuite, dans l'après-midi, je retournerais peut-être à cette galerie d'art – celle qui était voisine de l'immeuble de la Croix-Rouge – voir si je ne pourrais pas m'inscrire à un cours accéléré d'évaluation artistique. Le style où une jeune femme mince mais séduisante vous guide par le bout du nez et vous escorte dans une tournée de quelques musées, vous explique ceci et cela, et quand reconnaître si c'est un chimpanzé qui a peint tel tableau, et quand c'est un type coiffé d'un petit béret noir qui a peint tel autre. Et si ça ne se goupillait pas comme il fallait, je mettrais le cap vers la Hofbräuhaus avec mon dictionnaire anglais et un paquet de cigarettes, et je passerais la soirée avec une brune sympathique. Avec plusieurs brunes, sans doute – du style silencieux, avec de jolies têtes d'un blanc crémeux et pas d'histoire malheureuse, toutes alignées en rang le long d'un comptoir. Quoi que je finisse par décider, j'allais oublier tout ce qui me tracassait au sujet de Britta Warzok.

J'avais laissé ma voiture garée quelques rues plus à l'est du Vier Jahreszeiten, prête à partir vers l'ouest et Ramersdorf, au cas où l'envie me viendrait d'aller vérifier l'adresse qu'elle m'avait fournie. Mais ça ne me disait pas grand-chose. Pas après deux Gibson. Làdessus, au moins, Britta Warzok avait eu raison. Le Vier Jahreszeiten servait un excellent cocktail. Près de l'endroit où j'avais garé ma voiture, Maximilianstrasse s'élargit pour former une place allongée, le Forum. Quelqu'un, j'imagine, a dû penser que cette place lui rappelait la Rome antique, sans doute parce qu'il y avait là quatre statues d'allure vaguement classique. J'ose affirmer que l'endroit ressemble davantage au Forum antique que jadis, car le Musée ethnographique, qui se dresse sur le flanc droit de la place lorsque vous vous dirigez vers la rivière, est une ruine rasée par les bombes. Et c'est de cette direction que le premier de ces types a surgi. Bâti comme un mirador et vêtu d'un costume en lin beige vilainement froissé, il s'approcha de moi d'une démarche sinueuse, les bras écartés, comme un berger tenterait d'intercepter un mouton qui prend la fuite.

N'ayant aucune envie d'être intercepté par quiconque, et encore moins par un quidam aussi imposant que ce gaillard, je bifurquai aussitôt vers le nord, en direction de St-Anna, et là, j'avisai un deuxième bonhomme, qui arrivait vers moi depuis Seitzstrasse. Il portait une veste en cuir, un chapeau melon et était muni d'une canne. Il avait quelque chose dans le visage qui me déplaisait. En somme, oui, cela se limitait surtout à son visage. Les yeux avaient la couleur du béton et le sourire de ses lèvres fendues me rappelait un tronçon de fil de fer barbelé. Je tournai promptement les talons et les deux hommes me suivirent au pas de course. Je piquai alors un sprint vers Maximilianstrasse pour me retrouver sur le chemin d'un troisième personnage, qui avançait sur moi depuis l'angle de Herzog-Rudolf-Strasse. Il ne me donna pas non plus l'impression de se livrer à une collecte pour un organisme caritatif.

Je sortis mon pistolet de ma poche à peu près cinq secondes trop tard. Je n'avais pas suivi le conseil de Stuber et laissé une balle dans le canon, et j'allais devoir actionner la culasse pour en faire remonter une dans la chambre et le rendre prêt à tirer. De toute manière, cela n'aurait probablement fait aucune différence. À peine l'avais-je empoigné que l'homme à la canne me rattrapa et m'en donna un coup sur le poignet. Sur le moment, je crus qu'il m'avait fracturé le bras. Le petit pistolet roula dans un inoffensif fracas métallique sur la chaussée, où je faillis l'accompagner tant la douleur était vive. Heureusement, j'ai deux bras, et l'autre lui expédia mon coude dans le ventre. C'était un coup brutal, assez bien asséné pour couper le souffle à mon assaillant au chapeau melon. Je le sentis siffler à mon oreille, mais c'était loin de suffire pour l'envoyer au tapis.

Les deux autres étaient sur moi, maintenant. Je levai les pattes et leur en flanquai un coup, une manchette sèche en plein dans la figure du premier, et un bon crochet du droit au menton du second. Je sentis sa tête rouler sous mes phalanges, tel un ballon piqué au bout de son bâton, et j'esquivai un poing de la taille d'un petit sommet alpin. Mais c'était inutile. La canne s'abattit violemment sur mes épaules, et mes mains se relâchèrent, comme les bras d'un joueur de tambour. L'un des types me retroussa ma veste sur mes épaules, de sorte que j'avais les bras cloués aux hanches, et ensuite un autre m'enfonça dans le ventre un poing qui vint me racler la colonne vertébrale et me laissa sur les genoux, le temps de rendre sur le petit Beretta les restes de l'oignon qui avait constitué mon dîner.

— Waouh, vise-moi son petit flingue, se moqua l'un de mes nouveaux amis, et il l'éloigna d'un coup de pied, juste au cas où je me serais senti assez stupide pour tenter de le ramasser. Je m'en abstins.

— Remets-le debout, ordonna le type au chapeau melon.

Le plus costaud m'empoigna par le col de ma veste et me hissa dans une posture qui évoquait vaguement la position debout. Je restai pendu à sa poigne un petit moment, comme un homme qui a laissé tomber sa monnaie, mon chapeau glissant lentement du sommet de mon crâne. Une grosse berline s'arrêta dans un crissement de pneus. Quelqu'un récupéra consciencieusement mon chapeau, qui avait fini par glisser de ma tête. Ensuite, les doigts de celui qui me retenait par le col me crochetèrent sous la ceinture et me poussèrent vers le trottoir. Il semblait peu judicieux de se débattre. Ils savaient ce qu'ils faisaient. Ils n'en étaient pas à leur coup d'essai, ça se voyait. Ils formaient désormais un triangle solidement fermé autour de moi. Le premier ouvrit la portière de la voiture et jeta mon chapeau sur la banquette arrière, le deuxième me manipula comme un sac de pommes de terre. Le troisième gardait la canne à la main, pour le cas où je changerais d'avis et refuserais d'aller pique-niquer avec eux. Vus de près, ils avaient l'air de personnages d'un tableau de Jérôme Bosch, et l'odeur était à l'avenant – mon visage pâle, docile et moite de sueur, encadré par une triade de la stupidité, de la bestialité et de la haine. Nez cassés. Dents manquantes. Yeux mauvais. Barbes de plusieurs jours. Haleines de bière. Doigts nicotinés. Mentons belliqueux. Et encore un peu plus d'haleine de bière. Ils en avaient bu une sacrée quantité, avant d'honorer leur rendez-vous avec moi. Cela revenait à se faire kidnapper par la guilde des brasseurs de Bavière.

— Vaut mieux le menotter, décréta le chapeau melon. Juste au cas où il tenterait quelque chose.

— S'il tente, je le cogne avec ça, menaça l'un, en exhibant une matraque.

— Menotte-le quand même, répéta le melon.

Le grand gaillard qui me retenait par la ceinture et par le col me relâcha un instant. C'est le moment où je m'intimai l'ordre de prendre la fuite. Le seul ennui, c'était que mes jambes n'obéissaient plus à mes ordres. J'avais la sensation qu'elles appartenaient à un autre, et que cet autre n'avait plus avancé d'un pas depuis des semaines. Et puis on m'aurait tout bonnement fauché. On m'a déjà fauché, et ma tête n'a pas aimé du tout. Donc, en garçon poli, je laissai le grand gaillard me bloquer les deux mains dans ses paluches et me claquer un bracelet en acier autour des poignets. Ensuite, il me souleva un brin, m'empoigna de nouveau par la ceinture et me balança comme un boulet de canon humain.

Mon chapeau et la banquette de la voiture arrêtèrent ma chute. Tandis que le grand gaillard grimpait après moi dans le véhicule, de l'autre côté, la portière s'ouvrit sous mon nez, et le singe à la matraque posa sa hanche, de la taille d'un pneu, tout près de ma tête, me refoulant sans ménagement vers le milieu de la banquette. Ce n'était franchement pas mon style de sandwich préféré. Le type au melon s'installa à l'avant et nous voilà partis.

— Où allons-nous ? m'entendis-je demander d'une voix enrouée.

— T'occupe, me lâcha le type à la matraque, et il m'écrasa mon chapeau sur le crâne. Je ne l'en retirai pas, préférant l'odeur huileuse et sucrée de la brillantine de mon couvre-chef à leur haleine de brasserie et à la puanteur de friture qui restait accrochée à leurs frusques. J'aime l'odeur de mon ruban de chapeau. Et, pour la première fois, je finis par comprendre pourquoi un petit enfant ne se sépare jamais de son doudou. L'odeur de mon chapeau me rappelait l'homme normal que j'étais voici encore quelques minutes, et que j'espérais redevenir quand ces voyous en auraient fini avec moi. Ce n'était pas exactement la madeleine de Proust, mais ce n'en était pas loin.

Nous roulâmes vers le sud-est. Je le savais car la voiture, quand on m'avait poussé dedans, était orientée à l'est, vers l'entrée de Maximilianstrasse. Et peu de temps après avoir démarré, nous traversâmes le pont Maximilian avant de tourner à droite. Le trajet se termina un peu plus tôt que je ne m'y attendais. Nous entrâmes dans un garage ou un entrepôt. Un battant qui s'était relevé devant nous se rabaissa dans notre dos. Je n'avais pas besoin de mes yeux pour comprendre approximativement où nous étions. L'odeur aigre-douce du houblon malaxé émanant de trois des plus vastes brasseries de Munich était l'un des principaux points de repère de la ville, tout comme la statue de Bavière sur le Theresenwiese, lors de la fête de la bière. Même à travers le feutre de mon chapeau, elle était aussi forte et âcre qu'une promenade à travers un champ où l'on a récemment épandu de l'engrais.

Des portières de voiture s'ouvrirent. D'un geste brusque, on me fit sauter mon chapeau du visage et, moitié en me tirant, moitié en me poussant, on me sortit de l'habitacle. Dans la voiture, les trois du Forum étaient devenus quatre, et il y en avait deux autres qui nous attendaient dans un entrepôt à moitié désaffecté jonché de palettes cassées, de tonneaux de bière et de caisses de bouteilles vides. Une motocyclette et un side-car trônaient dans un coin. Un camion était stationné devant la voiture. Au-dessus de ma tête, il y avait une verrière, sauf que tout le verre se trouvait sous mes semelles. Il craquait comme de la glace sur un lac gelé, et l'on me fit avancer de force vers un homme plus soigné que les autres, qui avait les mains plus petites, les pieds plus menus et une petite moustache. J'espérai juste qu'il ait une cervelle assez grosse pour pouvoir discerner quand je disais la vérité. Mon estomac me donnait l'impression d'être resté collé à ma colonne vertébrale.

Le petit gabarit portait une veste grise Trachten à revers chasseur verts et poches assorties en forme de feuilles de chêne, les souliers étaient marron, et il me faisait penser au Führer à Berchtesgaden, s'apprêtant à veiller jusque tard dans la soirée. Sa voix était douce et civilisée, ce qui aurait pu me changer agréablement, si ce n'est que l'expérience m'avait appris qu'en général ce sont les plus calmes qui se révèlent aussi les pires sadiques – surtout en Allemagne. La prison de Landsberg était remplie de types civilisés à l'élocution posée, comme cet individu en veste Trachten.

— Vous êtes un homme chanceux, Herr Gunther, m'affirma-t-il.

— C'est aussi mon sentiment.

— Vous étiez vraiment dans la SS, n'est-ce pas ?

— J'essaie de ne pas trop m'en vanter.

Il se tenait debout, droit, parfaitement immobile, presque au garde-à-vous, les bras le long du corps, comme s'il s'apprêtait à prononcer un discours lors d'un défilé militaire. Il avait les manières et le port des officiers supérieurs de la SS, les yeux et le langage d'un officier supérieur de la SS. Un tyran, comme Heydrich ou comme Himmler – l'un de ces psychopathes limites qui commandaient généralement des bataillons de police dans les provinces les plus reculées du grand Reich allemand. Pas le genre de personnage avec qui il faisait bon se montrer désinvolte, me dis-je. Un vrai nazi. Une variété d'être que je haïssais, d'autant plus maintenant que nous étions censés nous être débarrassés d'eux.

— Oui, nous avons vérifié, reprit-il. Dans nos listes de bataillons. Nous conservons des listes des hommes de la SS, vous savez, et vous y figurez. Et c'est pour cela, disais-je, que vous avez beaucoup de chance.

— Je le sentais. Dès l'instant où vos gars sont passés me prendre, j'ai eu un intense sentiment d'appartenance.

Durant toutes ces années, je l'avais bouclée, comme tout le monde. Peut-être était-ce la forte odeur de bière et leurs manières de nazis, mais subitement je me souvins de certains SA entrant dans un bar et rossant un Juif, et moi sortant de là, pour les laisser s'atteler à leur besogne. Ce devait être en 1934. J'aurais dû intervenir à l'époque. Et maintenant, sachant qu'ils n'allaient pas me tuer, j'avais subitement envie de me rattraper. J'avais envie de jeter à la face de ce nazi intraitable ce que je pensais de lui et de ceux de son espèce.

— Je ne prendrais pas cela trop à la légère si j'étais vous, Herr Gunther, me prévint-il avec douceur. La seule raison pour laquelle vous êtes encore en vie, à la minute présente, c'est que vous figurez sur cette liste.

— Je suis très heureux de l'apprendre, Herr General.

Il tressaillit.

— Vous me connaissez ?

— Non, mais je connais vos manières d'être. Cette tranquille assurance, cette attente d'être obéi. Cette idée absolue de la supériorité de la race élue. Je suppose que ce n'est pas très surprenant, vu le calibre des hommes qui travaillent pour vous. Mais il en a toujours été ainsi, avec l'état-major de la SS, n'est-ce pas ? Je regardai avec dégoût les hommes qui m'avaient amené là. Dégotter quelques sadiques faibles d'esprit pour accomplir le sale boulot, ou mieux encore, un individu d'une tout autre race. Un Lituanien, un Ukrainien, un Roumain, même un Français.

— Ici, nous sommes tous allemands, Herr Gunther, me rappela le petit général. Tous, autant que nous sommes. Tous d'anciens camarades. Y compris vous. Ce qui rend votre comportement récent d'autant plus inexcusable.

— Qu'ai-je fait ? J'ai oublié de lustrer mon coup-de-poing américain ?

— Vous seriez mieux inspiré de ne pas poser à tout bout de champ des questions sur la Toile d'araignée et la Confrérie. Nous n'avons pas tous aussi peu de choses que vous à cacher, Herr Gunther. Certains d'entre nous pourraient s'exposer à des condamnations à mort.

— En pareille compagnie, je n'ai aucun mal à le croire.

— Votre impertinence ne vous fait pas honneur, ni à vous, ni à votre organisation, déplora-t-il, presque avec tristesse. Mon honneur à moi, c'est ma loyauté. Cela ne revêt-il aucun sens à vos yeux ?

— En ce qui me concerne, général, ce n'étaient que des mots gravés sur une boucle de ceinturon. Encore un autre mensonge nazi, comme « la Force par la joie ».

L'autre raison pour laquelle je racontais cela au petit général, bien entendu, c'était que je n'avais pas eu la cervelle nécessaire pour accéder moi-même au grade de général. Peut-être n'allaient-ils pas me tuer. Mais je ne devais pas perdre de vue le risque qu'ils puissent quand même me faire du mal. Peut-être. Une partie de moi-même n'ignorait pas qu'ils allaient me faire souffrir. C'était écrit. Et dans ces circonstances, j'estimais ne rien avoir à perdre à exprimer le fond de ma pensée. Ou alors le plus beau mensonge de tous. Mon préféré. Celui que les SS ont inventé pour que les gens supportent mieux leur sort. « Le travail rend libre. »

— Je vois que nous allons devoir vous rééduquer, Herr Gunther, m'avertit le général. Pour votre bien, comme de juste. Afin de vous éviter d'autres désagréments, à l'avenir.

— Vous pouvez me présenter la chose comme vous voudrez, général. Mais vous avez toujours préféré frapper les gens, vous autres...

Je n'achevai pas ma phrase. Le général eut un signe de tête vers un de ses hommes – le sbire à la matraque – et c'était comme de lâcher la laisse d'un chien. Immédiatement, sans une seconde d'hésitation, l'homme s'avança d'un pas et m'en fit tâter sur les deux bras, puis sur les deux épaules. Je sentis tout mon corps se cambrer dans un spasme involontaire, alors que, toujours menotté, j'essayais de rentrer la tête dans le cou.

Savourant sa besogne, il eut un gloussement feutré, tandis que la douleur me mettait à genoux et, me contournant pour venir se placer derrière moi, il me frappa au bas de la nuque – un coup paralysant qui me laissa dans la bouche un goût mêlé de Gibson et de sang. C'étaient des coups d'expert, je le sentais, et destinés à provoquer le maximum de douleur.

Je m'effondrai sur le flanc, et je restai là, gisant sur le sol, à ses pieds. Mais si je m'étais imaginé qu'il serait trop paresseux pour se pencher et continuer de me cogner, je me trompais. Il retira sa veste et la tendit à l'homme au chapeau melon. Ensuite, il se remit à me frapper. Il me frappa aux genoux, aux chevilles, dans les côtes, sur les fesses, et sur les tibias. Chaque fois qu'il cognait, la matraque rendait le son d'un tapis que l'on battait avec le manche d'un balai. À l'instant où je priai pour que cesse cette correction, quelqu'un laissa échapper une bordée de jurons, comme si ces coups sur mon corps lui paraissaient d'une incroyable férocité, et il me fallut encore plusieurs atroces secondes pour me rendre compte que c'était moi qui proférais ces jurons. Je m'étais déjà fait rouer de coups, mais jamais avec autant de méthode. Et la seule raison pour laquelle je sentis cela durer si longtemps tenait sans doute à sa manière d'éviter de me frapper au visage et à la tête, ce qui aurait pu me plonger délicieusement dans l'inconscience. Le plus intolérable, c'est quand il a commencé à répéter ses coups, en frappant là où il m'avait déjà frappé, là où la chair n'était plus qu'un douloureux hématome. C'est là que je me mis à crier, comme si j'étais en colère contre moi-même, de ne pouvoir perdre connaissance et m'évader dans la douleur.

— Cela suffit pour le moment, décréta enfin le général.

L'homme qui maniait la matraque recula, le souffle lourd, et s'essuya le front de l'avant-bras.

Ensuite, l'homme au melon rigola et, en lui tendant sa veste, il lui dit :

— Tu n'as pas travaillé autant de toute la semaine, Albert.

Je restai au sol, immobile. Mon corps me faisait l'effet d'avoir été lapidé pour adultère, sans le plaisir du souvenir de cet adultère. J'étais submergé par la douleur de toute part. Et tout ça pour l'équivalent de dix dames rouges en effigie. J'avais touché un millier de marks et je me disais que j'allais en toucher mille autres, de marques, en m'inspectant dans le miroir demain matin. À supposer que j'aie encore les tripes de me regarder dans un miroir. Mais ils n'en avaient pas fini avec moi.

— Relevez-le, ordonna le général. Et amenez-le par ici.

En blaguant et en maudissant le poids que je pesais, ils me traînèrent vers l'endroit où il se tenait, à côté d'un tonneau de bière. Un marteau et un ciseau étaient posés dessus. Cette vision ne me plut pas. Et elle me plut encore moins quand le grand gaillard s'en empara, avec la mine du sculpteur qui s'apprête à travailler. J'eus l'horrible sensation d'être cet horrible morceau de marbre que

Michel-Ange choisit un jour chez un marchand. Ils me plaquèrent à reculons contre le tonneau, m'aplatirent une main menottée sur le couvercle en bois. Je me démenai avec ce qui me restait de force et ils s'esclaffèrent.

— Il est courageux, hein ? fit le grand gaillard.

— Un vrai lutteur, acquiesça l'homme à la matraque.

— La ferme, tous ! s'exclama le général.

Il me saisit par l'oreille et la tordit.

— Écoutez-moi, Gunther. Écoutez-moi. (Sa voix était presque douce.) Vous avez fourré vos doigts poisseux dans des affaires qui ne vous regardent pas. Exactement comme dans l'histoire de cet idiot de petit Hollandais qui a fourré son doigt dans un trou du mur de la digue. Vous savez quoi ? On ne raconte jamais l'histoire jusqu'au bout, on ne sait jamais ce qui lui est arrivé. Et, plus important, ce qui est arrivé à son doigt. Savez-vous ce qui est arrivé à son doigt, Herr Gunther ?

Je hurlai à pleins poumons, car quelqu'un venait d'attraper ma main et la maintenait à plat contre le couvercle du tonneau. Ensuite, ils écartèrent mon auriculaire des autres doigts, avec ce que je croyais être le goulot d'une bouteille de bière. Puis je sentis le bord tranchant du ciseau appuyé contre mon articulation et, pendant un court instant, j'oubliai la douleur dans le reste de mon corps. Les grandes pattes graisseuses qui me maintenaient se raidirent d'excitation. Je crachai du sang en répondant au général.

— J'ai saisi le message, d'accord ? fis-je. Je me tiens à carreau, définitif.

— Je n'en suis pas sûr, me souffla le SS. Voyez-vous, un récit édifiant n'a d'effet que si l'avertissement est renforcé par un avant-goût des conséquences éventuelles. Un rappel très aigu du genre de mésaventure qui risque de vous attendre si vous deviez encore tremper le doigt dans nos affaires. Montrez-lui de quoi nous voulons parler, messieurs.

Un objet scintillant fendit l'air en un éclair – le marteau, présumai-je –, puis s'abattit sur le manche du ciseau. Le temps d'une seconde, la douleur fut indescriptible, puis un épais brouillard dévalant des Alpes m'enveloppa. Je me vidai de tout mon souffle et je fermai les yeux.

17

Je n'aurais pas dû sentir aussi mauvais. Je savais que j'avais mouillé mon pantalon. Mais cela n'aurait pas dû sentir aussi mauvais. Pas si vite. Je puais davantage que le plus crasseux des clochards. Cette odeur ammoniaquée, écœurante, douceâtre que vous sentez sur les gens qui ne se sont pas lavés ou qui n'ont pas changé de vêtements depuis des mois. J'essayai d'en détourner la tête, mais l'odeur resta collée à ma peau. J'étais allongé par terre. Quelqu'un me tenait par les cheveux. Je clignai des yeux, je les ouvris, et je découvris un petit flacon marron de sels que l'on tenait sous narines. Le général se leva, revissa le capuchon du flacon et le glissa dans la poche de sa veste.

— Donnez-lui un peu de cognac, ordonna-t-il.

Des doigts gras m'empoignèrent le menton et glissèrent le bord d'un verre entre mes lèvres. C'était le meilleur cognac que j'aie jamais goûté. Je m'en remplis la bouche et j'essayai d'avaler, mais sans grand succès. Et puis j'essayai de nouveau, et cette fois un filet d'alcool me descendit dans le gosier. J'eus la sensation d'une substance radioactive me traversant le corps. Quelqu'un m'avait retiré les menottes et je vis un grand mouchoir ensanglanté entortillé autour de ma main gauche. Mon mouchoir.

— Mettez-le debout, fit le général.

Une fois de plus, on me hissa. La douleur me fit presque défaillir, et j'eus tout de suite envie de me rasseoir. Quelqu'un me colla le verre de cognac dans la main droite. Je le portai à ma bouche. Le verre cliqueta contre mes dents. Ma main tremblait comme celle d'un vieillard. Ce n'était pas une surprise. Je me sentais comme un centenaire. J'avalai le reste du nectar, ce qui faisait beaucoup, et je lâchai le verre, qui roula par terre. Je me sentis osciller comme si je me trouvais sur le pont d'un bateau.

Le général me fit face. Il était assez près pour que je discerne ses yeux bleus d'Aryen. Ils étaient froids, insensibles et aussi durs que des saphirs. Un petit sourire flottait aux commissures de ses lèvres, comme s'il avait une remarque amusante à me glisser à l'oreille. Et c'était le cas. Mais je ne saisis pas la plaisanterie. Il tenait un petit objet rose sous mon nez. Au début, je crus qu'il s'agissait d'une crevette mal cuite. Crue et ensanglantée à une extrémité. Sale à l'autre. Pas franchement appétissante. Ensuite, je me rendis compte que ce n'était pas comestible. C'était mon petit doigt. Il me pinça le nez, avant de m'en enfiler la moitié dans une narine. Le sourire s'accentua encore.

— Voilà ce qui arrive quand vous fourrez le doigt dans des affaires qui en réalité ne vous regardent pas, me répéta-t-il, de sa voix tranquille, civilisée, amoureuse de Mozart, sa voix de gentleman nazi. Et vous pouvez vous estimer heureux que nous n'ayons pas considéré que c'était votre nez qui vous avait mis dans cette fâcheuse posture. Sans quoi, nous aurions pu vous le couper. Me suis-je clairement fait comprendre, Herr Gunther ?

Je lâchai un grognement faiblard. J'étais loin de toute impertinence. Je sentis que mon doigt allait glisser de ma narine. Mais il le rattrapa juste à temps, et le fourra dans ma poche poitrine, comme un stylo qu'il m'aurait emprunté.

— Souvenir.

Il se retourna et s'adressa au chapeau melon.

— Conduisez Herr Gunther à l'endroit de son choix.

Ils me traînèrent jusqu'à la voiture et me poussèrent sur la banquette arrière. Je fermai les yeux. Je n'avais qu'une envie : dormir, dormir un millier d'années. Comme Hitler et les autres.

Des portières de voiture se refermèrent. Le moteur démarra. L'un de mes camarades eut soin de me réveiller, d'un coup de coude.

— Où voulez-vous aller, Gunther ?

— À la police, dit quelqu'un.

À ma grande surprise, ce quelqu'un, c'était moi.

– Je voudrais porter plainte pour agression.

Il y eut un rire depuis le siège avant.

– La police, c'est nous, grinça une voix.

Il se pouvait que ce soit vrai, ou non. Je m'en moquais un peu. Désormais. La voiture s'ébranla, prit de la vitesse.

– Alors, où est-ce qu'on l'emmène ? demanda une voix au bout d'une minute ou deux.

Je jetai un œil à moitié ouvert par la fenêtre. Apparemment, on se dirigeait vers le nord. La rivière était sur notre gauche.

– Un magasin de pianos, pourquoi pas ? chuchotai-je.

Ils trouvèrent ça très drôle. J'en ris presque, moi aussi, sauf que ce fut douloureux lorsque j'essayai de respirer.

– Ce type est vraiment coriace, déclara le grand gaillard. Il me plaît bien.

Il alluma une cigarette et, en se penchant vers moi, me la planta entre les lèvres.

– C'est pour ça que vous m'avez coupé le doigt ?

– Exact, fit-il. Une chance pour toi, que je t'aime bien, hein ?

– Avec des amis comme toi, Golem, je n'ai plus besoin d'ennemis.

– Comment il t'a appelé ?

– Golem.

– C'est un mot de youde, dit le chapeau melon. Mais ne me demande pas ce que ça veut dire.

– De youde ? fis-je dans un souffle, mais ils m'entendaient très bien. C'est quoi ?

– Du juif, quoi, fit le grand gaillard. Et puis il me flanqua une méchante manchette au côté. Alors, c'est un mot de youde ? Comme il a dit ?

– Oui, admis-je.

Je n'avais plus envie de le provoquer. Pas avec les neuf doigts qui me restaient au bout des pattes. J'aimais bien mes doigts et, surtout, mes petites amies aussi les aimaient bien, du temps où j'avais encore des petites amies. Donc je battis en retraite, en lui racontant que le Golem était un gros monstre stupide, vaguement humain, aussi monstrueux que méchant. Mais non, il n'était pas prêt à accepter un tel degré de franchise. Et moi non plus. Donc je lui racontai plutôt autre chose. Ça désigne un grand type. Un type très costaud.

— Ça, c'est tout lui, c'est vrai, commenta le chauffeur. Des plus grands, on n'en trouve pas des masses. Et des plus costauds, sûrement pas.

— Je crois que je vais vomir, geignis-je.

Là-dessus, le grand gaillard me retira la cigarette de la bouche, ouvrit la fenêtre et la jeta dehors, puis il me poussa la tête dans le flot de l'air frais de la nuit qui enveloppait la voiture.

— T'as besoin d'un peu d'air, c'est tout. D'ici une minute, ça ira mieux.

— Est-ce que ça va ? demanda le conducteur en regardant derrière lui, l'air tendu. J'ai pas envie qu'il dégueule dans la bagnole.

— Il va très bien, lui assura le grand gaillard, qui dévissa le bouchon d'une flasque et me versa un peu de cognac dans la bouche. Hein, mon petit dur ?

— Peu importe, maintenant, fit le chapeau melon. On est rendus.

La voiture s'arrêta.

— Rendus où ? demandai-je.

Ils me sortirent de la berline et me tirèrent devant une entrée de bâtiment bien éclairée, où ils me calèrent contre un tas de briques.

— C'est l'hôpital public, annonça le grand gaillard. À Bogenhausen. Reste tranquille un petit moment. D'ici une minute, quelqu'un va venir te trouver, j'imagine. Fais-toi retaper. Tout ira bien, Gunther.

— Très attentionné de votre part, lâchai-je.

Je tâchai de reprendre mes esprits, assez pour me concentrer sur la plaque d'immatriculation de la voiture. Mais je voyais double et puis, un court instant, je ne vis même plus rien du tout. Quand je rouvris les yeux, la voiture avait disparu et un homme en blouse blanche était agenouillé devant moi.

— Vous y êtes allé un peu fort, non, monsieur ? me dit-il.

— Pas moi, non. Un autre, oui. Et s'ils y sont allés un peu fort, c'est sur ma pomme, doc. Comme si on m'avait pris pour le sac de frappe préféré de Max Schmelling, vous savez, notre champion du monde des poids lourds en 1936.

— Vous en êtes sûr ? Vous puez quand même le cognac.

— Ils m'ont donné à boire, me défendis-je. Pour que je ne me formalise pas trop qu'on me coupe un doigt. J'agitai mon poing ensanglanté devant son visage, en guise de déclaration sous serment.

— Hum ! grogna-t-il d'un air sceptique. Nous avons pas mal d'ivrognes qui s'infligent des blessures et qui rappliquent chez nous. Ils se figurent que nous ne sommes là que pour recoller les morceaux.

— Écoutez, docteur Schweitzer, chuchotai-je. J'ai été battu comme plâtre. Si vous m'allongez bien à plat sur le sol, vous pourrez m'imprimer le journal de demain sur le corps. Maintenant, vous allez m'aider, oui ou non ?

— Possible. Quels sont vos nom et adresse ? Et, juste pour que je ne me sente pas trop idiot quand je vais retrouver une bouteille au fond de votre poche, comment s'appelle le nouveau chancelier ?

Je lui donnai mon nom et mon adresse.

— Mais je n'ai aucune idée du nom de notre nouveau chancelier, lui avouai-je. J'en suis encore à essayer d'oublier le précédent.

— Vous êtes capable de marcher ?

— Jusqu'à un fauteuil roulant, peut-être, si vous m'indiquez la direction.

Il alla m'en chercher un derrière la double porte battante et m'aida à m'y asseoir.

— Au cas où la chef de salle poserait la question, me conseilla-t-il en me poussant à l'intérieur, le nouveau chancelier allemand s'appelle Konrad Adenauer. Parce que si elle vous renifle avant que nous ayons eu l'occasion de vous retirer vos vêtements, elle risque en effet de vous poser la question. Elle n'apprécie pas trop les ivrognes.

— Et moi pas trop les chanceliers.

— Adenauer était le maire de Cologne, continua l'homme en blouse blanche. Jusqu'à ce que les Britanniques le révoquent pour incompétence.

— Il devrait joliment s'en sortir, alors.

Au premier étage, il trouva une infirmière pour m'aider à me déshabiller. C'était une jolie fille et, même dans un hôpital, elle devait avoir d'autres choses plus plaisantes à faire que de poser les yeux sur mon corps tout blanc, marqué de tant de zébrures bleuâtres que je ressemblais au drapeau de la Bavière.

— Seigneur Jésus, s'exclama le toubib en revenant m'examiner. Que vous est-il arrivé ?

— Je viens de vous le dire. Je me suis fait rosser.

— Mais par qui ? Et pourquoi ?

— Ils ont prétendu qu'ils étaient policiers. Mais ils voulaient peut-être simplement que je les garde dans mon estime. Toujours ma tendance à retenir ce que les êtres ont de pire. C'est un défaut de caractère, chez moi. Cela va de pair avec ma manie de me mêler de ce qui ne me regarde pas et avec ma langue trop bien pendue. Si je m'efforce de lire entre ces zébrures que j'ai sur le corps, je dirais que c'est ce qu'ils ont essayé de me faire comprendre.

— Vous avez un sacré sens de l'humour, vous, observa le médecin. J'ai l'impression que vous en aurez besoin, ce matin. Ces hématomes sont assez vilains.

— Je sais.

— Pour l'heure, nous allons faire quelques radios, voir si vous n'avez rien de cassé. Ensuite, nous vous gaverons d'antalgiques et nous examinerons plus attentivement votre doigt.

— Puisque vous me posez la question, il est dans la poche de ma veste.

— Je voulais parler du moignon.

Je le laissai dénouer mon mouchoir et examiner les restes de mon auriculaire.

— Cela va nécessiter quelques points de suture, me prévint-il. Et un peu d'antiseptique. Cela dit, c'est du travail propre et bien fait, pour une blessure traumatique. Les deux articulations supérieures ont disparu. Comment s'y sont-ils pris ? Je veux dire, comment vous l'ont-ils sectionné ?

— Au marteau et au couteau.

Le médecin et l'infirmière tressaillirent de compassion. Elle m'enveloppa les épaules dans une couverture. Je continuais de frissonner. Et en plus, je transpirais. Et puis j'avais très soif. Quand je me mis à bâiller, le toubib me pinça le lobe de l'oreille.

— N'ajoutez rien, plaisantai-je, sans desserrer les dents. Vous me trouvez mignon.

— Vous êtes en état de choc, décréta-t-il, en relevant mes jambes sur le lit et en m'aidant à m'allonger. Une chance que vous soyez ici.

Ils m'entassèrent des couvertures sur le corps.

– Tout le monde considère que j'ai de la chance, ce soir, constatai-je.

Je commençais à me sentir pâle et gris autour des branchies. Et agité, en plus. Et même anxieux. Comme une truite qui tenterait de nager sur le plateau de verre d'une table basse.

– Dites-moi, toubib. Est-ce que les gens peuvent vraiment attraper la grippe et en mourir, en plein été ?

Je respirai à fond et laissai échapper une goulée d'air, presque comme si j'avais couru. En fait, je mourais d'envie d'une cigarette.

– La grippe ? s'étonna-t-il. De quoi parlez-vous ? Vous n'avez pas la grippe.

– Bizarre. C'est pourtant l'impression que j'ai.

– Et vous n'allez pas mourir.

– Quarante-quatre millions d'êtres humains sont morts de la grippe en 1918. Comment pouvez-vous en être si certain ? Des gens qui meurent de la grippe, il y en a tout le temps, doc. Mon épouse, et d'une. Et mon épouse, et de deux. Je ne sais pas pourquoi. Mais il y avait quelque chose là-dedans qui m'a déplu. Et je ne parle pas d'elle. Même si elle ne me plaisait plus. Plus les derniers temps. Au début, si, je l'aimais. Je l'aimais beaucoup. Mais plus depuis la fin de la guerre. Et certainement plus depuis notre arrivée à Munich. Et c'est sans doute pourquoi je méritais la rossée que j'ai récoltée ce soir. Vous comprenez ? Je le méritais, doc. Tout ce qu'ils ont pu me faire subir, peu importe, je l'avais bien cherché.

– Absurde.

Le toubib ajouta autre chose. Il me posa une question, je crois. Je n'ai rien compris. Le brouillard était de retour. Il déferlait comme d'une cuisine enfumée où l'on grille des saucisses par une froide journée d'hiver. L'air de Berlin. Reconnaissable entre tous. Une sorte de retour au bercail. Sauf qu'une infime partie de moi-même savait que rien de tout cela n'était vrai et que, pour la seconde fois de la soirée, je venais tout bonnement de tomber dans les pommes. Ce qui revient un petit peu à être mort. En mieux. Tout vaut mieux que d'être mort. Peut-être avais-je plus de chance que je ne le croyais. Tant que j'étais capable de faire la distinction entre la mort et le reste, tout allait à peu près bien.

18

C'était le jour. La lumière se déversait par les fenêtres. Des grains de poussière flottaient au milieu d'éclatantes barres de lumière obliques, comme de minuscules personnages issus de je ne sais quel projecteur de cinéma céleste. Il ne s'agissait peut-être que d'angelots envoyés pour me conduire vers une version possible du paradis. Ou de petits filaments de mon âme, impatients d'accéder à la gloire, partis en éclaireurs sur la route des étoiles avant le reste de ma personne, tâchant de devancer la ruée. Ensuite, le rai de lumière se déplaça de manière presque imperceptible, comme les aiguilles d'une horloge géante, jusqu'à ce qu'il touche le pied du lit et, à travers le drap et même à travers les couvertures, il me réchauffa les orteils, manière de me rappeler que je n'avais pas encore achevé mes tâches en ce monde.

Le plafond était rose. Une grande vasque en verre y était suspendue par une chaîne en cuivre. Au pied de cette vasque gisaient quatre mouches mortes, comme un escadron entier de chasseurs abattus à la suite d'une terrible guerre entre insectes. Quand j'eus fini d'observer le plafond, je fixai les murs. Ils étaient de la même nuance de rose. Il y avait contre l'un d'eux une armoire médicale remplie de flacons et de pansements. À côté, un bureau, avec une lampe, où les infirmières venaient parfois s'asseoir. Une grande photographie du château de Neuschwanstein, le plus célèbre des trois palais royaux édifiés par Louis II de Bavière, était accrochée sur le mur d'en face. On l'appelait quelquefois Louis le Roi fou mais, depuis mon admission à l'hôpital, je m'étais aperçu que je le comprenais mieux que la plupart des êtres. Notamment parce que, depuis une semaine ou même davantage, j'avais divagué, moi aussi. En plusieurs occasions, je m'étais retrouvé enfermé dans la plus haute tour de ce château – celle qui était coiffée d'une girouette et qui jouissait d'une vue imprenable sur ce royaume féerique. J'avais même reçu les visites des Sept Nains et d'un éléphant avec de grandes oreilles. Un éléphant rose, comme de juste.

Rien de tout cela n'était surprenant. En tout cas, d'après les infirmières. J'avais contracté une pneumonie. Une pneumonie, car ma résistance à l'infection était réduite, en raison des coups que j'avais reçus et parce que j'étais un grand fumeur. Cela s'était déclaré comme un vilain accès de grippe et, pendant un temps, ils avaient cru que c'était ce dont je souffrais. J'avais retenu ce détail parce qu'il me semblait plein d'ironie. Et puis cela s'était aggravé. Pendant huit ou neuf jours, j'avais eu quarante de fièvre, ce qui devait correspondre à mon séjour à Neuschwanstein. Depuis lors, ma température était redescendue à un niveau presque normal. Je dis presque normal, mais au vu de la suite, je devais être tout sauf normal. Enfin, c'est l'excuse que j'invoque, en tout cas.

Une autre semaine s'écoula, un long week-end à Kassel, où il ne se produisit rien, et où il n'y avait rien à voir. Même mes infirmières avaient cessé d'être divertissantes. C'étaient de solides mères de famille allemandes, avec des maris et des enfants et des doubles mentons et des bras puissants et une peau comme de l'écorce d'orange et des poitrines comme des oreillers. Avec leur blouse blanche et raide et leur coiffe, elles avaient l'air cuirassées, et se comportaient comme telles. Certes, si elles avaient été plus jolies, cela n'aurait rien changé. J'étais aussi faible qu'un nouveau-né. Et quand l'objet de l'attention d'un homme est la personne qui lui apporte, qui remporte et vraisemblablement vide son bassin hygiénique, cela suffit à freiner sa libido. En outre, toute mon énergie mentale était mobilisée par des pensées sans rapport aucun avec l'amour. La vengeance était ma préoccupation constante. La seule question, c'était : me venger oui, mais de qui ?

Mis à part la certitude que les hommes qui m'avaient tabassé avaient été rameutés par le père Gotovina, je ne savais rien d'eux. Si ce n'est qu'ils appartenaient à la SS, comme moi, et pourquoi pas même à la police. Le prêtre était ma seule piste véritable et, peu à peu, je résolus de me venger du père Gotovina en personne.

En revanche, je ne sous-estimais pas la gravité et la difficulté d'une telle entreprise. C'était un homme grand et puissant et, dans mon état, je n'étais pas de force à m'en prendre à lui. Une fillette de cinq ans avec un rouleau de bonbons dans son poing fermé et dotée d'un bon crochet du droit aurait pu balayer le sol de la crèche en m'y envoyant au tapis. Et même si j'avais été assez fort pour le contrer, il m'aurait certainement reconnu, avant de prier ses amis SS de me supprimer. Il ne m'avait pas fait l'effet d'un prêtre qui recule devant ces besognes-là. À l'évidence, ce que je comptais lui faire subir allait exiger une arme à feu et, dès que je l'eus compris, je me rendis aussi compte que j'allais devoir le tuer. Il ne semblait pas exister d'alternative. Une fois que j'aurais braqué mon pistolet sur lui, il n'y aurait pas place pour les demi-mesures. Je le tuerais, sinon il me tuerait, c'était certain.

Tuer un homme parce qu'il avait conseillé à d'autres hommes de me faire du mal peut paraître disproportionné, et cela l'était peut-être. Il se pouvait que mon équilibre mental ait été perturbé par tout ce qui m'était arrivé. Mais il y avait peut-être une autre raison. Après tout ce que j'avais vu et fait en Russie, j'éprouvais moins de respect pour la vie humaine qu'auparavant. La mienne incluse. Certes, je n'aurais jamais été un très bon Quaker. En temps de paix, j'avais tué plusieurs hommes. Je n'y avais pris aucun plaisir, mais quand vous avez tué une fois, la deuxième est plus facile. Même un prêtre.

Maintenant que je m'étais décidé sur « qui », les questions tournèrent ensuite autour du « quand » et du « comment ». Et ces questions-là m'amenèrent à comprendre que si je réussissais bel et bien à tuer le père Gotovina, ce serait sans doute une bonne idée de m'absenter de Munich un petit moment. Voire à titre permanent. Juste au cas où certains de ses amis, les trancheurs de doigts de la Camaraderie, feraient le rapprochement. Ce fut mon médecin – le docteur Henkell – qui me proposa la solution au problème de l'endroit où aller si je quittais Munich.

Henkell était de la taille d'un réverbère, avec des cheveux gris-Wehrmacht et un nez en forme d'épaulette de général français. Ses yeux étaient d'un bleu laiteux, avec des iris de la taille d'une pointe de pinceau. Ils ressemblaient à deux petits tas de caviar dans leur soucoupe en porcelaine de Meissen. Son front était creusé d'une ride aussi profonde qu'une tranchée de chemin de fer, et une fossette prêtait à son menton le relief d'un insigne de Volkswagen. C'était un visage majestueux, impérieux, qui aurait convenu à la statue en bronze d'un duc du quinzième siècle, monté sur un cheval coulé dans des affûts de canon fondus et dressé devant un palazzo doté de chambres de torture équipées de l'eau froide et de l'eau chaude à tous les étages. Il portait une paire de lunettes à monture en acier qu'il gardait souvent relevées sur le front et rarement posées sur le nez et, autour du cou, une clef de marque Evva qui ouvrait la porte de l'armoire à pharmacie de ma chambre et plusieurs autres identiques dans l'hôpital. Dans cet hôpital public, les vols de médicaments étaient fréquents. Henkell était hâlé et athlétique, ce qui n'avait rien de surprenant puisqu'il possédait un chalet non loin de Garmisch-Partenkirchen et qu'il s'y rendait presque tous les week-ends — marche et escalade l'été, ski l'hiver.

— Pourquoi n'iriez-vous pas faire un séjour là-haut ? me suggéra-t-il, un jour qu'il me parlait de cet endroit. Ce serait parfait pour récupérer d'une maladie comme la vôtre. Un peu d'air frais de la montagne, de la bonne nourriture, du calme et du silence. Vous retrouveriez votre état normal en un rien de temps.

— Vous êtes aux petits soins, hein ? remarquai-je. Pour un médecin, je veux dire.

— Il se pourrait que je vous apprécie.

— Je sais. Ce n'est pas difficile. Je dors toute la journée et la moitié de la nuit. Vous m'avez vraiment vu sous mon meilleur jour, doc.

Il redressa mon oreiller et me regarda droit dans les yeux.

— Il se pourrait que j'aie su davantage lire en Bernie Gunther qu'il ne le pense.

— Aïe, vous avez découvert mes qualités secrètes ! m'écriai-je. Malgré tout le mal que je me suis donné pour les cacher.

— Elles ne sont pas si bien cachées que cela. À condition de savoir où regarder.

– Vous commencez à m'inquiéter, doc. Après tout, vous m'avez vu tout nu. Je ne suis même pas maquillé. Et mes cheveux doivent être en désordre.

– Vous avez de la chance d'être allongé sur le dos et aussi faible qu'un chaton, me prévint-il en agitant un doigt vers moi. Encore une remarque de ce style et les manières bienveillantes qui sont les miennes au chevet de mes patients risqueraient fort de devenir celles d'un entraîneur au bord du ring. Je tiens à vous faire savoir qu'à l'université j'étais considéré comme un boxeur très prometteur. Croyez-moi, Gunther, je suis capable d'ouvrir une plaie aussi vite que je sais en recoudre une.

– Cela ne serait-il pas contraire au serment d'Hippocrate, ou à tout le fatras que vous invoquez, vous autres, trafiquants de pilules, dès que vous vous prenez trop au sérieux ? Un truc grec, en tout cas.

– Dans votre cas, je ferai peut-être une exception, et je vous étranglerai avec mon stéthoscope.

– Et du coup, je n'aurai pas l'occasion d'entendre pourquoi vous m'appréciez tant, protestai-je. Vous savez, si vous m'aimiez vraiment, vous me dégotteriez une cigarette.

– Avec vos poumons ? N'y comptez pas. Si vous suiviez mon conseil, vous ne fumeriez plus jamais. La pneumonie vous a très certainement laissé une cicatrice au poumon. (Il s'interrompit un instant, avant d'ajouter une dernière réflexion.) Une cicatrice aussi marquée que celle que vous avez sous le bras.

À l'extérieur de ma chambre, un bruit de marteau piqueur s'éleva. On était en pleine reconstruction de l'hôpital, comme la clinique pour femmes où Kirsten était morte. On avait parfois l'impression que pas un seul bâtiment de Munich n'échappait aux travaux. Je savais que le docteur Henkell avait raison. Un chalet à Garmisch-Partenkirchen serait beaucoup plus paisible et silencieux que le chantier de construction où je résidais pour le moment. Il fallait suivre les ordres du médecin. Même si le médecin en question éveillait mes soupçons en s'exprimant de plus en plus comme un vieux camarade.

– Je n'ai peut-être jamais pris le temps de vous parler des hommes qui ont posé leurs pattes sur moi, fis-je. Ils possédaient quelques qualités cachées, eux aussi. Vous savez, l'honneur, la loyauté. Et ils portaient des chapeaux noirs avec de drôles de petits insignes dessus, parce qu'ils voulaient avoir l'air de pirates et effrayer les enfants.

— En réalité, vous m'avez expliqué que ceux qui vous ont dérouillé étaient des policiers.

— Des flics, des détectives, des avocats et des médecins, énumérai-je. Tout ce dans quoi les vieux camarades peuvent tremper. C'est sans fin.

Le docteur Henkell ne me contredit pas.

Je fermai les paupières. J'étais fatigué. Cligner des yeux et respirer en même temps me fatiguait. Dormir me fatiguait. Mais rien ne me fatiguait autant que les vieux camarades.

— Vous étiez quoi, vous ? Inspecteur des camps ? Ou juste encore un de ces types qui obéissaient aux ordres.

— J'étais dans la 10ᵉ division Panzer SS Frundsberg, m'avoua-t-il.

— Comment diable un médecin peut-il aboutir dans un tank ?

— Sincèrement ? Je pensais être plus en sécurité à l'intérieur d'un tank. Et, en règle générale, c'était le cas. Nous avons été stationnés en Ukraine de 1943 à juin 1944, quand nous avons reçu l'ordre de gagner la France. Ensuite, on nous a envoyés à Arnhem et à Nimègue. Et puis à Berlin. Puis à Spremberg. J'ai fait partie des chanceux. J'ai réussi à me rendre aux Amerlots, à Tangermünde. (Il haussa les épaules.) Je ne regrette pas d'avoir intégré la SS. Ces hommes qui ont survécu avec moi resteront mes amis pour le restant de ma vie. Je ferais n'importe quoi pour eux. N'importe quoi.

Henkell ne me questionna pas sur mes propres états de service au sein de la SS. Il se garda bien de m'interroger. C'était un sujet que vous abordiez ou que vous n'abordiez pas. Je ne voulais plus en reparler. Je sentais bien sa curiosité, mais cela m'incitait d'autant plus à ne rien dire. Il pouvait penser ce qu'il voulait. Vraiment, je m'en moquais.

— En fait, reprit-il, vous me rendriez un immense service en allant à Mönch. C'est le nom de ma maison de Sonnenbichl. L'un de mes amis y habite en ce moment. Vous pourriez lui tenir compagnie. Il est dans une chaise roulante depuis la fin de la guerre et il se sent assez déprimé. Vous l'aideriez à conserver le moral. Ce serait bénéfique pour vous deux, voyez-vous. Il y a une infirmière et une femme qui vient cuisiner. Vous vous y sentiriez très bien.

— Cet ami à vous…

— Eric.

— Ce ne serait pas un ancien camarade, lui aussi, non ?

— Il était dans la 9ᵉ division de Panzer SS. Hohenstaufen. Il était aussi à Arnhem. Son tank a été touché par un obus perforant britannique en septembre 1944. (Il marqua un temps de silence.) Mais il n'est pas nazi, si c'est ce qui vous inquiète. Aucun de nous deux n'a été membre du Parti.

Je souris.

— Pour ce que ça vaut, fis-je, moi non plus. Mais laissez-moi vous donner un conseil d'ami. Ne dites jamais aux gens que vous n'étiez pas membre du Parti. Ils penseront que vous avez quelque chose à cacher. De voir où tous ces nazis sont allés se faufiler pour disparaître, ça me dépasse. Les Russes ont dû les récupérer, je suppose.

— Je n'y avais jamais réfléchi sous cet angle, admit-il.

— Je vais juste faire semblant de n'avoir pas entendu ce que vous venez de me raconter, et comme ça, quand il se révélera être le frère de Himmler, vous savez, le plus intelligent des deux frangins, Gebhard, je ne serai pas trop déçu.

— Vous l'apprécierez, m'assura-t-il.

— C'est sûr. Nous allons nous asseoir près du feu et on chantera le « Horst Wessel Lied » le soir avant d'aller se coucher. Je lui lirai quelques chapitres de *Mein Kampf* et il m'enchantera avec *Trente articles de guerre pour le peuple allemand* du Dr Goebbels. Qu'en dites-vous ?

— Que j'ai commis une erreur, reconnut Henkell, sombrement. Oubliez ce que je vous ai proposé, Gunther. Je viens de changer d'avis. Je ne pense pas que ce soit bon pour vous, somme toute. Vous êtes encore plus amer que lui.

— Levez un peu le pied du champignon de votre Panzer, doc, lui lançai-je. Je vais y aller. J'irais n'importe où, cela vaudra toujours mieux que cet endroit. Si je reste ici encore un peu trop longtemps, il va me falloir un audiophone.

19

L'une des infirmières était originaire de Berlin. Elle s'appelait Nadine. Nous nous entendions plutôt pas mal. Elle avait habité dans Güntzelstrasse, à Wilmersdorf, tout près de là où je vivais jadis, dans Trautenaustrasse. Nous avions été pratiquement voisins. Elle travaillait à l'hôpital de la Charité, et c'était là que vingt-deux Russes l'avaient violée en 1945. Après quoi, prise de dégoût pour la ville, elle avait emménagé à Munich. Elle avait un visage assez raffiné, presque noble, un cou au port altier, de larges épaules, un dos long et vigoureux, et des jambes correctement dessinées. Elle était bâtie comme une jument d'Oldenburg. C'était une femme calme, de caractère agréable et, pour une raison qui m'échappait, elle m'aimait assez. Au bout d'un temps, je me pris à bien l'aimer, moi aussi. C'est Nadine qui porta un message à Faxon Stuber, le chauffeur de taxi d'exportation, le priant de venir me rendre visite à l'hôpital.

— Mon Dieu, Gunther ! s'écria-t-il. Tu en as une tête, on dirait de la choucroute de la semaine dernière.

— Je sais. Je devrais être à l'hôpital. Mais que peut-on y faire ? Un homme doit bien gagner sa vie, pas vrai ?

— Je suis on ne peut plus d'accord. Et c'est pourquoi je suis ici, j'espère.

Sans plus de cérémonie, je lui indiquai le placard où étaient pendus mes vêtements, avec le portefeuille de la poche intérieure, et ses dix dames rouges qui patientaient là.

— Alors, trouvé ?

– Des dames rouges… Mon style de fille préféré.

– Il y en a dix et elles sont à toi.

– Ah mais, je ne tue personne, moi !

– Vu ta façon de conduire, ce n'est qu'une question de temps, mon garçon.

– Mais considère que je suis tout ouïe.

Je lui expliquai ce que je voulais. Pour mieux m'entendre, il dut s'asseoir près de mon lit, car ma voix était quelquefois très faible. Je coassais comme un crapaud dans le gosier du Hollandais volant.

– Que ce soit clair, me dit-il. En plus du reste, je te roule dehors, je te conduis où tu veux, et je te ramène ici. Ça va ?

– Ce sera l'heure des visites, donc personne ne s'apercevra de mon départ. En outre, on portera une combinaison d'ouvrier du bâtiment. Je l'enfilerai par-dessus mon pyjama. Un ouvrier du bâtiment, dans cette ville, c'est l'anonymat. Qu'y a-t-il ? Tu as l'air d'un chat qui tourne autour de son écuelle de lait.

– Si le lait a un goût bizarre, c'est que je ne te vois pas sortir d'ici autrement que dans une boîte en sapin, Gunther. Tu es malade. J'ai vu des araignées qui avaient l'air plus costaud. Tu n'atteindrais pas le parc de stationnement.

– J'y ai déjà pensé, répliquai-je, et je lui montrai un petit flacon de liquide rouge que j'avais caché sous mes draps. De la métamphétamine. Je l'ai volée.

– Et tu crois que ça va te remettre sur pied ?

– Assez longtemps pour faire ce que j'ai à faire. On en donnait aux pilotes de la Luftwaffe pendant la guerre, quand ils étaient épuisés. Du coup, ils volaient, et ils n'avaient même plus besoin d'avion.

– Très bien, dit-il en pliant et en empochant les dames rouges. Mais si tu te paumes ou si tu fais la culbute, ne compte pas sur moi pour endosser le portage. Malade ou pas, tu restes un grand gabarit, Gunther. Josef Manger lui-même ne réussirait pas à te soulever. Même si sa médaille olympique en dépendait. Et puis, autre chose. D'après ce que j'ai entendu, cette amphétamine liquide a de quoi rendre un homme bavard comme une pie. Mais moi, je ne veux rien savoir, rien de rien, pigé ? Peu importe ce que tu mijotes, je veux pas le savoir. Et à la minute où tu dégoiseras, je m'estimerai libre de t'envoyer balader. C'est clair ?

— Aussi clair qu'une demi-bouteille d'Otto.

Stuber me sourit à belles dents.

— C'est parfait, s'écria-t-il. Et je n'ai pas oublié.

Il sortit de sa poche un demi-litre de Fürst Bismarck et le glissa sous mon oreiller.

— Seulement, n'en bois pas trop, de ce truc. Le schnaps à base d'alcool de grain et une perfusion pleine d'amphètes, ça risque de ne pas trop bien se mélanger. Je n'ai aucune envie que tu vomisses dans mon taxi comme un Popov puant.

— Tu n'as pas à t'inquiéter pour moi, Faxon.

— Je ne m'inquiète pas pour toi. Si je donne l'impression de m'inquiéter pour toi, c'est parce que je m'inquiète pour moi. Ça n'en a pas l'air, mais il y a une grosse différence, tu vois ?

— Bien sûr, je comprends. C'est ce que les psys appellent une gestalt.

— Ouais, bon, là-dessus, tu en sais plus que moi, Gunther. D'après ce que j'ai entendu jusqu'à présent, tu aurais sans doute besoin de te faire examiner la tête.

— On est tous dans ce cas, Faxon. Tous dans ce cas. Tu n'as jamais entendu parler de la culpabilité collective ? Tu es aussi mauvais que Josef Goebbels, et moi, je suis tout aussi mauvais que Reinhard Heydrich.

— Reinhard qui ?

Je souris. Il est vrai que Heydrich était mort depuis plus de sept ans. Mais il était quand même un peu déconcertant de constater que Stuber n'avait jamais entendu parler de lui. Il était peut-être plus jeune que je ne l'avais supposé.

Soit ça, soit j'étais beaucoup plus vieux que je ne le ressentais. Ce qui ne me paraissait guère possible.

20

L'amphétamine qui me courait dans les veines me donnait la sensation de fêter mon vingt et unième anniversaire. On comprenait sans mal pourquoi on administrait cette substance aux pilotes de la Luftwaffe. Avec une dose suffisante de ce jus d'amphète dans le sang, vous n'auriez pas hésité une seconde à poser un Messerschmitt sur le toit du Reichstag. Je me sentais mieux qu'il n'y paraissait, c'était évident. Et je savais que j'étais loin d'être aussi vigoureux que cette drogue me le laissait croire. Je marchais comme un convalescent qui réapprend à marcher. Mes jambes et mes mains me faisaient l'effet d'avoir été empruntées à une marionnette que Gepetto aurait mise au rebut. Avec mon visage livide, ma combinaison noire et sale, pas à ma taille, mes cheveux collés de sueur et des souliers d'un poids invraisemblable, je me dit qu'il ne me manquait plus qu'un écrou en travers du cou pour tourner dans un film de la série des Frankenstein. Quand je parlais, c'était pire. Comparé à moi, le monstre serait passé pour Marlene Dietrich.

Je marchai jusqu'à l'ascenseur, puis je m'assis dans la chaise roulante. L'hôpital était plein de visiteurs et aucun d'eux n'accorda la moindre attention à Stuber ou à moi, et encore moins les médecins et les infirmières qui, d'ordinaire, profitaient des horaires de visites pour s'offrir une pause ou mettre la paperasserie à jour. Ils étaient tous surchargés de travail et sous-payés.

Stuber me roula rapidement vers son taxi Volkswagen. Je montai côté passager et, préservant mon énergie, je le laissai fermer la porte. Il contourna l'avant au pas de course, prit le volant et son moteur de tondeuse à gazon rugit avant même que je ne lui dise où nous allions. Il alluma deux cigarettes, m'en ficha une entre les lèvres, desserra le frein à main et s'engagea à vive allure sur le rond-point de Maximilianstrasse, d'où nous aurions pu prendre n'importe quelle direction.

— Alors, on va où ? me demanda-t-il, en continuant à tourner.

— On traverse le pont, fis-je. Vers l'ouest, dans Maximilian-strasse, ensuite Hildegard Strasse, et puis Hochbruchen.

— Dis-moi juste où nous allons, grommela-t-il. Je suis chauffeur de taxi, tu te rappelles ? Cette petite licence que tu vois là, émise par le Bureau des transports de Munich, signifie que je connais cette ville à fond, comme la chatte de ta femme.

L'amphète que j'avais dans le sang ne réagit pas. D'ailleurs, je préférais qu'il en soit ainsi. Un mot d'excuse ou une formule embar-rassée auraient pu la ralentir. La vitesse et l'efficacité étaient requises, avant que l'effet des amphètes et de ma méchanceté ne reflue.

— À l'église du Saint-Esprit, sur Tal.

— Une église ? s'exclama-t-il. Pourquoi tu veux aller dans une église ? (Il réfléchit un petit moment, le temps que nous franchis-sions le pont à toute allure.) Ou alors tu hésites ? C'est ça ? Parce que si c'est ça, St. Anna, c'est moins loin.

— Elles ne vont pas loin, tes connaissances en gynécologie, iro-nisai-je. St. Anna est toujours fermée.

Lorsque nous traversâmes le Forum, j'entraperçus le coin de la rue où les camarades m'avaient offert un aperçu de la matraque avant de m'emballer dans leur voiture.

— Je n'ai pas d'hésitations. Et puis, ce n'est pas toi qui me mettais en garde, qu'il ne fallait pas que je me mette à jacasser ? Qu'est-ce que ça peut te faire, que je veuille aller dans une église ? Cela ne te regarde pas. Tu ne veux rien savoir. C'est ce que tu m'as dit.

Il haussa les épaules.

— J'ai juste cru que tu hésitais. C'est tout.

— Quand j'hésiterai, tu seras le premier à le savoir, lui promis-je. Alors, où est le joujou ?

— Par terre.

D'un signe de tête, il désigna mes pieds. Il y avait une trousse à outils en cuir, sur le plancher. J'étais une telle loque que je ne l'avais pas remarquée.

— Dans le sac. Il y a dedans des clefs et des tournevis, pour qu'il soit en respectable compagnie. Juste au cas où quelqu'un se mettrait à fouiner.

Je me penchai lentement en avant et je soulevai le sac pour le poser sur mes genoux. Le flanc de la besace était décoré du blason de la ville et de la mention « Services des autobus du bureau de poste, Luisenstrasse ».

— Il appartenait à un mécanicien des autobus, j'imagine, expliqua-t-il. Quelqu'un l'a laissé dans mon taxi.

— Depuis quand les mécaniciens prennent des taxis d'exportation ?

— Depuis qu'ils se sont mis à baiser des infirmières américaines. Et puis c'était un vrai petit cœur. Je ne suis pas surpris qu'il en ait oublié ses outils. (Il secoua la tête.) Je les surveillais, dans mon rétro. C'était comme si elle allait chercher la clef de chez elle avec sa langue.

— Tu m'en peins là un tableau très romantique, le complimentai-je, et j'ouvris le sac. Au milieu de tous les outils, il y avait un Colt automatique, arme de dotation du gouvernement des États-Unis. Un joli .45 d'avant la guerre. Le silencieux fixé au canon était de fabrication artisanale, comme presque tous. Et le Colt était le pistolet idéal pour accueillir un silencieux. Le seul ennui, c'était sa longueur. Avec le réducteur de son, il faisait plus de trente centimètres. Heureusement que Stuber avait pensé à me fournir un sac à outils. Un montage de ce genre avait beau être peu bruyant, à l'œil, il était à peu près aussi discret qu'Excalibur.

— Ce pistolet est aussi froid que Noël aux tisons, me promit-il. Je l'ai soutiré à un noiraud de sergent qui monte la garde à l'American Officers' Club de la maison de l'Art. Il m'a juré sur la vie de sa maman toute noire que la dernière fois que le pistolet et le tube qui va avec ont été utilisés, c'est par un Ranger de l'US Army qui a assassiné un général SS.

— Alors c'est un pistolet porte bonheur.

Stuber me regarda de travers.

– T'es un drôle de client, Gunther.

– J'en doute.

Nous descendîmes Hochbruchen et arrivâmes en vue de la Hof-bräuhaus où, fait inhabituel à cette heure de la journée, l'activité battait son plein. Un homme vêtu d'un lederhosen titubait, ivre mort, sur le trottoir et il évita de peu la collision avec un chariot de bretzels. L'odeur de la bière flottait dans l'air – plus qu'il n'était normal, me sembla-t-il, même pour Munich. Un détachement de soldats américains marchait sans se presser, en se pavanant avec des airs de propriétaire, bleutant l'air de leur tabac sucré de Virginie. Ils paraissaient déborder de leur uniforme, et leurs rires chargés de gnôle se répercutaient dans la rue comme des déflagrations d'arme légère. L'un d'eux entama un buck-and-wing, une savante série de pas de claquettes et, quelque part, une harmonie entonna la « Vieille marche des camarades ». Cet air me paraissait approprié à ce que j'avais en tête.

– C'est quoi, tout ce tintouin ? grognai-je.

– C'est la première journée de l'Oktoberfest, m'expliqua Stuber. Il y a un tas d'Amerlots qui réclament des taxis, et moi, voilà, je suis là, à te balader.

– Tu as été très grassement payé pour jouir de ce privilège.

– Je ne me plains pas. C'était juste l'impression que ça pouvait donner. À cause que j'ai pas conjugué le verbe au temps qu'il fallait pour traduire ma pensée. J'ai parlé au présent de narration, je crois bien.

– Quand je voudrai t'entendre me formuler le fond de ta pensée, fiston, je te tordrai l'oreille. Je te le dis au futur et au conditionnel. (Nous atteignîmes l'église.) Tourne à gauche vers Viktualienmarkt et arrête-toi devant la petite porte. Ensuite, tu pourras m'aider à m'extraire de cette coquille de noix. Je me sens comme un pois chiche sous son godet dans une partie de bonneteau.

– C'est le tour de passe-passe des cocus, que tu me décris là, Gunther. C'est le tour où je sors le pois de sous le godet, et personne ne remarque rien.

– La ferme et ouvre-moi cette portière, chauffeur de Coccinelle !

Stuber immobilisa la voiture, descendit vite fait et m'ouvrit la portière à la volée. Rien que de le regarder s'activer, ça m'a épuisé.

– Merci.

Je reniflai l'air comme un chien affamé. En bas, sur la place du marché, on grillait des amandes et on réchauffait des bretzels. Une autre fanfare se lançait dans « La Polka à la clarinette ». Même si je n'avais eu qu'une seule jambe, je ne me serais pas moins senti de danser une polka. Rien qu'à l'écouter, ça me donnait l'envie de m'asseoir et de m'accorder un instant de répit. Là-bas, dans le pré de Theresienwiese, les festivités devaient battre leur plein. Des filles en dirndl et à la forte poitrine devaient se livrer à une démonstration en tenant bien haut quatre steins de bière dans chaque main, comme dans un cours de culturisme Charles Atlas. Des brasseurs paradaient avec leur mélange habituel de boursouflure et de vulgarité. Des petits enfants se gavaient de petits cœurs en pain d'épice. De gros ventres se remplissaient de bière, et les gens s'efforçaient de tout oublier de la guerre tandis que d'autres, les sentimentaux, essayaient au contraire de s'en souvenir.

Je ne m'en souvenais que trop bien. C'était pour ça que j'étais là. Surtout, je me rappelais cet épouvantable été 1941, l'opération Barbarossa, quand trois millions de soldats allemands, moi inclus, et plus de trois mille tanks, avaient franchi la frontière de l'Union soviétique. Je me rappelais la ville de Minsk, avec une netteté qui restait encore trop douloureuse. Je n'avais pas oublié Lutsk. Je me remémorais tout ce qui s'était passé là-bas. Malgré tous mes efforts, il me semblait peu probable que je l'oublie jamais.

La vitesse de l'avance a pris tout le monde par surprise – nous-mêmes autant que les Popovs. C'était comme ça qu'on appelait les Russes, à l'époque. Le 21 juin 1941, nous nous étions regroupés à la frontière soviétique, pleins d'appréhension à l'idée de ce qui allait suivre. Cinq jours plus tard, nous avions couvert la distance stupéfiante de trois cents kilomètres, et nous étions à Minsk. Bombardée par un intense barrage d'artillerie et pilonnée par la Luftwaffe, l'Armée rouge avait subi une sévère raclée et, à ce stade, nombre d'entre nous croyaient la guerre plus ou moins finie. Mais les Rouges ont continué à se battre, là où d'autres – les Français, par exemple – auraient sûrement déjà rendu les armes. Leur ténacité tenait en partie au fait que les détachements de sécurité du NKVD avaient contenu la panique totale des soldats russes avec des menaces d'exécutions sommaires. Sans nul doute, les Rouges savaient que ces menaces n'étaient pas vaines, car ils avaient certainement conscience du sort réservé à des milliers de prisonniers politiques ukrainiens et polonais, à Minsk, Lvov, Zolochiv, Rivne, Dubno et Loutsk. La progression de la Wehrmacht avait été si cinglante en Ukraine que, dans leur retraite, les Soviétiques n'avaient pas eu le temps d'évacuer les prisonniers détenus dans les geôles du NKVD. Et ils ne souhaitaient pas non plus les voir tomber entre nos mains, car ils auraient alors pu devenir des auxiliaires de la SS ou des partisans allemands. En conséquence, avant d'abandonner ces villes à leur destin, le NKVD avait incendié les prisons – avec tous les prisonniers encore enfermés à l'intérieur. Non, ce n'est pas exact. Ils avaient emmené les Allemands avec eux. Leur intention, je suppose, était par la suite de les échanger contre des Rouges. Mais l'issue avait été différente. Nous les avons découverts, plus tard, dans un champ de clous de girofle sur la route de Smolensk. Ils avaient été déshabillés et mitraillés.

J'étais dans un bataillon de réserve de la police rattaché à la 49ᵉ Armée. Nous avions pour tâche de découvrir les escadrons de la mort du NKVD et de mettre un terme à leurs activités. Nous disposions de renseignements sur l'un de ces escadrons de Lvov et Dubno, qui avait pris au nord, vers Loutsk et, à bord de nos transports Panzer légers et nos véhicules blindés Puma, nous avions tenté de les devancer. Loutsk était une petite bourgade de dix-sept mille habitants sur la rivière Styr. C'était le siège d'un évêché catholique, ce qui ne devait pas être pour plaire aux communistes. À notre arrivée, nous avons trouvé la quasi-totalité de la population rassemblée autour de la prison du NKVD et très préoccupée du sort des membres de leurs familles incarcérés là. L'une des ailes de la prison était déjà en flammes, mais au moyen de nos véhicules blindés, nous avons pu abattre un mur et sauver les vies de plus d'un millier d'hommes et de femmes. Mais pour trois mille autres, nous sommes intervenus trop tard. Un bon nombre avait été abattu d'une balle dans la nuque. D'autres avaient péri soufflés par des grenades lancées à travers les fenêtres des cellules. Mais la plupart de ces gens étaient simplement morts carbonisés. Tant que je vivrai, je n'oublierai jamais l'odeur de la chair humaine calcinée.

Les autochtones nous ont renseignés sur la direction qu'avait prise l'escadron de la mort et nous leur avons donné la chasse, ce qui était rela-

tivement facile avec nos transports Panzer. Les routes de terre étaient aussi dures que du béton. Nous les avons rattrapés à quelques kilomètres au nord du village de Goloby. Un échange de tirs s'en est suivi. Grâce au canon monté sur notre véhicule, nous l'avons emporté aisément. Nous en avons capturé trente. Ils n'avaient même pas eu le temps de jeter leurs papiers d'identité rouges si caractéristiques qui, manque de chance pour eux, comportaient leur photographie. L'un d'eux conservait encore les clefs de la prison de Loutsk dans sa poche, ainsi que de nombreux fichiers relatifs aux prisonniers assassinés. Il y avait là vingt-huit hommes et deux femmes. Aucun d'eux n'avait plus de vingt-cinq ou vingt-six ans. La plus jeune, une femme, en avait dix-neuf, une beauté aux traits slaves et aux pommettes saillantes. Il était difficile de la relier aux meurtres de tous ces gens. L'un des prisonniers parlait l'allemand et je lui ai demandé pourquoi ils avaient assassiné tant de citoyens appartenant à leur propre peuple. Il m'a répondu que l'ordre venait directement de Staline, et que, s'ils ne l'avaient pas appliqué, les commissaires du Parti les auraient abattus. Plusieurs de mes hommes voulaient que nous les emmenions avec nous à Minsk, qu'ils y soient pendus. Mais je n'avais aucune envie d'embarquer ce bagage supplémentaire. Et donc nous les avons abattus, en quatre groupes de sept, et nous avons poursuivi vers le nord, en direction de Minsk.

J'avais rejoint le 316ᵉ bataillon directement depuis Berlin, à Zamosc, en Pologne. Avant cela, le 316ᵉ et le 322ᵉ, avec lequel nous opérions, étaient stationnés à Cracovie. À cette période, pour autant que j'en sois informé, aucun meurtre de masse n'avait été perpétré par l'un ou l'autre de ces bataillons de police. Je savais que bon nombre de mes collègues étaient antisémites, mais ils étaient tout aussi nombreux à ne pas l'être, et je ne décelai là aucun problème, jusqu'à notre arrivée à Minsk où je fis mon rapport. J'ai aussi consigné la vingtaine de documents d'identité que nous avions confisqués avant d'exécuter leurs détenteurs, ces meurtriers. C'était le 7 juillet.

Mon supérieur, un colonel SS du nom de Mundt, m'a félicité sur le succès de notre action tout en me reprochant de ne pas avoir ramené les deux femmes, qu'il aurait voulu voir pendues. Apparemment, Berlin avait émis un nouvel ordre : toutes les femmes du NKVD et tous les partisans de sexe féminin devraient être pendus, en public, à titre d'exemple pour la population de Minsk.

Mundt parlait mieux le russe que moi, à cette époque, et il savait aussi le lire. Avant son rattachement au groupe d'Action spéciale B, à Minsk, il avait fait partie du bureau des Affaires juives du RSHA. Et c'était lui qui avait remarqué quelque chose à propos des prisonniers du NKVD que nous avions exécutés. Pourtant, même après avoir entendu leurs noms lus à haute voix, je ne comprenais toujours pas.

— Kagan, m'avait-il dit. Geller, Zalmonovitch, Polonski. Vous ne saisissez pas, Obersturmführer Gunther ? Ce sont tous des Juifs. C'est un escadron de la mort juif que vous avez exécuté. Cela tend simplement à vous démontrer, n'est-ce pas, que le Führer a vu juste sur le bolchevisme et le judaïsme, qui ne sont qu'un seul et même poison.

Malgré tout, cela ne me paraissait pas tant compter. D'ailleurs, me suis-je dit, j'ignorais que c'étaient des Juifs quand nous les avions exécutés. J'ai pensé que cela n'aurait pas vraiment changé grand-chose — puisqu'ils avaient assassiné des milliers de gens de sang-froid, ils méritaient de mourir. Mais c'était le matin du 7 juillet. Dès l'après-midi, je considérai d'un œil un peu neuf l'action de police que j'avais menée. Dès l'après-midi, j'avais entendu parler du « recensement », en conséquence de quoi deux mille Juifs avaient été identifiés et fusillés. Puis, le lendemain, je tombai sur un peloton d'exécution SS commandé par un jeune officier de police que je connaissais depuis l'époque berlinoise. Six hommes et femmes avaient été abattus et leurs corps jetés dans une fosse commune où gisaient peut-être déjà cent autres corps. C'est là que j'ai compris la véritable raison d'être de ces bataillons de police. Ce fut le moment où ma vie a changé, pour toujours.

J'avais la chance que le général commandant le groupe d'Action spéciale B, Arthur Nebe, soit l'un de mes vieux amis. Avant la guerre, il avait été le chef de la police criminelle de Berlin, un policier de carrière, tout comme moi. Je suis donc allé le voir et je lui ai réclamé mon transfert dans la Wehrmacht, pour être affecté sur le front. Il a voulu connaître mes raisons. Je lui ai répondu que si je restais, ce ne serait qu'une question de temps d'ici à ce que je sois fusillé pour désobéissance à un ordre : c'était une chose d'abattre un homme parce qu'il avait été membre d'un escadron de la mort du NKVD, mais que c'en était tout à fait une autre de le supprimer parce qu'il était juif. Nebe avait trouvé cela curieux.

— *Mais l'Obersturmbannführer Mundt me dit que les gens que vous avez exécutés étaient des Juifs, a-t-il argumenté.*

— *Oui, mon général, mais ce n'est pas pour cela que je les ai tués.*

— *Le NKVD est infesté de Juifs, a-t-il insisté. Vous le savez, n'est-ce pas ? Il y a de fortes chances pour que vous attrapiez d'autres escadrons de la mort, et que ce soient des Juifs. Et alors, que ferez-vous ensuite ?*

J'ai gardé le silence. Je n'avais pas de réponse.

— *Tout ce que je sais, c'est que je ne vais pas passer cette guerre à assassiner des gens.*

— *À la guerre comme à la guerre, m'a-t-il rétorqué non sans impatience. Et sincèrement, en Russie, il se peut que nous ayons eu les yeux plus gros que le ventre. Si nous voulons nous mettre en sûreté pour l'hiver, il va falloir vaincre sur ce théâtre d'opérations, et le plus vite possible. Cela signifie qu'il n'y a pas de place pour les sentiments. En toute franchise, nous aurons largement de quoi nous occuper rien qu'en veillant sur notre propre armée, sans nous encombrer des prisonniers de l'Armée rouge et de la population locale. C'est une tâche ardue qui nous attend, ne vous y trompez pas. Une tâche qui ne convient pas à tout le monde. Cela ne me plaît pas particulièrement, à moi non plus, Bernie. Me suis-je clairement fait comprendre ?*

— *Tout à fait. Mais je préfère tirer sur des gens qui peuvent riposter. C'est mon côté singulier.*

— *Vous êtes trop âgé pour servir sur le front. Vous ne tiendrez pas cinq minutes.*

— *J'en prends le risque, mon général.*

Il m'a regardé encore un moment, puis s'est massé le nez, qu'il avait long et fort. Il avait un visage de flic. Rusé, coriace, jovial. Jusqu'à présent, je ne l'avais jamais pris pour un nazi. Je savais de source sûre que, trois ans plus tôt, il avait trempé dans un complot de l'armée visant à destituer Hitler dès que les Britanniques déclareraient la guerre à l'Allemagne, à la suite de l'annexion des Sudètes. Bien entendu, les Britanniques n'ont pas déclaré la guerre. Pas en 1938. Quant à Nebe, c'était un survivant. Et quoi qu'il en soit, en 1940, après que Hitler avait vaincu la France en six semaines à peine, quantité de ses opposants au sein de l'armée avaient changé d'avis à son sujet. Cette victoire avait été perçue comme une sorte de miracle par plus d'un Allemand, même ceux qui le détestaient, lui, et tout ce qu'il défendait. Je supposais que Nebe était de ceux-là.

Il aurait pu me faire fusiller, même si à ma connaissance, personne n'a jamais été fusillé pour avoir désobéi à ce que la hiérarchie avait intitulé le Kommissar Order, devenu ensuite un véritable permis de tuer des civils russes, ni plus ni moins. Il aurait pu m'affecter à un bataillon disciplinaire. Il en existait. Au lieu de quoi, Nebe m'a envoyé rejoindre la section du Contre-Espionnage des Armées étrangères de l'Est dirigé par Gehlen, où j'ai consacré plusieurs semaines à mettre de l'ordre dans les dossiers du NKVD que l'on avait saisis. Et, par la suite, j'ai été rapatrié à Berlin, au bureau des Crimes de guerre du haut commandement allemand. Arthur Nebe a sans doute trouvé cela amusant. Il avait toujours eu un sens de l'humour plutôt étrange.

Je réfléchis à tous les prétextes justifiant ce qui s'était passé à Loutsk. Que je n'avais pas à savoir qu'il s'agissait de Juifs. Qu'il s'agissait d'assassins. Qu'ils avaient tué près d'un millier d'êtres humains – et probablement davantage. Qu'ils auraient certainement supprimé quantité d'autres prisonniers politiques si nous ne les avions pas fusillés.

Mais tout cela revenait toujours au même point.

J'avais exécuté trente Juifs. Lesquels avaient tué tous ces prisonniers pour simplement les empêcher de collaborer avec les envahisseurs nazis – comme cela aurait presque certainement été le cas. Staline avait recruté un grand nombre de Juifs au sein du NKVD en sachant qu'ils auraient plus encore de motifs de combattre. J'avais joué un rôle dans le plus grand crime dont l'histoire ait conservé la trace.

Pour cela, je me haïssais. Mais je haïssais les SS encore davantage. Je haïssais cette manière que j'avais eue de me rendre complice de leur génocide. Personne ne savait mieux que moi ce qui s'était commis au nom de l'Allemagne. Et c'était la véritable raison pour laquelle je suis entré dans cette église avec des idées de meurtre en tête. Cela n'avait pas uniquement trait à une sévère correction et à la perte de mon petit doigt. Cela renvoyait à une affaire bien plus importante. En tout état de cause, cette rossée m'avait fait prendre conscience de qui étaient ces gens et de ce qu'ils avaient infligé, pas simplement à des millions de Juifs, mais à des millions d'Allemands comme moi. Et à moi-même. En soi, cela méritait que l'on tue.

21

Je m'assis dans l'aile du quinzième siècle de l'église du Saint-Esprit, près du confessionnal, et j'attendis qu'il se libère. J'étais plus ou moins convaincu que Gotovina s'y tenait, car je pouvais voir les autres prêtres aperçus lors de ma visite précédente. L'un des deux, du style très bienveillant avec un petit sourire façon laissez-venir-à-moi-les-petits-enfants, parlait doucement à l'intérieur du porche avec une femme assez grosse, prête à se rendre au marché. L'autre, l'air délicat avec ses cheveux noirs et sa moustache de maquereau, canne à pommeau d'argent en main, s'avançait en claudiquant vers le maître-autel tel un insecte auquel il resterait seulement trois pattes, comme si, quelqu'un venant de lui flanquer un coup de tapette, il s'apprêtait à prier pour lui.

L'endroit sentait fortement l'encens, le bois de charpente fraîchement coupé et le mortier. Un homme à l'œil masqué d'un bandeau accordait un piano à queue en s'y prenant d'une manière telle qu'il vous donnait l'impression de perdre son temps. Six ou sept rangs devant moi, une femme agenouillée priait. Un flot de lumière se déversait par les hautes fenêtres en ogive et par d'autres, rondes et plus petites, situées juste au-dessus. Le plafond m'évoquait le couvercle d'une boîte de biscuit fantaisie. Quelqu'un déplaça une chaise et, à l'intérieur de cette nef caverneuse, on eût dit un âne brayant bruyamment sa dissidence. En revoyant ce maître-autel tout de marbre noir et d'or, j'eus une vision de gondole kitsch chez un entrepreneur de pompes funèbres vénitien. C'était le style d'église où l'on s'attendait presque à trouver un valet pour vous aider à porter votre livre de cantiques.

L'effet des amphètes s'estompait un peu. J'avais envie de m'allonger. Le banc en bois verni sur lequel je m'étais assis commençait à me paraître très confortable, accueillant. Puis le rideau vert du confessionnal remua, on le tira, et une femme élégante d'une trentaine d'années en sortit. Un rosaire à la main, elle se signa, plus pour la forme qu'autre chose. Elle portait une robe rouge moulante et on concevait aisément pourquoi elle avait passé autant de temps au confessionnal. À en juger par son apparence, aucun des péchés véniels ne l'aurait rebutée. Elle était faite pour un péché en particulier, celui, mortel, dont les cris montaient jusqu'au ciel, pourvu que vous sachiez la toucher aux bons endroits. Elle ferma les yeux un instant, respira profondément, expédiant ma libido au sommet des piliers rococo. Les gants écarlates étaient assortis au sac à main assorti aux chaussures assorties au rouge à lèvres assorti à la voilette fixée au petit chapeau qui remplissait l'office qu'il était censé remplir. Le rouge écarlate était sa couleur, à n'en pas douter. Elle incarnait le Verbe transformé en chair, pourvu que ce Verbe soit le mot « sexe ». Une forme d'épiphanie. Le champion poids lourds de toutes les femmes de mauvaise vie. Face à cette vision, il y avait de quoi se dire que l'Apocalypse portait bien son nom. C'était Britta Warzok.

Elle ne me vit pas. Elle ne fit aucun acte de contrition ou de pénitence. Elle se contenta de pivoter sur l'un de ses talons aiguilles et de descendre la travée d'un pas vif pour sortir de l'église. Pendant un instant, je fus trop surpris pour esquisser un geste. Moins surpris, j'aurais pu atteindre le confessionnal à temps pour brûler la cervelle du père Gotovina, mais le temps que je me ressaisisse, le prêtre était sorti du confessionnal et se dirigeait vers l'autel. Il s'entretint un moment avec son collègue à l'air délicat avant de disparaître par une porte dans le fond de l'église.

Il ne m'avait pas vu. Un instant, je pensai suivre le prédicateur croate dans la sacristie – si c'était là qu'il s'était éclipsé – et l'y tuer. À ceci près qu'il y avait désormais des questions auxquelles il devrait répondre. Des questions que je n'avais pas encore pas la force de poser. Qui concernaient Britta Warzok. Et qui allaient devoir attendre jusqu'à ce que je me sente plus fort. Des questions qui réclamaient encore un peu de réflexion avant que je ne les formule.

J'attrapai mon sac d'outils et je sortis de l'église d'un pas lent et traînant. L'air frais de Viktualienmarkt me revigora un peu. La cloche de l'église sonnait quatre heures. Je fis quelques pas, puis je m'adossai contre la jeune fille de la réclame Nivea qui ornait une colonne d'affichage. J'aurais volontiers appliqué un pot entier de crème Nivea sur mon âme. Mieux encore, j'aurais pu l'adoucir avec un pot entier de cette jeune créature.

La Coccinelle de Stuber arriva à vive allure dans ma direction. Sur le moment, je crus qu'il allait me renverser. Mais brusquement il s'arrêta, se pencha vers la portière côté passager et m'ouvrit. Je me demandai pourquoi il était si pressé. Et puis je me souvins qu'il croyait sans doute que j'avais abattu quelqu'un d'une balle dans cette église. J'agrippai la portière.

— Tout va bien, fis-je. Rien ne presse. Je ne suis pas allé jusqu'au bout.

Il tira sur le frein à main et descendit, plus calme à présent, pour m'aider à monter dans la voiture comme si j'étais sa vieille mère. Quand je fus bien installé, il m'alluma une cigarette. De nouveau derrière le volant, il mit un grand coup de gaz, attendit qu'une petite troupe de cyclistes finisse de passer, avant de démarrer en trombe.

— Alors, qu'est-ce qui t'a fait changer d'avis ? me demanda-t-il.

— Une femme.

— C'est à ça qu'elles servent, j'imagine. J'ai le sentiment que c'est Dieu qui te l'a envoyée.

— Pas celle-là, rectifiai-je.

Je tirai sur ma cigarette, la fumée brûlante vint lécher ma cicatrice la plus récente, ce qui me fit tressaillir.

— Je ne sais pas qui me l'a envoyée. Mais je vais le savoir.

— Une femme mystère, hein ? Tu sais, moi, j'ai une théorie : l'amour n'est qu'une forme temporaire de maladie mentale. Une fois qu'on l'a compris, ça se traite. Ça se traite avec des médicaments.

Stuber commença à me parler d'une fille qu'il avait croisée dans sa vie et qui l'avait mal traité, mais je cessai d'écouter. Je pensais à Britta Warzok.

Un recoin de mon cerveau me souffla qu'elle était peut-être une meilleure catholique que je n'avais bien voulu le reconnaître. Auquel cas son rendez-vous avec le père Gotovina relèverait de la simple coïncidence. Et il se pouvait que sa confession ait été authentique et qu'elle ait joué franc-jeu depuis le début. J'accordai une ou deux minutes d'attention à ce recoin de ma cervelle avant de laisser filer. Après tout, c'était la partie de mon cerveau qui croyait encore à la perfectibilité de l'être humain. Grâce à Adolf Hitler, nous savons tous ce qu'il en est.

22

Les jours passèrent. J'allais un peu mieux. Le week-end arriva et le docteur Henkell m'assura que j'étais en état de voyager. Il possédait une Mercedes marron neuve, une berline quatre portes dont il était allé prendre directement livraison à l'usine de Sindelfingen, et il en était très fier. Il me laissa m'installer à l'arrière, que je sois plus à l'aise pour le trajet de plus de quatre-vingt-dix kilomètres jusqu'à Garmisch-Partenkirchen. Nous quittâmes Munich par l'Autobahn 2, une autoroute très bien conçue qui nous fit traverser Starnberg, où j'évoquai à Henkell le baron du même nom, la fabuleuse demeure dans laquelle il habitait, et la Zeppelin Maybach dont il se servait pour aller écumer les boutiques. Et, parce qu'il aimait beaucoup les voitures, je lui parlai aussi de la fille du baron, Helene Elisabeth, et de la Porsche 356 qu'elle conduisait.

— C'est une jolie voiture, reconnut-il. Mais j'aime les Mercedes.

Et il continua en me décrivant les quelques autres modèles remisés dans son garage de Ramersdorf. Ma Hansa aussi se trouvait là-bas, il me l'avait aimablement acheminée depuis l'endroit où je l'avais laissée le soir où je m'étais fait ramasser par les camarades.

— Les voitures sont un peu mon passe-temps, m'avoua-t-il tandis que nous roulions en direction de Traubing, avant d'aborder les contreforts des Alpes. Comme l'escalade. J'ai gravi tous les grands pics des Alpes de l'Ammergau.

— Même le Zugspitze ?

Le Zugspitze, la plus haute montagne d'Allemagne, était aussi et avant tout ce qui attirait tant de monde à Garmisch-Partenkirchen.

— Ça, ce n'est pas de l'escalade, c'est de la marche. Vous irez marcher là-haut, vous aussi, d'ici deux semaines. (Il secoua la tête.) Mais mon véritable centre d'intérêt, c'est la médecine tropicale. Il existe à Partenkirchen un petit laboratoire que les Amerlots me laissent la latitude d'utiliser. Je me suis un peu lié d'amitié avec un de leurs officiers supérieurs. Il vient jouer aux échecs avec Eric une ou deux fois par semaine. Il vous plaira. Il parle un allemand parfait et c'est un sacré bon joueur d'échecs.

— Comment vous êtes-vous rencontrés ?

Henkell éclata de rire.

— J'ai été son prisonnier. Il y avait un camp de prisonniers de guerre à Partenkirchen. J'ai dirigé l'hôpital du camp pour lui. Ce labo faisait partie intégrante de l'hôpital. Les Amerlots ont leur propre médecin, naturellement. Un type sympa, mais ce n'est guère qu'un fourgueur de pilules. En général, ils faisaient appel à moi pour tout ce qui concernait la chirurgie.

— Ce n'est pas un peu inhabituel de se lancer dans de la recherche en médecine tropicale au milieu des Alpes ?

— Au contraire. Voyez-vous, l'air y est très sec et très pur. Tout comme l'eau. Ce qui rend l'endroit idéal si l'on veut éviter la contamination des spécimens.

— Vous êtes un homme à plusieurs facettes, constatai-je.

Il eut l'air d'apprécier.

Juste après la ville de Murnau, notre route franchissait des marais. Après Farchant, le bassin de Garmisch-Partenkirchen s'ouvrait devant nous et nous avons eu notre premier aperçu du Zugspitze et des autres monts du Wetterstein. Originaire de Berlin, je ressentais une certaine aversion pour les montagnes, en particulier pour les Alpes. Elles me donnaient toujours l'impression d'avoir pour ainsi dire fondu, comme si un imprudent les avait laissées trop longtemps en plein soleil. Trois ou quatre kilomètres plus loin, la route bifurquait ; mes oreilles se bouchèrent, et nous arrivâmes au Sonnenbichl, juste au nord de Garmisch.

— En réalité, tout se passe à Garmisch, m'expliqua-t-il. Toutes les installations olympiques, bien sûr, celles de 1936. Il y a quelques hôtels… la plupart ont été réquisitionnés par les Amerlots… deux pistes de bowling, le mess des officiers, un ou deux bars, un ou deux restaurants, le théâtre Alpin, et les stations de téléphérique pour monter au Wank et au Zugspitze. Tout le reste ou presque dépend de l'autorité du Southeast Command de la 3ᵉ Armée US. Il y a même un hôtel qui porte le nom du général Patton. En fait, il y en a deux, maintenant que j'y pense. Les Amerlots se plaisent ici. Il en vient de toute l'Allemagne pour ce qu'ils appellent leur R & L. Repos et Loisir. Ils jouent au tennis et au golf, ils tirent des pigeons d'argile, et l'hiver ils skient et font du patin à glace. La patinoire du Wintergarten vaut le détour. Les filles du coin sont avenantes, et en plus, deux des quatre cinémas projettent des films américains. Alors, de quoi se plaint-on ? Nombre d'entre eux viennent de villes qui ne sont pas si différentes de Garmisch-Partenkirchen.

— Avec une différence essentielle, observai-je. Les villes américains n'ont pas d'armée d'occupation.

Henkell haussa les épaules.

— Ils ne sont pas si méchants que ça, quand vous apprenez à les connaître.

— Les bergers allemands non plus, lâchai-je non sans aigreur. Mais je n'aimerais pas en avoir un qui rôde autour de chez moi toute la journée.

— Nous y voici, enfin, s'écria-t-il en tournant pour quitter la route principale. Il s'engagea dans une allée gravillonnée qui courait entre deux bouquets de pins majestueux, avant de couper à travers un champ vide et vert, au bout duquel se dressait une maison à deux étages au toit aussi pentu que le fameux tremplin de quatre-vingt-dix mètres de Garmisch. La première chose que l'on remarquait était un mur orné d'un imposant blason. C'était un écu d'or tacheté de noir comportant trois emblèmes principaux : une lune décroissante, un canon avec des boulets, et un corbeau. Autrement dit, les ancêtres de Henkell avaient sans doute eu le privilège de tirer le corbeau, à la lumière d'une lune argentée, au moyen d'une pièce d'artillerie. Au-dessous de tout ce galimatias décoratif figurait une inscription. Il était écrit « *Sero sed serio* », le genre de formule latine qui ne veut dire qu'une chose, et une seule : « Nous sommes plus riches que vous. » La maison elle-même était joliment située en bordure d'un autre champ qui descendait en pente raide vers la vallée, offrant à ses occupants une vue superbe. La vue, c'est ce qui comp-

tait dans cette partie du monde, et cette maison en particulier jouissait du genre de vue généralement réservée aux seuls nids d'aigle.
Rien ne venait interférer, si ce n'est un ou deux nuages. Et un arc-
en-ciel de temps à autre.

— J'imagine que votre famille n'a jamais souffert d'acrophobie,
remarquai-je. Ou de la pauvreté, avais-je envie d'ajouter.

— C'est une sacrée vue, n'est-ce pas ? me fit-il, en s'arrêtant
devant l'entrée. Je ne me lasse jamais de contempler ce panorama.

Des empilements de rondins soigneusement alignés flanquaient
la porte comme des cigarettes. Il y avait au-dessus du linteau un
blason plus petit similaire à celui du mur d'enceinte. La porte était
aussi robuste que si on l'avait empruntée au château du dieu Odin.
Elle s'ouvrit sur un homme assis dans un fauteuil roulant, une couverture sur les genoux, et une infirmière en uniforme. L'infirmière
semblait plus enveloppante que la couverture, et je sus d'instinct
laquelle des deux j'aurais préféré avoir sur mes genoux. Je me sentais
déjà mieux.

L'homme assis dans le fauteuil était costaud, avec des cheveux
blonds assez longs et une barbe digne de Moïse. Une moustache
calamistrée inscrivait sur son visage comme le quillon d'une épée. Il
portait une veste Schliersee en peau de couleur bleue, à boutons en
corne de cerf, une chemise dans le style Landhaus et, au cou, une
chaîne à motifs d'edelweiss, composée d'éclats de corne, d'étain et
de perles. Il était chaussé de Miesbacher noires à talons épais avec
languette à rabat. C'était le genre de chaussures que vous choisissiez
quand vous vouliez insulter un quidam en culotte de cuir. Il fumait
une pipe de bruyère qui dégageait une forte odeur de vanille et me
rappelait celle de la crème glacée brûlée. Il ressemblait à l'oncle Alp,
dans la série des Heidi.

Et si Heidi avait grandi, elle aurait pu ressembler à l'infirmière.
En robe dirndl rose s'arrêtant aux genoux et chemisier blanc décolleté à manches courtes et bouffantes, et tablier de coton blanc, elle
portait des mi-bas en dentelle et le même genre de chaussures
confortables et pratiques que le patient moustachu dont elle avait la
charge. Je savais qu'elle était censée être infirmière, car elle avait une
petite montre épinglée la tête en bas à son chemisier et une coiffe
blanche sur la tête. Elle était blonde, mais pas de ces blondes

solaires, ou dorées, non, plutôt du genre énigmatique et mélancolique que l'on pourrait trouver égarée dans une clairière sylvestre. Elle avait la bouche un peu boudeuse et les yeux d'une nuance de lavande. Je m'efforçai de ne pas remarquer sa poitrine. Et je persévérai dans cet effort, sauf qu'elle ne cessait de me chanter sa mélopée comme si elle était perchée sur un roc du Rhin et moi, un pauvre marin stupide à l'oreille trop musicale. Au fond d'elles-mêmes, toutes les femmes sont des infirmières. Nourrir est dans leur nature. Certaines ont plus la tête de l'emploi que d'autres. Et d'autres réussissent à présenter l'état d'infirmière comme le dernier stratagème de Dalila. Celle de la maison des Henkell appartenait à cette dernière catégorie. Avec un visage et une silhouette pareils, elle aurait fait passer ma vieille capote de l'armée pour un peignoir en soie.

En m'aidant à descendre de la Mercedes, Henkell me surprit à me pourlécher les babines et eut un large sourire.

— Je vous avais dit que vous vous plairiez ici.

— Quand vous avez raison de cette façon, je suis ravi.

Nous entrâmes dans la maison, où Henkell me présenta. L'homme dans le fauteuil roulant était Eric Gruen. L'infirmière s'appelait Engelbertina Zehner. Engelbertina signifie « ange lumineux ». D'une certaine manière, cela lui allait fort bien. Ils avaient l'un et l'autre l'air tout à fait électrisés de me voir. Et pourtant, cette maison n'était pas le genre d'endroit où vous débarquiez sans vous annoncer. Sauf si vous étiez muni d'un parachute. Ils étaient sans doute contents d'avoir de la compagnie, même si ladite compagnie se préoccupait surtout de son propre sort. Tout le monde se serra la main. Celle de Gruen était molle et un peu moite, comme s'il était tendu, pour une raison qui m'échappait. La main d'Engelbertina était d'un contact aussi dur et rugueux qu'une feuille de papier de verre, ce qui me choqua un peu, et j'en conclus que le métier d'infirmière libérale avait ses côtés rudes. Je pris place dans un grand canapé confortable et je laissai échapper un grand soupir confortable.

— Ça vous en fait une trotte, m'écriai-je en considérant l'immense salon. Engelbertina me calait déjà un coussin dans le dos. C'est alors que je remarquai le tatouage en haut de son bras gauche. Voilà pourquoi ses mains étaient si peu douces. Toutefois, le reste de sa personne devait être ravissant. Enfin, pour l'heure, je me sortis ces idées de la tête. J'essayai d'échapper à ce type de considération. En outre, il se préparait de bonnes choses en cuisine et, pour la première fois depuis des semaines, je me sentais affamé. Une autre femme fit son apparition sur le seuil. Elle était séduisante, elle aussi, de cette même séduction un peu vieillie, un peu plus ample, un peu usée qui était aussi la mienne. Elle s'appelait Raina, et c'était la cuisinière.

— Herr Gunther est détective privé, précisa Henkell.

— Cela doit être intéressant, fit Gruen.

— Quand cela devient intéressant, il est en général temps de sortir un pistolet, répliquai-je.

— Comment embrasse-t-on cette profession ? s'enquit-il en rallumant sa pipe.

Engelbertina ne paraissait pas apprécier la fumée et la chassa de son visage, du plat de la main. Gruen n'en fit aucun cas et je notai dans ma tête de ne pas l'imiter, et de fumer dehors, au moins pour un temps.

— À Berlin, j'étais policier, ajoutai-je. J'étais inspecteur au sein de la KRIPO. Avant la guerre.

— Vous est-il arrivé d'attraper un meurtrier ? me demanda-t-elle.

En temps normal, j'aurais balayé ce genre de question comme une miette au revers de ma veste. Mais j'avais envie de l'impressionner.

— Une fois, lui répondis-je. Il y a longtemps. Un étrangleur, un dénommé Gormann.

— Je me souviens de cette affaire, intervint Gruen. Une affaire célèbre.

Je haussai les épaules.

— Comme je viens de vous le dire, c'était il y a très longtemps.

— Nous allons devoir être sur nos gardes, Engelbertina, prévint Gruen. Sans quoi, Herr Gunther découvrira tous nos vilains petits secrets. Je suis convaincu qu'il est déjà occupé à nous jauger.

— Détendez-vous, leur conseillai-je. La vérité, c'est que je n'ai jamais été un flic très digne de ce nom. J'ai toujours eu un problème avec l'autorité.

— Voilà qui n'est pas très allemand, mon vieux, ironisa Eric Gruen.

– Cela m'a valu de me retrouver à l'hôpital, poursuivis-je. On a voulu m'écarter d'une affaire sur laquelle je travaillais. Et l'avertissement n'a pas marché.

– Je suppose qu'il faut être très observateur, poursuivit Engelbertina.

– Si je l'étais, je ne me serais pas fait tabasser.

– Bien vu, releva Gruen.

Engelbertina et lui consacrèrent une minute ou deux à discuter de leurs histoires policières préférées, et j'en profitai pour brièvement décrocher. Je déteste les histoires policières. Je jetai un œil autour de moi. Aux rideaux à carreaux rouge et blanc, aux volets verts, aux armoires peintes à la main, aux épais tapis de fourrure, aux poutres en chêne vieilles de deux cents ans, à la cheminée à colonnes, à ces peintures de vignes et de fleurs et au vieux joug de bœuf – aucun foyer alpin ne serait complet sans. La pièce était vaste, et pourtant je m'y sentais aussi douillettement logé qu'une tranche de pain dans un toaster électrique.

On servit le déjeuner. Je l'avalai avec plus d'appétit que je ne m'y étais attendu. Ensuite, je somnolai dans un fauteuil. À mon réveil, je me retrouvai seul avec Gruen. Apparemment, il était là depuis un moment. Il me regardait avec une curiosité qui me parut mériter une forme d'explication ou une autre.

– Vous désiriez quelque chose, Herr Gruen ?

– Non, non, me dit-il. Et je vous en prie, appelez-moi Eric. (Il recula un peu son fauteuil roulant.) J'avais juste l'impression que nous nous étions déjà rencontrés quelque part, vous et moi. Votre visage me paraît très familier.

J'eus un geste désabusé.

– Je dois avoir ce genre de visage, lâchai-je en me remémorant l'Américain de mon hôtel, à Dachau, qui avait formulé une remarque similaire. C'est une chance que je sois devenu flic, j'imagine. Sinon, on risquerait de placarder ma photo pour un acte que je n'ai pas commis.

– N'êtes-vous jamais allé à Vienne ? insista-t-il. Ou à Brême ?

– À Vienne, en effet. Mais pas à Brême.

– Brême. C'est une ville sans intérêt. Pas comme Berlin.

— Il semblerait qu'à l'heure actuelle il n'y ait rien qui soit tout à fait aussi digne d'intérêt que Berlin, observai-je. C'est pour ça que je n'y vis pas. Trop dangereux. Si jamais une autre guerre éclate, c'est à Berlin qu'elle débutera.

— Mais Berlin ne saurait être aussi dangereux que Munich, fit Gruen. Pour vous, je veux dire. D'après Heinrich, les hommes qui vous ont frappé vous auraient presque tué.

— Presque, lui confirmai-je. Au fait, où est le docteur Henkell ?

— Parti au laboratoire, à Partenkirchen. Nous ne le reverrons pas avant le dîner. Et peut-être même pas pour le dîner. Plus maintenant que vous êtes ici, Herr Gunther.

— Bernie, je vous en prie.

Il inclina poliment la tête.

— Ce que j'entends par là, c'est qu'il ne se sentira pas obligé de dîner avec moi, comme c'est son habitude.

Il se pencha vers moi, me prit la main et la serra dans la sienne, avec une sympathie complice.

— Je suis très content de vous avoir ici. On se sent assez seul, parfois, entre ces murs.

— Vous avez Raina, remarquai-je. Et Engelbertina. Ne me demandez pas de me sentir désolé pour vous.

— Oh, elles sont toutes les deux très agréables, naturellement. Ne vous méprenez pas. Sans Engelbertina pour veiller sur moi, je ne sais pas ce que je ferais. Mais un homme a besoin d'un autre homme à qui parler. Raina se tient en cuisine et reste de son côté. Et Engelbertina n'apprécie pas trop de faire la conversation. Ce n'est pas très surprenant, si j'ose dire. Elle a eu une vie difficile. J'imagine qu'elle vous racontera tout cela en temps voulu. Quand elle se sentira prête.

Je hochai la tête, me rappelant le numéro tatoué sur le bras d'Engelbertina. À l'exception d'Erich Kaufmann, l'avocat juif qui m'avait confié ma première affaire à Munich, je n'avais jamais rencontré de Juif sorti des camps de la mort nazis. La plupart étaient morts, évidemment. Le reste vivait en Amérique ou en Israël. Si je connaissais l'existence d'un tel matricule, c'était par un article que j'avais lu dans un magazine au sujet des détenus juifs que l'on tatouait. À l'époque, j'en avais surtout retenu qu'un Juif pouvait au moins porter un tel tatouage avec une certaine fierté. Mon propre numéro de la SS, tatoué sous mon bras, avait été effacé à la flamme d'un briquet – méthode assez douloureuse.

— Est-elle juive ? demandai-je.

J'ignorais si Zehner était un nom juif. Mais je ne voyais pas d'autre explication à ces chiffres bleus sur son bras.

Gruen opina.

— Elle était à Auschwitz-Birkenau. L'un des camps les pires. C'est près de Cracovie, en Pologne.

Je ne pus m'empêcher de hausser le sourcil.

— Est-elle au courant ? Au sujet de Heinrich et vous ? Et de moi ? Que nous étions tous dans la SS ?

— À votre avis ?

— Je pense que, si elle savait, elle monterait dans le premier train pour le camp de personnes déplacées de Landsberg. Et ensuite, elle embarquerait à bord du premier bateau, destination Israël. Au nom de quoi resterait-elle ? (J'eus un mouvement de la tête.) En fin de compte, je n'ai pas l'impression que je vais me plaire, ici.

— Eh bien, vous allez être surpris, s'écria Gruen. Elle sait. Pour Heinrich et moi, en tout cas. Et qui plus est, elle s'en moque.

— Bon Dieu, comment cela ? Là, je ne comprends absolument pas.

— Parce qu'après la guerre, reprit-il, elle s'est convertie au catholicisme. Elle a foi dans le pardon et elle croit au travail qui s'accomplit dans ce laboratoire. (Il se rembrunit.) Oh, n'ayez pas l'air si surpris, Bernie ! Sa conversion a connu quelques précédents. Les Juifs ont été les premiers chrétiens, vous savez. Rien que pour la manière dont elle a surmonté tout cela, je l'admire vraiment.

— Difficile de ne pas l'admirer, en effet. Quand on la regarde.

— Et puis, toute cette folie est derrière nous.

— C'est ce que me suis laissé dire.

— Le pardon et l'oubli. Ce sont les mots d'Engelbertina.

— Ce qui est curieux, avec le pardon, dis-je, c'est que, si l'on veut qu'existe la moindre chance d'un pardon véritable, il faut au moins que quelqu'un ait l'air désolé et agisse en ce sens.

— En Allemagne, tout le monde regrette ce qui s'est passé, m'affirma-t-il. C'est aussi ce que vous pensez, n'est-ce pas ?

— Bien sûr que nous regrettons. Nous regrettons d'avoir été vaincus. Nous regrettons nos villes bombardées et réduites à l'état de décombres. Nous regrettons que notre pays soit occupé par quatre autres nations. Nous regrettons que nos soldats soient accusés de crimes de guerre et emprisonnés à Landsberg. Nous regrettons d'avoir perdu, Eric. Mais nous ne regrettons pas grand-chose d'autre. En tout cas, je n'en vois aucun signe.

Gruen laissa échapper un soupir.

— Vous avez peut-être raison.

Je lui répondis par un haussement d'épaules.

— Enfin, qu'est-ce que j'en sais, moi ? Je ne suis qu'un détective privé.

— Allons, s'écria-il en souriant. N'êtes-vous pas censé savoir qui est le coupable ? Qui a commis le crime ? Là-dessus, vous devez bien avoir raison, non ?

— Les gens n'ont aucune envie que les flics aient raison. Ils veulent qu'un prêtre ait raison. Ou un gouvernement. Ou même un avocat, à l'occasion. Mais un flic, jamais. C'est seulement dans les livres que les gens veulent que les flics aient raison. La plupart du temps, ils préfèrent franchement que nous ayons tort sur toute la ligne ou presque. Cela leur permet de se sentir supérieurs, je suppose. En plus, l'Allemagne ne veut plus de gens qui ont toujours raison. Ce qu'il nous faut, maintenant, c'est quelques erreurs bien senties.

Gruen avait l'air malheureux. Je lui souris.

— Grand Dieux ! Eric, vous disiez avoir envie d'un peu de vraie conversation. Il me semble que votre vœu est exaucé.

23

Nous nous entendions assez bien, Gruen et moi. Au bout d'un certain temps, je finis par l'apprécier. Il s'était écoulé pas mal d'années depuis que je n'avais plus connu de relation amicale – quelle que soit la nature de l'amitié en question. C'était l'une des choses qui me manquait le plus depuis la mort de Kirsten. Pendant un temps, en plus d'être mon épouse et mon amante, elle avait aussi été ma meilleure amie. Avant de dialoguer avec Gruen, je ne m'étais pas rendu compte à quel point cela me manquait. Il y avait quelque chose chez cet homme qui me touchait, dans le bon sens du terme. Cela tenait peut-être au fait qu'il était dans un fauteuil roulant et qu'il parvenait malgré tout à rester enjoué. Plus enjoué que moi, en tout cas, ce qui ne nous menait pas bien loin. C'était peut-être parce qu'il conservait bon moral, alors même que son état de santé laissait à désirer – certains jours, il était trop mal pour sortir de son lit, me laissant seul en présence d'Engelbertina. À l'occasion, quand il se sentait suffisamment bien, il se rendait avec Henkell au laboratoire de Partenkirchen. Avant la guerre, il avait aussi été médecin, et il avait plaisir à aider Henkell dans ses travaux de labo. Ce qui me laissait également seul avec Engelbertina.

Dès que je me sentis moi-même un peu mieux, j'accompagnai volontiers Gruen dehors, en promenade, ce qui revient à dire que je le poussais un petit moment dans le jardin, que nous parcourions d'un bout à l'autre. Henkell ne s'était pas trompé. Mönch se révélait un endroit merveilleux pour se refaire une santé. L'air y était aussi frais que la rosée matinale sur une gentiane, et la vue d'une montagne ou d'une vallée finit toujours par pénétrer la couche la plus épaisse et la plus rassie de votre conception du monde. Dans un alpage, la vie paraît meilleure, surtout quand vous êtes logé avec tout le confort Pullman.

Un jour, je poussais Gruen dans un chemin taillé à flanc de montagne, quand je le vis fixer du regard ma main posée sur la poignée du fauteuil roulant.

— Je viens à peine de le remarquer, me fit-il.

— Remarquer quoi ?

— Votre petit doigt. Vous n'avez pas de petit doigt.

— En réalité, si, ironisai-je. Mais il fut un temps où j'en avais deux. Un à chaque main.

— Et dire qu'en plus vous êtes détective, continua-t-il, sur le ton de la réprimande, et il leva sa main gauche pour me révéler que la moitié de son petit doigt était manquante. Tout comme le mien.

— Bravo pour vos facultés d'observation, poursuivit-il. En fait, je commence à douter que vous ayez jamais été enquêteur, mon cher ami. Et si vous l'avez été, vous ne deviez pas être très brillant. Quelle était la réplique de Sherlock Holmes au docteur Watson ? Vous voyez, mais vous n'observez pas.

Il me sourit et tortilla la pointe de sa moustache, apparemment ravi de ma surprise et de ma déconfiture passagère.

— Ce sont des foutaises et vous le savez, rétorquai-je. L'unique motif de ma venue ici, c'était de me permettre de dételer pendant un certain laps de temps, vous le savez. Et c'est ce que j'ai essayé de faire.

— Vous invoquez des excuses, Gunther. Ensuite, vous allez me raconter que vous avez été souffrant, ou une absurdité de la même eau. Que vous n'avez pas remarqué mon petit doigt parce que la correction que vous avez reçue vous a provoqué un décollement de la rétine. Et ce serait aussi pour cela que vous n'auriez pas remarqué qu'Engelbertina était un petit peu amoureuse de vous.

— Quoi ?

J'arrêtai le fauteuil, j'enfonçai la pédale de frein du bout du pied et je vins me planter devant lui.

— Oui, vraiment, c'est tout à fait perceptible, dit-il en me souriant de nouveau. Et vous vous prétendez détective.

— Qu'entendez-vous par là, un petit peu amoureuse de moi ?

— Je ne prétends pas qu'elle soit folle de vous. Je veux dire qu'elle est un petit peu amoureuse. (Il sortit sa pipe et se mit à la bourrer.) Oh, elle n'a rien avoué de tel. Mais il se trouve que je la connais très bien. Assez pour savoir que s'amouracher un peu, c'est sans doute déjà beaucoup pour elle, le pauvre chou. (Il palpa ses poches.) J'ai dû laisser mes allumettes à la maison. Vous auriez du feu ?

— Quelles preuves avez-vous ? demandai-je en lui lançant une boîte d'allumettes.

— Il est trop tard pour prendre des airs de vrai détective, maintenant. Le mal est fait.

Il lui fallut craquer deux allumettes pour tisonner sa pipe, puis il me rendit la boîte, en me la jetant.

— Des preuves ? Oh, je ne sais pas. Sa façon de vous regarder. Dès que vous êtes dans les parages, cette fille est un vrai Rembrandt, mon vieux. Ses yeux vous suivent dans toute la pièce. Sa manière de se toucher les cheveux quand elle vous parle. Sa façon de se mordre la lèvre quand vous quittez la pièce, comme si vous lui manquiez déjà. Fiez-vous à moi, Bernie. Je connais les signes. Il y a deux choses dans la vie auxquelles je suis sensible. Les bourrelets autour de la taille et les histoires de cœur. Croyez-le ou non, j'étais un véritable séducteur. J'ai beau être dans un fauteuil roulant, je n'ai pas perdu mon sens des femmes.

Il tira sur sa pipe et m'adressa un grand sourire.

— Oui, elle est un petit peu amoureuse de vous. Stupéfiant, n'est-ce pas ? À la vérité, je suis moi-même un brin surpris. Surpris et un rien jaloux, cela ne me gêne pas de vous l'avouer. Enfin, c'est une erreur assez commune, je suppose, de considérer qu'une fille, simplement parce qu'elle est très jolie, doit avoir bon goût dans le choix de ses compagnons masculins.

J'éclatai de rire.

— Elle aurait pu s'enticher de vous, si vous n'aviez pas le visage couvert de laine de verre.

Il toucha sa barbe, l'air embarrassé.

— Vous pensez que je devrais m'en défaire ?

— Si j'étais vous, je la fourrerais dans un sac lesté de deux grosses pierres et j'irais chercher une jolie rivière bien profonde. Vous ne feriez que sortir cette pauvre créature de sa misère.

— Mais je l'aime bien, cette barbe. Cela a pris du temps, de la laisser pousser.

— Il en faut aussi pour faire pousser une citrouille de concours agricole. Mais vous n'auriez aucune envie de coucher avec.

— Vous n'avez pas tort, j'imagine, admit-il, toujours jovial. Mais je vois de meilleures raisons qu'une barbe pour l'empêcher de s'intéresser à ma personne. Je n'ai pas seulement perdu l'usage de mes jambes, à la guerre, vous savez.

— Comment est-ce arrivé ?

— Franchement, il n'y a pas grand-chose à raconter. Vous pourriez aussi bien expliquer comment fonctionne un obus antichar. Un solide obus de manganèse enfermé dans une robuste carcasse en acier. Il ne renferme aucune charge explosive. Pour pénétrer le blindage d'un tank, un obus de manganèse dépend de la seule énergie cinétique, et ensuite il ricoche en tous sens comme une balle en caoutchouc, tuant et mutilant tout ce qu'il touche, jusqu'à ce qu'il soit à court d'énergie. Simple, mais très efficace. À l'intérieur de mon char, j'ai été le seul à survivre. Sur le moment, d'ailleurs, vous n'auriez rien remarqué. C'est Heinrich qui m'a sauvé la vie. S'il n'avait pas été médecin, je ne serais pas là, maintenant.

— Comment vous êtes-vous rencontrés ?

— Nous nous connaissions déjà avant la guerre. Nous nous fréquentions à la fac de médecine, à Francfort. En 1928. J'aurais voulu faire mes études à Vienne, où je suis né, mais j'ai dû quitter la ville assez rapidement. Il y avait une fille, là-bas, que j'ai quelque peu laissée en rade. Vous savez ce que c'est. Un épisode pas très glorieux, je le crains. Enfin, ce genre d'accident peut se produire, hein ? Après la fac, j'ai obtenu un poste dans un hôpital en Afrique occidentale, pendant un temps. Ensuite, Brême. Au début de la guerre, ni Heinrich ni moi n'étions très soucieux de sauver des vies, je le crains. Nous avons donc intégré la Waffen-SS. Heinrich s'intéressait aux blindés… il s'intéresse à tout ce qui est équipé d'un moteur. J'étais partant pour la balade, si j'ose dire. Mes parents n'étaient pas trop enchantés de ce choix que j'ai fait pour mon service militaire.

Ils n'aimaient ni Hitler ni les nazis. Mon père est décédé maintenant, mais depuis la guerre, ma mère ne m'a plus adressé la parole. Quoi qu'il en soit, pour nous, tout s'est bien passé jusqu'aux dernières semaines de combats. Ensuite, j'ai été blessé. C'est tout. C'est mon histoire. Sans médailles. Sans gloire. Et vraiment sans apitoiement, si cela ne vous ennuie pas. Franchement, je l'ai mérité. J'ai mal agi, une fois dans ma vie. Et je ne fais pas allusion à cette pauvre fille que j'ai laissée sur le carreau. Je parle de la SS. À cette traversée de la France et de la Hollande, où nous avons tué des gens chaque fois que l'envie nous en prenait.

— Nous avons tous commis des actes dont nous ne sommes pas fiers.

— Il se peut. Quelquefois, j'ai du mal à croire que tout cela s'est bel et bien produit.

— C'est la différence entre la guerre et la paix, voilà tout. La guerre rend la tuerie accessible et ordinaire, en apparence. En temps de paix, elle ne l'est pas. Pas de la même manière. En temps de paix, on redoute juste que tuer quelqu'un ne laisse de vilaines saletés sur le tapis. S'inquiéter de ces vilaines saletés sur le tapis et des conséquences, c'est la seule différence véritable entre la guerre et la paix. Ce n'est pas encore du Tolstoï, mais j'y travaille.

— Non, ça me plaît. Et puis c'est beaucoup plus court que Tolstoï. Désormais, dès que je me lance dans une lecture plus longue qu'un ticket de bus, je m'endors. Je vous aime bien, Bernie. Suffisamment pour vous donner un bon conseil au sujet d'Engelbertina.

— Je vous aime bien, moi aussi, Eric. Mais vous n'avez pas besoin de me conseiller de lui fiche la paix sous prétexte que vous la considérez comme une sœur. Croyez-le ou non, je ne suis pas du genre à profiter de la situation.

— C'est justement ça. Non, si quelqu'un peut profiter de la situation, ce sera bien elle. Croyez-moi. C'est vous qui devez rester prudent. Si vous la laissez s'asseoir sur le tabouret de l'instrument, elle va tirer de vous des accords dignes d'un Steinway. Se laisser jouer peut être amusant. Mais uniquement si vous êtes informé et si vous n'y êtes pas hostile. Je vous dis cela simplement pour que vous ne vous laissiez pas complètement subjuguer par elle. Et en particulier ceci : elle n'est pas fille à se marier.

Il retira sa pipe de sa bouche et en examina le fourneau d'un œil critique. Je lui lançai mes allumettes.

— Le fin fond de l'affaire, c'est qu'elle est déjà mariée.

— Je saisis. Le mari a disparu dans un camp.

— Non. Pas du tout. C'est un soldat américain stationné du côté d'Oberammergau. Elle l'a épousé et ensuite il a disparu. Plus vraisemblablement, il a déserté. Elle, et l'armée. Il serait fâcheux que vous la laissiez vous embobiner, que vous la preniez comme cliente et vous mettiez à rechercher ce type. Il ne vaut rien, et il serait préférable qu'il ne réapparaisse pas.

— Cela dépend un peu d'elle, non ? C'est une grande fille.

— Oui, cela ne vous a pas échappé, j'ai vu ça. Agissez comme bon vous semble, privé. Mais ne venez pas me dire que je ne vous aurai pas averti.

J'expédiai ma cigarette d'une pichenette et, d'un coup de pied, je libérai le frein de son fauteuil.

— Restez assis, lui rétorquai-je. J'en ai fini avec les blondes et les maris portés disparus. C'est la recherche d'un mari porté disparu qui m'a coûté ce foutu doigt. Dans ces cas-là, je retiens très facilement la leçon. Comme le chien de Pavlov. Il suffit qu'une bonne femme me suggère que son homme tarde à rentrer d'une partie de cartes et me demande de le retrouver pour que je me mette aussitôt en quête d'une paire de gants de jardinage en béton. Ça, ou une armure. Je me fais vieux, Eric. Quand j'ai pris une dérouillée, je ne rebondis plus aussi haut qu'avant.

Je ramenai Gruen à la maison. Se sentant fatigué, il alla s'allonger et je regagnai ma chambre. Au bout de quelques minutes, on frappa à ma porte. C'était Engelbertina. Elle avait un pistolet à la main. Un Mauser. Un calibre destiné à abattre de plus gros gibiers que de simples souris. Heureusement, il n'était pas braqué sur moi.

— Je voulais vous demander de veiller sur ceci.

— Ne me dites pas que vous avez tué quelqu'un.

— Non, mais je redoute qu'Eric ne se tue avec. C'est son arme. Et, enfin, parfois il est déprimé. Suffisamment pour s'en servir contre lui-même. J'ai pensé qu'il vaudrait mieux le ranger en lieu sûr.

— C'est un grand garçon.

Je lui pris le pistolet des mains et, du pouce, j'enclenchai le cran de sûreté.

— Il devrait être en mesure de veiller sur son arme. En outre, il ne me fait pas l'effet d'être du type suicidaire.

— C'est une façade, sa gaieté. Au fond, il n'est pas comme ça. En fait, il est déprimé. Écoutez, j'allais le jeter, et puis j'ai pensé que ce ne serait pas une bonne idée. Quelqu'un pourrait le découvrir et être victime d'un accident. Et puis je me suis dit qu'étant détective vous sauriez quoi faire d'une arme. (Elle m'agrippa la main, un geste pressant.) Je vous en prie. S'il est obligé de vous le réclamer, il ne pourra rien tenter sans avoir d'abord à se confier.

— D'accord.

Après son départ, je cachai le pistolet derrière le ballon d'eau chaude de la salle de bains.

Comme d'habitude, il se préparait quelque chose de délicieux en cuisine. J'étais curieux de savoir ce que l'on nous servirait pour le dîner. Et j'étais curieux de savoir si ce que Gruen m'avait glissé à propos d'Engelbertina pouvait réellement être vrai. Je n'eus pas longtemps à attendre pour être fixé.

24

De temps en temps, Engelbertina prenait ma température, m'administrait de la pénicilline et examinait le moignon cicatrisé de mon petit doigt avec la même attention pleine de tendresse qu'un enfant aurait pu témoigner à un lapin malade. Quand elle y déposa un baiser, je sus que sa sollicitude dépassait les limites des normes habituelles. J'en conclus que si elle avait envie d'aborder avec moi ce qu'elle avait pu endurer, elle ne s'en priverait pas. Et un jour, tout en examinant mon doigt avec ces gestes confinant au flirt que je viens de décrire, elle se lança.

— Je suis autrichienne. Vous l'avais-je déjà dit ? Non, peut-être pas. Je prétends parfois venir du Canada. Pas parce que je suis canadienne, mais parce que le Canada m'a sauvé la vie. Non, pas le pays. Ce n'est pas au pays que je fais allusion. Le Canada, c'était le nom d'une des zones de triage, à Auschwitz, où nous, les filles… nous étions à peu près cinq cents… nous devions chercher les objets de valeur dans les affaires de tous les nouveaux arrivants avant qu'ils ne soient gazés.

Elle s'exprimait sans émotion, comme si elle décrivait n'importe quel travail de routine en usine.

— Au Canada, on avait une meilleure nourriture, des vêtements plus jolis, et son comptant de sommeil. Nous étions même autorisées à laisser de nouveau pousser nos cheveux. Je suis arrivée à Auschwitz en 1942. J'ai d'abord travaillé dans les champs. C'était très dur. Si j'avais continué, je crois que j'en serais morte. Et ce travail m'abîmait les mains. Je me suis retrouvée au Canada en 1943.

Bien entendu, cela n'avait rien d'un camp de vacances. Il se produisait encore pas mal de choses. De sales histoires. Pendant que j'étais là-bas, j'ai été violée par des SS, à trois reprises. (Elle écarta ce souvenir d'un haussement d'épaules.) Le pire, c'était la première fois. Après, il m'a frappée. Il se sentait coupable, je suppose. Mais il aurait aussi bien pu me tuer, ce qui arrivait, parfois, de crainte que la fille n'aille tout raconter à quelqu'un. La deuxième et la troisième fois, je n'ai pas résisté, aussi je ne crois pas que l'on puisse appeler ça du viol. Je n'étais pas consentante. Mais je ne voulais pas non plus qu'on me fasse du mal. La troisième fois, j'ai même essayé d'y prendre du plaisir, ce qui était une erreur. Parce que le jour où ils ont créé le bordel du camp, plus tard cette année-là, quelqu'un s'en est souvenu et j'ai été transférée pour y travailler comme prostituée.

« Personne n'appelait ça un bordel, remarquez. Et nous ne nous considérions certainement pas comme des prostituées, à l'époque. Nous nous contentions de nous acquitter de notre tâche, c'est-à-dire rester en vie. Cela concernait juste le bloc 24, et nous étions bien traitées. Nous avions des vêtements propres, des douches, nous pouvions faire de l'exercice et bénéficier de soins médicaux. Nous avions même droit à du parfum. Je ne peux pas vous décrire l'effet que cela faisait. De sentir à nouveau bon. Après avoir senti la sueur, et pire, pendant une année entière. Les hommes avec qui nous couchions n'étaient pas des SS. Ceux-là, ils n'y étaient pas autorisés. Certains s'y risquaient, mais la majorité se limitait à regarder par les judas. Je me suis fait un ami régulier parmi les pompiers d'Auschwitz. Un Tchèque, qui me traitait très gentiment. Un jour de forte chaleur, il m'a même fait entrer en douce dans la piscine de la brigade. Je ne portais pas de maillot de bain. Je me souviens encore de la caresse du soleil sur mon corps nu. Et de ces hommes si gentils. Ils me traitaient comme un objet de vénération et d'adoration. J'ai eu le sentiment de vivre le jour le plus heureux de mon existence. Il était catholique et nous avons été mariés par un prêtre lors d'une cérémonie secrète.

« Pour nous, tout s'est bien passé jusqu'en octobre 1944, quand une mutinerie a éclaté. Mon ami a été impliqué et on l'a pendu. Ensuite, avec l'Armée rouge à quelques kilomètres de là, ils nous ont obligées à quitter le camp à marche forcée. Le pire, c'était cette marche. Pire que tout que ce que j'avais enduré avant. Les gens s'écroulaient dans la neige, et on les abattait d'une balle, sur place. Ensuite, on nous a rassemblées, comme un troupeau, on nous a embarquées dans des trains, et nous avons roulé vers Bergen-Belsen, qui était bien pire qu'Auschwitz, plus terrible que tout ce que je pourrais vous décrire. Déjà, on n'avait rien à manger. Rien. Cela a duré deux mois. Si je n'avais pas été si bien nourrie au bloc 24, je serais certainement morte à Belsen. Quand les Britanniques ont libéré le camp, en avril 1945, je ne pesais plus que trente-huit kilos. Mais j'étais en vie. C'était le principal. En dehors de ça, rien ne compte, n'est-ce pas ?

— Rien, en effet.

Elle eut un geste désabusé.

— C'est arrivé. À Auschwitz, j'ai eu quatre cent seize rapports sexuels. Je les ai tous comptés, pour savoir exactement ce que me coûtait ma survie. Je suis fière d'avoir survécu. Et je vous le dis à cause de cela, parce que je veux que les gens sachent ce qu'on a infligé aux Juifs, aux communistes, aux Gitans, aux homosexuels, et tout cela au nom du national-socialisme. Je vous le raconte aussi parce que je vous apprécie, Bernie, et parce que s'il se trouvait par hasard que vous ayez envie de coucher avec moi, alors il vaut mieux que vous connaissiez les faits. Après la guerre, j'ai épousé un Américain. Quand il a découvert quelle sorte de femme j'étais, il a pris la fuite. Eric croit que ça m'embête, mais en réalité pas du tout. Cela ne m'ennuie pas du tout. Et quelle importance cela aurait-il, le nombre de gens avec qui j'ai couché ? Je n'ai jamais tué personne. Cela me semblerait une chose bien plus grave à supporter. Comme Eric. Il a abattu des partisans français, en représailles après le meurtre de quelques hommes, dans une ambulance de l'armée allemande. Je n'aimerais pas devoir vivre avec sa conscience. Je crois qu'avoir un meurtre sur la conscience, ce serait bien pire que de garder en moi les souvenirs avec lesquels je dois vivre. Vous n'êtes pas d'accord ?

— Si. Je suis d'accord.

J'effleurai son visage du bout des doigts. Elle n'avait pas de cicatrices sur la joue, mais je ne pouvais m'empêcher de songer à celles qu'elle avait en elle. Au moins quatre cents, probablement. Ce qu'elle avait traversé rendait mes propres épreuves très ordinaires, même si je savais qu'il n'en était rien. J'avais vu quelques actions militaires durant la Grande Guerre, et j'étais sans doute plus endurci qu'elle. Certains auraient pu être dégoûtés par le récit qu'elle venait de me faire – certains, oui, comme son Amerlot. Pas moi. Il aurait peut-être mieux valu pour moi que je le sois. Mais ce qu'elle m'avait raconté là me laissait penser que nous avions certaines choses en commun.

Engelbertina enduisit mon moignon de pommade, puis le recouvrit d'un carré de gaze et de sparadrap.

– En tout cas, maintenant, vous êtes au courant, et vous aurez compris comment il se fait que j'ai des comportements de putain. Et je n'y peux rien. Quand j'apprécie un homme, je couche avec lui. C'est aussi simple que ça. Et je vous apprécie, Bernie. Je vous aime beaucoup.

J'avais déjà reçu des propositions plus directes et plus terre-à-terre, mais uniquement dans mes rêves. Pour être honnête, j'aurais pu la juger plus sévèrement si elle avait ressemblé à Lotte Lenya ou à Fanny Blankers-Koen. Mais comme elle ressemblait aux Trois Grâces réunies dans un spectacle érotique hellénistique, j'étais plus qu'heureux qu'elle joue de ma personne. Comme un vrai Steinway, si ça lui chantait. En outre, cela faisait un moment qu'une femme ne m'avait plus regardé avec autre chose que de la perplexité ou de la curiosité. Aussi, plus tard ce soir là, tandis que Gruen dormait et après que Henkell fut retourné à l'hôpital d'État de Munich, elle vint dans ma chambre m'administrer une autre sorte de traitement. Au cours des dix jours qui suivirent, mon état s'améliora, à notre mutuelle satisfaction. À la mienne, en tout cas.

C'est drôle, ce que vous ressentez quand vous avez fait l'amour après une longue période de chômage technique. Comme si vous réintégriez l'espèce humaine. En réalité, il ne s'agissait pas de ça. À l'époque, je n'en savais rien. Mais j'avais pris l'habitude de ne plus rien savoir identifier. Rester dans le noir, c'est l'un des risques du métier de détective. Même quand une affaire est élucidée, on continue d'ignorer une foule de choses. Ce qui reste caché. Concernant Britta Warzok, je ne savais pas du tout si elle représentait une affaire classée ou non. J'avais été payé, c'était vrai, et joliment. Mais tant d'éléments demeuraient inexpliqués. Un jour, ayant fini par me rappeler son numéro de téléphone, je décidai de l'appeler et de lui poser quelques questions assez franches sur ce qui continuait de m'intriguer. Par exemple, comment se faisait-il qu'elle connaissait le père Gotovina ? Et puis je trouvais qu'il était temps pour elle de prendre conscience de tout le mal que j'avais eu à gagner ses mille marks. Aussi, pendant qu'Engelbertina aidait Gruen à faire sa toilette, je décrochai le téléphone et je composai le numéro qui m'était revenu en mémoire.

Je reconnus la voix de la domestique. Un Wallace Beery en robe noire. Quand je demandai à parler à sa maîtresse, cette voix qui était déjà sur ses gardes se fit dédaigneuse, comme si je lui avais suggéré de nous retrouver pour un dîner aux chandelles, puis de rentrer chez moi.

— Ma quoi ? grogna-t-elle.

— Votre maîtresse. Frau Warzok.

— Frau Warzok ? (Le dédain se mua en dérision.) Elle n'est pas ma maîtresse.

— Très bien, alors, qui est-ce ?

— Cela ne vous regarde absolument pas.

— Écoutez, dis-je, un rien exaspéré, je suis détective. Alors je pourrais décider que ça me regarde.

— Un détective ? Vraiment ? (Elle continuait dans la dérision, sans se démonter.) Si vous ne savez pas qui habite ici, c'est que vous ne valez pas grand-chose, comme détective.

Avec cette pique, elle marquait un point. La pique me parut aussi cuisante que si elle venait de m'être décochée par Vlad l'Empaleur.

— Je vous ai parlé, un soir, il y a quelques semaines. Je vous ai donné mon nom et mon numéro de téléphone et je vous ai priée de demander à Frau Warzok de me rappeler. Et comme elle m'a rappelé, je présume au moins que vous vous adressez la parole, elle et vous. Et encore une remarque. Faire obstruction à un policier dans l'exercice de ses fonctions, c'est un délit.

En vérité, je ne lui avais pas dit que j'étais flic. Ce qui constituait aussi un délit.

— Juste une minute, je vous prie.

Elle posa le combiné. On eût dit que quelqu'un frappait la grande lamelle d'un xylophone, la note la plus basse. J'entendis des voix étouffées, et il y eut un silence assez longuet avant que l'on reprenne l'appareil. La voix, à l'élocution soignée, était celle d'un homme, et je l'avais déjà entendue. Mais où ?

– Qui est à l'appareil, je vous prie ? demanda cette voix.

– Je m'appelle Bernhard Gunther. Je suis détective privé. Frau Warzok est ma cliente. Elle m'a confié ce numéro pour que je puisse entrer en contact avec elle.

– Frau Warzok ne vit pas ici, prétendit l'homme d'un ton froid, mais poli. Elle n'a jamais vécu ici. Pendant une période, nous avons pris des messages pour elle. Quand elle était à Munich. Mais je crois qu'elle a regagné son domicile, à présent.

– Oh ? Et où est-ce, son domicile ?

– À Vienne.

– Avez-vous un numéro de téléphone où je puisse la joindre ?

– Non, mais j'ai une adresse. Voulez-vous que je vous la communique ?

– Oui. S'il vous plaît.

Il y eut encore un assez long temps de silence pendant lequel, je suppose, quelqu'un alla se procurer cette adresse.

– Horlgasse, 42, m'indiqua-t-il enfin. Appartement 3, neuvième arrondissement.

– Merci, Herr… ? Écoutez, qui êtes-vous ? Le majordome ? Le partenaire de jeu de la domestique ? Quoi ? Comment puis-je avoir la certitude que cette adresse n'est pas bidon ? Juste histoire de se débarrasser de moi.

– Je vous ai dit tout ce que je pouvais vous dire. Vraiment.

– Écoutez, mon pote, il y a de l'argent à la clef. Un paquet d'argent. Frau Warzok m'a engagé pour retrouver la trace d'un héritage. Et c'est assorti d'honoraires substantiels, en cas de recouvrement. Si je ne lui transmets pas un certain message, je ne vais rien récolter. Si vous m'aidez en me fournissant quelques informations, je vous reverse dix pour cent de ce que j'attends. Du genre…

– Au revoir, fit la voix. Et ne rappelez plus, je vous prie.

La communication fut coupée, si bien que je rappelai. Que pouvais-je tenter d'autre ? Mais cette fois, il n'y eut pas de réponse. Et, à mon appel suivant, l'opératrice m'annonça que le numéro était hors service. Ce qui me laissait le derrière dans l'eau, et sans pantalon de rechange.

Je réfléchissais à l'éventualité que Frau Warzok ait pu me jeter de la poudre aux yeux et soit devenue une totale étrangère, quand un autre étranger sortit de la salle de bains. Il était assis dans le fauteuil roulant d'Eric Gruen, poussé comme d'habitude par Engelbertina, mais, déjà perturbé par ma conversation téléphonique avec Wallace Beery et compagnie, je mis quelques secondes avant de comprendre que cet inconnu était bien Eric Gruen.

— Qu'en pensez-vous ? dit-il en se passant la main sur son visage rasé de près.

— Vous vous êtes rasé la barbe, constatai-je, comme un idiot.

— Engelbertina s'en est chargée. Qu'en pensez-vous ?

— Vous êtes beaucoup mieux sans, fit-elle.

— Vous, je sais ce que vous pensez. Je posais la question à Bernie.

Je haussai les épaules.

— Vous êtes beaucoup mieux sans, répétai-je après elle.

— Vous faites plus jeune, renchérit-elle. Cela vous rajeunit et vous embellit.

— Vous dites ça comme ça, ironisa-t-il.

— Non, c'est vrai. N'est-ce pas, Bernie ?

J'opinai, en étudiant maintenant son visage de plus près. Ses traits — le nez cassé, le menton volontaire, pugnace, la bouche crispée et le front lisse — me rappelaient quelqu'un.

— Plus jeune ? Oui, je crois. Mais il y a autre chose, et je n'arrive pas à mettre le doigt dessus. (Je secouai la tête.) Je ne sais pas. Peut-être aviez-vous raison, Eric, de penser que nous nous étions déjà rencontrés auparavant. Maintenant que vous vous êtes débarrassé de votre heaume protecteur, quelque chose chez vous me paraît extrêmement familier.

— Vraiment ?

Le ton était plus vague, à présent. Comme s'il n'était pas sûr de lui.

— Vous ne saisissez pas ? s'exclama Engelbertina sur un ton exaspéré. Vous êtes franchement deux imbéciles. Enfin, ce n'est pas évident ? On dirait deux frères. Oui, c'est ça. Des frères.

Gruen et moi, nous échangeâmes un regard, et nous comprîmes tout de suite qu'elle avait raison. Nous nous ressemblions énormément. Elle alla chercher un miroir et nous obligea à nous pencher, à joindre nos deux têtes pour observer notre reflet.

— Voilà ce que cela vous rappelle, à l'un et à l'autre, quand vous vous regardez, s'écria-t-elle presque triomphalement. Vous-même, évidemment.

— C'est vrai, j'ai toujours eu envie d'avoir un frère aîné, m'avoua Gruen.

— Comment cela, un aîné ?

— Eh bien, c'est vrai, continua-t-il, et il se mit à bourrer sa pipe. Vous ressemblez à une autre version de moi-même, en plus vieux. Un peu plus grisonnant, un peu plus usé. Un peu plus entamé par la vie, certainement. Peut-être même un peu plus anguleux, un peu plus mal dégrossi. Et je considère que vous avez aussi l'air moins intelligent que moi. Ou alors juste un peu plus désorienté. Comme si vous étiez incapable de vous rappeler où vous avez posé votre chapeau.

— Vous avez oublié de préciser que je suis plus grand. D'environ soixante-quinze centimètres.

Il me regarda droit dans les yeux, avec un grand sourire, et il alluma sa pipe.

— Non, après mûre réflexion, je le pense vraiment, que vous êtes moins intelligent. Et peut-être même bien un peu plus stupide. Détective, mais stupide.

Je repensai à Britta Warzok, et que cela n'avait aucun sens qu'elle m'engage si elle avait eu la moindre idée de l'appartenance du père Gotovina à la Camaraderie. À moins qu'elle ne l'ait su depuis le début et que j'aie été trop stupide pour flairer ce qu'elle mijotait. Ce qui, à l'évidence, m'avait échappé. Détective, mais stupide. Cela sonnait assez bien. Non sans un certain accent de vérité.

25

Le lendemain, Heinrich Henkell, venu passer le week-end, nous annonça qu'il se rendait directement à son laboratoire. Gruen, ne se sentant pas très bien, avait gardé la chambre, et Henkell me proposa de m'emmener.

— Qui plus est, ajouta-t-il, comme s'il fallait une raison supplémentaire pour que je l'accompagne, vous n'avez encore rien vu de Garmisch-Partenkirchen, n'est-ce pas, Bernie ?

— Non, pas encore.

— Eh bien, il faut que vous veniez avec moi, histoire de jeter un coup d'œil. Cela vous fera du bien de sortir un petit peu d'ici.

Nous descendîmes la route de montagne en roulant lentement, ce qui n'était pas plus mal car, au détour d'un virage, nous tombâmes sur un petit troupeau de bétail qui traversait la chaussée, en bordure de voie ferrée. Un peu plus loin, Henkell m'expliqua toute l'importance du chemin de fer à Garmisch-Partenkirchen.

— Cette voie ferrée trace une ligne de partage nette entre les deux vieilles villes. Garmisch, sur notre gauche et à l'est de la ligne, est un peu plus moderne. Notamment parce que c'est là que se trouve le stade de ski olympique. Partenkirchen, à l'ouest, dégage une impression plus vieillotte. C'est là que sont basés la plupart des Amerlots.

Nous nous engageâmes dans Bahnhofstrasse, puis dans Zugspitzstrasse, et il me désigna les façades des maisons décorées de « luftmalerei », ces peintures en trompe-l'œil de scènes religieuses dont certaines évoquaient les façades de quelques églises munichoises rococo. Même si le pape avait possédé un chalet de montagne sur ces pentes, Garmisch-Partenkirchen n'aurait pu avoir un air plus catholique. Mais la ville dégageait aussi une atmosphère de prospérité qui s'expliquait facilement. C'était truffé d'Américains, comme si la guerre venait à peine de s'achever. La quasi-totalité des véhicules circulant dans les rues étaient des Jeeps et des camions de l'US Army, et la bannière étoilée ornait une maison sur deux. Il était difficile de croire que l'on était en Allemagne.

— Mon Dieu, regardez-moi ça ! m'exclamai-je. Ils vont bientôt peindre des fresques de Mickey sur les bâtiments qu'ils ont réquisitionnés.

— Oh, ce n'est pas si grave que ça, me rassura Henkell. Et vous savez, ils sont pleins de bonnes intentions.

— Tout comme la Sainte Inquisition. Arrêtez-vous devant ce bureau de tabac. Il me faut quelques Lucky.

— Ne vous ai-je pas conseillé de cesser de fumer ? me dit-il, mais il arrêta quand même la voiture.

— Avec tout cet air frais qui nous entoure ? Où est le mal ?

Je descendis et j'entrai dans le débit de tabac. J'achetai des cigarettes, puis je fis plusieurs fois le tour de la boutique, avec la sensation plaisante de me comporter à nouveau comme un être normal. Le buraliste me regardait de travers, l'œil soupçonneux.

— Vous faut-il autre chose ? me demanda-t-il, en pointant sur moi la tige de sa pipe en écume.

— Non, je regardais juste.

Il replanta sa pipe dans sa petite bobine bouffie de suffisance et se balança sur ses pieds chaussés de souliers décorés d'edelweiss, de feuilles de chêne et de rubans de Bavière bleus et blancs. Il ne manquait plus à ces chaussures qu'une médaille de Max Bleu[1], ou une Croix de Fer, pour devenir la paire de croquenots la plus germanique qu'il m'ait été donné de voir.

— C'est une boutique, ici, pas un musée.

— On ne dirait pas, franchement, rétorquai-je, et je ressortis aussi sec, avec le tintement du carillon de la porte dans mon dos.

---

1. Allusion à l'as de la Luftwaffe pendant la Grande Guerre, Max Immelmann.

– Je parierais que cet endroit est vraiment douillet en hiver, lâchai-je à Henkell une fois de retour dans la voiture. Les gens du cru sont à peu près aussi affables qu'une fourche aux dents froides.

– En réalité, ils sont tout à fait amicaux quand vous apprenez à les connaître.

– C'est drôle. Les gens vous disent la même chose quand leur chien vient de vous mordre.

Nous repartîmes en direction des quartiers sud-ouest de Partenkirchen, au pied du Zugspitze, en dépassant le Post Hotel, l'American Officers Club, l'hôtel General Patton, le quartier général de l'US Army Southeastern Area Command, et le chalet de la Flèche verte. J'aurais aussi bien pu me trouver à Denver, Colorado. Je n'étais jamais allé à Denver, Colorado, mais d'après moi, cela devait beaucoup ressembler à Partenkirchen. Patriotique, affectée, ornementée à l'excès, peu accueillante tout en étant assez hospitalière à sa façon, bref plutôt absurde, et pas qu'un peu.

Henkell continua par une rue bordée de petites maisons alpestres typiques et s'arrêta dans l'allée d'un chalet d'un étage à façade crépie de blanc, avec un balcon en bois courant sur trois façades et un toit en surplomb aussi vaste que le pont d'envol d'un porte-avions. Le mur était décoré d'une fresque représentant un skieur olympique allemand. Je savais qu'il était allemand parce que son bras droit paraissait tendu vers quelque chose, sans que l'on puisse trop déterminer quoi, la main et le poignet ayant été recouverts de peinture. Et peut-être que seul un Allemand aurait vraiment compris ce que manigançait la main droite de ce skieur. À Garmisch-Partenkirchen, tout semblait si dédié à l'Oncle Sam et à son bien-être qu'il était difficile de croire que l'Oncle Adolf y ait jamais sévi.

Je descendis de la Mercedes et je levai le nez vers le Zugspitze, qui dominait ces maisons comme une vague d'eau de mer grise et pétrifiée. C'était un sacré morceau de géologie.

Soudain, des coups de feu. Je tressaillis, et je me baissai même sans doute un peu, avant de regarder derrière moi. Henkell éclata de rire.

– Les Amerlots ont installé un tir au pigeon d'argile, de l'autre côté de la rivière, m'expliqua-t-il en se dirigeant vers la porte. Ils ont réquisitionné tout ce que vous voyez autour de nous. Ils m'autorisent à me servir de cet endroit pour mes travaux. Mais avant la guerre, c'était le labo d'analyses de l'hôpital local, sur Maximilian-strasse.

— L'hôpital ne possède plus de labo ?

— Après la guerre, l'hôpital est devenu l'hospice de la prison, continua-t-il, en cherchant sa clef. Pour les prisonniers de guerre allemands atteints de maladies incurables.

— Qu'est-ce qu'ils ont ?

— Des cas psychiatriques, pour la plupart, pauvres diables. Traumatisme du bombardement, ce genre de chose. Pas vraiment mon domaine. La majorité de ces patients sont décédés suite à une épidémie de méningite virale. Le reste a été transféré à l'hôpital de Munich, il y a environ six mois. Depuis, l'hôpital local a été transformé en base de repos et de loisir pour les personnels de l'armée américaine.

Il ouvrit la porte et entra. Mais moi, je suis resté là où j'étais, le regard en arrêt sur une voiture stationnée de l'autre côté de la rue. C'était un modèle que j'avais déjà vu. Un élégant coupé Buick Roadmaster. D'un vert rutilant, avec des pneus à flancs blancs, un capot arrière aussi interminable qu'un coteau alpin et une calandre pareille à une denture de star.

Je suivis Henkell, franchis le seuil et me retrouvai dans un vestibule étroit où régnait une chaleur appréciable. Les murs étaient décorés de diverses photographies d'athlètes des Jeux olympiques d'hiver – Maxi Herber, Ernst Baier, Willy Bognor prêtant le serment olympique, et deux sauteurs en plein vol au-dessus de leur tremplin, qui devaient s'imaginer en route pour le Walhalla. L'air de la maison dégageait une légère ambiance de produit chimique, et un mélange de putréfaction et d'odeur botanique, comme des gants de jardinage humides.

— Fermez la porte derrière vous, cria Henkell. Il faut garder la chaleur, ici.

Je pivotai pour refermer cette porte et entendis des voix. Lorsque je me retournai, le couloir était barré par un individu que je reconnus. C'était l'Américain qui m'avait convaincu de creuser dans le jardin derrière mon hôtel, à Dachau.

— Ah ça, mais, si ce n'est pas le Boche qui a des principes, s'écria-t-il.

– Venant de votre part, ce n'est guère un compliment, sifflai-je. Vous avez encore volé de l'or à des Juifs, récemment ?

Il eut un grand sourire.

– Pas dernièrement. Par les temps qui courent, il n'en reste pas beaucoup en circulation. Et vous ? Comment marchent les affaires, dans l'hôtellerie ?

Il n'attendit pas ma réponse et, sans me quitter du regard, renversa la tête en arrière, en hurlant par-dessus son épaule :

– Hé, Heinrich ! Tu l'as dégotté où, ce Boche ? Et qu'est-ce qu'il fout ici, nom de Dieu ?

– Je te l'ai dit. C'est l'homme dont j'ai fait la connaissance à l'hôpital.

– Tu veux dire que c'est le détective dont tu m'as parlé ?

– Oui. Vous vous êtes déjà rencontrés ?

L'Américain portait cette fois aussi une veste sport – grise et en cachemire –, une chemise grise, une cravate en tricot de laine grise, un pantalon de flanelle grise et des richelieus noirs. Ses lunettes n'étaient plus les mêmes. La monture était en écaille de tortue. Mais il avait conservé cet air de premier de la classe.

– Uniquement dans une vie antérieure, dis-je. Quand j'étais hôtelier.

– Vous teniez un hôtel ?

Henkell eut l'air de trouver l'idée absurde. Et il n'avait pas tort, naturellement.

– Et devine un peu où il était situé ? reprit l'Américain avec un mépris amusé. À Dachau. À environ un kilomètre du camp. (Il partit d'un rire tonitruant.) Bon Dieu, ce serait comme ouvrir un établissement thermal dans un funérarium.

– À vous et votre ami, ça vous a suffi, remarquai-je. Le dentiste amateur.

Henkell éclata de rire.

– Il veut parler de Wolfram Romberg ? demanda-t-il à l'Américain.

– Il veut parler de Wolfram Romberg, confirma l'autre.

Henkell revint du fond du couloir poser une main sur mon épaule.

– Le major Jacobs travaille pour la CIA, m'apprit-il, en me conduisant vers la pièce voisine.

– J'ignore pourquoi, mais je ne me l'imaginais pas en chapelain de l'armée de terre.

– C'est l'un de nos bons amis, à Eric et moi. Un très bon ami. La CIA nous fournit ces locaux et nous verse de l'argent pour nos recherches.

– Mais c'est curieux, parce qu'apparemment ce n'est jamais suffisant, releva Jacobs, sur un ton lourd de sous-entendus.

– La recherche médicale peut se révéler coûteuse, lui rappela Henkell.

Nous entrâmes dans un bureau d'aspect professionnel, médical, ordonné. Une grande armoire de dossiers occupait un mur. Une bibliothèque Biedermeier avec des dizaines de manuels de médecine et un crâne posé au sommet. Une armoire de premier secours, contre un autre mur, à côté d'une photographie du président Truman. Un chariot à alcools Art déco, avec un large éventail de bouteilles et de shakers. Un secrétaire rococo en noisetier enfoui sous une couche de plusieurs dizaines de centimètres de documents et de cahiers, avec un autre crâne qui tenait lieu de presse-papiers. Quatre ou cinq chaises en bois de cerisier. Et une tête d'homme en bronze ornée d'une petite plaque indiquant que ce buste était à l'effigie d'Alexander Fleming. Henkell désigna un laboratoire visiblement bien équipé derrière un sas encadré de doubles portes vitrées coulissantes.

– Microscopes, centrifugeuses, spectromètres, équipement sous vide. Tout cela coûte de l'argent. Le major ici présent a dû parfois nous dénicher plusieurs sources de revenus plus ou moins irrégulières afin de nous permettre de poursuivre. Y compris l'Oberscharführer Romberg et son petit pécule de Dachau.

– Exact, grogna l'intéressé.

Il écarta le voilage et regarda d'un œil soupçonneux par la fenêtre donnant sur le jardin, derrière le chalet. Deux oiseaux avaient entamé une bruyante dispute. La nature sait s'y prendre d'une manière qui a du bon. Cela ne m'aurait pas gêné outre mesure de flanquer mon poing dans la figure de Jacobs.

Je souris.

— Ce que le major a pu faire des objets de valeur dérobés à tous ces pauvres gens ne me regarde pas vraiment.

— Là, le Boche, tu n'as pas tort, rétorqua Jacobs.

— Sur quoi travaillez-vous, au juste, Heinrich ? demandai-je.

Jacobs regarda Henkell.

— Nom de Dieu, vous n'allez pas lui dire.

— Et pourquoi pas ? s'étonna le médecin.

— Vous ignorez tout de ce type. Et avez-vous oublié que vous travaillez pour le gouvernement américain, Eric et vous ? J'utiliserai volontiers le mot « secret », sauf que je ne pense pas que vous sachiez l'écrire, vous autres.

— Il réside dans ma maison, fit Henkell. J'ai toute confiance en Bernie.

— J'en suis encore à essayer de comprendre pourquoi. À moins que ce ne soit une de vos marottes, entre SS ? Entre vieux camarades. Hein, quoi ?

Pour ma part, j'en étais encore à me poser un peu la même question.

— Je vous ai fourni la raison, reprit Henkell. Eric sent peser une certaine solitude, parfois. Il se pourrait d'ailleurs qu'il ait des tendances suicidaires.

— Bon sang, j'aimerais me sentir aussi seul qu'Eric, ricana le major. Cette pute qui veille sur lui, cette Engelbertina je ne sais trop quoi. Comment peut-on se sentir seul avec cette fille-là dans les parages, ça, c'est sûr que ça me dépasse.

— Là, il n'a pas tort, observai-je.

— Vous voyez ? Même le Boche est d'accord avec moi, renchérit Jacobs.

— Je préférerais que vous cessiez d'utiliser ce terme, s'agaça le médecin.

— « Boche » ? Où est le mal ?

— C'est comme si je vous traitais de youpin. Ou de youtre.

— Ouais, enfin, faudra vous y faire, mon pote. C'est les youpins qui commandent, maintenant. Et vous, les Boches, vous allez devoir faire ce qu'on vous demande.

Henkell me dévisagea et, de propos très délibéré, comme pour provoquer l'irritation du major, il me dit :

— Nous travaillons à la découverte d'un traitement de la malaria.

Jacobs lâcha un pesant soupir.

— Je croyais qu'un remède existait déjà, dis-je.

— Non. Il y a plusieurs traitements, les uns plus efficaces que d'autres. Quinine. Chloroquine. Atébrine. Proguanil. Certains entraînent des effets secondaires déplaisants. Et bien entendu, avec le temps, la maladie devient plus résistante à ces médicaments. Non, quand je parle de traitement, j'évoque quelque chose qui irait plus loin.

— Vous ne voulez pas lui remettre aussi les clefs du coffre, tant que vous y êtes, s'emporta le major.

Henkell continua, nullement dissuadé par l'évident mécontentement de l'Américain.

— Nous travaillons sur un vaccin. Cela en vaudrait véritablement la peine, ne croyez-vous pas, Bernie ?

— J'imagine.

— Venez donc jeter un œil.

Henkell me précéda et nous franchîmes les premières portes vitrées. Jacobs nous suivit.

— Nous nous sommes équipés de ces doubles portes afin de maintenir une certaine température dans le labo. Vous éprouverez peut-être le besoin de retirer votre veste. (Il ferma la première double porte avant d'ouvrir la seconde.) Quand je travaille dans cette salle un certain temps, je ne porte généralement qu'une chemise estivale. Il règne vraiment un climat tropical, ici. Comme dans une serre.

Dès que les deuxièmes portes se furent ouvertes, la chaleur m'a cucilli. Henkell n'avait pas exagéré. C'était comme d'arpenter la jungle sud-américaine. Jacobs transpirait déjà. Je retirai ma veste et remontai mes manches de chemise.

— Tous les ans, Bernie, presque un million d'individus meurent de la malaria, reprit le médecin. Un million. (D'un mouvement de la tête, il désigna Jacobs.) Il veut simplement un vaccin à administrer aux soldats américains, avant qu'on ne les envoie dans la prochaine région du monde qu'ils comptent occuper après la nôtre. L'Asie du Sud-Est, le cas échéant. L'Amérique centrale, à coup sûr.

– Pourquoi ne l'écrivez-vous pas dans les journaux ? grinça l'Américain. Histoire de raconter au monde entier ce qu'on fabrique ici.

– Mais Eric et moi voulons sauver des vies, souligna Henkell, ignorant le major. C'est son travail tout autant que le mien. (Il retira sa veste et déboutonna le col de sa chemise.) Réfléchissez-y, Bernie. L'idée que les Allemands puissent réaliser quelque chose qui soit susceptible de sauver un million de vies tous les ans. À l'heure du bilan, à côté de ce que l'Allemagne a commis pendant le conflit, cela devrait contribuer à rééquilibrer les plateaux de la balance. N'êtes-vous pas de mon avis ?

– Cela se pourrait, en effet, admis-je.

– Un million de vies humaines sauvées tous les ans, souligna son hôte. Enfin, quoi, en six ans, même les Juifs accepteraient sans doute de nous accorder leur pardon. Et d'ici vingt ans, les Russes aussi, qui sait.

– Il a envie de livrer le bazar aux Russes, murmura Jacobs. Magnifique.

– C'est ce qui nous pousse à aller de l'avant, Bernie.

– Sans parler de tout l'argent qu'ils gagneront s'ils réussissent effectivement à synthétiser un vaccin, s'indigna Jacobs. Des millions de dollars.

Le médecin secoua la tête.

– Il n'a pas la moindre idée de ce qui nous motive réellement. C'est une espèce de cynique. N'est-ce pas, Jonathan ?

– Si vous le dites, le Boche.

Je regardai rapidement autour de moi, dans ce laboratoire en forme de serre. Il y avait deux paillasses, une à chaque extrémité de la salle. La première abritait toute une panoplie d'équipements scientifiques, notamment plusieurs microscopes. Une dizaine de boîtes en verre étaient alignées sur l'autre. Sous une fenêtre qui donnait vers une autre partie du même jardinet propret, il y avait trois éviers. Mais ce furent les boîtes vitrées qui attirèrent mon attention. Deux d'entre elles grouillaient d'insectes. Même à travers la vitre, on pouvait percevoir la plainte d'une pléthore de moustiques, infime et stridente, comme autant de minuscules chanteurs d'opéra s'efforçant de tenir une longue note haut perchée. Rien qu'à les regarder, j'en avais la chair de poule.

— Ce sont nos invités de marque, expliqua le scientifique. Le *Culex pipen*. Variété de moustique qui vit en eaux stagnantes et, de ce fait, la plus dangereuse, car elle est porteuse de la maladie. Nous essayons d'élever notre propre variété dans ce laboratoire. Mais de temps à autre, nous sommes contraints de nous procurer des spécimens qui nous sont même expédiés de Floride. Les œufs et les larves s'adaptent étonnamment aux basses températures du voyage aérien à longue distance. Fascinantes créatures, n'est-ce pas ? Qu'une entité si petite soit si mortelle. Ce qu'est la malaria, naturellement. Pour la majorité des sujets, en tout cas. Des études que j'ai consultées montrent que, chez les enfants, elle est presque toujours fatale. En revanche, les femmes sont plus résistantes que les hommes. Personne ne sait pourquoi.

Je frissonnai et reculai d'un pas, pour m'éloigner de cette cage de verre.

— Il n'apprécie pas trop vos petits amis, Heinrich, ironisa Jacobs. Et je ne peux pas lui jeter la pierre. Moi, je les déteste, ces petits salopards. Mon cauchemar, c'est que l'un d'eux sorte de là et vienne me piquer.

— Je suis convaincu que ces petits êtres ont plus de goût que cela, lui lançai-je.

— C'est pourquoi nous avons besoin d'argent. Pour nous équiper de meilleures chambres d'isolement et d'installations de manipulation. D'un microscope électronique. De conteneurs pour nos spécimens. De nouveaux systèmes de teintures pour nos lamelles de spécimens. Pour éviter justement qu'un tel accident se produise.

Toute cette énumération s'adressait au major Jacobs.

— Nous y travaillons, se défendit mollement ce dernier, et il bâilla avec ostentation, comme s'il avait déjà entendu cette litanie des quantités de fois. Il sortit un étui à cigarettes et, sous le regard désapprobateur de Henkell, parut ensuite se raviser.

— Ce laboratoire est non-fumeur, murmura-t-il, en glissant l'étui dans sa poche. D'accord.

— Vous vous en êtes souvenu, se réjouit le médecin, avec le sourire. Nous enregistrons un progrès.

– J'espère bien, rétorqua Jacobs. J'aimerais simplement que vous vous souveniez de maintenir le couvercle sur tout ceci, ajouta-t-il en gardant un œil posé sur moi. Comme convenu entre nous. Ce projet est censé demeurer secret.

Et là-dessus, Henkell et lui se remirent à se disputer.

Je leur tournai le dos et me penchai sur un vieil exemplaire du magazine *Life* qui était resté sur la paillasse, à côté d'un microscope. J'en feuilletai les pages, afin d'exercer un peu mon anglais. Les Américains avaient un air tellement sain. Une autre race des seigneurs. Je commençai à lire un article un intitulé « Le visage meurtri de l'Allemagne ». Il était illustré d'une série de photos aériennes révélant l'état des cités et des bourgades allemandes, après que la RAF et la 8ᵉ Air Force avaient achevé leur besogne. Mayence ressemblait à un village de huttes en Abyssinie. Et à Julich, on eût dit que quelqu'un avait lancé une bombe atomique expérimentale. Cela suffit à me rappeler à quel point notre anéantissement avait été total.

– Cela n'aurait pas tant d'importance, martelait Jacobs, si vous ne laissiez pas traîner des papiers et des documents un peu partout. Ces affaires-là sont délicates, secrètes.

Et ce disant, il me retira le magazine des yeux et franchit le sas vitré pour regagner la pièce de travail.

Je le suivis, rempli de curiosité. Henkell en fit autant.

Debout devant le bureau, Jacobs plongea la main dans sa poche de pantalon pour en extraire plusieurs clefs retenues par une chaîne, ouvrit la serrure d'une serviette, et jeta le magazine à l'intérieur. Puis il la referma à clef. Je me demandai ce que contenait ce magazine. Rien de secret, tout de même. Toutes les semaines, *Life* se vendait dans le monde entier, à un tirage de plusieurs millions d'exemplaires. À moins qu'ils ne se servent de *Life* comme d'un livre de codes. J'avais entendu raconter que l'on procédait de la sorte, désormais.

Henkell referma les portes coulissantes derrière lui avec soin et fut parcouru d'un rire.

– Et maintenant il va vous prendre pour un fou, et moi aussi, sans doute.

– Je me contrefiche de ce qu'il pense, siffla Jacobs.

— Messieurs, dis-je, c'était très intéressant. Mais je crois que j'aurais intérêt à y aller. C'est une belle journée et un peu d'exercice ne me ferait pas de mal. Donc, si cela ne vous ennuie pas, Heinrich, je vais tâcher de rentrer à la maison à pied.

— C'est à six kilomètres, Bernie. Vous êtes sûr que vous en aurez la force ?

— Je pense. Et j'ai envie d'essayer.

— Pourquoi ne prenez-vous pas ma voiture ? Le major Jacobs pourra me ramener, quand nous aurons terminé, lui et moi.

— Non, vraiment, insistai-je. Ça ira très bien.

— Je suis désolé qu'il se soit montré si grossier, s'excusa Henkell.

— Ne soyez pas vexé, lui dit le major. Je n'ai rien contre lui. Cela m'a surpris, qu'il resurgisse de nouveau comme ça, voilà tout. Dans mon métier, je n'apprécie guère les surprises. La prochaine fois, nous nous reverrons à la maison. On prendra un verre. De cette manière, ce sera plus relax. D'accord, Gunther ?

— Bien sûr, dis-je. On prendra un verre et ensuite on sortira creuser dans le jardin. Comme au bon vieux temps.

— Un Allemand avec le sens de l'humour, lâcha Jacobs. J'aime ça.

26

Quand on vous prend comme flic, on vous colle en patrouille. On vous oblige à marcher, pour que vous ayez le temps de repérer des choses. Personne ne remarque jamais rien de l'intérieur d'un fourgon circulant à cinquante à l'heure. « Pied plat » et « semelle de crêpe », telles sont les formules qui vous viennent à l'esprit quand vous portez des souliers cloutés. Si j'avais quitté le laboratoire de Henkell à bord de la Mercedes, je n'aurais pu jeter un coup d'œil par la vitre de la Buick du major Jacobs et je n'aurais jamais vu qu'il ne l'avait pas fermée à clef. Et je n'aurais pas non plus regardé derrière moi, vers le chalet, en me souvenant qu'il était impossible d'apercevoir la rue et la voiture depuis la fenêtre du bureau. Je n'aimais guère le major Jacobs, en dépit de son semblant d'excuses. Ce n'était pas une raison pour fouiller sa Buick, certes non. Mais enfin, « fourrer son nez partout » est l'autre formule qui désigne à la fois ce que je fais et ce que je suis. Je suis un renifleur professionnel, un fouille-merde, un fouineur, et je me sentais animé d'une profonde curiosité envers un homme qui était venu creuser dans mon jardin à la recherche de l'or des Juifs et qui se montrait cachottier – pour ne pas dire paranoïaque – au point de mettre sous clef un exemplaire de *Life* afin que je ne puisse pas le regarder.

J'aimais sa Buick. La banquette avant était aussi longue que la couchette d'une voiture-lit Pullman, avec un volant de la taille d'un pneu de bicyclette et une radio qui semblait empruntée à un jukebox. Le tachymètre affichait que la voiture pouvait taper le 190 à l'heure, et, avec ses huit cylindres en ligne et sa transmission Dynaflow, je la supposais capable de friser le 160. À environ un mètre du tachymètre, du côté ensoleillé du tableau de bord, il y avait une horloge assortie, pour que vous sachiez quand il était temps d'aller prendre de l'essence. Sous l'horloge, la boîte à gants conçue pour un homme aux mains plus grosses que celles de Jacobs. En réalité, elle ressemblait à la boîte à gants de la déesse Kali, avec assez de place pour deux guirlandes de crânes en prime.

Me penchant en travers du siège, je l'ouvris d'un coup de pouce et j'en brassai et retournai le contenu un petit moment. Il y avait là un Smith & Wesson calibre trente-huit à canon court et bâti en J avec une jolie crosse caoutchoutée. Celui qu'il avait braqué sur moi à Dachau. Une carte routière Michelin de l'Allemagne. Une carte postale commémorative célébrant le deux centième anniversaire de Goethe. Une édition américaine du *Journal* de Joseph Goebbels. Un Guide Bleu du nord de l'Italie. Le reçu d'une bijouterie était inséré à l'intérieur du Guide Bleu, entre les pages concernant Milan. Le bijoutier s'appelait Primo Ottolenghi, et le reçu s'élevait à dix mille dollars. Il paraissait raisonnable d'en déduire que Jacobs s'était rendu à Milan pour y vendre la caisse de valeurs ayant appartenu à des Juifs qu'il avait déterrée de mon jardin, d'autant que le reçu était postérieur d'une semaine environ à son séjour chez nous. Il y avait aussi une lettre du Rochester Strong Memorial Hospital, dans l'État de New York, détaillant une liste d'équipements médicaux livrés à Garmisch-Partenkirchen, via la base aérienne Rhin-Main. Il y avait également un carnet. La première page était vierge, mais je pus distinguer des traces laissées par ce que l'on avait écrit sur la page précédente. Je déchirai les premières dans l'espoir de parvenir ultérieurement à faire ressortir ce qu'avait écrit Jacobs.

Je remis le tout dans la boîte à gants que je refermai, et puis je jetai un coup d'œil sur la banquette arrière. Il y avait là des exemplaires de l'édition parisienne du *Herald* et du *Süddeutsche Zeitung*, et un parapluie roulé. Rien d'autre. C'était maigre, mais j'en savais un peu plus qu'auparavant sur Jacobs. Je savais qu'il ne plaisantait pas, côté armes à feu. Je savais où il était très certainement allé colporter les bijoux de famille. Et je savais qu'il s'intéressait à Joseph le Pied bot. Et peut-être bien aussi à Goethe, dans ses bons jours.

Quelquefois, en savoir juste un petit peu préfigure le stade où on en saura beaucoup plus.

Je ressortis de la voiture, je refermai la portière en silence et, en laissant la rivière Loisach sur ma droite, je marchai en direction de Sonnenbichl, en prenant un raccourci par le parc de l'ancien hôpital désormais transformé en centre de Repos & Loisir pour les soldats américains.

Je me pris à envisager un retour à Munich, où je renouerais avec le fil de mes affaires. Je décidai qu'en l'absence de nouveaux clients je pourrais essayer de retrouver la trace de la dernière en date. Je retournerais peut-être à l'église du Saint-Esprit, où je pouvais espérer qu'elle se montre. Ou alors j'irais parler à ce pauvre Felix Klingerhoefer, chez American Overseas Airlines. Il parviendrait peut-être à se rappeler un détail concernant Britta Warzok, mis à part le fait qu'elle venait de Vienne.

Il me fallut plus de temps que je l'aurais cru pour regagner Mönch. J'avais oublié qu'une bonne part du chemin, en fait la quasi-totalité, était en montée. Même sans sac à dos, j'étais tout sauf un randonneur comblé quand finalement je rampai à l'intérieur de la maison, me faufilai jusque dans mon lit, délaçai mes souliers et fermai les yeux. Il fallut plusieurs minutes à Engelbertina pour s'apercevoir que j'étais rentré et venir me rendre visite. À son visage, je compris aussitôt que quelque chose n'allait pas.

— Eric a reçu un télégramme, m'annonça-t-elle. De Vienne. Sa mère est morte. Il est assez bouleversé.

— Vraiment ? Je croyais qu'ils se haïssaient.

— En effet. Je pense que c'est une partie du problème. Il sait qu'il ne sera plus jamais en mesure de se réconcilier avec elle, maintenant. Plus jamais, conclut-elle en me montrant le câble.

— Je ne devrais pas lire son télégramme, dis-je en le lisant quand même. Où est-il, en ce moment ?

— Dans sa chambre. Il m'a dit qu'il souhaitait rester seul.

— Je peux comprendre. Votre mère meurt, ce n'est pas comme de perdre un chat. À moins que vous ne soyez vous-même un chat.

Engelbertina sourit tristement et me prit la main.

— Avez-vous une mère ?

— Naturellement, j'en ai longtemps eu une. Et un père, aussi, si j'ai bonne mémoire. Sauf que je crois les avoir perdus tous les deux quelque part en route. Quelle négligence de ma part.

— Moi aussi, m'avoua-t-elle. C'est une chose que nous avons en commun, n'est-ce pas ?

— Oui, admis-je sans grand enthousiasme.

De mon point de vue, nous n'avions apparemment qu'un seul point commun, et il touchait à ce qui se passait dans son lit, ou dans le mien. Je parcourus de nouveau le télégramme de Gruen.

— On laisse entendre qu'une fortune considérable lui revient, dis-je.

— Oui, mais seulement s'il se rend en personne à Vienne pour la réclamer aux avocats. Et je ne vois pas comment ce serait possible. Pas dans son état actuel. Et vous ?

— Mais au fait, où en est-il de sa maladie ? lui demandai-je.

— Si c'était juste l'usage de ses jambes, il n'irait pas si mal que ça. Mais il a aussi perdu la rate.

— Je ne savais pas, dis-je. C'est sérieux à ce point ?

— La perte de la rate augmente le risque d'infection. La rate est une espèce de filtre du sang, et c'est une réserve de composants sanguins. Voilà pourquoi il est vite à court d'énergie. (Elle secoua la tête.) Je ne crois vraiment pas qu'il puisse arriver jusqu'à Vienne. Même dans la voiture de Heinrich. Vienne est à environ quatre cent cinquante kilomètres d'ici, n'est-ce pas ?

— Je n'en sais rien. Cela fait longtemps que je n'y suis pas retourné. Qui plus est, quand vous arrivez là-bas, cela vous paraît encore plus lointain que dans votre souvenir. Si vous voyez ce que je veux dire. Il y a quelque chose que je n'aime pas chez les Viennois. Au bout du compte, ils forment une variante d'Allemands très autrichienne.

— Vous voulez parler de Hitler ?

— Non, Hitler était une sorte d'Autrichien très allemand. Il y a une différence. (Je me tus, réfléchis un instant.) Combien d'argent cela représente-t-il, à votre avis ? Du côté de la famille d'Eric, je veux dire.

— Je l'ignore, au juste. Mais la famille Gruen possédait l'une des plus grandes raffineries de sucre d'Europe centrale. Cela pourrait donc représenter beaucoup d'argent. Tout le monde a un faible pour les sucreries, non ?

— En Autriche, oui. Mais leur côté sucré s'arrête là.

— Vous n'oublieriez pas un détail ? fit-elle. Je suis autrichienne.

— Et je parie que vous en êtes fière. Quand les nazis ont annexé l'Autriche, en 1938, je vivais à Berlin. Je me souviens des Juifs autrichiens qui venaient s'y installer parce qu'ils croyaient que les Berlinois seraient plus tolérants que les Viennois.

— Et ils l'étaient ?

— Pendant un temps, oui. Les nazis n'ont jamais vraiment aimé Berlin, vous savez. Pour faire rentrer cette ville dans le rang, il leur a fallu beaucoup de temps. Beaucoup de temps et beaucoup de sang. Berlin n'a jamais été que leur vitrine. Mais le véritable cœur du nazisme, c'était Munich. Et ça le reste, ce qui ne m'étonne guère. (J'allumai une cigarette.) Vous savez, Engelbertina, je vous envie. Au moins, vous avez le choix entre vous dire Autrichienne et vous déclarer juive. Je suis allemand, et je ne peux rien y changer. Pour l'heure, c'est un peu comme d'avoir sur soi la marque de Caïn.

Engelbertina serra la main qu'elle n'avait pas lâchée.

— Caïn avait un frère, dit-elle. Et, en un sens, vous aussi, Bernie. Ou du moins quelqu'un qui vous ressemble comme un frère. Peut-être pourriez-vous l'aider ? C'est votre mission, n'est-ce pas ? D'aider les gens.

— Vous décrivez cela comme une très noble vocation. Parsifal et le Saint-Graal, cinq heures de Wagner. Ce n'est pas moi du tout, ça, Engelbertina. Dans la catégorie chevaliers, je serais plutôt du genre chope de bière, accompagnée de trois minutes de Gerhard Winkler et son Regent Classic Orchestra.

— Alors faites quelque chose de noble, me suggéra-t-elle. Montrez-vous meilleur que vous n'êtes. Un geste altruiste, désintéressé. Je suis certaine qu'en réfléchissant un peu vous pourriez songer à un acte noble dont vous vous sentiriez capable. Pour Eric, par exemple.

— Je ne sais pas. Où est le bénéfice d'un acte altruiste et désintéressé ?

— Oh, je peux vous le dire, moi. Si vous avez le temps et la patience d'écouter. Et la volonté d'introduire un certain changement dans votre existence.

Je savais qu'elle voulait parler de la religion. Ce n'était pas l'un de mes sujets de conversation préférés, surtout pas avec elle.

— Non, mais j'accepterais éventuellement de faire une chose, dis-je, en changeant rapidement de sujet. Une chose dans le style noble. Du moins, c'est l'idée la plus noble qui puisse me venir à l'esprit sans que j'aie deux verres dans le ventre.

— Alors je vous écoute. Je suis d'humeur à me laisser impressionner par vous.

— Ma chère jeune fille, vous êtes toujours d'humeur à vous laisser impressionner par moi. Ce que je ne saurais m'expliquer. Quand vous me regardez, vous avez l'air de croire que je serais incapable de mal agir. J'en suis capable, et je ne me retiens pas. (Je m'interrompis un instant, avant d'ajouter :) Dites-moi, pensez-vous réellement que je ressemble beaucoup à Eric ?

Elle hocha la tête.

— Vous savez que oui, Bernie.

— Et il n'avait plus que sa mère, c'est exact ?

— Oui. Plus que sa mère.

— Et elle ignorait qu'il était dans un fauteuil roulant ?

— Elle savait qu'il était grièvement blessé. Mais cela s'arrêtait là. Rien de plus précis.

— Alors répondez à ma question. Croyez-vous que je réussirais à me faire passer pour lui ? À Vienne. Avec les avocats de la famille.

Elle me dévisagea, réfléchit un instant à ma question, puis opina.

— C'est une excellente idée, reconnut-elle. À ma connaissance, il n'est plus retourné à Vienne depuis vingt ans. Les gens changent beaucoup, en vingt ans.

— Surtout ces vingt dernières années, dis-je, en remuant les doigts. J'étais organiste à l'église. Où est son passeport ?

— C'est une brillante idée, s'écria-t-elle, enthousiaste.

— Mais ce n'est pas très noble.

— Pragmatique, en tout cas. Et peut-être que, dans cette situation bien particulière, le sens pratique vaut mieux que le sens de la noblesse. Je n'aurais jamais pensé à une solution pareille.

Engelbertina se leva et ouvrit un secrétaire d'où elle sortit une enveloppe de papier kraft qu'elle me tendit.

Je l'ouvris et j'en tirai le passeport. Je vérifiai la date et la photographie. Le document était encore valide. J'étudiai la photo d'un œil critique et je le lui rendis. Elle regarda la photo à son tour, puis me passa les doigts dans les cheveux comme pour évaluer la masse de mèches grises, se demandant peut-être si ce n'était pas trop.

— Évidemment, il va falloir modifier votre coiffure. Vous êtes plus vieux qu'Eric. Enfin, ce qu'il y a de drôle, c'est que vous n'avez pas l'air beaucoup plus âgé non plus. Mais, oui, vous réussiriez à vous faire passer pour lui. Pourquoi ne pas lui demander ce qu'il en pense ?

— Non, dis-je. Attendons un peu. Attendons jusqu'à ce soir. Pour le moment, il est sans doute trop bouleversé pour envisager quoi que ce soit avec lucidité.

27

— C'est une idée démentielle, s'écria Eric Gruen, quand j'eus fini de lui expliquer ma suggestion. L'idée la plus démente que j'aie jamais entendue.

— Pourquoi ? fis-je. Vous dites que vous n'avez jamais rencontré l'avocat de la famille. Il ne sait pas que vous êtes dans un fauteuil roulant. Quand je vais lui montrer votre passeport, il aura devant lui une version plus âgée, plus empâtée de l'individu de la photographie. Je signe les pièces. Vous percevez votre héritage. Que peut-il y avoir de plus simple ? Tant qu'il n'y a personne là-bas pour se souvenir véritablement de vous.

— Ma mère était une femme très difficile, souligna Gruen. Avec bien peu d'amis. Je n'étais pas le seul avec qui elle avait des difficultés. Même mon père ne pouvait la supporter. Elle ne s'est même pas rendue à son enterrement. Non, il n'y a que l'avocat. Mais attendez un peu, ils savent que je suis docteur en médecine. Supposez qu'ils vous posent une question d'ordre médical.

— Je me rends là-bas pour me faire remettre un héritage. Je ne vais pas poser ma candidature pour un poste à l'hôpital.

— Exact. (Gruen inspecta le contenu de sa pipe.) Il n'empêche, quelque chose là-dedans me déplaît. Cela me paraît malhonnête.

Engelbertina ajusta le plaid qui lui recouvrait les jambes.

— Bernie a raison, Eric. Que pourrait-il y avoir de plus simple ?

Gruen leva les yeux sur Henkell et lui remit son passeport. Il restait encore au médecin à donner son avis.

— Qu'en pensez-vous, Heinrich ?

Henkell étudia la photographie un long moment.

— Je crois que Bernie pourrait aisément passer pour une version plus âgée de vous-même, Eric, trancha-t-il. Et il ne fait aucun doute non plus que cet argent serait utile à nos recherches. Le major Jacobs crée des difficultés pour l'achat du microscope électronique que nous lui avons demandé. Il nous répond que nous allons devoir attendre jusqu'au printemps de l'an prochain, quand son ministère obtiendra de nouveaux budgets.

— J'avais oublié cet aspect, fit Gruen. Vous avez raison. Cet héritage serait très utile, n'est-ce pas ? L'argent de ma mère pourrait aisément soutenir nos travaux. (Il partit d'un rire amer.) Mon Dieu, cette idée lui ferait horreur !

— J'y ai investi une bonne part de mon argent personnel, Eric, lui rappela Henkell. Ce qui ne me gêne nullement. Vous le savez. Je suis prêt à tenter tout ce qu'il faut pour isoler ce vaccin. Mais Jacobs devient casse-pieds. Si nous bénéficiions de nouveaux fonds, nous pourrions nous offrir le luxe de nous débarrasser de lui et des Amerlots. Nos travaux deviendraient une initiative scientifique exclusivement allemande. Ce qu'elle était auparavant.

— En somme, si Bernie s'y rendait à ma place, cela résoudrait vraiment quantité de problèmes ? en conclut Eric. Je n'ai vraiment pas la force d'y aller moi-même. Là-dessus, vous aviez raison.

— La question, reprit Henkell, c'est de savoir si vous, Bernie, vous vous sentez à la hauteur. Vous venez à peine de recouvrer la santé. Et vous admettez que vous vous sentez aisément fatigué.

— Je vais bien, dis-je, dissipant son inquiétude. Je m'en tirerai.

À bien des égards, le séjour chez Henkell m'avait plutôt réussi. Je reprenais un peu de poids. Même mon niveau aux échecs s'était amélioré, grâce aux conseils judicieux de Gruen. À première vue, une tique dans la crinière du cheval favori de l'empereur Caligula ne se serait pas sentie plus à son aise que moi dans cette demeure. Mais j'étais impatient de partir pour Vienne. Notamment parce que j'avais passé un crayon sur les feuillets vierges arrachés au carnet du major Jacobs, et découvert le contour d'une adresse viennoise. Horlgasse, 42. Appartement 3. Neuvième district. Curieusement, c'était aussi l'adresse que l'on m'avait donnée pour Britta Warzok. Mais l'autre raison, c'était Engelbertina.

– Alors je suis d'accord, fit Gruen en tirant nerveusement quelques bouffées de sa pipe pour en raviver le foyer. J'accepte, mais je suis obligé de poser une ou deux conditions, qu'il s'agira de ne pas négliger. La première condition, Bernie, c'est que vous soyez rémunéré. Ma famille est riche et je resterai pour toujours votre obligé, donc il devra s'agir d'une somme conséquente. J'estime que vingt mille schillings autrichiens constitueraient un montant convenable au regard d'un service aussi précieux.

Je voulus protester, c'était trop, mais Gruen secoua la tête.

– Je ne tolérerai aucune objection. Si vous n'êtes pas d'accord avec mes honoraires, je n'accepterai pas que vous partiez.

J'eus un geste résigné.

– Si vous insistez, dis-je.

– Et je ne m'arrêterai pas à vos honoraires, j'y inclurai aussi vos frais, ajouta-t-il. Et vous devrez descendre dans la catégorie d'hôtels où je descendrais moi-même, maintenant que je suis riche.

J'acquiesçai, n'ayant guère l'intention de discuter de telles largesses.

– Ma troisième condition sera plus délicate, poursuivit-il. Vous vous en souvenez sans doute, je vous ai confié que j'avais laissé une jeune fille dans l'embarras, à Vienne. C'est un peu tard, je sais, mais j'aimerais faire amende honorable. Son enfant. Mon enfant… doit avoir vingt et un ans, à présent. J'aimerais lui verser quelque argent. Toutefois, je préférerais que cet enfant ignore que cela vient de moi. Je souhaiterais que vous alliez leur rendre visite, comme si vous étiez un détective privé engagé par un client qui souhaite conserver l'anonymat. Quelque chose de cet ordre, en tout cas. Je suis certain que vous saurez y mettre les formes, Bernie.

– Supposons qu'ils soient morts, glissai-je.

– S'ils sont morts, ils sont morts. J'ai une adresse. Vous pourriez faire cette démarche pour moi.

– Je vais demander à Jacobs de nous aider à obtenir les papiers nécessaires, intervint Henkell. Il va vous falloir un permis des forces alliées, pour traverser les zones britannique, française et américaine. Et un laissez-passer gris, pour franchir la zone d'occupation russe. Comment vous rendrez-vous là-bas ?

— Je préfère y aller par le train. De cette manière, j'attirerai moins l'attention.

— J'ai recours aux services d'une agence de voyages, à la gare centrale de Munich, signala Henkell. Je vais faire en sorte qu'ils vous procurent un billet. Quand partirez-vous ?

— Quand Jacobs peut-il me fournir les papiers nécessaires à ce voyage ?

— Ce ne sera pas long, je pense. Il jouit d'assez bonnes relations.

— Ce que j'ai cru comprendre.

— Vingt-quatre heures ? avança le médecin.

— Alors je partirai après-demain.

— Mais sous quel nom dois-je réserver ? Le vôtre ou celui d'Eric ? Il faut y réfléchir avec soin. Supposons que vous soyez fouillé, et qu'ils découvrent que vous avez un autre passeport. Ils vont partir du principe que l'un des deux est faux et que vous êtes un réfugié en situation illégale, évadé de la zone russe. Ils vous livreront aux Soviétiques et ceux-ci vous enverront dans un camp de travail. (Il s'assombrit.) C'est sacrément risqué, Bernie. Êtes-vous certain de vouloir tenter le coup ?

— Si mon permis de voyager mentionnait un nom et ma fiche d'hôtel un autre, cela aurait l'air bizarre. Non, par souci de cohérence, tout… les billets, les permis de voyager, les réservations d'hôtel… devrait être au nom d'Eric Gruen. Et je laisserai mon propre passeport dans mon appartement de Munich. (Je haussai les épaules.) En fait, à Vienne, il vaut mieux que je ne l'utilise pas. Les Russes ont pu diffuser mon signalement. La dernière fois que je suis allé là-bas, j'ai eu une altercation avec un colonel du MVD, un dénommé Porochine.

— Et qu'en sera-t-il de l'enterrement ? demanda Gruen.

— Ce serait risqué d'y assister, intervint Henkell.

— Et cela paraîtrait curieux que je m'en dispense.

— Je suis d'accord, acquiesça Gruen. Je vais télégraphier aux avocats pour les informer de ma venue. Je vais les prier d'ouvrir un compte à vue à la banque de ma mère. Comme cela, vous toucherez votre argent dès votre arrivée sur place. Et le montant de vos frais, bien entendu. Sans parler de l'argent destiné à Vera et sa fille.

(Il eut un sourire penaud.) Vera Messmann. C'est son nom. Celle que j'ai laissée en plan, à Vienne.

– J'aurais tant aimé aller à Vienne, avoua Engelbertina, avec une moue de fillette.

Je souris, tâchant de paraître indulgent, mais la pure vérité, l'autre raison qui me poussait à partir pour l'Autriche, c'était l'envie d'échapper à Engelbertina. Pour un temps, au moins. Et je commençais à comprendre pourquoi son second mari, l'Amerlot, avait filé à Hambourg. J'ai connu des femmes qui ont couché avec beaucoup d'hommes. Ma femme, et d'une – quoique peut-être pas avec quatre cents messieurs. Et, quand j'étais flic, à Berlin, il y avait toujours des racoleuses qui passaient par l'Alex. J'avais eu un faible pour une ou deux d'entre elles, moi aussi. Ce n'était pas tant les antécédents d'Engelbertina qui me gênaient que toutes sortes de menus travers que j'avais remarqués chez elle.

Pour n'en citer qu'un, chaque fois que Gruen ou Henkell entrait dans une pièce, elle se levait, ce qui ne m'avait pas échappé. Je trouvais un peu étrange de la voir étaler envers eux une déférence qui confinait à la servitude. J'avais aussi constaté qu'elle ne croisait jamais leur regard. Chaque fois que l'un ou l'autre lançait un coup d'œil dans sa direction, elle baissait les yeux, et parfois même la tête. Enfin, ce n'était peut-être pas si inhabituel, dans le cadre d'une relation d'employé à employeur, en Allemagne. D'autant qu'ils étaient médecins et elle, infirmière. Certains médecins allemands peuvent se révéler intraitables au plan de la discipline et manier volontiers l'intimidation, ainsi que je l'avais moi-même découvert pendant l'agonie de Kirsten.

Je percevais aussi chez Engelbertina quelques étrangetés de comportement que je trouvais agaçantes, comme autant de fils d'une toile d'araignée que je ne cessais de me décoller du visage à mesure que nous avancions dans notre liaison. Ses penchants infantiles, par exemple. Sa chambre était remplie de jouets en peluche que Henkell et Gruen lui avaient achetés. Essentiellement des oursons. Elle devait en posséder trente ou quarante. Alignés en rangs, avec leurs yeux pensifs en boutons de bottines, leurs babines pincées, cousues de près, ils donnaient l'impression de mijoter un putsch pour prendre le contrôle de sa chambre. Et naturellement, je m'attendais à être la première victime de la purge qui suivrait leur prise du pouvoir. Les oursons et moi ne partagions pas la même vision du monde. Sauf sur un point, peut-être. Il est fort probable que la deuxième victime de cette purge aurait été son radio phonographe Philco, un cadeau de mariage de son Amerlot porté disparu. Et, à défaut du phonographe proprement dit, ce serait sûrement le seul et unique disque qu'elle paraissait posséder. C'était une ballade assez mélancolique – « Auf Wiedersehen », tirée de la comédie musicale *Blue Paradise*, de Sigmund Romberg, et chantée sur cet enregistrement par Lale Andersen. Engelbertina se la repassait sans arrêt, et elle n'avait pas tardé à me faire grimper aux rideaux.

Ensuite, il y avait cette dévotion pour Dieu. Tous les soirs, y compris les soirs où elle avait fait l'amour avec moi, elle ressortait du lit et, s'agenouillant au chevet, les mains jointes, les doigts entre-croisés, aussi serrés que l'étaient ses paupières, elle priait à haute voix, comme si elle se mettait à la merci d'un magistrat prussien. Et quand elle priait, il m'arrivait d'écouter – les soirs où je me sentais trop fatigué pour me lever et quitter sa chambre –, et je pus ainsi découvrir, avec stupéfaction, que les espoirs et les aspirations d'Engelbertina, pour elle-même et pour le monde, étaient si ordinaires qu'ils auraient laissé un panda en peluche abruti d'ennui. Après sa prière, elle ouvrait sa Bible, invariablement, et elle en feuilletait les pages en quête d'une réponse divine. Le plus souvent, le chapitre et le verset qu'elle avait choisis l'amenaient à cette invraisemblable conclusion qu'elle venait bel et bien de recevoir une réponse divine.

Mais le trait le plus étrange et le plus irritant, chez cette jeune femme, était sa certitude de posséder le don de guérir par l'imposition des mains. À l'encontre de toute sa formation médicale, qui était authentique, elle se plaçait quelquefois une serviette sur la tête – sans aucune vergogne –, posait les mains sur celles de sa victime (ou de son patient, c'est selon) et entrait dans une sorte de transe, au point de respirer fortement par le nez et d'être agitée de violents tremblements, comme si on l'avait assise sur une chaise électrique. Elle m'avait pris une fois pour victime, posant ses mains sur ma poitrine et entamant son rituel à la Madame Blavatsky, réussissant uniquement à me convaincre qu'elle n'était qu'une complète manipulatrice.

Le seul moment désormais où j'éprouvais du plaisir en sa compagnie, c'était quand elle s'agenouillait devant moi, les deux mains agrippées au drap, comme si elle espérait que tout soit bientôt fini. Et c'était généralement le cas. J'avais envie d'échapper à Engelbertina, tout comme un chat veut échapper à l'étreinte poisseuse d'un enfant affectueux et maladroit. Et aussi vite que possible.

28

Je levai brièvement les yeux vers le ciel autrichien, ce ciel d'étain d'où la neige tombait maintenant sur le toit du véhicule de la Patrouille internationale et s'y déposait comme une nappe de crème fouettée. Des quatre pachydermes qui se trouvaient dans ce camion, le caporal russe était sans doute le seul à avoir le mal du pays au spectacle de toute cette neige. Les trois autres m'avaient l'air juste malades et transis. Même les diamants, dans une bijouterie toute proche, semblaient un peu frigorifiés. Je remontai le col de mon manteau, enfonçai mon chapeau sur mes oreilles et marchai d'un pas vif sur le Graben, en passant devant le monument baroque érigé à la mémoire des cent mille Viennois morts de la peste en 1679. En dépit de la neige, ou peut-être à cause d'elle, le café Graben ne désemplissait pas. Des femmes bien habillées, bien tournées, se pressaient de franchir la porte à tambour avec leurs emplettes. Ayant encore une demi-heure à tuer avant mon rendez-vous avec les avocats de la famille Gruen, je leur emboîtai aussitôt le pas.

Dans la salle du fond, une scène était dressée pour un petit orchestre, ainsi que quelques tables où des poissons morts déguisés en messieurs jouaient aux dominos, faisaient durer le plaisir de leur tasse de café vide ou lisaient le journal. Ayant repéré une table libre près de la porte, je m'y assis, déboutonnai mon manteau, reluquai une brune ravissante et commandai un « fiacre » – un café noir dans un grand verre, juste coiffé d'un doigt de crème. Je commandai aussi un grand cognac, à cause du froid, du moins essayai-je de m'en convaincre. Mais je savais que j'avais surtout besoin de ce verre à cause de ma première rencontre avec les avocats des Gruen. Les avocats me mettent mal à l'aise. Comme l'idée d'attraper la syphilis. Je bus mon cognac, mais juste la moitié de mon café. Il fallait tout de même que je surveille ma santé. Ensuite je ressortis.

Situé à l'entrée du Graben, Kohlmarkt était une rue viennoise typique, avec une galerie d'art à une extrémité et un magasin de confection hors de prix à l'autre. Kampfner et Associés occupaient trois étages au numéro 56, entre une boutique de maroquinerie et un antiquaire spécialisé dans les reliquaires. En franchissant la porte, je fus presque tenté de m'acheter deux rosaires. En guise de porte-bonheur.

Au premier étage, une rousse avec toute sa garniture était assise derrière la réception. Je lui signifiai que j'étais là pour voir maître Bekemeier. Elle me pria de m'asseoir dans la salle d'attente. Je m'approchai d'un fauteuil, que je dédaignai, et je regardai fixement la neige, derrière la fenêtre, comme lorsque vous vous demandez si vos souliers vont résister. Il y avait chez Bretschneider une jolie paire de bottines avec laquelle mon enveloppe de frais et moi-même envisagions de faire plus ample connaissance. Pourvu que tout se déroule convenablement avec l'avocat. J'observai la neige, jusqu'à la vitrine de la boutique de broderies, en face, où Fanny Skolmann – à en juger par le nom peint sur la vitrine – et plusieurs de ses employés brodaient au petit point dans une lumière qui promettait de les rendre aveugles en un rien de temps.

On se racla la gorge derrière moi, et je me retournai pour me retrouver face à un homme vêtu d'un élégant costume gris et d'une chemise dont le col cassé semblait avoir été coupé par Pythagore en personne. Sous les guêtres blanches, les chaussures noires brillaient comme le cadre en métal d'une bicyclette neuve. Je songeai à une couche de crème sur un café noir. L'homme était petit, et plus l'homme est petit, plus il soigne sa tenue, semblerait-il. Celui-ci paraissait tout droit échappé de la vitrine de son tailleur. Son regard était affûté. Il ne devait pas mesurer plus d'un mètre cinquante et pourtant, il avait la mine d'une créature capable de tuer une belette à coups de dents. On eût dit que sa mère avait prié pour mettre au monde un fox-terrier, avant de se raviser à la dernière minute.

– Docteur Gruen ? me demanda-t-il.

Il me fallut un court instant avant de me rendre compte que c'était à moi qu'il s'adressait. J'opinai. Il s'inclina avec courtoisie.

— Je suis maître Bekemeier, fit-il. D'un geste, il me désigna son bureau, où il me précéda, et continua de me parler avec une voix aussi grinçante qu'une porte de château en Transylvanie.

— Je vous en prie, Herr Doktor. Par ici.

J'entrai dans son bureau, où un feu bien entretenu brûlait, comme le font tous les feux dans tous les cabinets d'avocat : en silence, de crainte qu'on ne les éteigne.

— Puis-je vous débarrasser de votre pardessus ? me demanda-t-il.

Je m'en défis et le regardai le suspendre à un portemanteau en acajou. Puis nous nous assîmes de part et d'autre d'un bureau double face – de mon côté, dans un fauteuil en cuir capitonné qui était le petit frère de celui dans lequel il avait pris place.

— Avant de poursuivre, commença-t-il, vous me pardonnerez de vous importuner avec cela, mais je dois vous prier de bien vouloir me confirmer votre identité, Herr Doktor. J'avoue que l'ampleur même de la succession de votre défunte mère requiert un certain luxe de précautions. Au vu de ces circonstances peu ordinaires, vous comprendrez certainement qu'il m'incombe d'avoir la certitude de votre bonne foi. Puis-je voir votre passeport, je vous prie ?

J'étais déjà prêt à sortir le passeport de Gruen. Sous leur peau blême de rats de bibliothèque, les avocats sont tous les mêmes. Ils ne projettent aucune ombre et couchent dans un cercueil. Je le lui tendis sans un mot.

Il l'ouvrit et l'examina de près, tourna chaque page avant de revenir à la photographie et au descriptif de son titulaire. Je le laissai parcourir mon visage du regard, avant de revenir à la photographie, sans émettre de commentaire, cela aurait pu éveiller les soupçons. Quand les gens trempent dans une manigance et ne maîtrisent plus leurs nerfs, ils se mettent à jacasser à tort et à travers. Je retins mon souffle, je me délectai des exhalaisons du cognac que je sentais encore flotter dans les conduits de mon organisme, et j'attendis. Enfin, il hocha la tête, et me restitua le passeport.

— Ce sera tout ? lançai-je. Une identification corporelle officielle et le reste ?

— Pas tout à fait. Il ouvrit un dossier posé sur son bureau, consulta une mention dactylographiée sur le premier feuillet, puis referma sa chemise. Selon mes informations, Eric Gruen a subi un accident à la main gauche, en 1938. Il a perdu les deux premières phalanges de son petit doigt. Puis-je voir votre main gauche, Herr Doktor, s'il vous plaît ?

Je me penchai en avant et posai la main gauche sur son buvard. La mine sombre que j'aurais dû sans doute afficher laissa place à un sourire, car à cet instant je saisis combien il était curieux que cette blessure de Gruen soit survenue il y a déjà si longtemps, et qu'il n'ait pas plus insisté sur le sujet au cours de tout ce processus d'identification de ma personne à la sienne. D'une certaine manière, j'avais l'impression, apparemment incorrecte, qu'il avait perdu son petit doigt pendant la guerre, en même temps que sa rate et l'usage de ses jambes. Il y avait aussi le fait que son avocat, maître Bekemeier, s'était montré si précis dans la description de la blessure au petit doigt d'Eric Gruen. Et maintenant, il me venait à l'idée que, sans ce détail, jamais il n'aurait été possible de m'identifier formellement comme étant Eric Gruen. En d'autres termes, mon doigt, ou son absence, avait pesé bien davantage dans la balance que je ne l'aurais cru.

— Tout paraît en ordre, dit-il enfin avec le sourire.

Je remarquai alors qu'il n'avait pas de sourcils. Et les cheveux sur son crâne ressemblaient à une perruque.

— Vous aurez quelques documents à signer, évidemment, en votre qualité de plus proche parent, Herr Gruen. Ainsi que pour vous ouvrir une ligne de crédit à la banque, en attendant la liquidation de la succession. Non que je m'attende au moindre problème. Je rédigerai l'acte moi-même. Comme vous le savez sans doute, votre mère a toute sa vie confié la tenue de ses livres à la banque Spaengler, et naturellement la maison compte bien que vous soyez présent lors des retraits que vous avez spécifiés dans votre télégramme. Vous constaterez que le directeur, Herr Trenner, est très serviable.

— J'en suis convaincu.

— Et vous êtes descendu à l'Erzherzog Rainer, si je ne trompe, Herr Doktor ?

– Oui. Suite 325.

– Un choix judicieux, si vous m'autorisez à vous donner mon avis. Le directeur, Herr Bentheim, est un de mes amis. Si nous pouvons faire quoi que ce soit afin de rendre votre séjour à Vienne plus agréable, il faut nous en tenir informés, aussi bien lui que moi.

– Je vous remercie.

– Le service funéraire aura lieu demain matin, onze heures, à la Karlskirche. Ce n'est qu'à quelques rues de votre hôtel, en prenant vers le nord-est. À l'autre bout de Gusshausstrasse. Et l'inhumation suivra juste après, dans le caveau de famille, au cimetière central. C'est en secteur français.

– Je sais où se trouve le cimetière central, maître Bekemeier, dis-je. Et, tant que j'y pense, merci de vous être chargé de prendre toutes ces dispositions. Comme vous le savez, mère et moi ne nous entendions pas précisément au mieux.

– Ce fut un honneur et un privilège. J'ai été le conseil de votre mère pendant vingt ans.

– J'imagine qu'elle s'est aliéné tous les autres, lâchai-je froidement.

– C'était une femme âgée, me rappela-t-il, comme si ce qui s'était produit entre Eric Gruen et sa mère ne réclamait aucune autre explication supplémentaire. Mais enfin, sa mort était quelque peu inattendue. J'aurais cru qu'elle vivrait encore plusieurs années.

– Elle n'a donc pas du tout souffert.

– Pas du tout. J'irai plus loin, je l'ai vue la veille de sa mort. À l'hôpital général de Vienne, dans Garnisongasse. Elle semblait en bonne forme. Grabataire, mais tout à fait enjouée, vraiment. Très curieux.

– Quoi donc ?

– La manière dont la mort survient, parfois. Quand on ne s'y attend pas. Serez-vous présent, docteur Gruen ? Aux funérailles ?

– Bien entendu.

– C'est vrai, fit-il, l'air quelque peu surpris.

– Le passé est le passé, c'est ce que je dis toujours.

– Oui, enfin, c'est un sentiment admirable, fit-il, comme s'il n'y croyait pas tout à fait lui-même.

Je sortis une pipe et entrepris de la bourrer. J'avais adopté la pipe en vue de parfaire ma ressemblance avec Eric Gruen, et de partager ses sensations. Je n'aimais pas beaucoup cela, et pas davantage tout l'attirail qui allait de pair, mais je ne voyais pas de meilleur moyen de me convaincre que j'étais Eric, à part m'acheter un fauteuil roulant.

— Parmi les autres personnes présentes à l'enterrement, y en aura-t-il que je connaîtrai ? m'enquis-je, innocemment.

— Un ou deux vieux serviteurs effectueront le déplacement, me répondit-il. Je ne suis pas certain que vous les connaissiez. Il y aura aussi d'autres personnes présentes, c'est naturel. Ici, à Vienne, le nom de la famille Gruen rencontre encore beaucoup d'écho. Cela n'a rien de surprenant. Je ne pense pas que vous souhaitiez prendre la tête du cortège funéraire, Herr Doktor Gruen.

— Non, ce serait hors de propos, dis-je. Je resterai en retrait pendant toute la cérémonie.

— Oui, oui, c'est sans doute encore ce qu'il y a de mieux, approuva-t-il. Tout bien considéré.

Il se redressa contre le dossier de son fauteuil et, les coudes sur les accoudoirs, joignit le bout des doigts.

— Dans votre télégramme, vous m'indiquiez que vous aviez l'intention de liquider vos avoirs dans l'entreprise familiale, Gruen Zuckerei.

— Oui.

— Puis-je vous suggérer, le cas échéant, de différer cette annonce jusqu'à votre départ de Vienne ? dit-il, d'un ton mesuré. C'est simplement qu'une cession de pareille ampleur va attirer une certaine attention. Et comme vous êtes un homme discret, vous risquez nécessairement de juger cette attention assez mal venue. Vienne est une petite capitale. Les gens parlent. Votre seule présence ici suscitera peut-être des commentaires. Et vous entourera de quelque notoriété, si j'ose dire.

— Très bien, acquiesçai-je. Cela ne me gêne pas de repousser cette annonce de quelques jours. Comme vous le souhaitez.

Il tapota nerveusement ses doigts l'un contre l'autre, comme si ma présence dans son bureau le dérangeait.

— Puis-je aussi vous demander si vous avez l'intention de rester à Vienne très longtemps ?

— Pas très, le rassurai-je. J'ai une affaire privée à régler. Qui ne vous concerne en rien. Après quoi, je regagnerai probablement Garmisch.

Il eut un sourire qui me fit penser à un petit bouddha de pierre.

— Ah, Garmisch ! Une petite ville si ravissante. Mon épouse et moi y sommes allés pour les Jeux d'hiver, en 1936.

— Avez-vous vu Hitler ? m'inquiétai-je, en réussissant au moins à allumer ma pipe.

— Hitler ?

— Vous vous souvenez encore du personnage, j'imagine ? La cérémonie d'ouverture ?

Le sourire persista, mais il laissa échapper un soupir, comme s'il venait d'ajuster une petite valve, sur ses guêtres.

— Nous ne nous sommes jamais sentis très concernés par la politique, mon épouse et moi. Oui, je pense que nous avons dû le voir, mais de très loin.

— C'était plus sûr.

— Tout cela paraît si lointain, maintenant. Comme dans une autre vie.

— Dr. Jekyll et Mr. Hyde. Oui, je comprends exactement ce que vous entendez par là.

Un silence s'ensuivit et, finalement, le sourire de Bekemeier s'évapora comme une auréole de buée sur une vitre.

— Allons, dis-je. Je ferais mieux de signer ces papiers, n'est-ce pas ?

— Oui, oui, naturellement. C'est aimable à vous de me le rappeler. Avec tous ces souvenirs si plaisants, je crains d'avoir presque oublié l'affaire principale qui nous occupe.

J'en doutais. Je n'osais m'imaginer Bekemeier oubliant quoi que ce soit, sauf peut-être Noël ou l'anniversaire de sa fillette en bas âge, à supposer qu'une créature dotée d'une seule paire de chromosomes soit capable de reproduire autre chose qu'un spécimen gélatineux de faune juridique en eau stagnante.

Il ouvrit un tiroir et en sortit un étui de stylo, d'où il tira un Pelikan en or qu'il me tendit des deux mains, comme s'il me présentait un bâton de maréchal. Une vingtaine, voire une trentaine de documents défilèrent, que je signai en imitant à la perfection la signature d'Eric Gruen. Je m'étais entraîné à Garmisch, afin que la mienne soit la réplique de celle du passeport. Ce qu'en l'occurrence Bekemeier n'oublia pas de vérifier. Ensuite, je lui rendis le stylo et, nos affaires étant apparemment conclues, je me levai et décrochai mon pardessus du portemanteau.

— Ce fut un plaisir, docteur Gruen, m'affirma-t-il, en s'inclinant de nouveau. Je m'efforcerai toujours de servir les intérêts de votre famille. Vous pouvez compter dessus. Tout comme vous pouvez compter sur mon absolue discrétion concernant votre lieu de résidence. On me posera sans nul doute des questions sur le moyen de vous contacter. Vous avez l'assurance que j'y résisterai avec toute la vigueur qui m'est coutumière, monsieur. (Il secoua la tête avec une moue de dégoût.) Ces Viennois. Ils habitent deux mondes à la fois. Le premier est le monde des faits. L'autre est celui de la rumeur et du ragot. Plus la richesse est grande, plus la rumeur est en rapport, je suppose. Mais que peut-on contre cela, Herr Doktor ?

— Je vous suis reconnaissant de tout cela, lui répondis-je. Et je vous reverrai demain. À l'enterrement.

— Vous y serez, alors ?

— C'est ce que je viens de vous dire, n'est-ce pas ?

— Oui, en effet. Je suis navré. Je vais vous parler franchement, monsieur, ma mémoire n'est plus ce qu'elle était. C'est un terrible aveu, de la part d'un avocat à son client, mais le fait est là. La situation a été rude, pour nous, ici, à Vienne, après la guerre. Nous avons tous dû recourir au marché noir, rien que pour rester en vie. J'ai parfois l'impression d'avoir oublié tant de choses. Et par moments je crois que c'est encore ce qu'il y a de mieux. Surtout dans mon métier d'avocat. Je dois me montrer prudent. Ma réputation. La réputation de ce cabinet. Je vis en secteur russe, vous savez. Je suis sûr que vous me comprenez.

Je regagnai mon hôtel à pied, en comprenant seulement que je ne n'avais pas tout compris de maître Bekemeier. Je me sentais comme un homme qui a tenté de manipuler une anguille. Chaque fois que je croyais la tenir fermement, la créature me glissait à nouveau entre les doigts. Je décidai de mentionner notre bien curieuse conversation à Eric Gruen, quand je lui téléphonerais avec la bonne nouvelle que le rendez-vous avec l'avocat s'était déroulé sans la moindre anicroche et que son héritage était pour ainsi dire déjà en banque.

— Comment est le temps à Vienne ? me demanda-t-il.

Il donnait l'impression d'un homme qui ne s'intéressait pas à l'argent plus que cela.

— Il a beaucoup neigé, ici, la nuit dernière reprit-il. Heinrich est déjà occupé à farter ses skis.

— Il neige ici aussi, l'informai-je.

— Comment est votre hôtel ?

J'embrassai la suite du regard. Gruen m'avait traité comme un roi.

— J'attends encore que le détachement d'éclaireurs revienne de la salle de bains pour me raconter à quoi elle ressemble, dis-je. Et à part l'écho, c'est très convenable.

— J'ai ici Engelbertina, à côté de moi. Et elle me prie de vous transmettre toute son affection. Vous lui manquez.

Je me mordillai l'intérieur de la lèvre.

— À moi aussi, elle me manque, mentis-je. Écoutez, Eric, ce coup de fil vous coûte une fortune, donc autant que j'aille droit au but. Comme je vous l'ai indiqué, j'ai rencontré Bekemeier, et tout s'est bien déroulé. Autrement dit, il a l'air parfaitement convaincu que je suis vous.

— Bon, bon.

— Mais il a un côté étrange. Quelque chose qu'il ne m'a pas dit. Un aspect autour duquel il n'a pas cessé de tourner. Je n'ai pas pu deviner quoi. Vous avez une idée ?

— Oui, je crois que oui.

Il eut un rire moqueur, avant de reprendre, d'une voix que l'on sentait gênée, comme un homme qui vous a emprunté votre voiture sans vous le dire.

— À une époque, il y a de cela des années, on pensait que le vieux Bekemeier et ma mère étaient, enfin, vous savez, amants. S'il vous a paru mal à l'aise, c'est sans doute la raison. Il a dû croire que vous étiez au courant, j'imagine. Et cela le perturbe. J'ai été stupide de ne pas vous en faire part.

– Bon, enfin, cela se tient, je suppose. Je vais aller voir votre ancienne dulcinée cet après-midi. Celle que vous avez laissée en rade.

– N'oubliez pas ce que je vous ai demandé, Bernie. Elle ne doit pas savoir que cet argent vient de moi. Sans quoi, elle risquerait de ne pas l'accepter.

– Vous m'avez prévenu. Un bienfaiteur anonyme.

– Merci, Bernie. Je vous en suis très reconnaissant.

– Laissez tomber.

Et je reposai le combiné sur son support.

Au bout d'un petit moment, je ressortis et je pris le bus numéro 1, dans le sens des aiguilles d'une montre, sur le Ring, pour aller manger un morceau à l'hôtel de France. L'endroit était ouvert à tous, même s'il était encore réquisitionné par l'armée française d'occupation. C'était un argument contre. En revanche, d'après le concierge de mon hôtel, la cuisine était la meilleure de la capitale. En outre, il était tout proche de ma prochaine étape.

29

Je me rendis dans Liechtensteinstrasse, au cœur du neuvième arrondissement, alors que le jour commençait à décliner – la meilleure heure, à Vienne. Les dégâts des bombardements, peu de chose par rapport à Munich, et rien par rapport à Berlin, étaient moins visibles et l'on pouvait aisément imaginer la grandiose capitale impériale que la ville était jadis. Le ciel vira au gris teinté de pourpre et il cessa enfin de neiger. Cela n'altérait pas l'enthousiasme des gens qui s'achetaient des bottes de ski chez Moritz, la boutique mitoyenne de l'immeuble où habitait Vera Messmann.

J'entrai dans le bâtiment et entrepris de gravir les marches, ce qui aurait été simple si je n'avais pas encore été convalescent après ma pneumonie, et si je n'avais pas déjeuné si excellemment. Son appartement était au dernier étage, et je dus m'arrêter à plusieurs reprises pour reprendre mon souffle, ou du moins attendre de voir un nuage de buée s'échapper de ma bouche, par ces températures en chute libre. La rampe en métal était si froide qu'elle collait aux mains. Le temps que j'arrive en haut, il s'était remis à neiger, et les flocons venaient frapper la fenêtre de la cage d'escalier comme des balles molles et glacées tirées par le fusil d'un sniper céleste. Je m'adossai contre le mur et j'attendis que ma respiration se calme pour me permettre de retrouver l'usage de la parole. Ensuite, je frappai à la porte de Fräulein Messmann.

– Je m'appelle Gunther, Bernie Gunther, lui annonçai-je en retirant poliment mon chapeau et en lui présentant une carte de visite où figurait mon adresse de Munich. N'ayez crainte, je ne vends rien.

– C'est une bonne chose. Car je n'achète rien.

– Êtes-vous Vera Messmann ?

Elle eut un bref regard sur ma carte, puis sur moi.

– Tout dépend, dit-elle.

– De quoi, par exemple ?

– Si vous croyez que c'est moi la coupable ou pas.

– La coupable ?

Cela ne m'ennuyait pas qu'elle joue un peu avec moi. C'est l'un des avantages de ce métier, quand une brune séduisante vous taquine.

– Oh, vous savez bien. Le meurtre de Roger Ackroyd.

– Jamais entendu parler de lui.

– Agatha Christie, reprit-elle.

– Jamais entendu parler d'elle non plus.

– Vous ne lisez jamais de livres, Herr… (Elle relut ma carte, histoire de me narguer un peu plus.) Gunther.

– Jamais. C'est extrêmement mauvais pour les affaires d'avoir l'air d'en savoir plus que mes clients. Ce qu'ils veulent, surtout, c'est un flic qui ne se comporte pas en flic. Ils n'ont pas envie de quelqu'un qui sache leur citer du Schiller.

– Ah, au moins, de lui, vous avez entendu parler, approuva-t-elle.

– Schiller ? Bien sûr. C'est le type qui expliquait que la vérité continue de survivre au milieu de la tromperie. Cette citation-là, nous la conservons au-dessus de la porte du bureau. Il est le saint patron des détectives, partout dans le monde.

– Vous feriez mieux d'entrer, Herr Gunther, me proposa-t-elle en s'écartant. Après tout, celui qui reste trop prudent accomplira trop peu de choses. C'est du Schiller aussi, au cas où vous l'ignoreriez. En plus des détectives privés, il est aussi le saint patron des femmes célibataires.

– On en apprend tous les jours.

J'entrai dans l'appartement et, en frôlant son corps, je profitai de son parfum.

– Non, pas tous les jours, rectifia-t-elle en refermant la porte derrière moi. Même pas toutes les semaines. Pas à Vienne. En tout cas pas ces derniers temps.

— Vous devriez peut-être vous acheter un journal, lui conseillai-je.

— J'ai perdu cette habitude. Cela date de la guerre.

Je posai de nouveau les yeux sur elle. J'aimais assez ses lunettes. Elles lui donnaient l'air d'avoir sans doute lu tous les livres entassés sur des rayonnages dans l'entrée de son appartement. S'il y a une chose que j'apprécie, c'est une femme qui a de prime abord une allure ordinaire, mais qui paraît de plus en plus jolie au fur et à mesure qu'on la regarde. Vera Messmann était ce style de femme. Au bout d'un petit moment, je finis par avoir l'impression qu'elle était plutôt jolie. Une belle femme qui, en l'occurrence, portait des lunettes. Cela n'avait pas l'air d'être un sujet de préoccupation. Il émanait d'elle, de son maintien et de sa manière de s'exprimer, une confiance tranquille. S'il existait un prix de beauté pour dames bibliothécaires, Vera Messmann l'aurait emporté haut la main. Elle n'aurait même pas eu à retirer ses lunettes et les épingles qui retenaient sa chevelure brune.

Nous restâmes là, un peu gauches et empruntés, dans son vestibule. Il me restait encore à lui apprendre ce qui marquerait sa journée d'une pierre blanche, même si, d'après ce qu'elle venait de me confier, ma seule présence était déjà une nouveauté fort bien venue.

— Comme je n'ai assassiné personne, reprit-elle, et commis aucun adultère… plus depuis l'été dernier, en tout cas… cela m'intrigue de savoir ce qu'un détective privé peut me vouloir.

— Je ne me charge pas souvent d'affaires de meurtre. Plus depuis que j'ai cessé d'être flic. Ce pour quoi on me sollicite, c'est surtout la recherche des personnes portées disparues.

— Alors vous devriez avoir largement de quoi vous occuper.

— C'est un changement plutôt plaisant de se transformer en porteur de bonnes nouvelles, admis-je. Mon client, qui entend conserver l'anonymat, souhaite vous remettre une somme d'argent. Vous n'avez rien à faire en échange. Rien du tout, si ce n'est vous présenter à la Spaengler Bank demain après-midi, à trois heures, pour y signer un reçu contre une somme en espèces. Et c'est à peu près tout ce que je suis autorisé à vous révéler, hormis le montant. Il s'agit de vingt-cinq mille schillings.

– Vingt-cinq mille schillings ?

Elle retira ses lunettes, ce qui me permit de constater combien j'avais vu juste. Elle était jolie comme un cœur.

– Vous êtes certain qu'il n'y a pas une erreur ?

– Pas si vous êtes Vera Messmann, dis-je. Il vous faudra produire une pièce d'identité, afin de prouver à la banque qui vous êtes, naturellement. Les banquiers sont plutôt moins confiants que les détectives. (Je souris.) Surtout les banques comme Spaengler. Elle se trouve dans Dorotheengasse. Dans la Zone internationale.

– Écoutez, Herr Gunther, si c'est une plaisanterie, s'écria-t-elle, ce n'est pas très drôle. Vingt-cinq mille schillings, pour quelqu'un comme moi, ou n'importe qui d'autre, d'ailleurs, c'est une sacrée somme.

– Je peux m'en aller tout de suite, si vous préférez. Vous ne me reverrez jamais plus. Écoutez, je peux comprendre que ma présence chez vous, comme cela, vous rende nerveuse. Je serais moi-même sans doute un peu nerveux, à votre place. Alors bon, je serais peut-être mieux inspiré de vous laisser tranquille. Mais promettez-moi simplement de venir à la banque demain, à trois heures. Après tout, qu'avez-vous à perdre ? Rien.

Je tournai les talons et posai la main sur la poignée de la porte.

– Non, je vous en prie, ne partez pas, pas tout de suite. (Elle fit volte-face et passa au salon.) Retirez votre chapeau et votre manteau, et entrez donc.

J'obtempérai. J'aime assez faire ce que l'on me demande, quand cela émane d'une femme assez convenable. Il y avait un piano demi-queue au couvercle relevé et une partition de Schubert sur le pupitre. Devant la porte-fenêtre, une paire de fauteuils dauphin argentés avec un capitonnage bleu. Un canapé à dorures et motif floral contre l'un des murs. Deux piédestaux maures qui ne semblaient pas se ressentir du froid, pas plus que la grande armoire sculptée à la porte ornée de têtes de Cupidon. Et aussi quantité de gravures anciennes et un miroir de Murano, d'aspect coûteux, qui renvoyait de ma personne un reflet à peu près aussi déplacé qu'un sanglier sauvage dans un magasin de jouets. Il y avait également une pendule française en marbre ornée d'un dandy en bronze lisant un livre. Je devinai qu'il ne s'agissait pas d'un roman d'Agatha Christie.

C'était le genre de pièce où l'on discutait plus souvent de littérature que de football, où les femmes s'asseyaient les genoux joints et écoutaient des airs énergiques de cithare à la radio. J'en conclus que Vera Messmann avait moins besoin de cet argent que d'une paire de lunettes. Elle se tourna vers une petite table où s'alignaient plusieurs bouteilles d'alcool.

— Un verre ? fit-elle. J'ai du schnaps, du cognac et du whisky.

— Schnaps, merci.

— Je vous en prie, fumez, si vous en avez envie. Pour ma part, je ne fume pas, mais l'odeur du tabac me plaît.

Elle me tendit mon verre et m'entraîna vers les fauteuils bleus.

Je m'assis, je sortis ma pipe. En cet instant, j'étais Bernie Gunther, pas Eric Gruen, et Bernie Gunther fumait des cigarettes. Je trouvai quelques feuilles de Reemtsmas et m'en roulai une avec le tabac de la pipe.

— J'adore regarder un homme confectionner une cigarette, me dit-elle en se penchant en avant dans son fauteuil.

— Si je n'avais pas les doigts frigorifiés, je m'en sortirais sans doute mieux.

— Vous vous débrouillez très bien, me rassura-t-elle. J'en prendrai peut-être une bouffée, quand vous aurez fini.

Quand ce fut fait, j'allumai la cigarette, je tirai dessus et la lui tendis. Elle la fuma avec un plaisir authentique, comme s'il s'était agi d'un mets de choix. Ensuite elle me la restitua. Sans tousser du tout.

— Bien sûr que je sais qui c'est, reprit-elle. Mon bienfaiteur anonyme. Il s'agit d'Eric, n'est-ce pas ? (Elle secoua la tête.) Peu importe. Vous n'êtes pas obligé de me répondre. Mais je le sais. Il se trouve que j'ai vu un journal, voici quelques jours. Il y avait un article au sujet de la mort de sa mère. Pas la peine d'être Hercule Poirot pour saisir la relation entre la cause et l'effet. Il a mis la main sur son argent, et maintenant il veut faire amende honorable. À supposer qu'une chose pareille soit possible, après l'acte épouvantable qu'il a commis. Je ne suis pas du tout surprise qu'il vous ait envoyé à sa place, au lieu de venir ici en personne. J'imagine qu'il n'ose pas trop montrer sa frimousse par peur de… j'ignore ce qui peut inspirer de la peur à un individu pareil. (Elle haussa les épaules et but une gorgée.) Vous voulez savoir, juste à titre d'information ? Quand il m'a quittée, en 1928, j'avais tout juste dix-huit ans. Il n'était pas beaucoup plus vieux, je crois. J'ai mis notre fille au monde. Magda.

— Oui, j'allais vous poser la question de votre fille. Je suis censé lui verser la même somme qu'à vous.

— Eh bien, vous ne pourrez pas. Magda est morte. Elle a été tuée lors d'un raid aérien, en 1944. Une bombe a frappé son école.

— Je suis désolé, dis-je.

Vera Messmann expédia ses chaussures d'une secousse et replia les jambes, glissant ses pieds gainés de bas sous la jolie courbe de ses fesses.

— Vous en ferez ce que vous voudrez, mais en fait, je ne le juge en rien responsable de tout cela. Comparé avec ce qui s'est produit pendant la guerre, ce n'est pas franchement un crime, n'est-ce pas ? Laisser tomber une fille en cloque ?

— Non, je pense que non, admis-je.

— Mais je suis contente qu'il vous ait envoyé. Je n'ai aucune envie de le revoir. Surtout pas maintenant que Magda est morte. Ce serait trop désagréable. Et puis j'aurais beaucoup plus de mal à accepter son argent si cela venait de lui en personne. Enfin, vingt-cinq mille schillings… Je ne n'irais pas jusqu'à prétendre que cela ne tombe pas à pic. Malgré tout ce que vous voyez ici, je n'ai pas beaucoup d'économies. Ce mobilier a une certaine valeur, mais il appartenait à ma mère, et ce logement est tout ce qui me reste d'elle. C'était son appartement. Elle avait un goût excellent.

— Oui, approuvai-je, en regardant autour de moi, par souci de politesse. En effet.

— Pourtant, il serait inutile d'essayer de vendre l'une de ces pièces, poursuivit-elle. Pas tout de suite. Il n'y a pas d'acheteurs pour ce genre d'objets. Même les Amerlots n'en veulent pas. Pas encore. J'attends que le marché se réveille. Mais maintenant… (Elle leva son verre, à mon intention, en silence.) Il se pourrait que je n'aie plus besoin d'attendre le marché. (Elle but encore une gorgée.) Et tout ce que j'ai à faire, c'est de me présenter à cette banque et de signer un reçu ?

— C'est tout. Vous n'aurez même pas à mentionner son nom.

— Quel soulagement, fit-elle.

— Vous franchissez la porte et je vous attendrai. Nous nous rendrons dans un salon privé et je vous remettrai la somme en liquide. Ou si vous préférez, par virement bancaire. C'est aussi simple que ça.

— Ce serait agréable d'y croire, dit-elle. Mais rien de ce qui touche à l'argent n'est jamais simple.

— À cheval donné, on ne regarde pas les dents, lui rappelai-je. C'est mon conseil.

— C'est un mauvais conseil, Herr Gunther. Réfléchissez. Toutes ces notes de vétérinaire, si le canasson n'est pas bon. Et n'oublions pas ce qu'il est advenu de ces pauvres idiots de Troyens. Enfin, s'ils avaient écouté Cassandre au lieu de Sinon, c'est peut-être justement ce qu'ils auraient fait. S'ils avaient examiné la bouche du cheval grec, ils y auraient vu Ulysse et tous ses amis blottis à l'intérieur en rangs serrés. (Elle sourit.) Les avantages d'une éducation classique.

— Vous marquez un point, admis-je. Mais je vois mal comment vous vous y prendriez, dans ce cas précis.

— C'est parce que vous êtes un flic qui n'est pas seulement flic, lâcha-t-elle. Oh, je ne veux pas me montrer grossière, mais si vous aviez un peu plus d'imagination, vous pourriez songer le cas échéant à un moyen pour moi d'examiner de plus près le poney à l'intérieur duquel vous êtes entré ici.

Elle retira la cigarette de mes doigts et en tira une courte bouffée avant de l'éteindre dans le cendrier. Ensuite, elle se débarrassa de ses lunettes et se pencha vers moi, jusqu'à ce que sa bouche soit à trois ou quatre centimètres de la mienne.

— Ouvrez grand, m'ordonna-t-elle et, écartant les lèvres, elle colla sa bouche pulpeuse contre la mienne.

Nous restâmes ainsi un long moment. Quand elle se détacha de moi, je vis tout le miel de ses yeux.

— Alors, qu'avez-vous découvert ? lui demandai-je. Aucun signe d'un héros grec ?

— Je n'ai pas fini d'inspecter. Pas encore.

Et, en se mettant debout, elle me prit par la main, qu'elle tira d'un coup, m'obligeant à me lever.

— Où allons-nous, maintenant ? demandai-je.

— Hélène vous emmène dans le boudoir de son palais.

– Vous en êtes certaine ?

Je restai coi un moment, sans bouger, les orteils recroquevillés dans l'espoir de conserver une meilleure prise sur le tapis.

– C'est peut-être mon tour de jouer les Cassandre, dis-je. Si j'avais un peu plus d'imagination, je finirais par croire que je suis juste assez bel homme pour mériter ce genre d'hospitalité. Mais nous savons l'un et l'autre que ce n'est pas le cas. Nous devrions plutôt reporter ceci après que vous aurez touché vos vingt-cinq mille schillings.

– J'apprécie vos scrupules, me souffla-t-elle sans lâcher ma main. Mais je ne suis pas exactement dans ma prime jeunesse non plus, Herr Gunther. Permettez-moi de vous parler de moi. Je suis corsetière. Une bonne corsetière. Je possède une boutique dans Wasagasse. Toutes mes clientes sont des femmes, cela va sans dire. La presque totalité des hommes que j'ai connus sont morts, ou estropiés. Vous êtes le premier homme valide et raisonnablement bien de sa personne à qui j'adresse la parole depuis six mois. Le dernier avec lequel j'ai échangé plus de dix mots, c'était mon dentiste, et je suis très en retard pour ma dernière visite de contrôle. Il a soixante-sept ans et un pied bot, et c'est sûrement l'unique raison à laquelle il doit d'être encore en vie. Dans deux semaines, j'aurai trente-neuf ans, et je suis déjà des cours du soir pour devenir la parfaite vieille fille. J'ai même un chat. Qui est sorti, naturellement. Il mène une vie meilleure à l'extérieur que moi à l'intérieur. Aujourd'hui, la boutique ferme tôt. Mais presque tous les soirs je rentre chez moi, je me prépare à dîner, je lis un roman policier, je prends un bain, je lis encore un peu, et puis je me mets au lit, seule. Une fois par semaine, je vais à l'église Maria am Gestade, et de temps à autre je vais chercher l'absolution pour ce que j'appelle en plaisantant mes péchés. Vous saisissez le tableau ?

Elle sourit, non sans amertume, me sembla-t-il.

– D'après votre carte de visite, vous êtes de Munich, ce qui signifie qu'une fois vos affaires viennoises réglées, vous retournerez là-bas. Cela nous laisse peut-être trois ou quatre jours, tout au plus. Que disais-je au sujet de Schiller ? Et du fait ne pas céder à l'excès de prudence ? J'étais parfaitement sérieuse.

– Vous avez raison, au sujet de mon retour à Munich, reconnus-je. Je pense que vous feriez sûrement un très bon détective privé.

– Je crains fort que vous ne valiez pas grand-chose comme corsetière.

– Vous seriez surprise de constater tout ce que je sais des corsets des femmes.

– Ah, je l'espère. De toute manière, j'ai l'intention de le découvrir. Suis-je assez claire ?

– Tout à fait. (Je l'embrassai de nouveau.) Vous portez un corset ?

– Plus pour très longtemps, m'avertit-elle, et elle consulta sa montre. Dans à peu près cinq minutes, vous allez me le retirer. Vous savez comment on retire son corset à une femme, n'est-ce pas ? Vous sortez simplement les petits crochets de leurs œillets, jusqu'à en avoir la bouche sèche, et jusqu'à ce que vous m'entendiez respirer plus fort. Rien ne vous interdirait non plus d'essayer de me l'arracher, naturellement. Toutefois, mes corsets sont bien fabriqués. Ils ne s'arrachent pas si facilement.

Je la suivis dans sa chambre.

– Cette éducation classique que vous avez reçue, observai-je.

– Eh bien ?

– Eh bien, Cassandre, comment a-t-elle fini ?

– Les Grecs l'ont traînée hors du temple d'Athéna et l'ont violée, m'apprit-elle, en refermant la porte derrière elle, d'un coup de pied. Moi, je suis pleinement consentante.

– Parfaitement consentante me paraît parfaitement parfait.

Elle se dégagea de sa robe et je reculai pour mieux la découvrir. Appelez cela de la courtoisie professionnelle, si vous voulez. Elle avait une jolie silhouette, bien proportionnée. Je me sentais comme Kepler admirant son nombre d'or. Sauf que j'allais beaucoup plus m'amuser que lui, cela, je le sentais. Il n'avait certainement jamais posé les yeux sur une femme vêtue d'un corset bien coupé. Si tel avait été le cas, j'aurais eu de meilleures notes en maths quand j'étais à l'école.

30

Je passai la nuit chez elle, ce qui n'était pas plus mal, car juste après minuit, l'appartement de Vera reçut la visite d'un intrus.

Après notre séance du début de soirée, elle avait tenté de me convaincre, à force de cajoleries, de rééditer la chose en séance nocturne, quand soudain elle se figea sur moi.

— Écoute, tu as entendu ? Tu as entendu ça ? chuchota-t-elle, et, comme je n'entendais rien d'autre que le bruit de ma propre respiration, très âpre, elle ajouta : Il y a quelqu'un dans le salon.

Elle s'allongea à côté de moi, remonta les draps et les couvertures jusqu'à son menton et attendit que je confirme.

Je restai immobile, assez longtemps pour entendre des bruits de pas sur le parquet, puis d'un bond je sautai du lit.

— Tu attends quelqu'un ? lui demandai-je, en remontant mon pantalon et en ajustant mes bretelles sur mes épaules nues.

— Bien sûr que non, siffla-t-elle. Il est minuit.

— Tu as une arme, n'importe quoi ?

— C'est toi, le détective. Tu n'as pas de pistolet ?

— Parfois, si. Mais pas quand je dois traverser la Zone russe. Porter une arme sur moi m'enverrait directement dans un camp de travail. Ou pire.

J'attrapai une crosse de hockey et j'ouvris la porte en grand.

— Qui est là ? m'exclamai-je d'une voix forte, et je cherchai l'interrupteur à tâtons.

Il y eut un mouvement dans l'obscurité. J'entendis quelqu'un se faufiler dans le vestibule et par la porte d'entrée. Je perçus une vague odeur de bière, de tabac et d'eau de Cologne pour homme, puis des bruits de pas descendant les marches. Je me précipitai derrière lui, mais une fois sur le palier du premier étage, mes pieds nus dérapèrent et je tombai. Je me relevai et, m'étant ressaisi, je descendis la dernière volée de marches en boitant, et débouchai dans la rue en courant, juste à temps pour voir un homme disparaître au coin de Turkenstrasse. Si j'avais été chaussé, j'aurais pu me lancer à sa poursuite, mais pieds nus, dans trois centimètres de neige et de glace, il ne me restait rien d'autre à faire que de remonter.

En arrivant au dernier étage, je trouvai la voisine de Vera en faction devant sa porte. Elle me toisa de ses yeux soupçonneux de mégère, et elle ne manquait pas de culot, car avec sa mine, le monstre du docteur Frankenstein lui-même n'en aurait pas voulu comme fiancée et l'aurait plantée tout net devant l'autel. Elle avait la même coiffure à la Néfertiti, les mêmes mains reptiliennes et griffues, avec un long linceul en guise de chemise de nuit, et pourtant, même un savant fou comme le lièvre de Mars se serait bien gardé de faire passer une créature naine et moustachue pour une femme à peu près digne de ce nom.

— Fräulein Messmann, dis-je mollement. Il y avait un intrus dans son appartement.

Sans commenter, la créature hideuse et osseuse eut un petit geste brusque d'oiseau apeuré, avant de regagner en vitesse son logement et de claquer la porte derrière elle, si fort que la cage d'escalier glaciale résonna comme un tombeau oublié.

De retour à l'intérieur de l'appartement de Vera Messmann, je la trouvai vêtue d'un peignoir, le visage creusé d'inquiétude.

— Il s'est enfui, lui dis-je en frissonnant.

Elle retira son peignoir et m'en enveloppa les épaules puis, nue et nullement gênée, entra dans la cuisine.

— Je vais préparer un peu de café.

— Il te manque quelque chose ? lui demandai-je, en la suivant.

— Non, à première vue, rien. Mon sac à main était dans la chambre.

— Il aurait pu chercher quelque chose en particulier ?

Elle remplit un percolateur et le posa sur la cuisinière.

— Rien qui soit facile à emporter.

— Jamais été cambriolée auparavant ?

— Jamais. Pas même par un Russe. Le quartier est très sûr.

L'œil absent, je regardai son corps nu tandis qu'elle s'affairait dans sa cuisine et, l'espace d'un instant, je revins en pensée au destin de Cassandre. Je décidai de ne pas évoquer la possibilité que cet intrus ait eu d'autres intentions en tête que le vol.

— Étrange que cela se soit produit alors que tu étais là, observa-t-elle.

— C'est toi qui m'as persuadé de rester. Tu t'en souviens ?

— Désolée.

— Je t'en prie.

Je retournai dans le vestibule, avec l'intention d'examiner la serrure. Une excellente serrure de marque Evva. Mais il eût été inutile de la crocheter, de la racler ou de la forcer. Je compris tout de suite et sans équivoque de quelle manière l'intrus avait pu s'introduire chez elle. La clef de la porte d'entrée pendait à une corde, sous la boîte aux lettres fixée au battant.

— Il n'est pas entré par effraction, annonçai-je. Il n'en a pas eu besoin. Regarde.

Elle me rejoignit dans le corridor et me regarda arracher le cordon de sa porte.

— Pas exactement l'idée la plus futée qui soit, avec sa clef, pour une femme qui vit seule, lui dis-je.

— Non, admit-elle, penaude. En temps normal, quand je me mets au lit, je ferme au verrou. Mais je devais avoir l'esprit ailleurs, ce soir.

Je verrouillai la porte.

— J'en conclus que je vais devoir te dispenser quelques leçons en matière de prévention du crime, ironisai-je en la reconduisant dans la chambre.

31

Après une cérémonie qui réunit une maigre assistance, dans la Karlskirche de Karlsplatz, le cortège funéraire escortant le cercueil d'Elizabeth Gruen roula lentement dans Simmeringer Hauptstrasse, en direction du cimetière central de Vienne. J'effectuai le trajet jusqu'à l'église baroque à la coupole de cuivre verdi si facile à repérer, et en revins à bord d'une Cadillac Fleetwood conduite par un soldat américain. Relevé de son service, il gérait une activité parallèle de chauffeur privé à partir d'un dépôt rattaché à l'économat de l'armée, dans Roetzergasse. À Vienne, tout le monde misait sur ces mêmes à-côtés. Sauf peut-être les morts. Il n'empêche, si vous étiez mort, vous ne pouviez rêver de meilleur emplacement au monde que Vienne. Le cimetière central, dans le onzième arrondissement, avec ses deux cents hectares et ses deux millions de résidents, est une véritable ville dans la ville, une nécropole d'arbres, de fleurs et d'avenues élégantes, dotée d'une statuaire magnifique et d'une architecture singulière. Pourvu que vous soyez mort et que vous possédiez la somme nécessaire, rien ne vous empêchait de demeurer en ces lieux pour l'éternité et d'habiter dans ce cadre d'une grandeur monumentale réservée d'ordinaire aux empereurs, aux dynasties de monarques et aux satrapes tyranniques soucieux de la glorification de leur personne.

Le caveau de la famille Gruen comprenait un bunker de marbre noir à peu près de la taille d'une des tourelles du *Bismarck*. Les mots « Familie Gruen » étaient gravés en modestes lettres d'or dans la masse même du mausolée ainsi que, près du socle de l'édifice, les noms de plusieurs membres de cette famille enterrés à l'intérieur, dont le père d'Eric, Friedrich. La façade étagée arborait un bronze d'une figure féminine légèrement vêtue que l'on aurait cru prostrée de chagrin, sauf que, je ne sais pourquoi, mais elle réussissait plus à ressembler à une fille à soldats après une nuit chargée à l'Oriental Club. La tentation de lui dégotter un manteau chaud et une tasse de café bien noir et bien fort était presque irrésistible.

Le caveau était sans prétention, comparé à celui d'un pharaon égyptien. Mais à voir ses quatre sphinx assortis – un dans chaque angle –, j'étais certain que toute une lignée de Ptolémée se serait sentie parfaitement à l'aise dans cet intérieur de trois pièces pour le prix d'une. Et quand j'en ressortis, après avoir présenté mes respects très formels à la mère d'Eric, je m'attendais plus ou moins à ce que le sacristain me déleste de quelques scarabées d'or et autres éclats de lapis-lazuli. En réalité, je m'attirai tant de regards étranges, on me dévisagea avec une telle suspicion et une telle hostilité que l'on aurait pu croire que j'étais Mozart en quête de sa sépulture anonyme. Même le prêtre qui officiait – dans sa cape pourpre, il ressemblait à une pâtisserie dans la vitrine de Demel, fournisseur des rois et des empereurs – me considéra d'un mauvais œil.

J'avais espéré, en me tenant à distance des autres membres du cortège et en ne quittant pas mes lunettes noires – c'était une journée très froide, mais très lumineuse et ensoleillée –, rester relativement anonyme. Maître Bekemeier croyait savoir à qui il avait eu affaire et, au vu des circonstances, c'était vraiment tout ce qui comptait. Mais je n'avais pas prévu de recevoir un accueil aussi hostile de la part d'une des domestiques d'Elizabeth Gruen, qui me fit savoir ce qu'elle pensait de la présence en ces lieux d'Eric Gruen.

Cette créature avait le visage rougeaud, osseux, elle était mal attifée, on eût dit une côte de bœuf dans un sac et, quand elle parlait, son dentier branlait dans sa mâchoire supérieure, comme sous le contrecoup d'un petit séisme intracrânien.

– Vous ne manquez pas d'un certain toupet, de venir montrer votre nez ici comme ça, maugréa la vieille bique, avec un dégoût manifeste. Après toutes ces années. Après ce que vous avez fait. Votre mère avait honte de vous, voilà la vérité. La honte et le dégoût qu'un Gruen ait pu se conduire d'une façon pareille. Le déshon-

neur. C'est tout ce que vous avez apporté au nom de votre famille.
Le déshonneur. Votre père vous aurait cravaché.

Je murmurai quelques banalités sur le fait que tout cela remontait
à bien longtemps, avant de me diriger d'un pas rapide vers le portail principal où j'avais laissé l'Américain et sa voiture. Malgré ce
temps glacial, le cimetière était animé. D'autres obsèques étaient en
cours, et plusieurs personnes prenaient la même direction que moi.
Je leur prêtai peu ou pas d'attention. Pas même à la jeep de la
Patrouille internationale garée non loin de la Cadillac. Je sautai dans
la voiture et le chauffeur américain démarra en trombe, comme un
criminel recherché.

— Qu'est-ce qui se passe, là, bon sang ? criai-je après m'être relevé
du plancher où je m'étais écroulé. Je viens de suivre une procession
funéraire, pas de dévaliser une banque.

Le conducteur, à peine plus âgé qu'un gosse, avec une chevelure
de hérisson et des oreilles aussi décollées que les deux anses d'un tro-
phée, me désigna son rétroviseur d'un hochement de tête.

— Patrouille internationale, me dit-il, dans un allemand acceptable.

Je me retournai pour jeter un œil par la lunette arrière. À l'évidence, la jeep nous filait le train.

— Qu'est-ce qu'ils veulent ? lui beuglai-je, alors que, faisant rugir
son moteur, il mettait le cap sur Simmeringer avant de s'engager
dans une étroite petite rue de traverse.

— Soit ils en ont après toi, mon pote, soit ils en ont après moi.

— Vous ? Qu'est-ce que vous avez fait ?

— L'essence de cette voiture vient de l'économat, me brailla-t-il.
Strictement réservée au personnel des troupes d'occupation. Tout
comme la voiture. Et comme les cigarettes, et la gnôle, et les bas en
nylon dans le coffre.

— Splendide, m'exclamai-je. Mille mercis. Je meurs d'envie
d'avoir des problèmes avec la police, vraiment, surtout le jour de
l'enterrement de ma mère.

Si je lui racontais ça, c'était juste pour qu'il se sente coupable.

— Ne vous inquiétez pas, me rassura-t-il avec un grand sourire
bien léché. Faudrait déjà qu'ils nous rattrapent. Et cette voiture a
une meilleure pointe de vitesse que leur jeep, même si j'avais quatre

éléphants dans mon coffre. Tant qu'ils ne se servent pas de leur radio pour rameuter une voiture d'interception, nous allons sûrement les semer. En plus, c'est forcément un Américain qui est au volant de ce véhicule de la patrouille. C'est la règle. À chaque véhicule son conducteur. Et les Américains au volant ne sont en général pas des dingues. Maintenant, si c'est un Russe qui conduit, on risquerait d'avoir un souci. Ces Russes, on n'a jamais vu de chauffeurs plus dingos.

Ayant déjà eu les honneurs du pilotage à la russe, je savais qu'il n'exagérait pas.

Nous foncions à tombeau ouvert à travers les quartiers de l'est, vers le centre de Vienne. La jeep nous garda dans sa ligne de mire jusqu'à ce que nous les semions, après la voie ferrée.

— Tenez, dis-je, en jetant quelques billets de banque sur la banquette arrière, tandis que nous bouclions le tour de Modena Park en dérapage contrôlé. Lâchez-moi au coin. Je ferai le reste du chemin à pied. Mes nerfs ne tiendront pas le choc.

Je sautai dehors, claquai la portière et regardai la Cadillac s'éloigner à fond dans Zaunergasse, avec un crissement de pneu retentissant. Je marchai à sa suite, débouchai sur Stalin Platz, puis remontai Gusshausstrasse sur toute sa longueur, pour rentrer à mon hôtel. Au total, mon sentiment, c'était d'avoir vécu une matinée déjà sacrément pleine. Mais ma journée venait à peine de commencer.

Je pris un déjeuner frugal, puis je remontai dans ma chambre pour me reposer un peu avant d'aller retrouver Vera Messmann à la banque. Je n'étais pas allongé sur mon lit depuis très longtemps lorsqu'on frappa un coup léger à ma porte et, croyant qu'il s'agissait de la femme de chambre, je me levai et ouvris. Je reconnus l'homme qui se tenait debout devant moi : il était à l'enterrement. L'espace d'un instant, je crus que l'on allait encore me froisser les oreilles avec des propos insultants sur le déshonneur dont j'aurais entaché le nom de la famille Gruen. Au lieu de quoi, l'homme pinça son chapeau qu'il retira dans un geste respectueux, puis il resta là, en le tenant fermement par le bord, devant lui, comme les rênes d'un petit poney attelé à sa carriole.

— Oui ? dis-je. Que voulez-vous ?

– Monsieur, j'étais le majordome de votre mère, monsieur, m'annonça-t-il, avec un accent que je supposai hongrois. Tibor, monsieur. Tibor Medgyessy, monsieur. Puis-je vous parler un moment, monsieur, je vous prie ? (Il lança un coup d'œil nerveux dans le couloir de l'hôtel.) En privé, monsieur ? Juste quelques minutes, monsieur. Si vous aviez cette extrême bonté.

Il était grand et bien bâti pour un homme de son âge, que je situais autour de soixante-cinq ans. Peut-être davantage. Il avait une tête tout envahie de cheveux blancs et bouclés qui donnaient l'impression d'avoir été tondus sur le dos d'un mouton. Ses dents semblaient taillées dans le bois. Il portait d'épaisses lunettes à monture métallique et un costume sombre avec une cravate. Le port était quasi militaire, celui qui devait avoir la préférence des Gruen, supposai-je.

– Très bien, je vous en prie.

Je le regardai entrer dans ma chambre en claudiquant. C'était une claudication qui vous laissait penser à une blessure de la hanche plutôt qu'à son genou ou sa cheville. Je refermai la porte.

– Alors ? Qu'y a-t-il ? Que voulez-vous ?

Medgyessy lança un regard dans la suite autour de lui, avec un air visiblement approbateur.

– Très joli, monsieur, fit-il. Très joli, vraiment. Je ne saurais vous blâmer de séjourner ici plutôt que dans la maison de votre mère, monsieur. Surtout après ce qui s'est produit à l'enterrement, ce matin. C'était des plus regrettable. Et tout à fait déplacé. Je l'ai déjà réprimandée, monsieur. Quinze années que j'étais le majordome de votre mère, monsieur, et c'était la première fois que j'entendais Klara prendre la parole de façon si mal venue.

– Klara, n'est-ce pas, dites-vous ?

– Oui, monsieur. Mon épouse.

Je haussai les épaules.

– Écoutez, oublions cela. Moins en dit, mieux cela vaut, hein ? Je vous sais gré d'être venu ici, comme cela, pour vous excuser, mais franchement, cela importe peu.

– Oh, je ne suis pas venu ici m'excuser !

– Ah non ? Je secouai la tête. Alors pourquoi êtes-vous venu ?

Le majordome sourit, un curieux petit sourire. C'était comme de regarder au travers d'une palissade très fatiguée.

— Voici ce qu'il en est, monsieur. Votre mère nous a laissé un peu d'argent, dans son testament. Mais elle l'a rédigé il y a un bon bout de temps, et j'oserais vous avouer que la somme qu'elle nous a laissée nous aurait fort bien convenu si nous n'avions pas subi récemment cette dévaluation du schilling autrichien. Naturellement, elle avait eu l'intention de modifier la chose, mais avec sa mort si soudaine, enfin, elle n'en a pas eu le temps. Donc maintenant, nous sommes un peu coincés, ma femme et moi. Ce qu'elle nous a laissé ne suffit pas pour notre retraite et, à ce stade de notre existence, nous sommes trop vieux pour rechercher une autre place. Nous nous demandions si vous ne consentiriez pas à nous aider, monsieur. Étant un homme fortuné, désormais. Nous ne sommes pas des gens cupides. Nous ne vous réclamerions rien si votre mère n'avait pas eu l'intention de modifier son testament. Si vous mettez ma parole en doute, vous pouvez poser la question à maître Beke-meier, monsieur.

— Je vois, fis-je. Si cela ne vous contrarie pas que je vous réponde en ces termes, Herr Medgyessy, votre épouse, Klara, ne donnait pas l'impression de vouloir de mon aide. Loin de là.

Le majordome changea de position et se mit au repos.

— Elle était quelque peu sous le choc, c'est tout, monsieur. En raison du caractère soudain du décès de votre mère, à l'hôpital, monsieur. Et aussi parce que, depuis sa mort, la Patrouille interna-tionale s'est présentée chez nous, nous poser des questions à votre sujet, monsieur. Ils voulaient savoir si vous reveniez à Vienne pour l'enterrement. Ce genre de détails.

— Allons, pourquoi la police alliée s'intéresserait-elle à moi ?

Ce disant, je me remémorai ma fuite en voiture, après le cime-tière central. Je commençai à penser que mon chauffeur américain s'était trompé. Comme si c'était Eric Gruen que la Patrouille inter-nationale avait poursuivi, et non un trafiquant du marché noir.

Medgyessy me sourit de son sourire sylvestre.

— Inutile de vous donner cette peine, monsieur, me glissa-t-il. Nous ne sommes pas stupides, ma bonne femme et moi. Ce n'est pas parce que nous n'en parlons jamais que nous ne savons rien.

Il était clair que cela allait au-delà d'une jeune femme laissée en plan. Très au-delà.

— Alors je vous en prie, monsieur, ne me parlez pas comme on parle à un idiot. Cela ne nous sera d'aucune aide, ni à l'un ni à l'autre. Tout ce que nous demandons, c'est de continuer à servir votre famille, monsieur. De la seule façon qui nous est encore possible aujourd'hui, car je n'ose imaginer que vous allez rester à Vienne, monsieur. Pas à titre officiel, en tout cas.

— Comment croyez-vous que vous pourriez me servir, au juste ? lui demandai-je sur un ton patient.

— Par notre silence, monsieur. Je connaissais quasiment tout des affaires de votre mère. Elle était très confiante. Et très imprudente, qui plus est, si vous voyez ce que j'entends par là.

— Vous essayez de me faire chanter, c'est cela ? Alors pourquoi ne pas en venir au fait ? Combien ?

Medgyessy secoua la tête, l'air irrité.

— Non, monsieur. Ce n'est pas du chantage. J'apprécierais que vous ne le considériez pas de cet œil-là. Tout ce que nous désirons, c'est servir la famille Gruen, monsieur. Voilà tout. Une récompense appropriée pour notre loyauté. Cela s'arrête là. Ce que vous avez fait était peut-être juste, monsieur. Ce n'est guère à moi d'en décider. Mais il serait juste que vous reconnaissiez votre dette envers nous, monsieur. Pour ne pas avoir signalé à la police où vous viviez, par exemple. À Garmisch, n'est-ce pas ? Très joli. Je n'y suis jamais allé moi-même, mais j'ai entendu dire que c'était très beau.

— Combien ?

— Vingt-cinq mille schillings, monsieur. Ce n'est pas grand-chose, tout bien considéré. Quand on y pense, monsieur.

Je ne savais que répondre. Il était évident, à présent, qu'Eric Gruen n'avait pas été honnête avec moi, et il subsistait quelque chose dans son passé qui avait de quoi rendre son séjour à Vienne digne d'intérêt pour les Alliés. À moins qu'il n'ait été honnête, en fin de compte ? Pourrait-il s'agir de ces prisonniers de guerre, en France, qu'Engelbertina m'avait évoqués ? Pourquoi pas ? Après tout, les Alliés avaient déjà incarcéré des dizaines de SS à Landsberg à cause du massacre de Malmedy. Pourquoi pas un autre massacre impliquant Eric Gruen ? Quelle qu'en soit la raison, une chose était claire : il fallait que je tienne Medgyessy à distance suffisamment longtemps pour m'entretenir avec Gruen en personne. Pour l'heure, je n'avais guère d'autre choix que de me plier au chantage du major-dome. Tous les papiers que je possédais sur moi étant au nom d'Eric Gruen, il ne m'était pas trop possible de redevenir Bernie Gunther.

— Fort bien, dis-je. Mais il va me falloir un certain temps pour réunir cette somme. Le testament n'a pas encore été validé.

Son visage se durcit.

— Ne jouez pas au plus fin avec moi, monsieur. Moi, jamais je ne vous trahirais. Mais ma bonne femme, c'est une autre histoire. Comme vous l'avez sans doute compris à l'enterrement. Conviendrons-nous de vingt-quatre heures ? Demain, à la même heure ? (Il consulta sa montre de gousset.) À deux heures. Cela vous laisse tout le temps nécessaire pour vous rendre à la banque Spaengler et prendre toutes les dispositions qu'il faudra.

— Très bien, dis-je. À demain, deux heures.

Je lui ouvris la porte et il sortit en boitillant, comme un homme qui valserait seul. Je devais lui reconnaître au moins cela. Sa femme et lui s'étaient fort joliment débrouillés. À jouer le bon flic et le mauvais flic. Et toutes ces foutaises autour de la loyauté. C'était un laïus efficace. Surtout avec la manière qu'il avait eue de lâcher au passage le nom de la banque Spaengler et celui de Garmisch.

Je refermai la porte, décrochai le téléphone et priai l'opératrice de l'hôtel de me mettre en relation avec la maison de Henkell à Sonnenbichl. Au bout de quelques minutes, l'opératrice me rappela et m'informa que le numéro ne répondait pas. J'enfilai donc mon manteau et coiffai mon chapeau pour prendre un taxi en direction de Dorotheengasse.

La plupart des immeubles de cette rue étroite et pavée avaient été restaurés. À une extrémité se dressait une église en stuc jaune avec sa flèche en forme de V2 et, à l'autre bout, une fontaine richement ornée, avec une dame qui avait mal choisi son jour pour se promener torse nu dans Vienne. Sertie dans son portail baroque massif, la porte verte de la Spaengler Bank ressemblait au train personnel de Hitler bloqué dans un tunnel ferroviaire. Je m'approchai du portier en haut-de-forme, lui indiquai le nom de la personne que j'étais venu voir et l'on m'orienta vers ce qui aurait pu être le château du

Roi de la montagne du *Peer Gynt* d'Ibsen. Et, l'écho de mes propres pas se répercutant contre le plafond tel le tintinnabulement d'une cloche fêlée, je montai un escalier aussi large qu'une autobahn.

Le directeur de la banque de la famille Gruen, Herr Trenner, m'attendait en haut des marches. Il était plus jeune que moi, mais il semblait né avec des cheveux gris, des lunettes et une jaquette. Il était aussi enclin aux courbettes qu'une vigne vierge. Se tordant les mains comme s'il espérait extraire le lait de la bonté humaine de ses ongles, il me précéda dans une pièce située à l'étage, meublée d'une table et de deux chaises. Sur cette table étaient disposés vingt-cinq mille schillings et, comme convenu, un petit tas de billets plus modeste, destiné à couvrir mes dépenses les plus immédiates. Sur le sol, à côté de la table, était posé un fourre-tout ordinaire en cuir dans lequel je transporterais l'argent. Trenner me remit une clef qui fermait la porte de cette pièce, m'informa qu'il serait à mon service tant que je resterais dans ce bâtiment, s'inclina avec gravité et me laissa seul. J'empochai la petite liasse d'espèces, fermai à clef et redescendis pour attendre Vera Messmann devant la porte. Il était trois heures moins dix.

32

J'attendis jusqu'à presque trois heures et demie, heure à laquelle j'en conclus que Vera Messmann avait eu des remords à l'idée d'accepter l'argent d'Eric Gruen et qu'elle ne viendrait pas. Je remontai donc à l'étage, je transférai l'argent dans le fourre-tout, et je me mis en route pour aller la retrouver.

Gagner Liechtensteinstrasse par le centre-ville représentait une marche à pied de vingt minutes. Je sonnai à la porte de Vera et frappai. Je hurlai même à travers la boîte aux lettres, mais il n'y avait personne. Naturellement, il n'y a personne chez elle, me dis-je. Il n'est que quatre heures. Elle est à son magasin. Juste derrière, dans Wasagasse. Si elle se trouvait chez elle hier après-midi, c'était uniquement parce qu'elle avait fermé tôt. Mais aujourd'hui, c'est une journée de travail normale. Tu en fais un détective, Bernie Gunther.

Je me dirigeai vers Wasagasse. Je me disais qu'elle changerait d'avis en voyant l'argent dans le sac. Il y a quelque chose dans le spectacle d'une liasse de billets de banque qui, invariablement, amène les gens à réfléchir autrement. En tout cas, c'est mon expérience de toujours. Et je partais naturellement du principe que Vera ne serait pas différente. Qu'elle changerait d'avis rien qu'en voyant cet argent, qu'elle m'écouterait et se laisserait convaincre. Et si cela échouait, je me montrerais intraitable et j'insisterais pour qu'elle prenne l'argent de Gruen. Comment pourrait-elle se dérober et refuser d'obéir à ce qu'on lui disait, alors que, dans un lit, elle s'était révélée si volontiers soumise ?

La boutique se trouvait en face de l'Institut de Chimie de l'université de Vienne. L'enseigne, au-dessus de la vitrine, indiquait « Vera Messmann. Salon de confection sur mesure. Corsets, corsages, gaines et soutiens-gorge ». Dans la vitrine, un mannequin de femme portait un corset de soie rose et un soutien-gorge assorti. Une affichette cartonnée montrait le dessin d'une jeune fille vêtue d'un autre ensemble. Elle avait les cheveux attachés par un nœud et, hormis l'absence de lunettes, elle me rappelait un peu Vera. Une petite clochette tinta au-dessus de ma tête lorsque j'ouvris la porte. À côté d'un comptoir dépouillé, recouvert d'une feuille de cuivre et pas plus grand qu'une table de bridge, il y avait un autre buste féminin, anonyme et gainé. Dans le fond, un plafonnier diffusait une pâle lumière, tout près d'une cabine d'essayage masquée d'un lourd drapé. Une chaise de style Louis XV était placée devant ce saint des saints comme si quelqu'un allait s'asseoir là et, avec une satisfaction toute seigneuriale, contempler sa maîtresse surgissant de derrière ce rideau parée d'une pièce de lingerie raffinée. Qui a dit que je ne possédais pas une imagination féconde ?

– Vera ? appelai-je. Vera, c'est moi, Bernie. Pourquoi ne vous êtes-vous pas présentée à la banque ?

Négligemment, j'ouvris un étroit tiroir qui me révéla une dizaine de soutiens-gorge noirs serrés les uns contre les autres comme des esclaves à bord d'un navire en partance pour des plantations aux Caraïbes. J'en sortis un et, sentant la dureté des baleines sous mes doigts, je me dis qu'à l'œil et au toucher cela ressemblait aux harnais des premières tentatives malheureuses de vol humain.

– Vera ? J'ai attendu à la banque une demi-heure. Vous avez oublié ou vous avez simplement changé d'avis ?

À vrai dire, je n'avais aucune envie d'aller dans le fond de la boutique pour risquer de tomber sur une mère de famille viennoise replète et bien nourrie vêtue de sa seule culotte. D'un coup sec, je tirai sur un autre tiroir et j'en retirai un article dont la forme m'évoquait vaguement un tuyau d'arrivée d'eau et que je finis par identifier : il s'agissait d'un porte-jarretelles. Une autre minute s'écoula. Une femme scruta par la vitrine et eut l'air interloqué de me voir là, debout, avec un objet en dentelle à la main. Je reposai le sous-vêtement et m'avançai hardiment vers le fond de la boutique, me disant que Vera pouvait être à l'étage, si étage il y avait.

– Vera ?

Et là, je vis, et mon cœur cessa une seconde de battre. Dépassant du rideau tiré de la cabine d'essayage, c'était le pied d'une femme, gainé d'un bas. Ce pied était déchaussé. Ma main se referma sur le rideau, je suspendis mon geste un instant, rassemblant toutes mes forces, car je savais ce que j'allais découvrir. Puis j'écartai ce rideau. C'était Vera et elle était morte. Le bas en nylon qui l'avait tuée était encore enroulé, serré autour de son cou comme un serpent presque invisible. Je laissai échapper un long soupir et fermai les yeux un moment. Au bout d'une ou deux minutes, je cessai de me comporter comme un être humain normal et me mis à réfléchir comme un détective. Je retournai à la porte et la fermai à clef, juste au cas où. S'il y avait une chose que je voulais éviter à tout prix, c'était qu'une des clientes de Vera entre et me surprenne en train d'examiner son cadavre. Ensuite, je retournai à l'intérieur de la cabine, je tirai le rideau derrière moi et m'agenouillai près du corps pour m'assurer qu'elle était vraiment morte. Mais elle avait la peau tout à fait froide et, lorsque je glissai mes doigts sous le bas entortillé et contre la veine jugulaire, je ne sentis rien. Elle était morte depuis plusieurs heures. Elle avait du sang séché dans les narines et sur les gencives, et aussi sur le côté du visage. Et quantité de griffures et de marques de doigts autour du menton et là où le bas était noué. Elle avait les yeux clos. J'avais vu des ivrognes en plus mauvais état, et qui n'en avaient pas perdu la vie pour autant. Ses cheveux étaient en désordre et ses lunettes brisées gisaient sur le sol. La chaise de la cabine d'essayage avait été renversée et le miroir accroché au mur présentait une longue fente. À l'évidence, elle s'était violemment débattue, avant d'abandonner et de renoncer à la vie. Ce fut la conclusion à laquelle je m'arrêtai en lui soulevant les mains et en voyant les hématomes qu'elle avait aux phalanges. Apparemment, elle avait réussi à frapper son agresseur. Peut-être à plusieurs reprises.

Je me relevai et repérai sur le sol un mégot de cigarette que je ramassai. C'était une Lucky Strike et, pour moi, jamais marque de cigarette ne porta un nom aussi mal venu : cette découverte n'avait rien d'un coup de chance. Il y en avait un cendrier plein dans ma chambre d'hôtel. J'empochai le mégot. Il existait déjà suffisamment de preuves matérielles contre moi sans que je fasse cadeau de quelques autres à la police. Elle et moi, la nuit précédente, nous avions fait l'amour. Je n'avais pas enfilé de préservatif. Elle m'avait dit que c'était sans risque, et c'était une autre raison pour laquelle elle mourait d'envie de coucher avec moi. Une autopsie décèlerait mon groupe sanguin.

Je cherchai du regard son sac à main, dans l'espoir de trouver sa clef, que je puisse m'introduire dans son appartement et récupérer ma carte de visite. Mais son sac avait disparu. Je me demandai si le meurtrier ne l'avait pas emporté. Probablement l'homme qui s'était faufilé dans l'appartement la nuit précédente. Je me maudis d'avoir retiré cette clef de son cordon. Sans cela, j'aurais pu entrer. La police allait trouver cette carte, cela ne faisait aucun doute. Et il ne faisait aucun doute non plus que la voisine qui m'avait vu rentrer chez Vera vêtu de mon seul pantalon et armé d'une crosse de hockey serait en mesure de livrer à la police une description fidèle. Qui concorderait avec celle de la femme qui venait de m'apercevoir à travers la vitrine voici quelques minutes. Tout cela ne faisait aucun doute. J'étais dans de beaux draps.

J'éteignis la lumière et fis le tour de la boutique, essuyant avec une culotte tout ce que j'avais touché. Dans son appartement, mes empreintes digitales seraient partout, évidemment, mais cela n'avait aucun sens de les laisser ici, sur la scène du crime. J'ouvris la porte de la rue, je nettoyai la poignée, la refermai, la verrouillai de nouveau, baissai le store de la porte et de la vitrine. Avec un peu de chance, il s'écoulerait peut-être un jour ou deux avant que l'on ne retrouve son corps.

Une porte de service donnait sur une cour. Je relevai le col de mon manteau, j'abaissai le bord de mon chapeau, de manière à me masquer les yeux, j'attrapai le fourre-tout contenant l'argent de Vera, et je ressortis de là en silence. La nuit tombait et je restai dans la partie centrale de la cour, loin des fenêtres éclairées. À l'autre bout de la cour, je m'engageai dans une ruelle et, au fond, j'ouvris une porte sur la rue qui croisait Wasagasse. C'était Horlgasse et, pour une raison qui m'échappait, ce nom me disait quelque chose. Horl-gasse. Horlgasse.

Je marchai en direction du sud-ouest, vers Roosevelt Platz. Une église se dressait en son milieu. L'église Votive. Elle avait été édifiée en remerciement à Dieu pour avoir épargné la vie du jeune empe-reur François Joseph, à la suite d'une tentative d'assassinat. J'avais plus ou moins retenu que Roosevelt Platz était auparavant Göring Platz. Ça faisait un bout de temps que je n'avais pas pensé à Göring. Brièvement, en 1936, il avait été l'un de mes clients. Mais Horl-gasse n'avait pas fini de titiller mes cellules grises. *Horlgasse. Horl-gasse.* Et puis cela me revint. Horlgasse. C'était l'adresse que l'on m'avait fournie pour Britta Warzok, celle dont j'avais trouvé l'empreinte sur le bloc-notes de la Buick du major Jacobs. Je sortis le mien et vérifiai le numéro de la rue. J'avais prévu de me rendre à cette adresse de Britta Warzok dès que l'affaire Gruen serait conclue, mais la minute présente me paraissait tout aussi bien choisie. Car on pouvait se demander si le voisinage des deux adresses – celle de Britta Warzok et celle de Vera Messmann – n'était qu'une coïncidence ou davantage qu'une simple coïnci-dence... Une coïncidence lourde de sens, pourquoi pas. Jung avait un mot sophistiqué pour désigner la chose, dont j'aurais pu me sou-venir si les circonstances ne m'avaient pas vidé la tête de tout le reste. J'aurais aussi pu me rappeler que toute coïncidence chargée de sens n'est pas nécessairement positive.

Je fis demi-tour et pris Horlgasse en direction de l'est. Il me fallut à peine deux minutes pour atteindre le numéro 42. Il était situé devant la ligne de tram, là où Horlgasse rejoignait Türkenstrasse, devant Schlick Platz. L'École de police de Vienne n'était qu'à une cinquantaine de mètres de là. Je me retrouvai devant un autre por-tail baroque. Deux Atlantes tenaient lieu de colonnes et servaient de support à un entablement tressé de guirlandes, des rameaux de vigne vierge. Une petite porte percée dans le portail était ouverte. J'entrai et m'arrêtai en face de quelques boîtes aux lettres. Il n'y avait que trois appartements, un à chaque étage. Sur la boîte de celui du dernier étage figurait le nom Warzok. Cette boîte débordait de courrier qui n'avait pas été récupéré depuis plusieurs jours, mais je suis quand même monté.

Je grimpai les marches. La porte n'était pas fermée. Je la poussai pour l'ouvrir en grand et passai la tête dans l'entrée qui n'était pas éclairée. L'endroit sentait le froid. Trop froid pour que quelqu'un y habite.

– Frau Warzok ? lançai-je. Vous êtes là ?

C'était un grand appartement très haut de plafond, avec des fenêtres immenses. L'une d'elles était ouverte. Une odeur déplaisante vint me picoter les narines et l'arrière-gorge. Une odeur de moisi et de pourriture. Je sortis un mouchoir pour m'en couvrir le nez et la bouche, et m'aperçus que je tenais en main la culotte dont je m'étais servi pour essuyer mes digitales dans la boutique de Vera Messmann. Mais cela me paraissait de peu d'importance. J'avançai dans l'appartement, en me disant d'abord qu'il ne devait y avoir personne, que personne n'aurait pu supporter ce froid ou cette odeur pendant très longtemps. Ensuite, je me dis que quelqu'un avait dû ouvrir cette fenêtre, et récemment, qui plus est. Je me rendis à la fenêtre ouverte et je me penchai sur Schlick Platz au moment où passait un tram, provoquant autant de vacarme qu'une alarme d'incendie. J'inspirai un grand bol d'air frais et me repliai dans la pénombre, là où l'odeur me parut empirer. Ensuite la lumière s'alluma, et je pivotai pour me retrouver face à deux hommes. Et aux pistolets qu'ils braquaient sur moi.

33

Aucun de ces deux hommes n'était très grand et, sans ces pistolets, j'aurais pu aisément les repousser, comme on écarte deux portes battantes. Ils avaient l'air plus intelligent que la moyenne des voyous porte-flingues, mais la différence n'était pas criante. Leurs visages étaient de ceux qui résistaient à toute description immédiate, comme un champ d'herbe ou un chemin gravillonné. Pour pouvoir les graver dans sa mémoire, il fallait les regarder intensément. Ce que je fis. Je regarde toujours intensément tous ceux qui pointent une arme sur moi. Mais cela ne m'empêcha pas de lever les mains en l'air. Ce sont les bonnes manières, dès qu'une arme à feu s'invite dans une pièce.

— Comment tu t'appelles, le Fritz ? Et qu'est-ce que tu fabriques ici ?

Celui qui venait de m'adresser la parole avait essayé de prendre un ton sévère, comme s'il cherchait à oublier sa bonne éducation et son savoir-vivre en vue de l'effet que cela aurait sur moi. Il avait les cheveux poivre et sel, une barbe et une moustache qui formaient un parfait heptagone autour de sa bouche, prêtant à son visage à la peau lisse un peu de la masculinité qui lui faisait défaut. Derrière ses lunettes à la monture légère, les yeux étaient grands, avec trop de blanc autour des iris d'un brun jaune, comme s'il ne savait pas trop ce qu'il fabriquait. Il portait un costume sombre, un trois-quarts en cuir et un petit chapeau mou qui donnait à croire qu'il s'apprêtait à placer une corbeille à pain en équilibre sur sa tête.

— Docteur Eric Gruen, dis-je.

Quel que soit le crime qu'avait commis Gruen, n'ayant dans ma poche qu'un passeport, je n'avais d'autre choix que de me faire passer pour lui. En outre, d'après ce que m'avait raconté Medgyessy, c'était la police alliée qui en avait après Gruen, pas la police autrichienne. Et ces deux-là étaient des policiers autrichiens, j'en avais la certitude. Ils étaient tous deux munis de la même arme – un Mauser automatique flambant neuf, le modèle fourni à tous les flics des forces de police dénazifiées de Vienne.

– Vos papiers, fit le second policier.

Lentement, je plongeai la main dans ma poche. Ce tandem de flics n'avait pas l'air d'avoir plus d'expérience du métier qu'un chef scout. Et je n'avais pas envie de me faire abattre parce qu'un novice était sur les nerfs. Je lui tendis le passeport de Gruen d'un geste prudent, et levai de nouveau les mains en l'air.

– Je suis un ami de Frau Warzok, dis-je, et je reniflai l'air ambiant.

Il n'y avait pas que la pièce qui sentait mauvais. C'était toute cette situation. Si les flics étaient là, c'est qu'il s'était produit un sale truc.

– Écoutez, est-ce qu'elle va bien ? Où est-elle ?

Le second flic en était encore à étudier mon passeport. Mon souci n'était pas qu'il me soupçonne de ne pas être Gruen, mais plutôt qu'il soit au courant de ce que Gruen était censé avoir fait.

– D'après ce document, vous seriez de Vienne, remarqua-t-il. Pour moi, à vous entendre, vous ne paraissez pas très viennois.

Il portait la même tenue que son collègue, sans le chapeau de mitron. Il avait un sourire en coin et le nez de travers. Il pensait sans doute que cela lui donnait un petit air ironique ou même revenu de tout, mais en réalité cela lui donnait juste un air difforme et penché. La totalité de ses gènes récessifs s'était apparemment concentrée dans la région où aurait dû se trouver son menton. Et la naissance des cheveux, sur le front haut et dégagé, suivait le contour d'une longue cicatrice en S. Il me tendit le passeport.

– Avant la guerre, j'ai vécu à Berlin pendant dix ans, lui expliquai-je.

– Un médecin, hein ?

Ils commençaient à se détendre.

– Oui.

– Son médecin ?

– Non. Écoutez, qui êtes-vous ? Et où est Frau Warzok ?

– Police, m'annonça le gaillard au chapeau, en m'exhibant une plaque métallique d'identification. Deutschmeister Platz.

Cela paraissait assez logique. Le commissariat de Deutschmeister Platz était à moins de cent mètres de l'endroit où nous nous trouvions.

– Elle est là, par ici, me signala le flic à la cicatrice.

Les deux pandores rangèrent leur ferraille et me conduisirent dans une salle de bains carrelée. Elle avait été aménagée à une époque où une salle de bains n'était pas considérée comme une salle de bains si une équipe de football au complet ne pouvait s'y baigner. En l'occurrence, il n'y avait dans la baignoire qu'une femme, une seule. À part le bas en nylon qu'elle avait sur elle, elle était nue. Ce bas était noué autour de son cou. Ce n'était pas le style de nœud qui aurait pu retarder Alexandre le Grand très longtemps, mais il demeurait assez efficace. Cette femme était morte. Elle avait été étranglée. Au-delà du fait que je ne l'avais encore jamais vue, il était impossible d'en dire davantage, car l'odeur n'encourageait pas à s'attarder sur les lieux. Le corps et l'eau dans laquelle il était allongé avaient une couleur verdâtre, visqueuse, vénéneuse. Et puis il y avait des mouches. Curieux comme il y avait toujours des mouches sur les cadavres, même par grand froid.

– Mon Dieu, soufflai-je, en reculant devant ce cadavre comme un homme qui n'en aurait plus revu depuis l'école de médecine – et non depuis moins d'une demi-heure. Et cette fois, ce fut ma main que je plaquai sur mon nez. Pour le moment, la culotte était en sûreté au fond de ma poche. L'effet de cette odeur sur moi était assez réel. Je me rendis tout droit à la fenêtre ouverte et me penchai pour avaler un peu d'air frais. Sinon, j'aurais été capable de débiter une stupidité, par exemple leur révéler que le corps dans la salle de bains n'était pas celui de Britta Warzok. Et cela aurait tout gâché, au vu de ce qu'ajouta le flic au chapeau.

– Désolé de vous imposer ça, me fit-il, en me rejoignant à la fenêtre. (Il était maintenant évident que c'étaient les deux policiers qui l'avaient ouverte.) Cela m'a causé un sacré choc, à moi aussi. Frau Warzok me donnait des leçons de piano, quand j'étais gamin.

Nous venions de la découvrir quand vous êtes arrivé. La voisine du rez-de-chaussée nous a alertés pour l'odeur et le courrier entassé dans sa boîte.

— Comment la connaissiez-vous ? s'enquit l'autre. Il reluquait le fourre-tout avec lequel j'étais arrivé, et s'interrogeait probablement sur son contenu.

J'inventai mon histoire au fur et à mesure, en m'efforçant de concocter dans ma tête un enchaînement plausible des causes et des effets. Le corps dans la baignoire avait l'allure d'un cadavre qui aurait séjourné dans l'eau depuis pas tout à fait une semaine. Cela me fournirait mon point de départ approximatif.

— Je connaissais son mari, dis-je. Friedrich. Avant la guerre. Avant qu'il... je haussai les épaules. Il y a environ une semaine, j'ai reçu une lettre d'elle. À mon domicile de Garmisch. Cette lettre m'annonçait qu'elle avait des ennuis. Il m'a fallu un certain temps pour m'éloigner de mon cabinet médical. Et je suis arrivé à Vienne il y a peu. Je me suis présenté directement ici.

— Avez-vous encore cette lettre ? me demanda le flic à la cicatrice.

— Non, hélas, je l'ai laissée à Garmisch.

— Quelle sorte d'ennuis ? insista-t-il. Elle vous le précisait ?

— Non, mais Britta n'est pas... n'était pas le genre de personne à confier ce genre de choses à la légère. En réalité, la lettre était brève. Elle me priait juste de venir à Vienne dès que je le pourrais. Bon, eh bien... J'ai téléphoné avant de quitter Garmisch. Mais elle ne répondait pas. Je suis quand même venu.

Je déambulai, arpentant le parquet comme un banal Allemand éperdu de chagrin. Ce qui était en partie le cas, naturellement. Le corps de Vera Messmann était encore trop présent dans mon souvenir. Il y avait là de beaux tapis, quelques chaises et des tables élégantes. De la belle porcelaine de Nymphenburg. Un vase de fleurs qui m'avaient l'air mortes depuis à peu près aussi longtemps que l'autre dans le bain. Il y aussi quantité de photographies encadrées, sur un buffet. Je suis allé y jeter un œil de plus près. La plupart de ces clichés montraient la femme de la baignoire. Sur l'une d'elles, elle épousait un visage que je reconnus. C'était Friedrich Warzok. J'en étais tout à fait sûr car il portait son uniforme SS. Je secouai la tête, comme si j'étais bouleversé. Mais pas de la manière qu'ils s'imaginaient. J'étais bouleversé car j'avais un très mauvais pressentiment à propos de tout ce qui m'était arrivé depuis qu'une femme, une dénommée Britta Warzok, était entrée dans mon bureau.

– Qui aurait pu commettre un tel acte ? demandai-je aux deux flics. À moins…

– Oui ?

– Ce n'est un secret pour personne que Friedrich, son mari, est recherché pour crimes de guerre, repris-je. Et, bien entendu, on entend circuler certains bruits. Au sujet des bandes juives qui se vengent. Ils étaient peut-être à la recherche de son mari et ils l'ont tuée, elle, à la place.

Le flic au chapeau secouait la tête.

– C'est une idée séduisante, fit-il. Mais il se trouve que nous croyons savoir qui l'a tuée.

– Déjà ? C'est stupéfiant.

– Avez-vous jamais entendu parler d'un dénommé Bernhard Gunther ?

J'essayai de contenir ma surprise et de paraître réfléchir un petit moment.

– Gunther, Gunther, dis-je, comme si je raclais les fonds de tiroir de ma mémoire.

Si je voulais leur soutirer quelques informations, il fallait au préalable que je les alimente.

– Oui, oui, repris-je, je crois avoir déjà entendu prononcer ce nom-là. Mais ce n'était pas en relation avec Britta Warzok. Voici quelques mois un homme s'est présenté à ma maison de Garmisch. Je crois qu'il s'appelait Gunther. Il m'a dit être détective privé et il recherchait un témoin qui aurait pu lui venir en aide dans la procédure en appel d'un autre ancien camarade que je connaissais jadis. Un certain von Starnberg. À l'heure actuelle, il purge une peine de prison pour crimes de guerre à la forteresse de Landsberg. À quoi ressemble-t-il, votre Bernhard Gunther ?

– Nous n'en savons rien, admit l'homme à la cicatrice. Mais d'après ce qu'on nous a indiqué, c'est bel et bien l'homme que nous cherchons. Un détective privé, basé à Munich.

– Pouvez-vous nous renseigner sur son compte ? intervint son acolyte.

— Oui, mais dites voir, cela vous embête si je m'assieds ? Je viens de recevoir un drôle de choc.

— Je vous en prie.

Ils me suivirent jusqu'à un grand canapé en cuir où je m'installai. Je sortis ma pipe et me mis à la bourrer, avant d'avoir une hésitation. Cela vous ennuie si je fume ?

— Allez-y, fit le chapeau. Cela aidera à se débarrasser de cette odeur.

— Il n'était pas très grand, commençai-je. Bien habillé. Un peu trop délicat, oserais-je dire. Des cheveux châtains. Des yeux marron. Pas originaire de Munich, je pourrais l'affirmer. Il venait d'ailleurs, sans doute. De Hambourg, pourquoi pas. De Berlin, à la rigueur.

— Il est de Berlin, me confirma la cicatrice. Il était policier.

— Policier ? Oui, enfin, il m'a un peu fait cet effet-là. Vous savez. Imbu de lui-même. Un peu trop zélé. (J'hésitai.) Sans vouloir vous offenser, messieurs. Ce que je veux dire, c'est qu'il est resté très correct. Je dois avouer qu'il ne m'a pas tout laissé l'impression du type susceptible d'assassiner qui que ce soit. Si cela ne vous dérange pas que j'ose formuler ce genre d'avis. Au cours de mes années d'exercice de la médecine, j'ai croisé quelques personnalités de psychopathes, mais votre Herr Gunther n'était pas de ceux-là. (Je m'enfonçai dans le sofa et tirai sur ma bouffarde.) Qu'est-ce qui vous pousse à croire qu'il l'aurait tuée ?

— Nous avons trouvé sa carte de visite sur le manteau de la cheminée, m'annonça le chapeau. Il y avait du sang dessus. Nous avons aussi déniché un mouchoir monogrammé taché de sang. À ses initiales.

Je me souvenais d'avoir utilisé mon mouchoir pour étancher le flot de sang de mon petit doigt.

— Messieurs, elle a été étranglée, dis-je, sur mes gardes. Je ne vois pas en quoi un peu de sang prouverait quoi que ce soit.

— Le mouchoir était sur le sol de la salle de bains, insista la cicatrice. Nous supposons qu'elle aurait pu le frapper avant de mourir. Quoi qu'il en soit, nous avons téléphoné pour signaler ce meurtre à la Patrouille internationale de Kärntnerstrasse. Il semblerait que les Amerlots aient un dossier sur ce Gunther. Un Amerlot est en route pour ici, en ce moment même. Il vient de la Stiftkaserne. En fait, nous vous avons pris pour lui, jusqu'à ce que nous vous entendions appeler Frau Warzok. Et puis nous avons vu votre sac.

À la mention de la Stiftkaserne, je sentis mes oreilles me picoter. C'était le siège du quartier général de la police militaire US à Vienne, dans Mariahilferstrasse. Mais c'était aussi le foyer de la communauté du renseignement américain dans la capitale autrichienne. Je m'y étais déjà rendu. Du temps où la CIA s'appelait encore l'OSS.

— Mes vêtements, mentis-je. Je m'attendais à séjourner ici deux jours.

Il y avait quelque chose dans ce que me racontaient ces flics qui ne cadrait tout bonnement pas. Mais ce n'était pas le moment de les questionner plus avant. Si les Américains avaient un dossier sur moi, alors il était tout aussi possible qu'ils disposent d'une photographie. Il fallait que je sorte d'ici, et vite. Mais comment ? S'il y avait une proie à laquelle les flics aimaient bien s'accrocher, c'était un témoin. Mais là encore, s'il y avait un personnage qu'ils avaient en horreur, c'était le médecin légiste amateur — un quidam qui se croit autorisé à leur prodiguer ses conseils.

— La Stiftkaserne, repris-je. C'est la 796ᵉ Unité de la police militaire US, non ? Et la CIA. Pas la Patrouille internationale. Donc il doit s'agir d'une affaire de renseignement, tout autant que d'un meurtre. Je me demande de quoi Britta a pu se mêler, pour que la CIA soit impliquée.

Un flic échangea un regard avec son compère.

— Avons-nous mentionné la CIA ?

— Non, mais d'après ce que vous m'avez déjà indiqué, il est évident qu'ils sont impliqués.

— Ah oui ?

— Évidemment, continuai-je. J'ai fait partie de l'Abwehr pendant la guerre. Donc j'en sais un certain bout sur ce style d'opérations. Je pourrais éventuellement venir en aide à cet Amerlot quand il arrivera. Après tout, j'ai rencontré Bernie Gunther. Et je connaissais Britta Warzok. Alors s'il y a quelque chose qui soit en mon pouvoir pour aider à capturer son meurtrier, il va de soi que j'aimerais y contribuer. En plus d'être médecin, je parle anglais. Cela risquerait d'être utile aussi. Il va sans dire que si cela concerne un dossier ultra-confidentiel entre la CIA et la police autrichienne, je saurai me montrer discret.

Les deux flics mouraient d'envie de me voir déguerpir, et le plus vite possible, c'était clair.

— Vous pourriez éventuellement nous apporter votre aide plus tard, Herr Doktor, fit le chapeau. Quand nous aurons eu l'occasion d'examiner la scène du crime plus en détail.

Il prit mon sac et me le porta jusqu'à l'entrée.

— Nous resterons en contact avec vous, renchérit son acolyte, en me prenant par le bras et en m'encourageant à me lever.

— Mais vous ne savez pas où je réside, protestai-je. Et je ne connais pas vos noms.

— Appelez-nous à Deutschmeister Platz et tenez-nous au courant, mais plus tard, suggéra le chapeau. Je suis l'inspecteur Strauss. Et voici le Kriminalassistent Wagner.

Je me levai, et, faisant mine de ne quitter cet appartement qu'à contrecœur, puis je me laissai conduire à la porte.

— Je suis descendu à l'hôtel de France, mentis-je encore. Ce n'est pas loin d'ici. Vous connaissez ?

— Nous savons où c'est, fit patiemment le chapeau, puis il me tendit mon sac.

— Très bien, dis-je. Je vous appellerai plus tard. Attendez. Quel est votre numéro de téléphone ?

Le chapeau me remit sa carte de visite.

— Oui, appelez-nous plus tard, je vous en prie, proposa-t-il en tâchant de ne pas grimacer trop visiblement.

Je sentis sa main dans le creux de mes reins, et je me retrouvai sur le palier, la porte se refermant derrière moi. Ravi de mon petit numéro, je descendis l'escalier en vitesse et m'arrêtai devant l'appartement situé au-dessous de celui de Britta Warzok, d'où provenait prétendument le coup de téléphone signalant l'odeur et le courrier. Rien de tout cela ne paraissait très plausible. Tout d'abord, on ne décelait aucune odeur à cet étage. Et ensuite, il n'y avait pas de voisin fouineur pointant le nez par la porte pour voir ce que mijotait la police. Or, si l'histoire que l'on m'avait débitée avait été véridique, il aurait dû y avoir un voisin fouineur.

J'allais continuer et sortir en vitesse quand j'entendis des pas en bas dans l'entrée. En jetant un coup d'œil par la fenêtre du deuxième, je vis une berline Mercury noire garée dans la rue. Je décidai qu'il devait être plus sage de ne pas croiser le chemin de l'Américain et frappai aussitôt à la porte de l'appartement.

Après quelques longues secondes atrocement pénibles, la porte s'ouvrit sur un homme vêtu d'un pantalon et d'un gilet. C'était un individu velu, extrêmement velu. On eût même dit que d'autres poils plus fins poussaient par-dessus sa toison. Par comparaison, Esaü aurait eu l'air aussi lisse qu'une vitre. Je lui tendis la carte que le flic venait de me remettre et lançai un regard nerveux derrière moi, en entendant le bruit des pas qui se rapprochaient.

– Désolé de vous déranger, monsieur, dis-je. J'aurais souhaité entrer et avoir une petite conversation avec vous.

34

Esau considéra la carte de visite de l'inspecteur Strauss durant ce qui me parut une éternité avant de m'inviter à entrer. En passant devant lui, je humai des relents de dîner. Cela ne sentait pas bon. Quelqu'un avait utilisé de la vieille graisse rance pour cuisiner je ne savais trop quoi. Le velu referma juste au moment où l'Amerlot allait tourner au coin de l'escalier et déboucher sur la porte. Je lâchai un petit soupir de soulagement.

Le vestibule de l'appartement, comme celui de l'étage supérieur, était aussi vaste qu'une gare routière. Il y avait là un petit chariot en métal argenté, pour le courrier, et un porte-parapluie taillé dans un pied d'éléphant. Mais ce pied aurait pu tout aussi bien appartenir à la femme imposante qui se tenait sur le seuil de la cuisine. Elle portait un tablier et s'appuyait sur une paire de béquilles, car elle n'avait qu'une jambe.

— Qui est-ce, Heini ?

— C'est la police, chérie.

— La police ? Elle eut l'air surpris. Que veulent-ils ?

Somme toute, je ne m'étais pas trompé. Il était clair que ces gens n'avaient rien signalé aux policiers de Deutschmeister Platz, ni à personne d'autre, d'ailleurs.

— Je suis tout à fait désolé de vous déranger, dis-je. Mais il est survenu un incident dans l'appartement du dessus.

— Un incident ? Quel genre d'incident ?

— Je crains de ne pas pouvoir trop vous en dire, à ce stade. Toutefois, je me demandais quand vous aviez vu Frau Warzok pour la dernière fois. Et quand vous l'avez vue, si elle était avec quelqu'un. Ou si vous n'auriez pas entendu quelque chose d'inhabituel à l'étage, à tout hasard.

— Nous ne l'avons pas revue depuis plus d'une semaine, fit le voisin, en se lissant distraitement les poils des bras. Et encore, avant cela, nous ne l'avons aperçue qu'une minute. Je la croyais partie. Son courrier est toujours là.

La femme postée sur ses béquilles avait manœuvré pour se rapprocher de moi.

— Nous n'avions pas franchement beaucoup de rapports avec elle. Nous nous disions bonjour le matin. Une femme tranquille.

— Quand elle est là, nous n'entendons jamais grand-chose, ajouta le voisin. Juste son piano, et encore, seulement quand la fenêtre est ouverte, l'été. Elle joue magnifiquement. Elle se produisait en concert, avant la guerre. Quand les gens avaient encore de l'argent pour ce genre de distraction.

— Ce sont surtout des enfants qui viennent la voir, maintenant, avec leur mère, précisa l'épouse de Heini. Elle donne des leçons de piano.

— Personne d'autre ?

Ils gardèrent le silence un instant.

— Elle a reçu quelqu'un, oui, il y a environ une semaine, fit Heini. Un Américain ?

— En uniforme ?

— Non. Mais on les reconnaît, n'est-ce pas ? À leur façon de marcher. À leurs souliers. À leur coupe de cheveux. Tout ça.

— À quoi ressemblait-il, cet Amerlot ?

— Bien habillé. Jolie veste sport. Pantalon bien repassé. Pas grand. Pas petit. Une taille moyenne, en fait. Lunettes. Montre en or. Assez bronzé, aussi. Oh oui, et une autre raison qui m'a permis de comprendre que c'était un Américain. Sa voiture était garée devant. Une voiture américaine. Verte, avec des pneus blancs.

— Je vous remercie, dis-je en lui reprenant la carte de visite de l'inspecteur. Vous avez été d'une grande aide.

— Mais qu'est-il arrivé ? demanda l'épouse de Heini.

— Si quelqu'un vous pose la question, je ne vous ai rien dit. Je ne devrais rien vous dire du tout. Pas pour le moment. Mais vous êtes des gens respectables, je le vois bien. Pas le genre à circuler partout en répandant des propos oiseux sur une affaire pareille. Frau Warzok est morte. Assassinée, probablement.

— Assassinée ! Ici ? (Elle paraissait atterrée.) Dans cet immeuble ? Dans ce district ?

— Je vous en ai déjà révélé plus que je ne devrais, répétai-je. Écoutez, l'un de mes supérieurs va venir vous entretenir plus en détail, un peu plus tard. Quand il viendra, je vous saurais gré de faire comme si vous appreniez la nouvelle de sa bouche, d'accord ? Sans quoi, je risquerais de perdre mon poste.

J'entrouvris la porte et n'entendis aucun bruit de pas dans la cage d'escalier.

— Et vous auriez intérêt à fermer cette porte à clef derrière moi, ajoutai-je avant de sortir.

À présent, il faisait nuit, et il s'était remis à neiger. Je quittai rapidement le bâtiment pour prendre le Ring jusqu'à une station de taxi où je montai dans une voiture qui me conduisit à mon hôtel. Il n'était pas question de m'y éterniser, naturellement. Plus maintenant que je savais qu'Eric Gruen suscitait tout autant que Bernie Gunther l'intérêt de la Patrouille internationale. J'allais rassembler mes affaires, payer l'hôtel, me rendre dans un bar et tâcher de réfléchir à la suite.

Le taxi tourna dans Wiedner Hauptstrasse et, quand il s'approcha de l'entrée de l'hôtel, j'aperçus un véhicule de la Patrouille internationale stationné devant. Mon estomac déjà passablement remué se souleva encore un peu plus, comme si quelqu'un y avait plongé une longue cuiller en bois. Je priai le chauffeur de s'arrêter au coin. Je le payai, avant d'aller innocemment flâner dans le dos de la petite foule de curieux qui s'était agglutinée à côté de l'entrée, apparemment très désireuse d'assister à une arrestation. Deux policiers militaires empêchaient les gens d'entrer ou de sortir de l'Erzherzog Rainer.

— Qu'est-ce que c'est que tout ce remue-ménage ? demandai-je à l'un des badauds.

Un vieil homme, aussi maigre qu'un cure-pipe, portant le pince-nez et un chapeau mou et noir, m'apporta une réponse.

— Ils arrêtent quelqu'un. Je ne sais pas qui, en revanche.

J'opinai vaguement, puis je m'éloignai à petits pas, certain que c'était après moi qu'ils en avaient. Après la scène du cimetière, cela ne faisait aucun doute. Je ne voyais pas l'intérêt non plus de me mettre en quête d'un autre hôtel. S'ils recherchaient Eric Gruen, les autres établissements et pensions seraient les premiers endroits qu'ils iraient contrôler. Ensuite, ce seraient les gares, les gares routières, et l'aéroport. Le vent se levait. La neige me fouettait le visage comme une caisse entière de virus de varicelle congelés. Pressant le pas dans les rues obscures, pourchassé, sans nulle part où aller, je me sentais comme Peter Lorre dans *M le Maudit*. Comme si j'étais réellement le meurtrier de deux femmes. Sans amis, troublé, aux abois et transi. Mais au moins j'avais de l'argent. J'avais beaucoup d'argent. Avec cet argent, on pouvait encore rétablir la situation.

Je traversai Karlsplatz et le Ring. Arrivé dans Schwarzenberg Strasse, j'entrai dans un bar hongrois, le Czardasfurstin, pour songer à ma prochaine initiative. Il y avait un orchestre, emmené par une cithare. Je commandai un café et une pâtisserie, et je m'efforçai de réfléchir dans le flot de cette musique sentimentale et mélancolique. Je compris qu'il me fallait trouver un endroit où passer la nuit, sans que l'on me pose de questions. Et je me dis que je ne connaissais qu'un seul endroit où obtenir un lit aussi aisément que l'on se faisait servir un café et une pâtisserie. Un endroit où seul comptait l'argent. Je courais un certain risque à retourner là-bas, après seulement deux années. Mais je n'avais guère le choix. Pour moi, la part de risque était désormais inévitable, comme l'approche du grand âge – si j'avais de la chance – et de la mort, si je n'en avais pas. Je me rendis à l'Oriental, sur Petersplatz.

Avec ses box faiblement éclairés, ses filles à peine vêtues, son orchestre sarcastique, ses maquereaux et ses prostituées, l'Oriental réveillait fortement le souvenir de ces vieux night-clubs que j'avais connus à Berlin aux temps décadents et brûlants de la République de Weimar. Le bruit courait que l'Oriental avait été l'antre favori des Bonzen nazis de Vienne – les grosses légumes du régime qui régentaient la ville. À présent, c'était le repaire préféré des trafiquants du marché noir et de la communauté du renseignement en pleine expansion. En plus du cabaret de la Nuit égyptienne – prétexte à déguiser une flopée de filles en esclaves, c'est-à-dire à se déshabiller presque complètement –, il y avait un casino. Là où il y avait un casino, il y avait toujours pas mal d'argent facile. Et là où il y avait de l'argent facile, il y avait des entraîneuses. Lors de ma dernière visite, les filles y étaient des amateurs, des veuves et des orphelines qui faisaient ça pour des cigarettes et du chocolat, ou juste pour joindre les deux bouts. J'avais eu une histoire avec une fille, là-bas, mais pas moyen de me remémorer son nom. Les choses avaient profondément changé depuis 1947. Les demoiselles de l'Oriental étaient devenues des professionnelles au visage endurci, qui ne s'intéressaient qu'à une seule chose : le fric. À cet égard, seule l'atmosphère des lieux semblait authentiquement orientale.

Je descendis un escalier en courbe jusqu'au club, où l'orchestre jouait des airs américains, comme « Time Out for Tears » et « I Want to Cry ». Ils avaient dû m'entendre arriver. Les soldats américains n'étaient pas admis à l'Oriental mais, comme de juste, sans leur uniforme et avec leurs poches pleines de billets de banque, il était difficile de les cantonner dehors. C'est pourquoi, à intervalles réguliers, l'endroit subissait une descente de la Patrouille internationale. Mais cela se produisait généralement à une heure bien plus tardive, à laquelle j'espérais m'être déjà éclipsé. Je m'assis dans un box, commandai une bouteille de cognac, des œufs et un paquet de Lucky et, assuré de trouver sans tarder un lit pour la nuit, je tâchai de démêler un peu tout ce qui s'était produit durant cette journée. Et tout ce qui m'était tombé dessus depuis mon arrivée à Vienne. Et même antérieurement à cela.

Ce n'était pas simple. Mais autant que je puisse en juger, j'avais été piégé en qualité de principal suspect dans deux meurtres, très probablement par la CIA. L'Américain à la voiture verte décrite par la voisine de Frau Warzok ne pouvait être que le major Jacobs. Quant à la véritable identité de la femme qui était venue me rendre visite dans mes bureaux de Munich, en prétendant être Frau Warzok, je n'en avais aucune idée. La vraie Frau Warzok était morte, assassinée par Jacobs, ou par quelque autre agent de la Compagnie. On m'avait très certainement communiqué son adresse afin de pouvoir m'impliquer dans ce meurtre. Et c'était pour la même raison qu'Eric Gruen m'avait donné l'adresse de Vera Messmann. Ce qui signifiait que Henkell et Jacobs étaient tous les deux dans l'affaire. Quelle que soit l'affaire.

Le cognac arriva avec mes cigarettes. J'en allumai une et me servis un verre. Déjà, plusieurs filles s'étaient regroupées au bar et regardaient dans ma direction. Je me demandai s'il y avait un ordre de préséance ou si, comme à la station de taxi, ce serait à la première de la file. J'avais la sensation d'être un morceau de poisson dans une allée pleine de matous. Le groupe entama la soirée sur « Be a Clown », ce qui me paraissait un choix des plus appropriés. En tant que détective, je ne valais pas un clou, cela, au moins, c'était une certitude. Les détectives étaient censés remarquer les choses. Les clowns, en revanche, avaient la réputation de se laisser facilement berner et d'être la risée de tous. Ce rôle-là, je l'avais décroché haut la main. Je me tournai vers le bar, où deux des entraîneuses se disputaient. J'imaginai que c'était sans doute pour savoir qui aurait l'honneur douteux de jeter son dévolu sur moi. J'espérais que ce serait la rousse. Je sentais un peu de vie en elle, et c'était bien de vie que j'avais un besoin pressant autour de moi. En effet, plus je réfléchissais à ma situation, plus je mourais d'envie de me faire sauter la cervelle. Si j'avais eu un pistolet sur moi, j'aurais pu envisager plus sérieusement la chose. Au lieu de quoi, j'approfondis ma réflexion sur la sale situation où je me trouvais, et comment je m'y étais fourré.

Si, depuis le tout début, la fausse Britta Warzok était de mèche avec Henkell, Gruen et Jacobs, alors il était fort possible que ces trois-là se soient organisés pour que je perde un doigt et que Henkell me soigne. Les hommes qui m'avaient frappé s'étaient ensuite donné la peine de me conduire à son hôpital, n'est-ce pas ? Et c'était Henkell qui m'avait découvert sur le seuil. Le mouchoir qui m'avait servi à étancher le sang avait fini sur la scène du meurtre de la vraie Britta Warzok. Avec ma carte de visite professionnelle. Tout cela était bien ficelé. Et la perte de la moitié de mon doigt avait été déterminante. Je m'en rendais compte, à présent. Sans cela, j'aurais difficilement pu me faire passer pour Eric Gruen. Naturellement, je ne m'étais pas aperçu de la ressemblance entre Eric Gruen et moi avant qu'il ne se soit rasé la barbe. Mais ils devaient être au courant. Sans doute dès le jour où Jacobs avait débarqué à mon hôtel, à

Dachau. N'avait-il pas évoqué le fait que je lui rappelais quelqu'un ? Était-ce à moment que l'idée lui était venue ? L'idée de me faire passer pour Eric Gruen ? Pour que le véritable Eric Gruen puisse devenir quelqu'un d'autre ? L'idée avait évidemment plus de chances de réussir si l'on arrêtait un dénommé Eric Gruen pour crimes de guerre. Quelle que soit la nature de ces crimes. Un massacre de prisonniers ? Ou pire encore. Une affaire médicale, pourquoi pas. Un acte suffisamment odieux pour que Jacobs sache que les responsables chargés d'enquêter sur ces crimes, quelle que soit leur obédience ou leur croyance religieuse, ne s'accorderaient aucun répit tant qu'ils n'auraient pas mis le docteur Eric Gruen sous les verrous. Il n'était pas étonnant que des gens comme Bekemeier et les domestiques d'Elizabeth Gruen aient été surpris de me voir de retour à Vienne. Et dire que, dans tout cela, je m'étais proprement porté volontaire. C'était réellement l'aspect le plus malin, de m'avoir laissé prendre l'initiative. Avec un petit coup de pouce d'Engelbertina, naturellement. Rien d'étonnant non plus que je n'aie rien vu de ce qui se tramait, puisqu'elle était là pour me jeter de la poudre aux yeux. Pour m'égarer, avec le corps fabuleux qui était le sien. Si je n'avais pas songé à emprunter l'identité d'Eric Gruen, elle me l'aurait sans doute suggéré elle-même. Et pourtant, ils n'auraient guère pu prédire la mort d'Elizabeth Gruen. À moins que quelqu'un n'ait aidé à précipiter la fin de la vieille femme. Se pouvait-il que Gruen ait recommandé le décès de sa propre mère ? Et pourquoi pas ? La mère et le fils ne pouvaient pas se voir en peinture. Bekemeier et Medgyessy avaient tous deux évoqué le caractère soudain de la mort de la vieille dame. Jacobs avait dû la tuer, elle aussi. Ou l'avait fait tuer par quelqu'un. Quelqu'un de la CIA ou du réseau ODESSA. Mais je ne saisissais toujours pas bien pourquoi on avait supprimé Vera Messmann et la vraie Britta Warzok.

Une chose était tout à fait claire, néanmoins. Je m'étais conduit comme un bel imbécile. Mais quel mal ils s'étaient donné ! Je me sentais comme un tableau de grand maître de très petit format, cerné, piégé dans un énorme cadre doré – le genre de cadre qui est censé mettre en valeur l'importance de la toile. Piégé. Le terme ne me semblait guère à la hauteur de la conspiration byzantine qui m'entourait. Je n'étais qu'un pitoyable crétin qui ne méritait que des paires de claques, des paires de claques et encore des paires de claques. J'étais le chat de la fable d'Ésope, le félin le plus stupide que l'on ait jamais vu devant un feu de cheminée, la patte brûlée d'avoir tiré une poignée de marrons du feu pour le compte d'un singe trop futé.

— Je peux m'asseoir ?

Je levai les yeux et je sus aussitôt que la rousse avait emporté le morceau. Elle avait un peu le rouge aux joues, comme si la compétition avait été vive pour accéder au plaisir d'être en ma compagnie. Je me levai à moitié, ce qui correspondait à mon état, je lui souris et lui désignai le siège en face de moi.

— Je vous en prie. Vous êtes mon invitée.

— C'est pour ça que je suis là, roucoula-t-elle, en faufilant ses courbes et ses rondeurs dans le box. Elle avait des courbes et des rondeurs très supérieures à tout ce qui se produisait sur la scène façon pagode de l'Oriental. Je m'appelle Lilly. Et vous ?

Je faillis en rire. Ma Lilly Marlene rien qu'à moi. C'était typique, chez ces enjôleuses, de s'affubler d'un petit nom chic. J'en arrivai à penser parfois que la seule raison qui amenait ces filles à faire ce qu'on attendait d'elle, c'était leur envie de s'offrir un nouveau piano bastringue.

— Eric, dis-je. Voulez-vous boire quelque chose, Lilly ?

Je fis signe au serveur d'approcher. Il avait la moustache de Hindenburg, les yeux bleus de Hitler et la personnalité d'Adenauer. C'était comme d'être servi par cinquante années d'histoire allemande. Lilly considéra l'homme avec dédain.

— Il en a déjà une, de bouteille, d'accord ? (Le serveur opina.) Alors apporte-nous juste un autre verre. Et un bol de café au lait. Oui, un café au lait.

Le serveur hocha la tête et s'éclipsa sans un mot.

— Vous allez boire un café ? demandai-je.

— J'aurais pu prendre un verre de cognac, mais puisque vous avez commandé une bouteille, j'ai le droit de boire ce qui me chante. C'est la règle. (Elle sourit.) Cela ne vous ennuie pas, hein ? D'économiser un peu de votre argent. Y a pas de mal à ça, non ?

— Aucun mal du tout, fis-je.

— En plus, la journée a été longue. Je travaille chez un marchand de chaussures.

— Lequel ?

— Je ne risque pas de vous le dire. Vous pourriez débarquer et me créer des ennuis.

— Mais je me créerais des ennuis à moi aussi.

— Exact, admit-elle. Mais il vaut mieux que vous n'en sachiez rien. Imaginez le choc, si vous aviez la vraie Lilly devant vous, occupée à aller chercher des boîtes de chaussures et à mesurer les pieds des clients.

Elle prit une de mes cigarettes et, en lui approchant une allumette, je pus mieux l'observer. Le visage était ponctué de quelques taches de rousseur autour du nez, qu'elle avait peut-être un peu pointu. Cela lui donnait un petit air de vivacité un brin inquisiteur, ce qui était sans doute le cas. Les yeux étaient du vert de l'avarice, les dents, petites et très blanches, et la mâchoire inférieure, un peu proéminente. Jusqu'à présent, au vu de cette seule expression, elle m'évoquait une de ces poupées Sonneberg avec un visage de porcelaine et le genre de lingerie qui se laisse manipuler tous les jours.

Mes œufs arrivèrent avec son café — un bol moitié café, moitié lait. Pendant que je mangeais, elle me parla d'elle et fuma, et but son café à petites gorgées, et un petit cognac par là-dessus.

— Je ne vous avais encore jamais vu ici, remarqua-t-elle.

— Ça fait un bail que je ne suis pas venu, reconnus-je. J'ai vécu à Munich.

— J'aimerais vivre à Munich. N'importe où, pourvu que ce soit plus à l'ouest que Vienne. Un endroit où il n'y ait pas de Russes en vadrouille.

— Vous pensez que les Amerlots, c'est mieux ?

— Pas vous ?

Je ne relevai pas. Elle n'avait pas besoin de savoir ce que je pensais des Américains.

— Et si on allait chez vous, qu'en diriez-vous ?

— Hé, arrêtez de me faucher mes répliques ! protesta-t-elle. Normalement, c'est moi qui prends l'initiative, pas vous.

— Désolé.

— Et d'ailleurs, pourquoi vous êtes si pressé ?

— Je n'ai pas quitté mes souliers de la journée. Vous devez savoir ce que c'est.

Elle tapota la bouteille de cognac avec un ongle aussi épais qu'un coupe-papier.

– Ce n'est pas de la tisane, ce que vous buvez là, Eric, me prévint-elle, l'air sévère. En fait de remontant, ça vous mettrait plutôt sur une pente descendante.

– Je sais, mais ça permet d'émousser un peu la dent que j'ai contre quelqu'un depuis quelques heures.

– Oh ? Contre qui ?

– Contre moi.

– Ah tiens, vraiment ?

Je fis glisser ma main sur la table, devant moi, et dévoilai le billet de cent schillings caché sous ma paume.

– J'ai besoin d'être un peu bichonné, voilà tout. Rien de bizarroïde. Le fait est que vous n'aurez jamais glissé dans votre soutien-gorge de billet de cent plus facilement gagné.

Elle considéra le billet comme elle aurait considéré l'invitation à déjeuner gratis d'un cannibale.

– C'est un hôtel qu'il vous faut, mister, me dit-elle. Pas une fille.

– Je n'aime pas les hôtels. Les hôtels sont remplis d'inconnus solitaires. Des gens qui restent enfermés dans leur chambre en attendant l'heure de rentrer à la maison. Je n'ai aucune envie de ça. J'ai juste besoin d'un endroit où me poser jusqu'à demain matin.

Elle recouvrit ma main de la sienne.

– Oh et puis flûte ! s'écria-t-elle. Ça ne me fera pas de mal d'aller me coucher tôt.

35

L'appartement de Lilly se situait sur l'autre rive du Danube, dans le deuxième arrondissement, non loin des Bains de Diane, sur Untere Donaustrasse. L'endroit était petit mais confortable, et je profitai d'une nuit de sommeil relativement paisible avec juste Lilly, troublée par la corne d'une péniche naviguant sur le canal, en direction de la rivière. Dans la matinée, Lilly semblait à la fois surprise et ravie de ne pas avoir eu d'autre appétit à satisfaire que celui que m'inspirait le petit déjeuner.

– Alors ça, c'est une première, m'avoua-t-elle en préparant le café. Je dois perdre le coup de main. Soit c'est ça, soit tu la gardes bien au chaud pour la réserver aux garçons.

– Ni l'un ni l'autre, lui répondis-je. Et toi, ça te plairait de gagner un autre billet de cent ?

Un peu moins inflexible de jour que de nuit, elle s'empressa d'accepter. Ce n'était pas une méchante fille. Pas vraiment. Elle avait tout juste quinze ans quand ses parents avaient trouvé la mort en 1944 ; et tout ce qu'elle possédait, elle l'avait gagné à la force du poignet. C'était une histoire assez ordinaire, notamment son viol par un tandem de Russes. Jolie fille, elle avait eu de la chance, elle le savait, qu'ils n'aient été que deux. Je connaissais des femmes, à Berlin, qui avaient été violées jusqu'à cinquante ou soixante fois durant les premiers mois de l'occupation russe. Elle me plaisait. Sa manière de ne pas se plaindre me plaisait. Et j'appréciais aussi qu'elle ne me pose pas trop de questions. Elle avait l'intelligence de comprendre que je me cachais sans doute de la police, et l'intelligence de ne pas me demander pourquoi.

En chemin pour son travail – la boutique de chaussures s'appelait Fortschritt, dans Kärntnerstrasse –, elle me montra un salon de coiffure où je pourrais me faire raser, car j'avais dû abandonner mon rasoir et tout ce qui allait avec à l'hôtel. J'emportai mon fourre-tout. J'aimais bien Lilly, mais je ne me fiais pas assez à elle pour avoir l'assurance qu'elle ne me déroberait pas vingt-cinq mille schillings autrichiens.

Je fis une halte pour un rasage et une coupe. Ensuite, dans un magasin de confection situé à l'intérieur du Ring, je m'achetai une chemise propre, des caleçons, des chaussettes et une paire de bottines. Il m'importait d'avoir une allure respectable. J'allais à la Kommandatura russe, dans l'ancien rectorat de Vienne, dans le but d'examiner leurs fichiers sur les criminels de guerre recherchés. En ma qualité d'ancien SS qui s'était enfui d'un convoi ferroviaire russe de prisonniers de guerre et qui avait tué un soldat soviétique – sans mentionner plus d'une vingtaine d'agents du NKVD –, rien qu'en pénétrant dans cette Kommandatura, je courais un risque considérable. Mais c'était un risque que j'estimais un peu moins élevé que celui de conduire une enquête similaire au quartier général de la Patrouille internationale. En outre, je parlais le russe couramment, je connaissais le nom d'un important colonel du MVD, et je conservais encore la carte de visite de l'inspecteur Strauss. Et si tout le reste échouait, j'essaierais la subornation. À en croire mon expérience, tous les Russes de Vienne, comme ceux de Berlin d'ailleurs, étaient sensibles aux pots-de-vin.

Le palais de justice, sur Schmerlingplatz, dans le huitième district, était le siège du commandement interallié à Vienne, et le quartier général de la Patrouille internationale. Les drapeaux des quatre nations flottaient devant l'imposant édifice, celui de la nation qui exerçait pour l'instant le contrôle policier de la ville – en l'occurrence, les Français – au-dessus des autres. En face du palais de justice se dressait la Kommandatura russe, aisément identifiable à ses slogans communistes et à une grande étoile rouge illuminée qui teintait de rose la neige devant le bâtiment. J'entrai dans un hall majestueux et demandai à l'un des gardes de l'Armée rouge le bureau responsable des enquêtes sur les crimes de guerre. Sous son calot, une cicatrice lui barrait le front et remontait vers le haut du crâne, comme s'il avait eu naguère la tête griffée par un objet certainement plus mortel qu'un ongle. Surpris de s'entendre adresser la parole en russe, et si poliment, qui plus est, il m'orienta vers une pièce tout en haut de l'immeuble, et je gravis les imposantes marches de pierre, le cœur au bord des lèvres.

Comme tous les bâtiments publics de Vienne, le rectorat avait été édifié au temps où l'empereur François-Joseph régnait sur un empire qui comptait 51 millions d'âmes et 675 000 kilomètres carrés. En 1949, il ne restait qu'un peu plus de 6 millions d'habitants en Autriche, et le plus grand empire d'Europe avait disparu depuis longtemps, mais en montant l'escalier monumental, on n'en aurait rien deviné. Sur un écriteau en bois, le pictogramme grossièrement peint d'un doigt pointé indiquait l'accès au dernier étage, et les noms des services étaient inscrits en caractères cyrilliques. Je suivis la direction en longeant la balustrade jusqu'à l'autre côté du bâtiment, où je trouvai le bureau que je cherchais. Le panneau fixé sur un petit support en bois à côté de la porte indiquait en allemand : « Commission soviétique des crimes de guerre, Autriche. Pour l'investigation et l'examen des méfaits commis par les envahisseurs fascistes allemands et leurs complices dans les atrocités et les crimes monstrueux du gouvernement allemand. » Une description assez fidèle, somme toute.

Je frappai à la porte et entrai dans une petite antichambre. À travers une cloison vitrée, je pus voir une vaste salle meublée de plusieurs bibliothèques sur pied et d'une dizaine d'armoires de dossiers. Un grand portrait de Staline décorait le mur, ainsi que celui, plus petit, d'un homme replet, portant lunettes, qui pouvait être Beria, le chef de la police secrète soviétique. Un drapeau rouge usé pendait mollement à une hampe au format scout. Derrière la porte, le long du mur, on avait affiché un montage de photos représentant Hitler, un rassemblement nazi à Nuremberg, des camps de concentration libérés, des monceaux de cadavres de Juifs, le procès de Nuremberg et plusieurs criminels de guerre condamnés debout sur la trappe de la potence. C'était là un exemple de raisonnement inductif comme on aurait pu en trouver dans un manuel sur les principes généraux de la logique. Dans l'antichambre, une femme mince, d'aspect sévère, vêtue d'une uniforme, leva les yeux de la page qu'elle dactylographiait et s'apprêta à me traiter comme l'envahisseur fasciste que j'avais naturellement été. Elle avait des yeux tristes et creux, un nez cassé spectaculaire, une frange de cheveux roux, une bouche boudeuse et des pommettes aussi saillantes que les zygomatiques de la tête de mort du pavillon noir. Les épaulettes bleues de son uniforme révélaient son appartenance au MVD. Je me demandai quelle serait sa réaction à la loi d'amnistie de la République fédérale. Poliment, et en bon allemand, elle me demanda ce que je désirais. Je lui tendis la carte de visite de l'inspecteur Strauss, comme si je venais auditionner pour un rôle dans une pièce de Tchekhov, et m'adressai à elle dans mon meilleur *velikorruskij*.

— Je suis désolé de vous déranger, camarade, commençai-je. Il ne s'agit pas d'une enquête officielle. Je ne suis pas ici dans le cadre du service.

Tout ce préambule visait à éviter qu'elle n'exige de moi une plaque d'identification inexistante.

— Le nom de Porochine, du MVD, vous évoque-t-il quelque chose ?

— Je connais un général Porochine, me répondit-elle, avec un changement de ton presque imperceptible. À Berlin.

— Peut-être vous a-t-il déjà téléphoné, continuai-je. Pour vous expliquer la raison de ma présence ici.

Elle secoua la tête.

— Je crains que non.

— Peu importe. Je mène une enquête relative à un criminel de guerre fasciste, ici, en Autriche. Le général m'a recommandé de me présenter à ce bureau. En me signalant que le chargé des affaires judiciaires de ce service était l'un des plus efficaces de la Commission spéciale d'État. Et que si quelqu'un pouvait m'aider à remonter la piste de ce porc nazi que je cherche, ce serait ce chargé des affaires judiciaires.

— Le général a dit ça ?

— Ce sont exactement ses propos, camarade. Il a mentionné votre nom, mais j'admets l'avoir oublié. Je m'en excuse.

— Premier chargé d'affaires judiciaires Khristotonovna, répliqua-t-elle.

— Oui, en effet. C'est bien cela. Et je vous renouvelle mes excuses de l'avoir oublié. Mon enquête concerne deux SS. L'un des deux est né ici, à Vienne. Il s'appelle Gruen. Eric Gruen. G-R-U-E-N. L'autre, c'est Heinrich Henkell. Henkell, comme le nom du champagne. Malheureusement, je ne sais pas où il est né au juste.

Le lieutenant se leva promptement de sa chaise. La mention du nom de Porochine avait suffi. Je n'étais pas surpris. Dès ma première rencontre avec lui, d'abord à Vienne, puis à Berlin, deux ans plus tard, le personnage m'avait effrayé. Elle ouvrit la porte vitrée et me conduisit à une table où elle m'invita à prendre place. Puis elle se retourna face à un grand meuble en bois contenant un fichier, ouvrit un tiroir aussi long que son bras, et passa en revue plusieurs centaines de fiches. Elle était plus grande que je ne l'avais cru. Son chemisier boutonné jusqu'au col était brun foncé, sa jupe plutôt longue, noire, et ses bottes de l'armée, comme sa ceinture, aussi noires et luisantes qu'un étang de village. Sur le bras droit de son chemisier, elle portait un insigne indiquant qu'elle avait été blessée au combat, et deux médailles étaient cousues sur le gauche. Les Russes portaient de vraies médailles, et pas de simples rubans, comme les Américains – ils en étaient sans doute trop fiers pour les retirer.

Avec deux fiches en main, Khristotonovna se dirigea vers un classeur où elle fit quelques recherches. Ensuite, elle me pria de l'excuser et sortit de la salle par une porte dans le fond. Je me demandai si elle n'allait pas vérifier mon pedigree de la police autrichienne, ou même, pourquoi pas, mon histoire de Porochine à Berlin, et si elle ne reviendrait pas dans la pièce un Tokarev au poing, ou escortée de gardes. Je restai là où j'étais, en me mordillant la lèvre, tâchant de me distraire en repensant une fois encore à la manière dont Gruen, Henkell et Jacobs m'avaient berné.

À leur manière de me mettre dans la confidence. À cette façon qu'avait eue Jacobs de feindre la surprise en me revoyant. À cette méfiance qu'ils avaient affichée à mon égard. À la manière dont « Britta Warzok » m'avait mis sur la piste d'un leurre, sans autre objectif que de me faire croire que l'agression et la perte de mon petit doigt auraient été la conséquence directe des questions gênantes que j'avais posées au sujet de la Camaraderie.

Khristotonovna ne se montra pas avant plusieurs minutes et, à son retour, elle était chargée de deux dossiers qu'elle posa sur la table, devant moi. Elle m'avait même apporté un carnet et un crayon.

— Lisez-vous le russe ? me demanda-t-elle.

— Oui.

— Où l'avez-vous appris ? Vous le parlez très bien.

— J'étais officier de renseignement sur le front russe.

— Moi aussi. C'est là que j'ai appris l'allemand. Mais votre russe est meilleur que mon allemand, je trouve.

— Merci, c'est aimable à vous.

— Peut-être que…

Là, elle parut se raviser, et préféra taire ce qu'elle allait me confier. Je l'exprimai donc à sa place.

— Oui. Peut-être avons-nous été adversaires, jadis. Mais maintenant, nous sommes du même bord, je l'espère. Du côté de la justice.

Une réponse à l'eau de rose, je l'admets. C'est curieux, mais le russe est une langue qui fait toujours ressortir le sentimental en moi.

— Les dossiers sont en allemand et en russe, me prévint-elle. Encore une précision. La règle m'impose, quand vous aurez terminé de les consulter, de vous faire signer un document stipulant que vous les avez examinés. Ce document doit rester dans le dossier. Acceptez-vous, inspecteur ?

— Bien entendu.

— Très bien.

Khristotonovna ébaucha un sourire. Ses dents se gâtaient. Elle avait besoin d'un dentiste autant que moi d'un nouveau passeport.

— Puis-je vous proposer un thé russe ?

— Merci, oui, volontiers. Si cela ne vous dérange pas. Ce serait très aimable à vous.

— Cela ne me dérange pas.

Elle ressortit, son jupon bruissant comme une brassée de feuilles séchées, et je me pris à regretter ma réflexion peu charitable de tout à l'heure. Elle était bien plus sympathique que j'aurais pu l'imaginer.

J'ouvrir le dossier de Gruen et entamai ma lecture.

Tout y était, et plus encore. Les états de service de Gruen dans
la SS. Sa fiche de membre du Parti nazi – il y avait adhéré en 1934.
Sa nomination au grade d'officier. Ses états de service de la SS,
« exemplaires ». La première révélation, c'était que Gruen n'avait
jamais fait partie du corps des Panzer SS. Il n'avait jamais servi en
France, et pas davantage sur le front russe. En réalité, il n'avait
jamais vu les combats en première ligne. Selon son dossier médical,
qui était très détaillé, au point de mentionner son petit doigt manquant, il n'avait même jamais été blessé. L'examen médical le plus
récent d'Eric remontait à mars 1944. Rien n'avait été négligé. Pas
même une légère crise d'eczéma. Aucune mention ici d'une abla-
tion de la rate ou d'une blessure à la moelle épinière. À cette lecture,
je sentis mes oreilles me picoter. Était-il réellement possible qu'il ait
simulé son infirmité ? Qu'il n'ait pas du tout été cloué dans un fauteuil roulant ? Qu'il n'ait pas perdu la rate ? Si oui, ils s'étaient vraiment joués de moi comme d'un piano de concert. Et Gruen n'était
pas non plus le sous-officier qu'il prétendait être. Le dossier contenait les copies de ses certificats de promotion. Le dernier, daté de
janvier 1945, révélait qu'Eric Gruen avait terminé la guerre au grade
de SS Oberführer – un colonel de rang supérieur – dans la
Waffen-SS. Mais ce fut ce que je lus ensuite qui me troubla plus que
tout, même si je m'y attendais à moitié, après la révélation qu'il
n'avait jamais été membre du corps des Panzer SS.

Né d'une riche famille viennoise, il avait été considéré comme un
brillant jeune médecin. Après son diplôme de la faculté de médecine, il avait vécu un certain temps au Congo et au Cameroun, où
il avait rédigé deux articles publiés dans la *Revue allemande de médecine* qui avaient exercé une certaine influence dans le domaine des
maladies tropicales. À son retour, en 1935, il avait intégré la SS et
accédé à un poste de responsabilité au ministère de la Santé, où on
le soupçonnait d'avoir été impliqué dans des expériences sur des
enfants handicapés mentaux. Après l'éclatement du conflit mon-
dial, il avait été nommé successivement médecin à Lemberg-
Janowska, à Majdanek et finalement à Dachau. À Majdanek, on
savait qu'il avait délibérément inoculé le typhus et la malaria à huit
cents prisonniers de guerre soviétiques, et conduit des études sur la
progression de la maladie. À Dachau, il avait assisté Gerhard Rose,

un général de brigade attaché aux services médicaux de la Luftwaffe. Le rapport contenait plusieurs références à Rose. Professeur à l'Institut Robert Koch de médecine tropicale de Berlin, Rose avait mené des expériences mortelles sur des détenus du camp de concentration de Dachau, dans le cadre de recherches sur les vaccins contre le typhus et la malaria. À Dachau, on avait délibérément infecté plus de mille deux cents prisonniers, dont de nombreux enfants, au moyen de moustiques porteurs du virus ou d'injections de sang contaminé par la maladie.

Les détails de ces expériences rendaient cette lecture très pénible. Lors du procès des médecins de Dachau, en octobre 1946, un prêtre catholique, le père Koch, avait attesté sous serment qu'on l'avait envoyé dans le service de la malaria du camp où, tous les après-midi, on avait déposé pendant une demi-heure une boîte de moustiques entre ses jambes. Au bout de dix-sept jours, il avait quitté le service, et ce n'est qu'au bout de huit mois qu'il avait eu une crise de malaria. D'autres prêtres, des enfants, des prisonniers russes et polonais et, naturellement, quantité de Juifs n'avaient pas eu cette chance, et plusieurs centaines d'entre eux étaient morts durant les trois années au cours desquelles ces expériences se poursuivirent.

Pour leurs crimes, sept de ces soi-disant médecins nazis avaient été pendus à Landsberg en juin 1948. Rose avait fait partie des cinq condamnés à une peine de prison à perpétuité. Quatre autres médecins s'étaient vu condamner à des peines de dix à vingt années d'emprisonnement. Sept autres avaient bénéficié d'un acquittement. Lors de son procès, Gerhard Rose avait justifié ses actes, soutenant qu'il était raisonnable de sacrifier « quelques centaines d'individus » à la recherche d'un vaccin susceptible de sauver des dizaines de milliers de vies.

Rose avait été secondé par un certain nombre d'autres praticiens, dont Eric Gruen et Heinrich Henkell, et une infirmière kapo, une certaine Albertine Zehner.

Albertine Zehner. Ce fut un véritable choc. Il devait s'agir de la même fille. Et voilà qui expliquait une bonne part de ce qui demeurait mystérieux à mes yeux. Engelbertina Zehner était une prisonnière juive devenue kapo et infirmière assistante au bloc médical de

Majdanek, puis de Dachau. Elle n'avait jamais travaillé dans le bordel d'un camp. Elle avait été infirmière et kapo.

Le dossier de Gruen signalait qu'il était toujours en liberté, et recherché comme criminel de guerre. Une enquête préliminaire sur l'affaire Gruen, conduite par un officier du 1ᵉʳ Front ukrainien et deux officiers de la Commission soviétique spéciale d'État, n'avait abouti à rien. Les dépositions de détenus des trois camps, et celle de F.F. Brychine, un expert médico-légal de l'Armée rouge, étaient jointes au dossier.

La dernière page consignait l'historique de consultation, qui me réservait une surprise supplémentaire, car j'y lus la note suivante : *Ce dossier a été consulté par les autorités d'occupation à Vienne, octobre 1946, en la personne du major J. Jacobs, armée des États-Unis.*

Khristotonovna revint avec un verre de thé russe bien chaud, une longue cuiller et un petit bol de morceaux de sucre sur un plateau en fer-blanc. Je la remerciai et me penchai attentivement sur le dossier de Heinrich Henkell. Il était moins détaillé que celui de Gruen. Avant la guerre, il avait été impliqué dans Aktion T4, le programme d'euthanasie du Troisième Reich, dans une clinique psychiatrique de Hadamar. Pendant la guerre, devenu Sturmbannführer dans la Waffen-SS, il avait été nommé directeur adjoint de l'Institut allemand de la Recherche scientifique militaire et avait occupé des postes successifs à Auschwitz, Majdanek, Buchenwald et Dachau. À Majdanek, il avait assisté Gruen dans ses expériences sur le typhus et plus tard, à Dachau, dans celles sur la malaria. Au cours de ses recherches médicales, il avait amassé une vaste collection de crânes humains de différents types ethniques. On croyait que Henkell avait été exécuté par des soldats américains à Dachau, après la libération du camp.

Je me redressai, la tête lourde, et m'adossai à mon siège. Entendant l'âpre soupir que je lâchai, le lieutenant Khristotonovna revint à ma hauteur. Et elle se méprit sur la boule que j'avais dans la gorge, ne saisissant pas du tout que c'était sur mon propre sort que je m'apitoyais.

– Difficile à supporter ?

J'opinai, la gorge trop serrée pour prononcer un mot. Au lieu de quoi je vidai mon thé, signai le protocole de consultation, la remerciai de son aide et ressortis. Cela faisait du bien de respirer de l'air frais, débarrassé de ces miasmes. Du moins jusqu'à ce que voie quatre policiers militaires sortir du ministère de la Justice et grimper dans un camion, prêts à patrouiller dans la ville. Quatre pachydermes les suivirent. Et ensuite quatre autres. Je restai sur le seuil de la porte, les observant à distance respectueuse en fumant une cigarette, jusqu'à ce qu'ils se soient tous éloignés.

J'avais entendu parler du procès des médecins nazis, évidemment. Je me souvenais de ma surprise, en constatant que les Alliés avaient jugé bon de pendre le président de la Croix-Rouge allemande – tout au moins jusqu'à ce que je lise des informations sur les expériences de stérilisation qu'il avait pu conduire, en forçant des Juifs à ingurgiter de l'eau de mer. Beaucoup de gens – la quasi-totalité de mon entourage, y compris Kirsten – avaient refusé d'ajouter foi aux preuves présentées devant la cour. Kirsten m'avait soutenu que les photographies et les documents soumis au tribunal durant ce procès de quatre mois étaient des faux, visant à nourrir une vaste imposture, afin d'humilier encore un peu plus l'Allemagne. Que les témoins et les victimes qui avaient survécu avaient tous menti. J'avais moi-même eu du mal à appréhender la chose – que nous qui formions peut-être la nation la plus civilisée qui soit sur cette terre, nous ayons pu commettre, au nom de la science médicale, des actes aussi atterrants. Difficile à comprendre, oui. Mais pas si difficile à croire. Après mes propres expériences sur le front russe, j'avais fini par croire les êtres humains capables d'un degré d'inhumanité sans limites. Il se peut que ce soit elle avant tout – notre inhumanité même – qui fasse de nous des humains. Je commençais à comprendre ce qui se tramait. Il me restait encore une question, concernant ce que mijotaient Gruen, Jacobs et Henkell. Et j'avais une idée assez précise de l'endroit où trouver la réponse à ce genre de question.

Lorsque le dernier véhicule de la Patrouille internationale eut quitté l'enceinte du palais de justice, je marchai en direction de Heldenplatz, la grande place verdoyante qui faisait face au Ring. J'avais devant moi le nouveau palais de justice, également occupé par l'armée russe, et décoré d'une grande photo de l'Oncle Joe – Joseph Djougachvili en personne. Je pris par une arcade, avant de débou-

cher sur une autre place, pavée celle-là, qui accueillait l'École espa-
gnole de cavalerie, déserte – les chevaux, eux, avaient tous été mis à
l'abri des appétits soviétiques. J'entrai dans la bibliothèque. Un
homme était occupé à cirer le parquet, aussi vaste qu'un terrain de
football. La bibliothèque proprement dite était glaciale et presque
vide. Je m'approchai du bureau d'accueil et je patientai, avant
d'attirer l'attention de la bibliothécaire, plongée dans la rédaction
d'une fiche du catalogue. L'écriteau posé sur son bureau portait la
mention « Renseignements ». Mais il aurait pu aussi bien pu
annoncer « *Cave canem* ». Deux minutes s'écoulèrent, les reflets de
ses verres de lunettes émettant en code Morse le signal « Fichez le
camp », puis elle condescendit enfin à faire comme si j'étais là et
leva les yeux vers moi.

– Oui ?

Ses cheveux gris portaient la trace d'un rinçage bleuté et sa
bouche avait la sévérité d'une boîte à compas. Elle était vêtue d'une
blouse blanche et d'une veste croisée bleu marine. Elle me rappelait
un peu l'amiral Dönitz. Je me penchai vers l'appareil acoustique
attaché à sa poche et lui désignai l'une des statues de marbre.

– Euh, en fait, je pense qu'il attend depuis plus longtemps que
moi, ironisai-je.

Cela suffit pour qu'elle me montre les dents. Qu'elle avait meilleures que la Russe de tout à l'heure. Et elles paraissaient plus tran-
chantes. Quelqu'un lui fournissait de la viande.

– Monsieur, me prévint-elle d'un ton sec, nous sommes à la
Bibliothèque nationale de Vienne. Si c'est la rigolade que vous
recherchez, je vous suggère un cabaret. Si c'est un livre, je peux vous
aider, le cas échéant.

– En réalité, je recherche un magazine, lui dis-je.

– Un magazine. (Elle prononça le mot comme s'il s'agissait
d'une maladie vénérienne.)

– Oui. Un magazine américain. Conservez-vous des magazines
américains ici ?

– Hélas, oui, en effet. Et quel est-il, ce magazine que vous
recherchiez ?

– Le magazine *Life*. Le numéro du 4 juin 1945.

– Suivez-moi, je vous prie.

Elle se leva de sa redoute lambrissée de bois.

– J'en serais ravi.

– L'essentiel de ce que nous possédons ici provient de la collection d'Eugène de Savoie, m'indiqua-t-elle. Toutefois, à l'intention de nos visiteurs américains, nous conservons quelques exemplaires du magazine *Life*. Pour être franche, ils ne nous réclament jamais rien d'autre.

– Alors ce doit être mon jour de chance.

– Il semblerait.

Cinq minutes plus tard, assis à une table de réfectoire, je contemplais le magazine que le major Jacobs ne voulait pas me laisser sous les yeux. Et, à première vue, il était difficile de comprendre pourquoi. La page de couverture reproduisait une lettre ouverte adressée par le chef d'état-major interarmes au peuple américain. Je tournai les pages, et ce n'était qu'éloges de l'effort de guerre américain et sourires de Yankees ordinaires, entrecoupés de publicités pour General Electric, Iodent et Westinghouse. Il y avait une photo ravissante de Humphrey Bogart épousant Lauren Bacall, et une autre, encore plus charmante, de Himmler quelques minutes après son suicide par le poison. Elle me plaisait davantage que celle de Bogey. Je tournai encore quelques pages. Des photos d'une station balnéaire sur la côte anglaise. Et ensuite, page 43, l'objet présumé de ma quête. Un court article évoquant huit cents condamnés, dans trois pénitenciers américains, qui s'étaient portés volontaires pour être infectés par la malaria, afin que des chercheurs en médecine puissent étudier la maladie. Il était facile de voir en quoi un tel article pouvait rendre Jacobs chatouilleux. Ce que le Bureau américain pour la Recherche et le développement scientifique avait organisé dans des prisons de Géorgie, de l'Illinois et du New Jersey ressemblait à s'y méprendre à ce que les médecins SS avaient commis à Dachau. Manifestement, les Américains avaient pendu des hommes pour des crimes qu'ils avaient eux-mêmes perpétrés dans leurs propres geôles. Il est vrai que tous ces détenus étaient des volontaires, mais enfin, Gruen et Henkell auraient aisément pu évoquer la même excuse. Engelbertina, ou Albertine, en était sans doute la preuve. À lire cet article dans *Life* et à voir ces photographies, j'eus l'épiderme parcouru de démangeaisons. Pas le genre de démangeaisons que vous inspire le spectacle de ces hommes munis de flacons contenant des moustiques porteurs de l'infection collés contre leur abdomen – une photo d'inspiration étrangement médiévale, comme l'un de ces remèdes ancestraux à base de piqûres d'abeille. Non, plutôt une autre espèce de démangeaison. Le genre qui vous vient quand vous commencez à suspecter une affaire déplaisante. Le genre qui ne se calmera pas tant que vous ne vous serez pas gratté.

Je me procurai un exemplaire du dictionnaire médical Lange et, en recherchant les symptômes de la malaria et ceux de la méningite virale, je découvris que les deux maladies généraient divers symptômes plus ou moins identiques. Dans les Alpes bavaroises, où les moustiques n'étaient pas exactement une espèce très commune, il n'eût été que trop facile de faire passer plusieurs dizaines de décès provoqués par la malaria pour une épidémie de méningite virale. Qui aurait soupçonné quoi que ce soit ? Tous ces prisonniers de guerre allemands avaient servi à des expériences médicales. Exactement comme les huit cents détenus américains. Sans parler de tous ces gens, à Dachau et Majdanek. Cela paraissait difficile à croire, mais à l'évidence, des expériences sur des êtres humains, pour lesquelles sept médecins nazis avaient été pendus à Landsberg, se poursuivaient encore à ce jour, et sous la protection de la CIA. L'hypocrisie de la chose était atterrante.

36

Il y avait un Bureau international du téléphone et du télégraphe au rez-de-chaussée de l'Alliance Building, Alserstrasse, dans le neuvième arrondissement. Je m'approchai de l'opérateur. Il avait un nez en forme de manche à air et des cheveux tendance blaireau – gris en surface et plus sombres dans l'épaisseur. Je lui donnai le numéro de Garmisch, j'achetai un kilo de pièces de monnaie et me rendis à la cabine téléphonique qu'il me désigna. Je ne m'attendais pas à obtenir la communication, mais cela valait la peine d'essayer. En attendant, je réfléchis à ce que j'allais dire en espérant que je saurais éviter toute une série de vocables dont nous usions sur le front russe. J'étais assis dans la cabine depuis une bonne dizaine de minutes quand le téléphone sonna et l'opérateur m'annonça qu'il avait la tonalité. Après quelques secondes, on décrocha et j'entendis une voix lointaine. Garmisch n'était qu'à quatre cent cinquante kilomètres, mais je supposais que l'appel avait dû être acheminé par le standard de Linz, qui se trouvait en zone d'occupation russe, avant d'être redirigé via Salzbourg (dans la zone américaine) et Innsbrück (chez les Français). Les Français étaient considérés comme la moins efficace des quatre puissances, et la médiocre qualité de la ligne leur était très vraisemblablement imputable. Mais en reconnaissant la voix d'Eric Gruen, je gavai l'appareil d'une poignée de pièces de dix groschen et, au bout de quinze ou vingt secondes, nous nous parlions. Eric eut l'air sincèrement content de m'entendre.

— Bernie, fit-il. J'espérais que vous appelleriez. Que je puisse avoir l'occasion de vous dire à quel point je suis désolé de vous avoir mis dans de sales draps. Vraiment, sincèrement désolé.

— De sales draps. C'est la formule que vous utilisez quand vous essayez de passer autour du cou d'un homme le nœud coulant qui vous était destiné ?

— Je regrette qu'il faille en passer par là, Bernie. Voyez-vous, tant qu'Eric Gruen n'est pas officiellement mort, ou en prison pour ses prétendus crimes de guerre, je ne peux pas entamer ma nouvelle vie en Amérique. Là-dessus, vous ne pouvez pas en vouloir à Jacobs. Il m'affirme que la CIA refusera toute autre solution. Si jamais l'on apprenait qu'elle a autorisé un médecin nazi à entrer dans le pays, cela lui coûterait fort cher. C'est vraiment aussi simple que ça.

— Jusque-là, je comprends. Mais pourquoi faire tuer deux femmes innocentes, si tout ce que vous vouliez, c'était que j'écope à votre place ? Vous, ou Jacobs, ou quel que soit l'Amerlot qui s'est chargé de votre sale besogne ici, à Vienne, vous auriez pu vous arranger pour me faire arrêter à mon hôtel.

— Et si nous avions opté pour ce que vous suggérez ? Pensez un peu, Bernie. Vous leur auriez déclaré que vous étiez Bernie Gunther. Même sans passeport, les autorités alliées auraient sans doute vérifié votre histoire et découvert qui vous êtes vraiment. Non, nous devions nous assurer que Bernie Gunther n'ait nulle part où aller. Et je veux dire, vraiment nulle part. Quand vous envisagerez l'étape suivante, Bernie, vous y penserez peut-être. La sentence pour meurtre, surtout pour les meurtres abjects que vous avez commis, c'est la mort. S'ils attrapent Bernie Gunther, ils le pendront. Mais en fonction de qui capturera Eric Gruen, vous auriez une chance de vous en tirer avec l'emprisonnement à perpétuité. Et vu la manière dont les choses évoluent en République fédérale à l'heure actuelle, vous seriez probablement sorti d'ici en moins de dix ans, voire cinq. Vous pouvez purger ma peine et ensuite, à votre sortie, vous retrouver avec une certaine somme à la banque. Si vous prenez le temps d'y réfléchir, Bernie, vous conviendrez que je me suis montré d'une remarquable générosité. Je veux dire, vous avez cet argent, n'est-ce pas ? Vingt-cinq mille schillings, ce n'est pas une somme

ridicule qui vous attendra à votre sortie de Landsberg. Franchement, Bernie, j'aurais pu vous laisser sans un groschen.

— Vous êtes montré d'une grande générosité, dis-je, en me refré-
nant, dans l'espoir qu'il laisse échapper quelque chose, une miette
d'information qui me serait utile pour organiser ma fuite de Vienne.

— Vous savez, si j'étais vous, je me rendrais. Sous l'identité d'Eric
Gruen, naturellement. Et vous auriez intérêt à le faire avant qu'ils
ne pincent et ne pendent Bernie Gunther.

Je glissai quelques pièces dans la fente et je lui répondis par un
rire.

— Je ne vois pas comment la situation pourrait s'aggraver davantage, dis-je. Vous y avez veillé.

— Oh, mais si, elle pourrait, répliqua-t-il. Croyez-moi. Vienne
est une ville fermée, Bernie. Il n'est pas commode d'en sortir. Et,
dans ces circonstances, je ne pense pas qu'il faille beaucoup de
temps à ces brigades de vengeurs israéliens pour vous suivre à la
trace. Comment s'appellent-ils ? Le Nakam ? Ou serait-ce le Bri-
chah ? Un nom youpin dans ce style, en tout cas. Vous saviez qu'ils
étaient basés en Autriche ? Non, sûrement pas. En fait, Linz et
Vienne sont leurs deux centres d'opération. Le major Jacobs connaît
fort bien certains de ces youpins. Primo, il en est, lui aussi, naturellement. Et deusio, plusieurs de ces youdes qui opèrent pour le
Nakam travaillent aussi pour la CIA. En fait, c'est un youpin de la
CIA qui a tué la vraie Frau Warzok. Guère surprenant, après ce
qu'elle a fait à Lemberg-Janowska. Des choses vraiment épouvantables. Je le sais, j'étais là. C'était une véritable bête, cette femme.
Elle tuait des Juifs pour le sport, ce genre de truc.

— Alors que vous, vous ne les tuiez que pour défendre la cause de
la science médicale.

— Voilà que vous versez dans le sarcasme maintenant, Bernie. Et
je ne vous en tiens pas rigueur. Mais votre commentaire reflète fidèlement la vérité. Je n'ai jamais tué personne par plaisir. Je suis
médecin. Aucun d'entre nous n'a tué par plaisir, en réalité.

— Et Vera ? Comment justifiez-vous son meurtre ?

— Je ne peux pas dire que j'ai approuvé, admit Gruen. Mais
Jacobs estimait que cela contribuerait à vous compliquer la tâche.

– En fin de compte, je vais peut-être me dénoncer sous le nom de Bernie Gunther. Rien que pour gâcher vos projets.

– Rien ne vous empêche, en effet, oui. Mais Jacobs a quelques amis puissants à Vienne. Je ne sais pourquoi ni comment, mais je crois qu'ils réussiraient à soutenir la thèse que vous êtes bien Eric Gruen. Vous finirez vous aussi par percevoir le bien-fondé de cette version, quand vous serez sous la garde de la police.

– C'était l'idée de qui, d'ailleurs ?

– Oh, de Jacobs ! C'est un individu très retors, notre major. Il a eu cette idée quand Wolfram Romberg et lui sont allés creuser dans votre jardin de Dachau. Dès qu'il vous a rencontré, Bernie, il a noté les similitudes entre nous deux. À l'origine, il avait l'intention de retourner à Dachau et de lancer de là-bas la mécanique destinée à vous piéger. Mais ensuite, évidemment, vous avez déménagé à Munich et vous avez renoué avec votre ancien métier. Et c'est là que nous avons ourdi ce plan consistant à vous lancer sur la piste de Friedrich Warzok. Rien que pour vous faire croire que vous aviez marché sur les plates-bandes de quelques anciens camarades. Suffisant pour vous valoir une bonne rossée, histoire de pouvoir apporter quelques importantes retouches au costume taillé sur mesure que nous étions occupés à vous confectionner. Comme la perte de ce doigt, absolument capitale. Ces anciens fichiers de la SS sont d'une précision irritante : ils décrivent par le menu tous les traits distinctifs de l'intéressé. C'était assez futé de sa part, vous ne trouvez pas ? C'est le premier élément que n'importe quel enquêteur du Bureau allié des crimes de guerre ou n'importe laquelle de ces brigades de vengeurs juifs iraient vérifier. Ce doigt qui me manque.

– Et la femme qui m'a engagé ?

– Mon épouse. La première fois qu'elle est allée vous voir, c'était à Dachau et, bien entendu, vous étiez parti. Ensuite, elle s'est rendue à vos bureaux pour bien vous repérer, voir si Jacobs avait raison, au sujet de cette ressemblance. Et elle était d'accord, ressemblance il y avait. Nous nous sommes alors réunis avec le major et nous l'avons aidé à concocter toute la manœuvre. Ce fut, je dois l'avouer, la partie amusante. C'était un peu comme d'écrire une pièce et d'inventer les personnages. En s'assurant que toutes ces intrigues s'emboîteraient.

Ensuite, nous n'avions plus qu'à vous attirer ici, à Garmisch, afin que nous puissions faire connaissance, vous et moi.

— Mais vous n'aviez guère les moyens de savoir que votre mère allait mourir. À moins que… ?

— Elle était souffrante depuis un certain temps déjà. Elle risquait de mourir d'un moment à l'autre. Mais il se trouve qu'au moment opportun, nous l'avons bel et bien aidée. Il n'est pas difficile de tuer quelqu'un dans un hôpital. Surtout quand la personne n'est pas en chambre individuelle. Vous savez quoi ? Ce fut un véritable geste de charité.

— Vous l'avez fait assassiner, m'indignai-je en insérant quelques pièces dans l'appareil. Votre propre mère.

— Pas assassiner, se défendit Gruen. Non. C'était de l'euthanasie. Du triage préventif. C'est encore ainsi que la majorité des Allemands considèrent cette forme de mort douce. Et cela reste une pratique courante. Plus souvent qu'on ne le croit. Vous ne pouvez pas transformer tout le système médical comme cela. En Allemagne et en Autriche, l'euthanasie fait partie de la routine hospitalière normale depuis 1939.

— Vous avez tué votre mère pour sauver votre peau.

— Au contraire, Bernie. Je l'ai fait pour notre mission. Dans cette situation particulière, la fin justifie bel et bien les moyens. Je croyais que Heinrich vous l'avait expliqué. L'importance de cette mission. Un vaccin contre la malaria, c'est vraiment un résultat qui mérite que tout soit tenté. Je pensais que vous l'aviez compris. Que valent quelques centaines de vies, deux mille au plus, à côté des millions d'êtres qu'un vaccin sauverait ? J'ai la conscience tranquille, Bernie.

— Je sais. C'est ce qui rend la chose si tragique.

— Mais pour aborder l'étape suivante de notre mission, nous avons tout simplement besoin d'un accès aux structures de recherches médicales américaines. Laboratoires. Équipements. Argent.

— De nouveaux détenus pour vos expérimentations, ajoutai-je. Comme ces prisonniers de guerre allemands de Garmisch-Partenkirchen. Qui aurait soupçonné qu'ils étaient morts de la malaria, dans les Alpes ? Je vous le concède, Eric. C'était habile. Alors, où irez-vous ? À Atlanta ? Dans le New Jersey ? L'Illinois ? Ou à Rochester ?

Le temps d'un instant, Gruen hésita.

— Qu'est-ce qui vous fait croire que je vais me rendre dans l'un de ces endroits-là ? demanda-t-il, prudent.

— Peut-être suis-je meilleur détective que vous ne l'imaginez.

— N'essayez pas de vous lancer à ma recherche, Bernie. Et d'abord, qui vous croirait ? Vous, un criminel de guerre, contre la parole de quelqu'un comme moi. Quelqu'un qui a toute la confiance de la CIA, pas moins. Croyez-moi, mon vieux, en ce qui vous concerne, Jacobs a bien travaillé. Il a trouvé de très intéressantes photographies de vous avec le Reichsführer Himmler, le général Heydrich et Arthur Nebe. Il y a même une photo de vous avec Hermann Göring. J'ignorais que vous aviez tant de relations. Les youtres vont apprécier. Ça leur donnera matière à réfléchir, et ils en concluront que vous êtes un gros gibier. Qu'Eric Gruen était bien plus important pour le Reich qu'il ne l'était en réalité.

— Eric, je vais vous retrouver. Tous. Et je vais vous tuer. Vous, Henkell, Jacobs et Albertine.

— Ah, donc vous êtes au courant, pour elle aussi, n'est-ce pas ? Vous vous êtes activé, Bernie. Mes félicitations. Quel dommage que vos facultés de détective ne se soient pas réveillées plus tôt. Enfin, que suis-je censé répondre à une aussi vaine menace ?

— Ce n'est pas une vaine menace.

— Je ne peux que vous le répéter. Mes nouveaux amis sont très puissants. Si vous tentez de vous en prendre à moi, les youpins ne seront pas les seuls à s'en prendre à vous. Vous aurez aussi la CIA sur le dos.

— Vous oubliez de mentionner ODESSA. Ne les excluons pas de la partie.

Il éclata de rire.

— Que croyez-vous savoir, au sujet d'ODESSA ?

— J'en sais suffisamment pour comprendre qu'ils ont contribué à me piéger. Eux et votre ami, le père Gotovina.

— Alors c'est que vous n'en savez pas autant que vous vous le figurez. En réalité, le père Gotovina n'a rien à voir avec ce qui vous est arrivé. Il ne fait absolument pas partie d'ODESSA. Ou de l'affaire qui nous occupe. Je n'apprécierais guère que vous cherchiez à lui nuire. Sincèrement. Il a les mains propres.

— Ah oui ? Alors pourquoi votre femme est-elle allée le voir à l'église du Saint-Esprit de Munich ?

— Eh bien, cela ne me surprendrait pas du tout que le père Gotovina soit un soutien de la Vieille Camaraderie. (Gruen eut encore un petit rire.) Pas le moins du monde. Mais il n'est pas lié à ODESSA, et n'entretient aucune relation avec la CIA. Ma femme lui aurait rendu visite ? C'était une démarche bien innocente, je peux vous l'assurer. Voyez-vous, le père Gotovina visite souvent la prison de Landsberg. Il est l'aumônier de tous les catholiques de la forteresse. Et je lui confie de temps à autre un message destiné à l'un de mes amis. Quelqu'un qui purge une peine d'emprisonnement à vie pour de prétendus crimes de guerre. À qui il apporte des revues de médecine. Ce style de chose. Au nom du bon vieux temps.

— Gerhard Rose, dis-je. Votre ami, je suppose.

— Oui. Vous vous êtes appliqué, je vois. Je vous ai sous-estimé… à cet égard, du moins. C'est une autre raison pour laquelle l'argent de ma mère tombera fort à propos, Bernie. Le paiement d'une procédure en appel, pour renverser la sentence rendue contre cet homme. D'ici cinq ans, il sera sorti. Retenez bien mes propos. Vous devriez. Car c'est aussi dans votre intérêt.

— Eric ? Je dois y aller maintenant. Je n'ai plus de monnaie. Mais je vous trouverai.

— Non, Bernie. Nous ne nous reverrons plus. Pas dans cette vie.

— En enfer, alors.

— Oui. En enfer, peut-être. Au revoir, Bernie.

— *Auf wiedersehen*, mon cher ami. *Auf wiedersehen*.

Je reposai le combiné et regardai fixement mes bottines neuves, en réfléchissant à ce que je venais d'apprendre. Je lâchai presque un soupir de soulagement. C'était l'ODESSA et non la Camaraderie qui était derrière tout ce qui m'arrivait. Je n'étais pas vraiment sorti du coupe-gorge viennois. Pas encore. Loin de là. Mais si, comme Fritz Gebauer me l'avait expliqué lors de ma visite dans sa cellule de la prison de Landsberg, l'ODESSA et la Camaraderie n'étaient pas liées, alors je n'avais à redouter que la CIA et l'ODESSA. Cela signifiait que rien ne m'interdisait, pour ma part, d'aller chercher l'aide de la Camaraderie. J'allais prier mes anciens camarades de la SS de m'aider à sortir de Vienne. J'allais m'adresser à la Toile d'araignée. Comme n'importe quelle vermine nazie ordinaire.

37

D'une certaine manière, il me semblait tout à fait opportun que la Ruprechtskirche, sur Ruprechtsplatz, soit le lieu de rendez-vous des anciens camarades qui fuyaient la justice alliée. Ruprechtsplatz se situait juste au sud du canal et de Morzinplatz, où la Gestapo avait installé son quartier général viennois. C'était peut-être ce qui avait motivé le choix de cette église. Elle n'avait pas grand-chose d'autre pour elle. C'était la plus ancienne de Vienne, et elle était quelque peu délabrée. Fait peu habituel, signalé par un écriteau derrière la porte, ce n'était pas le résultat des bombardements alliés, mais à cause de la démolition inconsidérée d'un immeuble voisin. À l'intérieur, il faisait aussi froid que dans une étable polonaise, et c'était presque aussi dénudé. Même la Madone avait l'air d'une fille de ferme. Mais l'endroit réserve une surprise au visiteur. Au pied d'un autel latéral repose, préservé dans un cercueil de verre, le squelette noirci de saint Vitalis. On eût dit Blanche-Neige qui aurait attendu beaucoup trop longtemps que son prince vienne la secourir d'un sommeil similaire à la mort, avec son premier baiser d'amour.

Le père Lajolo – le prêtre italien dont le père Gotovina m'avait évoqué les relations avec la Camaraderie – était presque aussi mince que saint Vitalis, et guère mieux préservé. Maigre comme un porte-manteau, il avait des cheveux pareils à de la laine de verre et un visage taillé à la serpe. Il était assez hâlé, avec autant de dents manquantes qu'un lion de la dynastie Ming. Vêtu d'une longue soutane noire, il me parut très italien, comme un visage dans la foule sur une toile de vieux maître florentin. Je le suivis dans une chapelle latérale, devant un autel, et lui tendis un billet de chemin de fer pour Press-baum. Comme à Munich, avec le père Gotovina, j'avais barré toutes les lettres du billet d'une croix, sauf les *ss*.

— Je me demandais si vous n'auriez pas pu me recommander une bonne église catholique à Pressbaum, mon père, commençai-je.

Avisant mon billet de train et entendant ma question formulée avec soin, le père Lajolo tressaillit imperceptiblement, comme si cette rencontre le chagrinait et, sur l'instant, je crus qu'il allait pré-tendre ne pas connaître Pressbaum.

— Il se peut que je vous vienne en aide, oui, me répondit-il avec un fort accent italien — presque aussi fort que l'odeur de café et de cigarettes qui l'enveloppait. Je ne sais pas. Tout dépend. Venez avec moi.

Il me conduisit vers la sacristie, où il faisait plus chaud que dans l'église. Il y avait là un bénitier, un radiateur à gaz, une armoire ren-fermant divers vêtements sacerdotaux de toutes les couleurs, un cru-cifix en bois accroché au mur et, par une porte ouverte, j'entrevis des toilettes. Il referma la porte par laquelle nous étions entrés et la verrouilla. Ensuite, il s'approcha d'une petite table où étaient posés une bouilloire, des soucoupes et des tasses, et un unique brûleur au gaz.

— Café ? me proposa-t-il.

— S'il vous plaît, mon père.

— Asseyez-vous, mon ami.

Il me désigna l'un des deux fauteuils aux accoudoirs élimés. Je m'assis et sortis une de mes cigarettes.

— Cela vous dérange ? m'enquis-je en lui offrant une Lucky.

Il gloussa.

— Non, cela ne me dérange pas. (Il en prit une.) D'après moi, la quasi-totalité des disciples du Seigneur auraient été fumeurs, non ? Après tout, c'étaient des pêcheurs. Mon père aussi était pêcheur, originaire de Gênes. Tous les pêcheurs italiens fument.

Il alluma le gaz, puis ma cigarette et la sienne.

— Quand le Christ est monté à bord de ce bateau de pêche, et quand un orage a éclaté, c'est à ce moment-là surtout qu'ils auraient aimé fumer. Fumer, c'est la chose à faire quand vous avez peur et ne voulez pas en avoir l'air. Mais si vous êtes pris au large dans un méchant grain, et si vous vous mettez à prier ou à murmurer des cantiques, ce n'est pas ça qui va vous insuffler du courage, n'est-ce pas ?

— Je pense que cela dépendra du cantique, pas vous ? lui répondis-je, supposant que c'était là le signal.

— Peut-être. Alors, dites-moi, quel est votre cantique préféré ?

— « Combien tu es grand », lui répliquai-je sans hésiter. J'aime cet air.

— Oui, vous avez raison, approuva-t-il, en s'asseyant sur la chaise en face de moi. C'est un beau cantique. Personnellement, je préfère « Il Canto degli Arditi », ou « Giovinezza ». C'est une marche italienne. Il fut un temps où nous avions encore des raisons de marcher, vous savez. Mais votre cantique à vous est très bien. (Il eut encore un petit rire.) J'ai entendu courir une rumeur, cet air serait très similaire au « Horst Wessel Lied ». (Il tira une rapide bouffée de sa cigarette.) Cela fait si longtemps que je n'ai plus entendu ce chant, j'en ai presque oublié les paroles. Vous pourriez sûrement me les rappeler.

— Vous ne souhaitez pas que je vous le chante, tout de même ?

— Mais comment donc. Si cela ne vous ennuie pas, faites-moi ce plaisir, je vous en prie.

J'avais toujours eu le « Horst Wessel Lied » en horreur. Et pourtant, j'en avais plus ou moins retenu les paroles. Il fut un temps à Berlin où, rien qu'en déambulant dans la ville, vous l'auriez entendu plusieurs fois par jour, et je me souvenais encore distinctement de l'époque où il était presque impossible d'aller au cinéma sans l'entendre avec les actualités. Je me remémorai le Noël de 1935, lorsque quelques personnes s'étaient mises à le chanter à l'église, durant un office de cantiques de Noël. Mais je n'avais moi-même entonné ce chant que dans des circonstances où m'en abstenir m'aurait exposé à un passage à tabac par les mains meurtrières des SA. Je me raclai la gorge et commençai d'une voix de baryton fort peu mélodieuse :

L'étendard levé, en rangs serrés
SA, marchez d'un pas ferme et silencieux !
Camarades tués par le Front rouge et la Réaction
Marchez par l'esprit dans nos rangs !

La rue est libre pour les bataillons bruns.

La rue est libre pour les troupes d'assaut.

Ils sont des millions, pleins d'espoir, à lever les yeux vers la croix gammée.

Car c'est l'aube qui se lève, pour la liberté et pour le pain.

Il opina et me tendit une petite tasse de café noir. Je la pris entre mes mains, avec gratitude, et je humai le breuvage à l'arôme aigre-doux.

— Voulez-vous que je vous chante la suite ?

— Non, non. (Il sourit.) Ce ne sera pas nécessaire. C'est simplement l'une des menues faveurs que je demande à mes visiteurs. Juste pour être sûr de savoir à qui j'ai affaire, comprenez-vous.

Il cala sa cigarette à la commissure de ses lèvres, la paupière plissée pour se protéger de la fumée, et sortit un carnet et un crayon.

— Il faut être prudent, vous savez. C'est une précaution élémentaire.

— Je ne vois pas trop en quoi le « Horst Wessel Lied » peut vous rassurer, m'étonnai-je. Lorsque Hitler est arrivé au pouvoir, les Rouges en connaissaient sans doute les paroles aussi bien que moi. Certains d'entre eux étaient même forcés de l'apprendre dans les camps de concentration.

Il avala une gorgée de café fort peu discrète, sans relever mon objection.

— Bien, reprit-il, maintenant, quelques renseignements : votre nom ?

— Eric Gruen.

— Votre numéro de membre du Parti nazi, votre matricule de la SS, votre grade, vos date et lieu de naissance, je vous prie.

— Tenez, dis-je. J'ai déjà tout noté à votre intention.

Je lui tendis la page des renseignements que j'avais recopiés en étudiant le dossier de Gruen à la Kommandatura russe.

— Je vous remercie.

Il jeta un coup d'œil à ce papier et le lut en hochant la tête.

— Auriez-vous une pièce d'identité sur vous ?

Je lui remis le passeport d'Eric Gruen. Il l'étudia attentivement, puis le glissa, avec le bout de papier, dans la reliure de son carnet.

— Je crains fort d'avoir à me contenter de cela pour le moment, se résigna-t-il. Bien. Il va falloir m'expliquer ce qui vous a poussé à venir réclamer mon aide.

— En réalité, mon père, c'est ma propre stupidité, admis-je, en affectant une mine contrite. Ma mère est morte il y a plus d'une semaine. L'enterrement a eu lieu hier. Au cimetière central. Je savais que je courais un risque en revenant ici, à Vienne, mais enfin, on n'a qu'une seule mère, n'est-ce pas ? Quoi qu'il en soit, j'ai cru que je serais en sécurité si je restais en retrait. Si j'évitais de trop attirer l'attention. Je n'étais même pas sûr que les Alliés soient véritablement à ma recherche.

— Et vous êtes venu sous votre vrai nom ?

— Oui. (Je haussai les épaules.) Après tout, cela fait plus de cinq ans, et on lit quantité de rumeurs dans les journaux concernant une possible amnistie pour… pour les anciens camarades.

— Je regrette, fit-il. Nous en sommes encore loin, en tout cas.

— Enfin, il se trouve qu'ils me recherchaient. Après l'enterrement, l'un des domestiques de ma mère m'a reconnu. Il m'a prévenu que si je ne lui versais pas une somme d'argent d'un montant ridiculement élevé, il signalerait aux autorités l'endroit où me trouver. J'ai cru pouvoir le tenir en respect. Je suis retourné à mon hôtel afin de libérer ma chambre et de rentrer immédiatement chez moi, mais la Patrouille internationale m'y attendait déjà. Depuis lors, j'ai déambulé dans Vienne. Je suis allé de bar en café. Par crainte de ne pouvoir descendre dans un autre hôtel ou une autre pension. Hier soir, j'ai fait un tour à l'Oriental, je me suis laissé lever par une fille, et je suis resté toute la nuit avec elle. Notez qu'il ne s'est rien passé. Mais je ne voyais pas d'autre endroit où aller.

Il eut un geste fataliste, comme s'il m'approuvait.

— Où viviez-vous jusqu'à présent ? En dehors de Vienne, j'entends.

— À Garmisch-Partenkirchen. C'est un petit endroit tranquille. Personne ne fait attention à moi là-bas.

— Pouvez-vous y retourner ?

— Non, dis-je. Pas pour l'instant. L'individu qui m'a conseillé de quitter Vienne savait aussi où j'habitais. Il n'hésitera pas à informer les autorités alliées en Allemagne.

— Et cette fille chez qui vous avez couché, la nuit dernière. Peut-on se fier à elle ?

— Tant que je continuerai à la payer, oui, je crois.

— Sait-elle quoi que ce soit à votre sujet ? N'importe quoi.

— Non. Rien.

— Alors, continuez comme ça. Et elle ignore que vous êtes venu ici aujourd'hui ?

— Oui, bien sûr, mon père. Personne n'est au courant.

— Pouvez-vous rester chez elle encore une nuit ?

— Oui. En fait, je me suis déjà organisé.

— Bon, dit-il. Parce qu'il va me falloir au moins vingt-quatre heures pour prendre certaines dispositions, en vue de vous sortir de Vienne et de vous installer en lieu sûr. Vous n'avez pas d'autres bagages ?

— Plus maintenant, non. Le reste est à l'hôtel. Je n'ose pas retourner les chercher.

— Non, évidemment pas, dit-il en retirant la cigarette de ses lèvres. Ce serait une sottise. Retrouvez-moi demain après-midi vers quatre heures ici. Et tenez-vous prêt à partir. Choisissez des vêtements chauds. Si vous n'en avez pas, achetez-vous en. Et puis, d'ici à demain, je veux que vous vous fassiez prendre en photo. (Il griffonna une adresse sur son bloc, arracha la page et me la tendit.) Il y a un magasin dans Elisabeth Strasse, en face de l'Opéra. Demandez Herr Weyer. Siegfried Weyer. C'est un ami et on peut absolument lui faire confiance. Dites-lui que c'est moi qui vous envoie. Il saura ce qu'il faut faire. Je vous ai noté son numéro de téléphone, au cas où quelque chose vous retarderait. B26425. Restez à l'écart des gares, des bureaux du télégraphe et des bureaux de poste. Allez au cinéma. Ou au théâtre. Dans les lieux sombres, avec beaucoup de monde. Vous disposez d'une somme conséquente ?

— De quoi voir venir, pour un temps.

— Bon. Une arme ?

J'hésitai, un rien surpris de m'entendre poser pareille question par un homme d'Église.

— Non.

– Il serait fâcheux de vous faire capturer, insista le père Lajolo. Surtout maintenant que nous mettons tout en œuvre pour vous sortir de Vienne.

Il ouvrit l'armoire aux vêtements liturgiques et fit coulisser le cadenas d'une petite cantine. Elle contenait plusieurs pistolets. Il en choisit un – un joli Mauser –, dégagea le chargeur de ses doigts épais tachés de nicotine, et vérifia qu'il était plein avant de me le remettre.

– Tenez, me dit-il. Prenez celui-ci. Et ne vous en servez que si vous y êtes absolument obligé.

– Merci, mon père.

Il s'approcha de la porte du fond de la sacristie et me précéda dans une petite ruelle qui donnait sur le côté de l'édifice, sous des échafaudages.

– Demain, quand vous reviendrez, ne passez pas par l'église. Empruntez cette ruelle et entrez par cette porte. Elle ne sera pas fermée. Entrez, c'est tout. Asseyez-vous et attendez.

– Oui, mon père.

– À demain, alors.

38

Le lendemain, je quittai Vienne. Mon chauffeur, un Allemand dénommé Walter Timmermann, était originaire de Vienne, mais il vivait à Pfungstadt, près de Darmstadt. Il conduisait un camion pour le compte de l'US Army, dont il acheminait *The Stars and Stripes*, le journal, depuis les presses de Griesheim, pour les livrer à Salzbourg et à Vienne. Le camion était un Dodge trois tonnes à flancs bâchés, aux couleurs de l'US Army, ce qui signifiait qu'il n'était jamais fouillé par la police militaire de l'une ou l'autre des quatre puissances. Sur le trajet du retour vers l'Allemagne, le véhicule transportait les invendus de l'édition précédente, afin qu'ils soient pilonnés et le papier réutilisé. Et c'est au milieu de ces invendus que je me cachais quand nous franchissions la frontière d'une zone d'occupation à une autre. Le reste du temps, j'étais assis dans la cabine avec Timmermann et je l'écoutais parler. Ça lui plaisait, m'avoua-t-il, car la plupart du temps, quand il prenait le volant, il roulait seul, et la route lui semblait parfois un peu longue. Cela me convenait fort bien. Pendant le conflit, il avait servi dans la Luftwaffe, à Griesheim, et c'était ainsi qu'il s'était trouvé là lors de la cessation des hostilités. Et qu'il avait commencé à rouler pour les Amerlots, ça faisait bien deux ans maintenant.

— Ce n'est pas si mal de travailler pour eux. Une fois que vous avez appris à les connaître. Dans leur majorité, ils veulent juste rentrer au pays. Des quatre puissances, ce sont ceux avec qui c'est le mieux de travailler. Mais ce sont probablement les plus mauvais soldats. Sans blague. Ils se foutent de tout. Si les Russes devaient attaquer un jour, ils traverseraient l'Allemagne d'un bout à l'autre sans problème. Sur les bases, la sécurité est inexistante. C'est pour ça que je m'en tire si bien. Tous ces Amerlots, il n'y en a pas un qui ne se mêle pas d'un trafic. Gnôle, cigarettes, livres cochons, médicaments, lingerie féminine, ce que vous voulez, je leur ai transporté de tout. Croyez-moi, vous n'êtes pas la seule marchandise illégale qu'on transbahute dans ce camion.

Il ne me précisa pas de quelle cargaison illégale il s'agissait en cette occasion, et je ne lui posai pas la question. Mais je le questionnai sur le père Lajolo.

— Je suis catholique, vous saisissez ? Et le père, il nous a mariés, ma femme et moi, quand il était affecté à une autre paroisse, pendant la guerre. Saint-Ulrich, dans le septième arrondissement. Ma femme, Giovanna, est à moitié italienne, elle aussi, vous saisissez ? Moitié autrichienne, moitié italienne. Son frère était un SS, et le père Lajolo l'a aidé à sortir d'Autriche, après la guerre. Il vit en Écosse à présent. C'est pas incroyable ? En Écosse. Il joue tout le temps au golf, qu'il dit. La Camaraderie lui a dégotté un nouveau nom, un foyer, un boulot. Il est ingénieur des mines à Édimbourg. Personne ne pensera jamais à aller le chercher à Édimbourg. Donc, depuis tout ce temps, j'ai aidé le père quand il avait envie d'envoyer un ancien camarade quelque part où ces foutus Rouges ne pourraient pas mettre leurs sales pattes sur lui. Si vous voulez mon avis, Vienne, c'est fichu. Ça se terminera comme Berlin. Retenez bien ce que je vous dis là. Un jour, ils avanceront avec leurs tanks, et personne ne tentera quoi que ce soit pour les arrêter. Les Amerlots s'imaginent que ça n'arrivera jamais. Soit c'est ça, soit ils s'en moquent, tout simplement. Rien de tout ceci ne serait arrivé s'ils avaient conclu la paix avec Hitler. S'ils ne nous avaient pas imposé cette capitulation sans conditions, nous aurions encore une Europe qui ressemblerait à l'Europe, et pas à la prochaine république soviétique.

C'était un long périple. Sur la route de Vienne à Salzbourg, la vitesse était limitée à soixante kilomètres à l'heure. Mais dans les villages et les petites bourgades, on ne pouvait pas dépasser le quinze à l'heure. Après plusieurs heures à écouter l'opinion de Timmermann sur les Rouges et les Amerlots, j'étais prêt à lui enfoncer un numéro de *The Stars and Stripes* dans le gosier.

À Salzbourg, on s'est engagés sur l'autoroute pour Munich et on a pu rouler plus vite. La frontière allemande fut bientôt franchie. Nous avons roulé vers le nord, puis l'ouest, et traversé Munich. Il me semblait peu indiqué de descendre de ce camion à Munich. Jacobs avait sûrement fait le nécessaire pour que la police m'y cueille. Et en attendant que la Camaraderie soit en mesure de me procurer une nouvelle identité et un nouveau passeport, la meilleure ligne de conduite me semblait de rester là où l'on viendrait me chercher. Nous avons poursuivi au-delà de Landsberg, avant de tourner au sud en direction de Kempten, blottie au pied des contreforts alpins, dans la région de l'Allgäu, au sud-ouest de la Bavière. Mon voyage s'acheva finalement devant un vieux monastère bénédictin au cœur des montagnes qui entourent Kempten. C'était d'une proximité tentante avec Garmisch-Partenkirchen qui, selon Timmermann, se trouvait à une petite centaine de kilomètres à l'ouest de Kempten, et je savais que je ne résisterais pas longtemps à la tentation.

Le monastère était un bel édifice gothique aux murs en brique rose surmonté de deux hauts clochers évoquant une pagode, qui dominaient le paysage enneigé à des kilomètres à la ronde. Mais c'est seulement en franchissant le portail principal que l'on appréciait la véritable dimension des lieux, la richesse et la puissance de l'église catholique qui allaient de pair. Qu'un monastère catholique de cette importance ait été édifié dans un endroit aussi reculé que Kempten me fit prendre conscience des ressources matérielles et humaines dont disposaient le Vatican et, par extension, la Camaraderie. Et je me demandais quel intérêt pouvait avoir l'Église à fournir une filière d'évasion à d'anciens nazis et à des criminels de guerre en fuite comme moi-même.

Le camion s'immobilisa et j'en descendis. J'étais dans une cour intérieure aussi vaste qu'un champ de parade militaire. Timmerman me précéda sous un porche, et nous entrâmes dans une basilique de la taille d'un hangar d'aviation, ornée d'un autel que seul un Saint Empereur romain germanique aurait jugé modeste. Je lui trouvais une allure aussi tapageuse qu'un gâteau de Noël polonais. Quelqu'un jouait de l'orgue et un chœur de garçons du cru chantait d'une voix mélodieuse. Si l'on exceptait une puissante odeur de bière, l'atmosphère me parut d'une piété sans surprise. Je suivis Timmermann dans un petit bureau, où nous fûmes reçus par un moine. Le père Bandolini, un homme fort, à la panse proéminente et aux mains dignes d'un bon boucher, était du genre à apprécier un verre de bière. Il avait le cheveu court et argenté, comme assorti au gris de ses yeux. Son visage était d'une puissance comparable à celle que dégagent les sculptures de totems. Il nous accueillit avec du pain, du fromage, des viandes froides, des pickles, un verre d'une bière brassée au monastère et quelques chaleureuses paroles de bienvenue. M'entraînant plus près du feu, il me demanda si notre voyage n'avait pas été trop pénible.

— Sans aucun souci, mon père, s'écria Timmermann, qui s'excusa peu après, car il voulait rentrer à Griesheim le soir même.

— Le père Lajolo m'a indiqué que vous étiez médecin, dit le père Bandolini après le départ de Timmermann. Est-ce exact ?

— Oui, dis-je, redoutant qu'il me demande de procéder à je ne sais quel acte médical susceptible de lui dévoiler mon imposture. Mais je n'ai plus pratiqué la médecine depuis l'avant-guerre.

— Mais vous êtes catholique.

— Naturellement, lui assurai-je, estimant qu'il valait mieux adhérer au credo des gens qui me venaient en aide. Quoique pas très bon chrétien.

Le père Bandolini haussa les épaules.

— Qui sait ce qu'est un bon chrétien, commenta-t-il.

Je haussai les épaules à mon tour.

— D'une certaine manière, je me suis toujours figuré que les moines le sont.

— Il est facile d'être un bon catholique quand on vit dans un monastère. C'est pour cela que la plupart d'entre nous choisissent cette vie-là. Dans un endroit semblable, on ne s'expose pas à beaucoup de tentations.

— Je ne sais pas trop, ironisai-je. La bière est excellente.

— N'est-ce pas ? (Il eut un grand sourire.) Elle est brassée ici, selon la même recette, depuis des centaines d'années. C'est peut-être ce qui retient nombre d'entre nous ici, qui sait.

Il avait une voix posée, s'exprimait avec des mots choisis, ce qui m'amena à penser que j'avais dû mal comprendre quand je l'entendis m'expliquer que le monastère — et, en particulier la communauté de Saint-Raphaël abritée en ces lieux — avait aidé des émigrés catholiques depuis 1871, et parmi eux beaucoup de catholiques non aryens.

— Vous avez bien dit « catholiques non aryens » ?

Il hocha la tête.

— Serait-ce juste une terminologie fantaisiste propre aux Italiens ?

— Non, non, m'assura-t-il. C'est par ce terme que nous avons toujours désigné les Juifs que nous avons aidés. La plupart sont devenus catholiques, bien entendu. Quant aux autres, nous les présentions comme des catholiques afin de persuader des pays comme le Brésil et l'Argentine de les accepter.

— N'était-ce pas dangereux ?

— Oh si. Très. La Gestapo de Kempten nous a mis sous surveillance pendant presque dix ans. L'un de nos frères est même mort dans un camp de concentration pour avoir secouru des Juifs.

Je me demandais si l'ironie de l'aide qu'il apportait à Eric Gruen, le plus odieux des criminels de guerre, ne lui apparaissait pas. Je compris assez vite qu'elle ne lui avait pas échappé.

— C'est la volonté de Dieu de voir la communauté de Saint-Raphaël aider ceux qui organisèrent naguère sa persécution, reprit-il. En outre, l'ennemi est différent maintenant, mais pas moins dangereux. Un ennemi qui considère la religion comme un opiacé destiné à empoisonner l'esprit des êtres.

Mais rien de tout cela n'était aussi surprenant que ce qui allait suivre.

Il était prévu de m'installer non pas dans le cloître, avec le reste des moines, mais dans l'infirmerie où, me promit le père Bandolini, je serais bien plus à mon aise.

— D'abord, insista-t-il, en me précédant dans la traversée de l'immense quadrilatère, il y fait beaucoup plus chaud, car les feux de cheminée sont autorisés. Vous avez des fauteuils confortables et les sanitaires sont supérieurs à tout ce que l'on propose ailleurs dans le cloître. Vos repas vous seront servis sur place, mais vous pourrez vous joindre à nous pour la messe dans la basilique. Et faites-moi savoir si vous souhaitez recevoir l'absolution. Je vous enverrai un prêtre.

Il ouvrit une lourde porte en bois et me conduisit à l'infirmerie, en passant par la salle du chapitre.

– Vous ne serez pas seul, ajouta-t-il. Nous avons deux autres invités qui séjournent chez nous en ce moment. Des messieurs pareils à vous. Ils vous mettront sans doute au courant. Ils attendent l'un et l'autre d'émigrer vers l'Amérique du Sud. Je vous présenterai. Mais ne vous inquiétez pas. Ici, nous n'encourageons pas l'emploi des noms véritables, pour des raisons évidentes. Si cela ne vous ennuie pas, je vous appellerai par votre nouveau patronyme. Celui qui figurera sur votre passeport quand il finira par arriver de Vienne.

– Normalement, cela prend combien de temps ? lui demandai-je.

– Cela peut prendre plusieurs semaines. Après quoi, il vous faudra un visa. Vous irez probablement en Argentine. En ce moment, tout le monde va là-bas, à ce que je crois. Leur gouvernement se montre très compréhensif envers l'émigration allemande. Ensuite, évidemment, vous aurez besoin d'un billet de bateau. La Camaraderie s'en occupera également. (Il eut un sourire encourageant.) Je pense que vous allez devoir vous résoudre à l'idée de rester parmi nous au moins un mois ou deux.

– Mon père habite près d'ici, lui mentis-je. À Garmisch-Partenkirchen. J'aimerais assez le voir, avant de quitter le pays. Ce sera la dernière occasion, je pense.

– Vous avez raison, Garmisch n'est pas très loin. Quatre-vingts à quatre-vingt-dix kilomètres à vol d'oiseau. Nous livrons notre bière à la base de l'armée américaine, là-bas. Ils ont un vrai penchant pour la bière, ces Amerlots. Peut-être pourriez-vous vous y rendre avec le camion de notre prochaine livraison. Je vais voir ce que je peux faire.

– Je vous remercie, mon père, je vous en suis très reconnaissant.

J'avais bien entendu l'intention, dès que j'aurais ma nouvelle identité et mon nouveau passeport, de prendre la direction de Hambourg. J'avais toujours aimé Hambourg. Et la ville se trouvait aussi loin que possible de Munich et Garmisch, et de ce que j'allais fabriquer à Garmisch, sans que j'aie à quitter l'Allemagne pour autant. Il était hors de question que je finisse à bord d'un bateau qui se traînerait jusqu'à une république bananière, comme ces vieux camarades auxquels on allait me présenter.

Le père Bandolini frappa doucement à une porte, puis l'ouvrit sur un petit salon douillet où deux hommes se prélassaient dans des fauteuils, occupés à lire les journaux. Une bouteille de whisky Three Feathers et un paquet de Regents entamé trônaient sur la table. Un bon signe, me dis-je. Un crucifix et une photo du pape Pie XII, coiffé de ce qui ressemblait à une ruche, étaient accrochés au mur. C'était peut-être dû aux petites lunettes sans monture et à ce visage d'ascète, mais le pape avait quelque chose qui me rappelait Himmler. Et le visage du prélat ressemblait fort à celui d'un des deux hommes que je découvris dans cette pièce. La dernière fois que je l'avais vu, c'était en janvier 1939, et il se tenait entre Himmler et Heydrich. Je me souvenais de l'avoir perçu comme un individu relativement simple, un personnage sans intérêt au plan intellectuel et, même à cette minute, j'avais du mal à croire qu'il puisse être l'homme le plus recherché d'Europe. À le voir, il était on ne peut plus ordinaire. Il avait les traits anguleux, les yeux étroits, les oreilles un peu décollées et, au-dessus d'une petite moustache à la Himmler — toujours cette erreur —, un nez assez long supportant une paire de lunettes à monture noire. Il avait l'air d'un tailleur juif, et je me doutais qu'il aurait eu cette description de sa personne en horreur, car cet homme n'était autre qu'Adolf Eichmann.

— Messieurs, fit le père Bandolini en s'adressant aux deux hommes assis dans le petit salon des invités du monastère. J'aimerais vous présenter quelqu'un qui va séjourner avec nous pendant un petit moment. Voici Herr Doktor Hausner. Carlos Hausner.

C'était mon nouveau nom. Le père Lajolo me l'avait expliqué : lorsqu'un homme reçoit une nouvelle identité adaptée à l'Argentine, la Camaraderie recommande un patronyme qui implique une double nationalité, sud-américaine et allemande. Et c'était ainsi que j'avais fini par me prénommer Carlos. Je n'avais aucune intention d'aboutir en Argentine, mais avec deux services de police à mes trousses, je n'étais guère en position de discuter le choix d'un nom.

— Herr Doktor Hausner. (Le père Bandolini leva la main en direction d'Eichmann.) Voici Herr Ricardo Klement. Il se tourna vers le deuxième homme. Et voici Pedro Geller.

Eichmann ne manifesta pas qu'il m'avait reconnu. Il inclina courtoisement la tête, puis serra la main que je lui tendais. Il paraissait plus vieux qu'il n'aurait dû. J'estimai qu'il devait avoir quarante-deux ans, mais ayant perdu presque tous ses cheveux et, braquant derrière ses lunettes un air las d'animal traqué qui entend la meute à sa poursuite, il paraissait bien plus âgé. Il portait une épaisse veste en tweed, une chemise à rayures, et un petit nœud papillon qui lui donnait une allure d'employé de bureau. Mais sa poignée de main n'évoquait en rien l'employé de bureau. J'avais déjà serré la main d'Eichmann quand il avait les paumes douces, presque délicates. À présent, il avait des paluches de manœuvre, comme si, depuis la guerre, il avait été obligé de gagner sa vie en se livrant à des travaux physiques pénibles.

– Ravi de vous faire votre connaissance, Herr Doktor, me dit-il.

L'autre homme était bien plus jeune, mieux de sa personne, et plus élégant que son infâme compagnon. Il portait une montre d'apparence coûteuse et des boutons de manchette en or. Il avait les cheveux blonds, des yeux bleus et limpides, et des dents qui semblaient empruntées à une star de cinéma américaine. À côté d'Eichmann, il était aussi grand qu'un mât et se tenait droit, comme l'une de ces espèces rares de grues. Je lui serrai la main et constatai que, à l'inverse de celle d'Eichmann, elle était soigneusement manucurée et aussi douce que celle d'un écolier. En observant plus attentivement Pedro Geller, j'en déduisis qu'il ne devait pas avoir plus de vingt-cinq ans, et cela rendait d'autant plus difficile d'imaginer quel crime de guerre il avait pu commettre à dix-huit ou dix-neuf ans qui lui imposerait désormais de changer de nom et de s'enfuir en Amérique du Sud.

Geller portait calé sous son bras un dictionnaire espagnol-allemand, et un autre était ouvert sur la table devant le fauteuil qu'avait occupé Eichmann – Ricardo Klement. Le plus jeune de ces messieurs me sourit.

– Nous étions justement en train de sonder notre vocabulaire espagnol respectif, expliqua-t-il. Ricardo est bien plus doué pour les langues que je ne le suis.

– Vraiment ? m'étonnai-je.

J'aurais pu mentionner la connaissance que Ricardo avait du yiddish, mais je m'en gardai bien. Jetant un coup d'œil autour de moi, je remarquai l'échiquier, le jeu de Monopoly, la bibliothèque remplie d'ouvrages, les journaux et les magazines, la radio General Electric toute neuve, la bouilloire et les tasses de café, le cendrier plein, et les couvertures – l'une d'elles recouvrait à l'instant les jambes d'Eichmann. Manifestement, les deux hommes passaient beaucoup de temps assis dans cette pièce. Terrés. Cachés. En attente de quelque chose. D'un nouveau passeport, ou d'une place à bord d'un bateau en partance pour l'Amérique du Sud.

– Nous avons beaucoup de chance qu'il y ait un prêtre originaire de Buenos Aires dans notre monastère, m'expliqua le père Bandolini. Le père Santamaría a enseigné l'espagnol à nos deux amis, et il leur a tout raconté de l'Argentine. C'est un gros atout, quand on va quelque part, de pouvoir déjà pratiquer la langue.

– Avez-vous fait bon voyage ? me demanda Eichmann. (Si le fait de me revoir le rendait nerveux, il n'en laissa rien paraître.) D'où venez-vous ?

– De Vienne, fis-je avec un geste désabusé. Le voyage a été acceptable. Connaissez-vous Vienne, Herr Klement ?

J'offris mes cigarettes à la ronde.

– Non, pas vraiment, me dit-il en cillant imperceptiblement.

Il me fallait au moins lui concéder cela. Il était fort, cet Eichmann.

– Je ne connais pas du tout l'Autriche. Je suis de Breslau.

Il prit l'une de mes cigarettes et accepta le feu que je lui proposais.

– Naturellement, la ville s'appelle désormais Wroclaw, ou je ne sais quoi, et cela se situe en Pologne. Vous imaginez un peu ? Êtes-vous de Vienne, Herr…

– Dr Hausner, rectifiai-je.

– Un médecin, hein ?

Eichmann sourit. Ses dents ne s'étaient nullement arrangées, remarquai-je. Cela le divertissait fort, à n'en pas douter, de savoir que je n'étais pas médecin.

– Il sera intéressant d'avoir un homme de l'art parmi nous, non, Geller ?

– Oui, en effet, fit Geller en fumant l'une de mes Lucky. J'ai toujours eu envie d'être médecin. Avant la guerre, veux-je dire. (Il sourit tristement.) Je ne crois pas que cela puisse jamais arriver, maintenant.

– Vous êtes jeune, remarquai-je. Tout est possible quand on est jeune. Croyez-moi sur parole. J'ai été jeune aussi, jadis.

Mais Eichmann secoua la tête.

– C'était vrai avant la guerre, observa-t-il. En Allemagne, tout était possible. Oui. Nous l'avons prouvé devant le monde. Mais plus de nos jours. Je crains que ce ne soit plus vrai. Plus maintenant que la moitié de l'Allemagne est gouvernée par des barbares impies, n'est-ce pas, mon père ? Dois-je vous exposer la véritable raison d'être de la République fédérale d'Allemagne, messieurs ? Nous ne sommes plus qu'une tranchée sur la ligne de front de la nouvelle guerre. Une guerre menée par le...

Eichmann se reprit. Et puis il sourit. Le vieux sourire d'Eichmann. Comme s'il trouvait à redire à ma cravate.

– Mais qu'est-ce que je raconte ? Tout cela ne compte pas, désormais. Plus du tout. Le temps présent n'a plus de sens. Pour nous, aujourd'hui n'existe pas davantage qu'hier. Pour nous, il n'y a plus que l'avenir. L'avenir, c'est tout ce qui nous reste.

Le temps d'un instant, son sourire devint un rien plus amer.

– Tout comme dans la vieille chanson. L'avenir m'appartient. L'avenir m'appartient.

39

La bière du monastère était excellente. C'était ce qu'ils appelaient une trappiste, autrement dit elle était brassée dans des conditions strictement contrôlées et uniquement par les moines bénédictins. Celle qu'ils produisaient, baptisée Schluckerarmer, avait une teinte cuivrée, et le faux col, la couleur et la consistance d'une glace vanille. Elle possédait une saveur sucrée presque chocolatée, et une puissance qui démentait son arôme et ses origines. Et l'on imaginait plus facilement des soldats américains en train de la boire que des moines austères et très croyants. En outre, j'avais déjà goûté la bière américaine. Seul un pays qui décréta jadis la prohibition était capable de fabriquer une bière qui ressemblait à de l'eau minérale additionnée d'un peu d'alcool. Seul un pays comme l'Allemagne pouvait produire une bière suffisamment forte pour qu'un moine encore l'ire de l'Église catholique en clouant quatre-vingt-quinze thèses sur la porte de l'église de Wittenberg. Voilà en tout cas ce que me dit le père Bandolini. Et c'était pour cela qu'il préférait le vin.

— Si vous voulez mon avis, toute la Réforme est imputable à la bière forte. Le vin reste la boisson catholique parfaite. Il endort les gens et les rend conciliants. La bière les transforme en ergoteurs. Et voyez un peu les pays qui boivent beaucoup de bière. Ils sont presque tous protestants. Et ceux où l'on boit beaucoup de vin ? Tous catholiques.

— Et les Russes ? Ils boivent de la vodka.

– C'est une boisson qui aide à trouver l'oubli, répondit le père Bandolini. Absolument rien à voir avec Dieu.

Mais ce qu'il me révéla ensuite était encore plus intéressant : le camion de bière du monastère partait pour Garmisch-Partenkirchen plus tard dans la matinée. Si je voulais l'accompagner, j'étais le bienvenu.

J'attrapai mon manteau et mon pistolet, mais je laissai dans ma chambre le sac contenant mon argent. Si je l'avais emporté avec moi, cela aurait eu l'air curieux. En plus, j'avais la clef de la porte. Et je devais revenir pour prendre mon nouveau passeport. Je suivis le père jusqu'à la brasserie, où le camion était déjà chargé de caisses de bouteilles.

Deux moines constituaient l'équipage du vieux Framo deux cylindres. Chacun était un témoignage vivant des qualités mâles et musclées de la bière. Le père Stoiber, barbu et visiblement sous l'emprise de la boisson, avait un ventre de la taille d'une meule. Le père Seehofer était aussi costaud qu'une barrique séchée au four. Dans la cabine du camion, il y avait de la place pour nous trois – enfin, uniquement lorsque nous vidions nos poumons. Le temps de rallier Garmisch-Partenkirchen, je me sentais aussi mince qu'une saucisse dans un sandwich de pasteur saxon. Mais nous n'étions pas seulement à l'étroit. Le petit moteur de 490 cc du Framo ne délivrait que quinze chevaux de puissance au frein et, avec mon poids en supplément, nous peinions sur certaines routes de montagnes verglacées. Et l'on pouvait se féliciter que Stoiber, qui était monté au feu en Ukraine au pire de l'hiver russe, soit un excellent conducteur.

Nous entrâmes en ville, non par le nord et Sonnenbichl, mais par le sud-ouest, en remontant Griesemer Strasse dans l'ombre froide du Zugspitze, vers le quartier de Partenkirchen où étaient basés la plupart des Américains. Les deux moines me signalèrent qu'ils avaient des livraisons à effectuer à l'hôtel Elbsee, à l'hôtel Crystal Springs, à l'Officers Club, à l'hôtel Patton et au chalet de la Flèche verte. Ils me déposèrent au carrefour de Zugspitzstrasse et Bahnhofstrasse, et parurent soulagés lorsque je leur annonçai que je tâcherais de regagner le monastère par mes propres moyens.

Je trouvai la rue des vieux chalets alpins où Gruen et Henkell avaient mené certaines de leurs expériences les plus récentes. Je n'avais pas retenu le numéro, mais le chalet, avec sa fresque dédiée au skieur olympique, était assez facile à trouver. J'entendis au loin des coups de feu étouffés provenant de la fosse de ball-trap, tout comme la dernière fois. La seule différence, c'était le sol nettement plus enneigé. La neige s'était amoncelée au-dessus et autour de ces maisons de pain d'épice comme un nappage de sucre glace. Il n'y avait aucune trace de la Buick Roadmaster de Jacobs, juste un tas de crottin de cheval sur la chaussée à l'endroit où elle avait été garée. J'avais vu plusieurs traîneaux en ville et, une fois que j'aurais fini de fouiner autour du chalet, je comptais m'en procurer un pour m'emmener à Mönch, au Sonnenbichl.

Je ne savais pas trop ce que je risquais de trouver. La teneur de ma dernière conversation avec Eric Gruen ne me permettait pas de savoir si lui et les autres avaient déjà quitté le coin. Mais il était fort possible que ce ne soit pas le cas, car ils ne pouvaient imaginer que j'avais réussi à m'enfuir de Vienne aussi vite. Vienne était une ville close, et il était aussi difficile d'en sortir que d'y entrer. Là-dessus, Gruen ne s'était pas trompé. Il n'empêche, il pouvait supposer que, avec l'argent qu'il m'avait donné en manière de compensation, mon retour à Garmisch serait au moins de l'ordre du possible. Et s'ils étaient encore dans le coin, ils avaient certainement pris des précautions pour assurer leur sécurité. Je refermai la main sur la crosse de mon pistolet, dans ma poche, et je contournai la maison par l'arrière pour aller jeter un coup d'œil à la fenêtre du laboratoire. Avec la neige du jardin jusqu'à hauteur des genoux, j'avais été bien inspiré de m'acheter des bottines et des guêtres à Vienne. À Mönch, la couche serait encore plus profonde.

Dans le chalet, il n'y avait pas de lumières allumées. Et il n'y avait personne au labo. Je collai le nez à la vitre, assez près pour voir, au travers des portes vitrées du sas, le bureau là-bas dans le fond. Il était également inoccupé. Je choisis une bûche sur un tas de bois géométrique et bien rangé, sous le balcon, et cherchai du regard une vitre à briser. Les congères derrière moi assourdirent joliment le fracas du verre. Une neige épaisse est le meilleur ami du cambrioleur. Prudent, je dégageai quelques éclats de verre aux bords irréguliers restés dans le cadre, je glissai la main par l'ouverture, je manipulai la poignée et grimpai à l'intérieur. Je sautai sur le sol du laboratoire, et des morceaux de verre craquèrent sous mes semelles. Tout était demeuré en l'état. Rien n'avait été déplacé. Tout était chaud et immobile. Sauf les moustiques, évidemment. Lorsque je posai la paume de la main contre la paroi vitrée de leur domicile pour en vérifier le degré de chaleur, ils s'agitèrent encore plus. La température me parut conforme, c'est-à-dire plus élevée que celle de la pièce, ce qui était en soi assez éloquent. Ils se portaient très bien. Mais je pouvais y remédier. Je passai le bras derrière chaque cuve, et éteignis les radiateurs qui maintenaient ces petits insectes mortels en vie. La vitre brisée laissant entrer l'air glacial dans le labo, j'escomptai qu'ils meurent tous dans les quelques heures qui suivraient.

J'ouvris et fermai les doubles portes vitrées du sas et pénétrai dans le bureau. Je compris aussitôt que je n'arrivais pas trop tard. Loin de là. Quatre passeports américains étaient posés sur le buvard, au centre du bureau de Gruen. J'en pris un et l'ouvris. La femme que j'avais connue sous le nom de Frau Warzok, l'épouse de Gruen, était devenue Mme Ingrid Hoffmann. Je consultai les autres. Heinrich Henkell était désormais Gus Braun, et Engelbertina, Mme Bertha Braun. Eric Gruen s'appelait maintenant Eduard Hoffmann. Je commençai par noter leurs nouveaux noms. Ensuite, j'empochai les quatre passeports. Sans eux, ils ne partiraient nulle part. Et pas davantage sans leurs billets d'avion, également étalés sur le sous-main. C'étaient des billets américains. Je vérifiai la date, l'heure et la destination. M. et Mme Braun et M. et Mme Hoffmann devaient quitter l'Allemagne le soir même. Ils étaient tous enregistrés pour un vol à minuit à destination de la base aérienne de Langley en Virginie. Il me suffisait de m'asseoir et d'attendre. Quelqu'un – Jacobs, probablement – allait sûrement venir récupérer ces billets et ces passeports. Et dès son arrivée, je le forcerais à me conduire en voiture à Mönch où, une fois coincés les trois fugitifs recherchés par la justice alliée, je tenterais ma chance et j'appellerais la police de Munich. À elle de démêler cette affaire.

Je m'assis et sortis le pistolet que m'avait remis à Vienne le père Lajolo. J'actionnai la culasse pour engager une balle dans le canon, je libérai le cran de sûreté et couchai l'arme sur le bureau, devant moi. J'étais impatient de revoir mes vieux amis. J'envisageai de fumer une cigarette, puis je me ravisai. Je ne voulais pas qu'en franchissant la porte d'entrée le major Jacobs sente la fumée.

Une demi-heure s'écoula et, désœuvré, je décidai de fouiner dans le classeur à dossiers. Au moment de parler à la police, il vaudrait peut-être mieux que je dispose de quelques documents susceptibles d'étayer les révélations que j'allais lui faire. Pas que Gruen et Henkell avaient réalisé des expériences sur des Juifs à Dachau. Mais qu'ils avaient poursuivi leurs expériences médicales sur des prisonniers de guerre allemands. Ils n'apprécieraient pas la chose davantage que moi. Si, par hasard, un tribunal hésitait à inculper Gruen, Henkell et Zehner pour ce qu'ils avaient commis durant la guerre, aucun tribunal allemand ne pourrait ignorer les meurtres de soldats allemands.

Les dossiers étaient très méticuleusement tenus, rangés par ordre alphabétique. Il n'existait aucun document pour ce qui s'était produit avant 1945, mais pour chaque individu infecté par la malaria depuis cette date, on avait consigné les détails de l'expérience. Le premier que j'examinai, rangé dans le tiroir du haut de l'armoire, concernait un lieutenant Fritz Ansbach, un prisonnier de guerre allemand qui avait été traité à l'hôpital de Partenkirchen pour des crises d'hystérie nerveuse. À la fin du mois de novembre 1947, on lui avait inoculé la malaria. En vingt et un jours, il avait contracté une forme virulente de la maladie et c'est à ce stade qu'on lui avait injecté le test vaccinal, le Sporovax. Ansbach était mort dix-sept jours plus tard. Cause du décès : malaria. Cause officielle de la mort : méningite virale. Je lus plusieurs dossiers extraits de ce tiroir. Ils étaient tous identiques. Je les laissai sur le bureau, prêt à les emporter avec moi quand j'irais à Mönch. Je disposais de tout ce qu'il me fallait. Et je faillis ne pas ouvrir le tiroir du milieu de ce classeur maléfique. Auquel cas je ne serais jamais tombé sur le dossier intitulé « Handlöser ».

Je le lus lentement. Et puis je le relus. Il reprenait quantité de termes médicaux que je ne compris pas, et un ou deux autres que je compris. Il contenait toutes sortes de graphiques indiquant la température du « sujet » et son rythme cardiaque avant et après qu'ils lui avaient placé les bras à l'intérieur d'une boîte contenant jusqu'à une centaine de moustiques infectés. Je me souvenais d'avoir cru à des piqûres de puces ou de punaises. Et pendant tout ce temps, Henkell s'était présenté à l'Institut Max Planck avec sa petite boîte mortelle. Ils lui avaient administré le test vaccinal, le Sporovax IV, mais cela n'avait pas marché. De la même manière que cela n'avait pas marché pour tous les autres. Et Kirsten était morte. Cela s'était déroulé sans anicroche. Et l'explication n'avait pas soulevé la moindre difficulté. Il était aussi facile de faire passer la malaria pour la grippe que pour une méningite, surtout en Allemagne dans un hôpital peu équipé. Mon épouse avait été assassinée. Je sentis mon estomac s'affaisser comme un ballon qui se dégonfle. Ces salopards avaient assassiné ma femme aussi sûrement que s'ils lui avaient pointé un pistolet sur la tête et lui avaient fait sauter la cervelle.

Je relus son dossier. Inscrite par erreur comme femme célibataire, et décrite à tort comme attardée mentale, elle n'était censée manquer à personne. Il n'était fait aucune mention de moi. Si ce n'est qu'elle avait été transférée à l'Hôpital général, où elle avait « succombé » à la maladie. « Succombé ». Ils présentaient la chose comme si, à bout de forces, au lieu de mourir, elle avait fini par s'endormir. Comme s'ils étaient incapables de faire la distinction entre l'un et l'autre, tout comme ils ignoraient que j'étais l'époux de cette pauvre femme. Sans quoi, ils auraient certainement consigné mon nom dans leur foutu dossier.

Je fermai les yeux. Ni des puces ni des punaises, mais bien des piqûres de moustiques. Et l'insecte qui m'avait piqué lors de mon unique visite au Max Planck ? Un moustique qui se serait échappé, pourquoi pas ? Cela expliquait peut-être la prétendue pneumonie que j'avais contractée à la suite du passage à tabac que m'avaient fait subir les amis de Jacobs, les sbires de l'ODESSA. Peut-être ne s'agissait-il pas du tout d'une pneumonie, mais d'une légère attaque de malaria. Henkell ne pouvait faire la distinction entre l'une et l'autre. Il n'avait aucune raison de suspecter que ma fièvre avait un « vecteur entomologique », comme ils appelaient ça, pas plus qu'il n'avait de raison de savoir que Kirsten Handlöser était ma femme. Pas en de telles circonstances. Ce qui valait sans doute aussi bien. Ils auraient été tentés de m'administrer du Sporovax.

Voilà qui présentait l'affaire sous un tout autre jour. Solliciter la police me paraissait beaucoup trop aléatoire désormais. Je voulais être sûr que ces hommes seraient dûment punis pour leurs crimes. Et pour en avoir la certitude, j'allais devoir les punir moi-même. Subitement, il m'était beaucoup plus facile de comprendre ces brigades de vengeurs juifs. Le Nakam. Quelques années de prison, quelle sorte de châtiment serait-ce pour des hommes qui avaient commis des crimes aussi répugnants ? Des hommes comme le Dr Franz Six, du département des Affaires juives du SD, qui, en septembre 1937, m'avait envoyé en Palestine. Ou en Israël, comme il fallait l'appeler aujourd'hui. Je n'avais aucune idée de ce qu'était devenu Paul Begelmann, le Juif dont Franz Six convoitait l'argent. Mais je me souvenais d'avoir revu Six à Smolensk, où il commandait un groupe d'Action spéciale qui avait massacré dix-sept mille personnes. Et pour cela, il n'avait écopé que d'une sentence de vingt ans. Si le nouveau gouvernement fédéral d'Allemagne pouvait agir à sa guise, il serait libéré sur parole avant d'avoir purgé ne serait-ce que le quart de sa peine. Cinq ans, pour avoir assassiné dix-sept mille juifs. Pas étonnant que les Israéliens se sentent maintenant obligés d'assassiner ces hommes.

J'entendis un bruit au-dessus de ma tête, je rouvris les yeux, et je reconnus, mais beaucoup trop tard, le claquement du chien d'un Smith & Wesson calibre trente-huit à canon court que l'on armait. Le joli trente-huit à bâti en J et crosse caoutchoutée que j'avais repéré dans la boîte à gants de la Buick de Jacobs. Sauf que maintenant il l'avait dans la main. Je n'oublie jamais un pistolet. Surtout quand il est braqué sur mon visage.

– Écartez-vous du bureau, m'ordonna-t-il calmement. Et mettez les mains sur la tête. Lentement. Ce trente-huit a une détente très sensible et pourrait aisément faire feu si vos mains s'approchaient à moins d'un mètre de ce Mauser. J'ai vu les empreintes de vos pas dans la neige. Exactement comme ce bon roi Wenceslas. Vous auriez dû être plus prudent.

Je me redressai et plaçai mes deux mains sur la tête, sans quitter du regard le trou noir du canon de deux pouces qui se rapprochait. Nous savions l'un et l'autre que, s'il pressait la détente, j'étais un homme mort. Un trente-huit a amplement de quoi fournir un supplément de ventilation à un crâne humain.

— Si j'avais plus de temps devant moi, reprit-il, je serais réellement curieux de savoir comment vous avez réussi à vous sortir de Vienne aussi vite. Impressionnant. Encore une fois, j'avais prévenu Eric de ne pas vous donner d'argent. Vous vous en êtes servi pour quitter la ville, exact ?

Toujours sur ses gardes, il se pencha en avant, et récupéra mon pistolet.

— En fait, cet argent, je l'ai toujours, lui répondis-je.

— Oh ? Où est-il ?

Il désarma mon automatique et le glissa dans sa ceinture.

— À une soixantaine de kilomètres d'ici. Nous pourrions aller le chercher, si vous voulez.

— Et je pourrais vous assommer d'un coup de crosse avant de vous en soulager, Gunther. Heureusement pour vous, je suis assez pressé par le temps.

— Un avion à prendre ?

— C'est juste. Maintenant, rendez-moi ces passeports.

— Quels passeports ?

— Si j'ai à vous les réclamer une deuxième fois, vous allez y laisser une oreille. Et n'allez pas vous imaginer que quelqu'un entendra la détonation ou en aura quoi que ce soit à foutre. Pas avec cette fosse de ball-trap juste derrière.

— Bien vu, admis-je. Puis-je me servir de ma main ? Ils sont dans la poche de mon manteau. Ou préférez-vous que j'essaie avec les dents ?

— Le pouce et l'index uniquement.

Il recula d'un pas, stabilisa son poignet droit de son autre main et pointa l'arme sur ma tête. Comme s'il était prêt à ouvrir le feu. En même temps, il baissa les yeux et lança un regard perçant sur le dossier ouvert que je lisais à son arrivée. Je ne dis rien de son contenu. Il était inutile de le mettre sur ses gardes plus qu'il ne l'était déjà. Je sortis les passeports de ma poche et les jetai sur le dossier.

— Qu'est-ce que vous lisiez, là, demanda-t-il ?

Il ramassa les passeports, puis les billets, et les glissa dans sa veste en cuir.

— Juste des notes concernant l'une de vos protégées, une de vos patientes, ironisai-je en refermant la chemise.

— Remettez les mains sur la tête.

— Comme médecins, je les trouve minables. Tous leurs patients ont la fâcheuse habitude de mourir.

Je réussis à maîtriser ma colère, au prix d'un effort énorme, mais j'avais les oreilles brûlantes. J'espérais qu'il en attribuerait la couleur au froid. J'aurais voulu lui réduire la figure en bouillie, mais je n'y parviendrais que si j'évitais de me faire abattre d'une balle.

— C'est un prix à payer, lâcha-t-il.

— Facile à dire, quand vous n'êtes pas celui qui paie.

— Les prisonniers de guerre nazis ? (Il ricana.) À mon avis, personne ne regrettera quelques Boches morts de maladie.

— Et le type que vous avez amené à Dachau ? Il faisait partie de ces prisonniers de guerre nazis, lui aussi ?

— Wolfram ? Il était superflu. Nous vous avons choisi pour la même raison, Gunther. Vous êtes superflu, vous aussi.

— Mais quand votre stock de prisonniers de guerre nazis locaux s'est épuisé ? Ils se sont mis à utiliser des patients incurables des hôpitaux psychiatriques de Munich. Comme au bon vieux temps. Eux aussi, ils étaient superflus, hein ?

— C'était une sottise, fit Jacobs. Un risque qu'ils n'avaient pas à prendre.

— Vous savez, eux, je peux comprendre leur manière d'agir. Ce sont des criminels. Des fanatiques. Mais pas vous, Jacobs. Vous n'ignorez rien de ce qu'ils ont fait, pendant la guerre, je le sais. J'ai lu leurs dossiers, à la Kommandatura russe de Vienne. Des expériences sur des prisonniers dans les camps de concentration. Beaucoup d'entre eux étaient juifs, tout comme vous. Cela ne vous dérange pas un petit peu ?

— C'est le passé, lâcha-t-il. Nous sommes au présent. Et, plus important, il y a l'avenir.

— Vous vous exprimez comme quelqu'un que je connais. Un nazi pur et dur.

— Cela peut prendre encore un an ou deux, continua-t-il en s'adossant au mur, se détendant juste assez pour me laisser croire que j'aurais l'ombre d'une chance.

Peut-être espérait-il que j'allais me ruer sur lui, ce qui lui fournirait un prétexte pour m'abattre. À supposer qu'il lui faille une excuse. Mais un vaccin contre la malaria, c'est bien plus important que certaines velléités mal placées de justice ou de châtiment.

— Avez-vous la moindre idée de ce que vaudrait un vaccin contre la malaria ?

— Il n'y a rien de plus important que le châtiment, répliquai-je. C'est ma conception des choses.

— C'est une chance que vous défendiez cette conception-là, Gunther. Parce que vous allez jouer le rôle vedette dans un petit tribunal de justice expiatoire, ici même, à Garmisch. Je ne pense pas que vous, les Allemands, vous ayez un terme pour désigner la chose. Nous, en Amérique, appelons ça un tribunal « pour kangourous ». Ne me demandez pas pourquoi. Mais cela désigne une cour de justice irrégulière, un tribunal d'exception qui ne tient pas compte des règles normales de procédure. Les Israéliens appellent cela les tribunaux Nakam. Nakam signifie « vengeance », vous le saviez ? Un tribunal où le verdict et la sentence se succèdent en l'espace d'une minute ou deux. (D'un geste sec, il releva le canon de son arme.) Debout, Gunther.

Je me levai.

— Maintenant, vous allez contourner ce bureau, passer dans le couloir et marcher devant moi.

Je m'avançai vers lui alors qu'il franchissait le seuil à reculons. Je priai pour que quelque chose attire son attention et le force à me quitter des yeux, le temps d'une demi-seconde. Mais il en avait conscience, naturellement. Et si cela devait se produire, quand cela se produirait, il se tiendrait prêt.

— Je vais vous enfermer dans un endroit agréable, bien au chaud, fit-il en me refoulant dans le couloir. Ouvrez cette porte et descendez l'escalier.

Je continuai d'obtempérer. Je sentais le canon du trente-huit braqué entre mes omoplates. À une distance d'un mètre ou un mètre vingt, la balle d'un trente-huit me transpercerait, en laissant derrière elle un trou de la taille d'un pièce de deux schillings autrichiens.

— Et une fois que vous serez enfermé là-dedans, poursuivit-il tout en descendant les marches derrière moi et en allumant la lumière au passage, je téléphonerai à quelques personnes de ma connaissance, à Linz. Des amis à moi. L'un d'eux a été membre de la CIA. Mais maintenant il fait partie du renseignement israélien. De toute manière, c'est comme ça qu'ils aiment se considérer. Comme des assassins. C'est ainsi que je les appelle. Et c'est à cela que je les emploie.

— Je suppose que ce sont eux qui ont tué la vraie Frau Warzok.

— Je ne verserai pas une larme sur elle, Gunther. Après ce qu'elle a fait ? Elle a eu ce qu'elle méritait.

— Et l'ancienne petite amie de Gruen, Vera Messmann ? Ce sont eux qui l'ont tuée, elle aussi ?

— Bien sûr.

— Mais elle n'avait rien d'une criminelle. Que leur avez-vous raconté, à son sujet ?

— Je leur ai raconté qu'elle avait été garde à Ravensbrück. C'était le centre d'entraînement des femmes superviseurs de la SS. Vous le saviez ? Les Britanniques ont pendu un bon nombre de femmes à Ravensbrück – Irma Grese avait tout juste vingt et un ans mais certaines se sont enfuies. J'ai expliqué au Nakam que Vera Messmann avait l'habitude de lancer ses chiens-loups sur les Juifs, afin qu'ils les taillent en pièces. Ce genre de salades. L'essentiel des informations que je leur fournis est exact. Mais de temps à autre, j'ajoute à la liste quelqu'un qui n'est pas un vrai nazi. Quelqu'un comme Vera Messmann. Et maintenant, vous, Gunther. Ils seront tout à fait ravis de vous attraper. Ils pourchassent Eric Gruen depuis un bon bout de temps. C'est pourquoi ils disposeront de tous les documents nécessaires prouvant que vous êtes Gruen. Juste au cas où vous croiriez pouvoir vous en sortir en baratinant. Un procès public organisé en Allemagne par les Alliés aurait été une solution plus nette. Mais le gouvernement allemand ne déploie vraiment pas de très gros efforts pour traquer les criminels de guerre. Il ne s'agit même pas de nous, les Alliés. De notre côté, nous avons d'autres chats à fouetter. Comme les Rouges. Non, les seuls, à l'heure actuelle, qui tiennent vraiment à traquer et exécuter les criminels de guerre recherchés, ce sont les Israéliens. Et quand ils seront convaincus d'avoir tué Eric

Gruen, nous fermerons son dossier. Les Russes aussi. Et le véritable Eric Gruen sera blanchi de tout soupçon. C'est là que vous entrez en jeu, Gunther. C'est vous qui allez écoper à sa place. (J'atteignis le bas des marches.) Ouvrez la porte devant vous et entrez.

Je m'arrêtai.

— Ou, si vous préférez, je peux vous tirer dans le mollet, et nous allons juste espérer que vous ne saignerez pas à mort dans les trois ou quatre heures qu'il leur faudra pour arriver de Linz. À vous de choisir.

J'ouvris la porte de la cave et m'y engouffrai. Avant la guerre, j'aurais été capable de le plaquer au sol. Mais j'étais plus rapide, avant la guerre. Plus rapide et plus jeune.

— Maintenant, asseyez-vous par terre et posez les mains sur la tête.

Une fois encore, j'obéis. J'entendis la porte se refermer derrière moi et, pendant un instant, je fus plongé dans l'obscurité. Une clef tourna dans la serrure, et la lumière fut allumée, de l'extérieur.

— Tenez, je vais vous laisser de quoi nourrir votre réflexion, me lança Jacobs à travers la porte. D'ici à ce qu'ils arrivent, nous serons proches de l'aéroport. Ce soir, à minuit, Gruen, Henkell et leurs épouses seront en route pour leur nouvelle vie, en Amérique. Et vous, vous serez couché, face contre terre, quelque part, dans une tombe creusée à la va-vite.

Je ne répondis rien. Il n'y avait apparemment plus rien à dire. Pas à lui, en tout cas. J'espérais que les Israéliens venus de Linz parleraient un bon allemand.

40

J'entendis Jacobs se déplacer à l'étage pendant un petit moment, puis tout redevint silencieux. Je me levai et flanquai un coup de pied dans la porte, ce qui contribua à me défouler en partie de mon exaspération et de ma colère, mais pas à favoriser ma fuite : la porte était en chêne. J'aurais pu frapper dedans toute la journée sans même l'érafler. Je regardai autour de moi, en quête d'un outil quelconque.

La cave ne comportait pas de fenêtres et pas d'autres portes. Il y avait là un radiateur raccordé au chauffage central, de la taille d'un anaconda enroulé sur lui-même, et aussi brûlant qu'une ampoule électrique. Le sol était en ciment, et les murs également. De vieux appareils ménagers étaient entassés dans un coin, et j'en déduisis qu'une partie du laboratoire, à l'étage, avait été l'ancienne cuisine. Plusieurs paires de skis, des chaussures et des bâtons, une vieille luge, quelques patins à glace et une bicyclette sans pneus étaient également remisés là. J'essayai l'un des skis comme un piolet et décidai que je pourrais l'utiliser comme arme si les Israéliens se présentaient devant moi munis uniquement de la puissance du Seigneur. Mais s'ils avaient des pistolets, j'étais dans le pétrin. Il en serait de même si je tentais de me défendre avec la lame d'un patin à glace.

En plus de tout un capharnaüm d'objets au rebut, il y avait également un petit casier contenant quelques bouteilles de riesling couvertes de poussière. Je fracassai le goulot de l'une d'elles et j'en bus le contenu sans grand plaisir. Il n'y a rien de pire qu'un riesling tiède. Toutefois, cela eut le don de me réchauffer. Je retirai mon manteau et ma veste, fumai une cigarette, et mon attention fut attirée par plusieurs paquets assez volumineux, alignés de part et d'autre du radiateur. Ils étaient tous adressés au major Jacobs et étiquetés « Gouvernement des États-Unis. Urgent. Spécimens de laboratoire. » Une autre étiquette portait la mention : « Avertissement d'extrême prudence. À manipuler avec précaution. À stocker uniquement dans un endroit chaud. Danger de maladie infectieuse. Contient des insectes vivants. Ne doit être ouvert que par un entomologiste confirmé. »

Je doutai que deux escadrilles de moustiques suffisent à dissuader une brigade de vengeurs israéliens de me tuer, mais je déchirai quand même l'emballage du premier carton et retirai le couvercle. Il y avait de la paille à l'intérieur et, au milieu, un compartiment de voyage tout à fait douillet pour les petits amis de Henkell et Gruen. Deux feuillets de papier reprenaient l'inventaire de ce que renfermait le carton. L'envoi avait été préparé par un membre du Comité des Sciences médicales du département de la Défense au Pentagone, à Washington DC. Il portait la mention suivante : « Cet insectarium abrite des œufs, larves, chrysalides d'anophèles et de culex, vivants et conservés, et des spécimens mâles et femelles. Les spécimens adultes et les œufs vivants sont dans des cages à moustiques. Cet insectarium contient aussi des tubes permettant de prélever les moustiques dans leur cage et plusieurs rations de sang susceptibles de maintenir ces spécimens en vie pendant une période de trente jours. »

Deux des autres paquets contenaient des populations similaires d'insectes vivants. Un quatrième était rempli de « microscopes de dissection et de microscopes composés, de forceps, de lames et de lamelles, de compte-gouttes, de boîtes de Petri, de solution de pyréthrine, de pipettes, d'unités de titrage biologique, de filets sans insecticide et de chloroforme ». À la lecture de ce dernier mot, je me demandai si je ne pourrais pas chloroformer les Israéliens. Mais là encore, je dus me résoudre à l'évidence : il n'était pas si facile de s'attaquer à un homme qui braque une arme sur vous.

Deux heures s'écoulèrent. Je bus encore un peu de ce vin chaud et je m'allongeai sur le sol. Il n'y avait apparemment rien d'autre à faire que dormir. Et, à cet égard au moins, le riesling était presque aussi efficace que le chloroforme.

Peu après, je fus réveillé par des pas sur le plancher, au-dessus de ma tête. Je me redressai, me sentant un peu nauséeux. Ce n'était pas tant le vin qu'une forte sensation d'anxiété, vu ce qui m'attendait. Si je ne parvenais pas, par je ne sais quel moyen, à convaincre ces messieurs que je n'étais pas Eric Gruen, je ne doutais pas qu'ils me tueraient, et de la manière décrite par Jacobs.

Pendant près de trente minutes, il ne se passa rien. J'entendis déplacer des meubles et je sentis l'odeur de la fumée des cigarettes. Je perçus même des rires. Ensuite, il y eut des pas lourds dans l'escalier, suivis du bruit de la clef dans la serrure. Je me levai et reculai vers le fond de la cave, tâchant de me sortir de l'esprit l'idée qu'ils devaient très probablement avoir en tête : l'immense satisfaction d'avoir appréhendé l'un des criminels de guerre les plus haïssables qui aient jamais existé. Finalement, la porte s'ouvrit d'un coup, et deux hommes surgirent devant moi, le visage empreint d'un dégoût silencieux et tous deux armés d'un rutilant quarante-cinq automatique. Ils avaient la démarche dansante, comme s'ils venaient de descendre du ring, en espérant que je résiste un brin, histoire d'échanger quelques coups avec moi.

Ils étaient vêtus de cols roulés et de pantalons de ski. L'un des deux était plus jeune. Ses cheveux bruns étaient collés, comme si le coiffeur venait de les enduire d'huile capillaire ou de brillantine, ou pourquoi pas d'une poignée d'amidon. Il avait des sourcils qui faisaient penser aux doigts d'un singe et de grands yeux marron qui n'auraient pas déparé une variété de gros chien, tout comme le reste de sa figure. Son acolyte était plus grand, plus vilain, avec des oreilles d'éléphanteau et un nez de la taille d'un couvercle de piano à queue. Sa veste sport était à près aussi seyante qu'un abat-jour.

Ils me conduisirent au rez-de-chaussée, comme si je transportais une bombe qui n'aurait pas explosé, et je me retrouvai dans le bureau. Ils avaient changé la table de place, de sorte qu'elle était maintenant face aux portes vitrées du laboratoire. Un homme s'y était installé, et un unique siège était placé devant, comme une chaise à la barre des témoins. Poliment, l'homme m'invita à m'asseoir. Il s'exprimait avec un accent américain. Quand je fus assis, il se pencha en avant, avec des airs de magistrat instructeur, les doigts fermement entrecroisés, comme s'il s'apprêtait à prononcer une prière avant de m'interroger. Il était en bras de chemise, les manches remontées, histoire de prouver qu'il ne plaisantait pas. Mais ce pouvait aussi bien être à cause de la chaleur qui régnait dans la pièce. Il avait une chevelure grise et drue qui lui retombait sur les yeux, et il était aussi mince que le filet de merde échappé d'un poisson rouge dont on ne s'est pas occupé. Il avait le nez plus court que ceux des deux autres gaillards, mais à peine. Ce n'était d'ailleurs pas la taille de son nez qui attirait l'attention, mais sa couleur. Ce nez-là était constellé de tellement de capillaires éclatés qu'il ressemblait à une variété d'orchidée ou de champignon vénéneux. L'homme prit un stylo et se prépara à écrire dans son joli carnet tout neuf.

— Quel est votre nom ?

— Bernhard Gunther.

— Comment vous appeliez-vous, avant ?

— Je me suis toujours appelé Bernhard Gunther.

— Quelle est votre taille ?

— Un mètre quatre-vingt-sept.

— Quelle pointure de chaussures ?

— Quarante-quatre.

— Quelle taille de veste ?

— Cinquante-quatre.

— Quel est votre numéro de membre du NSDAP ?

— Je n'ai jamais été membre du Parti nazi.

— Quel est votre numéro de matricule de la SS ?

— 85437.

— Quelle est votre date de naissance ?

— 7 juillet 1896.

— Lieu de naissance ?

— Berlin.

— Sous quel nom êtes-vous né ?

— Bernhard Gunther.

Mon interrogateur lâcha un soupir et posa son stylo. Presque à contrecœur, il fit coulisser un tiroir, en sortit un fichier, qu'il ouvrit. Il me tendit un passeport allemand au nom d'Eric Gruen. Je l'ouvris. Il me dit :

— Est-ce votre passeport ?

Je haussai les épaules.

— C'est ma photo. Mais je n'ai jamais vu ce passeport auparavant.

Il me tendit un autre document.

— Une copie d'un dossier de la SS au nom d'Eric Gruen. C'est aussi votre photographie, si je ne me trompe ?

— C'est ma photographie, admis-je. Mais ce n'est pas mon dossier de la SS.

— Un formulaire d'enrôlement au sein de la SS, rempli et signé par Eric Gruen, assorti d'un rapport médical. Taille un mètre quatre-vingt-huit, cheveux blonds, yeux bleus, signes particuliers : il manque au sujet le petit doigt de la main gauche.

Il me remit le document. Sans réfléchir, je le pris de la main gauche.

— Il vous manque le petit doigt de la main gauche. Vous auriez du mal à le nier.

— C'est une longue histoire. Mais je ne suis pas Eric Gruen.

— D'autres photographies, poursuivit mon interrogateur. Une photo de vous serrant la main du Reichsmarschall Hermann Göring, prise en août 1936. Une autre de vous avec l'Obergruppenführer Heydrich, prise au château de Wewelsburg, à Paderborn, en novembre 1938.

— Vous remarquerez que je ne porte aucun uniforme, soulignai-je.

— Et une photo de vous, là, debout, à côté du Reichsführer Heinrich Himmler, que l'on situe en octobre 1938. (Il ne porte pas d'uniforme non plus.) Il sourit. De quoi discutiez-vous ? D'euthanasie, peut-être. De l'Aktion T-4 ?

— Je l'ai rencontré, oui. Cela ne signifie pas que nous nous sommes envoyé des cartes de vœux pour Noël.

— Une photographie de vous avec le SS Gruppenführer Arthur Nebe. Prise à Minsk, en 1941. Vous portez un uniforme, sur ce cliché. N'est-ce pas ? Nebe commandait un groupe d'Action spéciale qui a tué… combien de Juifs, Aaron ?

— Quatre-vingt-dix mille, chef.

L'accent était plus anglais qu'américain.

— Quatre-vingt dix mille. Oui.

— Je ne suis pas celui que vous croyez.

— Il y a trois jours, vous étiez à Vienne, si je ne m'abuse ?

— Oui.

— Là, nous progressons. Pièce 8. Le témoignage sous serment de Tibor Medgyessy, anciennement employé en qualité de majordome par la famille Gruen, à Vienne. Devant votre photographie, celle de votre dossier de la SS, il vous a formellement identifié comme étant Eric Gruen. Et aussi la déposition de l'employé de la réception, à l'hôtel Erzherzog Rainer. Vous y êtes descendu après la mort de votre mère, Elisabeth. Il vous a lui aussi identifié comme étant Eric Gruen. C'était une sottise de votre part, de vous rendre à cet enterrement, Gruen. Une sottise, mais compréhensible.

— Écoutez, j'ai été piégé. Très habilement, par le major Jacobs. Le véritable Eric Gruen va quitter le pays ce soir. À bord d'un avion qui décolle d'un aérodrome militaire américain. Il va travailler pour la CIA, Jacobs et le gouvernement américain, dans le but de produire un vaccin contre la malaria.

— Le major Jacobs est un homme de la plus haute intégrité, m'interrompit l'interrogateur. Un homme qui a placé les intérêts de l'État d'Israël avant ceux de son propre pays, et non sans s'exposer à de grands périls, à titre personnel. (Il se redressa conte le dossier de son siège et alluma une cigarette.) Écoutez, pourquoi ne reconnaissez-vous pas qui vous êtes ? Ne reconnaissez-vous pas les crimes que vous avez commis à Majdanek et à Dachau ? Reconnaissez ce que vous avez fait, et cela vous facilitera les choses, je vous le promets.

— Cela facilitera les choses pour vous, voulez-vous dire. Je m'appelle Bernhard Gunther.

— Comment avez-vous déniché ce nom ?

— C'est le mien, insistai-je.

— Le vrai Bernhard Gunther est mort, m'annonça l'interrogateur, et il me remit un autre document. Voici une copie du certificat de décès. Il a été assassiné par l'ODESSA ou par une organisation d'anciens camarades, à Munich, il y a deux mois. Sans doute afin de vous permettre d'emprunter son identité. (Il marqua un temps de silence.) Avec ce passeport falsifié de main de maître. Et il me tendit mon propre passeport. Celui que j'avais laissé à Mönch, avant de partir en voyage pour Vienne.

— Il n'est pas falsifié, protestai-je. C'est un vrai passeport. C'est l'autre qui est un faux. (Je soupirai et secouai la tête.) Mais si je suis mort, qu'importe ce que je pourrais dire ? Vous allez tuer la mauvaise personne. Mais enfin, évidemment, ce ne serait pas la première fois. Vera Messmann n'était pas la criminelle de guerre que Jacobs a prétendu vous livrer. Il se trouve que je peux prouver qui je suis. Il y a douze ans, en Palestine…

— Espèce de salopard, beugla le grand gaillard aux oreilles éléphantesques. Espèce de salopard, assassin.

Il fonça sur moi et me frappa avec un objet qu'il serrait dans son poing. Je pense que le jeune a dû tenter de le retenir, mais cela ne marcha pas. Il n'était pas du genre à se laisser vraiment retenir par quoi que ce soit, si ce n'est une mitrailleuse, éventuellement. Le coup, quand il tomba, m'éjecta de ma chaise. J'eus l'impression d'encaisser une décharge de cinquante mille volts. Tout mon corps fut parcouru de picotements, sauf ma tête, qui me fit l'effet d'avoir été enveloppée dans une épaisse serviette humide, pour que je n'entende plus rien ou que je ne voie plus rien. Le son de ma propre voix me parvenait étouffé. Ensuite, une autre serviette s'enroula autour de mon crâne, et il n'y eut plus que le silence et l'obscurité, et puis rien du tout, excepté un tapis volant qui m'embarqua et m'emporta au loin, à la dérive, vers un lieu qui n'existait pas. Et c'était un endroit où Bernie Gunther — le vrai Bernie Gunther — se sentait tout à fait comme chez lui.

41

Tout était blanc. Ne voyant aucun ange, mais purifié de tout péché, je gisais en un lieu provisoire, dans l'attente d'une forme de décision sur le sort qu'on allait me réserver. J'espérais qu'ils allaient se dépêcher, car il faisait froid. Froid et humide. Il n'y avait pas un bruit, comme de juste. La mort n'est pas bruyante. Mais elle aurait dû être plus chaude. Curieusement, un côté de mon visage me paraissait beaucoup plus chaud que l'autre et, le temps d'un redoutable instant, je crus que la décision à mon endroit avait déjà été rendue et que j'étais en enfer. Un petit nuage ne cessait de venir me traverser la tête, comme s'il mourait d'envie de me communiquer quelque chose, et il me fallut encore attendre un peu avant de comprendre que c'était ma propre respiration. Mes tourments terrestres n'étaient pas encore terminés. Lentement, je levai la tête hors de la neige et je vis un homme creuser dans le sol, à quelques dizaines de centimètres à peine de mon crâne. Cela me paraissait curieux, comme activité, dans une forêt, au beau milieu de l'hiver. Je me demandai ce qu'il creusait.

— Pourquoi c'est moi qui dois creuser ? gémit-il.

Celui-là me semblait être le seul véritable Allemand des trois.

— Parce que c'est toi qui l'as frappé, Shlomo, fit une voix. Si tu ne l'avais pas cogné, nous l'aurions forcé à creuser cette tombe.

L'homme qui creusait jeta sa pelle par terre.

— Ça ira comme ça, décréta-t-il. La terre est gelée, dure comme de la pierre. Il va bientôt neiger, ça suffira pour tout recouvrir, et on n'entendra plus parler de lui jusqu'au printemps.

Et là, ma tête se mit à me lancer douloureusement. C'était très vraisemblablement pour cela que cet homme occupé à creuser réveilla quelques-unes de mes cellules cérébrales. Je ramenai le bras sous mon front et laissai échapper un gémissement.

— Il revient à lui, fit la voix.

L'homme à la pelle sortit de la tombe et me redressa en position debout. Le grand gaillard. Le type qui m'avait frappé. Shlomo. Le Juif allemand.

— Mais nom de Dieu, ordonna la voix, arrête de le frapper.

Très faible, je hasardai mollement un regard autour de moi. Le laboratoire de Gruen n'était plus visible nulle part. Au lieu de quoi, je me trouvais en bordure d'une rangée d'arbres, à flanc de montagne, juste au-dessus de Mönch. Je reconnus le blason peint sur le mur de la maison. Je me tâtai le sommet du crâne. J'avais une bosse de la taille d'une balle de golf. Une balle que l'on venait de frapper à plus de cent mètres. Le coup de maître de Shlomo.

— Maintiens le prisonnier bien droit.

C'était mon interrogateur qui parlait. Par ce froid, son nez n'avait pas belle allure. Il m'évoquait un air qui passait sans relâche à la radio, ces derniers temps. *Rudolph le renne au nez rouge.*

Shlomo et Aaron — le jeune — m'empoignèrent chacun par un bras et me redressèrent. Leurs doigts me faisaient l'effet de tenailles. Ils y prenaient du plaisir. Je tentai de leur parler.

— Silence, grogna Shlomo. Tu parleras à ton tour, espèce de salaud de nazi.

— Le prisonnier va se déshabiller, déclara l'interrogateur.

Je ne bougeai pas. Pas beaucoup, en tout cas. Je chancelais encore un peu, après ce coup à la tête.

— Enlevez-lui ses vêtements, ordonna-t-il.

Shlomo et Aaron s'exécutèrent sans ménagement, comme s'ils en avaient après mon portefeuille, et balancèrent mes vêtements dans la fosse peu profonde, devant moi. En frissonnant, je croisai les bras sur mon torse, comme une pauvre étole de fourrure. Une étole de fourrure eût mieux valu. Le soleil avait plongé derrière la montagne. Et un petit vent se levait.

Maintenant que j'étais nu, l'interrogateur continua :

– Eric Gruen. Pour crimes contre l'humanité, vous êtes condamné à mort. La sentence va être exécutée immédiatement. Voulez-vous dire quelque chose ?

– Oui.

Ma voix me semblait appartenir à un autre. Du point de vue de ces Juifs, c'était d'ailleurs le cas. Ils croyaient qu'elle appartenait à Eric Gruen. Ils s'attendaient sans nul doute à ce que je leur lance quelques paroles de défi, dans le style « Vive l'Allemagne » ou « Heil Hitler ». Mais l'Allemagne nazie et Hitler n'auraient guère pu être plus loin de mes pensées. Je songeai à la Palestine. Peut-être Shlomo m'avait-il frappé parce que je ne l'avais pas appelée Israël. Quoi qu'il en soit, si je voulais puiser en moi les mots qui m'éviteraient de recevoir une balle dans la tête, il me restait très peu de temps. Shlomo était déjà en train de vérifier le chargeur de son gros Colt automatique.

– Je vous en prie, écoutez-moi, éructai-je en claquant des dents. Je ne suis pas Eric Gruen. Il y a eu erreur. Mon vrai nom, c'est Bernie Gunther. Je suis détective privé. Il y a douze ans, en 1937, j'ai effectué une mission en Israël pour la Haganah. J'ai espionné Adolf Eichmann pour le compte de Fievel Polkes et d'Eliahu Golomb. Nous nous sommes rencontrés dans un café à Tel-Aviv, le Kaplinski. Kaplinski ou Kapulski, je ne me souviens plus vraiment. C'était près d'un cinéma, dans Lilienblum Strasse. Si vous téléphonez à Golomb, il se souviendra de moi. Il se portera garant pour moi. J'en suis sûr. Il se rappellera que j'ai emprunté le pistolet de Fievel. Et ce que je lui avais conseillé de faire.

– Eliahu Golomb est mort en 1946, m'apprit mon interrogateur.

– Fievel Polkes, alors. Posez-lui la question.

– J'ai bien peur de n'avoir aucune idée de l'endroit où il se trouve.

– Il m'a donné une adresse où lui écrire, si jamais j'avais des informations pour la Haganah, et si je ne pouvais pas contacter Polkes, continuai-je. Polkes était l'homme de la Haganah à Berlin. Je devais lui écrire à une adresse à Jérusalem. Chez un M. Mendelssohn. Je pense qu'il s'agissait des Ateliers Bezalel. Je ne me souviens pas de la rue. Mais je me souviens que je devais passer commande pour un objet en cuivre damasquiné d'argent, et pour une photo-graphie de l'hôpital Soixante-Cinq. Je n'ai aucune idée de ce que cela signifiait. Mais il m'a prévenu que ce serait un signal pour qu'un membre de la Haganah entre en relation avec moi.

— Il a peut-être vraiment rencontré Eliahu Golomb, dit Shlomo à mon interrogateur avec colère. Nous savons qu'il a eu des contacts avec des officiers supérieurs du SD. Y compris Eichmann. Et alors ? Tu as vu les photos, Zvi. Nous savons qu'il était pote avec des types comme Heydrich et Himmler. Tous ceux qui ont serré la main de ce salopard de Göring méritent une balle dans la tête.

— Ah ? Vous avez abattu Eliahu Golomb ? m'écriai-je. Parce qu'il a serré la main d'Eichmann ?

— Eliahu Golomb est un héros de l'État d'Israël, me répondit-il avec raideur.

— Je suis très content de l'apprendre, dis-je, saisi d'un violent frisson. Mais posez-vous un peu cette question, Zvi. Pourquoi m'aurait-il confié un nom et une adresse s'il ne s'était pas fié à moi ? Et tant que vous y réfléchissez, voici un autre aspect à considérer : si vous me tuez, vous ne saurez jamais où se cache Eichmann.

— Là, j'ai la certitude qu'il ment, s'exclama Shlomo, et il me poussa dans la tombe. Eichmann est mort. (Il cracha dans la fosse à côté de moi et actionna la culasse de son automatique.) Je le sais, parce que c'est nous qui l'avons tué.

La tombe n'avait que quelques dizaines de centimètres de profon-deur, et la chute ne me fit aucun mal. En tout cas, je ne ressentis aucune douleur. J'avais trop froid. Et je parlai encore, pour avoir la vie sauve. Je hurlai, pour avoir la vie sauve.

— Alors vous n'avez pas tué le bon, martelai-je. Je le sais, parce qu'hier, j'ai parlé à Eichmann. Je peux vous mener à lui. Je sais où il se cache.

Shlomo releva l'arme, la pointa vers ma tête.

— Espèce de menteur, salopard, sale nazi, siffla-t-il. Tu racon-terais n'importe quoi, rien que pour sauver ta peau.

— Baisse ton arme, Shlomo, lui commanda son supérieur.

— Vous n'allez pas gober ces conneries, hein, patron ? protesta Shlomo. Il débiterait n'importe quoi pour nous empêcher de l'abattre.

— Je n'en doute pas une seconde, répliqua l'autre. Mais en ma qualité d'officier de renseignement de cette cellule, c'est mon travail d'évaluer toutes les informations qui nous parviennent. (Il fut parcouru d'un frisson.) Et je refuse de le faire à flanc de montagne, au milieu de l'hiver. Nous allons le ramener à l'intérieur et le questionner encore un peu. Ensuite, nous déciderons du sort à lui réserver.

Ils m'empoignèrent et me poussèrent en direction de la maison, qui était déserte, évidemment. Je supposais qu'elle avait été louée. Ou bien Henkell se moquait de ce qu'elle deviendrait. À ma connaissance, les documents que j'avais signés à Vienne, au cabinet de maître Bekemeier, opéraient le transfert de tous les biens de Gruen aux États-Unis. En ce cas, les deux hommes auraient joliment de quoi voir venir, et pour un bout de temps.

Aaron prépara du café, que nous fûmes tous trop heureux de boire. Zvi me jeta une couverture sur les épaules. C'était celle qui recouvrait les jambes de Gruen quand il était assis dans son fauteuil roulant, en simulant l'infirmité.

— Très bien, fit le chef du trio. Parlons d'Eichmann.

— Accordez-moi juste une minute, rectifiai-je. Et laissez-moi vous poser mes questions.

— D'accord. (Zvi consulta sa montre.) Vous avez exactement une minute.

— L'homme que vous avez abattu, commençai-je. Comment l'avez-vous identifié ?

— Nous avions été prévenus que c'était lui. Et il n'était pas surpris de nous voir. Et il n'a pas non plus nié être Eichmann. Je pense que s'il avait été quelqu'un d'autre, il l'aurait nié. Pas vous ?

— Cela se peut. Ou non. Avez-vous examiné ses dents ? Eichmann avait deux couronnes en or, posées avant la guerre. Elles devaient certainement figurer dans son dossier médical de la SS.

— Nous n'avons pas eu le temps, admit Zvi. Et il faisait noir.

— Vous souvenez-vous de l'endroit où vous avez abandonné le corps ?

— Bien sûr. Il y a un dédale de souterrains que les SS prévoyaient d'utiliser pour le meurtre de trente mille Juifs du camp de concentration d'Ebensee. Il est enseveli sous un tas de cailloux dans l'un de ces souterrains.

— Vous avez mentionné Ebensee ?

— Oui.

— Et le tuyau provenait de Jacobs, exact ?

— Comment le savez-vous ?

— Avez-vous déjà entendu parler de Friedrich Warzok ?

— Oui, fit-il. Il était le commandant en second du camp de concentration de Janowska.

— Écoutez, je suis à peu près persuadé que l'homme que vous avez abattu n'était pas Eichmann, mais Warzok. Il devrait être assez facile de le vérifier. Il vous suffit de retourner à Ebensee examiner le corps. Ensuite, vous saurez de façon certaine que je vous ai dit la vérité et qu'Eichmann est encore en vie.

— Pourquoi Warzok n'a-t-il pas nié qu'il était Eichmann ? me demanda-t-il.

— Quel intérêt ? En niant être Eichmann, il aurait dû vous prouver qu'il était Warzok. Et vous l'auriez abattu, de toute manière.

— C'est vrai. Mais pourquoi Jacobs nous aurait-il vendu un leurre ?

— Je l'ignore. Tout ce que je sais, c'est qu'Eichmann est à environ quatre-vingt-dix kilomètres d'ici. À la minute où je vous parle. Il se cache. Je sais où. Je peux vous conduire jusqu'à lui.

— Il ment, s'emporta Shlomo.

— À vous entendre, Shlomo, n'importe qui croirait que vous n'avez aucune envie de capturer Eichmann, répliquai-je.

— Eichmann est mort, martela-t-il. Je l'ai abattu.

— Pouvez-vous vraiment courir le risque de vous tromper sur un sujet pareil ? lui demandai-je.

— Nous irions sans doute nous jeter dans je ne sais trop quel piège, lâcha Shlomo. Nous ne sommes que trois. Et, à supposer que nous trouvions Eichmann, que ferions-nous de lui ?

— Je suis heureux que vous souleviez la question, dis-je. Vous me laissez la liberté. Voilà ce que vous allez faire. Si vous lui posez gentiment la question, Eichmann vous confirmera même mon vrai nom. Il vous confirmera une partie de mon histoire. Que j'étais présent en Palestine avant la guerre. Laisser un innocent repartir libre, en échange d'informations qui vous auront permis de débusquer Eichmann, cela me paraît un prix très modique à payer.

Aaron intervint.

— Et ces photos, alors ? Vous étiez dans la SS. Vous connaissiez Heydrich et Himmler. Et Nebe. Ça, vous le niez ?

— Non, je ne le nie pas. Mais il ne faut pas se fier aux apparences, voilà tout. Écoutez, ce serait très long de tout vous expliquer. Avant la guerre, j'étais flic. Nebe était le chef de la police criminelle. J'avais le grade d'inspecteur. Cela s'arrête là.

— Accorde-moi cinq minutes avec lui, Zvi, fit Shlomo. Je vais savoir s'il dit ou non la vérité.

— Alors vous admettez que c'est de l'ordre du possible ?

— Pourquoi disiez-vous que le corps, dans ces souterrains, devait être celui de Friedrich Warzok ?

— Un prêtre de ma connaissance, qui travaille pour la Camaraderie, m'a expliqué que Warzok avait disparu d'un certain repaire, un lieu sûr, non loin d'Ebensee. Il était censé descendre à Lisbonne et embarquer à bord d'un paquebot en partance pour l'Amérique du Sud. Eichmann part pour la même destination. Ils en ont déduit que vous aviez tué Warzok de la même manière que vous aviez supprimé Willy Hintze.

— Eh bien, en tout cas, ça, au moins, c'est vrai, admit Zvi. Je travaillais pour la CIA à cette période. Ou pour l'OSS, comme nous l'appelions encore. Et Aaron appartenait au renseignement britannique. Nous avons tué Willy Hintze, en effet. Dans le bois, près de Thalgau. Quelques mois après Eichmann. Enfin, l'homme que nous avons pris pour Eichmann. Le frère d'Eichmann se rendait fréquemment dans un petit village des collines d'Ebensee. Son épouse fréquentait aussi cet endroit. Nous nous sommes postés là-bas, ni vu ni connu. Nous avons maintenu l'endroit sous surveillance. Quatre hommes s'étaient installés dans un chalet au milieu des bois, à proximité du village. L'individu que nous avons tué correspondait à la description que nous possédions d'Adolf Eichmann.

— Vous savez ce que je crois ? continuai-je. Je crois que la famille d'Eichmann vous a attirés là-bas, afin qu'il puisse tranquillement exister ailleurs.

— Oui, concéda Zvi. Cela se peut.

J'avais joué mon va-tout. J'étais épuisé. Je réclamai une cigarette. Il m'en donna une. Je demandai encore du café. Aaron m'en versa une tasse. Mon affaire progressait.

— Qu'est-ce qu'on décide, patron ? demanda Aaron à son supérieur.

Ce dernier soupira, non sans irritation.

— Enfermez-le quelque part, le temps que je réfléchisse.

— Où ça ?

Aaron consulta Shlomo du regard.

— Dans la salle de bains, lui répondit celui-ci. Il n'y a pas de fenêtre et la porte ferme à clef.

Je sentis mon cœur bondir hors de ma poitrine. La salle de bains, c'était là que j'avais caché le pistolet qu'Engelbertina m'avait confié. Elle préférait que ce soit moi qui le conserve, prétendait-elle, au cas où Eric Gruen s'en serait servi pour mettre fin à ses jours. Mais y serait-il encore ?

Les deux Juifs m'escortèrent jusqu'à la salle de bains. Quand je les entendis retirer la clef de la serrure, j'ouvris le placard de la conduite sèche et plongeai le bras derrière le ballon d'eau chaude. Il y eut un court moment où le pistolet m'échappa. À la seconde suivante, je l'avais en main.

Le chargeur d'un Mauser n'est pas plus volumineux qu'un briquet. Je retournai l'arme et, les doigts fébriles et gelés, je la fis coulisser vers le haut pour l'extraire de la crosse. Les munitions de huit millimètres sont à peu près de la même taille que la plume d'un stylo à encre. Et elles n'ont pas l'air plus mortelles. Mais à la KRIPO, il y avait un vieux dicton : ce qui compte, ce n'est pas avec quoi tu tires, mais où tu vises. Le magasin contenait sept projectiles, plus un dans la culasse. J'espérais n'avoir à en utiliser aucun. Mais si je le devais, je savais que je bénéficierais de l'élément de surprise. Personne ne s'attendait à voir un homme nu, juste enveloppé d'une couverture, armé d'un pistolet. J'engageai de nouveau le chargeur dans la crosse et, d'une pression du pouce, j'armai le chien. Le cran de sûreté poussé, le Mauser était prêt à tirer. Il semblait superflu de s'inquiéter d'un éventuel coup de feu accidentel. Ces hommes étaient des tueurs professionnels. Si cela dégénérait en fusillade, je savais que j'aurais de la chance si j'en supprimais ne serait-ce qu'un. Je bus un peu d'eau, je me servis des toilettes, puis je tins l'arme dissimulée à l'endroit où ma main maintenait la couverture autour de mon cou. Au moins, je ne crèverais pas comme un chien. J'avais vu suffisamment d'hommes abattus au bord d'une fosse pour savoir que je préférerais me tirer une balle plutôt que de me résigner à une fin pareille. Il s'écoula environ une demi-heure, durant laquelle je pensai beaucoup à Kirsten et aux hommes qui l'avaient assassinée. Si jamais je réussissais à échapper à ces Israéliens, me dis-je, je m'attaquerais à eux. Même si cela m'imposait de les poursuivre jusqu'en Amérique. En tout état de cause, je les suivrais jusqu'à cette base aérienne. Mais laquelle ? Des bases aériennes américaines, il y en avait dans toute l'Allemagne. Ensuite, je me souvins de la lettre que j'avais trouvée dans la boîte à gants de Jacobs. La lettre du Rochester Strong Memorial Hospital détaillant la liste d'équipements médicaux livrés à Garmisch-Partenkirchen, via la base aérienne Rhin-Main. Il y avait de fortes chances pour qu'ils se dirigent vers cette base. Je jetai un œil à ma montre. Il était presque six heures. L'avion à destination de la Virginie décollait à minuit. Enfin, j'entendis le bruit de la clef dans la serrure de la porte. Même s'il n'avait pas pointé une arme sur moi, le visage de Zvi m'aurait annoncé le pire.

— Rien à faire, hein ?

— Je suis désolé, me fit-il. Mais votre histoire est franchement trop invraisemblable. Même si vous n'êtes pas celui que nous croyons, vous restez un SS. Ça, au moins, vous l'avez reconnu. Et ensuite, il y a ces photographies de vous avec Himmler et Heydrich. Ils étaient les ennemis jurés de mon peuple.

— Au mauvais endroit, au mauvais moment. L'histoire de ma vie, j'imagine.

Il recula, s'écarta de la porte et, du canon de son arme, me désigna le corridor qui conduisait à la porte d'entrée de la maison.

— Venez, fit-il, l'air sinistre. Finissons-en.

Serrant fermement le pistolet sous ma couverture, je sortis du cabinet de toilette et le précédai. Aaron m'attendait près de l'entrée. Shlomo était dehors. Mais à cette minute, seul Zvi tenait un pistolet en main. Ce qui signifiait que j'allais certainement devoir l'abattre le premier. Nous sortîmes dans l'obscurité. Prévoyant, Shlomo alluma l'éclairage extérieur, qu'ils puissent voir ce qu'ils faisaient. Nous remontâmes la pente en pataugeant en direction de la rangée d'arbres et de la fosse ouverte qui m'attendait. J'avais déjà calculé quand j'allais passer à l'action.

– J'imagine que c'est votre conception de la justice poétique, dis-je. Ce genre d'exécution dégradante. (Ma voix avait l'accent du courage, mais j'avais le ventre noué.) De mon point de vue, cela vous rend aussi vils que ces types des groupes d'Action spéciale.

J'espérais que l'un d'eux au moins, Aaron peut-être, finirait par avoir un peu honte, et par détourner les yeux. J'abattrais Zvi en premier, et ensuite Shlomo, le seul des trois que j'avais vraiment envie de tuer. Tout le côté de mon visage était encore cuisant de douleur. Au bord de ma tombe, je m'arrêtai et lançai un regard autour de moi. Ils se trouvaient tous les trois à moins de deux mètres de moi, une cible facile, même pour un tireur médiocre. Voilà un certain temps que je n'avais plus tué un homme. Mais je n'aurais pas la moindre hésitation. Si nécessaire, je tuerais les trois.

42

Il faisait un froid mordant. Le vent souleva ma couverture et me la rabattit autour de la tête. Mes vêtements étaient éparpillés dans la tombe, à mes pieds, saupoudrés d'une légère couche de neige. Mais j'étais ravi de cette neige. Si je touchais un homme, la neige révélerait son sang. Je suis un bon tireur – meilleur au pistolet qu'au fusil, c'est un fait –, mais avec un huit millimètres en plein air, il est facile de croire qu'on a manqué sa cible. À l'inverse d'un quarante-cinq. Si Zvi ou Shlomo m'en collaient une, je resterais étendu pour le compte et je saignerais à mort.

– Je peux espérer une dernière cigarette ? demandai-je.

Toujours occuper l'esprit d'un homme avant de vous attaquer à lui. C'était ce qu'on nous avait appris à l'école de la police.

– Une cigarette ? s'étonna Zvi.

– Vous plaisantez, non ? s'exclama Shlomo. Par ce temps ?

Mais Zvi cherchait déjà son paquet quand je laissai retomber ma couverture, me retournai et tirai. La balle l'atteignit à la joue, juste à côté de l'oreille gauche. Je tirai de nouveau, et lui arrachai le bout du nez. Du sang gicla dans le cou et sur le col de chemise de Shlomo, comme un éternuement mal maîtrisé. En même temps, le grand gaillard se démena comme un bœuf pour extraire son pistolet de son baudrier, sous son aisselle. Je le touchai à la gorge, et il bascula en arrière dans la neige, comme un lourd sac à dos. Une main plaquée contre sa pomme d'Adam, et gargouillant comme un percolateur, il trouva à tâtons la crosse de son arme, parvint maladroitement à la sortir de son fourreau et, à la seconde où il l'eut sous le nez, l'air éberlué, il pressa involontairement sur la détente. La balle tua Zvi sur le coup. J'ouvris à nouveau le feu, touchai Shlomo entre les yeux, et dans le même temps me jetai sur Aaron que je frappai violemment entre les cuisses, du bout de mon pied gelé. Malgré la douleur, il s'agrippa à mon pied, jusqu'à ce que je lui flanque le pistolet dans l'œil. Il beugla de douleur et me lâcha. Je glissai sur la neige et tombai, et je vis Aaron reculer en titubant, trébucher sur le corps sans vie de Shlomo et s'écrouler à côté de lui. Je me redressai tant bien que mal sur les deux genoux et pointai mon arme sur sa tête, en lui hurlant de ne pas essayer d'attraper la sienne. Aaron ne m'écouta pas, ou se refusa à m'écouter, et il sortit son Colt du baudrier et s'apprêta à tirer. Mais il avait les doigts gelés. Aussi gelés que les miens sans doute, à cette différence que mon doigt à moi était déjà sur la détente. Et j'eus assez de temps et de sensations dans la main pour ajuster mon tir et lui loger une balle dans le muscle du mollet. Il glapit comme un chien que l'on frappe, lâcha son Colt et empoigna sa jambe, en proie à une souffrance atroce. Je croyais avoir déjà tiré cinq ou six balles, peut-être plus, mais je n'étais plus sûr de rien. J'attrapai donc le pistolet de Zvi et jetai le mien dans les arbres. Ensuite, je ramassai l'arme d'Aaron, puis celle de Shlomo, et les envoyai rejoindre les autres. Aaron étant dans l'incapacité de bouger, je m'approchai de la fosse où je récupérai mes vêtements à moitié gelés, et entrepris de m'habiller. Ce faisant, je m'adressai à Aaron.

— Je ne vais pas te tuer, fis-je, le souffle court. Je ne vais pas te tuer parce que je veux que tu m'écoutes. Mon nom n'est pas et n'a jamais été Eric Gruen. À un moment, plus tard, si c'est humainement possible, je tuerai cet homme. Mon nom est et a toujours été Bernhard Gunther. Je veux que tu te souviennes de ce nom. Je veux que tu le répètes à je ne sais trop lequel de ces fanatiques qui est aujourd'hui à la tête de la Haganah. Pour que tu te souviennes que c'est Bernhard Gunther qui t'a signalé qu'Adolf Eichmann était toujours en vie. Et que tu me dois une faveur. Seulement la prochaine fois que tu rechercheras Eichmann, il vaudrait mieux que ce soit en Argentine, parce que c'est là que nous partons, lui et moi. Lui, pour des raisons évidentes. Et moi à cause d'Eric Gruen… le vrai Eric Gruen… qui m'a piégé pour que je passe pour lui. Lui et ton copain Jacobs. Et maintenant je ne peux plus courir le risque de rester en Allemagne. Plus maintenant, après ce qui est arrivé. Tu saisis ?

Il se mordit la lèvre et hocha la tête.

Je terminai de m'habiller. Je soulageai Shlomo de son baudrier et j'y logeai le Colt. Ensuite, je fouillai les poches du grand gaillard, j'en retirai de l'argent, des cigarettes et un briquet.

— Où sont les clefs de voiture ?

Aaron glissa la main dans sa poche et me les jeta, couvertes de sang.

— Elle est garée tout au fond de l'allée, m'indiqua-t-il.

— Je prends ta voiture et j'emporte le pistolet de ton patron. Alors n'essaie pas de me suivre. Je suis assez habile avec cet engin. La prochaine fois que je te vois, je risque fort d'achever la besogne.

J'allumai deux cigarettes, j'en fichai une dans la bouche d'Aaron et une dans la mienne, puis j'entamai la descente de la colline vers la maison.

— Gunther, fit-il.

Je me retournai. Il était en train de se redresser, en position assise, mais il avait l'air très pâle. Pour ce que ça change, souffla-t-il. Je te crois.

— Merci.

Je restai interdit un instant. Il perdait plus de sang par cette blessure à la jambe que je ne l'avais imaginé. S'il restait ici, il allait saigner ou geler à mort.

— Tu peux marcher ?

— Je ne crois pas.

Je le remis sur ses pieds et je l'aidai à redescendre jusqu'à la maison. Là, je trouvai des draps et je lui nouai un garrot autour de la jambe.

— Pour tes deux copains, je suis désolé, dis-je. Je ne voulais pas les tuer. Mais je n'avais pas le choix. C'était eux ou moi, je le crains.

— Zvi, ça pouvait aller. Mais Shlomo était un peu cinglé. C'est Shlomo qui a étranglé ces deux femmes. Il voulait tuer tous les nazis de la création, je pense.

— Peux pas dire que je lui en veuille, franchement, avouai-je en finissant son bandage. Il y a trop de nazis qui se promènent libres comme l'air. Sauf que je ne suis pas des leurs, tu vois ? Gruen et Henkell ont assassiné ma femme.

— Qui est Henkell ?

— Un autre médecin nazi. Mais ce serait trop long à expliquer. Il faut que je les rattrape. Tu vois, Aaron, je vais accomplir votre boulot à votre place. J'arriverai sans doute trop tard. Je vais probablement finir par me faire tuer à mon tour. Mais il faut que tente le coup. Parce que c'est ce que tu fais quand on supprime ta femme de sang-froid. Même si tout était fini entre nous, elle était encore ma femme et il faut bien que ça compte pour quelque chose. N'est-ce pas ?

Je m'essuyai le visage avec le bout de drap restant et je me dirigeai vers la porte, ne m'arrêtant que pour vérifier le téléphone. La ligne était coupée.

— Il n'y a pas de tonalité, dis-je. Je vais tâcher de t'appeler une ambulance, à la première occasion. D'accord ?

— Merci, me dit-il. Et bonne chance, Gunther. J'espère que vous les retrouverez.

Je sortis, marchai jusqu'au bout de l'allée et trouvai dans la voiture un manteau en cuir, posé sur la banquette arrière, qui paraissait assez chaud. Je l'enfilai et m'assis au volant. C'était une berline Mercury noire. Le réservoir était presque plein. Avec son moteur de cinq litres, c'était un bon véhicule, rapide, capable de dépasser les cent kilomètres à l'heure. Soit à peu près l'allure à laquelle j'allais devoir rouler si je voulais arriver à Rhin-Main avant minuit.

J'effectuai le trajet du retour en passant par le labo de Garmisch-Partenkirchen. Jacobs avait vidé les classeurs de leurs dossiers. Mais ce n'était pas ça qui m'intéressait. Je descendis à la cave pour y récupérer deux des colis et la paperasse administrative qui — je l'espérais — allaient me permettre d'accéder à la base aérienne américaine. Un plan qui n'avait rien de très brillant. Mais je me souvenais d'une remarque de Timmermann, le chauffeur de *The Stars and Stripes* qui m'avait conduit de Vienne au monastère de Kempten, au sujet de la sécurité quasi inexistante côté yankee. C'était là-dessus que je misais. Là-dessus, et sur un colis urgent destiné au major Jacobs.

Après avoir demandé par téléphone une ambulance pour Aaron, je pris la route en direction du nord-ouest et de Francfort. C'était une ville dont je savais peu de chose, si ce n'est qu'elle se situait à cinq cents kilomètres de distance et qu'elle était pleine d'Amerlots. Ils semblaient se plaire à Francfort encore plus qu'à Garmisch. Et Francfort le leur rendait bien. Qui pouvait leur jeter la pierre, aux Francfortois ? Les Américains avaient apporté avec eux des emplois et de l'argent, et la ville – jadis considérée comme de peu d'importance – avait désormais la réputation d'être l'un des endroits les plus opulents d'Allemagne fédérale. La base aérienne, juste à quelques kilomètres au sud, était leur principal terminal aérien en Europe. C'était à partir de Rhin-Main que l'on avait pu assurer les approvisionnements de la ville de Berlin durant la fameuse Opération Vittles, le pont aérien de juin 1948 à septembre 1949, sans lequel Berlin serait devenue une ville de plus au sein de la Zone russe. En raison de l'importance stratégique de Rhin-Main, toutes les routes en direction ou au départ de Francfort avaient été promptement remises en état après la guerre, et elles demeuraient les meilleures d'Allemagne. Je roulai donc sans encombre jusqu'à Stuttgart, où un épais brouillard m'enveloppa, une véritable mer de brouillard qui me tira des bordées de jurons à pleins poumons, et je me transformai en corne de brume humaine jusqu'à ce que cela me revienne : les avions étaient incapables de voler dans cette crasse. Là, j'en poussai presque des hourrahs. Avec une telle purée de pois, je conservais encore de fortes chances d'arriver là-bas à temps. Mais une fois sur place, qu'allais-je faire ? J'avais ce quarante-cinq automatique, évidemment, mais après ce qui s'était produit à Mönch, mon envie d'abattre des gens s'était un peu émoussée. En outre, la perspective de liquider quatre, voire peut-être cinq personnes de sang-froid exerçait sur moi un attrait des plus limités. Et avant même d'atteindre la base aérienne, juste après minuit, je savais déjà que je serais incapable de tuer deux femmes. Quant aux autres, il me restait juste à espérer qu'ils manifestent leur volonté d'en découdre. Je m'efforçai de bannir toute cette série de considérations de mes pensées lorsque j'arrêtai la voiture devant le portail principal de l'aéroport. Je coupai le moteur, réunis mes documents, rajustai ma cravate et je marchai vers la guérite du planton. J'espérais que mon anglais serait à la hauteur du mensonge que j'avais répété en roulant pendant six heures.

Le gardien avait l'air trop au chaud et trop bien nourri pour se montrer vigilant. Il portait une gabardine verte, un béret, un cache-col et d'épais gants de laine. Il était blond aux yeux bleus et mesurait à peu près un mètre quatre-vingts. La barrette d'identification cousue sur son manteau indiquait « Schwarz » et, l'espace d'un instant, je crus m'être adressé à la mauvaise armée. Il avait l'air plus germanique que moi. Mais son allemand parlé était à peu près aussi bon que mon anglais.

— J'ai des colis urgents pour le major Jonathan Jacobs, annonçai-je. Il était prévu qu'il décolle pour les États-Unis ce soir à minuit. Destination base aérienne Langley, en Virginie. Le major est basé à Garmisch-Partenkirchen et quand les colis sont arrivés, il était déjà parti pour attraper cet avion.

— Vous avez fait toute cette route depuis Garmisch ?

Le garde paraissait surpris. Il scruta mon visage attentivement. Je me souvins du coup de massue que j'avais reçu des mains de Shlomo.

— Dans ce brouillard ?

Je hochai la tête.

— C'est exact. Je suis sorti de la route, tout à l'heure. C'est comme ça que je me suis chopé cet hématome à la tempe. Un coup de bol que ça n'ait pas été pire, franchement.

— Ça fait une sacrée trotte.

— C'est sûr, opinai-je, modeste. Mais jetez un œil à ces papiers. Et aux colis. C'est vraiment du matériel urgent. Des fournitures médicales. Et j'ai promis au major que, s'ils arrivaient après son départ, j'essaierais au moins de m'arranger pour que ça lui parvienne en temps et en heure. (Je ponctuai mon histoire d'un sourire nerveux.) Vous pourriez peut-être vérifier si son avion n'a pas déjà décollé ?

— Pas besoin. Rien ne vole ce soir, fit Schwarz. Même les oiseaux sont cloués au sol. À cause de ce foutu brouillard. C'est comme ça depuis cet après-midi. Vous avez de la veine. Vous avez tout le temps de le rattraper, votre major. Rien ne partira d'ici avant demain matin.

Il n'en continua pas moins de contrôler mes documents, avant de poursuivre :

— Apparemment, il n'y a que quatre surnuméraires à bord de ce vol pour Langley.

— Surnuméraires ?

— Des passagers non militaires.

— Le Dr Braun et sa femme, et le Dr Hoffmann et sa femme. C'est ça ?

— Exact, confirma le garde. Le major Jacobs a franchi mon poste de garde avec eux il y a de ça environ cinq ou six heures.

— Et s'ils ne décollent pas ce soir, demandai-je, ils seraient où, maintenant ?

Schwarz me désigna l'autre bout de l'aérodrome.

— Vous ne pouvez rien voir à cause du brouillard. Mais si vous roulez de ce côté-là jusqu'au fond, et si vous tenez votre gauche, vous verrez un bâtiment aéroportuaire de quatre étages. Avec les mots « Rhin-Main » inscrit sur le flanc. Derrière, il y a un petit hôtel rattaché aux baraquements principaux de l'armée de l'air. Vous y trouverez probablement votre major à l'heure qu'il est. C'est souvent le cas, avec ce vol de minuit pour Langley. À cause du brouillard. Oui, monsieur, je m'attends à ce qu'ils restent coincés pour la nuit. Bien douillets, bien au chaud, comme un moucheron dans son cocon.

— Comme un moucheron dans son cocon.

Je répétai la formule avec une sorte de fascination. Et une fascination plus lugubre pour une idée qui me vint alors subitement.

— Oui, je vois. Bon, il vaut mieux que je le dérange pas, hein ? Il risque de dormir. Vous pourriez m'indiquer l'aire de chargement de ce vol ? Je vais y déposer le paquet.

— À côté des baraquements. Vous pouvez pas la louper. Toutes les lumières sont allumées.

— Merci, dis-je en regagnant ma voiture. Oh, à propos, je suis originaire de Berlin. Merci pour ce que vous avez fait là-bas. Le pont aérien. En réalité, c'est en partie à cause de ça que j'ai roulé jusqu'ici ce soir. À cause de Berlin.

Schwarz me répondit avec un grand sourire.

— Pas de souci, me dit-il.

Je me remis au volant et j'entrai dans la base, en espérant que cette petite démonstration sentimentale suffirait à prévenir les soupçons que cet Amerlot finirait par nourrir sur mon compte après mon départ. C'était un truc que j'avais appris d'un officier de renseignement pendant la guerre : l'essence même de la tromperie ne réside pas dans le mensonge que l'on profère, mais dans les vérités que l'on avance pour étayer le mensonge. Ce que je lui avais raconté concernant le pont aérien, je le pensais.

Le bâtiment de l'aéroport était un édifice blanc, dans le style du Bauhaus que les nazis haïssaient, et c'était sans doute la seule raison pour laquelle il me plaisait. À mes yeux, ce n'était qu'une série de grandes fenêtres et des murs nus – avec tout un fatras de foutaises égalitaires. En contemplant ce machin, vous vous imaginiez Walter Gropius occupant un appartement au dernier étage, avec un mur des toilettes artistement barbouillé de la main experte de Paul Klee. Je garai ma voiture et mon philistinisme culturel, et j'extirpai l'un des colis de la banquette arrière. Puis je la vis. La Buick Roadmaster du major Jacobs, avec ses pneus à flancs blancs, à quelques emplacements de celui où j'avais laissé la Mercury. J'étais bien au bon endroit. Je calai mon paquet sous le bras et marchai en direction du bâtiment. Derrière moi, en lisière du banc de brouillard, étaient stationnés plusieurs C-47 et un Lockheed Constellation. Ils m'avaient l'air parés pour y passer la nuit.

J'entrai par une porte dérobée et me retrouvai dans une aire de chargement de la taille d'une grande usine. Un tapis roulant courait sur toute la longueur de ses soixante ou soixante-dix mètres et plusieurs doubles portes battantes donnaient directement sur les pistes d'envol. Des chariots élévateurs à fourche étaient restés là où ils s'étaient arrêtés, et des dizaines de chariots à bagages et de conteneurs remplis de sacs de voyage et de valises, de paquetages et de cantines, de colis et de paquets, se trouvaient éparpillés un peu partout, comme dans l'attente d'un pont aérien. Il y avait là des envois en partance pour les quatre coins des États-Unis ou presque – de la base Bolling, dans l'État de Washington, à celle de Vandenberg, en Californie. Une radio diffusait de la musique en sourdine. Devant un petit bureau, un soldat américain avec une moustache à la Clark Gable, une combinaison maculée de cambouis et un chapeau en

forme de cache-théière, était assis sur une caisse marquée « Fragile »,
fumant une cigarette. Il avait l'air fatigué et semblait s'ennuyer ferme.

– Qu'est-ce que je peux faire pour vous ? me demanda-t-il.

– J'ai une cargaison en retard pour le vol à destination de Langley.

– Il n'y a personne dans les parages, à part moi. Pas à cette heure
de la nuit. En plus, ce vol décollera plus avant demain matin.
À cause du brouillard. Bon Dieu, pas étonnant que vous ayez perdu
la guerre, vous autres. Faire arriver des avions ou les sortir d'ici, c'est
un merdier.

– Cette explication me plairait davantage si elle ne dédouanait
pas ce gros enfoiré de Hermann Göring, lâchai-je, manière d'entrer
dans ses bonnes grâces. Du genre à mettre tout sur le compte de la
météo et compagnie.

– Bien vu, fit l'homme. (Il pointa le doigt sur le paquet que je
tenais sous mon bras.) C'est ça.

– Oui.

– Vous avez les documents correspondants ?

Je lui montrai la paperasse que j'avais apportée avec moi de Garmisch. Et je lui répétai l'explication que j'avais inventée à la guérite.
Il examina l'objet une minute, gribouilla une signature dessus et
brandit son pouce par-dessus son épaule.

– À une cinquantaine de mètres, il y a un conteneur de fret avec
l'inscription « Langley » à la craie. Mettez votre paquet dedans, c'est
tout. On s'en occupera dans la matinée.

Sur quoi il retourna dans son bureau et referma la porte derrière
lui.

Il me fallut à peu près cinq minutes pour repérer l'aire de chargement pour Langley, mais plus longtemps pour dénicher les bagages.
Deux malles cabines Louis Vuitton étaient dressées en position ver-
ticale à côté d'un des conteneurs, comme une paire de gratte-ciel
new-yorkais. Les deux étaient fort utilement étiquetées « Dr et Frau
Braun » et « Dr et Frau Hoffmann ». Les cadenas étaient de qualité
médiocre, et n'importe qui aurait pu les ouvrir avec un canif plus ou
moins convenable. J'avais un bon canif et j'ouvris les deux malles en
quelques minutes. Certains des meilleurs voleurs du monde sont
d'anciens flics. Mais c'était encore la partie la plus facile.

Une fois ouvertes, les deux malles ressemblaient plus à des meubles qu'à des bagages. Dans une moitié, il y avait une tringle avec un petit rideau de soie et des cintres assortis et, dans l'autre, un jeu de quatre tiroirs coulissants. C'était le garde, à la guérite, qui m'avait soufflé l'idée. L'idée qu'un moucheron puisse être douillettement installé dans son cocon. Et pas seulement dans un cocon. Mais aussi dans le confortable tiroir d'une grosse et jolie malle cabine.

J'ouvris le carton et retirai l'insectarium de son nid de paille. Ensuite, j'en sortis les cages à moustiques qui ressemblaient elles-mêmes à de petites malles cabines en bois. À l'intérieur, les insectes bourdonnaient et couinaient, une plainte irritante et suraiguë, comme s'ils étaient pleins de récriminations après être restés si longtemps à l'étroit. Même si les adultes ne survivaient pas au voyage jusqu'aux États-Unis, je ne doutais pas, d'après ce que Henkell en personne m'avait expliqué, que les œufs et leurs larves y parviennent. Je plaçai une cage à l'intérieur d'un des tiroirs et je flanquai quelques coups de canif dans le mince filet de la paroi, avant de prestement retirer ma main du tiroir, puis de le refermer avec soin, ainsi que la malle. J'employai la même méthode avec la deuxième malle. Je ne fus pas piqué. Mais eux le seraient. Et je me demandais si le fait d'être piqués par des dizaines de moustiques porteurs de la malaria ne serait pas justement la meilleure incitation qui soit pour Henkell et Gruen à rendre enfin leur vaccin efficace. Je l'espérais, pour le bien de tout un chacun.

Je retournai à la voiture et, revoyant la Buick, je me dis qu'il était vraiment dommage que Jacobs s'en tire à si bon compte. Obéissant à un réflexe, je vérifiai la porte et, comme la fois précédente, elle n'était pas fermée à clef. Ce qui était trop tentant pour que je l'ignore. Je sortis donc de la banquette arrière de la Mercury un insectarium du deuxième colis et je le posai sur le plancher, derrière le siège du conducteur. Là encore, je perçai un trou dans la paroi de la cage, puis je claquai la portière en vitesse.

Ce n'était pas la vengeance que j'avais imaginée. Tout d'abord, je ne serais pas là pour assister au spectacle. Mais c'était le style de justice qu'Aristote, Horace, Plutarque et Quintilien auraient reconnu.

Et peut-être même célébré, en quelque sorte, comme allant de soi. Les petites choses ont l'habitude de terrasser les grandes. Et cela me semblait assez juste.

Je repris le volant et rejoignis le monastère où Carlos Hausner avait un sac rempli d'argent qui l'attendait. Et la perspective d'un passeport tout neuf, avec un billet pour l'Amérique du Sud.

Épilogue

Au monastère de Kempten, plusieurs mois s'écoulèrent. Un autre fugitif qui s'était soustrait à la justice alliée se joignit à nous et, à la fin du printemps 1950, nous nous sommes faufilés tous les quatre de l'autre côté de la frontière avec l'Autriche, avant de pénétrer en Italie. Mais le quatrième homme disparut, je ne sais trop comment, et nous ne l'avons plus jamais revu. Il avait peut-être changé d'avis concernant l'Argentine. Ou alors un autre escadron de la vengeance du Nakam l'avait rattrapé.

Nous sommes demeurés en lieu sûr à Gênes, où nous fûmes accueillis par un autre prêtre catholique, le père Eduardo Dömöter. Je crois qu'il était franciscain. Ce fut Dömöter qui nous remit nos passeports de la Croix-Rouge. Des passeports de réfugiés, comme il les appelait. Ensuite, nous avons déposé nos demandes de visas d'immigration pour l'Argentine. Le président de ce pays, Juan Perón, admirateur de Hitler et sympathisant nazi, avait mis sur pied en Italie une organisation connue sous le nom de DIAE, la Délégation pour l'Immigration argentine en Europe. La DIAE jouissait d'un statut semi-diplomatique et possédait des bureaux à Rome, où les demandes étaient traitées, et à Gênes, où les futurs émigrants vers Buenos Aires subissaient un examen médical. Mais tout cela restait dans le cadre de la simple formalité. Notamment parce que la DIAE était dirigée par monseigneur Karlo Petranovic, un prêtre catholique croate, lui-même criminel de guerre recherché, protégé par l'évêque Alois Hudal, directeur spirituel de la communauté catholique d'Italie. Deux autres prélats catholiques nous secondèrent dans notre évasion. L'un était l'archevêque de Gênes en personne, Giuseppe Siri, et l'autre monseigneur Karl Bayer. Mais c'est le père Dömöter que nous voyions le plus dans notre repaire. Ce Hongrois avait la charge d'une église dans la paroisse de Sant'Antonio, pas très loin des bureaux de la DIAE.

Je me demandais souvent comment il se faisait que tant de prêtres catholiques aient été des sympathisants nazis. Mais, surtout, j'ai posé la question au père Dömöter, qui m'expliqua que le pape était lui-même informé de cette aide apportée aux criminels de guerre nazis en fuite. Plus encore, m'affirma le père Dömöter, le pape l'encourageait.

– Aucun de nous ne leur viendrait en aide de la sorte s'il n'y avait le Saint-Père, m'affirma-t-il. Mais dans tout ceci, il est une chose importante que vous devez comprendre. En réalité, un grand nombre de prêtres ont été persécutés par les nazis. Non, tout ceci est politique. Le Vatican partage la peur et l'aversion de l'Amérique envers le communisme. En réalité, il ne faut rien y voir de plus noir.

Et tout allait donc pour le mieux.

Toutes les demandes d'entrée sur le territoire argentin soumises par la DIAE devaient être approuvées par le Service de l'immigration à Buenos Aires. Et cela signifiait que nous allions rester à Gênes presque six semaines, laps de temps durant lequel j'allais finir par très bien connaître cette cité portuaire et par énormément l'apprécier. Surtout la vieille ville et le port. Eichmann ne s'aventurait guère au-dehors, par crainte d'être reconnu. Mais Pedro Geller devint mon compagnon de promenade habituel, et nous avons exploré ensemble les églises et les musées innombrables de Gênes.

De son vrai nom, Geller s'appelait Herbert Kuhlmann, et il avait été Sturmbannführer au sein de la 12ᵉ division Adolf Hitler des Jeunes Panzer SS. Voilà qui expliquait son jeune âge, mais pas la nécessité où il était de fuir l'Allemagne. Et ce fut seulement vers la fin de notre séjour à Gênes qu'il se sentit capable d'évoquer ce qui lui était arrivé.

– Le régiment était stationné à Caen. Les combats ont été assez violents, là-bas, je peux vous l'assurer. Nous avions reçu l'ordre de ne pas faire de prisonniers, surtout parce que nous n'avions aucune installation où les cantonner. Nous avons donc exécuté trente-six

Canadiens qui, il faut le reconnaître, auraient tout aussi bien pu nous exécuter, nous, si la situation s'était trouvée inversée. Quoi qu'il en soit, notre Brigadeführer purge actuellement une peine d'emprisonnement à perpétuité dans une prison canadienne pour ce qui s'est passé, alors que les Alliés l'avaient d'abord condamné à mort. J'ai écouté l'avis d'un avocat munichois, qui m'a prévenu que, si j'étais accusé, j'écoperais moi aussi d'une peine de prison à vie.

— Erich Kaufmann ? m'enquis-je.

— Oui. Comment le savez-vous ?

— Peu importe. Cela n'a aucun intérêt.

— Il pense que la situation va s'améliorer, reprit Kuhlmann. D'ici deux ans. Peut-être cinq. Mais je ne suis pas disposé à courir ce risque. Je n'ai que vingt-cinq ans. Mayer, mon Brigadeführer, est au trou depuis décembre 1945. Cinq ans. Il est hors de question que je purge cinq années, et encore moins la perpétuité. Aussi, je décampe en Argentine. Apparemment, il y a quantité d'opportunités à Buenos Aires. Qui sait ? Peut-être pourrions-nous monter une affaire ensemble ?

— Oui, acquiesçai-je. Pourquoi pas ?

Entendre de nouveau prononcer le nom d'Erich Kaufmann me rendait presque heureux de quitter la nouvelle République fédérale d'Allemagne. Que cela plaise ou non, j'appartenais à la vieille Allemagne, à l'exemple de gens comme Göring, Heydrich, Himmler et Eichmann. Il n'y avait pas de place là-bas pour un type qui gagnait sa vie en posant des questions gênantes. Pas en Allemagne, où les questions se révèlent souvent plus lourdes que les réponses. Plus j'en lisais au sujet de la nouvelle République, plus j'aspirais à une vie plus simple, sous un climat plus chaud.

Nos dossiers de demandes de visa furent approuvés le 14 juin 1950 et Eichmann, Kuhlmann et moi nous rendîmes au consulat d'Argentine, où nos passeports de la Croix-Rouge furent tamponnés d'un visa « Permanent » ; on nous remit les certificats d'identification que nous devrions présenter à la police de la capitale argentine afin d'obtenir une carte d'identité en cours de validité. Trois jours plus tard, j'embarquais à bord du *Giovanna*, un paquebot en partance pour Buenos Aires.

À ce stade, Kuhlmann connaissait mon histoire de bout en bout. Mais il ignorait tout de celle d'Eichmann. Et il s'écoula plusieurs jours avant que ce dernier ne se sente enfin le courage de me reconnaître et d'informer Kuhlmann de qui il était vraiment. Kuhlmann en fut atterré, et ne lui adressa plus jamais la parole, ne l'appelant plus que « ce porc ».

Pour ma part, je ne me souciais guère de juger Eichmann. Je n'en avais pas le droit. En dépit du fait qu'il s'était soustrait à la justice, sur ce bateau, il était une triste silhouette solitaire. Il savait qu'il ne reverrait plus jamais l'Allemagne ou l'Autriche. Nous ne nous parlions pas beaucoup. Il restait presque toujours sur son quant-à-soi. Je crois qu'il avait honte. J'aime à le croire.

Le jour où nous avons quitté la Méditerranée pour entrer dans l'océan Atlantique, nous nous tenions à la proue du navire, lui et moi, et nous regardions l'Europe lentement disparaître à l'horizon. Nous ne prononçâmes pas un mot, ni l'un ni l'autre, avant un long moment. Ensuite, il laissa échapper un grand soupir et me dit :

– Les regrets, ça n'est jamais bon. Regretter les choses ne sert à rien. Les regrets, c'est bon pour les petits enfants.

Je partage à peu près le même sentiment.

Un mot de l'auteur

Les brigades du Nakam, ou brigades de la Vengeance, ont réellement existé. Juste après la guerre, un petit groupe de Juifs européens, presque tous des survivants des camps de la mort, formèrent la Brigade israélienne. D'autres agirent au sein des armées américaine et britannique. Leur but, ils en avaient fait le serment, était de venger l'assassinat de six millions de Juifs. Ils tuèrent jusqu'à deux mille criminels de guerre nazis et planifièrent ou conduisirent plusieurs actions de représailles à grande échelle. Parmi celles-ci, un plan tout à fait réel visant à empoisonner les réservoirs des villes de Berlin, Nuremberg, Munich et Francfort, et de tuer plusieurs millions d'Allemands – un plan qui, heureusement, ne fut jamais mené à bien. Toutefois, un autre destiné à empoisonner le pain de trente-six mille prisonniers de guerre allemands, d'anciens SS, dans un camp d'internement proche de Nuremberg, fut mis à exécution, mais à une échelle limitée. Deux milliers de miches de pain furent empoisonnées, quatre mille SS furent contaminés, et il en mourut un millier.

Lemberg-Janowska, le camp où fut interné Simon Wiesenthal, était l'un des plus barbares de Pologne. Deux cent mille personnes y furent mises à mort. Friedrich Warzok, son commandant en second, ne fut jamais capturé. Eric Gruen, le médecin nazi, ne fut jamais capturé.

Adolf Eichmann et Herbert Hagen se sont réellement rendus en Israël. Eichmann essaya de se présenter comme un expert des affaires hébraïques. Il projetait d'apprendre la langue. Il rencontra aussi des représentants de la Haganah à Berlin.

Le Grand Mufti de Jérusalem, Hadj Amin al-Husseini, était un antisémite féroce qui déclencha plusieurs pogromes en Palestine, entraînant la mort de nombreux Juifs. Dès 1920, il avait dressé l'ébauche d'une « solution finale au problème juif ». Il rencontra Eichmann en 1937, et Adolf Hitler pour la première fois le 28 novembre 1941. C'était moins de huit semaines avant la Conférence de Wannsee, au cours de laquelle Reinhard Heydrich exposa le projet d'une « solution finale au problème juif en Europe ».

Pendant la guerre, Hadj Amin a vécu à Berlin ; il était un ami de Hitler, et il a personnellement levé une Division SS musulmane forte de vingt mille hommes qui assassina des Juifs et des partisans en Bosnie. Il tenta de convaincre la Luftwaffe de bombarder Tel-Aviv. Il semble tout à fait probable que ses idées exercèrent une profonde influence sur la réflexion d'Eichmann. Après le conflit, de nombreuses organisations juives ont essayé de faire poursuivre Hadj Amin comme criminel de guerre, mais en vain, alors qu'il était au moins aussi coupable que Heydrich, Himmler et Eichmann dans l'extermination des Juifs. Hadj Amin était un proche parent de Yasser Arafat. On pense qu'Arafat changea de nom afin de masquer sa parenté avec un criminel de guerre notoire. À ce jour, de nombreux partis politiques arabes, et surtout le Hezbollah, se sont identifiés aux nazis et ont adopté des symboles issus de la propagande nazie.

En 1945, le Bureau américain de la Recherche et du Développement scientifique a conduit des expériences médicales sur des prisonniers des pénitenciers d'État dans le cadre d'un programme de développement d'un vaccin contre la malaria. On en trouve la trace dans *Life* du 4 juin 1945, pages 43 à 46.

Composition réalisée par FACOMPO

Impression réalisée par
TRANSCONTINENTAL GAGNÉ
En Octobre 2009

Imprimé au Canada
Dépôt légal : 10/09 – N° d'édition : 06
N° d'impression : •••••